LESLIE GLASS

Der Kuß des Feuers

Buch

Auf dem Polizeirevier von Upper Manhattan meldet ein reiches Ehepaar seine Tochter als vermißt; die Halbwüchsige ist anscheinend samt der Kreditkarte ihrer Eltern durchgebrannt. Detective April Woo, engagierte Kriminalbeamtin chinesischer Abstammung mit – sehr zum Leidwesen ihrer Mutter – beruflichen Ambitionen, leitet ein paar Routineermittlungen ein; eine Spur führt schließlich nach San Diego. Mehr kann sie im Moment leider nicht tun, auf ihrem Schreibtisch türmt sich einfach zu viel Arbeit. So muß sie sich zum Beispiel um die Anzeige eines gewissen Dr. Jason Frank kümmern, dessen Frau, die bildschöne blonde Filmschauspielerin Emma Chapman, seit einiger Zeit anonyme Briefe erhält, die bedrohlich wirken, ohne daß sie eine konkrete Drohung enthalten. Zwar erklärt April dem besorgten Ehemann geduldig, daß sie wegen der Briefe nicht viel unternehmen kann, da kein strafbarer Tatbestand vorliege, läßt aber immerhin die unleserlichen Poststempel genauer untersuchen. Und ist verblüfft, als sie erfährt, daß die Briefe in San Diego abgesandt wurden. In jener Stadt wiederum wurde vor ein paar Tagen die unkenntliche Leiche eines jungen Mädchens gefunden; das Opfer war sexuell mißbraucht und dann mit einer Fackel versengt worden. Und als April noch abklärt, ob es sich um das verschwundene Mädchen handeln könnte, überstürzen sich die Ereignisse: Emma Chapman wird entführt, und alles deutet darauf hin, daß es sich bei dem Täter um einen Geistesgestörten handelt, der seine Opfer rituell zu Tode quält, indem er sie tätowiert und anschließend versengt ...

Leslie Glass hat mit Detective April Woo eine starke Frauenfigur geschaffen, die der Leser nicht so schnell vergißt. April weiß, was sie will, und sie kann sich auf der ganzen Linie durchsetzen: gegen ihre Mutter, die ihre Tochter lieber verheiratet sähe; gegen ihre Macho-Kollegen, die sie als Frau nicht für voll nehmen; gegen ihre Vorgesetzten, die ihr wegen ihrer Herkunft Steine in den beruflichen Weg legen.

Autorin

Leslie Glass hatte bereits drei Romane geschrieben, bevor ihr mit ihrer Figur April Woo in Amerika der ganz große Durchbruch gelang. Die Autorin ist verheiratet und lebt in New York City, Martha's Vineyard und in Florida.

Leslie Glass

Der Kuß des Feuers

Roman

Deutsch von Christoph Hahn

GOLDMANN

Deutsche Erstveröffentlichung 10/97

Titel der Originalausgabe: Burning Time
Originalverlag: Doubleday Dell, New York

Für Rick

Umwelthinweis:
Alle bedruckten Materialien
dieses Taschenbuches sind chlorfrei
und umweltschonend.

Der Goldmann Verlag
ist ein Unternehmen der Verlagsgruppe Bertelsmann

Umschlaggestaltung: Design Team München, unter
Verwendung eines Fotos von Henrichs & Pflanz
Satz: IBV Satz- und Datentechnik GmbH, Berlin
Druck: Graphischer Großbetrieb Pößneck GmbH
Verlagsnummer: 41604
CV · Herstellung: Stefan Hansen
ISBN: 3-442-41604-3

1 3 5 7 9 10 8 6 4 2

»Allerdings mag es sein, daß dieses bereits durch tausend Jahre hindurch bewährte Werkzeug zur sittlichen Wiedergeburt des Menschen aus Knechtschaft zur Freiheit und sittlichen Vervollkommnung zu einer zweischneidigen Waffe werden kann.«

Die Brüder Karamasow
Dostojewski

Prolog

An ihrem letzten Tag in San Diego lag Ellen Roane am Strand und reckte der strahlenden Sonne die Arme entgegen, als sei sie ein Liebhaber, den sie am liebsten in die Arme schließen würde, um ihn nie wieder loszulassen. Hier draußen konnte man verfolgen, wie gleichzeitig die Sonne unter- und der Mond aufging. Der Mond mochte in seinem kalten, fernen Glanz beeindruckend wirken, doch die Sonne loderte wie vor Leidenschaft, und es war, als könnte sie ihr in diesem Moment alles geben, was sie je begehrte.

Ellen sog dieses Glücksgefühl in sich auf und wünschte sich, ihre Sorgen und Beklemmungen wegen dem College und der Scheidung ihrer Eltern würden dahinschmelzen und im Sande versickern. Doch selbst so weit weg von Zuhause fiel ihr das nicht leicht. Ewig gab es Ärger, dauernd wurde herumgebrüllt. In letzter Zeit reichte es schon, wenn einer der beiden ihren Namen aussprach, und schon bekam sie Kopfschmerzen.

Die See war ruhig, zu ruhig zum Surfen, aber es gab dennoch ein paar Unentwegte, die auf ihren Brettern hinausgepaddelt waren und darauf warteten, daß sie dennoch irgendwann eine Welle erwischen würden. Ellen schaute ihnen zu und überlegte sich, wie oft ihre Mutter wohl schon versucht hatte, sie anzurufen. Daß ihr Vater mittlerweile ebenfalls stinksauer auf sie war, dessen war sie sicher.

Bei dem Gedanken daran, wie clever sie war, mußte Ellen lächeln. Sie war ganz allein ans andere Ende des Landes gefahren, um etwas zu erleben und sich über verschiedene Dinge klarzuwerden. Sie war immer noch erstaunt darüber, wie einfach dies gewesen war. Sie hatte nur die Kreditkarten gezeigt, die ihr Vater ihr gegeben hatte, als sie im Herbst zu Hause ausgezogen war. Und plötzlich wußte sie, wie es war, erwachsen zu sein. Sie konnte fahren, wohin sie wollte, tun und lassen, was sie wollte, und sich alles kaufen, was ihr Herz begehrte. Es war einfach eine Wucht. Sie hatte nur in ein Flugzeug steigen müssen, und zum ersten Mal in ihrem Leben hatten ihre Eltern nicht einfach zum Telefon greifen und in ihr Hirn eindringen können.

Sie fühlte sich, als sei eine Zentnerlast von ihr abgefallen. Sie drehte sich herum, um sich auf der anderen Seite rösten zu lassen und dachte noch einmal über alles nach. Langsam war sie bereit, jemanden kennenzulernen. Sie wohnte jetzt schon seit zwei Tagen im Coral Reef Bed and Breakfast und allmählich hatte sie es satt, alleine essen zu gehen und am Strand herumzuliegen.

Um zwölf aß sie in einem kleinen Health Food Restaurant an der Strandpromenade zu Mittag. Nach einem ausgiebigen Spaziergang legte sie sich wieder in den Sand und schloß die Augen. In der Sonne Kaliforniens blühte man richtig auf, es war regelrecht Balsam für die von New York geschundene Seele. Dort war es nur fies und kalt und grau. Und nun, da sie das wußte, war ihr klar, daß sie besser ans hiesige College gehen sollte, anstatt von daheim nur ein paar Blocks weiter nach Norden zu ziehen. Sie schaute auf ihre Uhr und überlegte, wann der Kerl wohl wieder auftauchen würde.

Es störte sie nicht, daß er nicht schon vor zwei Tagen, als er sie zum ersten Mal gesehen hatte, auf sie zugegangen war. Sie hatte die Nase voll von Leuten, die ihr auf den Pelz rückten. Dieser Kerl blieb auf Distanz. Sie wußte, wie klasse sie aussah. Vielleicht war der Kerl ja auch ein bißchen schüchtern. Aber das störte sie nicht – im Gegenteil. Er stand an seine Harley gelehnt auf dem Parkplatz und beobachtete sie.

Er trug zwar immer eine Sonnenbrille, doch sie spürte seine Blicke auf ihr, spürte, wie er sich völlig auf sie konzentrierte. Es war ein angenehmes Gefühl – wie aus einem Film.

Ihre Mutter sagte immer, daß ein Mädchen, das so hübsch war wie Ellen, wählerisch sein konnte, was Männer anging. Warum den Blick senken, wenn man ihn ebensogut in luftige Höhen schweifen lassen konnte. Wenn sie jetzt hier gewesen wäre, hätte sie Ellen vermutlich geraten, sich intellektuellen Qualitäten zu widmen, und ihr vielleicht den Vorschlag gemacht, zum Mount Palomar Observatorium zu fahren und eine himmlische Entdeckung in Gestalt eines zu Kahlköpfigkeit neigenden Astronomen vom California Institute of Technology zu machen. Ellen wurde von einem Lachanfall geschüttelt bei dem Gedanken, wie sehr ihre Mutter auf Intellektuelle abfuhr, deren Haare lediglich aus Nase und Ohren wuchsen. Es war ja wohl erwiesen, daß brillante Männer arrogant, völlig von sich eingenommen und häßlich waren. Und außerdem konnten sie nicht gut genug sehen, um sie angemessen zu bewundern.

Diesen anderen Kerl hingegen mochte Ellen, denn er nahm sie direkt wahr und kam nicht mit einer Menge typischen Jungsspielzeug zum Strand runter, um dann doch nur an ihr vorbeizugehen und verstohlene Blicke auf sie zu werfen. Dieser Kerl war blond und älter als die anderen Kids. Er sah wie ein richtiger Filmstar aus. Er trug ein schwarzes Hemd, schwarze Jeans und hatte das abgefahrenste Motorrad, das sie je gesehen hatte. Ein riesiges kastanienbraunes Ding, das vor Chrom nur so blitzte. Sie machte sich langsam ernsthaft Gedanken, warum er noch nicht hier war.

Aber um halb fünf, als ihr das Herumliegen langsam langweilig wurde, stand er da – oben auf dem Parkplatz – und betrachtete sie. Sie ließ sich ein paar Minuten Zeit, bevor sie sich erhob und zum Gehen fertigmachte. Langsam zog sie ihr T-Shirt über und stieg in ihre Jeans. Dann schlenderte sie zu der Begrenzungsmauer oben am Strand und setzte sich darauf, um den Sand von ihren Füßen zu wischen und die Schuhe anzuziehen. In diesem Augenblick trat er an sie heran.

»Hast du Lust 'n bißchen rumzufahren?« Mit einer lässigen Handbewegung deutete er auf die Maschine, die hinter ihm stand.

Sie warf ihre blonde Mähne zurück und musterte ihn von oben bis unten, als ob sie es sich wirklich erst noch überlegen mußte. Schließlich sagte sie: »Warum nicht?«

Sie bekam kein mulmiges Gefühl, als er weit nach Osten in die trockene Bergregion des North County fuhr. Sie hatte keine Angst, als er weitab von der Straße anhielt, nachdem sie schon seit geraumer Zeit kein anderes Auto mehr passiert hatten. Erst als er sie völlig unerwartet von hinten packte, auf den Boden warf und an ihren Kleidern zerrte, schoß ein heißer Adrenalinstoß durch ihren Körper. Und selbst in diesem Augenblick war sie nicht starr vor Schreck. Daß Jungs sie besprangen, die Kontrolle über sich verloren und gewaltsam in sie eindrangen, war nichts Neues für sie. Wenn man sich als Mädchen auf solche Spielchen einließ, zog man gelegentlich den Kürzeren. So was passierte eben.

Dann jedoch, als er anfing, wirres Zeug zu murmeln und sie zu schlagen und sich seinen Weg zu Stellen in ihrem Körper bahnte, wohin noch nie irgend etwas gedrungen war, wurde es etwas anderes. Plötzlich war sie kein menschliches Wesen mehr. Sie konnte nicht mit ihm reden oder sich zur Wehr setzen. Sein Gesicht war erstarrt zu einer Maske voller Wut, und jeder Teil seines Körpers war plötzlich eine Waffe. Er wirbelte sie herum, bog ihren Körper auf dem steinigen Boden in alle erdenklichen Richtungen, probierte immer neue Dinge aus, damit sie noch lauter schrie und ihn anflehte, aufzuhören. Er ließ es langsam angehen und steigerte sich allmählich. Schließlich brach er ihr den Arm beim Ellbogen, danach die Rippen und zerschmetterte ihr anschließend den Kiefer.

Als sich die Dunkelheit über die Wüste zu senken begann, pflockte er sie auf dem Boden fest – die Arme ausgebreitet und die Beine zusammen wie Christus in der Horizontalen. Bis dahin hatte sie noch daran geglaubt, daß sie überleben würde. Er hatte ein Messer, doch hatte er es bisher nicht benutzt, obwohl es die ganze Zeit in seiner Hand gewesen war, auch dann, als er auf sie eingeschlagen hatte. Er hatte damit herumgefuchtelt, aber nicht zugestochen. Nun, so glaubte sie, würde er es doch tun und sie in Fetzen schneiden, wie er die ganze Zeit gedroht hatte. Sie hatte solche Angst, daß sie kaum noch atmen konnte.

Dann schien er das Messer plötzlich ganz zu vergessen und beschäftigte sich mit irgend etwas anderem. Er holte irgendwelche Sachen, wobei er vor sich hinmurmelte. Er zündete ein Schweißgerät oder so was an, und eine gewaltige Stichflamme schoß hinauf zum Himmel. Die Explosion von Hitze und Licht dauerte nur ein paar Sekunden. Dann wurde die Flamme gelöscht.

Er sagte etwas, das sie nicht hörte, weil sie so laut schrie. Er setzte ihr einen Fuß auf den Bauch, damit sie sich nicht mehr aufbäumen konnte und senkte das glühende Brandeisen genau auf die Mitte ihrer zuckenden Brust. Es zischte, als es ihr die Haut versengte und sich durch das weiche Gewebe ihrer Brüste bis auf die Knochen fraß. Ihre Schreie und der Geruch von brennendem Fleisch erfüllten die Luft.

Nachdem sie das Bewußtsein verloren hatte, band er sie los und ließ Ellen Roane nackt in der Schlucht zurück, während die Temperatur in der Wüste stetig fiel und ihre Wunden zu tränen begannen.

1

Der Psychoanalytiker, Schriftsteller und Dozent Dr. Jason Frank verharrte einige Sekunden auf dem Podium, bevor er sich an seine Zuhörer wandte. Er war exakt einen Meter achtzig groß, und in seinem grauen Nadelstreifenanzug wirkte er wie ein Mitglied des Kennedy-Clans. Seine Mund- und Kinnpartie strahlte etwas Energisches aus, seine Nase war gerade, das hellbraune Haar kurz geschnitten, und seine braunen Augen versprühten einen ironischen Humor. Er war achtunddreißig, und seiner Intensität konnte sich kaum jemand entziehen, ob er nun geistig gesund war oder nicht.

Im Augenblick war es ein interessiertes Fachpublikum von etwa hundert Personen – in der Hauptsache Ärzte, Studenten und Mitarbeiter des Toronto Psychoanalytic Center –, die gekommen waren, um seinen Vortrag zu hören und nun mit gebannter Aufmerksamkeit jede seiner Bewegungen verfolgten.

»Kann sich irgend jemand an die Musik im *Tod eines Handlungsreisenden* erinnern?« fragte er und begann damit seinen Vortrag über das Zuhören. »Was für ein Instrument spielt da?«

Die attraktive Kollegin, die ihm am Abend zuvor schon während der ersten fünf Minuten nach ihrem Zusammentreffen angeboten hatte, die Nacht in ihrem Appartement und in ihrem Bett zu verbringen, schlug die Beine übereinander und tippte sich mit ihrem Bleistift gegen das Knie.

»Eine Oboe?« fragte sie.

Trotz ihres Lächelns konnte Jason an dem *rat tat tat* der

Bleistiftspitze auf ihrer teuren Strumpfhose erkennen, daß sie immer noch sauer war, weil er sie hatte abblitzen lassen.

Wie in der letzten Nacht schüttelte er auch nun den Kopf. Er wartete noch ein paar weitere Versuche ab, die alle daneben lagen, bis er mit der richtigen Antwort herausrückte.

»Die Flöte. Wenn es ein Akkordeon gewesen wäre, hätten Sie sich vielleicht daran erinnert. Warum also die Flöte?«

Jason ließ seine Zuhörer einige Minuten lang raten, bevor er zur Sache kam. »Es ist essentiel, auf alles zu sehen und zu hören, weil alles eine Bedeutung hat«, erklärte er. »Das Selbst ist eine Projektion, und die Details im Hintergrund – sei es visueller oder akustischer Natur – sind wie ein symphonisches Orchester. Als Analytiker müssen wir in der Lage sein, die individuellen Instrumente zu identifizieren und das Wesen der Harmonie – oder Kakophonie – zu verstehen, das in jeder Persönlichkeit zum Vorschein kommt.« Er lächelte.

Die junge Doktorin beispielsweise hatte es von vornherein darauf angelegt, daß der Gastredner, der nur für einen Vortrag angereist war, ihren Annäherungsversuch zurückweisen würde, um auf diese Art ihrer Paranoia und tiefverwurzelten Feindseligkeit Männern gegenüber neue Nahrung zu geben. Jemand anderes hätte in ihr nur eine attraktive Frau gesehen, die sich nach Liebe und Zuneigung sehnte. Andererseits hatte sie für Jason ohnehin keine Verlockung dargestellt. Er war mehr als glücklich verheiratet, und seine Frau war schlichtweg hinreißend.

Er blickte verstohlen auf seine Uhr – plötzlich hatte er es eilig, zu ihr zurückzukommen. Einen Augenblick wurde er dadurch abgelenkt und verlor seine Konzentration. Voller Schuldbewußtsein über diesen Ausrutscher riß er sich wieder zusammen. Er mußte noch drei Stunden hinter sich bringen, bevor er sich auf den Weg zum Flughafen machen konnte.

»Ähm, ich werde Ihnen jetzt drei Ausschnitte aus Aufzeichnungen von Therapiegesprächen zeigen, um zu demonstrieren, inwiefern die Fragestellungen durch das beeinflußt werden, was ich an dem Patienten bemerkt habe. Dies sind Vorgespräche. Ich habe mit keinem der Patienten vorher gesprochen.«

Jason drückte auf den Knopf, und das erste Gespräch begann. Er saß einer übergewichtigen jungen Frau gegenüber. Die Frau rückte ihre Frisur zurecht, als sie die Kamera sah, und begann dann von ihren Eßproblemen zu erzählen. Sie sagte, sie hätte gerne Größe 38 und daß sie seit zehn Jahren schon abzunehmen versuchte. Dann zählte sie ihm alles auf, was sie in der Zeit von elf Uhr abends bis ein Uhr nachts aß.

»Und was machen Sie dann?« fragte Jason.

»Dann gehe ich ins Bad, um mich zu erbrechen.«

Auf dem Video war zu sehen, daß einen Augenblick absolut gar nichts passierte, die beiden nur dasaßen und sich anschauten, bis die Frau schließlich zu schluchzen anfing.

Jason stoppte das Band und ging zu der für ihn bereitgestellten Tafel. Er nahm ein Stück Kreide zur Hand.

»Welche wichtigen Dinge sind in diesem Gespräch bislang offenkundig geworden?« fragte Jason.

Niemand meldete sich.

»Kommen Sie schon, ich bestehe darauf. Wir sind doch nicht in der Schule. Jetzt raffen Sie sich auf, und sagen Sie mir, was der entscheidende Punkt ist. Jeder hat doch solche Patienten.«

Nach einigem Hin und Her hob sich endlich eine Hand. Jason nickte.

»Sie steht unter Eßzwang«, sagte ein junger Mann.

»Sie hat Bulimie«, fügte eine Frau hinzu.

Jason schrieb *Eßzwang* und *Bulimie* an die Tafel und wandte sich wieder an seine Zuhörer. »Was ißt sie? Machen wir mal eine Liste von den Sachen, die sie ißt. Wie sieht es in ihrem Kühlschrank aus?« Er machte eine Liste.

»Also gut. Was ist noch wichtig? Ich will, daß Sie mir nicht nur Ihre Beobachtungen im Zusammenhang mit den Dingen sagen, die sie erwähnt hat, sondern mir auch sagen, was sie nicht erwähnte, aber in direktem Zusammenhang mit dem steht, was sie erzählt hat. Mit anderen Worten, Ihre Schlußfolgerungen, wie es in ihrem Leben aussieht. Also, was ist noch von Bedeutung, denn wir müssen ihr auf die Spur kommen.«

»Na ja, sie weint«, schlug ein bärtiger Mann aus einer der hinteren Reihen vor.

Jason schrieb *weint* an die Tafel. »Okay, welche Hypothese haben Sie, was das Weinen angeht? Warum weint sie?«

Die Antworten kamen nun schneller.

»Gut«, sagte Jason schließlich. »Fassen wir einmal zusammen, was wir bis jetzt wissen.« Er stellte eine Hypothese auf. Die Patientin war dreißig Jahre alt, lebte allein, fühlte sich entsetzlich einsam. Irgend etwas war ihr vor zehn Jahren passiert, das mit ihren Eßgewohnheiten zusammenhing. Sie versuchte ihre innere Leere mit Essen zu füllen. Größe 38 hatte eine besondere Bedeutung für sie. Andere Leute waren ihr wichtig, denn sie hatte geweint, als sie nach ihrem Geständnis Augenkontakt zu Jason hergestellt hatte.

»Also gut, was sollte ich als nächstes zu ihr sagen?« fragte Jason.

Jeder hatte eine unterschiedliche Antwort. Fragen Sie sie nach dem, was sie ißt. Nach ihrer Einsamkeit, nach ihrem Kühlschrank.

Er schaltete das Band wieder ein. »Sie weinen«, hatte er zu der Frau gesagt. Er zielte auf ihre Gefühle. Und dann kam ihre Geschichte zum Vorschein. Es stellte sich heraus, daß eine Psychotherapie in ihrem Fall durchaus angemessen war.

Dann präsentierte Jason den Fall eines 65jährigen Mannes, der einen etwas schmuddeligen und zerstreuten Eindruck machte und gleich zu Beginn der Sitzung erzählte, daß er seinen bisherigen Therapeuten nicht ausstehen konnte. Er hatte nicht das Gefühl, auch nur den geringsten Fortschritt zu machen. Jason stoppte das Band und wies seine Zuhörer darauf hin, daß der Patient seine Therapie für seine Frustration verantwortlich machte, daß sie daraus aber nicht schließen sollten, daß dies der wahre Grund für seine Unzufriedenheit war.

»Was hat er bisher offenbart? Was sollte ich ihn fragen?« Er schrieb die Antworten an die Tafel.

Dann ließ er das Band weiterlaufen. Jason bat den Mann, doch ein wenig mehr von seiner Therapie zu erzählen, und der Mann berichtete, daß sein Therapeut immer wieder darauf herumritt, daß er zu Wut- und Zornausbrüchen neigte. Im weiteren Verlauf der Sitzung streute Jason einige Fragen ein, mit denen er das Gedächtnis des Mannes testete, und es stellte sich bald heraus, daß sein Patient an Dementia litt. Er stand an der Schwelle zur Senilität, und das war der Grund für seine Verbitterung. Jason machte dem anderen Therapeuten keinen Vorwurf, daß er die Krankheit, die den Hintergrund des Jähzorns seines Patienten darstellte, nicht erkannt hatte, doch er schloß damit, daß eine Psychotherapie in diesem Fall keine Heilungserfolge erzielen würde.

Die dritte Aufzeichnung mochte er besonders gern, deshalb hatte er sie bis zum Schluß aufgehoben. Er drückte den Startknopf. Ein männlicher Anstaltspatient von etwa fünfzig Jahren wurde von einem Pfleger hereingebracht. Es war ein kleiner Mann mit dichtem grauen Haar, das er mit Pomade zurückgekämmt hatte. Er hatte ein breites Lächeln und neigte dazu, das, was er sagte, gestenreich mit seinen Händen zu unterstreichen.

»Sehen Sie mich an. Ich stecke so tief in der Scheiße, daß ich ohne meinen Wärter gar nicht mehr vor die Tür darf.« Er schwang sich auf seinen Stuhl.

»Was ist denn los mit Ihnen?« fragte Jason.

»Halluzinationen. Das ist mit mir los – Halluzinationen.«

»Das ist ein ziemlich eng gefaßter Fachbegriff. Was meinen Sie damit? Hören Sie Sachen?«

»Nein. Es war mehr so, als würde ich Sachen spüren – Spinnen, die überall auf mir rumkrabbeln, wie im Film. Ich hatte schon mehrere Anfälle – Delirium tremens. Ihnen muß ich ja wohl nicht sagen, was das ist. Jeder Arsch weiß, was ein Delirium tremens ist. Es war die Hölle. Waren Sie je besoffen?«

Jason hielt das Band an. »An dieser Stelle habe ich die Wahl. Ich kann weiter den Psychiater spielen, aber was glauben Sie, wird der Kerl von mir halten, wenn ich den Psychiater spiele? Was sollte ich also sagen?«

Seine Zuhörer machten verschiedene Vorschläge.

Jason drückte wieder auf Start und schaute zu, wie er sagte: »Gelegentlich wurde mir nachgesagt, daß ich besoffen war.«

Das Publikum lachte.

»Aber Sie waren nie im Delirium. Das seh' ich auf den ersten Blick. Mir machen Sie nichts vor, ich weiß Bescheid über Sie. Ich seh's an Ihrem Aufzug. Sie sind einer von der Sorte, der sich in Gesellschaft einen Drink genehmigt. Typisch Mittelklasse. Dozent, Seelenklempner. Sie stellen mir hier Fragen vor laufenden Kameras. Also sind Sie vermutlich doch 'ne große Nummer. Ich frag' mich, wem Sie den Film wohl zeigen werden – aber ist ja auch egal. Ich stecke so tief in der Scheiße, daß es mir glatt am Arsch vorbeigeht. Ich hatte einen Anfall. Der Notarzt mußte kommen.« Der Mann lächelte freundlich, um sich vor der Kamera ins rechte Licht zu setzen.

»Und deshalb sind Sie also im Krankenhaus?« sagte Jason.

»Na ja, unter uns, Doc, nicht nur deshalb. Dummerweise hat man bei mir ein bißchen Kokain gefunden.« Er machte eine wegwerfende Handbewegung. »War nur zum Aufpeppen. Nichts Schwerwiegendes. Nicht wie Crack. Nur um in Gang zu kommen.« Es herrschte einen Augenblick Stille, bevor er weitersprach.

»Und außerdem sind noch ein paar Leute eingefahren, die mit mir zusammen in dem Etablissement meiner Wahl waren.« Langes Schweigen.

»Ich wette, Sie wissen, was ich mit dem Etablissement meiner Wahl meine. Es war ein Puff. Ich war in einem verdammten Puff, und dort hatte ich einen Anfall, und dann kamen die Bullen und haben mich eingesperrt und einige von den ... Und jetzt sitze ich also in einer Klapsmühle. Und man kann mich für nichts zur Verantwortung ziehen. Ich bin verrückt, und nach dem Gesetz kann mir niemand was, weil ...«

Hier und dort erhob sich Gelächter im Publikum. Jason hielt das Band an.

»... Nun, da haben wir ja jetzt ein paar interessante Fragen. Der Kerl redet von Drogen. Er redet von Prostitution. Er sagt, er ist nicht verantwortlich für sein Handeln. Wann ist jemand verantwortlich für sein Handeln. Ist er verrückt?«

Er wartete alle möglichen Antworten gar nicht erst ab, sondern ließ das Band wieder laufen. Der Mann redete immer noch.

»Na ja, und dann gab es noch eine Organisation, die Geld in mein Geschäft investiert hatte, und irgendwie schienen die Bullen auf den Gedanken gekommen zu sein, daß die ganze Angelegenheit vielleicht nicht ganz legal war. Ich kann mich an Details gar nicht mehr so genau erinnern, mein Gedächtnis ist nur noch Matsch, seit ich am Schütten bin. Aber die Bullen. Ich sag' Ihnen mal, was die Bullen interessiert. Was die interessiert ist das Verbrechen als Prinzip. Das Verbrechen. Was ist denn Verbrechen? Die *Exxon Valdez* – das ist ein Verbrechen. George Bush ist kriminell.«

»Sie halten Bush für einen Kriminellen?« fragte Jason.

»Er ist ein Krimineller, weil er Dope verkauft. Er hat eine Organisation, die Drogen verscherbelt, damit politisch dies und jenes passiert und Kriege wegen Öl angezettelt werden. Das sind Verbrecher. Sie stehlen Geld vom amerikanischen Volk, und zwar haufenweise. Meine Organisation hat mit solchen Verbrechen nichts zu tun. Nicht mal annähernd. Vielleicht ein bißchen Prostitution. Das ist vielleicht verboten, aber es kommt niemand zu Schaden. Es gibt keine Opfer. Rechtlich vielleicht nicht ganz astrein.« Er breitete die Arme aus.

»Und wo wir schon mal dabei sind. Haben Sie schon mal versucht, einen Bullen dazu zu bewegen, Ihnen zu helfen, wenn Ihnen was passiert ist? Wenn Sie verletzt waren, oder irgend jemand in Ihrer Nachbarschaft ein Verbrechen begangen hat? Sie können mit diesen Leuten einfach nicht reden. Sie können kein Englisch. Die können noch nicht mal mit einer *Schreibmaschine* umgehen. Ich bin kein Verbrecher. Die Leute, mit denen ich zusammenarbeite, sind keine Verbrecher. Sie sind gute, treusorgende Familienväter. Sie sorgen sich um ihre Frauen. Sie lieben ihre Kinder. Und sie machen dieses Land zu dem großartigen Land, das es ist.« Er mußte erst mal Pause machen, um Luft zu schnappen.

»Ich wette, Sie haben sich noch nie Gedanken darüber gemacht, wer die wirklichen Verbrecher sind. Diejenigen, die Kriege anzetteln, uns das Geld stehlen und die Umwelt zerstören oder derjenige, der geilen Männern dazu verhilft, ihre sexuellen Spannungen abzubauen, na? Überhaupt – was ist gut? Was ist böse?«

Zum letzten Mal schaltete Jason das Band ab und wandte sich an seine Zuhörer.

»Also, was haben wir hier? Der Mann bringt uns dazu, darüber nachzudenken, was moralisch ist und was unmoralisch. Was legal ist, und was legal sein sollte. Verbrechen ohne Opfer – was ist Psychopathologie? Er sagt, er ist verrückt, aber er benimmt sich nicht so, als sei er verrückt. Er ist ein Faxenmacher. Er steht gern im Rampenlicht und reißt Witze. Er ist ungebildet, aber schlau. Es hat ihm Spaß gemacht, den Spieß herumzudrehen und mich auszufragen. Also wie liegt der Fall? Ist er unmoralisch? Ist er verrückt?«

Eine Dreiviertelstunde später räumte Jason seine Sachen zusammen und stemmte sich dem kalten Wind auf der Bloor Street entgegen.

Es war sehr gut gelaufen. Seine Zuhörer waren begeistert. Er hatte allen Grund in Hochstimmung zu sein, aber statt dessen fühlte er sich niedergeschlagen und bedrückt. Aus irgendeinem Grund war ihm diesmal, als er das Band angeschaut hatte, die Bemerkung des Mannes sauer aufgestoßen, daß die Bullen nie da waren, wenn man sie brauchte. Und daß sie einem nicht halfen, wenn sie endlich kamen, sondern viel zu sehr damit beschäftigt waren, herauszufummeln, um was für ein Verbrechen es sich überhaupt handeln könnte.

Jason war im Alter von fünfzehn ziemlich übel zusammengeschlagen worden. In der Bronx, wo er herkam, waren die Bullen alles andere als wohlgesonnen. Für sie war er einfach nur ein jugendlicher Rowdy, der in eine Schlägerei verwickelt war. Sie hatten ihn durchsucht, das Messer gefunden, das zu ziehen er nicht den Hauch einer Chance gehabt hatte und ihm angedroht, ihn deshalb wegen Tragens einer verdeckten Waffe zu verhaften.

Jason betrachtete sich selbst als vollständig analysiert. Er wußte, daß es für ihn überaus wichtig war, der Mittelklasse anzugehören. Insofern gefiel ihm die Analyse seines letzten Patienten. Doch nun, ohne daß er den genauen Grund dafür hätte nennen können, fühlte er sich durch das Band verunsichert. Je mehr er über die Fragen, die darin aufgeworfen wurden, nachdachte, desto weniger war er sich darüber im klaren, welche Position er dazu beziehen sollte.

Plötzlich hatte er es sehr eilig, seine Frau wiederzusehen – geradeso, als hätte er sie zu lange alleingelassen oder etwas übersehen, das ihm eigentlich hätte auffallen sollen. Er schaute sich nach einem Taxi um, während es anfing zu schneien.

2

Detective April Woo schaffte der Nachtschicht ein freies Arbeitsfeld auf ihrem Schreibtisch. Ihr kurzes Gähnen versteckte sie hinter der Hand, obwohl außer ihr nur noch Sergeant Sanchez und Ginora, die allseits verehrte Sekretärin, die die Anrufe entgegennahm und Nachrichten weiterleitete, im Wachraum waren. Beide saßen über ihre Schreibtische gebeugt am Telefon und unterhielten sich rasend schnell auf spanisch. Keiner der beiden schaute in Aprils Richtung.

Detective Bell war auf dem Schießstand in der Bronx, Detective Davies auf dem Schießstand der Polizeiakademie und Sergeant Aspriranti im Einsatz. Es war halb vier. Wenn nicht noch etwas dazwischenkam, konnte April sich in einer halben Stunde auf den Nachhauseweg machen.

Ihr Blick streifte das Ehepaar, das schon seit fast einer Stunde auf der Bank neben der Eingangstür saß. Die Revierleiterin Sergeant Joyce war zu einem Einsatz gerufen worden. Außer ihr war niemand befugt, eine Anzeige aufzunehmen. Sie mußten wohl oder übel warten, bis Joyce zurückkam oder Sergeant Rinaldi sie um vier Uhr ablöste.

April betrachtete die beiden eingehender und fragte sich, was sie wohl auf dem Herzen hatten. Sie gehörten zu der Sorte Leute, die sie immer ein wenig nervös machten. Weiße mitteleuropäischer Abstammung, denen man ihre Bildung und Wohlstand sofort ansah. Aprils Mutter war eine in den alten Traditionen verwurzelte Chinesin, die selbst jetzt noch Weiße gelegentlich als Rundaugen oder Geister bezeichnete. Auch das machte April manchmal nervös.

Zu den ersten Dingen, die man ihr auf der Polizeiakademie beigebracht hatte, gehörte: »Wir haben hier nur eine Farbe. Blau. Welche Vorurteile Sie auch haben mögen, lassen Sie sie draußen vor der Tür.« April hatte das beherzigt.

Nach sechs Jahren Zugehörigkeit zu New York's Finest, wie die Polizei sich gerne bezeichnete, die zu einem Drittel aus Afro-Amerikanern, einem Drittel Lateinamerikanern und einem Drittel Weißen bestanden – der Anteil der Asiaten lag allenfalls bei drei Prozent, ein paar hundert von über fünfunddreißigtausend Polizisten –, betrachtete April sich weitgehend farbenblind.

Selbst ohne die Aufforderung ihres Professors, anderen Leuten vorurteilslos gegenüberzutreten, hätte April Woo nicht lange gebraucht, um festzustellen, daß trotz all der verschiedenen Hautfarben und kulturellen Andersartigkeiten, die Menschen im Prinzip nach gleichen Zielen strebten. Angesichts der Kombination aus Bildung, Klasse und Geld, wie sie dieses Ehepaar verkörperte, wurde April allerdings unwillkürlich unsicher. Ohne es zu wollen, fühlte sie sich minderwertig. Nicht genug, daß diese Leute weiß und gebildet waren, sie hatten offensichtlich auch noch Geld. Wenn es nur eine dieser drei Eigenschaften gewesen wäre, hätte es April nicht so viel ausgemacht, aber die Kombination aus allen dreien war für April unerreichbar. An zwei Abenden in der Woche besuchte sie das John Jay College of Criminal Justice, um dort ihren Abschluß zu machen, doch manchmal beschlich sie die Befürchtung, daß sie graue Haare hätte, bevor es dazu kam.

»Mistkerl!« fauchte die Frau den Mann an.

Ohne den Blick zu heben, betrachtete April die Frau. Sie hatte volles, langes Haar, dunkelbraun, obwohl unter Umständen gefärbt, das mit einigem Aufwand zu einer mächtigen Mähne frisiert war, und sie trug einen kurzen Pelzmantel. Einen sehr kurzen Pelzmantel, um genau zu sein. Jedenfalls bekam man eine Menge von ihren schlanken, schwarzbestrumpften Beinen zu sehen, die darunter hervorragten. Vermutlich ganz schön kalt, den ganzen Winter lang so herumzulaufen, dachte April.

Zu einem früheren Zeitpunkt des Tages hatte die Frau offensichtlich einigen Aufwand beim Schminken betrieben, doch nun war von ihrem Make-up nur noch zu ahnen, wieviel Zeit und Mühe sie darin investiert hatte – der Eyeliner war fast verschwunden, unter den Augen hatte sie Spuren von Mascara, und das Rouge auf ihren Wangen war nahezu vollständig von ihren Tränen weggespült worden. Der Mann neben ihr sah aus wie ein Anwalt oder ein Arzt. Er trug einen dunklen Anzug und hatte einen Kamelhaarmantel und einen Seidenschal mit Paisleymuster über dem Arm. Sie saßen da und diskutierten von Zeit zu Zeit miteinander, während sie darauf warteten, daß jemand ihren Fall bearbeitete. Vermutlich drehte es sich um einen Einbruch.

Der Wachraum hatte einen kurzen Durchgang, der zu einem größeren Raum führte, in dem sechs Metallschreibtische standen, die mit wenig mehr als einer Schreibmaschine und einem Telefon ausgestattet waren. Die Schreibtische waren in einer Reihe an der Fensterfront zur achtundvierzigsten Straße angeordnet. Für Leute, die darauf warteten, daß einer der Detectives sich ihrer annahm, gab es keine andere Sitzgelegenheit, als diese Bank auf dem Flur. Den Schreibtischen gegenüber befand sich eine Arrestzelle mit dicken Eisenstäben, in denen Verdächtige untergebracht wurden, bis man sie verhörte, doch diese war heute nicht belegt. Es war ein ziemlich ruhiger Tag gewesen, für April allerdings ein erfolgreicher Tag.

Zum ersten Mal seit langem hatte sie einen Fall gehabt, der ihr ein gutes Gefühl vermittelte. Es war allerdings nicht der erste Einsatz des Tages gewesen. Der hatte sie zur Amsterdam Avenue gerufen. Ein alter Mann hatte sich tagelang nicht sehen lassen, bis schließlich jemand die Polizei verständigte. April und Sanchez brachen seine Wohnung auf und fanden ihn auf der Toilette, wo er bei seinem, wie sich herausstellte, letzten Furz gestorben war. In dieser Gegend wohnten viele alte Leute. Sie starben vor dem Fernsehgerät. Sie starben in ihren Betten. Gelegentlich rutschten sie in der Badewanne aus, brachen sich etwas und konnten niemand um Hilfe rufen. Es war allerdings erstaunlich, wie viele von ihnen auf dem Klo starben. In diesem Fall war es mitten in der Nacht passiert. Das Licht war eingeschaltet. Sein Gebiß lag in einem Glas, sein Hörgerät auf dem Nachttisch. Er war ein kleingewachsener Mann mit einem gepflegten Schnurrbart, der gerade wie eine Eins auf dem Klo saß, seine gestreiften Pyjamahosen um die Knöchel und die Augen vor Schreck weit aufgerissen, als sei er gerade mitten im Geschäft erwischt worden.

Gegen Mittag, als April noch immer in der Wohnung nach Telefonnummern von Verwandten suchte, die sie benachrichtigen konnte, und sie darauf wartete, daß ein Krankenwagen kam und den alten Mann abtransportierte, erhielt sie einen Funkspruch, in dem ausdrücklich nach ihr verlangt wurde. Hier oben auf der Upper West Side auf der Columbus Avenue, gerade mal einen Block vom Central Park entfernt, wo vorwiegend Gutbetuchte wohnten und wenig Bedarf für eine Chinatown-Expertin herrschte, kam so etwas nicht gerade häufig vor.

Es war ein Fall im Westminster, einem der berühmten Gebäude am Central Park West. Sie sollte ein chinesisches Hausmädchen befragen, und April genoß jede Sekunde dieser Angelegenheit. Es stellte sich heraus, daß die Frau, Ling Ling Jee, niedergeschlagen worden war, als sie zwei Einbrecher in der Wohnung überraschte, die gerade damit beschäftigt waren, sich den Schmuck ihrer Arbeitgeberin unter den Nagel zu reißen. Ling Ling Jee war eine Frau mittleren Alters mit einem breiten Gesicht. Wie so viele Chinesen ländlicher Herkunft hatte auch sie es bisher nicht für nötig befunden, Englisch zu lernen. Die beiden Männer hatten ihr zwar einen Schrecken eingejagt, aber noch mehr war sie darüber besorgt, daß man ihr das Eindringen der Männer anlasten könnte. Noch schlimmer – ihre Arbeitgeber waren gar nicht in der Stadt, sie waren zu einem kurzen Skiurlaub verreist. Ling Ling Jee hatte keine Ahnung, wohin, noch wußte sie genau, was Skifahren überhaupt war.

Das haitianische Hausmädchen aus der Wohnung gegenüber hatte für sie die Polizei gerufen. Zwei Polizisten waren zum Tatort gekommen, doch sie hatten nicht genug herausbekommen, um einen Bericht schreiben zu können. Schließlich erschien April und regelte alles. Sie beruhigte die Frau, erfuhr von ihr, was passiert war und versuchte herauszubekommen, was gestohlen worden war. Sie erklärte ihr, was Skifahren war, und es gelang ihr, die Barstollers in Vermont zu erreichen. Morgen würde Ling Ling zum Revier kommen und sich die Verbrecherkartei betrachten.

Es schien April, als sei sie regelrecht dazu berufen, Dinge für Neuankömmlinge zu regeln, die weder ein noch aus wußten und manchmal schier verzweifelten. Fünf Jahre lang hatte sie als Detective in Chinatown gearbeitet, und ihre Arbeit hatte ihr Spaß gemacht. Sie kannte es gar zu gut, welche verzweifelte Situation es bedeutet, nicht zu wissen, wie man sich verhalten oder wem man nun glauben sollte.

Kaum jemand in Chinatown war auf legalem Wege ins Land gekommen. Folglich lebten die Menschen vom Moment ihrer Ankunft an in permanenter Furcht davor, entdeckt und zurückgeschickt zu werden. Dies und die Tatsache, daß sie kein Englisch konnten, machte sie zu perfekten Opfern – für andere, denen es genauso ging, für die Behörden und für die Leute, die sie einstellten.

Manchmal kam es vor, daß die Leute, die ihnen für Tausende von Dollars falsche Papiere verkauften, ihre Ankunftszeiten an ihre Komplizen in New York weitergaben, die sie dann am Flughafen kidnappten und von den Verwandten, die sehnlichst auf sie warteten, Lösegeld verlangten. Während ihrer Jahre im 5. Bezirk hatte April etliche Fälle zu bearbeiten gehabt, die ihr ein gutes Gefühl gaben. Hier oben war das anders. Sie fühlte sich ein wenig wie ein Fisch auf dem Trockenen.

Sergeant Joyce kam herein und gab April mit einem brüsken Kopfnicken zu verstehen, daß sie zu ihr ins Büro kommen sollte. Es war drei Uhr vierzig. Der irisch-verbissene Gesichtsausdruck ihrer Vorgesetzten ließ April ahnen, daß sie keinesfalls in zwanzig Minuten nach Hause gehen konnte. Es war etwas passiert.

Zwei Minuten später kam sie mit einem Vordruck zur Aufnahme einer Vermißtenmeldung, der unten auf der Wache nur teilweise ausgefüllt worden war, aus dem Büro und ging zu dem ungeduldig wartenden Ehepaar, das auf der Bank saß.

»Mr. und Mrs. Roane«, sagte April. »Bitte kommen Sie mit mir mit.«

3

Drei Blocks von seiner Wohnung entfernt schaute Jason aus dem Fenster des Taxis und war wie vor den Kopf geschlagen, als er auf der Programmtafel eines Kinos den Titel eines Films las, der zu dem Zeitpunkt seiner Abreise noch nicht dort gestanden hatte. *Schlangenzähne*. Was zum Teu ...

»Stop«, sagte er plötzlich.

Mit quietschenden Reifen kam das Taxi an der Ecke Broadway/48ste zum Stehen. Jason zahlte und wuchtete sein Gepäck hinaus in die Kälte. Es war ein nebelverhangener Märznachmittag, aber in New York herrschte noch immer tiefer Winter. Sein Flug von Kanada hatte nicht einmal zwei Stunden gedauert. Er blieb vor dem Kino stehen und betrachtete das Filmplakat. Es waren nur zwei Gesichter darauf zu sehen – die Namensliste am unteren Ende des Plakats war kaum zu entziffern. Eines der Gesichter kannte er sehr gut. Ein Zittern überfiel ihn, als der kalte Nebel in Regen überging, der immer heftiger wurde, bis es schließlich schüttete wie aus Kübeln. Jesus. Um endlich ins Trockene zu kommen, kaufte Jason sich eine Eintrittskarte und betrat geduckt das vergammelte alte Kino.

Der Zuschauerraum war dunkel und geschwängert von Popkorngeruch. Jason suchte sich einen Platz in einer der hinteren Reihen und stellte seine Koffer auf den Sitz neben sich. Der Film hatte bereits angefangen. Die Kamera fuhr auf das Mädchen zu, das mit übereinandergeschlagenen Beinen auf einer Couch saß. Sie zeichnete mit dem Zeigefinger irgendwelche Muster auf ihren nackten Oberschenkel. Hinter ihr saß ein Mann und schaute ihr zu – allerdings hatte er seine Position so gewählt, daß er alles beobachten konnte, was sie tat, ohne von ihr gesehen zu werden. Jason verzog das Gesicht. Er mochte keine Filme mit Psychiatern. Sie stimmten einfach nie.

Er trommelte mit den Fingern auf die schmuddeligen Armlehnen.

Recht lange kam kein Ton von der Leinwand, und es spielte sich nichts weiter ab. Im Publikum machte sich langsam Unruhe breit, Füße scharrten auf dem Boden und vereinzelt war ein ungeduldiges Husten zu hören. Und just in dem Augenblick, als das stagnierende Geschehen auf der Leinwand unerträglich wurde, streckte die Frau ihre Beine aus, lehnte sich zurück und räkelte sich ein wenig. Bis zu diesem Zeitpunkt hatte sie durchaus attraktiv gewirkt, doch nun war sie schlicht atemberaubend. Mochte die Filmhandlung bisher allenfalls eine x-te Variation des Themas Korruption gewesen sein, so bekam sie nun eine dunkle Wendung in Gestalt einer leicht perversen Nuance, die auf den Betrachter beängstigend, erotisch und verstörend zugleich wirkte.

Der Film handelte von einer hübschen und verletzlichen

jungen Frau, die sich allmählich in eine Beziehung verstrickte zu einem sinister angehauchten jungen Mann mit einem harten, aber leeren Gesichtsausdruck und so gut wie keiner Lebensperspektive. Die beiden waren zu sehen, wie sie ziellos durch die verschiedenen Parks von New York schlenderten oder in Restaurants herumsaßen. Die einzige Abwechslung zu Spaziergängen und Restaurantbesuchen bestand in den Besuchen der jungen Frau bei ihrem Therapeuten.

Dieser war ein dicklicher, unattraktiver Mann, der trotz seiner offensichtlichen Passivität eine bedrohliche Aura hatte. Das Kinopublikum konnte nicht hören, was die beiden miteinander redeten. Die Lippen der Patientin bewegten sich zwar, doch zu hören waren nur die Geräusche einer Toilettenspülung, die Autos in den Straßen und das Radio in der Wohnung nebenan. Die Szenen wirkten, als seien sie durchs Schlüsselloch gefilmt worden. Gerade so, als ob sich jemand vorstellen konnte, wie eine Therapiesitzung aussah, aber nicht, was dabei zu hören war. Was man sah, wirkte wie eine ziemlich geschmacklose Anmache.

Die Frau saß oder lag und drehte sich gelegentlich auf die Seite, und ihre Körpersprache nahm immer provozierendere Formen an. Der Therapeut reagierte entsprechend. Ohne den Dialog war es unmöglich zu sagen, worum es in der Szene wirklich ging.

Jason erfaßte eine unangenehme Anspannung, ja Verärgerung, bei dem Gedanken, daß er mitansehen mußte, wie die Regeln, nach denen er lebte, verletzt wurden.

Dann wechselte die Szene abrupt, und sie war nackt – zusammen mit dem anderen Mann. Der junge Halbstarke trug Jeans und eine Lederjacke mit einem Reißverschluß. Die Jacke war offen. Er beugte sich über die Frau und strich mit dem Reißverschluß hin und her über ihren makellosen Hals und die Brüste. Dann sank er vor ihr auf die Knie.

Jason wollte nicht mit ansehen, was er als nächstes machen

würde, noch wollte er sehen, was sie nun tat. Er wünschte sich zurück auf die Straße, wollte den Rest des Filmes einfach nicht mitbekommen. Das hier gefiel ihm kein bißchen. Es ging ihm absolut gegen den Strich. Doch die Frau war einfach zu mysteriös und außergewöhnlich, sie hatte eine nahezu magnetische Wirkung. Er konnte nicht gehen.

Sie reckte sich über die Stuhllehne und räkelte sich, so wie sie es vorher in der Praxis des Psychiaters getan hatte. Ihr volles strohblondes Haar hing herab, sie legte den Kopf in den Nacken, so wie man es nur in Filmen sieht, und es meist nie echt wirkt, weil die wenigsten Leute im wirklichen Leben zu derartigen Verrenkungen fähig sind. Ihre Beine schienen endlos lang. Der junge Mann vergrub sein Gesicht in ihrem Schoß. Sie schlang ein Bein um seinen Rücken und umklammerte ihn, dann das andere.

Jason schluckte und blickte sich verstohlen um. Er konnte sehen, daß die anderen Männer im Publikum genauso erregt waren, wie er selbst. Mit dem Kerl auf der Leinwand, der seine Lederjacke beim Sex anbehielt, hätte jeder Mann im Publikum liebend gerne getauscht. Das Hemd, das er darunter getragen hatte, war plötzlich verschwunden. Jasons Beklommenheit steigerte sich ins beinahe Unerträgliche. Er schlug die Beine anders übereinander.

Dann wechselte die Szene. Wieder die Praxis des Psychiaters. Die Frau redete, ohne daß man etwas hörte. Jasons Herz schlug schnell. Er wollte sie nicht auch noch nackt mit dem Seelenklempner sehen. Schweiß bildete sich auf seiner Stirn, während die Leinwand weiß wurde und ein Brummen aus den Lautsprechern drang. Es war unerträglich. Was passierte denn jetzt?

Langsam wurde das Bild klar. Die Frau und der Halbstarke waren in einem Raum, dessen Wände voller kleiner bunter Motivvorlagen waren. Ein Tätowierstudio. Jasons Herzschlag raste. Was sollte das schon wieder? Die beiden schauten sich tief in die Augen. Der Halbstarke hatte sein Hemd ausgezogen. Er saß auf einem Hocker, und seine unbehaarte Brust füllte die Leinwand. Die Frau streichelte seine Schulter, als plötzlich ein weiterer Mann im Bild erschien, der mit irgendeinem Instrument herumhantierte.

Ein hohes Summen, das sich anhörte wie ein Bienenschwarm, erfüllte das Kino. Der Mann nahm das Instrument und begann die Schulter des Halbstarken zu tätowieren. Erregt betrachtete die Frau, wie die Tätowierung Gestalt annahm. Die beiden Verliebten schauten einander an. Ihre Füße berührten sich. Ihre Finger umfaßten einander.

Schließlich war die Tätowierung fertig, und der junge Mann erhob sich, ein attraktives chinesisches Symbol in Blau und Schwarz auf seiner Schulter. Jason schaute auf seine Uhr. Gott sei Dank war es vorbei.

Aber es war nicht vorbei. Die Frau setzte sich auf den Hocker, wo vorher der junge Mann gesessen hatte. Langsam knöpfte sie ihre Bluse auf, bis ihr ganzer Rücken entblößt war. Der Mann streichelte ihr den Rücken und den Hals, um ihr Mut zu machen, so wie sie es zuvor mit ihm getan hatte. Auf ihrem Gesicht zeichnete sich plötzlich der Ausdruck großer Gelassenheit und Befriedigung ab, als das Summen erneut begann und die Nadel sich ihrer Schulter näherte. Standbild.

Herrgott. Jason schüttelte den Kopf, als der Abspann über die Leinwand rollte. Emma Chapmans Name kam zuerst. Es war das erste Mal, daß Jason einen Film mit ihr gesehen hatte. Als er den Namen seiner Frau auf der Leinwand sah, wurde ihm schwindlig – als hätte er eine Lebensmittelvergiftung und irgendwelche Giftstoffe durch sein Hirn rasen. In all den Monaten der Vorbereitung und der Dreharbeiten zu diesem Film war sie nicht dazu zu bewegen gewesen, ihm zu sagen, was sie darin tat und worum es darin ging. Eine ganze Weile saß er einfach da und war zutiefst schockiert.

4

Die Frau in den teuren Kleidern und dem kurzen Pelzmantel prüfte die Sitzfläche des Metallstuhls, den man für sie vom Schreibtisch nebenan herangezogen hatte und bemerkte einige Krümel. Sie versuchte sie wegzuwischen, doch die Sitzfläche war an manchen Stellen klebrig, und einige der Krümel blieben haften. Als sie sich schließlich setzte, wirkte sie noch unglücklicher als zuvor.

Noch so ein Fisch auf dem Trockenen, sinnierte April Woo.

Der Mann setzte sich auf den bereitstehenden Stuhl, ohne ihn näher zu betrachten.

»Sie sind Chinesin«, sagte die Frau halb als Frage und halb als Feststellung.

»Jawohl, Ma'am«, pflichtete April ihr bei. Sie war gestern schon Chinesin gewesen, sie war es heute, und es gab nicht den geringsten Zweifel, daß sie es auch morgen noch sein würde.

Seit sie hier auf der Upper West Side arbeitete, kam es gelegentlich vor, daß April in den Spiegel schaute und dieses Faktum sie zu ihrem eigenen Erstaunen einzuholen schien. Sie fühlte sich nicht als Chinesin, außer wenn sie in Gesellschaft von Chinesen war. Und normalerweise kam es ihr auch nicht in den Sinn, außer wenn sie durch jemanden daran erinnert wurde. Und das war der Knackpunkt an der Arbeit hier. Es tauchte garantiert immer jemand auf, um sie daran zu erinnern.

»Sind Sie in diesem Land geboren?« fragte die Frau und starrte April mißtrauisch an.

»Jennifer!« Ihr Mann schüttelte den Kopf. Was spielte das für eine Rolle?

»Jawohl, Ma'am, und Sie?« erwiderte April ungerührt.

Die Frau errötete leicht. »Entschuldigen Sie. Ich habe

einfach noch nie eine chinesische Polizistin gesehen.« Sie betrachtete Aprils gut geschnittenen marinefarbenen Blazer und ihre Hosen, ihre rot-weiß-blaue Seidenbluse mit dem weichen Halstuch und errötete erneut.

April hatte ein schönes, zartgeschnittenes rundes Gesicht. Ihr Kinn war weder zu rund noch zu spitz, und ihrer Kurzhaarfrisur sah man auf den ersten Blick an, daß ein Könner am Werk gewesen war. Sie trug ein dezentes Make-up um die Augen und Lippenstift. April wußte, daß die Frau zweifelte, daß sie eine Polizistin war. Vielleicht dachte sie, sie sei auch nur eine weitere Schreibkraft – so wie das mißmutige schwarze Mädchen ein Stockwerk tiefer, das ihre Anzeige aufgenommen hatte.

Die Augen der Frau füllten sich mit Tränen. Sie schneuzte sich die Nase. »Sie sind *Polizistin.*«

Volltreffer. April konnte Gedanken lesen. Sie nickte feierlich. »Jawohl, Ma'am.« Eine Polizeiregel besagte, daß man immer höflich zu bleiben hatte.

»Mein Gott.« Stephen Roane legte seine Hand auf den Arm seiner Frau.

Sie zog ihren Arm weg. »Versuch nicht, mir den Mund zu verbieten«, blaffte sie ihn an. »Ich wollte das einfach wissen.«

»Was das wohl wäre?« murmelte er.

April machte sich eine Notiz von der Feindseligkeit des Mannes. Sie entschloß sich, Mrs. Roane davon zu überzeugen, daß Detective April Woo der Sache durchaus gewachsen war. Sie lehnte sich zurück und knöpfte ihre Jacke auf, so daß die Smith and Wesson Kaliber .38 in ihrem Hüftholster deutlich zu sehen war.

»Jawohl, Ma'am«, sagte sie nun zum dritten Mal. »Ich bin nicht nur Polizeibeamtin, sondern auch noch Detective.« Sie zog das Etui mit ihrer Polizeimarke aus der Tasche. Sie war schon nach zwei Dienstjahren zum Detective befördert worden. So gut war sie also, oder zumindest war dies die Ansicht der Leute an den entsprechenden Stellen. Jedenfalls von denen im 5. Revier.

»Sie sehen gar nicht aus wie ein Polizist«, sagte Jennifer Roane.

»Um Himmels willen, siehst du nicht, daß der Polizistin deine Fragerei peinlich ist. Kommen wir endlich zum Thema ...«

»Detective«, verbesserte April. »Macht aber nichts. Das sagt jeder.«

Sie sah nicht aus wie ein Bulle, und sie wußte nicht, ob es daran lag, daß sie eine Frau war oder eine Uniform nur bei Paraden trug. Oder ob es mit der Tatsache zusammenhing, daß sie Asiatin war.

»Unsere Tochter ist verschwunden«, sagte der Mann. »Was sollen wir jetzt tun?« Am liebsten hätte er diese junge Chinesin angebrüllt, warum sie ihn über eine Stunde hatte warten lassen, obwohl sie offensichtlich nichts zu tun hatte, doch er ließ es lieber bleiben, weil er die Angelegenheit endlich hinter sich bringen wollte.

»Wann haben Sie sie zum letzten Mal gesehen?« fragte April ruhig.

»Vor vier oder fünf Tagen. Am Samstag, glaube ich«, sagte der Mann.

Die Frau nickte. »Am Samstag, genau.«

April machte sich eine Notiz. Es war eine Angewohnheit von ihr, die Formulare mehr oder weniger beiseite zu lassen und wieder von vorne anzufangen. Aus den Formularen ließ sich wenig herauslesen, und außerdem erzählten die Leute unten häufig etwas anderes als hier oben.

»Sie haben also Ihre Tochter fast eine Woche nicht mehr gesehen?«

»Nun ja, sie wohnt nicht bei uns«, sagte der Vater sichtlich in die Defensive gedrängt. Er sah zu seiner Frau hinüber. »Bei keinem von uns beiden.«

»Oh.« Also hatte hier jeder seine eigene Wohnung. April machte sich eine Notiz und starrte auf das Blatt vor sich.

»Also, hm, Ellen ist am einundzwanzigsten von da, wo sie wohnt, verschwunden. Wo wohnt sie denn?«

»Na ja, sie ist nicht am einundzwanzigsten verschwunden, sondern am fünfundzwanzigsten«, sagte die Frau, der schon wieder die Tränen kamen.

»Und heute ist der siebenundzwanzigste«, murmelte April.

»Wir dachten, man muß 48 Stunden warten«, fügte die Frau hinzu und wischte sich die Tränen ab.

»Das ist nicht unbedingt Vorschrift. Wie alt ist sie, und wo wohnt sie?« fragte April.

Vielleicht war diese Ellen Roane gar kein Fall für die Polizei, weil die entsprechenden Voraussetzungen nicht erfüllt waren. Die Leute kapierten nicht, daß nicht jeder, der spurlos verschwand, notwendigerweise einen Vermißtenfall darstellte. Wenn man über achtzehn war, konnte man hingehen, wo man wollte, ohne befürchten zu müssen, daß das FBI sich einem an die Fersen heftete und einem das Leben vermieste, bis sie einen endlich schnappten. Es passierte andauernd, daß verheiratete Leute, die einfach die Nase voll hatten, sich aus dem Staub machten. Die Polizei konnte nicht jeden verschwundenen Ehegatten suchen.

Es mußten konkrete Hinweise vorliegen, die ein Einschreiten angezeigt erscheinen ließen: zum Beispiel, wenn die betreffende Person älter war als 65 Jahre, an einer Behinderung oder einer Geisteskrankheit litt oder es mußten Hinweise vorliegen, daß die betreffende Person in Gefahr war.

Die Mutter knabberte auf ihrer Oberlippe herum. Sie hatte Mühe ruhig zu bleiben. April bemerkte ihre aufsteigende Panik und empfand Mitleid mit ihr. Die ganze Angelegenheit war ziemlich unangenehm – vielleicht war ihre Tochter einfach nur weggelaufen, so etwas war unangenehm für die Eltern, aber es kam vor.

»Siebzehn«, sagte die Mutter nach einem Moment des Zögerns.

April nickte. In Ordnung. Wenn eine Person unter achtzehn als vermißt gemeldet wurde, dann mußte dieser Fall bearbeitet und der Ermittlungsapparat in Gang gesetzt werden. »Okay, wo wohnt sie?«

»Sie geht zur Columbia University. Sie wohnt dort im Studentenwohnheim.«

»Dafür ist dieses Revier nicht zuständig. Sie muß in diesem Polizeibezirk wohnen«, sagte April langsam.

»*Wir* wohnen in diesem Bezirk«, sagte der Mann wütend. »Sollen wir vielleicht noch mal ganz von vorne anfangen? Wir warten jetzt hier schon zwei Stunden.«

April dachte nach. War es möglich, die beiden zum Uptown Revier zu schicken und sich so aus der ganzen Angelegenheit herauszuwinden? Vermutlich nicht. Daß Sergeant Joyce sie angewiesen hatte, den Fall zu bearbeiten, lag nicht nur daran, daß außer April niemand zur Verfügung stand.

»Sie haben Einfühlungsvermögen«, hatte Joyce gesagt und dabei gelächelt, als wollte sie sagen, daß Einfühlungsvermögen eine ziemlich hinderliche Eigenschaft war.

»Ihre Tochter ist unter achtzehn. Das bedeutet, daß wir den Ermittlungsapparat einschalten können. Dafür werde ich sorgen. Haben Sie irgendwelche Hinweise, daß Ihre Tochter in Gefahr ist?« fragte April.

»O Gott, was soll denn das bedeuten?« rief die Frau.

Wütend stauchte der Mann sie zusammen. »Das bedeutet, daß das FBI und alle Polizeireviere im ganzen Land nach ihr suchen werden. Willst du das?«

»Sie würde nirgendwo hinfahren, ohne mir Bescheid zu sagen«, beharrte die Frau. »Wir stehen uns sehr nahe. Ja, ich weiß genau, daß sie in Gefahr ist.«

»Was veranlaßt Sie zu dieser Annahme?« fragte April behutsam. »Hat sie einen Freund, der sie schon mal bedroht hat? Hat irgend jemand sie belästigt? Manche Mädchen fahren einfach mit einer Freundin für ein paar Tage weg. So was kommt vor. Die meisten Leute tauchen wieder auf.«

Es war Samstag. Studentinnen fuhren nun mal übers Wochenende aufs Land. Schwer zu schlucken, aber wahr.

»Sie ist vielleicht nur übers Wochenende rausgefahren«, sagte April.

Jennifer Roane schüttelte den Kopf. »Ich habe es im Gefühl. Ich weiß es einfach. Ich kenne sie. So was würde sie mir nie antun.«

»Hat sie Probleme an der Uni, oder irgendeinen anderen Grund, wegzulaufen?«

Beide Eltern schüttelten den Kopf.

»Sie ist eine hervorragende Studentin. Ein nettes, gutaussehendes Mädchen, das noch nie in Schwierigkeiten war«, erklärte der Vater mit Bestimmtheit. »Sie hat uns noch nie auch nur den geringsten Anlaß zu Sorgen gemacht.«

Er zuckte mit den Achseln, als wollte er sagen, möglicherweise seien diese ganzen Umstände völlig unnötig.

April warf ihm einen Blick zu. »Gibt es familiäre Probleme?« fragte sie.

»Wir leben getrennt, falls es das ist, was Sie meinen.« Er betrachtete einen seiner hochglanzpolierten Slipper. »Aber ich glaube nicht, daß das eine Rolle spielt. Ellen kam damit sehr gut zurecht.«

Die Frau fing wieder an zu weinen. »Ich glaube, sie kam damit absolut nicht zurecht. Als ich das letzte Mal mit ihr gesprochen habe, war sie so verstockt, daß ich kaum ein Wort aus ihr herausbekommen habe. Wie kann sie damit zurechtkommen, daß alles, was ihr in der Kindheit erzählt wurde, sich als ein Haufen Lügen herausstellt?«

»Halt die Klappe«, sagte der Mann voller Kälte.

»Ich brauche ein Bild von ihr«, sagte April, »und die Telefonnummern ihrer Freunde.« Sie schaute auf die Uhr. Der

Fall machte auf sie keinen sonderlich dramatischen Eindruck, sie glaubte nicht, daß das Mädchen in Gefahr war. Aber man durfte kein Risiko eingehen. Es gab keinen Fall, bei dem man auf gut Glück spielen konnte, in der Hoffnung, daß alles sich von selbst regelte. Sie erklärte den Roanes, daß sie sofort mit der Bearbeitung des Falles beginnen würde.

Sie hatte drei Tage, bis sie einen Bericht schreiben mußte und sieben Tage zur Bearbeitung. Wenn sie bis dahin den Aufenthaltsort des Mädchens nicht herausgefunden hatte, konnte Joyce den Fall loswerden und ihn weiterleiten nach Downtown, wo die Akten zwischengelagert wurden, bis zu dem Tag, an dem eine Beschreibung auftauchte, die auf Ellen Roane paßte.

All dies ging April durch den Kopf, während die Roanes den Raum verließen. Zu Beginn eines jeden Falles machte sie sich eine Liste darüber, was unbedingt zu tun war. Nachts kam es manchmal vor, daß sie diese Liste immer wieder durchging, um festzustellen, ob sie etwas vergessen hatte. April hatte panische Angst, daß ihretwegen jemand vielleicht sterben mußte.

Also: erste Station Columbia University. Ziemlich finster für einen Schulweg.

Bevor April sich auf den Weg machte, rief sie den Neffen des Mannes an, den sie und Sanchez am Morgen tot aufgefunden hatten. In der Pathologie waren sie immer ziemlich scharf darauf, die Leichen schnell wieder loszuwerden, und wenn sie nicht bald jemand fand, der sich des alten Mannes annahm, würden die ihn in Potter's Field beerdigen lassen. Der Neffe meldete sich nicht. Sie räumte ihre Sachen für die Nacht zusammen in der Gewißheit, daß sie am nächsten Morgen den Eltern des Mädchens schon eine erste Spur würde präsentieren können.

5

»Herrgott!« Jason wurde von einem Schwindelgefühl gepackt. Er mußte sich an der Wand abstützen, um nicht umzukippen. Zum zweiten Mal innerhalb von zwei Stunden traf ihn der Anblick seiner Frau wie ein Schlag.

Als er nach Hause kam, war Emma im Wäscheraum ihres Apartments. Sie trug ein modisches schwarzes Unterkleid und Radfahrerhosen und lief auf einem teuren Heimtrainer, der bei seiner Abreise noch nicht dort gestanden hatte.

Schweißperlen glitzerten auf ihrem Hals und ihrer Brust. Die Haut auf ihrem Brustbein war blaß wie der Winter. Er wandte sich zur Küche und drehte sich dann noch einmal völlig verblüfft zu ihr um. Es war kaum zu fassen, aber in natura sah sie noch hinreißender aus. Und dennoch – sie wirkte so unerreichbar auf ihn, wie eine völlig fremde Person, der er noch nie zuvor begegnet war.

»Hi.« Überrascht ihn zu sehen, drehte sie sich zu ihm um, schenkte ihm ein Tausend-Watt-Lächeln und drosselte das Laufband auf Schrittgeschwindigkeit, bevor sie davon heruntersprang.

»Ich hab' noch gar nicht mit dir gerechnet. Ich dachte, bei dem Nebel dauert es garantiert noch Stunden, bis du kommst. Wie ist es gelaufen?« Sie streckte ihre Arme nach ihm aus.

Er stand kopfschüttelnd da und bekam kein Wort heraus. Was Toronto anging, so konnte er sich nur noch daran erinnern, daß er plötzlich von einer inneren Unruhe gepackt worden war, von einer Vorahnung, daß irgend etwas mit *ihr* nicht stimmen könnte. Wieso hatte er nur so lange gebraucht, um darauf zu kommen. Er fühlte sich wie ein Idiot, der völlig vernagelt durch die Welt gestolpert war.

Bei Patienten und Freunden, die mit ihren Eheproblemen zu ihm kamen, forschte er immer danach, was in deren Beziehung fehlte und nicht nach dem, was da war. Wenn es an Leidenschaft fehlte oder an Humor, wenn menschliche Wärme und Lebensfreude abhanden gekommen waren, dann war er besorgt. Streitigkeiten und Wutausbrüche waren oft ein Zeichen dafür, daß eine Beziehung noch lebendig war, sie waren ein Ventil für die unwillkommene und manchmal furchterregende Ambivalenz, die Teil einer jeden Liebesbeziehung ist. Jason war immer froh gewesen, daß er und Emma sich nicht stritten. Sie mochte keine Auseinandersetzungen. Das war das Resultat ihrer Erziehung.

»Entschuldige. Ich bin ganz verschwitzt.« Es war nicht zu übersehen, daß er ihr auswich, und Emma wollte sich ihm auch nicht aufdrängen.

Emma war auch nicht der Typ, der sich lauthals beschwerte. Sie bekam keine Wutanfälle, sie riß sich nicht die Haare aus oder schleuderte Teller durch die Gegend. Wenn Sorgen oder Schmerzen sie quälten, senkte sich eine protestantische Gelassenheit über sie, und sie zog sich in einen stillen Winkel zurück, um die Angelegenheit mit sich selbst zu klären. Er war immer der Ansicht gewesen, daß ihre Art und Weise, mit den Widrigkeiten des Lebens umzugehen, gar nicht so übel war. Zumindest machte es das Zusammenleben um einiges einfacher, wenn sie sich zurückzog und beruhigte, als wenn sie in solchen Situationen ausgerastet wäre. Es war ziemlich dämlich von ihm gewesen, alles auf die leichte Schulter zu nehmen, weil es ja so viel einfacher war.

Jason war sich durchaus darüber im klaren, daß Männer im allgemeinen dazu neigten, äußerliche Ruhe bei einer Frau (obwohl das Geschlecht des Gegenübers in dieser Hinsicht keine so große Rolle spielte) mit innerer Ausgeglichenheit zu verwechseln – diesbezüglich gab er sich keinerlei Illusionen hin. Doch in seinem Fall mußte er sich mehr vorwerfen als mangelndes Einfühlungsvermögen. Mit Nähe umzugehen, war keine leichte Aufgabe, und er glaubte fest daran, daß in einer

Beziehung beide Partner Freiräume und Privatsphäre brauchten. Er wäre nie auf die Idee gekommen, Emma mit Fragen zu löchern, ob es irgend etwas gab, das sie bedrückte, ohne daß sie selbst eine Andeutung in dieser Richtung gemacht hätte. Und genau hier lag sein Versäumnis.

Jason errötete leicht. »Nein! Nein! Es liegt nicht daran, daß du verschwitzt bist. Es ist ...« Er schüttelte den Kopf, immer noch unfähig zu glauben, daß sie wirklich getan haben sollte, was er auf der Leinwand gesehen hatte.

»Ach so, der Heimtrainer«, sagte sie. »Sei nicht sauer, Liebling. Ich hab' ihn von meinem eigenen Geld bezahlt.« Sie trocknete sich den Schweiß von der Stirn und der Brust. Blonde Locken ihres feuchten Haares umspielten ihr Gesicht, und ein Lächeln zeichnete sich auf ihren Lippen ab.

»Herrgott«, stammelte er. Sie hatte sein Herz gebrochen, und in ihren klaren Augen lag nicht der Schimmer eines Schuldgefühls.

»Warum?« Er hustete, um noch schnell die Notbremse zu ziehen. Die Sache so anzugehen, wäre völlig falsch.

»Hey, Jason, wenn ich Angst habe, daß ich auf der Straße überfallen werde, dann ist das mein Problem, dafür brauchst du doch nicht zu bezahlen.« Sie schlang das Handtuch um ihren Hals und wechselte das Thema. »Wie war's denn bei dir?«

Er konnte es nicht fassen. Da stand er nun und schien völlig unfähig, auf das eigentliche Thema zu kommen. Die antike Kaminuhr auf dem Tisch im Flur begann zu schlagen. Es war sieben Uhr.

»Mein Gott, Emmie. Ich weiß doch, wie gerne du joggst. Den Heimtrainer hätte ich liebend gerne bezahlt. Warum hast du mir nicht gesagt, daß du einen möchtest?« Aus seiner Stimme sprach die schiere Verzweiflung.

Er redete gar nicht über den Heimtrainer, und sie wußte das ganz genau. Er schaute sie an, in der Erwartung einer Antwort auf all die Fragen, die er nicht gestellt hatte, und als er diese Antwort nicht bekam, wandte er sich um und verließ den Wäscheraum. Er durchquerte die Küche.

Die meisten Bücher und Uhren, die Jason sammelte, standen im Wohnzimmer, das auf der gegenüberliegenden Seite der Eingangshalle lag. Er blieb in der Halle stehen. Er hatte das Gefühl, daß alles plötzlich anders war. Das Licht im Wohnzimmer war ausgeschaltet, doch die Dunkelheit schien regelrecht belebt durch das Ticken der Uhren, die in unterschiedlichen Takten schlugen. Er wandte sich nach links und marschierte den Flur entlang zu ihrem Schlafzimmer.

Mehr als ein Dutzend Jahre hatte er hart daran gearbeitet, allen möglichen Situationen gewachsen zu sein. Er konnte mit Paranoia umgehen, mit Schizophrenie, mit Psychosen, mit Gewaltausbrüchen, Hysterie und den verschiedensten Formen von Zorn- und Wutanfällen. Einmal hatte er einen Jugendlichen entwaffnet, der völlig außer sich mit einem Messer herumgefuchtelt hatte. Ein anderes Mal hatte er einen betrunkenen GI überzeugt, das Gewehr, mit dem er auf Jasons Kopf zielte, nicht abzufeuern. Aber darauf, seine ansonsten so wunderbare, reservierte und damenhafte Frau nackt auf der Leinwand zu sehen, wie sie Geschlechtsverkehr hatte, das war etwas, auf das er nicht im geringsten vorbereitet war. Zum ersten Mal in seinem Leben hatte Jason nicht den blassesten Schimmer, was er tun sollte.

An der Wand des Flurs zum Schlafzimmer hingen eine Reihe farbiger Drucke von römischen Aquädukten und Brücken. Die Wände selbst waren oberhalb der Stuhlleiste blaßgrün und unterhalb weiß gestrichen. Das Schlafzimmer war cremefarben. Überall lagen Emmas Kleider verstreut herum, und das Bett sah aus, als sei es seit seiner Abreise vor drei Tagen nicht mehr gemacht worden. Von den drei antiken Uhren im Raum lief nur noch die Reiseuhr mit dem Acht-Tage-Gangwerk. Emma zog die Uhren nicht sonderlich gerne auf. Wenn er fort war, ließ sie sie einfach ablaufen, bis sie schließlich stehenblieben, um dann zu behaupten, daß sie nur für ihn tickten.

Immer noch von Schwindelgefühlen geplagt, betrat Jason den begehbaren Kleiderschrank. Er atmete tief ein, sog den Geruch von Leder und Joggingschuhen ein und schluckte den Speichel, der sich in seinem Mund gesammelt hatte.

Emma folgte ihm ins Schlafzimmer.

»Tut mir leid, daß ich deine Pressevorführung verpaßt habe«, sagte er. »Wie war's denn?«

»Prima.« Sie begann sich auszuziehen.

Unwillkürlich mußte er an Daisy denken, eine seiner Lieblingspatientinnen. Bevor sie auch nur ein Wort mit ihm sprach, verstreute sie bei jeder Sitzung alle möglichen Gegenstände um sich herum – ihre Jacke, ihren Pullover, einen Schal, ihren Rucksack – alles mögliche. Und erst wenn sie alles um sich herum arrangiert hatte, setzte sie sich hin und starrte ihn voller Streitlust an.

»Nun?« fragte sie dann gewöhnlich, als sei alles, was in ihrem Leben schiefgelaufen war, seine Schuld.

Er fand das hinreißend. Er liebte sie regelrecht. Ein anderer Patient vergaß regelmäßig irgend etwas in seiner Praxis. Jason wartete noch auf den richtigen Augenblick, um ihn dazu zu bringen, sein Leben endlich in die Hand zu nehmen. Er liebte auch diesen Patienten, einen jungen Mann, der den Krebs besiegt hatte und sich nun unverhofft mit einer Zukunft konfrontiert sah, von der er nicht die geringste Ahnung hatte, wie er damit umgehen sollte.

Die Reiseuhr auf dem Tisch ließ ihren tiefen Gong ertönen. Unwillkürlich schaute Jason auf seine Armbanduhr. Die Reiseuhr ging volle fünf Minuten nach.

»Es war gar keine Pressevorführung, stimmt's?« sagte er unvermittelt.

»Was? Warum fragst du?«

»Nun, meine Liebe, weil der Film schon angelaufen ist. Ich habe ihn gesehen.«

»Wann?« Sie griff nach einem Handtuch, um sich damit zu verhüllen.

»Gerade eben. In dem Kino an der Achtundvierzigsten.«

»Ich dachte, dein Flieger kommt erst um sieben.« Sie verzog das Gesicht und warf einen kurzen Blick auf ihren Wecker, einen batteriegetriebenen Apparat, der keine Macken hatte, mit denen man sich nicht herumschlagen mußte, der immer korrekt funktionierte. »Wann bist du zurückgekommen?« fragte sie, darüber verwirrt, daß er überhaupt schon da war.

»Gegen vier. Ich bin nicht zum Lunch geblieben.«

»Oh!« Sie starrte ihn an. »Du hast gar nicht angerufen.«

»Nein, ich dachte, ich überrasche dich.«

»Du überraschst mich nie.« Eine ziemliche Weile herrschte Schweigen. »Hat's dir gefallen?« fragte sie, als von ihm keine Erwiderung kam.

»Was meinst du?« Er gab sich Mühe, ruhig zu bleiben.

Sie lächelte beinahe verlegen. »In der *Times* steht, es wär 'n guter Film. In der *Voice* genauso.« Sie blühte sichtlich auf bei dem Gedanken an die guten Kritiken. »Ist das nicht wunderbar?«

Ganz und gar nicht. Die Tatsache, daß sie nackt in einem Film auftrat, in dem Psychiater als fiese Lüstlinge dargestellt wurden, war alles andere als wundervoll. Jason wischte einen Stapel Kleider und Bücher von dem Stuhl neben dem Bett und ließ sich kraftlos darauf nieder. Warum hatte sie ihm erzählt, es sei eine Pressevorführung, wenn es in Wirklichkeit die Premiere gewesen war? Offensichtlich war es ihr ganz recht gewesen, daß er nach Toronto flog und es verpaßte. Er konnte einfach nicht glauben, daß ihr erster Film in den Kinos angelaufen war, daß in den Zeitungen sogar schon Kritiken dazu standen, ohne daß sie sich bemüßigt gefühlt hätte, ihm auch nur ein Wort davon zu erzählen. Er war am Boden zerstört.

Und was tat sie? Sie saß da, strahlte über das ganze Gesicht und war offensichtlich völlig hingerissen von sich selbst. Wo hatte sie nur ihren Verstand? Sie hatte ihn nie gefragt, ob der Film ihn verletzen oder ihm schaden könnte und sich nie mit ihm darüber abgesprochen. Seine Patienten wußten vielleicht nicht, daß Emma Chapman seine Frau war, aber seine Kollegen wußten es. Sie hatte ihr gemeinsames Privatleben ans Licht der Öffentlichkeit gezerrt und ihn damit zutiefst gekränkt.

Er schaute zu, wie sie sich andere Leggings anzog, sich im Schneidersitz auf das Bett setzte und mit ihrem Handtuch ihre Brüste vor seinen Blicken verbarg, obwohl mittlerweile die ganze Welt sie betrachten konnte.

»Ronnie hat heute schon drei Anrufe bekommen«, fuhr sie fort.

Herrgott, jetzt ging es also richtig los. Er betrachtete ihre Beine. »Worum ging's denn?« fragte er.

»Neue Drehbücher. Ist das nicht irre? Ich hab' mich jahrelang abgerackert, und nicht mal 'nen Werbespot hab' ich bekommen.« Emma redete gerade so, als wäre das, was sie getan hatte, das normalste auf der Welt und als käme das plötzliche Interesse an ihrer Person, all die Anrufe bei ihrer Agentin, völlig unerwartet.

»Nein, absolut nicht«, sagte Jason. Natürlich würde sie noch mehr Angebote kriegen, vor laufenden Kameras zu ficken. Sie machte sich gut auf der Leinwand.

»Es hat dir also gefallen«, sprudelte sie weiter. »Ziemlich scharf, oder?«

Scharf war der Film allerdings. Eine Minute lang hüllte er sich in Schweigen. In einer Sitzung hätte diese Zeitspanne wie eine Stunde gewirkt. Manche seiner Patienten brachen angesichts dieser Leere beinahe zusammen, als stünden sie vor einem tiefen Abgrund, der sie hinabzog. Er schüttelte den Kopf. Eines wußte er genau. Ihn machte so was nicht scharf.

Er konnte sadistische Filme nicht ausstehen. Er hatte einen Abscheu vor Horror. Bei seiner Arbeit wurde er mit soviel Angst und Schrecken konfrontiert, daß sein Bedarf daran gedeckt war. Er brauchte sich so etwas nicht auch noch in seiner Freizeit anzusehen, und er wollte schon gar nicht, daß seine Frau bei so etwas mitmachte. Sie zog seine Arbeit in den Dreck, zerstörte seine Würde, seine Intimsphäre – alles woran er glaubte. Andererseits war er ein zu guter Psychiater, um nun die Fassung zu verlieren, und so blieb er ganz ruhig.

»Warum hast du mir von den Nacktaufnahmen und den Sexszenen nichts erzählt?« fragte er bedächtig.

Sie saß da und verdrehte mit einer Hand das Handtuch. »Ich weiß nicht, es war eine Privatangelegenheit.«

»Eine Privatangelegenheit?«

»Ja, so was wie 'ne Therapie. Du redest auch mit niemandem über deine Therapie, oder? Das ist dein Privatleben, deine Arbeit.« Sie warf ihm einen herausfordernden Blick zu. »Und das hier ist meine Arbeit.«

»Es gibt da aber einen Unterschied, Emma. Eine Therapie ist wirklich eine private Angelegenheit. Niemand erfährt je, was dabei passiert. Es ist absolut notwendig, daß sie vertraulich bleibt.«

Emma zuckte mit den Achseln. »Na ja, ich dachte, daß ich dadurch vielleicht mehr Sicherheit gewinne. Was du da auf der Leinwand siehst, das bin doch nicht ich.«

»Oh? Und wer bitte ist das denn?« Er machte sich nicht die Mühe, die Kälte in seinem Tonfall zu verbergen.

»Das ist die Rolle, die ich spiele. Ich mache das, was die Person, die ich spiele, tun würde.«

Jason schüttelte den Kopf. »Schatz, das auf der Leinwand bist trotzdem du, und du hast was damit zu tun. Du bist nicht allein auf der Welt. Du bist mit mir verheiratet. Meine Gefühle, zählen die gar nicht?«

Sie hob eine Schulter und lächelte ihn provozierend an. »Und, hat es dich scharf gemacht?«

»Herrgott, war's das, was du damit erreichen wolltest?«

»Ach, Jason, jetzt komm schon. Ich bin Schauspielerin. Das hast du gewußt, als du mich geheiratet hast. Wünschst du dir nicht manchmal insgeheim, mit einem Star zu schlafen?« fragte sie schüchtern.

»Nein«, erwiderte er scharf. »Ganz und gar nicht. Und es gab eine Abmachung zwischen uns, daß du so was nie machen würdest.«

Ihre Lippen zitterten. »Ich dachte, es würde dir gefallen. Deine ganze Welt besteht aus Rätseln und Geheimnissen. Du liebst deine Patienten. Du lebst mit ihnen in einer geheimen Welt. Ich hab' mit deinem Leben doch nichts zu tun.«

»In *diesem* Bereich meines Lebens. Aber nur in *diesem* Bereich«, protestierte er. »Du gehörst zu meinem Leben. Du bist *alles* in meinem Leben.«

Doch er wußte in dem Augenblick, als er es aussprach, daß es nicht stimmte. Sie kamen mit ihm nach Hause. Sie lebten in seinem Herzen. Sie verletzten ihn, sie berührten ihn, und es kam nicht selten vor, daß er ihretwegen am liebsten losgeheult hätte. Mit der Dramatik ihrer Lebensgeschichten konnte niemand mithalten.

»Ich kann nicht im Schatten von jemand anderem leben«, sagte sie.

Emma hatte ihr eigenes Leben. Sie lebte nicht in seinem Schatten. Jason ertrug es nicht länger. Er erhob sich, um eine seiner schönen Uhren aufzuziehen, die verstummt waren. Wie aus weiter Ferne hörte er sie sagen, daß sie es nur getan hatte, um etwas für sich selbst zu haben.

6

Sie hatten die Bussarde gesehen. Deswegen, so erzählte Jimmy, seien sie von der Piste runter, die die Motorradfahrer mit ihren Maschinen im Lauf der Jahre in die unwirtliche Hügellandschaft gepflügt hatten. Das Mädchen war so hysterisch, daß Darlene sie in das als Abstellraum genutzte Besucherzimmer brachte und ihr einen Kräutertee anbot. Sie hatte zwar schon ein paarmal gekotzt, doch sie war immer noch ziemlich grün im Gesicht.

»Furchtbar, furchtbar, furchtbar! Diesen Anblick werde ich nie vergessen.« Das kleine Mädchen mit den feuerroten Haaren sah gar nicht aus, als sei sie überhaupt alt genug, um mit einem Jungen auf einem schweren Motorrad durch die Hügel zu brettern. Sie konnte einfach nicht aufhören zu weinen.

»Hier, trink mal einen Schluck«, schlug Darlene vor. »Das hilft wirklich.«

Das Mädchen nippte an der Tasse und verzog das Gesicht, als wäre ihr Bier wesentlich lieber gewesen.

»Wie heißt du?« Darlene, die die ganze Zeit über die Hand des Mädchens gehalten hatte, ließ diese nun los und zog ihren Notizblock heraus.

»Scarlett, aber lachen Sie jetzt bloß nicht«, sagte das Mädchen.

»Keine Angst, ich lache nicht.«

Egal wie alt man war, niemand war so abgebrüht, daß er es einfach so wegstecken konnte, wenn er plötzlich ein totes Mädchen fand, das von Vögeln aufgefressen wurde. »Scarlett und wie weiter? Ich würde gern deine Mutter anrufen.«

Sie schüttelte den Kopf. »Ich warte auf Jimmy.«

»Dann wirst du eine Weile hierbleiben müssen.«

Jimmy hatte darauf bestanden, Sheriff Regis zu der Stelle zu bringen, obwohl er und seine Leute die Stelle auch ohne

Hilfe hätten finden können. Wegen der Vögel, wie der Teenager erklärte. »Ich hatte nichts dabei, um es zuzudecken.« Jimmys Bedauern wirkte echt.

Sheriff Newt Regis, der schon mit dreißig graue Haare hatte und nun dreiundvierzig war, leitete die entsprechenden Schritte ein. Er war zwar nicht mehr so drahtig wie früher, und einen Enkel hatte er auch schon, aber wenn er es für nötig hielt, kam er schnell in Schwung. Er weckte den Leichenbeschauer aus seinem Mittagsschlaf, damit er mit hinauskam und sich die Sache ansah und erklärte ihm, er solle einen Krankenwagen mitbringen. Er rief Raymond und Jesse zurück, die auf Streife waren und sagte ihnen, sie sollten die notwendige Ausrüstung zur Spurensicherung mitbringen. Wenn es sich um ein Verbrechen handelte, mußten sie im ersten Anlauf alle Hinweise einsammeln, eine zweite Gelegenheit würde es kaum geben. Dann rief er Rosie an und sagte ihr, daß er diesen Montag ihr Roastbeef leider ausfallen lassen mußte.

Schließlich stieß er einen tiefen Seufzer aus, denn dies konnte bedeuten, daß nun endgültig der Frühling Einzug hielt im Norden von San Diego County, und er stieg in seinen Wagen, um dem Jungen hinterherzufahren.

Für Newt Regis war der Frühling keine willkommene Jahreszeit. Im Frühling zog es Biker aus aller Welt in die Hügel dieser Gegend, wo sie unter freiem Himmel campierten und Randale machten. Sie kamen wegen der Motorradrennen in Carlsbad, und einige von ihnen veranstalten ziemlich ekelhafte Sachen. Menschenraub zum Beispiel. Oder Menschen umbringen. Unter anderem. Newt wußte nicht, was schlimmer war. Er hatte Geschichten gehört, daß Zigeuner früher Mädchen raubten. Nun ja, mittlerweile erledigten das die Hell's Angels, die durch ein Dorf donnerten und sich gelegentlich ein hübsches Mädchen auf offener Straße griffen, als wäre es die natürlichste Sache der Welt. Anschließend pumpten sie sie so mit Drogen voll, daß sie nicht mehr wußte, wer sie war und woher sie kam. Dann brachten sie sie über die Staatsgrenze und verkauften sie. Jedes Jahr ab etwa dem fünfzehnten März bis Anfang Juni war Newt nervös und kribbelig, weil er befürchtete, daß einer von diesen Kerls in seiner Stadt ausrasten könnte. Dann war die Rennsaison vorbei und es wurde richtig heiß, so daß sie sich wieder aus dem Staub machten.

Der Rest des Jahres war ziemlich ruhig und beschaulich hier in Potoway Village, einem kleinen Ort mit unscheinbaren Häusern und Läden, der etwa sechshundert Meter hoch in den Hügeln östlich von Carlsbad in San Diego gelegen war. Es war eine wilde Gegend, wo sich, typisch für Kalifornien, kaum vom Ozean mit seinen schimmernden Stränden weg, Berge bis zu einer Höhe von mehr als anderthalbtausend Metern Höhe erhoben, um dann in eine Wüstenlandschaft überzugehen, die so öde und trocken war, wie kaum eine andere auf der Welt.

Newt war verantwortlich für die Sicherheit der Bürger seiner Stadt, doch lag ihm noch aus einem anderen Grund daran, daß es möglichst ruhig und beschaulich zuging in seinem Bezirk: Das Revier des Sheriffs in Potoway hatte nur sechs Bedienstete. Zwei Anfänger, die die meiste Zeit rummeckerten, aber ansonsten so grün hinter den Ohren waren, daß sie sich kaum allein den Arsch abwischen konnten; darüber hinaus noch zwei erfahrene Deputies, allerdings kurz vorm Ruhestand, und dann gab es noch Darlene, die das Telefon bediente, sich um Frauen und Kinder kümmerte und einen nahezu ungenießbaren Kaffee kochte. Newt eingeschlossen waren sie also sechs Leute, und wenn zur gleichen Zeit mehr passierte als ein schlimmer Verkehrsunfall, ein Überfall im Quick Stop und sich zusätzlich noch eine Schlange in das Wohnzimmer von irgend jemand verirrt hatte, während woanders jemand mit einer Überdosis zu versorgen war, wurden sie der Lage nicht Herr, ohne Hilfe von außerhalb anzufordern.

Normalerweise kam es allerdings recht selten vor, daß sie sich mit mehr als zwei dieser Mißgeschicke gleichzeitig befassen mußten. Camp Pendelton, die Marinebasis, die sich über zwanzig Meilen weit entlang des Highways Nummer 5 erstreckte, der von Norden nach Süden führte, hatte eine eigene Polizeieinheit. Und was Drogen und Morde anging, so waren dies Probleme, mit denen eher Oceanside oder Marine City USA, wie es auch liebevoll genannt wurde, und die größeren Städte im Westen zu kämpfen hatten.

Darüber hinaus wimmelte es, bedingt durch die Nähe zur mexikanischen Grenze, in den Hügeln nur so von Beamten der zur Bundespolizei gehörenden IMNAT, die damit beauftragt war, illegale Einwanderer abzufangen. Die Polizeibehörden in San Diego County konnten sich über einen Mangel an Zuwendungen durch den Staat oder aus Bundesmitteln nicht beklagen, doch nach Potoway drang dieser Geldsegen nur in den seltensten Fällen, weshalb Newt sich aus schierem Eigeninteresse darum bemühte, mit den neuesten Entwicklungen Schritt zu halten. Er fuhr zu Konferenzen und belegte Seminare – einmal war er sogar bis nach Atlanta gefahren, um an einem teilnehmen zu können. Er war in steter Sorge, was das Büro des Sheriffs in Potoway wohl anstellen würde, wenn sie einen wirklich großen Fall zu lösen hätten. Die Sicherstellung von Spuren am Tatort war heutzutage eine Wissenschaft für sich. Irgendwelche Fasern und Spuren von Erde konnten eine Menge Aufschlüsse darüber geben, was passiert war, ebenso wie die Formen und Muster von Blutspritzern. Im letzten Kurs, den er absolviert hatte, war immer wieder darauf hingewiesen worden, wie bedeutsam die enge Zusammenarbeit zwischen der Spurensicherung und den kriminaltechnischen Laboratorien war. Hier draußen machte allein die geographische Lage eine enge Zusammenarbeit zu einer ziemlich komplizierten Angelegenheit. Das nächstgelegene Laboratorium war 35 Meilen entfernt, was insofern eine Rolle spielte, als man beispielsweise im Umgang mit Körperflüssigkeiten höchste Sorgfalt walten lassen mußte, weil sie ansonsten unbrauchbar wurden.

Newt trat aufs Gaspedal und schaltete die Sirene ein. Der Junge war schon ein gutes Stück vor ihm. Es machte ihm sichtlich Spaß, mit seiner Harley über die hügelige Straße zu brettern, während ein Cop hinter ihm herjagte, der ihn aber nicht behelligen konnte.

Es dauerte nicht ganz zwanzig Minuten, bis sie an die Stelle am Rande der Wüste kamen, wo die Erde sich zu Hügeln und Tälern aufwölbte. Es war später Nachmittag, kurz vor Abend. Als Newt aus dem Wagen stieg, stand der Junge bereits geraume Zeit wie angewurzelt neben seinem Motorrad, unfähig, den Blick von zwei Bussarden zu wenden, die mit ihren Schnäbeln an den Lippen und der Nase und den Wangen des Mädchens zerrten, dessen nackter Körper in der brennenden Sonne rot und schwarz schimmerte und an manchen Stellen schon aufgeplatzt war.

7

Einen sonderlich umwerfenden Eindruck machte das Studentenwohnheim keineswegs. Im Gegenteil, es sah eher aus wie ein heruntergekommenes Apartmenthaus. April parkte ihren Wagen in einigem Abstand zum Bordstein reichlich schräg zur Straße hin und ließ ihn einfach stehen. In solchen Momenten machte es richtig Spaß, Polizist zu sein – man konnte seinen Wagen stehen lassen, wie man wollte, ohne sich je mit Strafzetteln herumschlagen zu müssen. Was sie allerdings nicht versäumte, war, ihn abzuschließen. April rückte den Revolver an ihrer Hüfte zurecht. Niemals allein einen Tatort betreten, besagte eine Polizeiregel. Andererseits war dies kein Tatort. Sie wollte nur ein paar Fragen stellen, dazu brauchte man nicht unbedingt einen Partner.

Leerstehende Gebäude waren Aprils persönlicher Alptraum. Während ihres Streifendienstes im Bedford-Stuyvesant hatte sie einiges lernen können. Über Drogensüchtige zum Beispiel. Gemeinhin wurden sie als Junkies bezeichnet, doch nur ein Teil von ihnen gab sich mit Heroin ab, die anderen nahmen das zum Rauchen geeignete Kokain. Beide kochten ihren Stoff auf und fingen manchmal Feuer, wenn sie zu breit waren und nicht aufpaßten. In der Gegend gab es jede Menge leerstehende Gebäude.

»Mei Meis Tochter arbeitete als Angestellte in einem Büro«, hatte Aprils Mutter ihr vorgehalten. »Wieso bringst du es nicht soweit?« Sie hatte keine sonderlich hohe Meinung vom Polizeiberuf. Jedenfalls hatte Mei Meis Tochter es weiter gebracht. Eine andere Freundin hatte einen Sohn, der Arzt war. Sie versuchte andauernd, die beiden zusammenzubringen, doch keiner von beiden hatte dazu große Lust.

Es war nicht nur die Tatsache, daß ihr Job nicht so angesehen war, wie der einer Computerprogrammiererin bei Merryl Lynch. Es war die Tatsache, daß Cops zuviel zu sehen bekamen – was sie an der Seele krank werden ließ.

Nun, man gewöhnte sich daran. Man bekam Leute zu Gesicht, die ziemlich übel zusammengeschossen worden waren. Bauchschüsse, Kopfverletzungen. Einmal war ein Koreaner bei einem Überfall in den Hals geschossen worden, und April war die erste am Tatort gewesen. Sein Kumpel war bereits tot, und dieser Kerl lag mitten in einer Blutlache. Mit jedem Pulsschlag schwappte noch mehr Blut aus dem Loch in seinem Hals. Die fünf Monate lange Ausbildung an der Polizeiakademie bereitete einen nicht unbedingt darauf vor, was zu tun war, wenn man mit einer Halsverletzung dieses Kalibers konfrontiert war, doch April brach nicht in Panik aus. Sie versuchte, den Blutstrom so gut es ging zu stoppen, indem sie das Loch mit aller Kraft zupreßte und wartete bei dem Verletzten, bis der Krankenwagen kam.

Er gehörte zu den Glücklichen. Die Kugel hatte die Halsschlagader verfehlt. Sein Sprechapparat war zwar nicht zu retten und er mußte sechs Monate im Krankenhaus bleiben, doch er blieb am Leben. Im Verlauf der Ermittlungen gegen ihn hatte sie erfahren, daß er mittlerweile gelernt hatte zu sprechen, indem er einen Hautlappen über das Loch hielt.

Ein Polizist zu sein war vielleicht nicht so großartig, wie ein Arzt zu sein, aber April wußte, daß der Koreaner nicht am Leben geblieben wäre, wenn sie nicht dagewesen wäre, um Hilfe zu rufen und wenn sie nicht, während sie auf den Krankenwagen gewartet hatten, das Loch in seinem Hals zugehalten hätte, aus dem das Blut herausgeströmt war.

Sie hatte keine Angst, daß es sie einmal treffen könnte. Sie hatte ihre Pistole schon öfters gezogen, doch außerhalb des Schießstandes, wo sie einmal im Monat ihr Training absolvierte, hatte sie sie noch nie benutzt. Und es hatte bisher auch noch niemand auf sie geschossen. Was ihr Angst einjagte, waren leerstehende, baufällige Gebäude mit vernagelten Fenstern und das, was darin vor sich ging. In diesen Gebäuden trieben sich Geister herum. Lebende wie tote. Manchmal waren die Fenster auch gar nicht mit Brettern vernagelt, sondern einfach nur Löcher im Mauerwerk, durch die sie Tauben hinein- und hinausfliegen sehen konnte.

Angst hatte April vor der Vorstellung, irgendwann die Meldung zu bekommen, daß in einem dieser Gebäude eine Leiche lag und sie diejenige war, die hineingehen mußte, um sie zu finden. Entweder am Boden eines Fahrstuhlschachts oder irgendwo auf dem Fußboden eines der Räume in den oberen Stockwerken. Der Gedanke an den Einsatzbefehl und die Vorstellung, die Treppen hinaufsteigen zu müssen, ohne auch nur die geringste Ahnung zu haben, in welchem Raum die Leiche lag. Oder was sie sonst noch finden würde. Während einer Nachtschicht in ihrem ersten Jahr hatte sie einem einzigen Kollegen davon erzählt, und es hatte nur ein paar Tage gedauert, bis es jeder auf dem Revier wußte.

Wie hatte ihre Mutter ihr schon immer geraten? Laß niemand deinen schwachen Punkt wissen, sonst packen sie dich irgendwann an dieser Stelle und machen dich fertig. Nachdem sie von ihrem wunden Punkt erzählt hatte, lebte April in der Furcht, daß es so kommen würde und sie diejenige wäre, die zum Tatort geschickt würde, sobald diese Leiche auftauchte.

Aber es kam nicht so. Als sie schließlich über Funk die Meldung erhielt, von der sie genau wußte, daß sie irgendwann einmal kommen würde, weil sie schon zu oft davon geträumt hatte, sagte ihr Ausbilder, daß sie die Sache nicht übernehmen mußte. Er nutzte die Gelegenheit also nicht aus, um sie fertigzumachen. Er wies sie an, auf Verstärkung zu warten. Es war im dritten Stock eines Hauses ohne Fahrstuhl. Mit vernagelten Fenstern und unvernagelter Tür.

An jenem Tag stand April vor dem Haus und dachte, daß sie es wohl sein würde, die hineingehen mußte, sobald die Verstärkung kam, denn beim NYPD hatte man keine wunden Punkte zu haben. Wenn sie den Befehl erhielt und nicht reinging, würde sie nicht befördert werden. Dann würde sie bis zum Rest ihrer Tage Streifendienst in Bedford-Stuyvesant laufen müssen. Auch eine Aussicht, bei der einem angst und bange werden konnte.

April war sich sehr genau im klaren darüber, daß solche tiefsitzenden Ängste meistens mit etwas zusammenhingen, was ihre Mutter ihr erzählt hatte. Irgendwelche chinesischen Weisheiten, die in Amerika völlig fehl am Platz waren. Ihre Mutter redete ohne Unterlaß. Es schien keine Sekunde zu geben, wo sie mal den Mund hielt, wogegen Aprils Vater so gut wie nie etwas sagte. Sai Woo behauptete, sie müsse die Pausen füllen, die durch das Schweigen ihres Gatten entstanden, weil sich sonst böse Geister einschlichen, um Unruhe zu stiften. April entgegnete ihr, daß es in Amerika keine Geister gab und daß ihr Vater möglicherweise manchmal durchaus etwas zu sagen hätte, wenn Sai Woo ihm nur die Gelegenheit gäbe, seine Gedanken zu äußern.

In solchen Momenten bedachte ihre Mutter sie für gewöhnlich mit einem Blick, aus dem höchste Mißbilligung sprach, und zauberte aus ihrer privaten Schatzkiste ein Prachtexemplar von Sinnspruch hervor, der jenseits von Gut und Böse war.

»Im Osten geht die Sonne auf und im Westen unter.« Als ob April wissen sollte, was dies zu bedeuten hatte.

Allerdings wußte April in der Tat, was es zu bedeuten hatte. Es bedeutete, daß es auch in Amerika Geister gab, und wenn sie einen quälten, so mußte man sie auffressen – genauso wie in China. Wenn man sie auffraß, hatten sie eine heilende Wirkung. In China gab es nichts, dessen man mit dieser Methode nicht Herr geworden wäre, und wenn es zu viele Haare oder Knochen hatte oder ganz und gar abscheulich aussah, dann wurde es zu feinem Pulver zermahlen, mit heißem Wasser aufgekocht und getrunken.

Während April an jenem Abend vor dem Gebäude in Bedford-Stuyvesant stand und auf ihre Verstärkung wartete, fühlte sie, wie das alte China seine Klauen nach ihr ausstreckte. Wenn sie ein ganz und gar amerikanischer Cop gewesen wäre, hätte sie keinerlei Probleme gehabt, die Treppen hochzusteigen und die Leiche anzuschauen. Was war da schon dabei? So schlimm würde es schon nicht werden, oder? Andererseits, wenn sie unter der amerikanischen Fassade in ihrem Innersten tatsächlich Chinesin war, dann kam sie nicht darum herum, sich eine winzige Kleinigkeit einzuverleiben – ein Haar oder etwas Staub, irgend etwas, das dort oben herumlag –, denn wenn sie es nicht tat, würde sie den bösen Geist immer mit sich herumschleppen und ihren wunden Punkt nie loswerden.

Doch dann geschah etwas Wundersames. Ihr Ausbilder traf am Einsatzort ein und sagte: »In Ordnung, April, Sie können hier unten bleiben und das Terrain sichern.«

Sie hatte ihm versichert: »Nein, geht schon klar. Ich komme mit.«

Sie stieg mit den anderen zusammen die Treppen zum dritten Stock hoch. Sie war vielleicht nicht die erste in der Reihe, aber sie war dabei, als sie die Leiche fanden. Der Tote hatte schon drei Monate dort gelegen. Der Verwesungsgeruch hatte sich bereits verzogen, es war ganz anders als bei einem toten Tier, das hinter einer Wand verrottet. Es gab nichts weiter zu sehen als einen Haufen Lumpen, Haare und Knochen, zwischen denen sich vertrocknete Haut spannte wie Leder. War es das, wovor sie sich gefürchtet hatte, fragte sie sich.

Ich hab's nicht anders gewollt, dachte sie nun, während sie die Treppe des Studentenwohnheims hinaufstieg, in dem Ellen Roane wohnte.

Es herrschte eine bedrückende Atmosphäre in dem Gebäude, es wirkte fast, als sei es verlassen. Das Mädchen wäre besser bedient, wenn es zu Hause wohnte. Jedenfalls machte die Adresse Downtown einiges mehr her. Andererseits konnte sie hier tun und lassen, was sie wollte. April ging hinein. An einem kleinen Tisch, der nicht so aussah, als ob er schon immer dagewesen wäre, saß ein fetter Wachmann.

»Ich suche nach Ellen Roane«, sagte sie.

»Na ja, da sind Sie umsonst gekommen.« Der Wachmann war ein Latino, der nicht gerade vor Freundlichkeit sprühte.

»Und Connie Shagan?« fragte April. Mit Connie Shagan, so hatten die Roanes ihr erzählt, teilte Ellen sich das Zimmer.

»Die ist auch nicht da, genauso wie der ganze Rest.«

»Gibt's hier vielleicht einen Lehrer, ähm, Professor, der hier wohnt und mit dem ich mich mal unterhalten könnte?« Eigentlich hatte sie es ja vermeiden wollen, aber nun stand sie doch da und hielt ihre Dienstmarke hoch.

Der Wachmann warf einen kurzen Blick darauf und zuckte mit den Achseln. »Das ändert auch nichts dran, daß hier keiner ist. Es sind Ferien.«

Auf dem Weg zurück zu ihrem Wagen verfluchte April Woo sich fünfhundertmal. Da sah man mal wieder, was passierte, wenn man eine klitzekleine Frage ausließ. Die Eltern hatten sich nicht bemüßigt gefühlt, ihr mitzuteilen, daß alle verschwunden waren. Die ganzen Studenten, sogar die Professoren. Und sie hatte versäumt, danach zu fragen. Nicht gerade eine Glanzleistung.

Morgen, wenn die Eltern vorbeikommen wollten, um ihr ein Bild des Mädchens zu bringen, würde sie noch mal mit ihnen reden und fragen, ob sie wirklich den ganzen Polizeiapparat in Bewegung setzen sollte, wenn ihre Tochter vermutlich nur zum Skifahren in Vermont war. Zusammen mit den Barstollers, die ein chinesisches Hausmädchen hatten. Bei diesem Gedanken mußte sie lächeln. Dann lenkte sie ihren Wagen zurück zum Revier.

8

Von Alpträumen geplagt machte Troland Grebs die ganze Nacht kaum ein Auge zu. Affen prügelten aufeinander ein. Ein Bulle trampelte im Garten einen Menschen zu Matsch. Er war schweißgebadet und nur halbwegs betrunken, obwohl er sich den Abend zuvor redlich bemüht hatte, sich zu besaufen. Das Mädchen aus dem Film spukte ihm noch immer im Kopf herum. Beim ersten Mal, als er den Film anschaute, mußte er rausgehen.

Nachdem er bis drei Uhr versucht hatte, einzuschlafen, gab er auf und machte einen Spaziergang. Der Geruch der Luft, die von Pacific Beach herüberwehte, die Palmen und Orangenbäume, das sattgrüne Gras der Rasen vor den Häusern hatten eine beruhigende Wirkung auf ihn, und so drehte er Runde um Runde durch seine Nachbarschaft, bis er schließlich im Morgengrauen auf der kleinen Terrasse seines Einzimmer-Apartments im zweiten Stock saß und darauf wartete, daß die Joggerin vorbeikam.

Seit Monaten stand er nun schon jeden Morgen früh auf, um sich auf seine Terrasse zu setzen und sie zu beobachten. Sie wohnte ebenso wie er im zweiten Stock – allerdings auf der gegenüberliegenden Seite der Gartenanlage. Er hatte schon gehört, wie Leute sie mit Jane ansprachen, doch er selbst hatte noch nie ein Wort mit ihr gewechselt. Die Jalousien an ihren Fenstern waren stets heruntergelassen. Er sah sie niemals nackt, immer nur bei diesen Gelegenheiten, wo sie Radfahrershorts und zwei Tops übereinander trug. Das eine Oberteil bestand nur aus ein paar Trägern, die sich über ein anderes Teil der gleichen Machart spannten, nur daß da die Träger an anderen Stellen saßen. Das ganze Gewurschtel saß so knapp, daß Troland sich jeden Tag aufs neue wunderte, wie sie es wohl schaffte, da herauszukommen. Er wußte jedenfalls ziemlich genau, wie er es anstellen würde, um sie da rauszupellen. Er saß auf seiner Terrasse und musterte sie mit kühlen Blicken.

Sie kam zur Tür hinaus und machte ein paar Dehnübungen. Er sah, wie sie die Arme hob und durchatmete. Dann lief sie ein wenig auf der Stelle – den Blick gen Himmel gerichtet. Sie steckte sich die Ohrhörer ihres Walkman in die Ohren. Sie hatte ihn noch nie gesehen, sie schaute niemals in seine Richtung. Dann trabte sie davon und verschwand auf der Straße. Nachdem sie weg war, ging er in die Dusche, zog sich frische Sachen an und fuhr in nördlicher Richtung zur Arbeit in der Firma am Lindberg Field.

In letzter Zeit redete er nicht mehr sonderlich viel. Tagein tagaus saß er stundenlang über seinem Zeichentisch gebeugt, arbeitete an Detailmodifikationen von Strahltriebwerken und vergrub sich in seine Gedanken. Seit dem Golfkrieg hatte er sich immer tiefer in das Innere von Cruise Missiles vorgearbeitet, nachdem er all die Jahre daran gearbeitet hatte, in denen sie nicht gebraucht wurden und kaum jemand geglaubt hatte, daß sie überhaupt funktionierten. Mittlerweile wußte jedermann, daß sie in der Tat in der Lage waren, sich ihr Ziel zu suchen und es zu zerstören. Er hatte das Gefühl, als trüge jeder einzelne Treffer im Irak seine Signatur. Es gab ihm das Gefühl von Macht und Stärke. Und auch er hatte angefangen, sich seine Ziele zu suchen und zu zerstören. Er hatte sich wieder auf seine Stärken besonnen und da weitergemacht, wo er aufgehört hatte.

Was die Soldaten in Kuwait veranstalteten, ließ ihn über Dinge nachdenken, die er jahrelang nicht hatte tun wollen. Aber was sie taten, war nichts weiter als Vergewaltigung. Es gefiel ihm, hinterher seine Signatur draufzusetzen. Vor längerer Zeit hatte er Ärger bekommen, weil er just dies mit einigen Huren in Mexiko veranstaltet hatte und notgedrungen damit aufhören mußte. Er hatte den Drang zusammen mit seinen Buntstiften und den alten Zeichnungen in einer Schublade weggeschlossen. Er war ganz brav gewesen. Eine ziemliche Zeit lang. Und dann war der Krieg gekommen. Seine Marschflugkörper, geschaffen von seiner Hand, hatten plötzlich Menschen getötet, und jetzt redeten sie auf ihn ein, als ob sie genau wußten, was mit ihm los war. Und er hatte festgestellt, daß er mittlerweile keine Angst mehr haben mußte, geschnappt zu werden. Im Augenblick fühlte er sich allerdings ziemlich mies und das lag – da war er sich sicher – an diesem Film. Es war, als laste seitdem ein Fluch auf ihm, und er wußte nicht genau, warum.

Bei der Arbeit fing er wieder an, darüber nachzugrübeln. Es war stinklangweilig gewesen. Zuerst hatten ein paar Leute bloß über Sex geredet und über ihre »Gefühle«. Es war so übel, daß er beinahe rausgegangen wäre. Aber dann war das Mädchen auf einmal nackt, und er hatte sich entschlossen zu bleiben.

Von einem Moment zum nächsten durchzuckte ihn ein unangenehmes Gefühl bei dem Gedanken an sie. Doch damit war es schnell vorbei, als er die erregende Feststellung machte, daß der junge Schauspieler ziemliche Ähnlichkeit mit ihm hatte. Ja, der Typ auf der Leinwand hätte glatt er sein können. Er bekam eine Erektion und legte seine Lederjacke auf seinen Schoß.

Der Kerl auf der Leinwand fickte das Mädchen, und dabei trug er weiter nichts als seine Lederjacke. Ganz wie er selbst. Und das machte ihn scharf. Er schaute sich kurz um und schob dann seine Hand unter die Jacke. Seine Hose war mächtig ausgebeult, sie schien fast zu platzen. Er rieb mit seiner Handfläche über die Stelle, wo der Stoff sich spannte. Wenn man davon absah, daß die Frau nackt war und der Kerl eine Lederjacke trug, war an der Sexszene nichts sonderlich Aufregendes. Er ließ seine Gedanken zu der Joggerin schweifen, die niemals einen Namen hatte, wenn er sich vorstellte, wie er sie fickte.

Er nannte sie die Joggerin und malte sich aus, daß er sie sich griff, bevor sie die Straße erreichte. Sie einfach so am Arm packte. Er machte seinen Reißverschluß auf und kramte seinen Schwanz hervor. Er war jedesmal wieder verblüfft, wie weich und sanft die Haut war, obwohl das Ding doch so hart war. Es war ein Werkzeug, das sich der Schwerkraft widersetzte wie eine Cruise Missile. Es suchte sich sein Ziel, um es zu zerstören. Er malte sich aus, wie er ihn der Joggerin reinrammte und aus ihrem verblüfften Gesicht die Befriedigung schwand und sich statt dessen Furcht breitmachte. Ihm gefiel die Vorstellung, ihr Angst einzujagen – nein, ihr soviel Angst einzujagen, daß von ihr nichts weiter übrigblieb, als ihre Möse und der nackte Schrecken.

All der Quatsch, der darüber immer in den Zeitungen stand, machte ihn richtig sauer. Was sollte der ganze Aufstand? Was ein richtiger Mann war, der vergewaltigte schon mal eine Frau. Das war schon immer so, und daran würde sich auch so bald nichts ändern. Was war daran so schlimm? Es war etwas ganz Natürliches. So was passierte jeden Tag. Soldaten machten es. Er faßte sich an sein Ding und dachte an die irakischen Soldaten in Kuwait. An die Sachen, die sie mit den Mädchen dort gemacht hatten, während ihre Väter zuschauen mußten. Während sie draußen auf den Straßen ihre Brüder abknallten. Ohne Gnade. In den Arsch und alles mögliche. Vermutlich sogar in Kampfmontur. Schnappten sich die Weiber in ihren eigenen Häusern und klatschten sie gegen die Wand. Zwangen sogar die Kinder, dabei zuzusehen. Na ja, er zumindest hatte jedenfalls seinem Vater dabei zugesehen.

Er starrte auf die Leinwand, ohne etwas von dem Geschehen, das sich dort abspielte, zu registrieren. Sich etwas mit Gewalt zu nehmen, war doch ganz natürlich. Er dachte daran, wie er die Joggerin auf die Erde drückte, auf sie draufstieg und ihr seinen Schwanz reinstieß. Wie er sie dazu zwang, sich vor ihm hinzuknien und ihm einen zu lutschen. Ihre Lippen fest um seinen Schwanz zu schließen und ihn mit der Zunge zu bearbeiten – und zwar genau richtig.

Auf diese Weise konnte man jemanden umbringen. Man brauchte nur zu hart zuzustoßen – bis hinunter in die Kehle. Es machte ihm Spaß, mit Gewalt irgendwo einzudringen, wo er unerwünscht war. Sie waren nichts weiter als Fotzen. Zu nichts weiter gut, als sein Sperma reinzuspritzen. Sie hatten kein Recht sich aufzuspielen. Ein paar Tropfen ergossen sich in seine Hand. Sein Schwanz wurde angenehm glitschig. Es war ein schönes Gefühl.

Im Kamasutra stand, daß man den Gatten, den Vater oder den Bruder töten sollte – jeden, der mit einer Frau in Verbindung stand, die sich einem Mann widersetzte, den sie nicht wollte. So stand es geschrieben in dem berühmten Buch: Wenn alle Versuche, sie zu bekommen, fehlschlagen, hat man das *Recht*, ihre Beschützer umzubringen und sie zu vergewaltigen. Sie sich unter den Nagel zu reißen und mit ihr zu machen, was man wollte.

Er hatte keine Ahnung, warum er ausgerechnet jetzt an das Kamasutra denken mußte. Es war Jahre her, seit er das Buch gelesen hatte. Damals hatte er masturbiert, während er sich mit den Kapiteln befaßte, die davon handelten, welche Male man jemandem durch Beißen, Kratzen oder Schlagen beibringen konnte. Wie man an der Haut zerrte und so fest zubiß, daß sie sich grün und blau färbte. In Indien schämte sich niemand, mit Bißspuren oder Kratzstriemen herumzulaufen. Sie wurden als Zeichen der Herrschaft betrachtet. Es war der Westen, der hinterherhinkte.

Die Szene wechselte. Troland blinzelte mit den Augen. Sie hatten wieder ihre Kleider an und unterhielten sich. Das Mädchen auf der Leinwand kam ihm irgendwie bekannt vor. Jetzt ging sie mit dem Rücken zur Kamera die Straße hinunter. Der Gang kam ihm bekannt vor. Es irritierte ihn, daß die Schauspielerin vielleicht jemand war, den er kannte. Wenn es jemand war, den er kannte, dann interessierte sie ihn nicht mehr. Sein Schwanz erschlaffte in seiner Hand. Wer war das?

Es war doch unmöglich, daß er sie kannte. Woher sollte er sie kennen? Der Film spielte ganz woanders, in einer Stadt. Sah aus wie New York. Er war schon mal dort gewesen. War sie eine von den Düsen, die er vom Strand kannte? Nein, sie sah nicht so aus wie irgend jemand, den er kannte. Ihre Haut war ganz weiß. Er versuchte, sich zu entspannen. Unmöglich, daß er sie kannte. Mit seiner Erregung war es allerdings vorbei. Da war nichts mehr zu machen. Er fühlte sich mies. Was sollte dieser beschissene Film? So was war einfach fies. Er wurde sauer.

Es *war* jemand, den er kannte. Aber es konnte einfach nicht sein. Er schaute sich um. Die wenigen Leute, die außer ihm noch im Zuschauerraum saßen, sahen mittlerweile ziemlich gelangweilt aus. Leute, die in solche Filme gingen, interessierten sich nicht für Gelaber und Spaziergänge. Seine Hand war klebrig. Er hatte sich eingesaut, und seine Erregung war dahin. Eine Mischung aus Unwohlsein und Zorn machte sich in ihm breit. Irgend etwas irritierte ihn – und zwar sehr. Aber was?

Jemand stand von seinem Platz auf und ging. Recht hatte er. Troland schüttelte entnervt den Kopf. Dieses Mädchen auf der Leinwand. Diese Haare. Die Stimme. Jetzt, wo er genauer hinhörte – wie konnte es nur sein? Unter seiner Lederjacke packte er seinen schlaffen Schwanz wieder in die Hose. Klein und elend wie ein Spatz. Er zog den Reißverschluß zu und schritt hinaus in die kalifornische Nacht. Er konnte es einfach nicht vergessen.

Um halb sechs verließ er die Fabrik. Eine brütende Hitze lag noch immer über San Diego, obwohl die Sonne bereits über dem Ozean versank. Er fuhr zum Strand, um sich anzusehen, wie die schimmernde rote Scheibe unterging. Es kam häufig vor, daß er nach der Arbeit hierherfuhr. Seine Panikattacken legten sich dann ein wenig. Er genoß es, eine Stunde oder so an seine Harley gelehnt dazustehen, auf dem Rücksitz ein Six-Pack, das verdeckt war von seiner Lederjacke, die er darüber festgezurrt hatte. Er wußte, daß er immer noch gut aussah, wenn er so dastand, ein paar Biere zischte und die Mädchen in ihren Stringbikinis musterte, die sich am Strand räkelten und ihm verstohlene Blicke zuwarfen. Er haßte sie alle.

Er konnte nicht glauben, daß sie es war. Emma würde so was nie machen. Niemals. Sie war gut und anständig. Sie würde so was nicht machen. Er überlegte, daß er sich wohl geirrt und sie mit jemand verwechselt hatte, der ihr ähnlich sah. Er strich ziellos umher und überlegte, wie sehr er sie mochte – nein, es war mehr als nur mögen. Seitdem hatte es nie wieder jemanden gegeben, den er so gemocht hatte. Er erinnerte sich daran, wie perfekt sie war, völlig nett und richtig klug. Das ganze Jahr über hatte er sie beobachtet, und er wußte, daß ihre Nettigkeit nicht nur Fassade, sondern echt war. Sie war wirklich nett. Durch und durch nett, irgendwie. Er wußte, daß sie niemals etwas Böses oder Schlechtes tun würde, so wie alle anderen. Sie war keine Lügnerin. Er liebte sie und rettete sie, damit sie weggehen und aufs College gehen konnte. Wie konnte sie ihn nur so betrügen und sich schließlich als Hure entpuppen?

»Jetzt sind Sie schon zum zwanzigsten Mal hier. Wollen Sie eine Eintrittskarte?«

Ruckartig drehte Troland sich um. »Was?« Er war wieder vor dem Kino. Er hatte keinen Schimmer, wie er hergekommen war und hetzte vor dem Eingang hin und her, ohne es überhaupt zu merken.

»Ist mit Ihnen alles in Ordnung?« Der Junge hinter dem Fenster verzog das Gesicht.

»Was glotzt du so?« blaffte Troland ihn an. Er hatte das Kettenschloß zu seinem Motorrad über der Schulter hängen.

Der Junge hinter dem Fenster hob beschwichtigend die Hände. »Hey, kein Grund, auszurasten! Der Film fängt erst in einer halben Stunde an, aber es ist massig Platz. Sie können jederzeit reingehen.«

Troland blickte durch ihn hindurch. »Ich warte, bis es anfängt«, sagte er wutentbrannt. Der Kerl hatte doch wohl einen Schaden. Er war überhaupt nicht ausgerastet.

»Wie's beliebt.« Als Troland sich nicht von der Stelle bewegte, machte er noch einen Anlauf. »Wollen Sie Ihre Karte jetzt schon kaufen?«

»Bist du taub oder was? Ich hab' doch gesagt, ich warte, bis es anfängt.« Troland betrachtete sich den Teenager genauer. Er hatte zurückgekämmte Haare, trug ein weißes Polohemd und sah aus, als fühlte er sich gar nicht wohl in seiner Haut. Troland schoß ihm zwischen die Augen und schaute zu, wie er in seinem Stuhl vornübersackte. Nein, erstechen wäre besser, ihm ein Messer in die Brust rammen. Genau, das war wesentlich besser. Das Herz schlug noch eine Weile und pumpte das Blut weiter, so daß es das weiße Hemd und die Wände des Kassenhäuschens versaute. Er ging davon. Er war nicht verrückt.

Er dachte wieder darüber nach, als der Film anfing. Vielleicht war er ja verrückt. Klar, er spürte eine kalte Wut in sich. Eiskalt. Er saß ganz alleine in der letzten Reihe. Es war, als hätte er einen dicken Felsklumpen in seinem Magen, den er einfach nicht verdauen konnte. Erst kalt und dann wieder heiß.

Fick dich! Wie kann irgend jemand in so einem Film mitmachen? Wie konnte sie nur? Diesmal schaute er sich den Film aufmerksamer an. Es war sie. Es wurde immer deutlicher, sie war es. Und was ihn noch mehr schockierte – der Kerl war *er*. Wie konnte er ihr nur so etwas antun?

Ihr Gesichtsausdruck ekelte ihn. *Es machte ihr Spaß.* Er haßte sie. Warum ließ sie es zu, daß er so etwas tat? Das hier war kein Film. Es war Wirklichkeit, und sie ließ es zu, daß er all das mit ihr machte. Er, Troland Grebs. Das dort war er. Er war verwirrt. Die da oben waren doch in New York, und er war hier in San Diego. Er hatte wieder einen Steifen, genauso wie am Tag zuvor. Aber diesmal würde er seiner Erregung nicht nachgeben.

Er warf einen Blick auf die Leute vor ihm. Niemand konnte ihn sehen. Er saß ganz hinten, die Lederjacke auf seinem Schoß. Er war fasziniert. Er konnte seinen Blick nicht von der Leinwand wenden. Er hielt seinen Schwanz in seiner Hand. Und jetzt in beiden Händen. Es ekelte ihn, daß sie so was machte. Wie konnte sie nur so was tun? Der Kerl lutschte sie. Es war widerlich. Es war unfaßbar. Vielleicht biß er sie. Aber er konnte ihr nicht weh tun. Sie schrie nicht. Zu schade. Verdient hätte sie's. Er rieb an seiner weichen feuchten Haut auf und ab. Wäre nicht schlecht, ihn da reinzurammen. Die Leinwand wurde weiß.

Scheiße. Was war denn jetzt los? Was war das für ein Geräusch? Er kannte dieses Geräusch. Was war es? Die Leinwand blieb eine ganze Weile weiß. Die Spannung stieg und stieg, und dann sah er, daß es eine silbern schimmernde Tätowiernadel war. Als sie auf die Haut des Kerls traf, der aussah wie er, ejakulierte er in seine Hose.

Sobald es vorbei war, schlug der Schauer der Erregung um in ein immenses Schuldgefühl. Er hatte sich besudelt. Seine Hose war feucht und klebrig. Was hatte er nur getan? Das war ja fürchterlich. Einige Minuten machte er sich bittere Vorwürfe, daß er die Kontrolle über sich verloren hatte. Dann zog er sein Hemd aus der Hose, um den Fleck zu verdecken und dachte erneut nach. Warte mal. Das hier war doch nicht seine Schuld. Er hatte damit nichts zu tun. Er war es jedenfalls nicht gewesen, der aus einem Engel eine Hure gemacht hatte. Er hatte den Film nicht gemacht. Er hatte keinen Grund, sich mies zu fühlen. Sie war es. Sie war es, die ihm dies angetan hatte. Sie verdiente es, bestraft zu werden. Und sie würde bestraft werden.

Eine lange Zeit saß er da und wartete, daß sich sein Herzschlag wieder beruhigte. Als die Lichter angingen, stand er auf. Sein Zorn war riesig. Warum hatte sie ihm das angetan? Er hielt die Jacke vor sich und ging hinaus. Unbewußt strichen die Finger seiner Hand zärtlich über die Tätowierung auf seinem Arm und wanderten dann über die Narben, die sich kreuz und quer über seine Brust zogen und daher rührten, als sein Vater ihm gezeigt hatte, wie Feuer sich anfühlte.

Dir werd' ich zeigen, daß man kein Feuer legt. Ich zeig' dir, was passiert, wenn du böse bist. Er hatte ihn auf den Boden gedrückt und ihn mit einem rotglühenden Kleiderbügel aus

Draht die Brust so verbrannt, daß Troland sich nie wieder ohne Hemd in der Öffentlichkeit zeigen konnte.

Das feuchte Gefühl in seiner Hose war ihm zuwider. Er brauchte etwas zu trinken. Er löste das Kettenschloß von seinem Motorrad und fuhr nach Hause.

9

»Weißt du, wer das ist?«

Ronnie, die schon seit Jahren als Emmas Agentin arbeitete, lehnte sich voller Begeisterung vornüber und deutete auf den Namen auf dem Umschlag des Drehbuchs, das sie für Emma zum Durchlesen mitgebracht hatte.

Sie saßen im The New York Deli und frühstückten. Ronnies Büro war nur um die Ecke an der Kreuzung von der 56sten und der 6sten Avenue.

Es war ein großer Name. Emma nahm noch eine Gabel von ihren pochierten Eiern und verzog das Gesicht. »Klar weiß ich das.«

»Also, das ist es. So läuft das. Du machst einen kleinen Film, ohne große Hoffnungen, daß was draus wird, und plötzlich gefällt er jemand, und du bist ein *Star*. Ich hab's schon tausendmal miterlebt.« Ronnie seufzte. »Nur *mir* ist es bisher noch nie passiert.«

Dann streckte sie den Arm aus und schlug Emma auf die Hand. »Bist du verrückt? Das können wir doch nicht essen«, sagte sie, als wäre sie erst jetzt darauf aufmerksam geworden.

Emma blickte auf die Portion kanadischen Bratspeck mit Sauce Hollandaise auf ihrem Teller. »Warum nicht?«

»Das Zeug hat vierhundert Prozent Fett.« Ronnie strich sich hektisch mit der Hand durch ihre kinnlangen roten Haare. Eine Sekunde lang hielten die Haare hinter ihren Ohren und fielen dann wieder nach vorne, um ihr plumpes Gesicht einzurahmen.

Ronnie litt unter Eßsucht. Sie betrachtete Emmas Teller und rümpfte die Nase mit einer Mischung aus Abscheu und Verlangen.

Emma schüttelte den Kopf. Wenn früher die Rede von ihr war, hatte Ronnie sie immer mit Du bezeichnet. Du machst diesen oder jenen Job. Wenn sie neuerdings von Emma sprach, so hieß es immer Wir oder Ich. »Wir werden drüber nachdenken«, oder »Ich habe keine Lust das zu machen.«

»Wir müssen in Zukunft besser aufpassen«, sagte sie nun. »Du kannst nicht einfach alles essen, was du willst. Du kannst nicht einfach *tun und lassen*, was du willst. Wir müssen daran denken, was das für unsere Karriere bedeutet.«

»Es ist nicht unsere Karriere. Es ist meine Karriere«, erwiderte Emma lächelnd.

Ronnie wurde blaß, das großzügig aufgetragene pinkfarbene Make-up auf ihren Wangen trat überdeutlich hervor.

»Ich will nur nicht, daß du fett wirst«, sagte sie entschuldigend. »Ich wollte dich nicht nerven.«

Emma lachte kurz auf. Ronnie nervte, und zwar andauernd. Aber es brachte sie nicht weiter, daß sie Leuten auf die Nerven fiel. Und Mark, den Emma noch vom College kannte und der für *Schlangenzähne* das Drehbuch geschrieben, Regie geführt und den Film produziert hatte, hatte sie damit auch nicht geholfen.

Ronnie hatte von Anfang an nicht die geringsten Sympathien für das bescheidene Projekt entwickelt und sich geweigert, auch nur einen Anruf zu tätigen, um es voranzubringen. Sie hatte mit dem Film nichts zu tun, und nun spielte sie sich auf, als wäre ohne sie die ganze Sache gar nicht zustande gekommen.

»Es macht sich nachts breit, du kannst nichts dagegen tun«, dozierte Ronnie über Fett. »Sieh mich an. Ich esse nichts. Absolut nichts. Abends ein winziges Lammkotelett ohne Fettrand und ein Blatt Salat. Ich hab' keine Ahnung, warum ich so fett bin.« Sie stieß einen tiefen Seufzer aus.

»Ich könnte echt ein hübsches Mädchen sein, wenn ich nicht so dick wäre, oder?« Sie blickte Emma fragend an. Emma wußte, daß Ronnie sich, obwohl sie sich andauernd den Kopf über Fett zerbrach, im Augenblick ganz andere Sorgen machte. Sie hatte die Befürchtung, daß Emma sie verlassen würde.

»Du *bist* ein wirklich hübsches Mädchen«, sagte Emma.

Sie drehte den Kopf und ihr Blick fiel auf ein Pärchen an einem Tisch am anderen Ende des Raums. Ihre Finger waren zärtlich ineinander verschlungen, und sie schauten sich tief in die Augen, während sie miteinander redeten. Der Anblick versetzte ihr einen Stich, und sie spürte, wie dieses übermächtige Gefühl der Verzweiflung, das sie schon seit geraumer Zeit quälte, erneut von ihr Besitz ergriff.

»Wir dürfen kein Fett essen und keinen Zucker«, plapperte Ronnie vor sich hin. »Du wirst nicht von mir weggehen, oder?« wollte sie plötzlich wissen.

Emma starrte das Pärchen an. Sie konnte sich nicht daran erinnern, wann Jason sie zum letzten Mal so angesehen hatte.

»Was hast du denn geglaubt, was nach diesem Film passieren würde?« hatte er sie in der letzten Nacht gefragt.

Ihre Antwort hatte ihn nicht zufriedengestellt. »Es war doch nur ein Low-budget-Film«, hatte sie achselzuckend erwidert, »nichts Großartiges. Das Ganze war eher ein Jux. Wir hätten nie damit gerechnet, daß jemand ihn überhaupt nehmen würde.«

»Nur ein Jux.« Es war, als hätte er eine Mauer um sich herum errichtet. Es gab kein Durchkommen.

»Ach, Jason, ist es denn wirklich so schlimm, daß jemand meine Arbeit auch mal zu sehen bekommt, anstatt mich bloß immer nur zu hören?«

In den vergangenen Jahren hatte Emma nur Jobs als Synchronsprecherin im Fernsehen und Radio gehabt. Sie war in einigen von Marks Theaterstücken aufgetreten, aber wichtige Rollen auf der Bühne waren ihr versagt geblieben. Von Film- und Fernsehrollen ganz zu schweigen.

»Es ist nicht nur deine Arbeit«, sagte Jason bedächtig. »Es hat mit Sex zu tun. Du hast deinen Körper zur Schau gestellt. Du hast mich in den Dreck gezogen ...«

»Hör auf!«

»Aufhören – womit? Du kannst es tun, aber ich darf es nicht aussprechen?«

»Ich habe eine Rolle in einem Film gespielt, nichts weiter!«

»Es war mehr als nur Schauspielerei. Es hat mit Sex zu tun, Emma. Du hattest Sex. Wie würdest du das bezeichnen?«

»Es ist Arbeit. Ich bezeichne es als Arbeit.«

»Du arbeitest auf dem Rücken liegend, und auf dir drauf liegt ein Fremder. Was ist denn das für eine Arbeit?«

»Hör auf. Du blähst das Ganze viel zu sehr auf. Ich bin Schauspielerin. Das gehört zu meinem Beruf.«

»Nein, das gehört nicht zu deinem Beruf. Jedenfalls hat es bisher noch nie zu deinem Beruf gehört.« Er wandte sich von ihr ab und weigerte sich, sie anzusehen.

»Ich dachte, du wärst so gut durchanalysiert«, hatte sie nach einer langen Zeit des Schweigens gesagt. »Die Männer von anderen Schauspielerinnen kommen damit offenbar besser zurecht.«

»Vielleicht. Wenn darüber von vornherein Klarheit herrscht«, hatte er voller Bitterkeit erwidert. »Aber ich bin Arzt, jemand, dem seine Privatsphäre wichtig ist. Und das hier war nicht Teil unserer Abmachung.«

»Emma! Jetzt beantworte mir meine Frage«, drängte Ronnie.

»Ich muß gehen«, sagte Emma plötzlich.

»Was? Wir haben uns doch noch gar nicht über die Drehbücher unterhalten. In dem einen hier gibt's eine Sexszene, die wird dich einfach umhauen.« Sie griff in ihre Tasche und kramte nach den anderen Scripts, die sie mitgebracht hatte.

Emma schüttelte den Kopf. »Hör mal zu«, sagte sie langsam. »Ich weiß nicht, ob ich mich auf so was festlegen will.«

»Wovon redest du?« kreischte Ronnie.

Emma löste ihren Blick von dem Pärchen und schaute Ronnie an. »Ich sagte, daß ich mich nicht auf so was festlegen lassen will.«

»Seit wann sind wir denn so zart besaitet, hm?« Ronnie fächerte sich mit einem der Scripts Luft zu, als würde sie jeden Moment in Ohnmacht fallen. Das Buch hatte einen roten Einband, der absolut nicht zu ihrer Haarfarbe paßte. »Paß auf, du mußt das machen, was man dir zuschickt. Und wenn sich's dabei um Huren dreht, muß du 'ne Hure sein.«

»Geht's darum?« fragte Emma. »Bei allen dreien?«

»Und wenn schon? Was ist daran so schlimm? Was ist plötzlich mit dir los?«

»Ich hasse Filme, in denen Huren verherrlicht werden. Wirklich. Huren sind keine wundervollen Menschen, und sie werden auch nicht glücklich dabei. Ich hab' keine Lust, nur für meinen Körper bekannt zu sein. Es ist ...«

»Für das hier mußt du nächste Woche vorsprechen. Also lies dir das zuerst durch und ruf mich nach zwei an.« Ronnie hielt ihr die Scripts unter die Nase. »Treib mich nicht zum Wahnsinn.«

»Ich habe eine Aufnahme heute nachmittag«, sagte Emma. Sie hatte einen Job als Synchronsprecherin in einem Werbespot für Maalox. Die alte Dame, die für die Rolle besetzt worden war, hatte eine Stimme wie ein Huhn.

»Dann lies es jetzt gleich.« Ronnie schob es zu ihr hin.

Emma nahm das Script zur Hand. Es war sehr dünn, gerade mal vier oder fünf Seiten. »Das sind ja nur Auszüge«, protestierte sie.

»Na und?«

»Wo ist der Rest?« wollte sie wissen.

»Emma, jetzt mach mir bloß keinen Ärger. Manchmal *geben* sie einem nur Auszüge. Sie wollen gar nicht, daß du an der ganzen verdammten Rolle arbeitest. Sie wollen sehen, wie du aus dem Stand mit einer Szene zurechtkommst, was du aus der Rolle machst – einfach nur mit den paar Zeilen, die da stehen.«

»Wo ist der Rest? Ich kann das doch nicht einfach so machen, wenn ich gar nicht weiß, wie die Handlung funktioniert.«

»So langsam regst du mich auf. Du bist doch schon lange genug im Geschäft, um zu wissen, daß nicht du es bist, die im Augenblick das Sagen hat. *Die* sind diejenigen, die am längeren Hebel sitzen, und *die* sind diejenigen, die über dich bestimmen. Wenn du es machst und du ihnen gefällst, dann bekommst du die Rolle. Du wirst berühmt, kannst dich amüsieren und scheffelst haufenweise Geld. Wo ist das Problem?«

Emma sammelte ihre Sachen ein. Genau, berühmt werden und haufenweise Geld machen. Ronnie hatte recht. Sie hatte jahrelang hart gearbeitet, um einmal dahin zu kommen, wo sie jetzt war.

»Okay«, erklärte sie Ronnie. »Ich werd's probieren.« Wenn Jason mit ihrem Erfolg nicht zurechtkam, war das sein Problem.

Sie schaute zu, wie das Pärchen aufstand und hinausging.

10

»Also, was können Sie mir sagen?« Newt Regis lehnte sich in seinem Stuhl zurück. Es machte ihn ein wenig nervös, daß Dr. Milt Ferris sich die Mühe gemacht hatte, zu ihm ins Büro zu kommen, anstatt ihm die Informationen, um die er gebeten hatte, am Telefon durchzugeben. Wenn Newt das vorläufige Ergebnis einer Obduktion wissen wollte, dann rief Milt ihn gewöhnlich an und sagte ihm irgendwelche Abkürzungen.

Milton Ferris war eine Zeitlang Amtsarzt in San Diego gewesen und hatte jahrelang an der medizinischen Fakultät Pathologie gelehrt. Dann hatte er beschlossen, alles hinter sich zu lassen und war nach Potoway Village gezogen, um hier draußen seine Memoiren zu schreiben. Zufälligerweise war gerade zu dem Zeitpunkt die Stelle des Leichenbeschauers vakant, und Milt ließ sich überreden, den Job so lange zu übernehmen, bis sie jemand anderen fanden. Bis jetzt hatten die Bürger von Potoway Glück gehabt. Vier Jahre waren seitdem vergangen, ohne daß sie auch nur die geringsten Anstrengungen unternommen hatten, einen Ersatz für Milt zu finden, und dieser wiederum hatte bisher noch keine Klagen laut werden lassen, daß ihm die Arbeit zum Halse heraushing.

Seit Milt hier war, hatten sich in Potoway Village einige Dinge verändert. Newt beispielsweise hieß vor Milts Auftauchen Newton, und dies war auch sein richtiger Name. Den Zeitpunkt des Todes festzustellen, war eine eindeutige Angelegenheit, aber da Milton Kreuzworträtselfanatiker war, gab es nur noch Abkürzungen und Codebezeichnungen. Er hatte eine seltsame Auffassung von Vergnügen, und so bestand sein Ehrgeiz darin, ein ganzes Kreuzworträtsel ausschließlich aus Begriffen aus der Verbrechensbekämpfung und der forensischen Medizin zusammenzustellen.

Die Todesursache klang nun wie eine Bildungseinrichtung, doch Milt hatte ihn darauf verwiesen, daß es der KGB, die CIA, das FBI und alle anderen Sicherheitskräfte auf der Welt gewesen waren, die damit angefangen hatten. Ihn traf jedenfalls keine Schuld daran. Und außerdem, das FBI hatte nun Unterabteilungen mit Namen wie VICAP und IMNAT, die durften natürlich in keinem Kreuzworträtsel fehlen.

Milt war eine ganz und gar glatte Erscheinung – sein Kopf kahl wie ein Ei, blaß, rundlich und gerade mal einsfünfundsechzig. Obwohl schon sechzig Jahre alt, zierten keinerlei Falten sein Gesicht, wenn man von ein paar kleinen Linien unter seinen Augen absah, was aber eher daran lag, daß er ständig zu lächeln schien. Mit ein paar Haaren auf dem Kopf hätte er vermutlich ausgesehen wie ein kleiner Weihnachtsmann, aber selbst ohne Haare wirkte er wie jemand, der sein Leben damit verbracht hatte, Leichen aufzuschneiden und dann die Einzelteile zu untersuchen.

Er ließ sich Newt gegenüber auf seinen Stuhl sinken. Von einem Lächeln keine Spur.

»Nun?« fragte Newt ungeduldig.

Da draußen, wo sie sie gefunden hatten, waren Newt, Ray und Jesse bemüht gewesen, ein möglichst großes Areal nach Hinweisen darauf abzusuchen, was sich hier eventuell abgespielt hatte. Eine Spur im Staub, ein Fetzen von einem Kleidungsstück, eine Waffe – irgendwas. Aber das Mädchen hatte keinerlei Kleider am Leib, noch gab es in der Umgebung ihres Fundortes irgendwelche Spuren, aus denen man etwas hätte schließen können. Wäre das Ganze woanders passiert, hätte man unter Umständen einen Botaniker zu Rate ziehen können, der den Boden unter der Leiche untersucht und anhand der Veränderungen des Pflanzenwachstums festgestellt hätte, wie lange die Tote schon dort gelegen hatte. Aber hier gab es kein pflanzliches Leben. Milt hatte schon anfangs vermutet, daß, was immer mit dem Mädchen passiert war, irgendwo anders stattgefunden hatte.

»Es sieht so aus, als hätte sie einige Verletzungen erlitten, an denen sie aber nicht gestorben ist«, sagte er nun.

»Was soll das heißen?« Newt verzog das Gesicht.

»Manchmal ist es schwierig, genau festzulegen, was ante mortem geschehen ist und was postmortale Verletzungen sind«, erklärte Milt.

»Ach ja?« Soviel wußte Newt auch selbst.

»Kann sein, daß sie gestorben ist und sie sich dann zwei Rippen und einen Arm gebrochen hat, als jemand sie weggebracht hat. Sie wissen, so was kommt vor, wenn Sanitäter nicht aufpassen. Das kann dazu führen, daß eine Autopsie keine genauen Erkenntnisse mehr bringen kann.« Milt saß da und schüttelte seinen kahlen Kopf.

»Aber Sie glauben nicht, daß es so war?«

»Nein.«

Es trat eine längere Pause ein, während der keiner der beiden etwas sagte.

»Also, woran ist sie gestorben?« fragte Newt voller Ungeduld.

»Umwelteinflüsse«, erwiderte Milt.

»Kein Scherz?«

»Farbe und Zustand ihrer Haut – es sieht so aus, als sei sie völlig von der Sonne verbrannt. Nicht nur die Frontseite, auch der Rücken. Das bedeutet, daß jemand sie unter Umständen da draußen herumgeführt hat. Nachts ist es kalt. Sieht ganz so aus, als sei sie verhungert, verbrannt und erfroren.«

»Vergewaltigt?« fragte Newt nüchtern.

Milt schüttelte den Kopf. »Sobald einmal vierundzwanzig Stunden vergangen sind, ist es schon bei Lebenden schwierig genug, einen Geschlechtsverkehr nachzuweisen, selbst wenn man erstklassige Proben vorliegen hat – es sei denn, daß die Person Verletzungen davongetragen hat. Post mortem«, wieder schüttelte er seinen Kopf, »kann man das glatt vergessen. Ich glaube allerdings, daß sie vor ihrem Tod gefoltert wurde.«

»Die Verletzungen am Unterleib?«

»Nein, das sind postmortale Veränderungen, die mit dem Mumifizierungsprozeß einhergehen. Die Haut zieht sich zusammen, schrumpft und platzt auf, und das Resultat sieht dann manchmal aus wie eine antemortale Verletzung durch ein Messer.«

»Mumifizierung?« Newt spielte mit einem Bleistift auf dem Schreibtisch herum. Er trug die Aufschrift *Pell's Pharmacie.* »Dann hat sie also schon eine Weile da draußen herumgelegen?«

»Nee.« Milt schüttelte seinen Kopf erneut.

»Wieso sind Sie da so sicher?«

»Die Vögel waren noch nicht lange dran. Die Kojoten sogar noch gar nicht. In ein paar Tagen wären nur noch Knochen von ihr übrig gewesen. So gesehen haben wir Glück gehabt.«

»Ach ja?« sagte Newt. »Und wieso?«

»Unter Umständen können wir noch ein paar brauchbare Fingerabdrücke machen.«

Milt hatte seinen Vortrag beendet, doch er machte keinerlei Anstalten zu gehen.

»Was macht Ihnen Kopfzerbrechen? Ist da was Besonderes?«

»Erinnern Sie sich an die schwarze Stelle auf ihrer Brust?«

»Postmortale Veränderung?« Newt war stolz, daß er mit diesem Begriff aufwarten konnte. Vor Jahren, als er noch ein Anfänger war, hatte er schwarze Male auf der Brust eines Menschen gesehen, der seit mehreren Tagen tot war und angenommen, daß er das Opfer irgendeines Verrückten geworden war, der ihn umgebracht und an dieser Stelle liegengelassen hatte. Es hatte nicht lange gedauert, bis er die wenig erbauliche Wahrheit erfahren hatte, daß Menschen im Gegensatz zu Tieren nach dem Tod eine ziemlich schlechte Figur abgeben. Alle möglichen Wunden und Entstellungen treten im Verlauf der vielfältigen postmortalen Veränderungen auf. Unter den entsprechenden Umständen kann es passieren, daß ein Körper innerhalb von drei Tagen auf das Dreifache seines Volumens anschwillt infolge der Gasentwicklung, die mit dem Verwesungsprozeß einhergeht.

»Nein, eine Verbrennung, die ihr beigebracht wurde.«

Milt verfiel in Schweigen.

Newt ließ den Bleistift zwischen seinen Fingern herumkreisen. Na gut, also hatte sie jemand gefoltert und dann dort draußen zurückgelassen. Er hatte noch ihre Fingernägel vor Augen und ihre Haare, wie sie sich an manchen Stellen bereits von der Kopfhaut ablösten. Ihre Haare waren seidig und machten einen gepflegten Eindruck, obwohl sie gefärbt schienen; die Nägel waren zartrosa lackiert. Das hier war keine Bikerbraut mit schlampig gebleichten Haaren und schwarzlackierte Fingernägel.

»Die Sache ist die«, fuhr Milt fort. »Sie wissen, wie Amtsärzte sind, wenn sie zusammenkommen. Wir unterhalten uns über ungewöhnliche Fälle. Ich habe einen Freund unten in Twenty-Nine Palms. Vor ein paar Monaten hatte er einen ähnlichen Fall – ein Mädchen mit einer Verbrennung auf der Brust, die von einem Brandeisen oder so was stammte und das dann in der Wüste ausgesetzt worden war. Niemand hat sich groß um die Angelegenheit gekümmert. Sie war Mexikanerin.«

»Herrgott.« Newt stöhnte auf.

»Ich weiß, daß er die Brandwunde fotografiert hat, weil sie eine spezielle Form hatte, und es ja immer sein kann, daß so was noch mal auftaucht. Ich werde mir seinen Bericht zuschicken lassen. Ich sage nicht, daß sich aus zwei Brandwunden schon ein Trend ableiten läßt, aber so wie's aussieht, haben wir vielleicht die Nummer zwei von einer Serie ...« Er sprach nicht weiter.

Langsam erhob er sich von seinem Stuhl.

»Wie schnell kann ich Ihren Befund haben?« fragte Newt. Er wollte den Befund so schnell wie möglich an die Polizeibehörden in der näheren Umgebung schicken. Sie mußte identifiziert werden, bevor sie mit den Nachforschungen beginnen konnten, was mit ihr geschehen war.

»Bald«, versprach Milt. »Im Augenblick sind sie bei den Röntgenuntersuchungen und den Zahnschemata.«

»Gut.« Der Gedanke daran, daß seine kalifornische Wüste zum Abladeplatz für die Leichen gefolterter junger Mädchen verkommen würde, lag Newt so schwer im Magen, daß er Milt bis vor die Tür begleitete und ihm nachschaute, als er wegfuhr.

11

Troland fühlte sich mies. Er konnte sich nicht erinnern, wann es ihm jemals so schlecht gegangen war. Er war unfähig, zur Arbeit zu gehen, und schuld daran war nur sie, weil sie ihm das angetan hatte. Sie war das hübscheste und netteste Mädchen auf der ganzen Welt gewesen; das einzige Mädchen, das er je gemocht hatte, und er hatte sie gerettet. Er mußte immer wieder daran denken, wie er sie gerettet hatte. Er, Troland Grebs, hatte sie gerettet. Und jetzt machte sie ihn zum Narren, gerade so, als wäre es ihr ganz egal, daß er sie die ganzen Jahre über in seinem Herzen getragen hatte. Er haßte sie.

Sie war derart makellos gewesen, daß er sich besondere Regeln aufgestellt hatte – nur für sie. Er konnte sich noch immer an jede einzelne davon erinnern: Er durfte sie anschauen – aber nicht am Strand. Er durfte ihr Briefe schreiben – sie aber nicht abschicken. Er durfte Zeichnungen von ihr machen – aber sie niemals jemandem zeigen. Das wichtigste war, daß er sie niemals anfassen durfte, egal was auch geschehen sollte. Und er hatte sich daran gehalten. All die Jahre über war er ein guter Junge gewesen, und nun mußte sie ihn in den Dreck stoßen, ihn verfluchen und alle Regeln über Bord werfen, als sei sie die schlimmste Hure, die es je gegeben hatte.

Zwei, drei Tage verbrachte er auf dem Sofa in seinem Apartment und tat nichts außer trinken, ins Bad wanken, um zu kotzen, das Bewußtsein zu verlieren – und weiter trinken. Als er schließlich wieder zu sich kam und sich daranmachte, sein Apartment zu putzen, hatte er keinen Schimmer, warum es so stank oder warum Kotze auf dem Boden war. Er wußte nur eines, daß er alles, was er je für Emma Chapman getan hatte, wieder zurückverlangen würde. Und zwar eins nach dem anderen.

12

Detective April Woo brauchte drei Tage, bis sie Connie Shagan in Florida bei der Freundin einer Freundin aufgespürt hatte, was sich als eine nicht ganz unkomplizierte Angelegenheit herausstellte, denn weder in ihrem Studentenwohnheim noch in der Verwaltung war das Büro besetzt, und so gab es niemanden, der ihr mit Namen oder Telefonnummern hätte behilflich sein können. Am Montag hatte sie nicht an dem Fall gearbeitet, denn dieser Montag war ihr freier Tag, und den verbrachte sie mit Lernen, weil sie abends eine Klausur in Psychologie hatte. Sie mußte die Strecke von Queens nach Manhattan und zurück mit der U-Bahn fahren, weil sie keinen Wagen hatte, doch was die Klausur anging, hatte sie hinterher ein gutes Gefühl.

Am Dienstag morgen hatte April die Gelegenheit, erneut zum Studentenwohnheim zu fahren und es gelang ihr, sich Zutritt zum Zimmer der beiden Mädchen zu verschaffen. Sie hatte Ellens Foto dabei und hielt es in der Hand, während sie sich umschaute. Gleiches hatte sie im Fall eines anderen vermißten Mädchens vor zwei Jahren bereits einmal getan. Lilly Dong war zwölf Jahre alt gewesen und nach der Schule, als sie zu Mittag aß, aus der Wohnung ihrer Eltern in Chinatown verschwunden. Das ganze Revier hatte nach ihr gesucht. Es war einer der Fälle, die Schlagzeilen in den Zeitungen machten. Ein Kidnapper hatte ein einziges Mal angerufen, und als er sich danach nicht mehr meldete, hatten die Eltern des Mädchens sich an die Polizei gewandt. Drei Tage nach dem Verschwinden des Mädchens war April in einem Hinterhof auf der gegenüberliegenden Straßenseite auf einen Haufen Gerümpel gestoßen. Darunter hatte ein Schlafsack gelegen. Der Gedanke daran, wie sie den Reißverschluß aufzog und die Turnschuhe sah, erfüllte April mit Grauen. Sie brauchte gar nicht mehr zu sehen als die Turnschuhe. Das Mädchen hatte sie getragen, als es verschwunden war, und es trug sie, als es gefunden wurde. Ihr Entführer hatte sie in einem Anfall von Panik erwürgt. April brauchte eine ganze Weile, bis sie beim Anblick von Turnschuhen nicht mehr unweigerlich an Lilly Dong und ihr fürchterliches Schicksal denken mußte. Es war sehr ungewöhnlich, daß Asiaten ein Entführungsopfer umbrachten. Es war der Kerl aus der Wohnung auf der anderen Seite des Flures, ein Burmese.

Das Zimmer von Ellen Roane war klein – gerade genug Platz für die beiden Doppelbetten, zwischen denen einige Plastikboxen aufgestellt waren, sowie zwei Schreibtische samt Stühlen und Leselampen und zwei Kommoden. Das Badezimmer teilten sich die Mädchen mit den Bewohnern des Zimmers gegenüber. Es machte den Anschein, als hätten die beiden Mädchen sich extra Mühe gegeben, das Zimmer in einem ordentlichen Zustand zu hinterlassen. Aber vielleicht war das auch ihre Art. Nirgendwo lag irgendwelcher Kleinkram – Haarspangen, Kämme, Make-up oder Schmuck – herum, weder auf den Ablagen noch in den Schubladen. Kein Nagellack oder Lippenstifte, nichts. Die Schubladen waren randvoll mit Klamotten, in der Hauptsache Jeans und Sweatshirts. Offensichtlich waren diese Mädchen eher von der ernsthaften Sorte. Verglichen mit diesem Raum war Aprils Zimmer richtiggehend unaufgeräumt – bei ihr stand jede Menge bunter Kleinkram und Make-up herum.

In einem kleinen Buch auf dem Schreibtisch des Mädchens fand sie die Nummer von Connies Eltern. Dann wandte sie ihre Aufmerksamkeit Ellens Seite des Zimmers zu. Ellen Roane besaß einen CD-Player sowie eine ganz ansehnliche Sammlung von CDs. Sie hatte offensichtlich auch eine von diesen Plastikpistolen, mit denen man Schriften prägen konnte, denn ihre CDs trugen alle kleine Schildchen mit ihrem Namen. Darüber hinaus hatte Ellen einen Computer, auf dem sie ihre Arbeiten schrieb und eine Menge Bücher. Diejenigen, mit denen sie gerade zu arbeiten schien, waren sauber am Boden und auf dem Bett aufgestapelt. Beide Betten hatten die gleichen Daunendecken. April überlegte kurz, ob die Universität wohl Daunendecken mit Blumenmustern stellte, oder ob die Mädchen sie gemeinsam gekauft hatten. Vermutlich war letzteres der Fall, damit das Zimmer einheitlicher aussah, denn auf dem Fußboden in der Mitte des Zimmers lag außerdem ein farblich passender Läufer.

April versuchte sich vorzustellen, wie es wohl war, wenn man erst siebzehn war und all diese teuren Spielsachen hatte und dafür nichts weiter tun mußte als Bücher zu lesen und sich zu merken, was drinstand. Sie konnte der Versuchung nicht widerstehen, sich an Ellens kleines Schreibpult zu setzen und den Computer einzuschalten. Auf dem Bildschirm erschien eine Liste mit Dateien. Französisch, Biologie, Psychologie. Ha, das klang vertraut. Mit Psychologie befaßte sich auch April. Sie drückte die entsprechende Taste, und es erschien eine Liste mit Arbeiten.

Nichts davon kam April bekannt vor. Auf dem John Jay College wurde Psychologie in Verbindung mit Geschichte gelehrt. Folglich hatte sie den Napoleon-Komplex im Zusammenhang mit dem Rußlandfeldzug behandelt. Von Freud hatte sie keine große Ahnung, aber sie wußte, daß Napoleon 1814 nach Elba verbannt worden war, von wo aus er nach Paris zurückkehrte und hundert Tage herrschte, bevor er bei Waterloo endgültig besiegt wurde. Von daher konnte sie sich ziemlich gut ausmalen, was es mit dem Komplex auf sich hatte.

Im Computer waren weder Kurzgeschichten noch Tagebucheinträge abgespeichert, und es gab keinerlei Hinweise darauf, daß das Mädchen nicht die Absicht gehabt hatte, wieder zurückzukommen. Es machte den Eindruck, als hätte sie ihre besten Sachen zurückgelassen.

Als April zum Revier zurückkam, rief sie bei Connies Eltern an. Diese wußten, wo ihre Tochter war. April mußte bei drei verschiedenen Stellen in Florida anrufen, bis sie schließlich Connie am anderen Ende der Leitung hatte.

»Nein, ich hab' keine Ahnung, wo Ellie hingefahren ist. Ist irgendwas passiert?« erklärte eine sehr jung klingende Stimme, nachdem April sich identifiziert hatte.

»Wir versuchen nur herauszufinden, wo sie ist«, erwiderte April vage.

»Ich weiß nicht, wo Ellie hingefahren ist«, wiederholte das Mädchen feierlich. »Sie hat gesagt, sie fährt irgendwohin, wo's warm ist.«

»Florida?« fragte April. »Ich hab' den Eindruck, sie hat die Nase voll von den Streitereien zu Hause und sich deshalb abgesetzt. Ist sie zufällig bei dir?«

»Nein. Wir haben sie gefragt, aber sie wollte nicht mitkommen«, sagte das Mädchen schnell.

»Wenn du nicht die Wahrheit sagst, kann das für dich unangenehme Folgen haben«, drängte April, »wegen Behinderung polizeilicher Ermittlungen, und das willst du doch nicht, oder?«

Am anderen Ende der Leitung herrschte Schweigen. »So 'ne gute Freundin ist sie auch wieder nicht.«

»Oh.« April wartete ab. Vielleicht kam ja noch mehr. Sie warf einen Blick auf das Foto auf ihrem Schreibtisch. Ellens Eltern hatten ihr diverse Fotos gegeben, und jenes, das nun vor ihr lag, war ein Farbfoto von einem Mädchen in Shorts, das einen Tennisschläger in Händen hielt. Ellen Roane war ein hübsches Mädchen. Volles, langes Haar – wie ihre Mutter, nur wesentlich heller. Blaue Augen, ein breites Lächeln, das eine makellose Reihe hübscher, weißer Zähne zum Vorschein brachte.

»Warum nicht?« fragte April nach einer Weile.

»Ich weiß nicht. Sie ist nett ...« Weiter wollte sie sich wohl nicht äußern, oder es fiel ihr nicht mehr ein.

Jedenfalls konnte das Mädchen nicht genau sagen, warum sie nicht so dicke Freundinnen waren. Auch gut.

»Hat sie einen Freund?« fragte April. »Hatte sie einen Freund, mit dem sie vielleicht weggefahren ist?«

»Eine Zeitlang hatte sie einen, aber er hat sie abgesägt.«

»War das erst vor kurzem?«

»Ja. Ellie war ziemlich sauer deswegen. Darum wollte sie auch nicht mitkommen. Sie wollte ihre Ruhe haben und allein sein.«

»Wann hast du sie zum letzten Mal gesehen?«

»Als sie zum Flughafen gefahren ist.«

»Zum Flughafen? Zu welchem?«

»Ich weiß nicht. In glaube LaGuardia. An die Fluggesellschaft kann ich mich nicht erinnern.«

»Um welche Zeit war das?«

»Nachmittags.«

Connie sagte April, welche Kleider Ellen bei ihrer Abfahrt getragen hatte, dann legten sie auf. Irgendwo, wo's warm ist. Nicht gerade eindeutig, da kamen diverse Gegenden in Frage. Mexiko, die Karibik, Florida, Kalifornien. Sie ging die Liste der Flüge durch, die am Donnerstag nachmittag vor einer Woche vom Flughafen LaGuardia abgegangen waren. Das waren eine ganze Menge. Die Fuggesellschaften bewahrten die Passagierlisten nicht so lange auf. Und falls Ellen wirklich von Zuhause weggerannt war, hatte sie aller Wahrscheinlichkeit nach sowieso nicht ihren richtigen Namen benutzt. Die Fluggesellschaften abzuklappern würde sie vermutlich nicht weiterbringen. Seit Ellen die Stadt verlassen hatte, war exakt eine Woche vergangen. Am Montag nächster Woche begannen ihre Lehrveranstaltungen wieder. April war ziemlich sicher, daß Ellen dann wieder auftauchen würde.

Sie legte ihren Bericht vor. Mittlerweile konnte sie mit wesentlich mehr Details aufwarten als beim ersten Mal. Sie wußte nun, was Ellen getragen hatte, daß sie die Stadt aller Wahrscheinlichkeit nach aus eigenem Antrieb vermutlich per Flugzeug verlassen hatte und daß sie Ferien hatte. In ihrem Stundenplan und dem Kalender auf ihrem Schreibtisch waren mit roten Sternchen die Daten markiert, an denen sie Arbeitspapiere abzugeben oder Klausuren zu schreiben hatte. Ellen betrieb ihr Studium methodisch und gewissenhaft. Der Stern für die Klausur am folgenden Dienstag war mit dem Zusatz »gründlich vorbereiten« versehen. Es gab nichts in ihrem Zimmer, das darauf hindeutete, daß das Mädchen nicht beabsichtigte, wieder zurückzukommen.

Damit war der Fall allerdings keineswegs abgeschlossen. Sergeant Joyce war mehrfach von den Eltern – und zwar beiden Elternteilen – angerufen und bedrängt worden, alles mögliche zu unternehmen, um endlich zu einem positiven Ergebnis zu kommen. Joyce versicherte den Roanes, daß die Polizei alles tat, um herauszufinden, wo ihre Tochter sich aufhielt und gab April die Anweisung, den Fall weiter zu bearbeiten.

April rief Jennifer Roane an. »Hat Ellen eine Kreditkarte?«

»Warum? Ist sie irgendwo aufgetaucht?« Jennifer fing an zu heulen.

»Nein. Aber falls sie sie benutzt hat, können wir herausbekommen, wo sie hingefahren ist. Ihre Zimmernachbarin sagt, sie wäre letzten Donnerstag zum Flughafen gefahren.«

»Was?« sagte Jennifer schockiert. »Sie wollen sagen, sie ist irgendwohin geflogen?«

»Es sieht so aus. Haben Sie die Nummer ihrer Kreditkarte?«

»Eine Minute.«

Jennifer Roane blieb mehrere Minuten weg. Schließlich kam sie wieder und gab April die Kreditkartennummer durch. Es war eine MasterCard.

»Benutzt sonst noch jemand diese Karte?«

»Hmm, ihr Vater. Ich habe meine eigene.«

»Danke.«

April rief bei MasterCard an. »Mein Name ist Detective Woo, NYPD. Ich brauche einige Angaben zu Belastungen in letzter Zeit, und zwar für die Karte Nummer 956-1900-9424-1992.«

»Da müssen Sie sich an meinen Vorgesetzten wenden.«

»Auch gut. Wie heißt der?«

Nach einer kurzen Unterhaltung mit dem Vorgesetzten faxte April ein offizielles Auskunftersuchen des Police Department an das Büro von MasterCard. Eine Stunde später erhielt sie einen Ausdruck mit den Kontobelastungen der letzten vier Wochen. Darunter war eine Abbuchung von American Airlines von dem Tag, als Ellen zum letzten Mal im Studentenwohnheim gesehen worden war. Außerdem tauchten darin diverse Rechnungen eines Restaurants und mehrerer Läden in San Diego auf – Volltreffer.

13

In Jasons Terminkalender lagen fünf beunruhigende Briefe, die Emma seit seiner Rückkehr aus Toronto erhalten hatte. Er knallte den Kalender zu. Dann versuchte er diesen Akt nachträglich zu vertuschen, indem er verschiedene Gegenstände auf seinem Schreibtisch zurechtrückte und nachschaute, ob der Anrufbeantworter eingeschaltet war. Während er dies tat, fiel ihm auf, wie absurd sein Verhalten war. Harold würde an seiner Praxis sowieso keinerlei Veränderung feststellen. Harold befaßte sich ausschließlich mit sich selbst. Dennoch schaute sich Jason zur Sicherheit noch einmal um.

Seine Praxis war wie nahezu jede psychoanalytische Praxis eingerichtet: die berühmte Ledercouch, ein Ledersessel von Eames dahinter, ein großer, mit Papieren übersäter Schreibtisch sowie ein Lederstuhl auf Rollen. Jason hatte die Fenster zur Außenwelt mit Bambusjalousien verhängt, doch gewährte er einige Einblicke auf sich, damit Patienten, die das brauchten, einen Zugang zu ihm fanden. Antike Uhren standen an wechselnden Plätzen, je nachdem wie er seine Sammlung erweiterte oder sie in seiner Wohnung umräumte, doch unter denen in seinem Arbeitszimmer gab es keine, die für Ablenkung sorgte, weil sie allzu laut tickte oder die Stunden schlug. Darüber hinaus hingen verschiedene Drucke an den Wänden und auf den Regalborden teilten sich bestickte Kissen, Nippesfiguren und andere Erinnerungsstücke unterschiedlichster Machart und Qualität, die ihm von Patienten geschenkt worden waren, den Platz mit Jasons allgegenwärtigen Büchern. Vor Jahren hatte er alle diese Gegenstände versteckt, vielleicht weil er fürchtete, seine Patienten könnten ihre Anonymität verlieren, wenn er persönliche Gegenstände von ihnen hier aufstellte. Gerade so, als würden ihre Stimmen noch nach Jahren durch den Raum hallen. Doch in der Zwischenzeit war ihm klargeworden, daß der Erfolg einer Therapie nicht von kahlen Wänden und leeren Räumen abhing.

Für jemand wie Harold waren die Wände ohnehin kahl. Ihn interessierte nicht, was daran herumhing. Als er am heutigen Tag hereinkam, nickte er Jason kurz zu, ohne ihn anzuschauen oder ihn zu fragen, wie es ihm ging. In Harolds Gedankenwelt existierte sein Psychiater nur für ihn und seine Belange und hatte ansonsten kein eigenes Leben. Jason war sich dessen bewußt, und von daher konnte er auch damit rechnen, daß Harold die dunklen Ringe unter seinen Augen nicht bemerkte und ihn fragte, was ihn bedrückte.

Jason blieb stehen, bis Harold mit großen Schritten das Zimmer durchquert und auf dem Eames-Sessel vor dem Schreibtisch Platz genommen hatte. Harold hatte von jeher auf sein Äußeres geachtet, und so war auch sein heutiges Erscheinungsbild sehr distinguiert. Er trug einen dunklen Anzug mit einer grauen Seidenkrawatte zu einem weißen Hemd und schwarze Schuhe. Seine Haare waren sehr kurz geschnitten. Er war etwa fünf Zentimeter größer als Jason und zehn Jahre älter. Seine Haare waren nahezu vollständig grau. Vor zwei Jahren, als er Jason zum ersten Mal aufgesucht hatte, waren sie noch schwarz, und er selbst eine massige Erscheinung gewesen. Nun wirkte er in sich zusammengesunken, als hätte jemand die Luft aus ihm herausgelassen – seine Wangen waren eingefallen, sein Mund nur noch ein dünner Strich. Manchmal – zumindest während der letzten Sitzung war es mehrmals vorgekommen – sog er seine Lippen ein und biß mit den Zähnen darauf, als wolle er krampfhaft vermeiden, etwas Bestimmtes zu sagen oder zu tun. Jason hatte eine französische Uhr auf dem Regal stehen, ein Bulle aus Messing, in der Flanke das Zifferblatt. Genauso war Harold vor zwei Jahren gewesen – ein Bulle, der alles niederwalzte, sich selbst eingeschlossen.

»Ich habe letzte Nacht von Marilyn geträumt«, sagte Harold.

Jason setzte sich in seinen Chefsessel und rollte damit vom Schreibtisch weg in die Mitte des Zimmers, um so seinen privaten Kummer auszublenden. Emma hatte in einem schrägen Sexfilm mitgespielt, und jetzt schrieb ihr irgendwer Briefe, die ihm Sorgen bereiteten. Er veränderte seine Sitzposition, doch er konnte sich nicht entspannen.

Jeden Tag kam ein Brief. Jeden. Wirre Briefe verstörenden

Inhalts, die, mit den Augen eines Psychiaters betrachtet, Anlaß zu großer Sorge boten. Unterschrieben waren sie mit *Der Freund, der dich gerettet hat.* Jason fragte Emma immer wieder, ob sie sich vielleicht vorstellen konnte, was damit gemeint war – *denk doch mal nach* –, doch Emma hatte keine Ahnung. Sie war noch nie von jemandem gerettet worden.

»Erzählen Sie mir von dem Traum«, sagte Jason zu Harold, doch mit seinen Gedanken war er bei jenen Briefen.

Es wimmelte darin von Recht und Unrecht. Vielleicht waren es religiöse Anspielungen. Der rechte Pfad und der Pfad des Bösen wurde erwähnt, *das Feuer, das brannte, aber nicht verzehrte.* Vielleicht war dies der brennende Busch aus der Bibel. Doch auch das Fegefeuer brannte nur und verzehrte nicht. *Einst gerettet und nun verdammt, zu brennen.* Für Jason klang dies, als wolle sich jemand an ihr rächen.

Emma erinnerte das Ganze an Kettenbriefe, die sie als Kind bekommen hatte, wo einem ewiges Pech und Mißgeschick angedroht wurden, falls man sie nicht kopierte und an vierzehn Freunde schickte. Mit Flüchen wie, der Tod wird dir gewiß sein. In der Hölle sollst du schmoren. Ihrer Ansicht nach war an der ganzen Angelegenheit nichts dran. Jason war sich sicher, daß sie unrecht hatte. Er wußte, daß etwas nicht stimmte. Aber er hatte keine Ahnung was.

»Wie lange wird das noch so weitergehen?« fragte Harold.

»Eine ziemliche Weile.«

»Ich dachte, wenn sie erst mal tot ist, würde es auch mir irgendwann besser gehen. Aber ich weiß nicht. Ich habe das Gefühl, es geht mir sogar schlechter.« Harold ließ das Kinn auf seine Brust sinken.

»Sie werden sich eine Zeitlang schlechter fühlen, aber dann geht es irgendwann wieder bergauf«, murmelte Jason.

»Ich weiß nicht. Ich kann nichts essen. Ich kann nicht schlafen. Ich laufe nachts in der Gegend herum. Ich kann mich noch nicht einmal auf einen Film konzentrieren oder irgendwas. Ich muß immer an die Nächte denken, wissen Sie, als sie so krank war. Sie wollte nicht, daß irgend jemand anders sie anfaßte. Ich habe Ihnen das schon erzählt. Und ich mußte mit ihr aufs Klo gehen. Und sie ...« Harold schlug die Hände vor dem Gesicht zusammen.

»Was haben Sie geträumt?« fragte Jason erneut.

Bei der Post von heute, auf dem Tischchen im Flur, war schon wieder einer dieser Briefe. Emma hatte eine Verabredung zum Lunch und hatte ihn deshalb noch gar nicht gesehen. Was ihre Verabredung zum Lunch anging, nagte die Eifersucht an Jason. Er hatte nie Lunch mit irgend jemandem. Sie in letzter Zeit allerdings ständig, fast jeden Tag. Und abends hatte sie dann keinen Hunger mehr. Er warf einen Blick auf die Uhr mit dem Bullen. Sie war garantiert noch beim Essen.

»Ich war bei einer Prostituierten. Wir tranken etwas zusammen. Wir unterhielten uns darüber, was es kosten sollte. Marilyn kam herein. Sie war sehr wütend. Dann ging sie in die Küche und spülte Geschirr. Ich glaube, wir waren auf einem Ozeandampfer. Aber es gab keinen Kapitän. Es trieb einfach nur so dahin. Ich ging mit der Prostituierten hinauf aufs Deck. Es war irgendwie ganz aus Schaumgummi. Wir fingen dann an und, äh, trieben es auf dem Schaumgummi. Sie war ganz klein und mager. Sie fühlte sich an wie ein kleines Mädchen. Mein Schwanz war winzig klein, ungefähr so dünn wie ein Bleistift. Es war ... schrecklich. Ich fühlte mich gar nicht wie ich selbst.«

Jason stieß einen Seufzer aus und schüttelte den Kopf.

»Ich meine, ganz *taub*.« Harold verzog das Gesicht. »Was halten Sie davon?«

Er verstand nicht, wieso Emma durch die Briefe nicht in einen Alarmzustand versetzt wurde. Da mischte sich jemand massiv in ihr Leben ein, und man mußte kein Psychiater sein, um zu erkennen, daß sie das Werk eines kranken Hirns waren.

Die Vorstellung, daß da draußen ein Kranker herumlief und sich auf Emma fixiert hatte, gefiel Jason nicht im geringsten.

»Was halten Sie davon?« wollte Harold wissen.

Die Poststempel waren unleserlich. Es ließ sich nicht erkennen, von woher die Briefe kamen, noch wann sie abgestempelt worden waren. Aber selbst das ließ sie unbeeindruckt. Vielleicht lag es an ihrer militärisch geprägten Erziehung. Im Militär zog man sich nicht einfach vor einer Gefahr zurück.

»Dr. Frank, warum schauen Sie mich so an?«

Jason riß sich zusammen. Harolds Gesicht war rot. Er biß sich auf die Lippen und atmete deutlich hörbar durch die Nase. Sein Psychiater saß vor ihm und verzog das Gesicht. Harold gefiel das nicht.

»Verliere ich den Verstand? Ist es das?« fragte er in hektischer Verzweiflung.

»Nein«, erwiderte Jason aufgeschreckt, weil er mitten in einer Sitzung seine Gedanken hatte abschweifen lassen. »Sie verlieren nicht den Verstand!«

»Warum schauen Sie mich dann so an?«

»Ich denke nur nach«, sagte Jason. »Ich habe Sie gar nicht irgendwie besonders angeschaut. Erzählen Sie mir von dem Traum.«

»Das habe ich doch gerade getan, haben Sie nicht zugehört?« Wieder verbiß sich Harold in seine Lippen.

Mist. Voller Ärger auf sich selbst biß sich Jason nun selbst in die Innenseiten seiner Lippen. Er hatte Probleme, sich zu konzentrieren. Es war sein Fehler, nicht der von Harold. Jason konnte sehen, daß Harold vor Wut schier kochte. Harold war ein bedeutender Mann, und es gab nur sehr wenige Leute, die sich seinen Wünschen und Anordnungen zu widersetzen wagten. Das war einer der Gründe, warum ihn Marilyns Tod so hart getroffen hatte. Der Tod hatte seinetwegen keine Ausnahme gemacht, und das konnte er nicht ertragen.

»Können Sie sich noch an etwas anderes aus dem Traum

erinnern? Irgendwelche weiteren Details?« fragte Jason. Er hatte fast alles verpaßt, weil er nicht zugehört hatte, und jetzt konnte er natürlich auch keine Kommentare dazu abliefern. Scheiße und noch mal Scheiße.

»Was soll das heißen? Sie glauben, daß es wirklich schlecht um mich steht, das ist doch so?« Harold stiegen die Tränen in die Augen.

Von Schrecken erfüllt schüttelte Jason den Kopf. Er brachte seine Patienten zum Weinen. Einen nach dem anderen. Sie träumten von Schiffen, die steuerlos dahintrieben, von Zügen, die aus den Gleisen sprangen, von Flugzeugen ohne Piloten. Davon, daß sie im Treibsand versanken. Herrgott!

Jason war in Gedanken bei den Briefen in seinem Terminkalender und bei dem noch ungeöffneten Brief auf dem Poststapel. Harold hatte seine Frau verloren. Sie war nach einem langen, furchtbaren Leiden gestorben, und Harold versuchte darüber hinwegzukommen. Doch er, Jason, war derjenige, der Probleme hatte.

»Ich bin wirklich zu einer Prostituierten gegangen«, schluchzte Harold. »Zum ersten Mal in meinem Leben.« Er schneuzte sich die Nase. »Und ich habe nichts dabei empfunden, nicht das geringste. So sehr ich mich auch bemüht habe. Sie finden mich widerlich, stimmt's?«

»Nein«, versicherte Jason mit allem Nachdruck. Normal, alles ganz normal. »Wir müssen uns darüber eingehend unterhalten.«

Aus dem Telefon klang ein Klicken, der Anrufbeantworter schaltete sich ein. Er überlegte, ob es wohl Emma war, die ihn anrief, um ihm mitzuteilen, daß sie von einer dieser großartigen Lunchverabredungen zurück war. Sein Blick wanderte zu der Reiseuhr auf seinem Schreibtisch. Er hatte noch fünfzehn Minuten, um Harolds Schiff wieder auf Kurs zu bringen. Er tat genau das, komplimentierte Harold hinaus und drückte auf den Knopf seines Anrufbeantworters.

»Jason, hier ist Charles. Hör zu, Brenda und ich würden uns gern mit dir und Emma treffen. Wir sind dieses Wochenende in der Stadt. Wie wär's mit Sonntag?«

14

Es war ein heißer, wolkenloser Tag in Kalifornien. Nördlich von Pacific Beach war die Luft klar und ohne ein Anzeichen von Smog, als Troland den zweiten einer Reihe von Schritten anging, um die Dinge in Gang zu bringen. Er fuhr nordwärts auf dem Highway Nummer Fünf, um sein Motorrad zu verkaufen. Im Rückspiegel sah er die graue Dunstglocke über der Stadt.

Er trug eine Sonnenbrille, aber keinen Helm. Er liebte es, wenn der Fahrtwind ihm ins Gesicht peitschte. Er hatte keine Lust, bis nach Santa Monica oder Malibu zu fahren, deswegen nahm er die Abfahrt bei Torrey Pins. Er kurvte in Del Mar und Miramar herum und steuerte dann den Motorradladen an, der den besseren Eindruck auf ihn machte. Verglichen mit Stephen's Motorcycle Salvage, wo er und Willy normalerweise hinfuhren, war dies eine andere Welt. Hier hingen Poster herum, auf denen zu lesen war, daß Hondafahrer die nettesten Leute sind.

So eine Harley wie seine stand weder im Laden noch davor. Hier gab es nur Hondas und Kawasakis – Japsenbikes für Yuppies, schön eingepackt in Plastik. Bloß nicht sehen lassen, was drinsteckt. Mit so 'nem Ding rumzufahren, war wie 'n Mädchen ficken mit ihren Klamotten am Leib.

Er parkte vor dem Imbiß auf der gegenüberliegenden Straßenseite. Eine seiner Stimmen sagte ihm, daß er Hunger hatte, also ging er hinein. Im Inneren des Ladens saßen einzelne Biker und tranken Bier. Troland setzte sich an einen der vorderen Tische am Fenster, wo er einen Blick auf seine Maschine hatte, die gut sichtbar vor der Tür geparkt stand.

Eine kleine, müde aussehende Blondine mit einem Bikinioberteil und kurzen Jeans kam mit ihrem Bestellblock auf ihn zu.

»Hi, ich bin Jean. Was kann ich Ihnen bringen?« fragte sie freundlich.

»Ich nehme einen Pitcher Bier und einen Doppelcheeseburger mit Pommes.«

»Wird erledigt.«

Er schaute ihr nach, als sie davonging. Ihre Arschbacken konnten unter den Shorts wippen, soviel sie wollten, sie waren völlig uninteressant für ihn. Er konnte sich nicht einmal vorstellen, wie es wohl war, ihr weh zu tun. Er hatte das Gefühl, als ob ein Fluch auf ihm lastete. Er schaffte es nicht, sich vorzustellen, daß er mit ihr in die Wüste hinausfuhr, wo niemand sie sehen oder hören konnte und ihr dann ihre kleine Möse zu stopfen. Das Gefühl, wie sie schrie, versuchte, ihn mit ihren nackten, sandigen Füßen zu treten und ihn verfehlte – es wollte sich nicht einstellen. Wie er ihr den Arm brach. Normalerweise fühlte er sich gut, wenn er daran dachte.

Die kleine Blonde stellte das schaumbedeckte Bier vor ihn hin. »Kann ich Ihnen noch was bringen?«

»Nein«, sagte er tonlos. Er hatte die ganze Zeit über reglos dagesessen und vor sich hin gestarrt.

Sie zögerte einen Moment. »Sind Sie okay?« fragte sie dann.

»Hast du 'n Problem?«

»Nein.« Sie machte, daß sie wegkam.

Diesmal schaute er ihr nicht hinterher. Er wußte, daß es wirklich finster um ihn stand, wenn er nicht mal mehr an Sex Interesse hatte. Es schien, als hätten sie sich alle zusammengetan und irgendwas mit seinen Eiern angestellt, damit sein Schwanz nicht mehr funktionierte.

Das Mädchen kam mit dem Teller und stellte ihn behutsam vor Troland ab. Sie rückte die Ketchup-Flasche so zurecht, daß er sie besser erreichen konnte und ging ohne ein Wort. Troland betrachtete seinen Teller und trank einen Schluck Bier.

Ein Junge, von dessen Ohr ein kleines Kreuz baumelte, kam zögernd auf den Tisch zu. Er hatte strähnige Haare und trug löchrige Turnschuhe ohne Socken.

»Schöne Maschine, Mann. Sieht aus wie tiefergelegt.«

Troland nickte, ohne ihn anzusehen. »Rahmen verlängert und tiefergelegt.«

»Echt?«

Troland ergriff den Cheeseburger und biß tief hinein. Er kaute und schluckte, bevor er antwortete.

»Is' zu verkaufen«, sagte er tonlos. »Willst du sie?«

»Das is' nicht Ihr Ernst.«

»Doch, mein Junge.«

»Das Ding sieht aus wie nagelneu«, protestierte der Junge. »Das Modell vom letzten Jahr. Die Maschine ist doch noch kein Jahr alt.« Ohne eine Einladung abzuwarten, setzte er sich an Trolands Tisch.

»Sie ist zwei Jahre alt, aber ich habe ein Jahr dran gearbeitet, bis sie so war, wie sie jetzt aussieht. Also, ich schätze, sie ist nagelneu.« Troland kippte sich eine halbe Flasche Ketchup über seinen Teller.

»Rahmen verlängert und tiefergelegt, hmm.« Der Junge betrachtete ihn mit verkniffenen Augen.

Trolands Teller verwandelte sich in eine rote Lache.

»Hey, Sie scheinen den Kram ja echt zu mögen.«

»Klar doch.« Troland tauchte seine Hand ein und leckte sich die Finger ab. »Schmeckt besser als Blut.«

Der Junge lachte.

»Die Maschine ist zu verkaufen«, sagte Troland tonlos. Dem Jungen sah er am Gang schon an, daß er Geld hatte. Kids, die arm waren, liefen nicht so rum. »Willst du sie?«

»Na ja, sicher will ich sie. Wer hätte nicht gern so 'n Ding?«

Troland hob den Teller in die Höhe und steckte seine Zunge in den Ketchup.

Der Junge schaute ihm dabei zu, ganz wohl fühlte er sich offensichtlich nicht in seiner Haut. »Ähm, wieviel wollen Sie dafür?«

»Mehr als du dir leisten kannst. Eine Nummer zu groß für dich.«

»Ich hab' meinem Vater genug Geld aus dem Kreuz geleiert, daß ich mir 'ne Goldwing kaufen kann«, sagte der Junge eingeschnappt.

Troland nickte. Das bedeutete, er hatte elftausend. »Das Ding ist besser als 'ne Goldwing.«

Der Junge konnte es nicht abwarten. »Sehen wir sie mal an«, sagte er.

Ein paar Minuten später kniete er vor der Harley, betrachtete jede Einzelheit, ließ seine Finger über manche Stellen gleiten, ja er roch sogar daran.

Troland beantwortete all seine Fragen wie ein Automat. Ja, es war eine schöne Maschine. Er reichte ihm die Schlüssel, damit der langhaarige Spinner eine Probefahrt machen konnte.

»Sind Sie okay?« fragte der Junge, als er eine Viertelstunde später wiederkam.

Trolands Gesicht war eingefroren hinter seiner Sonnenbrille. Er hatte sich während der ganzen Prozedur kaum von der Stelle bewegt.

»Hast du 'n Problem?«

»Äh, nee«, erwiderte der Junge nervös. »Sie machen nur irgendwie den Eindruck – keine Ahnung.« Er verstummte. »Ähm, is' das Ding heiß?« fragte er schließlich.

Troland griff in seine Tasche und zog die Zulassung und die Quittung des Motorradgeschäfts in San Diego hervor, wo er die Maschine gekauft hatte. Zweieinhalb Stunden später saß er im Bus zurück nach Pacific Beach, den Scheck des Jungen in seiner Brieftasche. Nun hatte er haufenweise Geld. Den ganzen Weg bis nach Hause und bis tief in die Nacht hörte er Willys Stimme, die ihm sagte, daß er das Richtige getan hatte.

15

»Ja, New York ist noch dran«, sagte April so geduldig wie möglich.

In San Diego konnten sie »Woo« nicht aussprechen. Als April sich mit den Worten, »Hier ist Detective Woo aus New York«, meldete, bekam sie zur Antwort »Wer?« Doch sie ließ sich nicht auf irgendwelche Spielchen ein.

»Schon gut. Sagen Sie Sergeant Coconut Grove einfach, die Ermittlungsbeamtin von NYPD ist dran.«

Vor ihr fing Sanchez an zu lachen.

April senkte ihren Blick. Nicht genug, daß er sie dauernd anstarrte, jetzt hörte er offensichtlich auch noch ihre Telefongespräche mit.

Sanchez saß an dem Schreibtisch vor ihrem. Um sie einigermaßen im Blick zu haben, mußte er sich seitwärts setzen, so daß er seinen Rücken dem Fenster zuwandte. Wenn sie geradeaus schaute und den Blick ein wenig hob, konnte sie seinen Bauch sehen, und wenn sie dann den Kopf eine Idee nach rechts drehte, hatte sie seinen Brustkorb samt Schultern im Blick und konnte ihm ins Gesicht sehen.

Ebenso wie sie telefonierte er meist mit Ohrhörer, saß aber zurückgelehnt in seinem Stuhl und starrte sie an. Das nervte aus verschiedenen Gründen. Vor allem, weil alle im Revier es mitbekamen. Und wenn die Leute im Revier so etwas merkten, machten sie Witze darüber.

»Wo ist denn dein Freund«, sagte sie, wenn Sanchez unterwegs war und jemand etwas von ihm wollte.

Es war zum Haareraufen.

Auch in diesem Augenblick war der Raum voller Leute. In der Arrestzelle nölte ein Schwarzer herum. Er war gerade erst hereingebracht worden. Er hatte nicht den geringsten Kratzer, sein Hemd steckte noch immer in der Hose. Niemand hatte sich ihm auch nur genähert, und er beschwerte sich bereits lauthals über Polizeibrutalität. Niemand von den etwa fünfundzwanzig Leuten im Raum kümmerte sich darum. Das war die übliche Masche.

In dem ganzen Durcheinander fiel es ihr schwer, sich zu konzentrieren. Sie versuchte, mit San Diego zu telefonieren, während immer mehr Leute in den Raum strömten. Offensichtlich war irgendwas im Central Park passiert, aber weil sie in der Angelegenheit nicht gebraucht wurde, hatte sie keine Ahnung, worum genau es sich handelte. So saß sie inmitten des Gewimmels, wartete darauf, daß sie endlich mit dem Kollegen in San Diego verbunden wurde, und Sanchez saß da und starrte sie auf eine Art an, aus der jeder, der ihn ansah, genau schließen konnte, was er dachte.

Sie wünschte sich, in solchen Situationen mit der gleichen Souveränität reagieren zu können wie Sergeant Joyce. Sergeant Joyce hatte den Eignungstest zum Lieutenant bereits bestanden und wartete nur noch darauf, daß das Beförderungskarussell bei ihr haltmachte und sie aufspringen konnte. Sie war sechsunddreißig, hatte den gleichen Haarschnitt wie April, doch man sah ihren strohblonden Haaren an, daß sie gefärbt waren. Außerdem war sie ein härteres Kaliber und hatte eine scharfe Zunge. Sie konnte mit den Hüften wackeln, ohne dämlich dabei auszusehen. Sie war entschlußfreudig und hatte Mumm in den Knochen. Sergeant Joyce wäre jedenfalls nie in die Verlegenheit gekommen, gesenkten Blickes dazusitzen wie die Karikatur eines unterwürfigen Orientalen.

April trommelte mit den Fingern auf der Schreibtischplatte herum und versuchte sich abzulenken, indem sie an Jimmy

Wong dachte. Sie hatte ihn vor zwei Jahren kennengelernt, als sie beim 5. Revier war. Sie hatten gemeinsam an einem Fall gearbeitet. Jimmy Wong hätte niemals eine Frau merken lassen, daß er Interesse an ihr hatte. Nicht in einer Million Jahren, nicht für zehn Millionen Dollar. Das war einfach nicht seine Art. Momentan arbeitete er beim zentralen Nachtdienst in Brooklyn, was bedeutete, daß er ab elf Uhr nachts zu Einsätzen überall in Brooklyn ausrücken mußte.

April arbeitete Tag- und Nachtschichten, doch auf den Revieren endete die Nachtschicht für Detectives um elf. Jimmy Wong sagte, daß er nur noch auf seine Beförderung wartete, um dann um ihre Hand anzuhalten, doch sie hatte ernsthafte Zweifel, daß er das wirklich tun würde, wenn sie vor ihm befördert und zum 5. Revier zurückversetzt würde. Davon würde sie sich allerdings auch nicht von ihrem Weg abbringen lassen. Der Mann von Sergeant Joyce war Streifenpolizist gewesen und hatte sich von ihr scheiden lassen, als sie in die Polizeiakademie eingetreten war. Daß sie zwei kleine Kinder allein zu versorgen hatte, war ihm egal gewesen. April wollte sein wie sie. Sergeant Woo, mit dem Abschluß BA und MA. Eines Tages. Sie war sich sowieso nicht sicher, ob sie überhaupt so scharf darauf war, Jimmy Wong zu heiraten.

»Ja, ich bin noch dran«, erklärte sie San Diego und hielt den Blick gesenkt, um Sanchez nicht in die Augen schauen zu müssen.

Im Geist hatte April sich Listen gemacht von Dingen, die sie über Sanchez wußte und solchen, die sie nicht wußte. Außerdem hatte sie eine Liste von Dingen, die sie an ihm nicht mochte. Ganz oben auf dieser stand, daß er sich überhaupt in ihr Bewußtsein einschlich. Und es gab nichts, was sie dagegen tun konnte. Er baute seinen Körper vor ihr auf und verströmte den Duft irgendeines After-shaves, das sehr intensiv roch. Er benutzte es nicht nur bei besonderen Gelegenheiten – nein, es lag immer in der Luft.

Einmal war sie in einem Kosmetikladen gewesen und hatte das ganze Sortiment von Herrendüften durchgeschnüffelt, um herauszufinden, welches er benutzte, doch ihre detektivischen Fähigkeiten hatten versagt. Sie hatte es nicht herausgefunden. Andererseits war sie vielleicht als Detektivin gar nicht so schlecht, weil das Parfüm, beeinflußt durch seine individuelle Körperchemie, eine ganz spezielle Note annahm und nicht mehr zu identifizieren war. Allerdings war ihr der Gedanke an seine Körperchemie auch nicht gerade angenehm, aber auch dagegen konnte sie sich nicht wehren. Schließlich hatte sie sie die ganze Zeit genau vor der Nase.

Sie hatte sich einige Gedanken darüber gemacht, warum verschiedene Männer verschieden rochen. Über solche Fragen verlor man gemeinhin kein Wort, und vielleicht wäre es auch besser gewesen, sich jeden Gedanken daran zu verkneifen, doch es gelang ihr nicht, und so überlegte sie, welche Auswirkungen solche Faktoren wie Körpergeruch oder Haare wohl auf langfristige Beziehungen wie beispielsweise die Ehe hatten.

Männer europäischer Herkunft hatten einen säuerlichen Geruch. Als sie noch klein war, hatte ihr jemand erklärt, daß dies daran lag, daß sie Käse aßen. Asiaten essen keinen Käse. Wenn sie durch das Menschengewimmel in Chinatown schlenderte, fiel ihr auf, wie ein Knoblauchgeruch aus den Poren der Asiaten zu dringen schien, ähnlich dem säuerlichen Geruch bei anderen Leuten.

Sanchez roch süßlich, daß sie gar nicht sagen konnte, wie er wohl in Wirklichkeit roch. Das Schlimmste war, daß sie sich daran gewöhnt hatte und ihn nicht einmal mehr zu sehen brauchte, um zu wissen, daß er im gleichen Raum war. Auf eine gewisse Art war dieser süßliche Duft sogar angenehm, und sie vermißte ihn, wenn er nicht da war.

Plötzlich fiel ihr das After-shave ein, das sie Jimmy zu Weihnachten geschenkt hatte. Es hieß Devin, war sündhaft teuer gewesen und hatte ein zitroniges Aroma. Jimmy hatte die Flasche geöffnet, das Gesicht verzogen und behauptet, es würde nach Urin riechen. So etwas würde er nie benutzen, sagte er. Da aber die Zellophanhülle der Verpackung schon geöffnet war, konnte April es nicht mehr zurückbringen. Seitdem hatte sie kein so gutes Gefühl mehr, was Jimmy Wong betraf. Er war dürr und nur wenig größer als sie. April fragte sich, daß sie, wenn er jetzt schon so wenig Großmut und Dankbarkeit an den Tag legte, später wohl einige Schwierigkeiten haben würde, es ihm recht zu machen.

Sie warf einen kurzen Blick auf Sanchez' Arme, während sie darauf wartete, daß Sergeant Grove endlich ans Telefon kam. Das Gebäude war wieder mal völlig überheizt, und Sanchez hatte die Ärmel hochgekrempelt. April bemerkte die feinen schwarzen Haare, die bis auf seine Handrücken wuchsen, und sie überlegte, daß er vermutlich auch Haare auf der Brust hatte. Im Gegensatz zu ihrer Mutter und ihren Tanten fand sie das bei einem Mann alles andere als unattraktiv und barbarisch.

Sanchez hatte außerdem einen Schnurrbart, der ihm wohl ein verwegenes Aussehen verleihen sollte, was ihm aber nicht gelang. Der Schnurrbart irritierte sie ein wenig, weil, nun, sie wußte auch nicht genau warum. Außerdem lächelte er häufig, so daß die Leute mitbekamen, daß er freundlich und guter Laune war. Chinesen lachten oder verzogen das Gesicht, doch sie lächelten selten. Jeder wußte, daß ein Chinese, der lächelte, nichts Gutes im Schilde führte, vermutlich ein Lügner oder Betrüger war. Sanchez' Lächeln wirkte sehr verwirrend.

Zwei weitere Punkte auf ihrer Liste waren seine Figur und seine Augen. Bei Chinesen gab es, was die Physiognomie anging, zwei Typen, und April sagte keiner der beiden zu – rundlich mit undefinierbarer Muskulatur und dünn mit undefinierbarer Muskulatur. An ihrem eigenen Körper störte sie der Mangel an Konturen so sehr, daß sie jeden Abend mit Hanteln trainierte, um wenigstens an Schultern und am Po einige Rundungen zu schaffen. Was ihre Augen anging, war allerdings nur mit Chirurgie etwas zu machen.

Sanchez hatte wohlgeformte Augen, war groß gewachsen und gut gebaut, so daß er vermutlich jemanden, der um einiges schwerer war als April, aus einem brennenden Haus tragen konnte, falls dazu irgendwann einmal die Notwendigkeit bestehen sollte. Als April noch ein Kind war, hatte in ihrer Nachbarschaft mehr als einmal ein Haus in Flammen gestanden, von daher gingen ihr gelegentlich solche Überlegungen durch den Kopf.

Die Tatsache, daß sie Sanchez attraktiv fand, paßte ihr ganz und gar nicht. Und was sie am allerwenigsten mochte, war, daß er ein *Fisch im Wasser* war. Er gehörte dahin, wo er war. Er unterhielt sich am Telefon auf spanisch. Er unterhielt sich auf spanisch mit den Leuten auf der Straße. Bei seinen Fällen hatte er mit seinen Leuten zu tun. Seine Augen glänzten vor Glück darüber, daß er war, wo er war. April wollte wieder zurück in heimische Gewässer. Sie hatte keine Lust, ihn voller Interesse zu betrachten wie ein Studienobjekt. Er war hispanisch und sie chinesisch. Sie waren strukturell verschieden – zweisprachig, aber nicht in den gleichen Sprachen.

Ihre Gedankengänge Sanchez betreffend wurden vom Police Department in San Diego jäh unterbrochen. Sie hatten Sergeant Grove endlich gefunden.

»Vermißtendezernat, Sergeant Grove«, meldete er sich.

»Ach ja, Sergeant Grove, schön, daß ich mit Ihnen sprechen kann. Hier ist Detective Woo aus New York. Ich rufe an wegen Ellen Roane. Haben Sie schon was rausgefunden?«

»Wie geht's Ihnen, Detective? Fehlanzeige. Ich hab' Ihnen ja schon gesagt, wir haben acht Jane Does hier. Bevor Ihr Mädchen verschwunden ist, waren's nur fünf. Aber auf keine paßt die Beschreibung. Drei sind Mexikanerinnen, zwei Schwarze. Wir haben drei Weiße, aber das sind alles ältere Frauen.«

»Gibt's vielleicht die Möglichkeit, daß Sie ihr Bild in der Gegend rumzeigen, wo sie mit ihrer Kreditkarte bezahlt hat, um so zu versuchen, sie zu finden?« Was April finden wollte, war nicht die Leiche des Mädchens, und sie hatte schon damit gerechnet, daß Grove sie nicht aus seinem Keller zaubern würde. Ellen Roane würde in zwei Tagen vermutlich wieder zurück sein in ihrem Studentenwohnheim, stocksauer, weil ihre Eltern so einen Aufstand gemacht hatten. April hatte so was schon hundertmal erlebt. Aber dennoch ...

»Hey, ich kann noch mal bei den Krankenhäusern und bei der Pathologie nachfragen. Wär' nicht das erste Mal, aber Sie wissen ja genausogut wie ich, daß unsere Aufgabe darin besteht, zu jeder Leiche den passenden Namen zu finden. Wir können nicht nach jedem Teenager suchen, der mal auf die Pauke hauen will.«

»Haben Sie niemanden, den Sie mal für ein paar Stunden rausschicken können, damit er rumfragt?« fragte April ungeduldig.

Einen kurzen Moment herrschte Schweigen am anderen Ende. »Hören Sie, ich hab's bisher nur in der Stadt versucht. Möchten Sie, daß ich es auch mal in den angrenzenden Gerichtsbezirken probiere?«

»Warum nicht«, sagte April entmutigt.

»Detective?«

»Ja, Sergeant?«

»Wie ist das Wetter in New York?«

»Acht Grad und es regnet.«

»Hier ist es fünfundzwanzig Grad bei strahlendem Sonnenschein.«

»Danke, daß Sie mir das mitteilen, Sergeant.«

Sie verabschiedeten sich voneinander und legten auf.

»Hat er's dir gegeben?« fragte Sanchez.

April schüttelte den Kopf. »Ich hab' ein ungutes Gefühl bei der Sache.«

Es war Freitag. Mehr als eine Woche war vergangen, seit Ellen nach San Diego geflogen war, wo sie ihre MasterCard benutzt hatte, um sich Kleider zu kaufen und essen zu gehen. Mittlerweile war die Karte seit drei Tagen nicht mehr belastet worden. Wohin ging sie essen? Wo wohnte sie? April hatte bei American Airlines nachgefragt und erfahren, daß Ellen den Rückflug, den sie gebucht hatte, nicht angetreten hatte. Das College hatte wieder angefangen, und sie war nicht zurück. Irgend etwas stimmte nicht.

Was mit dem ganzen System nicht stimmte, war, daß das Police Department in San Diego, solange es keinen Anlaß für die Vermutung gab, daß sie in ein Verbrechen verwickelt war, niemand rausschickte, der Ellens Foto herumzeigte, um herauszufinden, was mit ihr passiert war. Ellen mußte also entweder selbst ein Verbrechen begehen oder sich entführen lassen, während eine Reihe von Zeugen dabei zuschaute. Was auf keinen Fall in Frage kam, war, daß das New York Police Department jemanden schickte, um nach ihr zu suchen.

Es fiel nicht leicht, den Eltern zu erklären, daß weder die Polizeibehörden noch das FBI sich wirklich mit Vermißtenfällen beschäftigten. Was sie taten, war, die Beschreibungen vermißter Personen mit nicht identifizierten Leichen abzugleichen. Es war schrecklich, doch wenn die Roanes ihre Tochter finden wollten, blieb ihnen nichts weiter übrig, als einen Privatdetektiv anzuheuern, damit der sich auf die Suche nach ihr machte. April griff nach dem Telefon, um ihnen dies zu raten, falls sie selbst nicht bald mit irgendeinem Ergebnis aufwarten konnte.

16

Troland brachte das Mädchen zu dem heruntergekommenen Haus, in dem er aufgewachsen war. Damals waren die Straßen in der Umgebung ruhig gewesen. Wenn er und seine Brüder mit ihren Motorrädern vorbeigeknattert kamen, traten die Leute auf die Veranden ihrer Häuser und schauten nach, was los war. Das war vorbei. Die Häuser waren verrottet, bei einigen drohten die Vordächer bald einzustürzen. Auf den Veranden lebten ganze Familien, hingefläzt in Hängematten, während lautstark Latinomusik aus den Boxen dröhnte. Sie lachten, rauchten und stritten lauthals herum. Über allem lag der Geruch von Bohnen und Bratfett. Autowracks standen in den Straßen herum oder in den grasüberwucherten Einfahrten. Scheiße! Seine Mutter war vor sieben Jahren gestorben, und seitdem lebte Tante Lela hier. Um sie für ein paar Tage loszusein, hatte er ihr einen Ausflug nach Disneyland spendiert und ihr angeboten, in der Zwischenzeit das Haus zu hüten. Sie hatte ihm die Schlüssel gegeben und war losgefahren.

Troland schloß die Tür auf, und das Mädchen folgte ihm nach drinnen. »Wohnst du hier, Willy?« fragte sie.

Er stand nicht mal einen halben Meter von ihr weg. Plötzlich schnellte seine Hand vor, packte sie am Arm und riß sie herum, damit sie ihn anschaute.

»Hey, das tut weh. Was ist los?« Tränen schossen ihr in die Augen.

»Nenn mich nicht Willy«, blaffte er sie an. Willys Stimme dröhnte in seinen Ohren. *Nur Willy ist der echte Willy.*

»Ich dachte, du heißt so.« Sie schniefte, um nicht loszuschluchzen.

»Flenn hier nicht rum. Ich kann das nicht ab.«

»Was is' los?« Sie schluckte ein paarmal und zog an ihrem Arm, damit er sie endlich losließ.

»Nichts. Benimm dich einfach, wie's sich gehört.« Er schaute sie mit einem solchen Stechen in den Augen an, daß sie den Kopf wegdrehte.

»Du wirst doch nicht die Psychonummer abziehen?« stammelte sie. »Das macht mir angst.«

Troland schnaubte sie an. »Was ist die Psychonummer?«

»Och, ich weiß nicht.« Ihre Augen waren auf das Kokain gerichtet.

Er hatte einige Zellophantüten aus seiner Tasche gezogen. Eine davon legte er nun auf den Tisch und machte sich dann daran, die Türen zu überprüfen. Vordertür verriegelt. Hintertür verriegelt. Er machte mit seinem Fuß ein Muster vor jedem Eingang, als wollte er ihn vor der Außenwelt versiegeln. Er ging dreimal durch das ganze Haus, zuerst um Türen und Fenster zu verriegeln und dann um die verblichenen Jalousien zuzuziehen. Schließlich kam er an den Tisch zurück, breitete ein großes Stück Papier darauf aus, um darauf die Linien mit dem Pulver zu ziehen.

»Hey, was ist das?«

»Wonach sieht's denn aus?«

Sie wurde von einem Zittern geschüttelt. Das Papier wurde nahezu vollständig von einer filigranen Zeichnung in kräftigen Farben ausgefüllt, wobei satte Rot- und Blautöne vorherrschten.

»Ich weiß nicht.« Sie beugte sich tiefer über die Zeichnung.

Ihr blondes Haar fiel ihr ins Gesicht, doch sie machte sich nicht die Mühe, es zurückzustreichen, während sie die Zeichnung musterte.

»Hm, zwei Schlangen mit Flügeln?« rief sie. »Nein, ein Adler mit zwei Schlangen in seinem Schnabel. Ach, er hat Zähne, und es sieht aus, als würde das ganze Ding an den Rändern brennen.«

»Klasse, ne?«

Sie zuckte gleichgültig mit den Schultern.

»Die Zeichnung ist von mir«, sagte er tonlos.

»Ach, echt. Ziehen wir uns jetzt was rein?«

Er deutete auf zwei großzügig bemessene Linien und schaute zu, wie sie das Pulver wegschnupfte, ohne daß auch nur ein Krümel übriggeblieben wäre. Offensichtlich hatte sie Erfahrung darin. Sie atmete tief durch, wurde von einem kurzen Schauder geschüttelt und wandte sich dann an ihn.

»Du bist dran.«

»Geh raus. Ich mag nicht, wenn mir jemand zusieht«, sagte er.

Sie schlenderte ins Eßzimmer und zog sich aus. Sie fing an, nackt zu der Musik in ihrem Kopf zu tanzen, und Troland schaute ihr ein paar Minuten lang zu, wie sie sich zu seinem Vergnügen verausgabte. Sie hatte einen flachen Arsch, keine Taille und einen Bauch wie ein Brett. Vermutlich hatte sie seit Monaten nichts gegessen. Das Mädchen war vielleicht drauf. Sie machte ihn kein bißchen an.

»Beeil dich«, sagte sie. »Ich warte auf dich.«

Ihr Kommandoton mißfiel ihm, und er verzog das Gesicht. Er widmete sich wieder dem Kokain. Ein bißchen davon brauchte er schon, aber soviel wie sie, wollte er auch wieder nicht. Schließlich drehte er ihr den Rücken zu und nahm nur ein wenig, gerade mal genug, um es genießen zu können. Er schniefte ein paarmal danach und ließ sich von der Wirkung durchströmen. Er fühlte sich schon besser.

»Komm her.«

Er stand noch immer am Tisch, und sie tanzte zu ihm herüber, wobei sie mit den Fingern schnippte und vor sich hin summte.

»Mach mir die Hose auf.«

Sie knöpfte sie auf und machte sich dann an seinem Reißverschluß zu schaffen. Ihre Oberschenkel schlossen sich um seine Beine, und sie drückte ihre flache Brust an sein Hemd.

Ihre Hände hatte sie an seinem Hosenbund. Er trug nichts drunter. Sie griff ihm in die Hose und kicherte.

»Ah.« Mit der einen Hand rieb sie an ihm herum, während sie mit der anderen versuchte, seine Jeans herunterzuziehen.

»Nein, laß sie an«, sagte er.

»Willst du dich nicht ausziehen?«

Sie zerrte an seinem Hemd und versuchte es hochzustreifen, doch er riß sich von ihr los, ohne daß sie besonders weit gekommen wäre.

»Nein, hab' ich gesagt. Mach es richtig.«

»Was verstehst du unter richtig?« Sie klang gereizt.

»Auf die Knie.«

Ratlos schaute sie sich um. Auf dem Boden lag ein zerschlissener Teppich, dann war da noch der Eßtisch samt Stühlen drumherum. »Wo?«

»Hier. Lutsch ihn.« Er ließ sich mit gespreizten Beinen auf einem der Stühle nieder, wandte den Kopf ab und betrachtete die Zeichnung, während das Mädchen sich vor ihm hinkniete, die Innenseiten seiner Schenkel streichelte und sich dann zu der o-förmigen nackten Stelle vorarbeitete, die unter seiner offenen Jeans hervorlugte. Sie brachte seinen Schwanz zum Vorschein, rieb eine Weile daran herum und senkte schließlich ihren Kopf.

»Warte! Streif das über.« Er ließ ein Kondom neben ihr auf den Boden fallen.

»Jesses«, murmelte sie. Sie riß die Folie auf, zog den Gummi heraus und rollte ihn ab.

Er schaute ihr zu, um sicher zu sein, daß sie auch alles richtig machte und das Ding richtig saß, damit er nicht mit ihren Drecksbakterien in Berührung kam. Er wollte, daß sie es ganz abrollte, und so tat sie es dann auch.

Wieder betrachtete er die Zeichnung, während sie ihn in den Mund nahm und ihre Lippen fest um ihn schloß. Sie bewegte den Kopf auf und ab, zunächst langsam, dann heftiger.

»So ist es gut. Mehr Zunge«, sagte er. »Jaa.« Er schloß die Augen und tastete nach ihren Titten, doch er kam nicht ran. Sie bearbeitete ihn mit Mund und Händen. Er versuchte, Spaß daran zu finden.

Schließlich stand er auf, schob sie zur Seite wie ein Möbelstück und ging zum Klo, um zu pissen. Als er zurückkam, hatte sie sich nicht von der Stelle bewegt. Sie kauerte auf allen vieren und wackelte mit dem Arsch wie ein zum Leben erwachtes Bild aus einem Sexheft.

»Du bist nicht gekommen, oder?«

Ohne sie zu beachten, setzte er sich hin.

»Komm, wir versuchen was anderes«, sagte sie.

Er schaute sie an. Sie war völlig hinüber, stand total unter Strom und zeigte nicht die geringsten Ermüdungserscheinungen, obwohl sie ihn mindestens eine halbe Stunde lang bearbeitet hatte. Er hatte das Interesse verloren. Mittlerweile hatte er wieder sein wahres Ziel vor Augen.

»Hey, wie immer du auch heißt, komm schon.« Ihre Zunge schoß vor und zurück, während sie mit dem Hintern wackelte.

Er legte seine Stifte zurück. Dann legte er das Transferpapier sorgfältig auf die Vorlage und klebte es an den Kanten fest.

Das Mädchen blickte mißmutig drein. »Hey, besorg's mir jetzt«, sagte sie.

»Geh und leg dich schlafen.«

»Ich hab' keine Lust zu schlafen.« Sie steckte ihm die Zunge ins Ohr. »Komm schon, du willst doch auch deinen Spaß haben, oder?« Sie kam auf ihn zu, rieb ihre spitzen Brüste an seinem Arm hin und her und schleckte seinen Hals ab.

»Verschwinde. Ich hab' zu tun.«

»Ich will aber«, quängelte sie. »Komm, wir ficken jetzt.«

»Später.«

»Ich will aber nicht später ficken.« Sie ging ein paar Schritte zurück, damit er sie besser sehen konnte. »Hey, kuck mal.« Sie stellte sich in verschiedenen Posen auf und beugte sich dann vor, so daß er ihr zwischen die Beine sehen konnte und ihm nichts verborgen blieb.

Doch er schaute nicht hin. Er registrierte gar nicht, daß sie unter den Tisch krabbelte, bis plötzlich ihr Kopf zwischen seinen Beinen zum Vorschein kam und sie ihn in der Hand hielt. Sie hatte seinen Schwanz samt der Eier fest im Griff. Er zuckte zurück.

»Verdammte Scheiße, was soll das? Hast du noch alle? Bleib mir vom Leib, du Fotze.« Wutentbrannt stieß er sie weg.

»Aber ich bin noch nicht fertig. Ich will ficken«, jammerte sie.

»Mach's dir doch selbst, wenn du so scharf drauf bist.«

Sie stützte eine Hand auf die Hüfte und zog ungeduldig an ihren blonden Haaren. »Hey, bringst du's vielleicht nicht?«

Er lief rot an. Sie hatte keine Ahnung, was er mit ihr anstellen konnte. Eine Woge brandete in ihm auf und hätte ihn beinahe mitgerissen. Doch er blickte hinab auf seine wunderbare Zeichnung, und sein wahres Ziel kam ihm wieder in den Sinn. Willy sagte ihm, daß er sich nicht hinreißen lassen sollte, und so ließ er die Woge verebben.

»Ich habe gesagt, daß ich zu tun habe. Mach's dir selbst.«

»Na gut!« Sie schnaubte vor Wut und faßte sich zwischen die Beine. Sie tastete mit den Fingern durch das ganz kleine Dreieck hellbrauner Schamhaare, und einen Augenblick später war sie weggetreten.

Ein oder zwei Minuten lang stand sie vor ihm und wiegte sich zu der Musik in ihrem Kopf, wobei sie sich mit beiden Händen zwischen den Beinen streichelte. Dann fiel sie plötzlich auf die Knie, kauerte mit gespreizten Beinen auf dem Boden und steckte sich zwei Finger so tief hinein, wie sie konnte.

17

»Haben Sie schon beim Dezernat für Sexualverbrechen nachgefragt?« fragte Milt.

Newt rührte seinen Kaffee mit einem verbogenen Löffel um. Geistesabwesend bog er ihn wieder zurecht. »Ja. Aber es gibt im Augenblick in San Diego keinen Fall, wo jemand verbrannt oder mit einem Brandeisen malträtiert wurde. Ansonsten alles mögliche. Sie haben sogar einen Vergewaltiger, der sich als Spuperman verkleidet – inklusive Cape.«

Sie saßen in einem Café in der Nähe des Sheriffbüros und besprachen die Situation. Der Bericht des Leichenbeschauers war bei den Akten. Die Daten des unidentifzierten Mädchens waren in den Computer eingegeben worden. Nun blieb ihnen nichts weiter, als zu warten, ob sich irgend etwas tat.

Milt machte sich daran, seinen zweiten Doughnut zu verspeisen. Er war mit einer dicken Glasur überzogen. Er aß immer, wenn er sich Sorgen machte. Schweigend saß er da und kaute gedankenverloren seinen Krapfen.

»Was ist mit Ihrem Freund in Twenty-Nine Palms?« fragte Newt. Er war sehr versucht, ebenfalls einen Doughnut zu essen, doch er blieb standhaft. Er bekam Sodbrennen davon. Und so dachte er an das Sodbrennen, als er Milt beim Schlucken zuschaute.

»Darauf wollte ich gerade kommen. Ich habe ihm den Bericht geschickt, die Fotos und alles«, erwiderte Milt und leckte sich die Finger ab.

»Und?«

»Er ist auf dem Weg hierher, um sich das Ganze aus der Nähe zu betrachten. Er sagt, die Form des Brandeisens oder was immer die Verbrennung hervorgerufen hat, war an seinem Opfer nicht so deutlich. Das lag daran, daß die Form des Brandzeichens sich infolge einer bakteriellen Infektion des umgebenden Hautgewebes verändert hatte. Sie wissen – Gasbildung, Hautschrumpfung.«

»Was wollen Sie mir damit sagen, Milt?«

»Damit will ich sagen, daß das Mädchen in Twenty-Nine Palms vermutlich länger gelebt hat. Ihre Wunden haben sich entzündet, bevor sie gestorben ist. Er war sich noch nicht mal ganz sicher, ob es tatsächlich ein Brandzeichen war. Allerdings hatte die Stelle trotz der Schwellungen und Verwerfungen an den Rändern eine ziemlich eindeutige Kontur. Wir haben ein genaueres Bild davon, und das ist das einzige, woran wir uns halten können. Vielleicht ist es ja sein Totem oder so was.«

»Herrgott.«

Milt trank einen Schluck Kaffee. »Wirklich sehr ungewöhnlich. So was ist mir noch nie untergekommen. Es gibt nicht das geringste Indiz.«

Newt nickte verbittert. »Das haben die vom Dezernat für Sexualverbrechen auch gesagt. Bei Verstümmelungen wird das Opfer im allgemeinen zuerst umgebracht. Es ist ganz selten, daß jemand gefoltert und dann laufengelassen wird.«

»Das Mädchen in Palms war nur eine viertel Meile von der Straße entfernt, als es gefunden wurde. Vielleicht ist sie vorher noch ein ziemliches Stück weit gelaufen. Ein bißchen weiter und sie wäre vielleicht sogar gerettet worden. Haben Sie eine Vorstellung, wie es ist, an Flüssigkeitsmangel zu sterben?«

Newt gab keine Antwort. Er schaute zu, wie Milt sich noch einen Doughnut nahm.

»Es ist ein langsamer, qualvoller Tod«, erklärte Milt mit vollem Mund. »Es gibt in der Literatur medizinische Berichte darüber, von Militärärzten aus dem Zweiten Weltkrieg, die solche Fälle anhand amerikanischer und deutscher Soldaten in Nordafrika beschreiben.«

»Werde ich ganz bestimmt lesen.« Newt schüttelte bedauernd den Kopf. »Tut mir leid. Ich muß nur die ganze Zeit daran denken, daß es da draußen vielleicht noch mehr Opfer gibt. Was sollen wir machen, einen Helikopter nehmen und hundert Meilen Wüste überwachen, für den Fall, daß einer auf die Idee kommt, es wieder zu tun?«

»Oh, das macht er ganz bestimmt«, sagte Milt.

»Gott im Himmel. Ein Serientäter mit einem Brandeisen, dessen Opfer – wie würden Sie es ausdrücken – eines natürlichen Todes sterben?«

Milt legte etwas Geld auf den Tisch. »Nein, so würde ich es nicht ausdrücken.«

»Vielleicht sollten wir die Jungs von der Computerabteilung drauf ansetzen. Vielleicht ist es ja niemand aus der Gegend, und es gibt auch anderswo ähnliche Fälle.«

»Vielleicht.«

»Aber Sie glauben nicht recht daran«, sagte Newt niedergeschlagen.

»Newt, ich habe keine Ahnung. Ich weiß nicht mal, ob sich das VICAP in einen solchen Fall einschalten würde.«

Milt erhob sich und wischte den Zucker von seinem Hemd. Ein oder zwei Minuten nachdem er gegangen war, bestellte Newt sich einen Doughnut.

18

»Das Essen war prima«, sagte Jason.

»Ja, schön, daß wir mal wieder zusammenkommen«, pflichtete Charles ihm bei.

Draußen war es etwa dreizehn Grad warm, so warm wie seit Monaten nicht mehr. Charles und Jason gingen am East River spazieren, nachdem sie in Charles' elegantem Apartment in der East End Avenue zu Mittag gegessen hatten.

»Ist das nicht großartig?« fragte Charles und deutete hinaus aufs Wasser, wo eine große Segelyacht zwischen zwei Lastkähnen hindurchglitt. »Sieh dir das Boot mal an. Mein Gott, ich hätte auch gern ein Boot.«

»Was willst du denn damit anfangen, du hast ja doch nie Zeit?« fragte Jason und lachte. »Das Landhaus, die Ferien in der Karibik, außerdem mußt du zum Skifahren nach Vail ... ganz schön hart.«

Charles zog den Kopf ein, als wolle er vor Jasons Sticheleien in Deckung gehen. Die beiden sahen zwar aus wie Brüder, doch Charles stammte aus einer extrem wohlhabenden Familie in Westchester. Jason hingegen kam aus der Bronx, hatte das College und die medizinische Fakultät mit Stipendien bestritten und während des Praktikums zum Unterhalt seiner Familie beigetragen. Sie waren sich am ersten Tag ihres Praktikums im New York Psychiatric Center begegnet und seitdem enge Freunde.

»Ich weiß auch nicht. Aber ich würde schon Zeit dafür finden. Ich würde ganz gern Segeln lernen. Als Kind bin ich nicht dazu gekommen. Bist du gesegelt, als du jung warst?«

»Nein«, erwiderte Jason. Die Bronx hatte keine großartige Küste. Und seine Familie war in erster Linie darauf bedacht, ein Dach über dem Kopf und etwas zu essen zu haben.

»Schaff dir bloß keine Kinder an«, sagten sie ihm immer wieder. »Sie saugen dich aus, und du bringst es nie weiter als wir.«

Mittlerweile waren sie sauer, weil er mit einer *Shiksa*, einer Nichtjüdin, verheiratet war, und sie waren überzeugt, daß Gott sie unfruchtbar gemacht hatte, um ihn zu bestrafen. Jason hatte ihnen keine Enkel geschenkt, was war das für ein Sohn? Sie wußten nicht, daß *er* derjenige war, der, vom Ehrgeiz getrieben, sein Leben nicht dadurch komplizieren wollte, daß es Kinder gab, um die sie sich zu kümmern hatten. Bis vor kurzem hatte es so ausgesehen, als ob Emma ebenfalls keine diesbezüglichen Ambitionen hegte. Doch in letzter Zeit war die Frage, ob sie für Zuwachs in der Familie sorgen sollten, zunehmend zu einem Thema geworden, das unter der Oberfläche ihres Alltagsdaseins rumorte. Allmählich sah er ein, wie sehr Emma ein Kind wollte und brauchte.

Charles schritt weit aus und atmete tief durch. »Ist das nicht klasse? An den Wochenenden halte ich es in der Stadt einfach nicht aus, ich fühle mich eingesperrt. Wirklich. Ich muß einfach raus ins Freie.« Er ruderte mit den Armen. »Ich brauche Bewegung.«

»Wie ist es mit Laufen?« fragte Jason. Wie Emma joggte auch er leidenschaftlich gern. Es war gut fürs Herz, und die Energieschübe, die ihm dabei durch den Körper strömten, waren wie ein Aufputschmittel. Am Riverside Drive war die Aussicht ähnlich wie hier. Es gab gute Wege mit Bäumen, und einen Fluß hatten sie dort auch.

»Ja, sicher, und ich gehe ins Sportstudio und spiele Squash, aber das ist eher was für Sprinter. Nicht wie beim Tennis, wo man an der Grundlinie rumsteht und auf den Ball eindrischt.«

»Nein«, sagte Jason.

»Na ja, ich kann mich nicht beklagen. Brenda hat meine Praxis neu einrichten lassen. Sieht jetzt richtig hübsch aus. Einen halben Tag in der Woche arbeite ich im Krankenhaus, damit ich immer einen Fuß in der Tür habe, und am Wochenende fahre ich meistens raus.« Außerdem war da noch Rosalie, eine Kollegin, mit der Charles es von Zeit zu Zeit trieb, wenn sich die Gelegenheit dazu bot. Doch sie erwähnte er nicht. Solche Sachen erzählte er Jason nicht mehr. »Das Leben läuft wie geschmiert. Alles hat seinen Platz und geht seinen Gang. Wir haben's geschafft. Du bist berühmt. Und ich bin die Made im Speck.« Charles lachte.

Jason setzte einen Fuß vor den anderen und hörte zu. Den ganzen Nachmittag hatte er zugehört. Er war berühmt dafür, daß er voller Engagement zuhörte. Nun hielt er es einfach nicht mehr aus.

»Hör mal, Charles. Mit mir passiert etwas ganz Fürchterliches«, sprudelte es aus ihm heraus. »Ich weiß nicht. Ich – ich glaube, ich drehe durch ...« Jasons Beine gaben nach.

Sie waren am südlichen Ende des Parks angelangt, um nun auf der hölzernen Uferpromenade am Fluß entlang wieder zur neunundsiebzigsten Straße zurückzugehen. Charles faßte Jason am Arm. Sein sorgloser, selbstgefälliger Gesichtsausdruck war schlagartig verschwunden. Statt dessen blickte er Jason voller Anspannung forschend an. Es war Jahre her, daß Jason diesen Ausdruck im Gesicht seines Freundes gesehen hatte.

Nun sah er wieder jenen Charles vor sich, der damals in ihrem zweiten Jahr am Center eines Morgens zur Arbeit im sechsten Stock gekommen war und eine wunderschöne sechzehnjährige Patientin, die unter akuter Psychose litt, den Hals in einer Schlinge, an einem unverkleideten Rohr an der Decke baumelnd fand. Sie gab kein Lebenszeichen mehr von sich, doch Charles weigerte sich, ihren Tod zu akzeptieren. Ebensowenig akzeptierte er die Lehrmeinung, daß Patienten wie sie mit Psychotherapie zu behandeln seien. Es gelang ihm, sie wiederzubeleben, und er behandelte sie, nachdem sein Praktikum beendet war, noch zwei weitere Jahre. Das Mädchen erholte sich und hatte nie wieder einen psychotischen Schub.

Charles erblickte eine leere Bank und steuerte, seinen Arm um Jasons Schulter gelegt, darauf zu. »Was ist los?«

Jason setzte sich auf die Bank. »Es ist Emma.«

»Hat sie was mit jemand anderem?« Als Jason nicht antwortete, zog Charles die Stirn in Falten. »Ach, Mann, das tut mir leid ...«

Jason schüttelte den Kopf. »Das ist es nicht.«

»Ach so! *Du* hast was mit jemand anderem.« Charles neigte den Kopf. »So was kommt vor, es war ein Unfall. Ein Ausrutscher. Damit kannst du fertig werden.«

»Nein, nein, Charles, es ist viel schlimmer. Etwas, das du nie glauben würdest.«

»Ihr habt einen Vierer gemacht. Was? Was kann so schlimm sein, daß ich es nicht glauben würde?«

Jason schwieg einen Moment lang. »Hast du *Schlangenzähne* gesehen?«

»Nein, was soll das sein?« Charles wirkte verwirrt.

»Es ist ein Film. Hast du nicht die Anzeigen gesehen oder die Kritiken?« fragte Jason gereizt.

»Nein, was ist daran so wichtig?«

»Emma spielt darin mit«, sagte Jason.

»Oh, ich verstehe«, erwiderte Charles. »Emma ist in einem Film. Das ist doch großartig.«

»Du hast nichts davon gehört? Niemand hat dir davon erzählt?« drängte Jason weiter.

»Nein. Was soll das Ganze? Worum dreht sich's?«

Jason holte tief Luft. »Es ist ein Pornofilm.«

»Herrgott.« Charles klappte die Kinnlade runter. »Emma spielt in einem Pornofilm?«

»Na ja, es ist kein *Pornofilm*, sondern ein *Kunstfilm*. Aber sie ...« Jason schniefte. »Sie spielt eine junge Frau, die eine Therapie macht. Bei einem völligen Spinner. Und die Sitzungen haben keinen Ton.«

»Herrgott.« Charles schüttelte den Kopf, als hätte er Wasser in den Ohren.

»Der Film geht einem wirklich an die Nieren. Und so wie Therapie darin dargestellt wird, wirkt sie ... obszön und böse.«

»Und außerdem gibt es – Sexszenen?«

»Ja. Emma fickt mit diesem jungen Typ. Sie – sie ist völlig nackt. Und sie macht es wirklich. Na ja, zumindest sieht es so aus. Man sieht keine Penetration. Wir beide haben schon Penetrationen auf der Leinwand gesehen.«

Sie saßen beide da und atmeten durch die Nase bei der Erinnerung an die Sex-Klinik und die Filme, die den angehenden Ärzten gezeigt wurden. Filme, in denen alle möglichen Leute beim Sex gezeigt wurden – übermäßig fette Menschen. Alte. Menschen mit Elefantiasis. Doppelseitig Gelähmte. Sie hatten Filme gesehen, durch die Ärzten und Krankenhauspersonal verdeutlicht werden sollte, daß das Bedürfnis nach Liebe sich nicht höflicherweise verabschiedete, wenn Menschen alt oder krank wurden oder von Entstellungen oder Behinderungen heimgesucht wurden.

»Ah.« Charles kratzte sich am Kinn. »Ich bin wie vor den Kopf geschlagen.«

»Haargenauso ist es mir gegangen.«

»Und sie hat dir nichts davon erzählt?«

»Nein, hat sie nicht. Ich weiß nicht, was passiert ist. Ich verstehe nicht, wie sie so was tun konnte. Ich verstehe es einfach nicht. Wenn ich es verstehen könnte ...« Wieder schüttelte er den Kopf. »Es ist furchtbar, die eigene Frau zu sehen, wie sie ... ich bin *Arzt.*«

»Sicher kann man sich darüber aufregen.« Charles saß da. Sein Mund stand offen. »Aber es ist – nur ein Film. So schlimm ist es auch wieder nicht. Ihr findet bestimmt einen Weg da heraus.« Er murmelte tröstende Worte, doch es war nur eine Litanei, die er abspulte, ohne wirklich darauf zu achten, was er sagte. Von seinen Patienten bekam er andauernd die schlimmsten Schauergeschichten zu hören, doch er persönlich lebte in einer Welt, in der die Abgründe des Daseins nicht tiefer reichten als ein Seitensprung.

»Aber es ist so schlimm. Sie hat hervorragende Kritiken bekommen. Dieser elende Film, wo das arme Mädchen am Schluß tätowiert wird ...«

»Sie ist tätowiert? Herrgott«, unterbrach Charles.

»So hört der Film auf.«

»Herrgott, sie ist wirklich tätowiert?«

»Natürlich nicht, es ist doch nur ein Film.«

»Jason, das ist ja unglaublich.«

»Klar. Und jetzt, na ja, jetzt verändert sich unser Leben dadurch. Alle möglichen Agenten von großen Firmen sind hinter ihr her. Sie bekommt Filmangebote zuhauf.«

»Herrgott«, sagte Charles zum fünften Mal.

»Sie hat sich regelrecht hochgefickt, Charles, und ich bin nur noch ...« Jason wandte sich ab.

»Voller Angst, daß du sie verlieren wirst? Natürlich, aber du weißt auch, daß ihr euch liebt.«

»Oh, Mann, wenn sie das tun konnte, habe ich sie schon vor langer Zeit verloren.« Jason schlug sich die Hände vors Gesicht.

Charles legte ihm den Arm um die Schultern. »Mein Gott, also das ist – ich weiß nicht, was ich sagen soll.«

»Und das Schlimmste ist, daß sie sich durch nichts aufhalten läßt. Nicht durch die Briefe. Nicht ...« Jason verfiel in Schweigen.

»Welche Briefe?«

»Ach, was soll's. Das ist nicht dein Problem. Vergiß es.«

»Komm schon, Jason, sieh mich an. Wir haben schon einiges zusammen durchgestanden. Was für Briefe? Vielleicht kann ich ja helfen.«

»Dieses Mal nicht, alter Kumpel.« Jason erhob sich ruckartig von der Bank. »Laß uns gehen. Wir haben die Mädels schon lange genug alleingelassen.«

19

»Sie wollen uns haben«, sagte Ronnie voller Begeisterung am Telefon.

»Wer?« fragte Emma. Sie war in der Dusche gewesen, als das Telefon zu klingeln begann.

»Ich weiß nicht. Jack und Albert. Sie wollen uns. Dich.«

»Alles klar«, sagte Emma. Jack und Albert. Sicher. Sie

neigte den Kopf zur Seite. Im Spiegel blitzte kurz ein Lichtschimmer auf. »Jason«, rief sie.

»Was?« fragte Ronnie. »Emma? Bist du noch dran?«

»Entschuldige. Ich dachte, da wäre ...«

»Hast du gehört, was ich gesagt habe? Ich hab' einen Rückruf bekommen wegen *Wind*,« erklärte Ronnie.

»Ja, ich hab's mitgekriegt, aber es kann einfach nicht sein, Ronnie. Es ist unmöglich. Ich hab' dir doch erzählt, ich war absolut schauderhaft. Und der großartige, weltberühmte Bill North war ebenfalls schauderhaft. Er hat aus dem Mund gestunken. Es war das *schlimmste* Vorsprechen, das ich je mitgemacht habe.« Emma verzog das Gesicht bei dem Gedanken daran. »Es war *übel*.«

»Na ja, Elinor sagte jedenfalls, Jack hätte gesagt, du wärst eine wahre Freude.«

Jack? Ronnie sprach von einem Produzenten, den sie nie getroffen hatte, als Jack. Und den Regisseur nannte sie Albert? Was war das für ein Geschäft.

»Jack war so außer sich vor Freude, daß er nicht für einen Moment sein Cornedbeef-Sandwich aus dem Mund genommen hat«, erwiderte Emma.

»Jack ist ein *Spitzenproduzent*.« Ronnie wurde richtig sauer. »Was ist mit dir los? Ich dachte, du wärst ganz aus dem Häuschen.«

»Ich bin ganz aus dem Häuschen«, sagte Emma. »Wann soll ich da sein?«

Eine Minute später wählte sie Jasons Nummer. Seine Praxis war nur durch zwei Wände von ihr getrennt. In früheren Zeiten waren die Praxisräume ein Flügel ihres Apartments gewesen, der nun einen separaten Eingang hatte. Es gab keine direkte Verbindungstür zwischen beiden. Um von seiner Praxis in die Wohnung zu kommen, mußte Jason hinaustreten auf den Hausflur. Dies hatte er absichtlich so eingerichtet.

Er hob den Hörer ab. »Dr. Frank«, sagte er.

»Jason, warst du gerade eben hier?«

»Was?«

»Ich dachte, daß jemand hier war, und zwar gerade eben. Warst du das?« wollte Emma wissen.

»Bist du sicher?«

»Ja, ich bin sicher.« Sie zögerte. »Na ja, nein, eigentlich nicht. Ich dachte nur ...« Was dachte sie? Daß ihr eigener Mann versuchte, ihr Angst einzujagen? Das war doch verrückt.

»Ich bin nicht allein«, sagte er.

»Oh, entschuldige bitte.« Sie legte auf. Das sagte er immer: *Ich bin nicht allein.* »Mit Seelenklempnern ist es immer das gleiche«, murmelte sie. »Wenn man sie braucht, sind sie nie *allein.*«

Sie bereute, daß sie ihn angerufen hatte. Sie fönte sich die Haare und ging dann einkaufen. In ihr stieg die alte Wut darüber wieder auf, daß er immer beschäftigt war, sich immer mit jemand anderem auseinanderzusetzen hatte. Es nagte an ihr, es verletzte sie, und gleichzeitig fühlte sie sich einsam. Sie fragte sich häufig, ob sich andere Frauen, die mit Ärzten und speziell mit Psychiatern verheiratet waren, ähnlich isoliert und abgeschnitten von ihren Männern vorkamen wie sie. Oder war es vielleicht so, daß das Gefühl der Einsamkeit, unter dem sie litt, gar nichts mit Jason zu tun hatte und sie lediglich von ihrer Kindheit wieder eingeholt wurde, als sie weder auf Hilfe noch auf moralische Unterstützung rechnen konnte.

Als Jason nach Hause kam, schlug die Uhr im Flur Viertel nach acht.

»Komm her, Liebling«, sagte er. Er drückte sie an sich und nahm sie bei den Händen. Eingehend betrachtete er sie, als ob er nach Anzeichen einer Krankheit suchte. Ihre Handrücken waren jugendlich und zart, ihre Finger schlank und makellos. Er drehte ihre Hände um und küßte ihre Handflächen.

»Du hättest nicht auflegen sollen«, murmelte er. »Du warst aufgeregt. Ich hätte mir eine Minute Zeit nehmen können.«

»Was hätte ich dir in einer Minute schon sagen können?« fragte sie.

»Was immer du willst. Ich weiß, daß diese Briefe dir an die Nieren gehen. Heute ist schon wieder einer gekommen, stimmt's?«

»Sie gehen mir nicht an die Nieren«, sagte Emma, und damit war das Thema für sie erledigt.

Sie nahm das Script zur Hand, das Ronnie ihr für den Vorsprechtermin am nächsten Tag geschickt hatte.

»Na ja, du bist ziemlich verkrampft für jemand, der sich angeblich nicht aufregt. Vielleicht sollte ich dir was geben.« Jason sah sie eindringlich an. Sie legte das Script nicht aus der Hand.

»Es *geht mir nicht an die Nieren,* Jason. Ich werde nicht ausrasten, nur weil ich ein paar bescheuerte Briefe bekomme. Das ist nicht meine Art.«

Jason erhob sich und ging aus dem Zimmer.

»Na prima«, murmelte sie. »Geh nur weg.«

Eine Minute später kam er zurück und reichte ihr ein volles Glas.

»Was ist da drin?« fragte sie voller Mißtrauen.

»Nur gute Sachen, oder was glaubst du?« Jason wirkte verletzt.

»Ich glaube, du versuchst mir angst zu machen, damit ich mit der Filmerei aufhöre«, sagte sie und brachte damit das Gespräch wieder auf seine Einschätzung der Briefe, die mittlerweile ebenfalls zu einem Stein des Anstoßes zwischen ihnen geworden waren.

»Warum sollte ich ein Interesse daran haben, dir angst zu machen? Das ergibt doch keinen Sinn, Emma. Siehst du nicht die Zusammenhänge? Du hast ein schlechtes Gewissen wegen der Filmerei: dein ganzes Vorgehen – daß du mir nichts davon gesagt hast, was du eigentlich darin machst. Und jetzt hast du ein schlechtes Gewissen, weil du so einen großen Erfolg hast.«

Da sie den Drink, den er für sie gemixt hatte, nicht anrührte, nahm er selbst einen Schluck davon.

»Meine Gefühle deine Karriere und diese Briefe betreffend sind zwei ganz verschiedene Schuhe. Und ich betrachte sie aus zwei ganz verschiedenen Blickwinkeln. Was das angeht, vertrau mir bitte. Schließlich bin ich Arzt«, sagte Jason.

»Du lügst dir doch in die eigene Tasche. Du bist ausgerastet und hast im anderen Zimmer übernachtet«, erwiderte sie.

»Hör zu, dafür habe ich mich schon entschuldigt. Du hast mich kalt erwischt. Ich hatte keine Ahnung, daß du mich so verletzen könntest.« Er trank das Glas aus und stellte es ab.

»Und jetzt schreibst du mir Briefe«, sagte sie zornerfüllt. »Ich weiß, daß du es bist, Jason.«

»Warum sollte ich das tun, Emma?« Jason wirkte wie vor den Kopf geschlagen.

»Weil, wenn ich die Rolle in *Wind über dem Wasser* bekomme, ich haufenweise Geld verdiene und viel berühmter werde als du. Und ich glaube, das könntest du nicht ertragen.«

Jason schüttelte voller Entsetzen den Kopf. »Das ist eine ziemlich schwere Anschuldigung. Glaubst du das wirklich – daß ich mich so kindisch und kleinlich anstellen würde, nur um dir heimzuzahlen, daß du mich verletzt hast?«

Emma schaute weg.

»Denkst du das wirklich?«

Sie konnte ihm keine Antwort geben.

»Hör mal, Emma, ich habe dir vertraut. Ich habe dich geliebt. Ich liebe dich immer noch. Wenn du die Rolle bekommst, dann mußt du dir überlegen, ob du sie annimmst oder nicht. Das ist deine Entscheidung, aber du mußt dir darüber im klaren sein, daß Filmstar zu sein viel mehr bedeutet als dich nur damit herumzuschlagen, was *ich* davon halte. Du wirst zu einer öffentlichen Person. Und da draußen gibt es Verrückte, die sich nicht darüber im klaren sind, daß es nur eine Rolle ist, die du spielst. Für die bist das *du.*«

»Vielen Dank, Doktor.« Sie schaute wieder in ihr Script.

»Du mußt vorsichtig sein und dir überlegen, was du tust.«

Sie machte sich *sehr wohl* Gedanken darüber, was sie tat. Und dennoch glaubte sie, daß er es war, von dem die Briefe kamen. Wer sollte es sonst sein. Niemand wußte all diese Dinge über sie. Sie schaute ihm nach, wie er in die Küche ging, um sich noch einen Drink zu machen.

Als Emma im Taxi saß, war sie noch immer verärgert über das Ende ihrer Unterhaltung. Sie fuhr zu der gleichen Adresse, wo auch das erste Vorsprechen stattgefunden hatte: 1351 Avenue of the Americas, dreiunddreißigster Stock. Während sie im Aufzug stand, versuchte sie ihre Gedanken zu beruhigen, indem sie die Anzeigeleiste des Fahrstuhls betrachtete. Schließlich hatte sie sich auf ihre Arbeit zu konzentrieren.

Das erste Vorsprechen war absolut übel gelaufen. Sie konnte es einfach nicht glauben, daß sie einen Rückruf bekommen hatte. Emma atmete tief ein und versuchte sich zu beruhigen. Diverse Male hatte sie für Seifenopern vorgesprochen, war aber nie genommen worden. Nun wußte sie nicht genau, ob sie darüber froh sein oder es bedauern sollte, daß sie auf diesem Sektor keinerlei Erfahrung hatte sammeln können.

Was passiert, wenn ein gutes Mädchen auf die schiefe Bahn gerät? Einem Mann das Herz bricht. Alles zerstört, woran er je geglaubt hat. Das Messer im Wasser. Feuer im Sand.

Was hatte das zu bedeuten? Was hatten diese verrückten Briefe zu bedeuten? Es machte keinen Sinn. *Das Messer im Wasser* war ein Film von Roman Polanski. Sein erster großer Erfolg, wenn sie sich recht erinnerte. Steckte darin eine Drohung, denn man wußte ja, was Roman Polanski passiert war?

In *Wind über dem Wasser* gab es ebenfalls einen Finsterling und eine Frau, die ihre Hüllen fallenlassen mußte. Gab es da einen Zusammenhang? Soweit sie sich erinnerte, war der erste der Briefe unmittelbar nach ihrem Vorsprechen für *Wind* gekommen. Oder war es vorher gewesen? Sie wußte es nicht mehr genau. Bis zu diesem Zeitpunkt war es ihr erschienen, als böte ihr eine Karriere als Filmschauspielerin eine Perspektive, einen Ausweg aus ihrem Dasein. Es war etwas, dem sie sich mit aller Hingabe widmen konnte, bis sie schließlich alt werden würde.

Man brauchte keine große Leuchte zu sein, um zu verstehen, daß Jason sich beruflich einfach zu sehr engagierte; er war zu tief verstrickt in die Sorgen und Nöte seiner Patienten. Und allmählich war es Emma aufgegangen, daß es ihr nicht ausreichte, lediglich eine periphere Rolle in seinem Leben zu spielen, auf die seltenen Momente zu warten, in denen er es ertrug, daß noch jemand anderes Ansprüche an ihn stellte. Auch wenn er selbst es nicht so wollte, so wußte Emma doch, daß er ihre Liebe zu ihm, ihren Wunsch, mehr von ihm zu haben, eine Familie zu haben, genau so auffaßte. Und sie wußte, daß es keinen Sinn hatte, mehr zu verlangen, als ein Mensch mit Freuden geben konnte. Bei dem Gedanken daran, alt zu werden, ohne ein Kind zu haben, strömten ihr jedesmal Tränen in die Augen.

Achtzehnter Stock. Sie glaubte nicht daran, daß es irgendeinen Spinner da draußen gab, der ihr Briefe schrieb, in denen stand, daß sie vom rechten Pfad abgekommen war. Es standen Dinge in diesen Briefen, Dinge, die ihr passiert waren, Ängste, die sie quälten, von denen nur Jason wußte. Jason hatte vorgeschlagen, sie zu hypnotisieren, um auf diese Art und Weise vielleicht etwas ans Licht zu bringen, das sie verdrängt hatte, eine Person oder ein Ereignis aus ihrer Vergangenheit, das eine Erklärung für ihre Briefe liefern konnte. Ihr hatte nicht gefallen, als er sagte: »Vertrau mir in dieser Angelegenheit. Ich bin

Arzt. Ich habe gelernt zu sehen, welche Obsessionen, welche Bedrohung hinter diesen Worten steckt.«

Okay, okay, vergiß die Briefe. Jetzt wurde es ernst. Das, worauf sie sich jetzt konzentrieren sollte, war der Film. Was würde Katie denken, wie würde sie sich verhalten? Was will sie?

Es war schwierig ohne das komplette Drehbuch. Wie sollte sie einen Film machen, wenn sie kein Drehbuch hatte? Emma versuchte sich darauf zu konzentrieren, was sie über die Handlung wußte. Viel war es nicht. Katie ist ihr ganzes Leben lang arm gewesen. Sie ist die Freundin eines reichen Anwalts aus Virginia, der ihr das Jurastudium finanziert.

Katies Herzenswunsch ist es, Anwältin zu werden. Na ja, das konnte Emma nachvollziehen. Aber dann hat sie eine kurze Affäre mit einem geistesgestörten Tankwart, der unter Umständen vielleicht ein geistesgestörter Mörder ist. Der Anwalt, mit dem sie schläft, steht auf bizarren Sex. Diese beiden Faktoren ließen sich nicht so einfach einordnen. Wenn das Mädchen an einer Persönlichkeitsstörung leidet, dann spielt die Tatsache, daß ihr Juraprofessor ein wirklich netter Kerl ist – der erste anständige Mann, den sie je getroffen hat –, keine große Rolle.

Bill North war der Tankwart. Was für ein Schleimbeutel. Warum um Himmels willen würde eine Heldin derartig dämliche Sachen anstellen? Beim Schauspielunterricht hatte es immer wieder geheißen, daß es darum ging, die Beweggründe für ein bestimmtes Handeln zu finden, auch wenn sie nicht im Text standen. Lebte das Mädchen gern gefährlich? Herrgott, war das ein Beweggrund? Emma lebte jedenfalls nicht gern gefährlich. Sie hatte nicht einmal die Pille nehmen wollen, damit es ihr besser ging. Ihre Gedanken schweiften wieder ab zu Jason. Jason wußte genau, wie er das Denken anderer manipulieren konnte. Wie weit würde er gehen, um sie von der Schauspielerei abzubringen?

Als sie am achtundzwanzigsten Stock vorbeifuhr, begann Emmas Herz schneller zu schlagen. Sie zählte beim Einatmen bis vier und beim Ausatmen bis acht. Ach, Scheiße, war das hier übel. Ronnie hatte sie zweimal angerufen, um ihr zu sagen, daß sie eine knappe Bluse und einen kurzen Rock tragen sollte. Je enger die Bluse, desto mehr würde sie schwitzen. Sie spürte jetzt schon, wie ihr der Schweiß unter den Achselhöhlen klebte. Nur gut, daß sie eine Bluse mit dunklem Muster ausgesucht hatte, an der man die Schwitzflecken nicht so sah.

Feuer im Sand, hieß es im letzten Brief. Was, zum Teufel, hatte das zu bedeuten? Die Fahrstuhltür öffnete sich. Emma trat an das Empfangspult. »Emma Chapman«, sagte sie und leckte sich vor Nervosität die Lippen.

»O ja, Sie werden schon erwartet. Gehen Sie gleich rein.«

Blonde Haare zu einem Knoten zusammengebunden. Regenbogenfarbene Bänder. Federn, gelb, grün, rot, schwarz. Vergiß es. Vergiß die Briefe. Denk wie Katie.

Emma öffnete die Tür und warf einen Blick nach drinnen. Drei Männer und eine hart aussehende Frau saßen an einem Konferenztisch und waren in eine Unterhaltung vertieft. Jack, der Produzent mit den schlechten Manieren, der während ihres letzten Vorsprechens ein Cornedbeef-Sandwich gegessen und am Ende lautstark gerülpst hatte. Albert, der Regisseur, der ihr keinerlei Fragen gestellt hatte, was ihre Person anging, und ihr nicht den geringsten Hinweis auf die Szene betreffend gegeben hatte, sondern ihr lediglich in aller Ausführlichkeit erklärt hatte, wie sie die Beine übereinanderschlagen sollte. Und Elinor Zing, die für die Besetzung verantwortlich war und vor sich mehrere Stapel mit Hochglanzfotos (einschließlich dem von Emma) sowie Notizblätter liegen hatte, die mit spinnenartigen Anmerkungen vollgeschrieben waren. Ja, nein, vielleicht.

»Ja, ja, kommen Sie rein. Wir mögen Sie, keine Angst«, sagte Elinor Zing.

Okay, Emma trat nach vorne. Warum um Himmels willen setzte man sich so etwas aus? Ihr Herz pochte, während drei Leute ihren Gang begutachteten.

Just in diesem Augenblick bemerkte sie, daß noch jemand im Raum war, der beim letzten Mal noch nicht dabeigewesen war. Oh, Gott, er sah ja auch in Wirklichkeit richtig *klasse* aus. Ihn hatte sie immer gemocht. Hatte Katie eine Persönlichkeitsstörung? Spielte das eine Rolle, wenn im Drehbuch stand, daß der absolut umwerfende Michael Lambert, der hier am Konferenztisch saß und darauf wartete, mit ihr zusammen eine Passage zu lesen, sich in sie verlieben würde? Und sie retten würde – auch vor sich selbst.

Sie starrte ihn an. Sie mußte sich beherrschen, um nicht mit offenem Mund dazustehen. Hätte er vielleicht zufällig Lust, der Vater ihres Kindes zu werden? Ja, nein, vielleicht.

Er blickte auf und lächelte. Emma geriet ins Stolpern. »Großartig. Das war großartig«, sagte Jack, der Regisseur. »Wunderbarer Einfall.«

Schön, daß es Ihnen gefallen hat, dachte Emma. Allerdings war es alles andere als ein Einfall gewesen. Das Lächeln des Filmstars hatte sie schier umgehauen, und sie wäre beinahe auf der Nase gelandet.

20

Manchmal, am Ende eines Tages, geschah es, daß April Woo von einer Gedankenwelt gefangengenommen wurde, die sich über sie legte wie ein Nebel. Dann verbrachte sie einige Minuten in diesem Nebel auf der Suche nach Möglichkeiten, aus dem Wirrwarr herauszufinden.

Sai Yuan, Aprils Mutter, kam aus Shanghai. April hatte vor, irgendwann einmal hinzufahren. Shanghai, so hieß es, sei das Paris Chinas. Eine Hafenstadt mit Weltstadtcharakter, die überschäumte vor Geschäftigkeit. Nicht wie Peking, das im Landesinneren am Rand der Wüste Gobi lag, wo alles grau war vom Wüstenstaub, den der Wind in alle Winkel der Stadt trug.

»In den alten Zeiten alle Häuser in Peking grau außer Verbotene Stadt, damit himmlische Sonne und himmlische Mond wissen, wo am hellsten scheinen«, hatte ihre Mutter ihr erzählt.

»Jetzt nicht mehr kaiserliche Familie, alles grau«, fügte sie dann gewöhnlich hinzu, um China ab- und sich selbst gleichzeitig aufzuwerten, wobei sie sich auf ihre in leuchtenden Farben schillernde Bluse klopfte (»Sieht aus wie Seide, nicht bügeln, neun Dollar.«), die sie trug, damit die himmlische Sonne wußte, wo sie in New York am hellsten zu strahlen hatte. Mehr kräftig die Farbe, mehr gut für Glück, war ihr Motto.

»Essen nicht gut in Peking«, fügte sie hinzu. »Essen schmeckt besser in Shanghai. Aber beste Essen in Hongkong. Keine gute Koch mehr in China.« Sie sagte dies mit einem verstohlenen Blick auf ihren Gatten Woo, bester Koch in Amerika, der sich mit einem Zahnstocher mit Mentholgeschmack die Zähne pickte, eine chinesische Zeitung las und so tat, als hörte er das Kompliment nicht.

Sai Yuan war über dreißig gewesen, als sie Ja Fa Woo in Shanghai begegnet war, wo er in einem großen Hotel für Ausländer als Koch arbeitete.

»Beste Koch. Wußte, wie machen Pizzi, bevor alle anderen«, sagte Sai.

So wie Sai Woo die Geschichte erzählte, begegneten sie sich und heirateten. Sie erzählte es in der dritten Person, so als hätte sie selbst gar nichts damit zu tun.

Wie es dazu gekommen war, daß Sai Yuan und Ja Fa Woo geheiratet hatten, war eine Frage, die April schon häufig zu stellen versucht hatte, ohne jemals eine erschöpfende Antwort zu erhalten. Chinesische Geschichten hatten ihre eigene Bedeutung. Was weggelassen wurde, konnte unter Umständen ein Rätsel sein oder eine Warnung oder ein Rat fürs Leben. Vielleicht hatte es auch gar keine Bedeutung. Man wußte nie genau den Grund.

In ihrer Jugend hatte April lange Zeit in Furcht gelebt, daß ihr jedesmal, wenn sie jemand kennenlernte, die Gefahr drohte, heiraten zu müssen. Jedes Jahr kamen neue Jungs aus China in ihre Klasse, und sie schaute sich um, voller Ungewißheit und Sorge, wen sie denn wohl kennenlernen und heiraten würde. Dann erfuhr sie irgendwann, daß man in eine Heirat einwilligen mußte.

Nun ja, früher war das ganz anders gewesen. Früher war es so, daß junge Leute gemäß Vermögen und Stand miteinander verkuppelt wurden, ohne daß sie es wollten. Man heiratete, um die Ehre der Familie zu wahren. Um das Gesicht zu wahren. Doch Sais Familie war bereits in alle Winde verstreut, als sie noch jung war.

»Alle tot«, sagte sie, das Gesicht abgewandt, und verlor ansonsten kein Wort darüber, wie sie sich in all den Jahren des Krieges und der Unruhen durchgeschlagen hatte, ohne eine Familie, deren Ehre sie hätte hochhalten können.

Die offizielle Version lautete, daß sie sich kennengelernt und geheiratet hatten, um danach Shanghai zu verlassen. Sie hatten einiges zu durchstehen, bis sie schließlich in der goldenen Stadt ankamen. Und sie mußten einiges an Plackereien durchmachen, nachdem sie sich in der goldenen Stadt niedergelassen hatten. So golden war es hier nämlich gar nicht. Ein Problem bestand darin, daß niemand in New York Mandarin sprach. Sai hatte Cantonesisch lernen müssen, um zurechtzukommen, von Englisch ganz zu schweigen.

Nun lebten sie in einem hübschen Haus in Queens und brauchten sich keine Sorgen mehr zu machen. Was sie natürlich doch taten, und zwar ständig. Sai Woo wollte, daß ihre April sich hübsch machte, damit sie jemanden kennenlernte und ihn heiratete. Damit sie es zu etwas brachte wie sie. Sie hatte ein Haus – das ganze Haus, nicht nur das Erdgeschoß wie Mei Mei. Nicht so gut ihre Tochter, bald dreißig, und dreifach dumm.

April versuchte ihr zu erklären, daß sich die Dinge geändert hatten. Es war nicht mehr so, daß man sich kennenlernte und dann heiratete. »Mama, heutzutage verliebt man sich.«

»Pah, was soll das sein? Lilie blüht nur einen Tag. Na und. Du heiratest einen Doktor. Du hast schönes Haus, bestes Essen und gute Kleider ganzes Leben lang. Das ist Liebe.« Sai Woo zog bestes Essen mit Hilfe eines Zahnstochers mit Mentholgeschmack zwischen ihren Zähnen hervor, doch sie hielt ihn mit der Hand bedeckt, denn schließlich war sie keine Bauersfrau, die keine Manieren hatte.

Dies waren die Dinge, über die April nachdachte, wenn es Nacht wurde. Woher sie die Zeit nehmen sollte, ihren Abschluß zu machen, bevor sie alt und grau wurde. Wie sie es schaffen sollte, Sergeant zu werden, wenn sie auf der Upper East Side auf dem Trockendock festsaß. Wie sie herausfinden sollte, was mit diesem Mädchen vom College passiert war, wenn sie nicht aus New York herauskam. Sie hatte schon eine Menge traurige Situationen erlebt, und nun nagte der tiefempfundene Schmerz von Jennifer Roane an ihr. Jennifer Roane hatte nur diese eine Tochter, ebenso wie ihre Mutter Sai Woo nur sie hatte. Einen grundlegenden Unterschied gab es allerdings zwischen beiden. Jennifer Roanes Leidensfähigkeit schien nahezu unbegrenzt, und sie hatte keinerlei Hemmungen, ihren Schmerz auch zu zeigen. Weiße zeigten ihre Gesichter.

April schloß daraus, daß ein bequemes Leben und ein gutaussehender Ehemann in einem teuren Anzug einem offensichtlich nicht alles bieten konnten, wie ihre Mutter immer behauptete. Ihre Mutter sprach mit zwei Gesichtern. Sie sagte,

April hätte es leichter gehabt, weil sie an einem Ort geboren war, wo sie mehr als genug zu essen hatte und ihr alle Möglichkeiten offenstanden. Es klang fast so, als sei sie etwas Besseres, wegen all der Entbehrungen, die sie in ihrem Leben hatte erdulden müssen. Aber als April nicht den einfachen Weg ging und sich einen Bürojob bei Merrill Lynch suchte oder einen Doktor heiratete, hieß es seitens ihrer Mutter, sie sei doppelt blöde. Warum sich in Gefahr begeben? Warum dem Bösen hinterherrennen, wenn man nicht muß?

»Du sollst deine Eltern ehren.« Selbst ihr Vater, der normalerweise nicht zuhörte, wenn Frauen sich unterhielten, nickte, als Sai Woo das sagte.

April war durchaus der Auffassung, daß sie ihre Eltern ehrte. Allerdings auf amerikanische Art und Weise. Sie überlegte sich, was sie wohl zu Sergeant Fünfundzwanzig-Grad-und-strahlender-Sonnenschein Grove sagen konnte, damit er seinen Hintern in Bewegung setzte und herausfand, wo Ellen Roane wohnte und was sie an den drei Tagen gemacht hatte, an denen sie ihre Kreditkarte sechsmal belastet hatte.

Sie dachte gerade an Sergeant Grove, als ihr Telefon klingelte und er am anderen Ende war.

»Detective Woo«, sagte er. »Hier ist Sergeant Grove in San Diego. Wie ist das Wetter da oben?«

Ein Zittern überfiel April. Es gab nur einen Grund für ihn, sie anzurufen, und das war nicht, um sie nach dem Wetter zu fragen. Das konnte er aus der Zeitung oder den Fernsehnachrichten erfahren.

»Immer noch keine fünfzehn Grad und Regen«, sagte April.

»Immer noch?«

»So ist es hier im Frühling.«

»Das ist ja übel. Hier ist es siebenundzwanzig Grad und sonnig.«

»Haben Sie was für mich, Sergeant?«

»Unter Umständen jemanden, auf den die Beschreibung

dieser kleinen Roane paßt. Ich hab' die Nachricht gerade von einem Sheriff aus der Umgebung bekommen.«

»Wo?« fragte April.

»Nördlich von hier, ein kleines Kaff in den Bergen. Sie wurde von ein paar Motocrossfahrern in der Wüste gefunden.«

»Woran ist sie gestorben?«

»So wie's aussieht, ist sie gefoltert und in der Wüste zurückgelassen worden. Offensichtlich ist sie herumgeirrt und dann an Flüssigkeitsmangel und Witterungseinflüssen gestorben. Es wird ziemlich heiß, aber auch ziemlich kalt in der Wüste.«

»Irgendwelche Habseligkeiten, die auf ihre Identität hindeuten – ihre Brieftasche, Kleider, Schmuck?«

»Absolut nichts. Sie war nackt, als sie gefunden wurde.«

»Oh, Gott. Sie wollen sagen, daß sie nackt in der Wüste herumgeirrt ist?«

»Ja.«

»Können Sie mir ein Foto von ihr schicken, damit ich sie identifizieren lassen kann?« fragte April und dachte, daß die Leiche, die er hatte, irgend jemand sein konnte.

»Ein Foto wird Ihnen nicht viel helfen, Detective. Ich brauche Fingerabdrücke und das Zahnschema, oder Röntgenbilder, alles, was Sie auftreiben können.«

»Ist es so schlimm?« fragte April zaghaft.

»Na ja, die Bussarde waren an ihrem Gesicht.«

»O Gott.« April mußte tief durchatmen. »Wer ist mit der Untersuchung des Falles betraut?«

»Der Sheriff, in dessen Zuständigkeitsbereich sie gefunden wurde.«

»Das weiß ich«, sagte April. »Haben Sie seinen Namen und seine Telefonnummer?«

Sergeant Grove gab ihr beides.

»Newt«, sagte April. »Ist das nicht eine Echse oder so was?«

»Ja. Kann's sein, daß Sie einen New Yorker Akzent haben?«

»Wäre nicht verwunderlich, Sergeant. Da komme ich jedenfalls her.«

Sie legte auf und saß da. Die Luft im Raum war schal und abgestanden. Sanchez war draußen bei einem Einsatz, was ihr gar nicht paßte, denn dies war einer der Momente, wo sie sich einfach besser gefühlt hätte, wenn er dagewesen wäre. Die Sorte Anruf, die ihr nun bevorstand, erledigte er richtig gut. Auf chinesisch hätte sie keinerlei Probleme damit gehabt, aber in Englisch ... Im stillen probte sie es ein paarmal. *Hören Sie, unter Umständen ist es gar nicht Ihre Tochter, aber wir brauchen diese Informationen, um sicherzugehen.*

Vermutlich würde es einen oder zwei Tage dauern, bis sie bekam, was sie brauchte, und dann würde es noch einmal dauern, bis alles verschickt war. Sie drückte die Tasten auf ihrem Telefon. Aus irgendeinem Grund brachte sie den Anruf, der ihr am schwersten erschien, zuerst hinter sich. Es war der bei der Mutter.

21

Troland bereitete das Tablett vor. Fünf Nadeln, sechs kleine Schüsselchen für die Tinte. Einen großzügigen Klacks A & D-Salbe. Die Gummihandschuhe. Alkohol. Er legte das Mädchen mit dem Rücken auf das Bett. Sie leistete keinen Widerstand. Sie war die ganze Nacht die Treppen rauf und runter gehetzt, hatte masturbiert und sich immer wieder über das Kokain hergemacht, wie eine hungrige Ratte, bis schließlich nichts mehr davon übrig war und sie vor Erschöpfung zusammenbrach. Er band ihre Handgelenke mit einem dünnen Nylonseil an den Bettpfosten fest.

»Troland ist gut, sehr gut. Er denkt an alles«, murmelte er vor sich hin. Sogar an ein Handtuch hatte er gedacht, das er unter ihr ausgebreitet hatte, um zu verhindern, daß das Bettlaken naß wurde, als er sie vom Hals bis zu den Schenkeln rasierte. Kokainsüchtige waren völlig unempfindlich, sie spürten rein gar nichts, wenn sie erst mal hinüber waren.

Er rieb sie am ganzen Körper mit einem Mennen-Deostift ab, rückte vorsichtig das Transfer zurecht und drückte es auf der klebrigen Oberfläche fest. Perfekt. Als er es abzog, waren die Umrisse der Zeichnung deutlich auf der Brust, dem Hals und dem Bauch des Mädchens zu sehen. Als er die Tätowiermaschine zusammensetzte, überlegte er sich, wie viele Nadeln er wohl benutzen sollte. Mit dreien würde es schneller gehen. Also setzte er drei Nadeln ein und drückte den Knopf. Ein Jaulen erfüllte den Raum, doch das Mädchen rührte sich nicht. Er beschloß, ihr trotzdem den Mund zuzukleben. Auch dabei leistete sie keinen Widerstand. Geräuschvoll atmete sie durch ihre triefende Nase. Troland setzte sich auf den Hocker, den er neben das Bett gestellt hatte. Dann fiel ihm ein, daß er die Jacke brauchte. Der Kerl in dem Film hatte eine Jacke an. Troland mußte seine Jacke tragen. Er ging seine Jacke holen und zog sie an. Dann setzte er sich auf den Hocker, die Jacke geöffnet, zog sich die Handschuhe über und blickte noch einmal auf die Uhr. Willy war die ganze Zeit bei ihm. Er paßte auf, daß er nichts vergaß und flüsterte ihm zu, daß er es schaffen würde.

Das hier war alles neu für ihn. Er konnte sich eine Minute gönnen, um seinen Triumph zu genießen, daß es ihm endlich gelungen war, ein Brandzeichen zu machen, das ewig halten würde. Er berührte die Flammen an dem Rad und den Schwingen des Adlers. Das Bild, das er geschaffen hatte, schien Funken zu sprühen. Reich gemusterte Schlangen, ein Adler mit mächtigen Schwingen und zwei Räder, die zusammen ein loderndes Inferno bildeten, das sich vom Hals bis zu den Zehen über den gesamten Körper des Mädchens ausbreitete. Sie würde regelrecht in Flammen stehen.

Troland nahm erneut die Maschine zur Hand. Nie hatte er sich ruhiger gefühlt. Eigentlich hatte er nur einmal jemanden tätowiert, aber er hatte sein Leben lang dabei zugesehen. Er war es gewesen, der die Vorlage für die letzte Tätowierung von Willy gezeichnet hatte, bevor er nach Vietnam gegangen war. Tros Tätowierung hatte ihm Glück bringen und dafür sorgen sollen, daß er heil wieder zurückkam.

Er drückte den Knopf, und der Stromkreis wurde geschlossen. Der Strom aus der Batterie erzeugte ein Magnetfeld, das die eiserne Nadelhalterung anzog. Sie bewegte sich auf den Magnet zu, drückte dabei die Feder zusammen, und die Nadeln schossen hervor, wobei der Stromkreis unterbrochen wurde. Für eine fünfzigstel Sekunde wurde der Magnet ausgeschaltet, die Feder zog die Halterung zurück, und die Nadeln wurden wieder eingezogen. Rein und raus, fünfzigmal pro Sekunde. Das Jaulen erfüllte den Raum und übertönte den schweren Atem des Mädchens.

Beim ersten Kontakt mit ihrer weißen Haut hielt Troland die Nadeln zu dicht. Entlang der schwarzen Linien auf ihrer glitschigen Haut bildeten sich Perlen von Blut. Eine dünne rote Linie erschien dort, wo Troland sie eigentlich schwarz haben wollte. Er wußte, daß sie dennoch schwarz erscheinen würde, wenn sie erst einmal geheilt war, doch er mußte aufpassen, daß sie nicht blutete, weil sich sonst ein Schorf bilden würde, der unregelmäßig abheilte. Außerdem wollte er vermeiden, daß das Gift aus ihrem Körper herausquoll. Es schauderte ihn bei diesem Gedanken. Einen Augenblick mußte er gegen den Brechreiz ankämpfen, der in ihm aufstieg. Selbst mit den Handschuhen fühlte er sich unbehaglich mit dem Blut einer Kokshure an seinen Händen. Man brauchte kein Genie zu sein, um zu wissen, daß es mehr als wahrscheinlich war, daß sie HIV positiv war.

Er verfluchte sich selbst und warf einen Blick auf ihr Gesicht. Es würde ihm nicht die geringste Mühe machen, sie zu erledigen. Wenn sie erst mal tot war, würde sie nicht mehr bluten, und er wäre sicher. Sie zuckte nicht einmal mit den Wimpern. Sie spürte gar nichts. Die Furcht ging so schnell vorüber, wie sie gekommen war. Er würde auf keinen Fall an Aids sterben. Willy sagte ihm, daß er sie nicht umbringen sollte, und so rieb er etwas Salbe auf die blutende Stelle und machte weiter.

Die Sonne erhob sich am Himmel und heizte das Zimmer, das im ersten Stock lag, auf, doch er kam nicht auf den Gedanken, seine Jacke auszuziehen. Schweiß lief ihm die Brust und die Schläfen hinunter, doch er nahm es nicht wahr. Er war völlig vertieft in seine Tätigkeit. Er hatte jedes Gefühl für Raum und Zeit verloren.

Das Summen der Maschine, die gleiche wie in dem Film, war das erste Geräusch, das ihm je zu Ohren gekommen war, das die Stimmen in seinem Kopf zum Verstummen brachte. Solange er weitermachte, gab es niemanden, der auf ihn einredete, nicht einmal Willy. Nur die Maschine sprach zu ihm, sagte ihm, wie gut er war und daß er nun ein neues Wirkungsfeld gefunden hatte.

Er war ein Künstler. Ein Künstler, dessen Arbeitsmaterial Fleisch war. Er begann zu zittern bei dem Gedanken daran, daß er ihr am Ende das Brandzeichen verpassen würde. Das war der Teil, den er nie würde ändern können. Doch nun würden die Flammen in ewiger Schönheit erstrahlen und in der Gluthitze des Brandeisens, mit dem er sie bestrafen würde, zu einer einzigen Vision verschmelzen. Wenn es soweit war, würde sie wach sein. Sie würde sich fühlen, als würde sie bei lebendigem Leibe verbrannt.

Rot war gut. Blau und rosa waren gut. Schwarz hielt am längsten. Schwarz verblich nie. Die meisten anderen Farben blichen mit der Zeit aus. Aber Tätowierungen mit vielen Farben gefielen ihm am besten. Sie waren nicht so primitiv wie die Tätowierungen von vielen Bikers, die einfach nur schwarz waren, oder Schwarz mit Blau und ein paar roten Tupfern. So was war keine gute Arbeit. Viele waren sehr primitiv. Troland war nicht primitiv.

Er genoß es, wie die Nadeln die Tinte aufsogen wie winzige Strohhalme und sie dann in tausende kleiner Löcher füllten, die er in die Haut machte. Stunden vergingen. In seine Arbeit vertieft, saß Troland über das schlafende Mädchen gebeugt. Seine Position war alles andere als ideal. Er saß auf dem Hocker und beugte sich über den Körper auf dem Bett. Das Bett war zu weich, er konnte sich nicht abstützen. Es wäre besser, wenn sie auf einer harten Oberfläche läge, auf einem Tisch zum Beispiel. Am besten wäre ein verstellbarer Operationstisch. Er mußte sich einen besorgen.

Nach drei Stunden konnte er nicht mehr. Sein Rücken und seine linke Hand wurden von schmerzhaften Krämpfen durchzuckt. Es schien ihm, als sei mit der Maschine etwas nicht in Ordnung, und wieder einmal verfluchte er die Welt dafür, daß sie so rückständig war. Er hatte nicht daran gedacht, daß die Maschine eine Ausführung für Rechtshänder sein konnte.

Die Augen des Mädchens waren geschlossen, und noch immer atmete sie wie ein Hund, der eine Erkältung hatte. Troland erhob sich und betrachtete sein Werk. Die Umrisse auf der einen Seite ihres Körpers waren nahezu fertig. Er hatte vor, es an einem Tag zu schaffen. An manchen Stellen war ihre Haut gerötet und angeschwollen. Er wußte, daß die Stellen, an denen er gearbeitet hatte, ziemlich brennen würden, wenn sie einmal wach wäre. Sie mußte sich wirklich eine Menge Koks reingezogen haben. Er hatte schon von Koksern gehört, die sich den ganzen Körper in einem Durchgang hatten tätowieren lassen, und gelegentlich kam es vor, daß jemand einen Tätowierschock erlitt und daran starb.

Er hatte Krämpfe in der linken Hand. Er verfluchte sein Schicksal. Er konnte trainieren soviel er wollte, er gewann einfach keine Kontrolle über die rechte Hand. Zu Beginn seiner Schulzeit hatte es geheißen, Linkshänder seien nicht richtig im Kopf. Fünf oder sechs war er damals gewesen, und sie hatten es ihm immer wieder unter die Nase gerieben, als er anfing, Schreiben zu lernen. Es sei erwiesen, daß Linkshänder nicht richtig im Kopf waren, hatte es geheißen. Zu nichts zu gebrauchen. Sein Vater hatte ihm die linke Hand auf den Rücken gebunden, damit ein ordentlicher Kerl aus ihm wurde. Die Drecksau hatte ihm beinahe die Hand kaputtgemacht, mit der er so wunderbare Bilder malen und schreiben konnte, wie die Schrift in alten Büchern.

Die Leute von der Schule hatten auch danebengelegen. Seine rechte Hand war das Ungeheuer. Sie konnte weder zeichnen noch Buchstaben zustande bringen. Troland haßte sie. Sie konnte einen Schraubenzieher halten. Sie konnte ein Streichholz anzünden. Aber sie brachte nichts *Schönes* zuwege. Er reckte sich und ging wieder an die Arbeit.

22

Hi, hier ist Charles. Ich habe mir Gedanken gemacht über unseren Spaziergang am Sonntag. Ruf mich an, wenn du Zeit hast.

Der Anrufbeantworter machte *klick*.

Jason saß an seinem Schreibtisch, vor sich eine skelettierte Uhr. Diese hier war eine seiner liebsten. Die gläserne Haube hatte er abgenommen, und er betrachtete, wie das Sonnenrad aus Messing am unteren Ende des Pendels hin- und herschwang, während sich der Anker am oberen Ende des Pendels bewegte.

Dienstag, zehn Uhr sechsundfünfzig. Klick, Knirsch, Tüdelüh, Tüdelüh.

Doktor Frank, ich muß meinen Termin am Dienstag absagen. Ich habe schlimme Halsschmerzen. Ach so, ich glaube, ich habe meinen Terminkalender bei Ihnen vergessen. Wenn Sie ihn finden, heben Sie ihn bitte für mich auf. Ohne das Ding bin ich ein toter Mann. Ach so, hier ist Jeff.

Uhren hatten etwas zutiefst Befriedigendes. Sie waren nichts weiter als ein Haufen Zahnräder, die angetrieben wurden von Zuggewichten oder Federn, deren Spannung sich löste und die so die beiden Zeiger bewegten.

Recht so, Jeff, verkriech dich in deinem Bett, wenn's ernst wird. Jason schüttelte den Kopf. Er konnte es nicht ausstehen, wenn jemand einen Termin in letzter Minute absagte – selbst dann, wenn er jede freie Minute dringend brauchen konnte. Jeffs Termin wäre in fünf Minuten gewesen.

Jason hatte mit dem Gedanken gespielt, Jeffs eselsohrigen Kalender genau an der Stelle liegen zu lassen, wo Jeff ihn bei seinem letzten Termin abgelegt hatte. Wäre es nach Jason gegangen, hätte das Ding da bis in alle Ewigkeit liegenbleiben können, zumindest solange, bis Jeff sich wieder soweit beruhigt hätte, daß er vorbeikam und danach suchte. Aber damit hätte er bei seinen anderen Patienten Verwirrung gestiftet. Daisy wäre über Monate nicht in der Lage, an irgend etwas anderes zu denken. Harold wäre verstört. Sie alle wollten sein wie Kinder. Jason war sich darüber im klaren, daß Jeff seine Hypochondrie dazu benutzte, um ihn zu manipulieren und zu beunruhigen. Er ließ sich zwar nichts anmerken, aber insgeheim machte er sich dennoch Sorgen über jede Erkältung und jede Halsentzündung bei einem seiner Patienten.

Dienstag elf Uhr vierzig. Klick. Knirsch, Tüdelüh, Tüdelüh.

Noch etwas, das nervte. Jeff rief an, wenn er wußte, daß Jason einen anderen Patienten hatte. Fünf Minuten später, und Jason hätte persönlich mit ihm gesprochen. Er lenkte seine

Aufmerksamkeit auf die Uhr, um sich nicht weiter aufzuregen. Manche Leute setzten sich ihr Haustier auf den Schoß und streichelten es oder sprachen mit ihm, um so ihren Puls herunterzubringen und sich zu beruhigen. Jason betrachtete die Werke seiner Uhren und verfolgte die Präzision, mit der sie sich bewegten. Während er zusah, wie die Zahnräder ineinandergriffen, überlegte er, inwieweit Jeffs Regression einen Grund zur Besorgnis darstellte. Scheiße, hatte er vielleicht etwas getan, das die rückläufige Entwicklung ausgelöst hatte? Er kam zu dem Ergebnis: nein. Jeff brachte es einfach nicht über sich, einzusehen, daß er wieder gesund wurde und eine Zukunft vor ihm lag. Da war es doch einfacher, den Terminkalender, der für seine Zukunft stand, bei Jason auf dem Fußboden zurückzulassen.

Dies war Ihre letzte Nachricht.

Jason stieß einen Seufzer aus und drückte auf die Löschtaste.

Ich werde jetzt Ihre Nachrichten löschen.

Er wartete ein paar Sekunden, bis das Band zurückgespult war und wählte dann Charles' Nummer. Charles hatte eine Ansage auf seinem Anrufbeantworter, die mit Jasons beinahe identisch war. Jason saß da, während ihm eine Stimme bedauernd mitteilte, daß im Augenblick niemand zu sprechen war, man ihn jedoch sobald wie möglich zurückrufen würde.

Bitte sprechen Sie nach dem Signalton.

Hallo, hier ist Jason. Bei mir ist ein Termin ausgefallen. In der nächsten Stunde gehe ich selbst ans Telefon. Es ist jetzt ... Er schaute auf das Zifferblatt der Uhr. Nun, da er sie neu eingestellt hatte, ging sie anscheinend wieder richtig ... *elf Uhr fünfundzwanzig.* Er legte auf und stellte die Uhr samt Abdeckung wieder auf das Regal zwischen zwei Zeitschriftenstapel.

Er saß da und schaute zu, wie das Pendel hin- und herschwang. Um elf Uhr fünfundvierzig klingelte sein Telefon.

»Dr. Frank.«

»Hallo, hier ist Charles. Ich habe über das nachgedacht, was du mir vor kurzem erzählt hast.«

Stille. Jason hatte nicht das Schweigen zu brechen.

»Über Emma«, versuchte Charles ihm auf die Sprünge zu helfen. »Hör zu, ich weiß nicht, was ich tun kann. Aber ich kann hier nicht rumsitzen und so tun, als hätte ich keine Ahnung, was du gerade durchmachst.«

Jason sagte noch immer kein Wort.

»Du sollst wissen, daß ich für dich da bin. Ich will dir helfen. Sollen wir uns treffen und über die Angelegenheit reden?«

Jason wußte nicht, was er tun sollte. Zum einen hätte er Charles am liebsten abgewimmelt und ihn zurückgeschickt in seine sichere kleine Nische. Andererseits war er beeindruckt von Charles' Anteilnahme und der Tatsache, daß er sich überhaupt die Zeit nahm, über sein Problem nachzudenken.

Schließlich gab er nach und sagte: »Danke, ich weiß das wirklich zu schätzen.«

»Ich mache jetzt eine Pause. Eigentlich wollte ich zum Krafttraining. Wann hast du deinen nächsten Termin?«

Normalerweise ging Jason nach seinem Termin mit Jeff joggen, so daß er bis halb zwei frei hatte. Erstaunlich. Charles machte ihm das Angebot, seinetwegen auf sein Training zu verzichten, und das auch noch am gleichen Tag.

»Normalerweise mache ich dienstags um halb eins Pause. Aber heute bin ich frei bis um halb zwei«, erwiderte Jason zu seiner eigenen Überraschung.

»Prima. Warum kommst du nicht her? ... Und warum bringst du die Briefe, die du erwähnt hast, nicht mit?«

»Du willst dir die Briefe ansehen?« fragte Jason.

»Spricht was dagegen?«

»Ähm, nein. Aber warum?«

»Es sind doch die Briefe, weswegen du dir Sorgen machst, oder?«

»Ja«, sagte Jason, erstaunt darüber, daß das wirklich der Fall war, und daß Charles dies wußte. Es *waren* die Briefe, weswegen er besorgt war. Erneut schaute er auf die Uhr. In zehn Minuten konnte er dort sein.

23

Zwölf Minuten später standen sich die beiden Männer händeschüttelnd in Charles' Wartezimmer gegenüber.

»Ich habe die Briefe mitgebracht«, sagte Jason.

»Setz dich erst mal hin. Die ganze Angelegenheit ist alles andere als einfach. Ganz im Gegenteil.« Er ging voraus in sein Arbeitszimmer. Hier standen ein Schreibtisch, Stühle, die Couch – nichts Außergewöhnliches. Am anderen Ende des Raums war ein neues Ledersofa und davor ein antiker Kaffeetisch, der auf Hochglanz poliert war.

Charles ging zum Sofa und ließ sich schwungvoll darauf nieder. »Willst du einen Drink?« fragte er.

Jason zog die Augenbrauen in die Höhe. Am hellichten Tag schon trinken, was sollte denn das? »Eigentlich wäre mir danach, aber ich verkneife es mir besser.«

Charles zuckte mit den Achseln. »Hör zu, ich werde aus dem Kram hier nicht schlau.«

Jason atmete durch die Nase. Ihm ging es nicht anders, auch er wurde nicht schlau aus der Angelegenheit.

»Du weißt, daß ich nicht an Stellen rühren will, die dir unangenehm sind. Aber das Ganze ist ein Puzzle, und mir fehlen die einzelnen Teile.« Er zuckte bedauernd mit den Schultern. Darin war er wirklich groß. »Du weißt, daß ich für dich da bin. Ich werde alles für dich tun, was in meiner Macht steht, aber ohne die einzelnen Teile ...« Wieder zuckte er mit den Schultern.

»Was willst du wissen?« fragte Jason und rang sich ein Lächeln ab.

Charles holte tief Luft. »Nun, ich habe den Film gesehen.«

»Ich dachte mir, daß du das tun würdest. Was hältst du davon?«

»Ich war sehr erstaunt«, sagte Charles vorsichtig. »Ich war nicht *schockiert*. Ich will damit sagen, die meisten Filme heutzutage haben ziemlich eindeutige und drastische Sexszenen, aber ...« Er schwieg einen Augenblick. »... der Inhalt irritiert einen. Das steht ganz außer Frage. Die Darstellung des Therapeuten ist ziemlich abschätzig, aber das ist heutzutage nichts Außergewöhnliches. Das ist aber nicht das eigentliche Problem ... Du sagst, Emma hat dir nichts davon erzählt, stimmt das?«

Jason nickte, doch dann schüttelte er den Kopf. »Na ja, so ein Film taucht nicht plötzlich aus dem Nichts auf«, räumte er nach einem Moment des Zögerns ein, und er wußte, daß Charles dies nicht entgangen war.

»Das Drehbuch lag ... ziemlich lange herum.« Jason hatte noch immer deutlich vor Augen, wie es monatelang auf dem Tisch gelegen hatte. »Ich habe es einfach nicht gelesen.«

Wieder zögerte er, bevor er weiterredete. »Der Kerl, der es geschrieben hat, ist ein Freund von Emma. Ich gebe zu, daß ich ihn noch nie ausstehen konnte – er ist ein schmuddeliges, arrogantes Arschloch, das nichts weiter absondert als anzügliche Bemerkungen. Fühlt sich dauernd angegriffen. Aber er ist mit Emma befreundet, seit sie auf dem College war. Emma hat in einigen seiner Theaterstücke mitgespielt«, fügte er hinzu.

Bei dem Gedanken an die Theateraufführungen mußte er lächeln.

»Gute Theaterstücke?«

»Sie war gut, aber die Stücke selbst waren – nichts. Nicht provozierend, nichts, was einen bewegte. Nur stumpfsinnig, irgendwie.« Jason verzog das Gesicht.

»Du hast das Drehbuch also nicht gelesen?«

»Emma sagt, sie hat mich darum gebeten, es zu lesen, aber ich *erinnere* mich einfach nicht daran. Ich weiß nicht, Charles. Ich kann mir einfach nicht vorstellen, es nicht gelesen zu haben, obwohl sie mich darum gebeten hat.«

»Nun, du hast für die Arbeit von dem Kerl nicht viel übrig. Du *wolltest* es nicht lesen«, stellte Charles nüchtern fest. »Sieht so aus, als hättet ihr euch auseinandergelebt.«

So was passierte andauernd, und es passierte jedem. Verschiedene Geschmäcker und Vorlieben, unterschiedliche Berufe, und irgendwann entwickelten sich zwei Menschen in völlig unterschiedliche Richtungen, von denen sie nichts ahnten, als sie geheiratet hatten. Jason saugte seine Lippen ein – genauso wie Harold, wenn er sich weigerte, etwas zuzugeben. Der große Zuhörer hatte es versäumt, seiner eigenen Frau zuzuhören. Charles' leerer Magen begann zu knurren.

»Also inwiefern, glaubst du, war sie in die Sache involviert?« fragte er nach einer Minute.

Jason runzelte die Stirn. »Ähm, was soll das heißen?«

»Was das Drehbuch betrifft. Ist Emma eifersüchtig auf deine Patienten? Glaubt sie, daß du dich mit irgend jemand auf etwas eingelassen hast? Hat sie ihren Part selbst geschrieben? Ich meine damit ihre unbewußten Motive, Jason. Sicher, sie spielt eine Rolle, aber wer spricht aus ihr? Wer hat die Handlung geschrieben und warum? Hatte sie was mit ... wie heißt er noch?«

»Mark?« Jason schauderte. »Der Kerl tickt nicht richtig.«

»Er ist ihr Regisseur«, bemerkte Charles. »Ist er in sie verliebt?«

»Keine Ahnung. Sie sieht gut aus, und sie ist alles andere als langweilig oder dumm.« Jason wandte seinen Blick ab. Und sie konnte warmherzig sein, wenn sie wollte. Seine Gefühle brachen aus ihm heraus, und er begann zu schwitzen. »Kein Kunststück, sich in sie zu verlieben!«

»Also«, sagte Charles. »Wo liegen die Konfliktbereiche zwischen euch?«

Jason brach in Schweiß aus. Er überlegte, ob er sein Jackett ausziehen sollte. Charles saß im Hemd da, die Krawatte gelöst. Jason entschied, daß er sein Jackett nicht ausziehen wollte. Konnte sein, daß er in nicht allzu ferner Zukunft wieder aufbrechen würde.

»Ich hatte nicht den Eindruck, daß es etwas Ernstes war.«

Sie wollte mehr arbeiten, natürlich. Sie wollte mehr Zeit gemeinsam mit ihm verbringen. Wollte ein Baby, und er hatte sich dagegen gesträubt. Er hatte genug zu tun mit seinen Patienten und seinen Veröffentlichungen. Es gefiel ihr nicht, daß sie allein zu Hause bleiben mußte, wenn er zu irgendwelchen Konferenzen fuhr. Sie haßte es, daß er jeden Morgen bei Sonnenaufgang fluchtartig das Bett verließ. Morgens spielte sich so gut wie nie etwas zwischen ihnen ab. Doch nichts von alledem sagte er laut.

»Paß auf, ich hab's einfach nicht mitbekommen. Aber es kann sein, daß sie eifersüchtig war.« Er schluckte. »Kann sein, daß sie sich einsam gefühlt hat, aber sie hat das Drehbuch nicht geschrieben. Das ist nicht ihre Art.«

»Wie war ihr Verhältnis?«

»Nun, sie hatte schon immer mit ihm zu *tun*. Sie kannte ihn schon, bevor wir uns kennengelernt haben, aber ich glaube nicht, daß sie je ein *Verhältnis* miteinander hatten.«

Jason starrte auf die Wand. Andererseits, ganz sicher war er sich dessen auch nicht.

Er war derjenige, der schon einmal verheiratet war. Sie hatten darüber gesprochen. Und zwar ausgiebig. Damals war sie mehr an seinem Charakter interessiert als er an ihrem. Er hatte niemals geglaubt, daß er jemals eine derart interessante und schöne Frau wie sie bekommen würde. Sie war bis über beide Ohren verliebt in ihn. Warum sollte er Zweifel an ihr hegen? Hatte er auch nicht getan. Konnte es sein, daß er sie so enttäuscht hatte, daß sie sich einen Liebhaber genommen hatte? Er hatte es mit eigenen Augen auf der Leinwand gesehen. Emma mit einem anderen Mann. Sie hatte ihm diese Möglichkeit vor Augen geführt, ihm gezeigt, wozu sie in der Lage war, wessen sie fähig war. Und dennoch konnte er es kaum glauben, daß die Frau, die er liebte, es wirklich tun würde.

»Und was ist mit dir?« fragte Charles.

»Was soll mit mir sein?«

»Hast du ein Verhältnis mit jemandem?«

Ach so, das war es also. Charles hatte sich auf Verhältnisse eingeschossen. Weiter reichte seine Phantasie wohl nicht.

»Darum geht es nicht. Es geht hier nicht um irgendwelche Affären. Schau dir das an. Hier geht's um was ganz anderes.« Er nahm die Briefe aus seinem Aktenkoffer und legte sie auf den Tisch vor ihm. Es waren fünfzehn Stück. Einer pro Tag, zwei Wochen lang, außer sonntags. Dafür kamen donnerstags immer zwei Briefe. Jason nahm an, daß der zweite Brief derjenige war, der sonntags abgeschickt wurde, wenn die Post weder abgeholt noch zugestellt wurde. Die Poststempel waren alle so undeutlich, daß sie keinerlei Hinweis darauf gaben, von woher die Briefe kamen.

»Schau sie einfach mal an. Ich mache mir Sorgen um ihre *Sicherheit.*« Jason strich sich voller Hektik durch die Haare. »Ich mache mir Gedanken darüber, was ich tun kann, damit ihr nichts passiert. Da draußen ist jemand, der eine Menge über sie weiß und der ihr etwas antun will. Das geht alles aus diesen Briefen hervor. Emma erkennt das nicht, aber für jemand, der eine entsprechende Ausbildung genossen hat, liegt der Fall ganz klar.«

Charles runzelte die Stirn. Er war immer noch nicht überzeugt. »Also«, sagte er. »Du liebst sie noch immer?«

»Natürlich liebe ich sie. Ich werde sie ewig hassen, aber ich liebe sie.« Jason mußte über seine eigenen Worte staunen.

»Na gut.« Charles widmete sich den Briefen.

Jason hatte das Datum samt einer Nummer am oberen Ende jedes Briefes vermerkt. Charles las sie alle durch und fing wieder von vorne an. Dann las er sie ein drittes Mal. Als er fertig war, saßen sie eine geraume Weile da und sprachen kein Wort.

»Herrgott«, sagte Charles schließlich. »Du hast allen Grund, dir Sorgen zu machen. Was ist das hier?« Er deutete auf die Zeichnung am Ende eines jeden Briefes. »Eine Kutsche, ein chinesisches Symbol, ein Rad mit flammenden Schwertern?«

»Ich weiß nicht. Ich habe so was noch nie gesehen. Sieht so aus, als sei es eine Art Unterschrift.«

Charles runzelte die Stirn. »Der Kerl hat glatt poetische Qualitäten. Hör dir das an: ›*Könntest du meine Gedanken lesen, was würden sie dir verraten. Wie ein Film aus alten Tagen, über einen Geist aus einem Brunnenschacht. In einem dunklen Schoß oder einer mächtigen Festung. Du trägst Ketten an den Füßen, doch du weißt, der Geist bin ich. Und daß ich niemals die Freiheit erlangen werde, solange du mich nicht sehen kannst, denn ich bin ein Geist. Du wirst nicht davonschreiten wie ein Filmstar in einem Drehbuch. Auftritt Nummer zwei. Eine Filmdiva, deren Szene all das Rechte in mir zum Vorschein bringt. Ich weiß nicht, wann du vom rechten Weg abgekommen bist, aber das Gefühl ist dahin, und ich muß es wiederbekommen. Doch alle Geschichten müssen einmal enden, und wenn du zwischen den Zeilen lesen kannst, wirst du wissen, warum ich dich nicht wiederbekommen kann.*‹ Das ist ziemlich verquer.«

»Gordon Lightfoot.«

»Was?« sagte Charles.

»Es ist ein *Lied* von Gordon Lightfoot. Er hat allerdings ein paar Wörter verändert.«

Charles lief rot an. »Wäre mir gar nicht aufgefallen.«

»Wo warst du in den Sechzigern?« fragte Jason leicht belustigt.

»An der medizinischen Fakultät, genau wie du. Was ist hier? Die Sache mit den Amputationen? Und ferngelenkten Raketen.« Charles verzog das Gesicht.

Jason las laut vor. *»Der Pfad erschien so rein. Es war der rechte Pfad, so schien es. Doch dein Weg führte nach links, obwohl es dir bestimmt war, rechtschaffen und wahrhaftig zu bleiben.* Wie's scheint, ist er ziemlich fixiert auf den Gegensatz rechts/links. Vielleicht ist er Linkshänder. Manchen Leuten macht das schwer zu schaffen.«

»Hier in Brief Nummer Sieben kommt es wieder vor.« Charles deutete auf die entsprechende Stelle. *»Hast du dich je gefragt, warum das Herz auf der linken Seite sitzt. Du hast dich nach links gewandt. Ich bin dein Herzschlag. Ich folge dir in meinen Träumen.* Hier nennt er sie ›California Dreaming‹.«

»So nenne ich sie manchmal«, murmelte Jason.

Charles schaute ihn an, ein schmales Lächeln auf seinen Lippen. »Vielleicht bist du es ja.«

Jasons Gesicht verfinsterte sich. »Genau das behauptet Emma. Sieh dir mal das Schriftbild an. Die Briefe wurden mit einer sehr alten Reiseschreibmaschine geschrieben. Ich habe so eine.«

»Dann könnte es auch sein, daß Emma sie selbst geschrieben hat. Vielleicht glaubt sie, daß du ihr immer noch nicht genügend Aufmerksamkeit schenkst.«

Jason schüttelte den Kopf. »Sie würde es nie hinkriegen, so verrückt zu klingen. Außerdem ist sie Rechtshänderin. Sie hat gar keine Ahnung, wie man es anstellt, jemanden nachzumachen, der obsessiv davon besessen ist, daß er Linkshänder ist. Es gibt mehr als fünfundzwanzig Hinweise auf die linke, will sagen, die falsche Seite von Dingen ... Feuer im Sand. Ist das eine religiöse Anspielung?«

Charles zuckte mit den Achseln. »Jedenfalls keine eindeutige. Hast du die Schreibmaschine überprüft und nachgeschaut, ob es dieselbe ist?« fragte er. Die Schreibmaschine ließ ihn offenbar nicht los.

Nun war es an Jason, rot anzulaufen. »Ich habe danach gesucht. Ich dachte, sie wäre in meinem Schrank. Aber – sie ist nicht mehr da.« Er schwieg einen Moment. »Ich muß sie wohl weggeworfen haben.«

Beide wurden aufgeschreckt vom Geräusch der Außentür, die geöffnet und wieder geschlossen wurde.

Charles stieß einen Seufzer aus. »Nun, ich denke, du hast recht. Vermutlich besteht wirklich ein Anlaß zur Sorge. Es hat keinen Sinn, irgendein Risiko einzugehen. Ich denke, es ist am besten, wenn du dich an die Polizei wendest.«

»Es ist ganz offensichtlich jemand, der sie kennt«, sagte Jason tonlos.

»Offensichtlich ist es jemand, der sie kennt, und zwar von ganz früher. Wieviel weißt du überhaupt von ihr?« fragte Charles.

»Ich dachte, ich wüßte alles«, erwiderte Jason.

Soviel dazu.

»Ähm, kann ich mir eine Kopie davon machen?« Charles war schon aufgestanden.

»Warum?«

»Ich weiß nicht. Ich will mir ein paar Gedanken darüber machen.«

»Ich gebe sie ungern aus der Hand«, sagte Jason kopfschüttelnd.

Charles öffnete die Tür zur Kammer. Darin standen ebenso wie bei Jason Aktenschränke, doch im Gegensatz zu Jason hatte Charles auch einen Fotokopierer. »Ich mache Kopien davon. Irgendwelche Einwände?«

Jason zuckte mit den Achseln.

Charles kopierte die Briefe. »Ich denke, du solltest die Polizei einschalten«, sagte er noch einmal. »Vielleicht können die ja herausfinden, wo diese Briefe herkommen.«

»Ja«, sagte Jason langsam. »Daran habe ich auch schon gedacht.«

»Ruf mich später noch mal an. Ich bin heute abend hier.« Vorsichtig öffnete Charles die Doppeltür, damit der Patient in seinem Wartezimmer ihn nicht sehen konnte.

24

Die Schicht war gleich zu Ende. Den Telefonhörer in der Hand schaute April auf die Uhr. Jennifer Roane war angesichts der Möglichkeit, daß es sich bei dem Mädchen, das in Kalifornien gefunden worden war, um ihre Tochter handeln könnte, so außer sich gewesen, daß sie das nächste Flugzeug nach San Diego nehmen wollte. April mußte ihr mehrmals erklären, daß dies keine gute Idee war.

»Warum?« wollte sie wissen.

»Wir haben keinen Anlaß zu glauben, daß es sich um Ellen handelt, und wenn Sie nach Kalifornien fliegen, hilft das auch niemandem.« Die Sekunden schleppten sich dahin.

»Was wollen Sie damit sagen?« Die Frau weinte vor Verzweiflung.

»Sie würden sie unter Umständen gar nicht wiedererkennen«, sagte April sanft.

»Wie könnte ich mein eigenes Kind nicht wiedererkennen?« schluchzte Jennifer.

Sie hatte eine Weile im Freien gelegen. Die postmortalen Veränderungen hatten erschreckende Ausmaße. April vermied es, dies laut auszusprechen. Sie sagte, daß sie Ellens medizinische und zahnärztliche Unterlagen brauchten, um sie eindeutig identifizieren zu können. »Ich werde Sie anrufen, sobald ich etwas Näheres weiß«, versprach April. Mittlerweile war es vier Uhr.

»Ich will hinfliegen, ich will sie sehen«, schluchzte Jennifer.

»Warten wir lieber, bis wir sicher sind, daß es sich überhaupt um Ellen handelt. Dann können Sie es sich immer noch überlegen«, schlug April vor. In dem Bewußtsein, daß ihre eigene Mutter ebenso empfunden hätte, legte sie den Hörer auf. Ein einziges Kind, mehr hatten die Götter Sai Woo nicht gegönnt. Sie wollte Enkelkinder, damit sie in deren Erinnerung weiterlebte. Wenn das tote Mädchen in San Diego tatsächlich Ellen war, wer würde dann die Erinnerung an Jennifer Roane am Leben erhalten?

Das Telefon auf ihrem Schreibtisch klingelte.

April hob den Hörer ab. »Detective Woo.«

»Hallo, hier ist Mike. Ich bin auf dem Weg zum Schießstand. Sie waren den ganzen Monat nicht dort. Wollen Sie nicht mitkommen? Ich hole Sie in zwanzig Minuten ab.«

Den Verkehrsgeräuschen im Hintergrund nach zu urteilen, stand Sanchez irgendwo auf der Straße.

»Woher wissen Sie, wann ich zum letzten Mal dagewesen bin?« sagte sie.

»Ich bin ein erstklassiger Detective. Mir entgeht nichts. Wollen Sie, oder wollen Sie nicht?«

April dachte kurz nach. Es stimmte, daß sie schon geraume Zeit nicht mehr auf dem Schießstand gewesen war. Sie fuhr ungern den weiten Weg hinaus, nur um ihre Übungsschüsse abzufeuern. Ein wenig war sie durchaus der Auffassung, daß sie, wenn sie ihre Pistole nie benutzte, auch nie in die Situation kommen würde, sie benutzen zu müssen.

Sie war allerdings auch nicht naiv, und so übte sie das Ziehen, Entsichern und Zielen mit der Waffe. Sie tat dies in ihrem Apartment im ersten Stock des Zweifamilienhauses in Astoria, das sie mit ihren Eltern teilte. Sie hatte das Apartment selbst eingerichtet und zahlte die Hälfte des Kredits ab, aber ein Privatleben war ihr trotzdem verwehrt. Ihre Mutter kam in ihre Wohnung, ohne anzuklopfen, und wenn sie April mit der Pistole im Anschlag dastehen sah, rastete sie aus.

Es stimmte, daß sie jeden Monat ein Übungsschießen nachweisen mußte. April überlegte sich, ob sie mitfahren sollte nach Randall's Island.

»In Ordnung«, sagte sie. »Danke für die Einladung, Sergeant, wenn nichts dazwischenkommt bin ich dabei.«

Sie nannte ihn Sergeant und nicht Mike, weil sie vermeiden wollte, daß er glaubte, dies sei eine Verabredung. Sie war so gut wie verlobt mit Jimmy Wong, und Sanchez wußte das.

»Ich bin in zehn Minuten da«, sagte er.

April warf einen verstohlenen Blick auf die Tür zum Büro von Sergeant Joyce. Sie war geschlossen. Manchmal kam es vor, daß Joyce am Ende eines Tages just in dem Augenblick aus ihrem Büro kam, wenn April gerade aufbrechen wollte, um ihr noch einen neuen Fall aufzuhalsen. Und es war immer etwas, das keine Beförderung nach sich ziehen würde. Etwas von dem Kaliber wie der Fall Ellen Roane, bei dem sie vermutlich damit gerechnet hatte, daß April sich in einer Sackgasse verrennen würde. Nun ja, was für eine Überraschung, vielleicht hatte sie Ellen Roane ja gefunden.

April wollte sich gerade ihre Tasche umhängen, als wie von Zauberhand die Tür zu Sergeant Joyces Büro aufschwang. Sergeant Joyce trug wie üblich ihren grünkarierten Mantel – typisch irisch – und hatte ihren Lippenstift gerade nachgezogen. Im Hinausgehen überreichte sie April eine Anzeige.

»Das hier ist für Sie«, sagte sie. »Er wartet draußen.«

April warf einen Blick auf die Anzeige und verzog das Gesicht. Ein Arzt, der Drohbriefe bekam. Na prima. So wie's aussah, würde Sanchez vermutlich ohne sie fahren müssen.

Sie ging zu der Bank am Eingang des Wachraums. Plötzlich überkam sie eine leichte Nervosität.

»Dr. Frank?« sagte sie.

»Ja.« Er erhob sich.

»Ich bin Detective Woo«, sagte sie.

Zu ihrem Erstaunen hielt er ihr die Hand hin. »Guten Tag.« Sie schüttelte ihm kurz die Hand. Sein zweifelnder Gesichtsausdruck irritierte sie noch mehr. Ja, ja, sie war wirklich ein Detective, hatte eine jahrelange Ausbildung hinter sich, wußte, was sie tat. Er war hochgewachsen und schlank, hatte helles Haar. Attraktive Erscheinung. Ernsthaft. Sein Tweedjackett war alles andere als billig, das sah sie gleich, und sie überlegte, auf welchem Gebiet er wohl Doktor war, während sie zu ihrem Schreibtisch vorausging. Es war kaum jemand im Raum, aber das war um die Zeit des Schichtwechsels nichts Ungewöhnliches. In der Arrestzelle war niemand.

Die Leute, die aufs Revier kamen, legten die unterschiedlichsten Verhaltensweisen an den Tag. Manche verhielten sich abwartend, andere feindselig. Die meisten waren verstört und verängstigt. April war aufgefallen, daß hier insbesondere Leute spanischer, mitteleuropäischer oder afro-amerikanischer Herkunft häufig ein aggressives Verhalten an den Tag legten. Sie verlangten, daß man sich augenblicklich um sie kümmerte, als wäre das Revier ein Restaurant und die Polizisten Kellner.

Der Doktor, dessen heidefarbenes Tweedjackett sie bewunderte, zeigte keinerlei Gefühlsregung. Unauffällig musterte er den Raum, ebenso wie sie es tat, wenn sie an einen Ort kam, mit dem sie nicht vertraut war. Ohne ein weiteres Wort ließ er sich auf dem Metallstuhl an ihrem Schreibtisch nieder.

Aus dem Tonfall von Sergeant Joyce, als sie ihr den Fall übertragen hatte, konnte April schließen, daß es sich hierbei um eine PR-Angelegenheit handelte. April wurde mit schöner Regelmäßigkeit für solche Fälle eingeteilt. Auf dem Revier Downtown hatte es ihr noch Spaß gemacht, Leuten die Polizeiarbeit nahezubringen, denn sie sah sich selbst eher als Sozialarbeiterin, die eine Waffe trug. Es kam häufig vor, daß sie, wenn sie den Leuten schon selbst nicht helfen konnte, doch wenigstens in der Lage war, sie an jemanden zu verweisen, der sich mit ihren Problemen beschäftigte. Nun war sie in der Situation, jemandem den Polizeiapparat und seine Wirkungsweise zu erklären, den ihre Mutter gern als Schwiegersohn gesehen hätte.

»Was kann ich für Sie tun?« fragte sie.

Er lächelte, als ob das für gewöhnlich sein Spruch war.

»Sind Sie schon lange bei diesem Revier, Detective?« fragte er und überraschte sie damit zum zweitenmal, indem er einerseits ihre Autorität akzeptierte und gleichzeitig ihre Frage mit einer Gegenfrage beantwortete.

»Acht Monate«, sagte sie. Sechs Tage und siebeneinhalb Stunden.

»Das ist nicht sonderlich lange.« Der Doktor runzelte die Stirn.

War dies ein Zeichen, daß er ihre Kompetenz in Frage stellte, kaum daß er sie akzeptiert hatte? Glaubte er, daß sie seinem Problem nicht gewachsen war? Nun, da lag er falsch. Sie hatte schon Leute verhaftet, die um einiges größer waren als er und die vor Wut kochten. Sie bekam jede Situation in den Griff.

»Stimmt.« Sie raschelte mit dem Protokoll der Anzeige. In einigen Minuten würde Sergeant Sanchez auftauchen, und plötzlich wollte sie diese Angelegenheit schnell hinter sich bringen.

»Welcher Art sind die Fälle, die Sie hier bearbeiten müssen?«

Was war das, eine Verzögerungstaktik? Er ließ sich jedenfalls Zeit, bis er zum Thema kam. Vielleicht war er auch gar nicht interessiert daran, daß sie irgendwas in seiner Angelegenheit unternahm. Oder vielleicht rechnete er einfach nicht damit. Er streckte seine langen Beine aus. Dafür, daß es schon so spät war, hatten seine grauen Flanellhosen noch ziemlich scharfe Bügelfalten. Hatte er denn keine Patienten, um die er sich kümmern mußte?

»Alles mögliche, aber meistens Raub oder Überfälle. Einbrüche. Gelegentlich kommt ein Mord vor, aber nicht so häufig wie in anderen Stadtteilen. Aber das wissen Sie vermutlich.«

Sie warf einen Blick auf die Anzeige. »Jemand schickt Ihnen Briefe«, las sie ihm vor.

Er verbesserte sie. »Meine Frau bekommt Briefe.«

»Dann ist es Ihre Frau, die Anzeige erstattet?« sagte April und blickte sich suchend um.

Dr. Frank errötete leicht. »Ja, aber ich erledige die Formalitäten für sie.«

April senkte den Blick. Das gleiche hatte sie bereits früher am Tag getan, als ein Mann seinen drei- oder vierjährigen Sohn in einem Laden zusammengestaucht hatte, er solle nicht jammern wie ein Weib.

»Frauen jammern nicht«, hatte der Junge entgegnet. »Du meinst wohl, ich sollte nicht so jammern wie du, Papa.«

Der Doktor machte einen sehr netten Eindruck, aber daß seine Frau nicht selbst gekommen war, um Anzeige zu erstatten, machte April stutzig. Ihre Mutter, Sai Woo, sagte, sie sei mißtrauisch. »Muß was Schlechtes gerochen haben, wenn Baby immer Fragen stellen, nie Antworten glauben«, pflegte Sai Woo zu sagen.

April war darum bemüht, sich nicht anmerken zu lassen, daß sie für Ärzte in mancherlei Hinsicht keine großen Sympathien hegte. Ihre Mutter wollte, daß sie einen Arzt heiratete. Und hier saß einer vor ihr, der ganz offensichtlich Geld hatte und auch noch aussah wie ein Kennedy. Er öffnete seinen Aktenkoffer und nahm einige Umschläge heraus.

»Meine Frau und ich machen uns Sorgen. Was können wir tun, damit das hier aufhört?« fragte er, als er ihr die Umschläge reichte.

Sie nahm den Stapel Briefe und untersuchte ihn. Insgesamt waren es sechzehn Umschläge, und in jedem steckte ein Brief. Sie zog sie heraus und überflog sie. Die ersten bestanden nur aus wenigen Zeilen, danach wurden sie länger. Die letzten vier Briefe umfaßten mehrere Seiten. Alle waren auf dem gleichen weißen Papier geschrieben. Die Schrift war schwarz und ließ darauf schließen, daß das Farbband der Schreibmaschine schon sehr alt war. Jeder einzelne Brief war rechts oben fein säuberlich mit Bleistift numeriert und mit einem Datum versehen.

»Sie haben sie numeriert und datiert?« fragte sie.

»Ja.«

Sie untersuchte das Papier. Unliniertes Papier von einem Block. Sie tastete danach, wie dicht es war. Kein schlechtes Papier. Die Schreibmaschine war allerdings sehr alt und seit geraumer Zeit nicht mehr gereinigt worden. Einige der Briefe waren eng beschrieben. Die ganze Angelegenheit erschien ihr ziemlich seltsam. Warum hatte er die Briefe numeriert? Sie spürte, wie er sie beobachtete, während sie sich durch den Stapel durcharbeitete.

»Wann haben Sie angefangen, die Briefe zu numerieren?« fragte sie.

»Nach dem dritten«, antwortete er.

April las den dritten Brief aufmerksam durch. *Was bringt eine Frau, die eigentlich gut ist, dazu, sich zum Schlechten zu wenden? Das Herz eines Mannes zu brechen wie ein Wagenrad.* Sie schaute auf und bemerkte seine zusammengezogenen Augenbrauen. Was er da tat, war mehr als ihr nur zuzusehen, wie sie die Briefe las. Er studierte sie regelrecht.

»Warum dieser?« fragte sie.

»Nach diesem hier wird mir klar, daß es nicht aufhören würde.«

Sie konnte Sergeant Sanchez schon riechen, bevor sie ihn sah, doch sie schaute sich nicht um. Er war pünktlich wie die Maurer. Eine Sekunde lang spürte sie die Waffe an ihrer Hüfte. Was veranlaßte den Doktor zu der Annahme, daß die Briefe nach dem dritten nicht aufhören würden?

»Warum?« fragte sie.

»Derjenige, der diese Briefe schreibt, ist von einer tiefen Verbitterung getrieben. Er wird solange weitermachen, bis er zufriedengestellt ist.«

Sie las weiter. Die Briefe waren seltsam, aber sie konnte keine Drohung darin entdecken. Jeder war mit einer Zeichnung versehen, die aussah wie ein chinesisches Symbol, doch das war es nicht – ein Halbkreis mit gezackten Rändern oder vielleicht auch Speichen. Vielleicht waren es auch flammende Schwerter, die aus einer untergehenden Sonne ragten. Die letzten Briefe waren noch mit anderen Zeichnungen versehen. Sie enthielten ein ziemliches Geschwafel über Raketen im Golfkrieg und Soldaten, die irgendwelche Sachen einfach wegpusteten, Motorräder mit Raketen oben drauf und jede Menge mehr wirres Zeug. Unterschrieben waren sie mit *Der dich gerettet hat.*

Sie saß schweigend da und brachte die Briefe wieder in ihre alte Ordnung. »Wissen Sie, von wem sie kommen?«

Er schüttelte den Kopf.

»Nun, wissen Sie denn, worüber dieser Briefeschreiber so zutiefst verbittert ist?«

»Meine Frau ist Schauspielerin. Sie hat in einem Film mitgespielt.«

April schaute sich aufmerksam um. Sergeant Sanchez hatte seine Lieblingsposition an seinem Schreibtisch eingenommen, der genaugenommen jetzt gar nicht mehr sein Schreibtisch war, denn seine Schicht war zu Ende. Dr. Frank lief rot an. Was für ein Film mochte das wohl sein, daß er deswegen errötete? Jedenfalls gab es wohl irgendeinen Irren, dem der Film absolut nicht gefiel.

Mit zusammengekniffenen Augen betrachtete sie den Poststempel auf dem obersten Brief des Stapels. Er war unleserlich, als ob die Stempelmaschine nicht richtig funktionierte oder die Tinte ausgegangen war. Sie konnte den Stempel jedenfalls nicht entziffern. Keiner der Briefe trug einen leserlichen Stempel. Emma Chapmans Adresse auf den Briefumschlägen war mit der gleichen Schreibmaschine geschrieben wie die Briefe selbst.

»Emma Chapman?«

»Das ist der Mädchenname meiner Frau.«

»Benutzt sie den immer?«

»Ja.«

April nickte. Okay. »Nun, Dr. Frank. Das Problem ist, es ist nicht illegal, Briefe an Leute zu schicken, außer wenn sie eine Drohung enthalten. Das hier ist eigentlich eine Angelegenheit der Post.«

»Ich sehe darin eine Drohung.«

»Wieso?« fragte April.

»Die Briefe sind voll davon, von vorne bis hinten. Sein Ton ist drohend, das ganze Gerede über Raketen und Rache. Über die Frau, die sich zum Schlechten wendet. Sie kennen doch die Fälle von gestörten Persönlichkeiten, die eine Obsession für Schauspielerinnen entwickeln und versuchen sie umzubringen. Oder die versuchen, jemand anderes umzubringen, um ihre Aufmerksamkeit zu gewinnen?« Er redete mit großer Eindringlichkeit, doch seine Hände ruhten gefaltet auf dem Schreibtisch vor ihm.

»Wenn Sie sich an den Fall Hinkley erinnern, werden Sie vielleicht das Gefahrenpotential dieser Situation erkennen.« Er hob die Hände für einen Augenblick und ließ sie dann wieder sinken.

Sie nickte. Es gab vermutlich niemand, der sich nicht an den Fall erinnerte. Also war das Ganze doch mehr als eine PR-Angelegenheit. Dennoch, woher wußte er so genau, daß der Briefeschreiber ein Mann war, und worin genau bestand die Gefahr? Sie konnte nicht anfangen, in einem potentiellen Verbrechensfall zu ermitteln, von dem sie noch nicht die geringste Ahnung hatte, was es überhaupt für ein Verbrechen war.

Sie schob die Briefe, die nun wieder in ihren Umschlägen steckten und geordnet waren, auf die freie Fläche zwischen sich und ihm. »Was genau wollen Sie, daß ich tue, Dr. Frank?«

»Ich bin besorgt. Ich will, daß das aufhört«, sagte er, womit er sie eigentlich um nichts bat.

Auf den Briefen war kein Absender. Das Protokoll der Anzeige bot keinen Anlaß, das Material ins Labor zu schicken. Sie hob den Blick. Sergeant Sanchez hatte seinen Kopf leicht zur Seite geneigt. Er sagte zwar kein Wort, doch sie verstand ihn trotzdem. Das war beunruhigend. Jimmy Wongs Gedanken konnte sie nicht lesen; wie kam es, daß es bei Sergeant Sanchez funktionierte? Er gab ihr zu verstehen, daß sie die Briefe an sich nehmen sollte.

»Okay«, sagte sie. »Lassen Sie mir die Briefe hier.«

Im Blick des Doktors mischten sich Zweifel und Erleichterung. April hatte Verständnis für den zweifelnden Ausdruck. Die Leute hatten keinen Grund zu glauben, daß die Polizei alles aufklären konnte. Die Wahrheit war wie eine Nadel im Heuhaufen, wie ihre Mutter sagen würde. Sie stellte ihm eine Quittung über die Briefe aus und ließ sich seine Visitenkarte geben. Sie warf einen Blick darauf, aber es ging nicht daraus hervor, was für ein Doktor er nun war.

25

Troland war kurz vor jenem Teil der Prozedur, den er am liebsten mochte. Die Erschöpfung war völlig von ihm abgefallen, als das Mädchen aufwachte. Sie öffnete die Augen, und einen

Augenblick später brach sie schon in Hysterie aus. Ihre Hände und Füße waren festgebunden, doch ihren Körper konnte sie immer noch bewegen. Sie fing an, sich zu winden und versuchte sich aufzubäumen. Ihre Augen waren weit aufgerissen und traten aus den Höhlen. Sie gab Geräusche von sich, wie Troland sie noch nie gehört hatte. Es war, als hätte sie einen epileptischen Anfall. Ihr dürrer Körper versteifte sich, und sie warf den Kopf von einer Seite auf die andere. Aus ihrem Inneren drangen stumme Schreie, denn er hatte ihren Mund mit Klebeband zugeklebt.

»Halt's Maul.« Es machte ihn schier wahnsinnig.

Sie hörte nicht auf.

»Paß auf!« schrie er. »Ich hab' eine Knarre. Siehst du, sie ist geladen. Ich hab' auch ein Messer. Ich schneide dich in Stücke.«

Sie hörte nicht auf zu schreien.

»Läßt du mich jetzt in Ruhe meine Arbeit fertigmachen, oder soll ich dir den Schädel wegblasen?«

Rotz und Tränen liefen ihr über das Gesicht. Troland war angewidert. Da hatte er sich so abgerackert, und sie sah aus wie ausgekotzt.

»Okay!« Er legte seine Pistole hin und wischte ihr mit einem Handtuch das Gesicht ab.

Er überlegte, ob er auf sie einschlagen sollte, damit sie das Bewußtsein verlor, aber er wollte sein Werk nicht ruinieren.

»Willst du, daß ich das Klebeband abmache?« sagte er.

Sie nickte.

Er zögerte. »Komm bloß nicht auf die Idee zu schreien«, warnte er sie.

Sie schüttelte den Kopf. Er streckte den Arm aus und zog das Klebeband ab. Sie holte einmal tief Luft, dann ging ihr Atem nur noch stoßweise, und sie weinte schluchzend ohne Tränen in den Augen.

»Was machst du da? Bist du verrückt? Das kannst du doch

nicht machen. Ich bin ... Es tut weh. Was hast du mit mir gemacht? Mein ganzer Körper. Es fühlt sich an ... Oh, Gott, laß mich aufstehen. Ich halt's nicht mehr aus. Gott im Himmel, bist du *verrückt*?« Sie zitterte, von Krämpfen geschüttelt. »Mir ist so kalt ...«

»Halt's Maul«, blaffte Troland sie an. »Sonst mach' ich dich kalt. Ist das klar?«

»Bring mich nicht um!« wimmerte sie. »Bring mich nicht um. Bring mich nicht um. Ich hab' doch nichts getan. Ich hab' getan, was du wolltest. Warum machst du das?« Ihre Worte waren ein einziges Glucksen.

»Halt's Maul«, befahl Troland erneut. »Kannst du nicht hören? Ich sage, du sollst dein Maul halten. Hier bestimme ich. Du tust gefälligst, was ich sage.« Er richtete sich auf und wedelte mit der Pistole hin und her.

»Okay, okay, okay. Tu mir nichts«, jammerte sie.

»Ich hab' dir nichts getan.« Das war ja widerlich. Sie würde nicht aufhören rumzuzappeln. »So werd' ich nie fertig.«

»Aber was ist es denn? Was machst du mit mir? Oh, Gott!« Sie hob den Kopf. »Ahhhhh!«

»HALT'S MAUL!« Troland holte mit der Pistole in der Hand zum Schlag aus, aber er wollte nicht, daß sein Werk beschädigt wurde.

»Du machst mich noch wahnsinnig. Hör auf, ich kann mich nicht konzentrieren.«

»Ahhhhh«, schrie sie und versuchte, zu sehen, was mit ihr los war. »Was ist das? Was hast du mit mir gemacht?«

»Nur tätowiert. Und jetzt halt's Maul.«

»Nur tätowiert? Gott im Himmel, tätowiert? Ohhh. Warum tut mir alles weh? O Gott, es tut überall weh!«

»Klar, es ist ein großes Tatoo«, sagte Troland voller Stolz.

»Ohhhh, neeiiin! Ahhhh!« schrie sie. »O Gott! O Jesus! O Gott, nein! O nein! Du mußt mich doch gehen lassen! O nein! Ich halt's ...«

Es war verwirrend. Es war gut. Allmacht und blinde Wut stauten sich in Troland auf. Und gleichzeitig stellte sich ein Gefühl der Impotenz ein. Er konnte das Mädchen einfach nicht dazu bringen, endlich ruhig zu sein, doch es gefiel ihm. Die Furcht war prima. Das Mädchen war völlig außer sich. Es machte Spaß, sich das anzusehen, aber es hielt ihn auf. Er wollte endlich fertig werden. Genau, ihr Gesicht ansehen, während er ihre Titten tätowierte, damit er später daran denken konnte. Aber sie würde keine Ruhe geben. Sie war völlig von der Rolle. So hatte er noch niemanden von der Rolle gesehen. Er kam sich vor wie ein Eichhörnchen mitten auf der Straße, das nicht wußte, in welche Richtung es laufen soll, während ein Auto auf es zukam. Er hatte Zeit, aber soviel Zeit hatte er auch wieder nicht. Er nahm die Tätowiermaschine zur Hand, schaltete sie ein – einmal, zweimal, dreimal. Doch jedesmal zappelte und wand sie sich, daß er nicht weitermachen konnte.

»Du mußt mich losmachen. Bitte laß mich *gehen*. Ich halt's nicht aus«, jammerte sie. »Ich muß pinkeln. Laß mich pinkeln. Bitte laß mich pinkeln. Ich komme auch zurück. Ich werd' nichts tun. Ich lauf' nicht weg. Du *mußt* einen doch *pinkeln* lassen.«

Er konnte sie nicht pinkeln lassen. Er hatte keine Handschellen. Er mochte sie nicht. Von Handschellen wurde ihm schlecht. *Willy, was soll ich machen?* Er hatte nicht daran gedacht, daß sie vielleicht pinkeln mußte. *Nein!* Er konnte sie nicht aufstehen lassen. Sie war verrückt. Er konnte ihr nicht trauen. Sie würde wie wild in der Gegend rumspringen. Er machte sich eine Notiz, daß er sich überlegen mußte, was er zu tun hatte, wenn die Nächste mal aufs Klo mußte.

»Ich werd' dir den Mund wieder zukleben. Willst du das?«

»Nein, nein, nein ...«

»Dann sei still. Ich muß mich konzentrieren. Ich bin fast fertig.«

»Aber ich kann's nicht mehr aushalten. Willst du, daß ich ins Bett pinkle?«

»Ich will, daß du ruhig liegen bleibst und die Klappe hältst.«

»Aber ich muß pinkeln«, protestierte sie. »Ich kann doch nichts dafür.«

»Du kannst pinkeln, wenn ich fertig bin.«

Sie fing an zu weinen. »Laß mich gehen. O Gott, du läßt mich doch gehen? O bitte.«

Er schaltete die Maschine wieder ein und während sie noch zappelte, tätowierte er ihr aus dem Handgelenk, ohne sich aufzustützen, ein Fragezeichen auf die weiche Innenfläche ihres Oberarms.

»Oh, oh, oh«, schrie sie. »Oh, das tut *weh*. O Gott.«

Und plötzlich war das Bett naß. Troland zuckte zurück.

»Scheiße!« Die Schlampe hatte das Bett eingesaut.

Ihr Jammern wurde nun lauter. »Oh, laß mich gehen. O Gott! Es ist ganz naß. Bitte.«

Sie hatte das Bett seiner Mutter naß gemacht. Er sah sie förmlich vor sich, wie sie aus der Wand herauskam und angewidert den Kopf schüttelte. *Kannst du nicht sauber sein? Wirst du's nie lernen?*

Troland wandte sich ab von dem Mädchen auf dem Bett. Sie war völlig naß – von der A & D-Salbe, mit der er sie eingerieben hatte; naß vor Tränen und Rotz, und sie stank nach Sex, Schweiß und Urin. Immer noch weinend flehte sie ihn an, sie loszumachen. Alles brach über ihn herein. Troland konnte sich nicht länger zusammenreißen. Er schlug zu, ohne darüber nachzudenken. Um dann mit ausgestreckten Händen, den linken, kräftigen Daumen über dem rechten, sich vorzubeugen und zuzudrücken. Mit aller Kraft. Er würde die Sache in Ordnung bringen. Wie immer. Er stellte den Krach ab, indem er die Stelle abdrückte, wo er herkam. Ging ganz leicht. Eins, zwei, drei und ihr Kehlkopf war hinüber.

Es dauerte einige Minuten, bis er registrierte, daß sie tot

war. Er geriet in Aufruhr. Er hatte vergessen, sie vorher zu brandmarken. Nun war es zu spät. Er hatte kein Interesse, einem toten Gegenstand sein Brandzeichen aufzudrücken. Er machte sich bittere Vorwürfe. Er hatte Stümperarbeit geleistet. Dann betrachtete er die Tätowierung. Sie war umwerfend. Er setzte sich noch einmal daran und brachte sie zu Ende. Dann machte er ein Polaroid davon, damit er es ansehen konnte, wann immer er Lust dazu hatte. Eingehend betrachtete er das Foto. Zu seiner Zufriedenheit stellte er fest, daß sie keine blauen Flecken am Hals hatte. Allerdings, um den Mund herum sah sie schon ein wenig seltsam aus. Wächsern und bläulich. Und selbst mit geschlossenen Augen wirkte sie irgendwie angespannt. Er hatte nie jemand mit seinen eigenen Händen getötet. Es war interessant. Richtig gut sogar. Sie hatte es verdient. Sie hatte nicht getan, was er gesagt hatte.

Sieh dir das an, Willy, sie hat nicht getan, was ich gesagt habe.

Willy ließ keine Klage hören, und so aß er eine Orange und machte noch ein Bild, auf dem der Kopf allerdings nicht zu sehen war. Schon besser.

Als es Nacht wurde, hob er unter der großen Bougainvillea, unter der er als Kind gespielt hatte, eine kleine Grube aus. Er packte sie in mehrere extrafeste Müllbeutel für Gartenabfälle, klebte sie sorgfältig zu und hockte sie zusammengekauert in ihr Grab.

26

»Worum ging's denn?« fragte Mike Sanchez.

Zum zweiten Mal räumte April die Sachen auf ihrem Schreibtisch zusammen. Sie steckte die Briefe in ihre Tasche, um später noch einmal einen Blick darauf zu werfen.

»Vermutlich nichts«, sagte sie. Sie sah keinen Grund, Sanchez davon zu erzählen. Auch davon, daß Ellen Roane vielleicht in der Wüste Kaliforniens tot aufgefunden worden war, wollte sie ihm nichts sagen. Sie hatte sich selbst um die Eltern gekümmert. Die medizinischen Unterlagen, die sie brauchte, würden in den nächsten beiden Tagen bei ihr eintreffen. Sie konnte nur hoffen, daß sie nicht mit denen des Opfers übereinstimmten.

»Irgendwas ist doch«, sagte er.

Sie verließen den Wachraum und gingen zur Treppe.

Das Revier war gebaut wie eine Schule. Der Wachraum lag am Anfang eines breiten Flurs, der zu den anderen Dezernaten führte. Wenn sie rechts um die Ecke bogen, kamen sie zum Treppenhaus.

»Warum interessiert Sie das?«

April hängte sich ihre Tasche über. Wenn sie ihren Wagen gehabt hätte, wäre sie nicht darauf angewiesen, daß sie jemand zum Schießstand mitnahm. Und sie hatte ihn nicht, weil sie ihn Jimmy Wong geliehen hatte, und zwar schon vor zwei Wochen. Weil er nach New Jersey fahren mußte und dafür seinen eigenen Wagen nicht nehmen wollte. Aufmerksam wie sie war, hatte sie ihn sogar noch vollgetankt. Was immer er dort zu tun hatte, mittlerweile mußte er es eigentlich erledigt haben. Es war Zeit, daß sie ihren Wagen zurückbekam, doch sie wußte, daß sie sich selbst darum kümmern mußte. Er würde ihr das Ding jedenfalls nicht vor die Tür stellen, ohne daß sie deswegen einen Aufstand veranstaltete.

Der Umgang mit Jimmy Wong war manchmal etwas beschwerlich. Er mußte immer seinen Kopf durchsetzen und duldete keinen Widerspruch. Bei ihrer ersten Begegnung war ihr gar nicht aufgefallen, was er für ein Tyrann war. Aber das war damals gewesen, als sie noch auf dem 5. Revier gearbeitet hatte. Damals gab es eine Menge Dinge, von denen sie keine Ahnung hatte.

»Vielleicht kann ich ja helfen«, erbot sich Sanchez mit einem Lächeln auf den Lippen.

Sie wußte immer noch nicht, was Sanchez' Lächeln zu bedeuten hatte. Er machte einen schnellen Schritt und hielt ihr die Tür auf. Überall standen blaue Uniformen herum und schauten zu, wie er ihr die Tür aufhielt. Warum machte er das? Sie blickte hinab auf ihre Schuhspitzen und trat hinaus auf die Straße.

»Hi.« Sie erwiderte die Begrüßung durch einige Beamte in Uniform. »Ich brauche keine Hilfe«, erklärte sie Sanchez.

»Jeder kann Hilfe gebrauchen.« Sanchez zuckte mit den Achseln. »Ich würde mir jederzeit von Ihnen helfen lassen.«

Es war nur ein kurzes Stück bis zu Sanchez' Auto. Er schloß die Beifahrertür des Camaro auf und hielt sie ihr auf. April war ein solches Verhalten nicht gewohnt. Sie schaute sich betreten um, bevor sie in den Wagen stieg. Er war rot und lag tief auf der Straße. Plötzlich fiel ihr auf, daß ihre Beziehung zu Jimmy Wong, obwohl sie nicht nur Händchen gehalten hatten, keine übermäßig leidenschaftliche Angelegenheit war. Jedenfalls nicht so, wie sie sich Liebe vorstellte. Sicher, er zog wohl nach wie vor in Betracht, daß sie eines Tages heiraten würden, doch er hatte nie ausdrücklich um ihre Hand angehalten, und es machte auch nicht den Eindruck, als ob er den Tag ihrer Hochzeit mit großem Enthusiasmus herbeisehnte.

»Warum wollen Sie mir helfen?« fragte sie.

Sanchez zuckte mit den Achseln. »Wir sind beim gleichen Verein. Wir arbeiten ganz gut zusammen. Ich denke, Sie haben einiges Potential. Warum nicht?«

Vielleicht war es ja nur ein Trick. Um sie auszuhorchen und dann die Lorbeeren zu ernten, die ihr zustanden. Und sie dumm dastehen zu lassen. Konnte auch sein, daß er ihr an die Wäsche wollte. Dann würde sie noch dümmer dastehen. Während der ganzen Fahrt nach Randall's Island sagte sie kaum ein Wort.

Auf dem Schießstand suchte sie sich einen Platz ganz hinten in der Reihe. Die Plätze neben ihr waren schon besetzt von Schützen, die nahezu im gleichen Takt feuerten wie sie. Sanchez hatte nur einen Platz am anderen Ende der Reihe bekommen. April war das ganz recht, denn so konnte er nicht einschätzen, wie gut sie beim Schießen war. Jimmy Wong hatte sie einmal zum Schießstand der Akademie mitgenommen und hinterher gemeint, sie sei ein lausiger Schütze. Er hatte gesagt, sie ließe sich zu lange Zeit, bis sie endlich abdrückte, und im Ernstfall wäre sie wahrscheinlich längst hinüber.

Es schien ihm Spaß zu machen, ihr das unter die Nase zu reiben. »Du bist schon längst hinüber, Kleines.«

Jedesmal, wenn sie zum Schießstand fuhr, mußte sie an seinen selbstgefälligen Gesichtsausdruck denken. Er wäre ungern ihr Partner, hatte er mit einem süffisanten Grinsen bemerkt.

Nun krachte es schon, kaum, daß sie die Waffe gezogen hatte. Das Schußgeräusch drang zwar nur gedämpft an ihr Ohr, doch sie konnte förmlich sehen, wie die Luft vibrierte. Früher hatte sie Probleme mit dem Rückschlag, der ihr den Arm verriß, wenn sie feuerte. Ihr Krafttraining diente auch dazu, Arme und Hände so zu stärken, daß sie die Waffe unter Kontrolle hatte, wenn sie abdrückte und die Kugel nicht ziellos durch die Gegend zischte. Mittlerweile hatte sie soviel Übung, daß die meisten ihrer Schüsse in der Zielscheibe mit der Silhouette des Oberkörpers eines Mannes landeten. Manchmal, wenn sie richtig sauer war und keinerlei Gedanken darauf verschwendete, daß ein nettes Mädchen sich nicht so aufführte, durchlöcherte sie die Herzgegend der Zielscheibe. Nicht, daß aus dieser Entfernung Zielgenauigkeit so bedeutend gewesen wäre. Bei Kaliber .38 war es egal, wo man jemanden traf, er wäre auf jeden Fall außer Gefecht. Heute war sie mit großer Konzentration bei der Sache, und als sie ihr Ergebnis betrachtete, stellte sie fest, daß sie wesentlich besser als gewöhnlich gewesen war.

»Danke fürs Mitnehmen«, sagte sie im Vorbeigehen zu Sanchez, der immer noch feuerte, während sie schon fertig war. »Bis dann.«

Er ließ die Waffe sinken und zog sich die Ohrenschützer vom Kopf. »Was?«

»Danke fürs Herfahren. Ich gehe jetzt.«

»Hey, warten Sie doch, ich bringe Sie nach Hause.«

Sie schüttelte den Kopf. »Das liegt doch gar nicht auf Ihrem Weg.« Sie wußte, daß er in der Bronx wohnte. Sie lebte in Queens. Genau in der entgegengesetzten Richtung, und außerdem müßte er sich noch mit den Brücken rumquälen. Sie hatte nicht damit gerechnet, daß er sie heimfahren würde.

»Das macht nichts«, versicherte er ihr.

»Ist schon in Ordnung«, beharrte sie und setzte ihren Weg an der Reihe der unbeirrt feuernden Schützen vorbei fort.

»Was? Sie wollen mit mir essen gehen«, sagte er. »Prima.«

»Ich sagte, ich nehme die U-Bahn!« rief sie, und just in diesem Augenblick hörte das Schießen auf. Die anderen Polizisten auf dem Schießstand drehten sich um und starrten sie an.

Einer lachte. »Sagen Sie ihm mal kräftig Bescheid.«

Sanchez folgte ihr nach draußen, wo sie die Ohrenschützer zurückgaben.

»Gut. Wo steigen Sie ein?«

»Okay, Sie können mich bis zur U-Bahn mitnehmen.«

Sie gingen zu seinem Wagen und stiegen ein.

»Warum erzählen Sie mir nicht mal was von dem Fall?« schlug er vor.

»Von welchem?« Sie kurbelte das Fenster herunter, damit etwas Frischluft in den Wagen kam und überlegte, in welche U-Bahnstation sie wohl am besten einstieg.

»Die neue Sache. Die Briefe.«

»Ich weiß noch nicht. Vermutlich ist es gar nichts. Die Frau bekommt Briefe von jemand, der anscheinend spinnt, aber sie nicht bedroht oder so.« April schaute aus dem Fenster.

»Und warum kommt er damit zu uns?«

»Na ja, ihr Mann ist irgendein Doktor, und sie ist Filmschauspielerin – es läuft gerade einer mit ihr.« Sie gerieten in den Stau vor der Brücke und kamen erst mal nicht mehr weiter. April betrachtete den Mann in dem türkisfarbenen Toyota neben ihnen. Warum erzählte sie Sanchez all dies?

»Ach, wirklich? Was für ein Film?« Er war tatsächlich interessiert an der Sache, ganz wie sie es sich gedacht hatte.

»Ich weiß nicht. Hat er nicht gesagt. Er glaubt, es ist unter Umständen so was Ähnliches wie bei diesem Hinkley. Sie wissen schon, ein Attentäter oder so was.«

»Was glauben Sie?«

»Keine Ahnung. Der Fall kam eben erst rein. Ich bin sowieso nicht befugt, irgendwas zu unternehmen.« Vielleicht würde er jetzt endlich den Mund halten.

Sanchez schwieg etwa eine Minute lang. »Und von wem kommen sie?«

»Ich hab' Ihnen doch gesagt, ich weiß es nicht.«

»*Von woher* kommen sie?«

»Weiß ich auch nicht.« Langsam ging es im Schneckentempo wieder vorwärts.

»Die Poststempel, meine ich.«

»Sie sind unleserlich. Irgendwas mit der Stempelmaschine ist vermutlich nicht in Ordnung. Jedenfalls funktioniert sie nicht richtig. Wohin fahren Sie? Das ist nicht der Weg zur U-Bahn.«

Sanchez war auf dem Weg nach Queens.

»Ich kenne ein mexikanisches Restaurant, das ist wirklich prima. Ganz bei Ihnen in der Nähe. Wir könnten uns über den Fall unterhalten. Und dann könnte ich herausbekommen, woher diese Briefe stammen.«

»Danke, aber ich kann nicht.«

»Wieso? Mögen Sie kein mexikanisches Essen?«

»Ich kann wirklich nicht.« April schaute zum Fenster hinaus.

»Warum nicht?«

»Wollen Sie mit mir ausgehen, fragen Sie mich deshalb?« entgegnete April und schaute weiter zum Fenster hinaus.

»Wie soll ich das korrekt beantworten? Ich bin gern in Ihrer Gesellschaft. Ist das ein Verbrechen?« Sie hatte ihren Kopf noch immer abgewandt, aber auch ohne hinzusehen wußte sie, daß er lächelte.

»Vermutlich, weil Sie mit jemand zusammen sind«, sagte er, als sie nicht antwortete.

»Genau! Das ist der Grund.«

»Ach so. Denn so wie Sie mich behandeln, gewinne ich den Eindruck, daß es vielleicht was anderes ist. Zum Beispiel, daß Sie irgendwas an mir auszusetzen haben.«

»Ich kenne Sie doch kaum, Sergeant. Aber ich wüßte nicht, was ich an Ihnen auszusetzen haben könnte.«

»Sie sind einfach nicht interessiert.«

»Ich, ähm, das wäre bei jedem anderen aus dem Department genau das gleiche«, sagte April. »So was wäre einfach unprofessionell.«

»Ich dachte, Ihr Freund, wie heißt er noch – Jimmy? Der ist doch auch beim Department, oder?«

»Das reicht. Ich kann hier aussteigen.« April war wütend.

»Okay, entschuldigen Sie. Ich hätte das nicht sagen sollen. Ich habe nur den Eindruck, daß es zwischen Ihnen nicht so sonderlich … Wie soll ich es sagen?«

»Wissen Sie etwas, was ich nicht weiß?« blaffte April ihn an.

»Ich?« Er schüttelte den Kopf. »Ich weiß gar nichts. Schauen Sie, es tut mir leid. Ich wollte Ihnen nur behilflich sein, das ist alles. Es ist vielleicht besser, wenn Sie mit jemand zusammenarbeiten, den Sie mögen.«

April saß schweigend da und dachte darüber nach. Es war offensichtlich, daß er Erkundigungen über sie eingezogen hatte und möglicherweise über Jimmy ebenfalls. Andererseits hatte auch sie Erkundigungen über ihn eingezogen. Sie wußte, daß er eine gescheiterte Ehe hinter sich hatte und bei seiner verwitweten Mutter in Riverdale in der Bronx lebte. Aber die beinahe zwanghafte Neigung, über alles und jeden Nachforschungen anzustellen, lag wohl an der Umgebung. Sie konnte ihm daraus keinen Vorwurf machen. Und so brachte er sie plötzlich dazu, darüber nachzudenken, warum sie noch nicht versucht hatte, in Erfahrung zu bringen, was Jimmy Wong so trieb. Und womit er derart beschäftigt war, daß er ihren Wagen nicht zurückbringen konnte, obwohl es schon zwei Wochen her war, seit er ihn sich geliehen hatte. Und sie wußte, daß es genau das war, was Sanchez wollte, denn sie konnte seine Gedanken lesen.

»Okay, also was können Sie mit den Briefen anfangen?« fragte sie und drehte sich so, daß sie ihn wieder ansah.

»Ich habe einen Freund im Labor. Man weiß ja nie, aber vielleicht kann er herausfinden, wo sie herkommen.«

April dachte lange darüber nach. »Vermutlich hat das Ganze ja gar nichts zu bedeuten, aber trotzdem vielen Dank.«

Sie fuhren weiter, ohne ein Wort miteinander zu reden.

»Tacos und Burritos sind nicht alles. Es gibt da noch mehr, müssen Sie wissen.«

»Was?« fragte April und blickte starr geradeaus.

»Mexiko. Es ist mehr als eine kleine Insel in der Karibik, so wie Puerto Rico. Es hat eine Geschichte, die Tausende von Jahren umfaßt. Eine ganz eigene Kultur. Kunst, Literatur, alles mögliche. Ich meine, hat Puerto Rico einen ganzen Flügel im Metropolitan Museum?«

April hatte keine Ahnung. »Es ist nicht das Essen. Meine Mutter wartet auf mich«, sagte sie leise. »Außerdem, was ist denn an Puerto Rico so verkehrt?«

»Jeder glaubt, ich komme aus Puerto Rico. Gibt's in Puerto Rico einen Charles Fuentes? Oder einen Diego Rivera? Hm?«

April gab keine Antwort. Sie hatte keine Ahnung, wer Fuentes oder Rivera waren. »Ich habe gegen niemanden etwas«, sagte sie schließlich.

»Ich bin Amerikaner mexikanischer Abstammung. Mein Vater hat im Zweiten Weltkrieg gekämpft. Ich bin stolz auf meine Geschichte.« Sie konnte deutlich sehen, daß er es ernst meinte.

Er bog um die Ecke und fuhr die Straße entlang, in der sie wohnte. Eigentlich hatte sie vorgehabt, ihm zu sagen, daß er sie an der Ecke absetzen sollte, doch sein Vortrag über Mexiko hatte das vereitelt. Der rote Camaro hielt vor dem Haus ihrer Eltern, in dem sie das Apartment im ersten Stock bewohnte. Und ihre Mutter, die auf sie wartete, hegte die Hoffnung, daß eines Tages ihre Träume wahr würden und April dort mit ihrem chinesischen Gatten und einer Kinderschar wohnen würde. Scheiße. Nun hatte sie ihn beleidigt, und ihre Mutter stand vermutlich am Fenster und schaute zu, wie sie sich von einem Mexikaner herchauffieren ließ. Es war alles mächtig kompliziert.

»Wegen der Poststempel sage ich Ihnen morgen Bescheid«, sagte Sanchez und streckte die Hand nach den Briefen aus.

»Danke«, erwiderte April. Sie öffnete ihre Tasche und gab ihm die ersten fünf. Sie wußte nicht, was sie von der ganzen Angelegenheit halten sollte, als sie die Treppe hinaufstieg, wo ihre Mutter an der offenen Tür stand, aus der der Geruch von chinesischem Essen und tausend Fragen drang.

27

Sobald er wieder in seine Praxis zurückgekehrt war, rief Jason bei Charles an. Charles meldete sich zwanzig Minuten später bei ihm.

»Ich war bei der Polizei«, sagte er düster, »und ich denke, ich muß mich selbst um die Angelegenheit kümmern.«

»Wie willst du das machen?« fragte Charles. »Du hast keine Ahnung, wer der Kerl ist oder wo er wohnt.«

»Ich entwickle ein Profil. Ich werde ihn finden«, sagte Jason.

»Aha«, sagte Charles mit unverhohlener Besorgnis in der Stimme. »Und was dann?«

»Dann werde ich mit ihm reden.«

»Ich weiß nicht, Jason«, murmelte Charles. »Hört sich nicht an, als wär's so eine gute Idee. Warum machst du nicht das Profil, gibst es der Polizei, und dann sollen die sich um die Sache kümmern? Ich helfe dir auch dabei.«

»Mal sehen«, sagte Jason.

»Komm schon, das wird wie in den alten Tagen. Kannst du dich noch an früher erinnern?« drängte Charles.

»Klar.«

Jason hegte, was die Vergangenheit betraf, nicht so nostalgische Gefühle wie Charles. Während des Klinikums am Psychiatric Center hatten sie zum gleichen Team gehört und etliche Überstunden geleistet, doch Jasons Ehe war davon auch nicht glücklicher geworden. Er erinnerte sich noch gut an die Plackerei in den verschiedenen Stationen des Krankenhauses, die nicht enden wollenden Sitzungen, in denen Diagnosen und Berichte über Psychotiker und potentielle Selbstmörder, die täglich in der Notaufnahme ankamen, besprochen wurden.

Charles erinnerte sich mit Freuden an jene Zeit, denn erstens war er damals schon genauso reich wie jetzt, und zweitens hatte er derzeit keine Patienten, die ernsthaft krank waren. Wenn er nun so interessiert an seinem Problem war, dann lag es wohl eher daran, daß er sonst kaum Sorgen hatte, dachte Jason.

»Wir können uns zusammen daransetzen und die Briefe auswerten«, sagte Charles. »Vielleicht können wir Emma dazu bewegen, uns zu helfen. Sie muß doch irgendeine Ahnung haben, wer es sein könnte.«

»Ich habe dir doch gesagt, sie glaubt, daß ich es bin«, sagte Jason.

»Willst du, daß ich mit ihr rede?« fragte Charles.

»Später vielleicht.«

»Sollen wir gleich morgen früh anfangen?«

Jason schaute auf seine Uhr. Wollte er überhaupt, daß Charles in die Angelegenheit verwickelt wurde? Irgendwie schon. »Okay«, willigte er ein.

Am nächsten Morgen um halb sieben lehnte sich Charles auf dem Ledersofa in seiner Praxis zurück und streckte sich. Sein Jackett hing über dem Stuhl, seine Ärmel waren hochgerollt.

Jason hob den Blick von dem Diagramm, an dem er gerade arbeitete.

»Müde?«

»Nein, nein, mir geht's prima«, sagte Charles und gähnte.

Sie hatten sich gleich nach Jasons Ankunft vor einer dreiviertel Stunde an die Arbeit gemacht.

»Wann, glaubst du, kann dir die Polizei irgendwas sagen?« fragte Charles.

»Ich weiß nicht, ob sie mir jemals etwas sagen können. Ich habe dir doch erzählt, daß die Kriminalbeamtin nicht sonderlich beeindruckt war von dem Fall.« Jason schaute auf seine Uhr. Um sieben hatte er einen Termin mit einem Patienten.

Charles trank einen Schluck kalten Kaffee.

»*Platz im Herzen.* War das ein Film oder so was?« fragte er schließlich.

»Keine Ahnung.« Jason schüttelte den Kopf. Er war sich nicht sicher, wohin dies führen würde, und ob überhaupt etwas dabei herauskommen würde. Es war das erste Mal, daß sie ein Profil einzig und allein auf der Basis schriftlicher Unterlagen zusammenstellten. Üblicherweise hatten sie schriftliches Material über Leute, die sie persönlich kannten. Es waren Menschen, die verzweifelt versuchten, irgendwas zu erklären und sich bemühten, ihre Gefühle zu offenbaren. Menschen, die darlegten, wer sie waren und was ihnen fehlte. Diese Briefe, die nun vor ihnen lagen, kamen von jemandem, der kein Interesse daran hatte, daß sie erfuhren, wer er war und was er vorhatte. Sie waren verschlüsselt. Die Zeichnung am Ende der Briefe, sein Logo, zeigte, daß der Schreiber eine gewisse künstlerische Ader hatte und gern Dinge verzierte, während die anderen Zeichnungen, die in den letzten Briefen zu finden waren, darauf schließen ließen, daß Phänomene wie Macht, Bewegung und Feuer eine große Faszination auf ihn ausübten.

»Doch, mit Sally Field. War das nicht der Film, wo sie die Farm verlieren?« fragte Charles, den die Zeile offenbar nicht losließ.

»Ich habe keine Ahnung«, wiederholte Jason. Er ging nicht allzuoft ins Kino. Vermutlich würde er es nie wieder tun. Er riß sich zusammen und versuchte, sich zu konzentrieren.

Es erschien ihm, als ob der Kerl einerseits immer mehr aus dem Ruder lief und andererseits geradezu manisch auf ein bestimmtes Ziel zusteuerte. Sein Denken war verwirrt, doch seine Zeichnungen von großer Präzision und Detailverliebtheit. Jason wußte, daß es Experten gab, die aus den Briefen und dem zurückliegenden Verhalten eines Psychopathen auf seine nächsten Schritte schließen konnten – ja sogar vorhersagen konnten, was er tragen würde, wenn er zur Tat schritt.

Doch er und Charles waren keine Experten. Außerdem hatten sie nicht den geringsten Hinweis auf den Hintergrund des Kerls und darauf, was er in der Vergangenheit schon alles getan hatte. Sie waren ausgebildet auf dem Gebiet der klinischen Bestandsaufnahme, wo sie mit Personen zu tun hatten, die leibhaftig vor ihnen saßen und sich das Herz von der Seele redeten. Sie konnten keine Krankengeschichte erstellen, ohne die entsprechenden Fakten vorliegen zu haben.

»Ich glaube nicht, daß das der Aufhänger ist«, sagte Jason bezogen auf den Film.

»*Flammende Wagen.* Flammende Räder«, murmelte Charles. »Hmmm, Lear?«

»Flammende Jets?«

»Nein, *König Lear* – ›Gekettet bin ich an ein flammend Rad, das meine Tränen sieden läßt wie flüssig Blei.‹«

»Glaubst du, er ist ein Shakespeare-Fan, oder daß Feuer so was wie ein Kindheitstrauma darstellt?« fragte Jason.

»Wer weiß. Aber er hat's nicht einzig und allein mit dem Feuer. Da ist noch mehr. Was ist mit Bewegung und Macht? Hier spricht er von etwas, das *schnell ist wie der Wind, obwohl ihm beide Beine fehlen.* Vielleicht meint er Cruise Missiles. Sie sind schnell wie der Wind und ihnen fehlen beide Beine, oder?«

»Äh-äh. Ich denke, in dem Zusammenhang spielt er auf Amputation an.«

»Vielleicht fehlt ihm ja was«, mutmaßte Charles.

»Oder er denkt, daß ihm etwas fehlt«, murmelte Jason.

»Könnte sein.« Charles machte sich eine Notiz. »Vielleicht hatte er einen Unfall und wurde verletzt. Vielleicht hat er einen körperlichen Defekt ...«

Jason versuchte sich mit dem Gedanken zu trösten, daß Freud eine Analyse da Vincis einzig und allein auf der Basis der Mona Lisa aufgestellt hatte. Das Problem war, daß da Vinci schon lange tot war und es insofern keine Rolle spielte, ob Freud völlig danebenlag oder nicht. Wieder schaute er auf seine Uhr. Es wurde allmählich Zeit, einige Hypothesen aufzustellen. Er mußte bald los.

»Was wissen wir bis jetzt?« fragte er.

»Wir wissen, daß er von Obsessionen geplagt ist«, erklärte Charles. »Zum einen läßt ihn der Widerspruch gute Frau/schlechte Frau nicht los. Außerdem ist er fixiert auf den Antagonismus Jungfrau/Hure. Emma war eine gute Frau, die dann zu einer schlechten Frau geworden ist. Er glaubt daran, daß Unrecht bestraft werden muß. Seine Zeichnungen lassen ein hohes Maß an technischen Fertigkeiten vermuten. Vielleicht arbeitet er ja als Grafiker oder einer ähnlichen Tätigkeit. Seine Ausdrucksweise und sein Sprachvermögen deuten darauf hin, daß er über ein gewisses Maß an Bildung verfügt. Er redet viel über Bewegung, Geschwindigkeit und Macht. In der Zeichnung, die ihm als Logo dient, gibt es ein Rad, darüber hinaus noch Flammen, doch das könnten auch Federn sein. Und außerdem ist er natürlich Linkshänder. Linkshänder haben als Kinder oft einiges auszuhalten, werden häufig mit Gewalt gezwungen, sich umzustellen.«

»Er ist verbittert darüber, daß die Welt nur auf Rechtshänder eingestellt ist«, fügte Jason hinzu. »Emma war auf dem rechten Weg und ist davon abgekommen. Er will alles wieder zurechtbiegen.«

Er runzelte die Stirn. Etwa sechs Prozent der Bevölkerung waren Linkshänder. Nicht gerade wenig.

»Luftmacht gegen Landmacht. Er spricht davon, daß der Apache nichts taugt«, fuhr Charles fort. »Er sei eine Fehlkonstruktion, die sich nicht in der Luft halten kann. Vielleicht ist er beim Militär. Luft und Land. Engel und Hure. Rechts und links. Lauter Gegensätze. Vermutlich hat er große Probleme mit dem Konflikt zwischen Gut und Böse in sich.«

Über die leeren Kaffeetassen hinweg warfen sie sich einen Blick zu. Wenn seine gute Seite Briefe schrieb und Zeichnungen machte, wozu wäre das Böse in ihm in der Lage? Jason wandte sich als erster wieder ab.

»Ich bin im Flugzeug mal einem Chirurgen begegnet, der auf der Unfallstation gearbeitet hat. Der Mann hat geredet wie ein Buch«, wechselte Charles das Thema. »Weißt du, was er mir erzählt hat? In achtzig Prozent aller Fälle blieb nur die Amputation.«

»Was?« Jason wurde jäh aus seinen Überlegungen gerissen, was der Kerl wohl veranstalten würde, wenn er einmal losschlug.

»Motorradfahrer.«

»Mein Gott. Also läßt er sich hier über Raketen auf einem Motorrad aus, die einen Panzer erledigen.«

»Ja, aber was will er damit sagen? Willst du noch Kaffee?«

»Ja, ich hol' ihn. Willst du auch welchen?« Jason stand auf, um sich eine Tasse einzuschenken und mußte erneut über Charles' Einrichtung staunen.

In Charles' Praxis fehlte einfach nichts. Er hatte eine kleine, blitzsaubere Kochnische mit einem zweiflammigen Herd, Spülbecken und Kühlschrank sowie einer Kaffeemaschine und einer Mikrowelle, die in einem Regal standen. War Charles von allein auf die Idee gekommen, sich so was zuzulegen, oder war Brenda verantwortlich für diesen Luxus?

Eine Mikrowelle hatten Jason und Emma nicht mal in ihrer Wohnung. Jason wußte gar nicht, zu was sie überhaupt gut war. Wieder traf es ihn wie ein Schlag. Emma kochte gerne für ihn, doch für ein Abendessen bei Kerzenlicht fehlte ihm einfach oft die Zeit. Es gab einiges, worüber er sich nie Gedanken gemacht hatte – wann er zum Beispiel mehr Rücksicht hätte nehmen sollen.

Er goß den restlichen Kaffee in die beiden zueinander passenden Tassen und öffnete den Kühlschrank, wo die Milch stand. Wer kümmerte sich um all dies? Wer sorgte dafür, daß immer frische Milch da war? Wer kaufte den ausgezeichneten Kaffee? Und den Räucherlachs, das Vollkornbrot und die Butter? Sogar Kapern und Champagner hatte Charles im Kühlschrank. Jason erschien es unvorstellbar, daß Charles von selbst darauf gekommen war, sich um all diese Dinge zu kümmern. Mit wem zusammen ließ er sich den Räucherlachs schmecken?

Jason warf einen Blick zu Charles, der auf dem Sofa saß und seine Briefe und Notizen durchlas. Was ging in ihm vor? Nachdenklich hatte Charles die Stirn in Falten gelegt. Erneut traf es Jason wie ein Schlag. Was den Champagner und den Räucherlachs anging, gab es kaum einen Zweifel. Charles und Brenda waren nicht so lange verheiratet wie Jason und Emma, und das waren fünf Jahre. Aber es schien, als würde Charles nach wie vor die alten Spielchen spielen, ohne daß ihm jemand auf die Schliche kam, während er, der sich all die Jahre zusammengerissen hatte und treu gewesen war, nun kurz davorstand, das zu verlieren, was ihm alles bedeutete. Und das, weil die Frau, die er liebte, ihn nicht anbrüllte, wenn sie etwas von ihm wollte. Emma machte keinen Lärm oder hackte auf ihm herum, bis er ihr endlich zuhörte. Wieder spürte er einen Stich in seinem Bauch. Wie war er nur auf die Idee gekommen, daß er vor etwas davonlaufen konnte, was zu den fundamentalsten biologischen Bedürfnissen einer Frau zählte? Etwas, bei dem es einfach kein Wenn und Aber gab. Egal, ob dieses Bedürfnis nun laut oder leise geäußert wurde. Wie hatte er nur so dämlich sein können.

Er verbrühte sich die Zunge an seinem Kaffee. Er setzte sich wieder und ging die Liste dessen durch, was sie wußten. Der Kerl war besessen von Dingen, die sich nicht richtig entwickelten. Emma war von einer Schlange gebissen und vergiftet worden. Er würde alles wieder richten. *Darin* lag die Drohung. Aber wo war er, und was würde er aller Wahrscheinlichkeit nach unternehmen? Er stand auf Motorräder und alles, was mit der Luftwaffe zu tun hatte. Er selbst war vom rechten Weg abgekommen. Der Kerl war wütend darüber, als Linkshänder in einer Welt von Rechtshändern leben zu müssen.

Er sprach davon, daß sie – Emma – gebrandmarkt wurde. Weil sie in dem Film mitgespielt hatte? Weil sie sich hatte tätowieren lassen? Weil sie Sex hatte, oder ihren Körper zur Schau gestellt hatte? Oder alles zusammen? Gebrandmarkt als was? Jason überlegte, daß der Kerl, der die Briefe schrieb, derjenige war, der gebrandmarkt war. Aber in dem Film wurden beide gebrandmarkt, falls die Tätowierung damit gemeint war. Jason schauderte. Prima. Absolut toll. Es gab einfach zu vieles, das er nicht wußte. Er schaute auf seine Uhr und sammelte seine Notizen zusammen. Es war Zeit, daß er sich auf den Weg machte.

28

Um Punkt acht Uhr morgens ließ Sanchez den Umschlag mit den drei Briefen, die April ihm am Abend zuvor gegeben hatte, auf ihren Schreibtisch fallen. Er lächelte. »Raten Sie mal, wo die herkommen.«

»New York«, erwiderte April ohne zu zögern. Sie hätte wetten können, daß der Ehemann dahintersteckte. Er sah haargenau aus wie ein Kennedy, und es hatte ihr nicht gefallen, wie er hier ohne seine Frau reinmarschiert war und sich über ihre Probleme ausgelassen hatte. Vielleicht war es sein Problem.

Sanchez schüttelte den Kopf. »Raten Sie weiter.«

»Was ist das, ein Quiz?«

Sanchez zog die eine Schulter leicht in die Höhe. Er trug ein graues Hemd, ein Jackett in einem etwas dunkleren Grauton und einen schwarzen Schlips. April war sich nicht ganz im klaren, ob ihr diese Kombination gefiel oder nicht. Mittwochs und donnerstags arbeitete sie von acht bis vier. Ebenso Sanchez. Sie hatten oft den gleichen Schichtplan. Sie hatte gezwungenermaßen darüber nachdenken müssen, weil ihre Mutter sie mit Fragen über den roten Camaro förmlich bombardiert hatte.

»Warum fährt nicht Jimmy dich nach Hause in weißem Baron?« hatte Sai gefragt.

»LeBaron«, hatte April geantwortet. Ihre Mutter wußte sehr wohl, daß er in Brooklyn arbeitete und um diese Zeit kaum nach Astoria fahren konnte. Andererseits gab es eine Menge Dinge, über die sie sich ihre eigenen Gedanken machte. Warum brachte Jimmy es einfach nicht über sich, ihr ihren Wagen zurückzubringen? War sie ihm so gleichgültig? Hätte Jimmy ihr den Wagen zurückgebracht, hätte sie allein zum Schießstand fahren können. Überhaupt. Warum hatte er sich überhaupt ihren Wagen leihen müssen? Sie mochte ihr Auto, sie war richtig verliebt in es. Mißmutig verzog sie das Gesicht. Er offensichtlich auch.

»Wollen Sie's wissen oder nicht?« fragte Sanchez, dem ihr Gesichtsausdruck nicht entgangen war.

»Klar doch.« Sie zwang sich, ihm ins Gesicht zu sehen. Was machte dieses Gesicht so unwiderstehlich? Der Mann war wohl irgendwie hübsch und liebenswürdig? Aber wie konnte ein Mann *hübsch* sein? Ach, das war doch alles Humbug.

»Nun ja, sie sind durch so viele Hände gegangen, daß man allenfalls Teilinformationen herauslesen konnte, aber sie kommen aus San Diego«, sagte Sanchez mit einem Anflug von Triumph.

»Was?« Sie war wohl noch in Gedanken bei ihrer Mutter oder in der U-Bahn, oder irgendwas anderes hatte sie abgelenkt.

»Ich sagte San Diego«, sagte Sanchez betont.

»Nein!« April stockte der Atem. In ihren sechs Jahren bei der Polizei hatte dieser Ort für sie noch nie eine Rolle gespielt, und nun hatte sie gleich zwei Fälle mit einer Verbindung dorthin.

Eine Hand in die Hüfte gestützt, stand Sanchez neben ihrem Schreibtisch. Ein Lächeln zeichnete sich unter seinem Schnurrbart ab. »Ach ja, und warum nicht?«

»Weil sich dort die Spur des Mädchens verliert. Ellen Roane. Im Augenblick überprüfen sie dort gerade, ob ihre Beschreibung zu der Leiche eines Mädchens paßt, die gestern aufgetaucht ist. Ich warte auf ihre medizinischen Unterlagen.«

»Na so was.«

April schüttelte den Kopf. Es konnte einfach nicht sein, daß die Briefe auch von dort kamen. Es war zu verrückt.

»Sind Sie sicher?« fragte sie.

»Klar bin ich sicher. Ich bin damit zu einem Kumpel, der im Labor im Jay arbeitet. Er hat die Dinger unters Mikroskop gelegt, und in wenigen Minuten ließ es sich rekonstruieren. Hochauflösende Mikroskopie. Die meisten Buchstaben waren klar zu erkennen. Mit dem bloßen Auge natürlich nicht. Keine Farbe in der Stempelmaschine. Das Postamt dort ist vermutlich genauso pleite wie der Rest der Welt.«

April sah ihn staunend an. Sanchez war offensichtlich ihretwegen gestern nacht noch mal in die Stadt gefahren. Warum tat er so was? Wieder schüttelte sie den Kopf. Was hatte das zu bedeuten?

»Die Maschine aufzuspüren ist ein Kinderspiel«, sagte Sanchez hilfsbereit.

»Danke.« Sie wußte sehr wohl, wie sie die Maschine ausfindig machen konnte, aber wer würde sie deshalb nach San Diego schicken?

Er rührte sich nicht von der Stelle, sondern blieb an der Ecke ihres Schreibtischs stehen. Der Duft seiner Seife und seines After-shaves kroch ihr in die Nase. Okay, er hatte ihr also eine Information besorgt. Warum ließ er sie jetzt nicht in Ruhe und kümmerte sich um seinen eigenen Kram?

Sie wurde allmählich sauer, doch er bekam es nicht mit, denn sie senkte ihren Blick und tat, als sei sie beschäftigt. »Ich denke, den Rest schaffe ich dann schon«, sagte sie.

»Klar.« Er setzte sich an seinen Schreibtisch, schwenkte in seinem Drehstuhl von ihr weg und fummelte an seinem Aktenstapel herum. Dann drehte er sich wieder zu ihr.

»Die Zeichnung am Ende der Seite. Sieht irgendwie chinesisch aus, oder?«

»Es ist nicht chinesisch«, sagte April tonlos.

»Ich weiß. Es ist ein Harley-Symbol«, sagte er.

April nahm sich einen der Briefe vor und betrachtete die Zeichnung. »Sieht aber nicht so aus.« Ein Biker? Unmöglich. Biker saßen nicht rum und schrieben seltsame Drohbriefe an Frauen, die dreitausend Meilen entfernt lebten. Das ergab keinen Sinn.

»Klar. Da, innerhalb der Flammen ist ein Flügel und ein Rad. Sehen Sie's?« fragte Sanchez.

April nickte. Ganz überzeugt war sie nicht. »Na ja, irgendwie.«

»Der Adler ist das Markenzeichen von Harley Davidson, und das ist der Flügel.«

»Vielleicht«, sagte April unverbindlich.

»Ich würde alles darauf wetten«, sagte Sanchez.

»Müssen Sie gar nicht. Es ist mein Fall.«

»Stimmt«, erwiderte er und schwang wieder herum, so daß er nun auf seinen Schreibtisch blickte. »Ich dachte nur, es bringt Sie vielleicht weiter.«

Es brachte sie weiter. Und zwar ein gutes Stück, aber sie wollte nicht, daß er weiter in ihrem Kopf herumspukte. Die ganze Angelegenheit war ohnehin schon kompliziert genug. Sie widmete ihre Aufmerksamkeit wieder den beiden Fällen, die ihren Ursprung am gleichen Ort weit weg von hier hatten, aber sonst in keinerlei Verbindung zueinander standen. Es würde vermutlich noch einmal sechs Jahre dauern, bis sie wieder einen Fall auf den Tisch bekam, der irgend etwas mit Kalifornien zu tun hatte. Sie schaute auf die Uhr. Es würde noch Stunden dauern, bis sie Sergeant Grove anrufen und versuchen konnte, ihn dazu zu bewegen, herauszufinden, ob irgendwer da unten Drohbriefe mit einem Harley Davidson-Symbol bekam, das irgendwie chinesisch aussah. Dann würde er ihr erzählen, daß er für Vermißtenfälle zuständig war und nicht für Briefe. Er würde ihr sagen, sie solle bei der Post anrufen, und er würde sie nach dem Wetter fragen und lachen.

29

Jason war nebenan. Emma wußte es, weil sie gehört hatte, wie um halb sechs die Tür geöffnet und geschlossen wurde, weil ein Patient hereinkam. Und um Viertel nach sechs wiederholte sich das Geräusch unmittelbar zweimal nacheinander. Sie wollte durch das Schlüsselloch spähen, um zu sehen, wer es war, doch sie war zu weit weg und kam zu spät. Schließlich konnte sie sich nicht länger beherrschen. Sie schlich schnell ins Schlafzimmer und fing an, Jasons Schubladen zu durchstöbern.

»Wonach suchst du?«

»Aaah!« Emma sprang auf.

Es war kein Patient gewesen, der hereinkam, sondern Jason. Er stand in der Tür und sah sie an.

»Herrgott, hast du mich erschreckt«, keuchte sie. »Was machst du hier?« Er trug eine Anzugjacke, als ob er auf dem Weg zu einer Verabredung war. Warum hatte sie den ganzen Tag gewartet, bis sie mit der Suche anfing?

Stirnrunzelnd stand er da und schaute an ihr vorbei auf die offenen Schubladen. »Es hat sich überraschend ergeben, daß ich wegfahren muß. Das wollte ich dir sagen.«

»Warum?« Schuldbewußt gab sie der Schublade einen Stoß.

»Ich muß übermorgen an der medizinischen Fakultät in San Diego einen Vortrag halten.« Bei diesen Worten errötete er ein wenig.

Sie starrte ihn verblüfft an. »Warum?« fragte sie noch einmal.

»Was machst du da mit meinen Sachen?« fragte er.

»Nichts.« Sie stieß die Schubladen eine nach der anderen zu. »Ich hab' nur deine Kleider weggeräumt.«

Er blieb wie angewurzelt stehen. Er konnte über längere Zeit hinweg völlig unbeweglich dastehen – gerade so, als sei sein Bewegungsapparat abgeschaltet, während seine Patienten redeten. Emma haßte es, wenn er sich ihr gegenüber so verhielt. Voller Ungeduld schüttelte sie den Kopf. Seine Vorträge wurden Monate im voraus festgelegt. Forschend betrachtete sie sein Gesicht.

»Warum sagst du mir nicht einfach, was mit dir los ist, dann hast du's hinter dir?« sagte sie. »Ich weiß, daß du nicht nach San Diego fliegst, um einen Vortrag zu halten.«

»Doch«, beharrte er gereizt. »So ist es. Es war eigentlich für später geplant, aber im Augenblick paßt es besser. Ich werde deine Eltern besuchen. Ist es dir recht?«

Emma schloß die letzte der Schubladen und machte, daß sie aus dem Schlafzimmer kam. Nein, das gefiel ihr kein bißchen. Sie glaubte keine Sekunde daran, daß er nach San Diego fliegen würde. Was wollte er da?

»Warum nimmst du mich nicht mit?« fragte sie beschwingt. »Ich war schon eine Ewigkeit nicht mehr zu Hause.«

Er folgte ihr in den Flur. »Was hast du mit meinen Sachen gemacht?« fragte er erneut.

Sie drehte sich abrupt um. Vielleicht konnte sie ihn ja überrumpeln. »Nach den Briefen gesucht. Was hast du damit gemacht?«

»Ich hab' dir gesagt, ich hab' sie Charles gegeben.« Sein Gesicht verriet nicht das geringste. Er hatte Jahre damit zugebracht zu lernen, wie man den Eindruck erweckte, als sei man unverwundbar. Im Augenblick hart wie Stahl.

»Warum?« Emma schaute ihn kopfschüttelnd an und ging ins Wohnzimmer. Bevor das Apartment geteilt wurde, war dies das Eßzimmer gewesen. Und auch jetzt wirkte es mit den Bücherreihen an den Wänden eher wie ein Arbeitszimmer als ein Wohnzimmer. Das ehemalige Wohnzimmer war vor Jahren, noch zu Zeiten seiner ersten Ehe, abgetrennt worden und diente seitdem als seine Praxis und Wartezimmer für seine Patienten. Die Briefe waren vermutlich dort, dachte sie. Es war ihr nicht gestattet, seine Praxis zu betreten, außer wenn er sie ausdrücklich dazu einlud. Er war Arzt; alles, was sich dort befand, war streng vertraulich.

Sie schaute aus dem Fenster. Sie wäre lieber woanders hingezogen, nachdem sie geheiratet hatten. Jason paßte es nicht, wenn sie ihre Sprechübungen machte oder während seiner Sprechzeiten auftauchte. Er sagte, daß seine Patienten dadurch abgelenkt würden und ihn mit Fragen nach seinem Privatleben behelligten, die sich negativ auf die Therapie auswirkten. Er wollte Anonymität. Sie hatte dadurch das Gefühl, als müßte sie sich andauernd verstecken. Sie schüttelte den Kopf. Die alte Wunde schmerzte wieder. Warum hatte er dann überhaupt eine Schauspielerin geheiratet?

Es regnete. Ein Schauder überlief sie, und sie schaute auf eine der Uhren. Allein hier im Wohnzimmer standen neun Stück davon. Zwei zerlegte Uhren, ein Regulator, eine mannshohe Standuhr, eine Kaminuhr, eine Schreibtischuhr und zwei Reiseuhren. Keine von ihnen war weniger als hundert Jahre alt. Alle schlugen die volle und die halbe Stunde, doch niemals zu genau dem gleichen Zeitpunkt. Jason pflegte sie zwar, doch sie waren alt und unberechenbar, und manchmal taten sie, was sie wollten.

»Warum?« fragte sie noch einmal. Es war bald Viertel vor fünf.

»Warum was?« erwiderte Jason ihre Frage. Er stand wie angewurzelt an der Tür.

»Warum hast du Charles die Briefe gegeben?« wollte Emma wissen. Ihr gingen die maschinengeschriebenen Worte nicht aus dem Kopf – selbst wenn sie schlief. *Liebe Emma: Du warst mein weißer Geist. Du warst Reinheit für mich. Du warst wie ein Gedicht, das mir nicht aus dem Kopf ging.* Die Zeichnung am Schluß war seltsam. Sah ein bißchen aus wie eine Tätowierung in dem Film. Sie wußte nicht, was sie davon halten sollte.

In dem ersten Brief ging es darum, was sie gewesen war. *Du warst alles, was gut war – Glaube, Hoffnung und Barmherzigkeit.* Er nannte sie »California Dreaming«, wie der Songtitel. Der zweite Brief war eine Liste von Warums. *Warum hast du es getan? Warum willst du nicht, daß ich dich liebe? Warum willst du mich verletzen? Es ist nicht recht, was du getan hast.*

Die Zornesröte stieg ihr ins Gesicht. Es war die Art, wie Jason dastand, in seinem Anzug, und ihr Gesicht betrachtete. Jedesmal, wenn er sie so anschaute, fühlte sie sich minderwertig, weil sie nicht an der medizinischen Fakultät studiert hatte und alles, was er tat, sofort in seiner Bedeutung erfaßte.

»Ich habe Charles die Briefe gegeben, weil sie mich beunruhigt haben«, sagte er, ohne daß seine Seelenklempnermaske auch nur ansatzweise aus den Fugen geraten wäre.

»Bitte, versuch jetzt nicht schon wieder, mir angst zu machen.« Emma wandte den Blick von ihm ab. Mußte er nicht wieder zurück in seine Praxis und sich um jemand kümmern? All die Jahre über war er immer zu beschäftigt gewesen, um sich auch nur eine einzige Minute Zeit für sie zu nehmen, und jetzt verbrachte er Stunden mit diesen bescheuerten Briefen. Warum? Waren sie wirklich so bedrohlich?

Er streckte die Hand nach ihr aus, seine Augenbrauen hochgezogen. »Ich will dir keine angst machen, Emma. Aber ich will, daß du vorsichtig bist, während ich fort bin. Sehr vorsichtig.«

Sie blickte auf seine Hand, die die ihre hielt, und Tränen stiegen ihr in die Augen. »Warum kann ich nicht mitkommen, Jason? Wir sind nie zusammen.« Ihre Stimme versagte. »Und ich war schon so lange nicht mehr zu Hause. Ich würde ganz gern meine Mutter mal wiedersehen.«

Er schlang die Arme um sie und legte ihren Kopf an seine Schulter, damit sie nicht sah, wie er das Gesicht verzog. »Das wäre doch nur Streß, oder?«

»Nicht so sehr, wie das hier. Du verschweigst mir etwas. Was ist es?«

Er strich ihr übers Haar. »Es ist doch nur für zwei Tage.«

Sie gingen zum Sofa und setzten sich. Schweigend saßen sie da, peinlich berührt von der Situation. Emma mußte an ihre Mutter denken.

»Jedesmal, wenn wir unseren Kram zusammenpackten und zu einem neuen Stützpunkt umzogen, hat meine Mutter mit dem Zeigefinger gedroht und gesagt: ›Wie man sich bettet, so liegt man.‹ Hab' ich dir das schon mal erzählt? Ich dachte, es wäre meine Schuld, daß sie ihn geheiratet hat und so die Frau eines Marineoffiziers wurde.«

»Ich weiß«, murmelte Jason. »Hattest du je einen festen Freund, der in der Navy war?« fragte er unvermittelt, als ob diese Frage ihm gerade erst eingefallen war. Den ganzen Tag hatte er sich überlegt, wie die Tätowierungen mit der ganzen Angelegenheit zusammenhingen. Nun fiel ihm ein, daß sie ja typisch für Marinesoldaten war. Wieso war er darauf nicht früher gekommen?

»In Virginia und auf Hawaii war ich dafür noch zu jung. Aber in Alaska hatte ich einen Freund. Hab' ich dir erzählt, daß ich dort zu den Nachtschichten in der Krabbenfabrik gearbeitet habe, weil ich es leid war, daß alle zu mir sagten, ich sei die verwöhnte Offiziersgöre?«

Sie legte ihren Kopf an seine Schulter. »Er war ganz unten in der Rangfolge, und wir hatten nie Geld. Nie! Wie kann jemand verwöhnt sein, wenn man alles, was man besitzt, in einen Rucksack packen kann?« Sie senkte den Blick und betrachtete ihren Ehering. Sie besaß immer noch nicht sonderlich viel Schmuck, und Nachwuchs hatte sie auch nicht. Jason stammte ebenfalls aus ärmlichen Verhältnissen, und er stand geradezu unter einem Zwang, für die Zukunft zu sparen. Es stimmte, wenn die Seelenklempner behaupteten, daß alles eine Frage der Herkunft sei. Niemand konnte je abstreiten, woher er kam, oder was er als Kind erlebt hatte.

»Ich weiß.« Jason schlang die Arme um sie. Es war fast ganz still, bis das leise Klingen der ersten Uhr das Anbrechen einer neuen Stunde einläutete.

»Das einzige Fahrrad, das ich je besessen habe, stammte vom Schrottplatz. Ich hab's selbst angemalt, und als wir umzogen, mußte ich es wieder dahin zurückbringen, wo ich es her hatte«, sagte Emma. »Es gab Leute in der Marine, die durchgedreht sind, doch niemand hat sich je darüber beschwert. Jedesmal, wenn wir an einen anderen Ort umzogen, dachte ich, die alte Welt würde untergehen.«

»Wir sind gar nicht so verschieden«, murmelte Jason. »Ich war auch einsam. Ich habe nachts an der Tankstelle gearbeitet. Meine Mutter dachte, wenn ich wüßte, wie das ist, mit den Händen zu arbeiten, würde ich von selbst drauf kommen, daß ich lieber mit dem Kopf arbeite.« Er lachte. »Den Geruch von Benzin kann ich bis heute nicht ausstehen.«

»Wenn es endlich drei Uhr früh war, stand ich bei minus dreißig Grad herum und war von Kopf bis Fuß eingesaut mit Krabbenschleim«, sagte Emma. »Und am nächsten Morgen mußte ich zur Schule. Mit Fisch kannst du mich seitdem jagen.«

»Es geht nicht darum, wer von uns am meisten durchgemacht hat.« Jason lächelte versöhnlich.

»Meine Eltern waren völlig geschockt. Ich habe den Gummianzug an der Hintertür aufgehängt, damit ihn auch ja jedermann sehen konnte.«

»Leute zu schockieren scheint dir Spaß zu machen«, bemerkte er. »Jedenfalls hast du ziemlich früh damit angefangen.« In seinen Tonfall schlich sich nun wieder eine gewisse Bitterkeit.

»Nun ja, ich konnte es noch nie leiden, wenn mir irgendwer Vorschriften machen wollte, was ich zu tun und zu lassen habe.« Sie rückte von ihm weg. Ihre Züge verhärteten sich. Er hätte halt keine Schauspielerin heiraten sollen. Hatte er vielleicht insgeheim darauf gehofft, daß sie es nie zu was bringen würde und den Rest ihrer Karriere damit fristen würde, nur anderen Gesichtern ihre Stimme zu leihen?

Er wechselte das Thema. »Und was ist mit Kalifornien? Hattest du da einen Freund, der bei der Marine war?«

»Was macht das für einen Unterschied«, seufzte Emma. »Ich hab' nur ein Jahr in Kalifornien gelebt, das war das letzte Jahr an der High-School. Wir haben damals nicht auf dem Stützpunkt gewohnt. Es war das erste Mal, daß ich in einem Haus in einer ganz normalen Nachbarschaft wohnte. Mir kam es vor, als wäre ich im Himmel. Um nichts in der Welt hätte ich mir einen Freund gesucht, der bei der Navy war. Ich bin nicht mal in den Club gegangen.«

»In den Club?« murmelte Jason verwirrt. Sie hatte doch gesagt, daß sie arm waren.

»In den Offiziersclub.«

»Ach so. Hattest du in dem Jahr einen Freund?«

Sie verzog das Gesicht und schüttelte den Kopf. »Keinen richtigen. Warum fragst du all diese Dinge?«

Er zuckte mit den Achseln. »Du hast gesagt, du würdest gerne wieder mal hinfahren.«

»Was ist los, Jason? Warum sagst du's mir nicht?«

»Es gibt nichts zu erzählen. Ich fahre für zwei Tage weg. Du hast einen Filmvertrag in Aussicht und deswegen mußt du hier bleiben und dich darum kümmern, daß du möglichst gute Bedingungen herausschlägst.«

»Ich dachte, du wolltest nicht, daß ich den Film mache«, sagte Emma erstaunt.

»Nun ja, ich hatte eben unrecht. Du mußt das tun, was du für richtig hältst.« Er beugte sich vor und vergrub sein Gesicht in ihrem Haar.

Er roch leicht nach Messingpolitur. Sie überlegte, daß er sich wahrscheinlich während einer Pause Zeit genommen hatte, eines der Uhrwerke zu polieren.

Er legte ihr die Finger unters Kinn und drehte ihren Kopf so, daß sie ihn anschaute. »Paß auf, kann sein, daß ich wütend auf dich war, weil du mir nicht erzählt hast, was du gemacht hast. Aber du bist alles, was ich habe. Ich liebe dich, Emma, und ich bin immer für dich da. Vergiß das bitte nicht.« Er hielt ihr Gesicht in beiden Händen und beugte sich herab, um sie zu küssen.

Seine Berührung ließ sie erschauern. Er hatte sie nicht mehr angerührt, seit ihr Film angelaufen war und sie die Briefe bekommen hatte. Er war schon einmal verheiratet gewesen. Manchmal dachte sie, daß er vielleicht jemand anderen hatte. Sie wußte nicht, wie lange sie eine Ehe ohne Körperkontakt aushalten konnte. Es war ein langer Kuß. Vielleicht liebte er sie wirklich. Und dann schlugen – eine nach der anderen und jede in ihrem eigenen Rhythmus – die Uhren.

30

Die Luft war kühl, als Jason in San Diego aus dem Flugzeug stieg und zur Gepäckausgabe eilte. Er war am frühen Abend in New York weggeflogen und nun, sechs Stunden später, ging die Sonne in Kalifornien gerade unter. Durch den Eindruck, Zeit verloren zu haben, verstärkte sich das Gefühl, daß es die richtige Entscheidung gewesen war, hierherzukommen.

Plötzlich erschien ihm alles ganz klar – als ob die Teile des Puzzles nun endlich zusammenpaßten. Den letzten Anstoß hatte die junge Kriminalbeamtin gegeben, als sie ihn anrief, um ihm mitzuteilen, daß die Briefe aus San Diego und nicht aus New York kamen. Emma hatte recht. Es war jemand, der glaubte, ihr nahezustehen, jemand, der sie kannte. Nur daß dieser Jemand keine Ahnung von ihrem derzeitigen Leben hatte. Es war jemand, der sie vor langer Zeit einmal gekannt hatte, dessen war er sicher.

Während des gesamten Fluges durchlebte er immer wieder aufs neue seine letzte Unterredung mit der jungen Kriminalbeamtin und brütete darüber, ob es vielleicht doch besser gewesen wäre, Emma davon zu erzählen.

»Es gibt nichts, das ich tun könnte«, hatte das Mädchen am Telefon gesagt, um dann hinzuzufügen: »Selbst wenn wir wüßten, wer es ist. Es verstößt nicht gegen das Gesetz, anderen Leuten unangenehme Briefe zu schicken, Dr. Frank. Das Recht auf freie Meinungsäußerung, Sie wissen schon.«

»Und das ist alles?« hatte Jason wissen wollen. »Was ist, wenn es ihm nicht mehr reicht, ihr nur Briefe zu schreiben, und er sich entschließt, ihr einen Besuch abzustatten?«

»Hören Sie«, hatte Detective Woo gesagt. »Ich sage ja nicht, daß ich die Sache nicht weiterverfolge. Aber derzeit bin ich einfach nicht befugt, eine, Sie wissen schon, offizielle Untersuchung durchzuführen.«

Danach hatte Jason in seinem Reisebüro angerufen.

Nun schritt er langsam durch die Abfertigungshalle und schaute immer wieder auf die Uhr. Auf seinem Weg zur Autovermietung kam er an einer Reihe von Münztelefonen vorbei und überlegte, ob er Emma anrufen sollte. Warum sollte er sie weiter beunruhigen? Normalerweise rief er sie ja auch nicht an, sobald er irgendwo gelandet war. Er wechselte die Hand, mit der er den Aktenkoffer trug, in dem sich die Diagramme befanden, die er und Charles angefertigt hatten und machte sich auf den Weg zur Gepäckausgabe. Es war besser, den Kerl zu finden, die Sache zu regeln und ihr dann alles zu erzählen, wenn die Sache erledigt war.

Eine dünne Frau in einem kurzen grauen Kleid eilte in der entgegengesetzten Richtung an ihm vorbei. In ihrem harten, kantigen Gesicht spiegelten sich Wut und Zorn, und Jason mußte an seine erste Frau denken. Er überlegte, woran es lag, daß er Nancy auf einmal so plastisch vor Augen hatte, wie sie ihn in einem ihrer Wutanfälle mit Gegenständen bewarf, und er kam zu dem Ergebnis, daß er Angst hatte, in bezug auf Emma einen Fehler zu machen.

»Du bist auch nur ein Mensch«, hatte sie ihn immer wieder angeschrien, bis er es nicht mehr ertragen konnte. »Glaub bloß nicht, daß die Welt so funktioniert, wie's dir gerade paßt, Jason. Du bist nicht Gott.«

Er wandte den Blick von der Frau in Grau, und ein Schaudern, das ihm nur allzu vertraut war, überlief ihn. Nancy hatte recht gehabt. Es gab eine Menge Dinge, die er nicht in Ordnung bringen konnte, und daß sie dazugehörte, hatte ihn am meisten geschmerzt. Daß er damals gescheitert war, lastete noch immer auf ihm. Das Gepäck ließ auf sich warten. Er machte sich auf den Weg zur Autovermietung. Mittlerweile war es halb acht.

Fünfzehn Minuten später saß er mit heruntergekurbelten Fenstern am Steuer eines neuen Ford und ließ sich den kalifornischen Wind um die Nase wehen. Die Sonne war bereits untergegangen, doch der Horizont im Westen glühte noch immer in ihrem Widerschein, als läge dort draußen in der Ferne eine Stadt. Der Flughafen von San Diego war eine freie Fläche nahezu mitten in der Stadt, und obwohl Jason den angrenzenden Ozean nicht sehen konnte, spürte er doch einen Energieschub, als er die salzige Seeluft roch. Was Emmas und seine Zukunft anging, überkam ihn ein plötzlicher Optimismus. Er gelobte, sich in Zukunft an das zu halten, was er anderen predigte, und ihr zuzuhören. Er war entschlossen, ihr gemeinsames Leben wieder in Ordnung zu bringen. Wenn er erst mal zurück in New York war, würden sie es beide zusammen angehen, und zusammen würden sie es schaffen. Er rief sich in Erinnerung, was sie ihm über das Jahr, das sie in Kalifornien verbracht hatte, erzählt hatte.

Des öfteren hatte Emma davon gesprochen, wie frei sie sich hier gefühlt hatte. Nun konnte er es verstehen. Ein gutes Gefühl, am Steuer eines Autos zu sitzen anstatt auf dem Rücksitz eines klapprigen Taxis voller exotischer Ausdünstungen, daß es eine Qual war, überhaupt irgendwo hinzufahren. Er überlegte, für den Sommer vielleicht ein Auto zu leasen. Und wenn Emma mit ihrem Film fertig war, konnten sie darangehen, sich ein Haus außerhalb der Stadt zu suchen, um dort die Wochenenden zu verbringen. Eine Familie gründen. Es war sehr radikal, plötzlich Dinge in Erwägung zu ziehen, gegen die er sich bislang heftig gesträubt hatte. Doch er wußte, daß es häufig so war, daß sich die Menschen vor den Dingen des Alltags am meisten fürchteten, die sie sich gleichzeitig am sehnlichsten wünschten.

Ein Lächeln war in seinen Mundwinkeln, während er überlegte, was es wohl für ein Gefühl sein würde, ein Auto und ein Haus zu kaufen und eine Wiege, und dann plötzlich alles um sich herum zu haben, was einen erfolgreichen Ehemann und Vater ausmachte. Es gab keine Entschuldigung, sich länger davor zu drücken. Er würde alles tun, um Emma glücklich zu machen. Was ihn weiterhin überraschte, war die Tatsache, daß er nordwärts auf dem Highway Five in Richtung Coral Beach fuhr statt südwärts zum Meridian Hotel, wo er für zwei Nächte ein Zimmer zum Sondertarif für Geschäftsreisende gebucht hatte.

Er hatte ohnehin vorgehabt, Emmas Eltern zu besuchen, doch nun, da er ernsthaft in Erwägung zog, eine Familie zu gründen, spürte er das Verlangen, ihr nahe zu sein. Um sie besser zu verstehen. Die Fahrt dauerte nur zehn Minuten, und er war schon mal dort gewesen, so daß er eine ungefähre Ahnung hatte, wo er abfahren mußte.

Er nahm die Abfahrt Coral Beach. Es war ein hübscher Ort, nicht so protzig und schick wie La Jolla, das ein paar Meilen weiter nördlich lag. Es fiel ihm auf, daß, obwohl es noch so früh am Abend war, die Straßen ziemlich ruhig wirkten und die Luft erfüllt war vom Duft der Eukalyptusbäume und Bougainvilleas, während sich allmählich salziger Nebel über den Ort legte. Hier ließ es sich durchaus leben. Er bog vom palmengesäumten Grand Encinada links ab auf den Encinada Drive. Vier Blocks nach Westen und dann das fünfte Haus auf der rechten Seite. Genau. Die Lichter waren an.

Jason steuerte den Wagen auf die zementierte Auffahrt und ging über den Zementweg im Rasen zur Haustür. Es war zwar kein sonderlich großer Rasen, doch groß genug, um den Besitz eines kleinen Rasenmähers zu rechtfertigen, der in der Garage untergestellt war. Daß er dort stand, wußte Jason von seinem letzten und einzigen Besuch zusammen mit Emma. Sein Schwiegervater, Brad Chapman, hatte ihm damals den Rasenmäher gezeigt, und es schien, als sei er auf ihn genauso stolz wie auf das ganze Haus. Jason klingelte und ließ den Blick über die Straße schweifen, während er wartete.

Die Häuser waren alle nicht sehr groß und sahen einander ziemlich ähnlich. Fünfhundert Quadratmeter große Grundstücke mit kleinen aber feinen Vier-Zimmer-Häusern im Ranchstil, jedes mit offensichtlich nach dem Zufallsprinzip ausgewählten Gestaltungselementen der beliebtesten Baustile aus aller Herren Länder geschmückt. Mit Säulen verzierte Fassaden, verschnörkelte schmiedeeiserne Fenstereinfassungen oder eine halbmeterhohe Zementmauer vor dem Eingang. Buntglasfenster an den Türen. Und alles blitzsauber und liebevoll gepflegt.

Es kam niemand zur Tür. Als Jason gerade noch mal klingeln wollte, tauchte Martha hinter dem Seitenfenster auf, um nachzusehen, wer es wohl wagte, einfach so vorbeizukommen, ohne sich vorher anzumelden. Schließlich wohnte sie nicht mehr auf einem Marinestützpunkt, und sie schätzte es gar nicht, wenn jemand in ihre Privatsphäre eindrang.

Als sie sah, daß es Jason war, hellte ihr Gesicht sich auf. Sie riß die Tür auf, und Jason fiel auf, daß sie gar nicht abgesperrt gewesen war.

»Land in Sicht«, rief sie. »Emma hat uns erzählt, daß du kommst, aber so bald haben wir nicht mit dir gerechnet. Komm rein.«

Martha trat einen Schritt zur Seite, um ihren berühmten Schwiegersohn hereinzulassen. »Ich hab' gerade mit Emma gesprochen. Ich meine gerade ... hm.« Besorgt runzelte sie die Stirn. »Bist du gerade erst angekommen?«

Jason lächelte. »Noch keine Stunde her. Störe ich euch beim Abendessen?«

»O nein, nein, nein! Damit sind wir schon lange fertig. Ach herrje – bist du hungrig? Ich kann dir schnell was machen ...«

»Ich hab' schon im Flugzeug gegessen. Nicht nötig«, versicherte ihr Jason.

»Nun gut, wie du meinst.« Sie nickte freudestrahlend, doch dann wurde sie von Zweifeln gepackt, daß sie vielleicht etwas falsch gemacht haben könnte. Oder ob sie ihre berühmte Tochter eventuell mißverstanden hatte, was die Ankunftszeit ihres berühmten Schwiegersohns betraf und welche Vorkehrungen sie diesbezüglich zu treffen hatte.

Auf Jason wirkte Martha wie eine ältere Version von Emma, nur daß sie insgesamt weicher erschien. Sie hatte noch immer blondes Haar, wenn auch mit einem silbrigen Schimmer, und ihre Figur war etwas schwammig. Sie war hochgewachsen wie Emma, schien aber insgesamt weniger kantig, da sie zugenommen hatte, so daß sie ein wenig an einen Marshmellow erinnerte, zumal ihre Haut eine ähnliche bleiche Tönung hatte. Ihre fast schon demütige Haltung ließ sie kleiner erscheinen, als sie in Wirklichkeit war. Auf der sanften, weißrosa Haut ihres Gesichts bildeten sich feine rote Linien, während sie sich wiederholt für alles mögliche entschuldigte.

»Hier herrscht das reinste Chaos.« Sie deutete auf das makellose Wohnzimmer mit seiner in gedeckten Farben gehaltenen Sitzgarnitur, die aussah, als wäre sie noch nie benutzt worden. Die Keramiklampen tauchten alles in ein schummriges Licht. »Skipper, kuck mal, wer da ist«, rief sie.

Martha ging voraus in die Küche, wo ihr Mann, vor sich ein Glas Scotch, am Tisch saß und die Spielkarten betrachtete, die er aufgefächert in der Hand hielt.

»Wer ist da?« wollte er wissen.

»Du weißt genau, wer's ist«, sagte Martha mit gespielter Strenge. »Du hast mich gehört, wie ich mit ihm geredet habe. Es ist dein Lieblingsschwiegersohn.«

Jason trat mit ausgestreckter Hand auf ihn zu. »Wie geht's, Sir?«

Sichtbar ohne große Begeisterung erhob sich Brad, der Skipper, von seinem Stuhl und streckte seine Hand ebenfalls aus. »Mein einziger Schwiegersohn«, grummelte er. Er war Metereologe, und die Tatsache, daß er kleiner war als seine

Frau und seine Tochter, nagte so sehr an ihm, daß er dies durch ein unwirsches und bisweilen tyrannisches Benehmen zu kompensieren versuchte.

»Was machst du da?« wollte er wissen, als seine Frau die Spielkarten einsammelte.

»Du kannst doch nicht Karten spielen, wenn Jason hier ist«, sagte sie vorwurfsvoll.

»Wer sagt das?« Er wandte sich wieder an Jason, als ob er noch über den Grad der Unausstehlichkeit sinnierte, die er an den Tag zu legen gedachte. »Wie geht's?« sagte er schließlich. »War der Flug einigermaßen?«

»Ja, danke. Alles prima.«

»Kümmerst du dich gut um unser Baby?« fragte er.

»Ich versuche es.«

»Ihr habt keine Kinder«, wandte Brad ein.

Martha errötete, so daß sie nun farblich zu den altrosa Sesseln im Wohnzimmer paßte. »Guter Gott, Bradley, sei doch nicht so. Vielleicht wollen sie ja und können nur nicht.«

»Es sieht nicht so aus, als ob er nicht könnte.« Brads dünner Schnurrbart zuckte. Jasons Aussehen schien ihm nicht zu passen. Er war viel größer als Brad und hatte wesentlich mehr Haare auf dem Kopf. »Aber laß gut sein«, lenkte er schließlich ein. »Weiß der Himmel, keiner ist wie der andere. Komm, wir trinken einen zusammen. Was machst du hier draußen? Emma ist ja jetzt ein richtiger Star? Oder?«

Ohne seinen Redefluß zu unterbrechen, schenkte er Jason ein Glas Scotch ein. Es kümmerte ihn wenig, ob Jason auf seine Fragen etwas zu sagen hatte oder nicht.

»Habt ihr den Film gesehen?« fragte Jason schließlich.

»Ja«, sagte Brad mit einem Kopfnicken, während er sich einen ordentlichen Schluck Scotch genehmigte.

»Ja«, nickte auch Martha. »Aber klar doch.«

Schweigen.

Dann neigte Martha den Kopf ein wenig zur Seite. »Sie sagt,

sie hat schon eine neue Rolle, aber sie weiß noch nicht, ob sie sie nimmt. Ist das nicht typisch? Erst macht sie was, und dann hat sie plötzlich Zweifel.«

Jason nickte und überlegte, ob Emma wohl jemals irgendwelche Zweifel ihn betreffend geäußert hatte. Daß sie welche hatte, daran bestand kein Zweifel. Auch er errötete, und so saßen sie alle drei zusammen und strahlten zartrosa aus der Wäsche.

»Gut seht ihr aus«, sagte er.

»Uns geht's auch gut«, pflichtete Martha ihm bei. »Richtig prima.«

»Großartig. Was macht ihr so?«

»Es gibt immer viel zu tun.« Brad schüttelte den Kopf. »In rauhen Mengen.«

»Er geht in den Club«, sagte Martha. »Und er hat sein Bridge.« Mit einem Kopfnicken deutete sie auf die Karten, die sie beiseite gelegt hatte.

»Der Rasen muß gemäht werden. Der wächst schneller, als man denkt«, fügte Brad hinzu.

»Kommen viele Leute vorbei, die euch ausfragen?« fragte Jason.

Martha zog die Stirn in Falten. Besucher, die sie ausfragten?

»Wegen Emma«, half Jason ihr auf die Sprünge.

»Ach so. Klar, die Leute sind ganz aus dem Häuschen. Alle lieben Emma. All unsere Freunde erkundigen sich nach ihr.« Martha strahlte.

»Und ihre alten Freunde? Fragen die nach ihr?« wollte Jason wissen.

»Ihre Freunde?«

»Leute, die sie von früher kennt.«

»Ach, mit denen hat sie nichts mehr zu tun. Das war nie ihre Art. Sogar der eine Kerl aus der High-School hat gemeint, daß sie wohl verschütt' gegangen wäre, weißt du noch, Martha?«

Martha schüttelte ärgerlich den Kopf.

»Sicher weißt du's noch. Sie wollten sie zu einem Klassentreffen einladen, aber das ging nicht, weil sie auf der ›Liste der Vermißten‹ stand.«

Martha schnalzte mit der Zunge. »Es war nicht richtig, daß du ihre Adresse rausgerückt hast. Wenn sie unauffindbar war, dann deswegen, weil sie es so wollte, Skipper. Du weißt das ganz genau. Sie ist von hier weg und wollte nie wieder zurückkommen. Sicher, das ist hart, aber nicht zu ändern.« Wieder schüttelte Martha den Kopf, doch diesmal wirkte sie weniger verärgert als traurig.

»Mit Emma legt man sich besser nicht an. Was sie sagt, das macht sie auch. Sie ist ein süßes Mädchen«, fügte sie entschuldigend hinzu, »aber wenn man ihr weh tut, reißt sie einem das Herz in Stücke.«

Jason nickte. Daran gab es keinen Zweifel. Doch was hatte sie hier in Coral Beach Schmerzliches erlebt, von dem sie ihm nichts erzählt hatte?

»Laß schon gut sein, Martha. Wenn das Mädel nicht hin will, dann läßt sie's halt bleiben. Wie sieht's aus, Jason? Kommt sie zu dem Klassentreffen oder nicht?«

»Ich glaube nicht, Skipper. Hat sich außerdem in letzter Zeit noch jemand nach ihrer Adresse erkundigt?«

»Außer dem Kerl von der Schule, nee.« Brad schüttelte den Kopf.

Sie saßen noch eine Weile herum, und Jason trank ein Glas frischgepreßten Orangensaft aus Früchten von den Bäumen hinter dem Haus, bis er sich schließlich verabschiedete und zu seinem Hotel fuhr.

31

April saß bereits seit einer Stunde in einer Nische des Noodle Palace – wie sie feststellen mußte, als sie auf ihre Uhr blickte. Jimmy war mittlerweile so spät dran, daß ihr nichts weiter übrig blieb, als zu vermuten, daß ihm eine dringende Sache dazwischengekommen war. Daß etwas dazwischenkam, war für jemanden, der auch nur ansatzweise mit Polizeiarbeit vertraut war, eine Sache, der man nicht entrinnen konnte. Aber dennoch hatte April heute einen schlechten Geruch in der Nase, wie ihre Mutter gesagt hätte. Andererseits fühlte sie sich rundherum wohl, wieder in Chinatown zu sein.

Kaum war sie aus der U-Bahn gestiegen, hatte sie schon jemanden getroffen, den sie kannte. Eine Frau, der sie vor längerer Zeit einmal geholfen hatte, kam ihr entgegengetrottet, damit April sich ihr Enkelkind anschaute.

»Sehr hübsch«, sagte April und strich dem Kind mit einem Finger über die Wange, die so zart war wie ein Blütenblatt.

»Nein, nein. Nicht so hübsch«, sagte die Frau und blickte auf das dreijährige Kind, das in seiner wattierten Seidenjacke und seinen bestickten Schuhen aussah wie eine kleine Prinzessin. »Aber sehr klug. Klug viel wichtiger als hübsch.«

April nickte. »Aber hübsch ist sie auch. Kann ja nichts schaden, wenn sie hübsch ist.«

»Du nettes Mädchen. Warum ich dich nicht mehr sehen?«

»Ich arbeite jetzt Uptown.«

»Oh, zu schade.«

April pflichtete ihr bei und ging dann in den Noodle Palace auf der Mott Street, wo sie sich in eine Nische am Fenster setzte, damit Jimmy sie gleich sehen konnte. Andauernd kamen Leute vorbei, die sie anlächelten und ihr so zu verstehen gaben, daß sie sich noch immer an sie erinnerten, obwohl April schon seit beinahe einem Jahr nicht mehr hier arbeitete.

Während sie so dasaß und überlegte, wo Jimmy Wong wohl blieb und weshalb er sich in letzter Zeit so seltsam benahm, betrachtete sie das Treiben auf der Straße. Sie war nun schon so lange bei der Polizei, daß sie kaum noch zum Fenster hinausschauen konnte, ohne sich die Gesichter der Leute einzuprägen oder ihr Verhalten zu registrieren und Ausschau zu halten, ob sich irgendwo Ärger anbahnte.

Sie beobachtete, wie ein sogenannter Brownie, wie die Verkehrspolizisten wegen ihrer braunen Uniform genannt wurden, einen Lieferwagen anhielt und zum Straßenrand dirigierte. Wann immer sie etwas Derartiges mitansah, mußte sie an den letzten Fall denken, den sie während ihrer Dienstzeit auf dem 5. Revier bearbeitet hatte. Es ging dabei um einen Verkehrspolizisten, einen Latino, der Asiaten, die neu im Land waren, mit Gefängnisstrafen oder Deportation oder beidem gedroht hatte, wenn sie ihm kein Bestechungsgeld zahlten, nachdem er ihnen einen Strafzettel ausgestellt hatte. April hatte herumgefragt und vier oder fünf Opfer gefunden, die sie überzeugen konnte, gegen den Mann auszusagen. Er wurde geschnappt. Der Gedanke daran munterte sie ein wenig auf, auch wenn es hier unten nicht so schwierig war, irgendwas herauszufinden. Die Leute hatten ihr vertraut.

Uptown war die Lage völlig anders. Es gab so vieles, das sie lernen mußte. Der Gedanke daran, wie schwer es war, alles richtig zu machen, schlug ihr wie immer gleich auf den Magen, daß sie ihre Teetasse ein Stück weit von sich schob. Uptown kam sie nicht einmal dazu, einen Fall ansatzweise zu lösen. Sie hatte Ellen Roanes Zahnschema an Dr. Milton Ferris gefaxt, den Leichenbeschauer von Potoway Village. Mittlerweile müßte er sie eigentlich vorliegen haben. Darüber hinaus hatte sie ihm Ellens Fingerabdrücke und alles, was sich auf diesem Wege erledigen ließ, zukommen lassen, lediglich ein paar Röntgenbilder waren per Kurierpost abgegangen und würden vermutlich am nächsten Tag bei Dr. Ferris eintreffen.

Sie fragte sich, was Potoway Village wohl für ein Ort war. War es vielleicht eine Stelle, wo die Indianer früher ihre Töpfe weggeworfen hatten, um die Götter gnädig zu stimmen, damit sie es regnen ließen oder etwas Ähnliches? Sie hatte sich kurz mit dem Sheriff unterhalten. Mit seiner sonoren, rollenden Stimme hatte er ihr erklärt, daß er inmitten einer hügeligen Wüstenlandschaft und über tausend Meter über dem Meeresspiegel lag. Es gab weder ein Hotel noch ein Motel, mithin kein Platz, an dem Durchreisende hätten übernachten können. Die Bewohner, die hier ein Haus besaßen, waren im allgemeinen recht wohlhabend und schon etwas älter. Was hatte ein Großstadtmädchen wie Ellen Roane dort zu suchen?

Sheriff Regis erzählte ihr, daß häufig Motorradfahrer in die Gegend kämen, um mit ihren Maschinen durch das rauhe Gelände zu kurven. Er erklärte weiterhin, daß es drei Monate zuvor einen ähnlichen Fall etwa vierzig Meilen weiter südlich gegeben hätte, und daß beide Mädchen vor ihrem Tod gebrandmarkt und in der Wüste zurückgelassen worden waren. Dies war eine unübliche Vorgehensweise, weil normalerweise bei Verbrechen dieser Art die Opfer zuerst getötet und dann verstümmelt wurden. Der Täter war also kein Mörder im engeren Sinne, sondern eher jemand, der seine Opfer verstümmelte. Ob er sie auch vergewaltigte, konnte Sheriff Regis nicht sagen.

Nun denn, falls es sich herausstellen sollte, daß es sich bei dem toten Mädchen in Potoway Village tatsächlich um Ellen Roane handelte, würde April Sheriff Regis weitere Fotos von ihr schicken, damit er sich auf die Suche nach Leuten machen konnte, die sie gesehen hatten.

Es waren erst siebzehn Tage vergangen seit der letzten Abbuchung von Ellens Kreditkarte. April hatte die einzelnen Läden angerufen, damit sie die Belege heraussuchten und ihr mitteilten, was sie damit gekauft hatte. Als letztes hatte sie einen Badeanzug gekauft, und zwar einen dieser winzigen Bikinis von Cole of California in Rot und Gold, der auf 34 Dollar herabgesetzt war. Die Verkäuferin konnte sich sogar noch an Ellen erinnern. Sie erzählte April, daß sie eine klasse Figur hatte, aber wo sie wohnte, wußte sie ihr auch nicht zu sagen. Ansonsten hatte Ellen sich für 38,69 Dollar drei San Diego T-Shirts bei San Diego Tee gekauft, einen Ledergürtel für 46 Dollar bei Fashion City sowie 15,76 Dollar bei Kay Drugs für einen Lippenstift, Shampoo und Conditioner ausgegeben. Am Abend ihrer Ankunft hatte sie im Beach Café für 19,42 Dollar gegessen und am Abend darauf für 15,73 Dollar.

April hatte sich die beiden Fotos, die Jennifer Roane ihr gegeben hatte, eingehend betrachtet. Ellens fein geschnittenes Gesicht, die langen, leicht gewellten blonden Haare, ihre strahlenden Augen und ihre perfekte Figur – all dies hatte nun eine beunruhigende Wirkung auf April. Man konnte Ellen förmlich an den Augen ablesen, daß es das Schicksal gut mit ihr gemeint hatte. Als die Fotos gemacht worden waren, hatte Ellen Roane nicht den geringsten Grund gehabt, sich vor irgendwas zu fürchten. Sie wirkte völlig entspannt.

Sie war mit all den Rundungen und Locken gesegnet, für die April eine Menge gegeben hätte. Außerdem hatte sie ein Zimmer am College mit bedruckter Bettwäsche, in dem sie vor einer nervenden Mutter in Sicherheit war. Auch dafür hätte April einmal eine Menge gegeben, doch ihre Eltern wollten das Haus in Queens, und so mußte sie sich eine Arbeit suchen, anstatt aufs College zu gehen.

Nun ja, vielleicht hatte Ellen doch recht. Vielleicht wußte sie wirklich genug, um sich zu fürchten. Aber egal, bei diesem Aussehen wäre es kaum ein Problem, Leute zu finden, die sich an sie erinnern konnten. Ihr Gepäck mußte noch irgendwo sein. Es konnte nicht so schwer sein, sie zu finden, wenn sich nur jemand die Mühe machte, es zu versuchen.

Und dann gab es da noch den Fall Chapman. Wie kam es, daß auf all den Briefen aus San Diego ein Biker-Logo prangte und sie voller Anspielungen auf Brandzeichen steckten? Es war schon ein arg seltsames Zusammentreffen, daß zwei Frauen aus ihrem Revier in verschiedene Fälle verwickelt waren, in denen Biker aus San Diego eine Rolle zu spielen schienen. Andererseits ließ sich auch keinerlei Verbindung zwischen beiden herstellen. Briefeschreiben und Brandmarken waren nicht das gleiche. April kam der Gedanke, daß er Ellen Roane vielleicht ebenfalls geschrieben hatte.

Ihr Herzschlag beschleunigte sich, als sie überlegte, ob der Biker vielleicht gar nicht aus San Diego kam, sondern aus New York stammte. Die Tatsache, daß die beiden Frauen in ihrem Revier wohnten, ließ es möglich erscheinen, daß er sie von hier kannte. Vielleicht war er sogar mit Ellen Roane *zusammen* nach San Diego gefahren, hatte sich dort mit ihr gestritten, sie mit einem Brandeisen malträtiert und dann in der Wüste zurückgelassen.

Und gleichzeitig Briefe an Emma Chapman geschrieben? Nicht so wahrscheinlich. *Und* drei Monate zuvor ebenfalls in San Diego mit einem anderen Mädchen genau das gleiche angestellt?

Nein. Es konnte nicht sein, daß es der gleiche Kerl war. Dennoch nahm April sich vor, die beiden Leichenbeschauer in Kalifornien anzurufen und sie zu bitten, ihr ein Muster des Brandzeichens auf den beiden toten Mädchen zu schicken, damit sie überprüfen konnte, ob es irgendeine Ähnlichkeit mit der Zeichnung auf den Briefen hatte. Sie würde außerdem noch einmal Ellens Zimmer in dem Studentenwohnheim aufsuchen und herausfinden, ob sie irgendwelche Briefe erhalten hatte. Ihre Mitbewohnerin konnte ihr das bestimmt sagen. Schlagartig fiel ihr ein, daß sie keine Ahnung hatte, wie Emma Chapman überhaupt aussah. Den Film hatte sie nicht gesehen. Sie arbeitete an ihrem Fall, ohne auch nur die geringste Vorstellung von der Frau zu haben.

Sie hatte sich zwar vorgenommen, Jimmy zumindest die

Gelegenheit zu geben, sich wieder in besseres Licht zu rücken, doch der Geruch von heißem Öl, Knoblauch und gebratenem Fleisch machte diesem Vorsatz den Garaus. Für keinen Mann der Welt wollte sie weiter hier herumsitzen und verhungern. Und schon gar nicht für einen, der weniger als sechs Haare auf der Brust hatte und in seinem ganzen Leben keinen einzigen Moment vorweisen konnte, wo er regelrecht Sexualität ausgestrahlt hätte. Sie stand auf, den Kopf leicht gesenkt, weil es ihr ein wenig peinlich war, daß sie eine ganze Kanne Tee getrunken und eine Schale gebackene Nudeln gegessen hatte, ohne etwas zu bestellen.

Sie schüttelte den Kopf, als der Ober sie anschaute. »Sieht aus, als hätte meine Mutter sich verlaufen«, erklärte sie ihm. »Ich geh' sie mal suchen und komme dann wieder.«

In der U-Bahn Richtung Uptown stellte sich April wie gewöhnlich an der Tür am einen Ende des Wagens auf. Polizist zu sein, war für sie mehr als ein Beruf, den man am Ende eines Arbeitstages an den Nagel hängte. Bestimmte Verhaltensregeln ließ April auch dann nicht außer acht, wenn sie nicht im Dienst war. Auf der Straße behielt sie immer die geparkten Autos im Auge und beobachtete, wer in deren Nähe herumstand. In der U-Bahn achtete sie auf die Hände der Leute – wie sie sie hielten und was sie machten. Doch heute beobachtete sie die Szenerie, die sich vor ihren Augen abspielte, nur halbherzig, sondern dachte vielmehr daran, daß sie sich dringend darum kümmern mußte, ihren Wagen wiederzubekommen. Ohne bewußt darüber nachgedacht zu haben, war sie zu dem Entschluß gekommen, daß die Fummeleien mit Jimmy Wong nun ein Ende hatten. Sie würde es ihm noch heute sagen. Angesichts dieser unverhofften Entscheidung besserte sich ihre Laune schlagartig.

Damit nicht genug: Zu ihrer freudigen Überraschung fand sie bei ihrer Ankunft auf dem Revier eine Nachricht von Sergeant Grove, der sie um einen Rückruf bat. Da ihr eigener Schreibtisch besetzt war, suchte sie sich einen Platz, an dem niemand saß, um in San Diego zurückzurufen.

»Ja, hier Sergeant Grove.«

»Hier ist April Woo aus New York.«

»Wie geht's so, April?«

»Die Sonne ist endlich rausgekommen, Sergeant.«

»Das ist eine gute Nachricht. Ich heiße Bob, April. Sie können Bob zu mir sagen. Haben Sie mittlerweile eine Bestätigung, daß es sich bei dem Mädchen aus Potoway Village um Ihren Fall handelt?«

»Nein, aber ich habe die Unterlagen abgeschickt, und vermutlich sind die Kollegen dort schon bei der Arbeit. Ich rufe Sie allerdings nicht wegen dem Fall Ellen Roane an. Mittlerweile hat sich noch etwas anderes ergeben. Vermutlich besteht keine Verbindung zwischen beiden Fällen, aber möglich ist es doch.«

»In Ordnung, was haben Sie auf dem Herzen?«

April wartete, bis ein Verdächtiger in Handschellen, der Obszönitäten brüllte, durch den Wachraum in den dahinter befindlichen Untersuchungsbereich geführt worden war.

»April, sind Sie noch dran?«

»Hier ist gerade ziemlich viel Krach. Können Sie einen Moment dranbleiben?«

Zwei Türen wurden zugeschlagen und brachten so die Flüche zum Verstummen. Ein paarmal läuteten irgendwelche anderen Telefone. Dann kehrte wieder Ruhe ein. April fuhr fort: »Es handelt sich unter Umständen um so was ähnliches wie den Fall Hinkley. Eine Schauspielerin bekommt Drohbriefe.«

»Aha«, antwortete die Stimme vom anderen Ende des Kontinents unverbindlich. »Und was kann ich für Sie tun? Ich bin zuständig für Vermißtenfälle.«

»Das weiß ich, Bob. Aber diese Briefe kommen aus San Diego.«

»Ach, wirklich?«

»Ja, es hat mich selbst erstaunt. In den sechs Jahren bei der Polizei hatte ich noch nie einen Fall, der irgendwas mit San Diego zu tun hatte. Und jetzt gleich zwei auf einmal.«

»Also glauben Sie, es handelt sich um eine Verschwörung?« Bob stieß ein kurzes Lachen aus.

»Nein, ich glaube, es handelt sich um schieren Zufall. Allerdings ist da noch eine Sache – diese andere unidentifizierte Leiche, die Sie da unten haben, die mit einer ähnlichen Verbrennung?«

»Da muß ich leider passen, April. Was für eine?«

»Reden Sie nicht miteinander?« fragte April. »Es gibt noch einen Fall von einem Mädchen, das gefoltert, gebrandmarkt und offensichtlich in der Wüste ausgesetzt wurde.«

»In San Diego gibt es keine Wüste.«

»Was?«

»Ich bin in der Abteilung für Vermißtenfälle beim San Diego Police Department. Wir haben keine Wüste im Stadtbezirk San Diego. Sie sprechen von anderen Gerichtsbezirken, und ich erfahre normalerweise nichts über vermißte Personen in anderen Gerichtsbezirken, solange ich keine offizielle Anfrage von anderen Behörden bekomme, die mich um Amtshilfe bitten, so wie Sie beispielsweise.« Grove fühlte sich anscheinend auf den Schlips getreten.

»Nun ja, wenn noch mehr von der Sorte auftauchen, werden Sie schon noch davon hören, nehme ich mal an.«

»Wollen Sie damit sagen, daß es sich um einen Serientäter handelt?« Sein Tonfall wurde hörbar schärfer.

»Kann ich so nicht sagen. Ich bin Detective in New York. Und das da unten ist nicht mein Gerichtsbezirk. Ich versuche nur, ein paar Hinweise zusammenzusetzen, und ich dachte, Sie können mir vielleicht einen Rat geben.« Sie wartete, bis sich das erst mal gesetzt hatte.

»Also gut, April, Sie lassen nicht locker, alle Achtung. Sagen wir mal, Sie haben mein Interesse geweckt. Was kann ich für Sie tun?«

»Am Ende des Briefes ist so was ... wie ein Biker-Logo.«

»Aha!«

»Ich muß herausfinden, ob in Ihrer Gegend jemand Drohbriefe bekommt, die ein ähnliches Logo tragen. Es wäre nützlich zu erfahren – möglicherweise vom Dezernat Sexualverbrechen –, ob vielleicht jemand mit einem Brandeisen, das so ähnlich aussah wie die Zeichnung auf den Briefen, gebrandmarkt wurde und das Ganze überlebt hat, so daß darüber vielleicht eine Aussage existiert.«

»Das ist nicht gerade wenig, was Sie da wollen.«

»Sehen Sie mal, Bob, es kann sein, daß Ihr Computer den ersten Vermißtenfall aufgespürt hat, nach dem ich gesucht habe. Und jetzt suche ich nach einem Kerl, der Briefe schreibt. In gewisser Weise ist er doch auch ein Vermißtenfall, oder?«

»Hm-hm. So funktioniert das aber nicht. Aber was war's, wovon Sie geredet haben – eine Zeichnung oder ein Brandeisen? Ich komme da nicht ganz mit.«

»Die Briefe haben ein gezeichnetes Biker-Logo am Ende, so wie eine Unterschrift. Der Kerl, der sie schreibt, redet davon, jemand zu brandmarken. Die zwei unbekannten Leichen in den anderen Gerichtsbezirken sind anscheinend gebrandmarkt worden. Verstehen Sie?«

»Sie glauben also, daß da eventuell eine Verbindung besteht?«

»Ich weiß es wirklich nicht«, gestand April. »Aber in beide Fälle scheinen Biker verwickelt zu sein.«

»Aha«, sagte Sergeant Grove. »Biker sind normalerweise nicht als große Briefschreiber bekannt. Aber ich werde mal rumfragen und sehen, was ich herausfinde.«

»Vielleicht ist es auch kein Biker«, sagte April schnell. »Es ist nur ein Biker-Logo. Harley Davidson.«

»Hier unten gibt's haufenweise Harley-Fans.«

»Da bin ich mir sicher, Bob. Wenn Sie sich umhören würden, wäre mir das eine große Hilfe.«

April ließ sich seine Fax-Nummer geben und schickte ihm die zwei seltsamsten Briefe, die Emma Chapman erhalten hatte. Nachdem ihr das chinesische Essen mit Jimmy, auf das sie gehofft hatte, nicht vergönnt gewesen war, knurrte ihr der Magen ganz beträchtlich. Sie beschloß, dies zu ignorieren und zu Ellens Studentenwohnheim zu fahren, um nach ihrer Mitbewohnerin zu suchen.

32

Ronnies breites Gesicht bebte vor Zorn. »Was ist los mit dir? Jetzt ist schon eine Woche vergangen, und ich habe immer noch keine klare Antwort von dir. Was soll dieser Mist?«

Mit kleinen Trippelschritten brachte sie einen Blick hinter sich. Ihre Absätze klapperten auf dem unebenen Gehsteig. Es war der dreißigste April. Endlich kam die Sonne heraus. Morgen war Feiertag. Ohne daß sie eine Antwort bekommen hätte, fuhr Ronnie fort: »Seit über einer Woche erzähle ich Elinor Zing jetzt schon jeden Tag, daß wir den Film machen wollen. Und jetzt sagst du plötzlich, du bist nicht mehr sicher. Was meinst du, wie lange ich sie noch vertrösten kann? Es geht einfach nicht mehr!« Sie blieb stehen und wandte sich an Emma. »Hörst du mir überhaupt zu?«

Emmas Blick war auf die Straße hinter ihr gerichtet.

»Was ist los mit dir?« fragte Ronnie voller Wut.

»Nichts.« Emma schüttelte den Kopf. Sie wirkte verstört. »Es ist seltsam.«

»Weißt du, was Elinor zu mir gesagt hat? Sie hat gesagt, du gefällst ihnen wirklich, aber ganz unter uns, sie glaubt nicht, daß Jack und Albert allzuviel Geduld haben.«

Emma ging ein paar Schritte weiter und drehte sich dann wieder um. Auf ihrer Stirn zeichneten sich tiefe Falten ab.

»Was ist los mit dir?«

»Ich weiß nicht. Ich hab' so ein seltsames Gefühl, es ist wirklich ...«

»Emma, schau mich an. Elinor hat mir gesagt, daß sie sich nicht von uns verarschen lassen. Ich soll dir ausrichten, daß niemand, der Jack eine Absage erteilt, eine zweite Chance bekommt.«

Emma musterte die Menschen, die hinter Ronnie die Sixth Avenue bevölkerten. Nichts Außergewöhnliches. Die übliche Mischung aus Geschäftsleuten und Passanten. Lediglich um zwei riesenhafte schwarze Hütchenspieler hatte sich eine Menschenansammlung gebildet.

»Ich hab' ihr gesagt, daß du Jack bewunderst«, fuhr Ronnie fort. »Ich hab' ihr gesagt, du würdest deinen rechten Arm dafür geben, mit ihm zusammenzuarbeiten. Was schaust du so? Ist da was?«

»Ich hab' dir gesagt, ich hab' so ein komisches Gefühl, als ob mir jemand ... Ach, vergiß es.« Sie schüttelte den Kopf.

»Also hat Elinor gesagt: ›Was kann man mehr wollen?‹ Sie hat gemerkt, daß Michael dir gefallen hat. Mein Gott! *Jeder* würde sich zerreißen, um mit ihm zu arbeiten. Ich hab' ihr gesagt, du würdest einen Mord begehen, wenn's nötig wäre, nur um mit ihm zu arbeiten. Du bist verrückt nach ihm, stimmt's? Kannst du dir vorstellen, wie's ist, sechs Wochen lang mit ihm in einem kleinen Kaff im Süden zusammenzusein, hm?«

»Er hat mir gefallen«, gab Emma zu. »Sehr sogar.«

»Sie wollte wissen, wo das Problem liegt, und mir ist beim besten Willen nichts eingefallen. Also kam sie – ich weiß auch nicht, wieso – auf die Idee, daß wir vielleicht mehr Geld wollen.«

»Mein Gott«, murmelte Emma.

»Also hat sie gemeint, sie ruft mich heute an, um mir zu sagen, ob noch was drin ist.« Zornerfüllt deutete Ronnie auf ihre Uhr. »Sieh dir das an. Du hast zu lange gewartet und zuviel verlangt, und jetzt wollen sie dich vielleicht gar nicht mehr. Denkst du, sie hat mich zurückgerufen? Hm? Was meinst du? Nein! Sie hat mich *nicht* zurückgerufen!«

»Es ist doch erst halb eins«, murmelte Emma. »In Kalifornien ist es noch früh am Morgen.«

»Klar, aber vielleicht haben sie sich in der Zwischenzeit mit jemand anderem unterhalten. Ich könnte dich glatt umbringen. Hey, wo läufst du hin?« Ronnie war außer sich. »Ich hab' einen Tisch im Tea Room reserviert. Willst du dich nicht sehen lassen?«

Emma ging ungerührt weiter die Sixth Avenue entlang in Richtung Central Park. Keuchend hetzte Ronnie hinterher. »Jetzt mach endlich den Mund auf«, verlangte sie. »Endlich hast du, was wir immer wollten, und jetzt läßt du's den Bach runtergehen. Was soll der Mist, was ist los mit dir?«

Auf der Höhe des Café de la Paix baute sich Ronnie vor Emma auf und verstellte ihr den Weg. Ihr Gesicht war rot vor Wut. »Tu mir das nicht an.«

»Du bist meine Agentin. Und als solche hast du meine Interessen zu wahren, nicht bloß deine eigenen.«

»Aber deine Interessen sind auch *meine*«, beharrte Ronnie.

»Dann wirst du bestimmt verstehen, daß es so simpel nicht ist.« Emma machte sich daran weiterzugehen.

»Um Himmels willen, jetzt bleib doch mal stehen. Ich kann nicht mehr. Wo willst du denn hin?« protestierte Ronnie hilflos.

»Ich gehe in den Park. Ich hab' keine Lust, etwas zu essen. Ich will mich dort auf die Bank in die Sonne setzen.« Wo sie die Leute im Blick hatte. Die Ampel sprang um, und sie ging los.

Keuchend hoppelte Ronnie ihr hinterher. »Du treibst mich zum Wahnsinn«, murmelte sie.

»Das kann ich gar nicht«, erwiderte Emma, und es lag eine gewisse Schärfe in ihrer Stimme, denn dies war ein wunder Punkt, den Ronnie da angerührt hatte. Sie wußte nicht genau, ob sie jemanden zum Wahnsinn treiben konnte oder nicht. Jason hatte gesagt, daß sie durch ihr Verhalten eine Reaktion auslösen konnte, die nicht normal war. Und jetzt war er verreist. Aber sie wurde das Gefühl nicht los, daß er sich trotzdem in der Nähe aufhielt. Ihre Nerven lagen blank.

»Paß auf, kann gut sein, daß das, was ich tue, dir nicht in den Kram paßt und dich nur frustet, aber verrückt bist du sowieso schon.«

»Hör auf mit dem Psychoscheiß!« schrie Ronnie sie an. »Ich kann das nicht ab. Red einfach ganz normal mit mir, und laß mich mit der Psychonummer in Ruhe.«

Emma steuerte auf eine frischgestrichene grüne Bank kurz hinter der Umgrenzungsmauer des Parks zu, auf der, obwohl sie in diesem Augenblick von der Sonne beschienen wurde, ausnahmsweise kein Obdachloser lag und die auch von Vögeln bisher verschont geblieben war. Emma setzte sich hin, und Ronnie ließ sich neben ihr auf die Bank fallen. Ihr rot-blauer Seidenrock blähte sich dabei auf wie ein Zelt und senkte sich dann langsam.

»Du bist schon verrückt«, wiederholte Emma.

»Vielleicht«, sagte Ronnie nun ruhiger. »Vielleicht hast du recht, aber ein paar Sachen weiß ich, und dazu gehört, daß du drauf und dran bist, einen Fehler zu machen. Was ist mit dir los?«

Eine ganze Weile sagte Emma kein Wort. »Vielleicht will ich gar nicht, daß mein Leben sich verändert«, sagte sie zögernd. »Im Rampenlicht der Öffentlichkeit zu stehen – so toll ist das auch wieder nicht.«

»Was redest du da. Natürlich ist das toll.«

»Irgendwas stimmt nicht, ich mache mir Sorgen, Ronnie.«

Ronnie sah sie mißmutig an. »Wovon redest du da?«

»Ich ... in letzter Zeit bekomme ich Briefe.« Emmas Lippen zitterten.

»Na und? Jeder bekommt Briefe. Das gehört dazu. Wenn man berühmt ist, bekommt man Briefe. Vergiß es! Komm, wir gehen was essen, dann fühlst du dich gleich besser.«

Emmas Gesicht war bleich. »Es sind aber nicht irgendwelche Briefe. Sie kommen von jemand, der mich kennt.«

»Woher weißt du das?« Ronnie war nun doch wieder verwirrt.

»Woher ich das weiß? Er schreibt von Sachen, die in der High-School passiert sind. Ich habe den Geist gespielt in *Die Geisterkomödie*. Er weiß, welches Kostüm ich getragen habe. Er redet davon, wie rein ich war. Es gab da einen Vorfall mit dem Kapitän der Footballmannschaft. Es war im letzten Schuljahr ...«

Du warst die Eiskönigin. Niemand durfte dich anfassen.

»Was für ein Vorfall?« Ronnie war neugierig geworden.

Emma schaute einem Eichhörnchen nach, das einen Baum hinaufkletterte. »Es ist schon lange her.«

»Was?« fragte Ronnie erneut.

»Ach nichts. Einfach ... Ich weiß nicht.«

Ronnie stieß einen Seufzer aus. Wenn Emma erst ein großer Star wäre, dann wäre sie, Ronnie, die Agentin eines großen Stars, und andere Schauspieler würden zu ihr kommen. Sie würde haufenweise Geld scheffeln, und irgendwann würde sie richtig schlank sein. Man konnte ihrem Gesicht regelrecht ansehen, wie sie sich abmühte, um den richtigen Ton zu treffen und das Richtige zu sagen.

»Hm, also diese Briefe gehen dir echt an die Nieren?«

»Es sind nicht bloß die Briefe«, sagte Emma und begutachtete eine ziemlich übel abgeschabte Stelle an ihren neuen Schuhen. *Es war Jason.*

»Schauspieler werden nun mal auf der Straße erkannt und angesprochen. So was passiert andauernd. Sie kriegen Tausende von Briefen. Das ist der Preis, den man für den Ruhm bezahlen muß.«

»Und was machen sie?« fragte Emma nach einer langen Pause.

»Sie machen die Briefe nicht auf. Gib mir grünes Licht, Emma. Die werden nicht ewig auf dich warten.«

Warum ist aus dir nur so ein Haufen Scheiße geworden?

»Das ist nicht so einfach«, sagte Emma. »Ich habe Angst.«

»Ich kann's nicht glauben«, sagte Ronnie. »Wovor solltest du Angst haben? Mach den verdammten Film. Und mach die verdammten Briefe erst gar nicht auf. Was ist daran so schwer?«

»Du verstehst das nicht«, sagte Emma. Jemand wußte, wie er an ihr Innerstes rühren und ihr angst machen konnte.

Sie rieb an der abgewetzten Stelle an ihrem Schuh herum. Sie weigerte sich zu glauben, daß sie etwas tun konnte, das jemand anderen den Verstand verlieren ließ. Aber wenn es doch stimmte? Was war, wenn ihr eigener Ehemann durchdrehte, nur weil er sie nackt in einem Film gesehen hatte?

Jason hatte gesagt, daß er verreisen würde. Ihre Eltern hatten gesagt, sie hätten ihn am Abend zuvor gesehen. Aber sie hatte das bestimmte Gefühl, daß er wieder zurück war. Er war zurückgekommen, ohne es ihr zu sagen, und verfolgte sie nun. Sie schüttelte den Kopf. Wie konnte das sein?

Flugzeuge flogen auch nachts. So einfach war das.

»Ach, Mist. Ich werde Elinor anrufen. Was soll's. Gehen uns halt ein paar Tausender durch die Lappen.« Ronnie legte den Arm um Emma und drückte sie. »Komm schon, wir gehen was essen. Danach fühlst du dich besser«, sagte sie tröstend. »Komm schon, Em. Du weißt, daß ich dich liebe.«

Kaum daß sie diese Worte ausgesprochen hatte, brachen bei Emma alle Dämme. Sie schlug die Hände vors Gesicht.

Voller Sorge beugte sich Ronnie nach vorne. »Mein Gott, was ist denn los?«

Sie saßen da im strahlendsten Sonnenschein, es war endlich Frühling, und die Zukunft schimmerte in den schillernsten Farben. Es wäre angebracht gewesen, im Russian Tea Room zu sitzen und sich den Kaviar und den Champagner schmecken zu lassen. Statt dessen saß Emma auf dieser Parkbank und heulte sich die Augen aus.

33

»Newton, Liebling. Du mußt dich unbedingt mal um den Wasserhahn kümmern. Der tropft immer noch.« Mit diesen Worten hatte Rose ihn verabschiedet, als er heute morgen zur Tür hinausgegangen war. *Du mußt unbedingt was unternehmen wegen dem Wasserhahn.* Es hatte einen schalen Geschmack in seinem Mund hinterlassen, der ihm auf dem ganzen Weg zur Arbeit nachgehangen hatte. Seit Wochen war es das gleiche. Dabei konnte sie das Ding genauso gut reparieren wie er.

Manchmal kapierte er einfach nicht, warum sie nicht merkte, daß er mit etwas beschäftigt war – und deshalb vor lauter Sorgen die ganze Nacht nicht schlafen konnte – und sie ihn mit Wasserhähnen in Ruhe ließ.

Er konnte dieses du-mußt-unbedingt-dieses-und-jenes-tun einfach nicht ab.

Wenn Milt herausfand, daß die Leiche tatsächlich das Mädchen aus New York war, dann gab es eine Menge Dinge, die er unbedingt tun mußte. Sie war in seinem Zuständigkeitsbereich gestorben. Und damit war sie *sein* Fall. Er konnte die Sache nicht einfach zu den Akten legen mit der Begründung, daß es keine Beweise für ein Gewaltverbrechen gab. Er müßte der Sache nachgehen. Aber, zum Teufel, er hatte einfach nicht genug Leute, um sie in der Gegend herumzuschicken, damit sie jedem, der ihnen über den Weg lief, Fragen stellten. Mist.

Newt hoffte inständig, daß Milt und sein Freund, der Leichenbeschauer aus Twenty Nine Palms, ihre Ergebnisse austauschten und dabei feststellten, daß in beiden Fällen der gleiche Modus operandi vorlag. Dann konnten sie das FBI und VICAP darüber informieren, und die wiederum konnten sich auf die Suche nach einem Serientäter machen. Es waren zwar nur zwei Fälle, aber immerhin waren es mehr als einer, und das reichte schon. Die Jungs dort hatten Experten und Computer. Für die gehörte es zum täglichen Brot, alle möglichen Querverbindungen in irgendwelchen Mordfällen herzustellen und selbst die bizarrsten Verrenkungen des menschlichen Gehirns zu archivieren.

Milt und sein Freund waren sich zwar darüber einig, daß die Verletzungen auf der Brust der Mädchen große Ähnlichkeiten aufwiesen, und daß es in beiden Fällen so schien, als seien die Mädchen vorher gefoltert worden. Auch die Umstände, unter denen sie gefunden worden waren, wiesen Ähnlichkeiten auf, doch das war alles. Sie waren nicht auf die übliche Art und Weise ermordet worden. Um von einem Mord sprechen zu können, brauchte man mehr als eine Leiche. Man brauchte eine Mordwaffe. Man mußte den Tatort bestimmen können und einen Hinweis darauf haben, daß sonst noch jemand sich dort aufgehalten hatte.

Newton Regis konnte nicht einfach zum FBI gehen und sagen, daß er einen Serienkiller hatte. *Ach ja, Sir, und nebenbei bemerkt, der eigentliche Täter ist die Wüste.*

Vielleicht war der Kerl ja noch gar nicht soweit, daß er sie umbrachte. Vielleicht würde er es irgendwann einmal tun, vielleicht aber auch nicht. Wie auch immer, im Augenblick handelte es sich eher um ein Sexualverbrechen. Und in Potoway Village gab es unter Garantie kein Dezernat für Sexualverbrechen. Als hätte Rose verstehen müssen, daß er ein Problem hatte, falls das Mädchen, das bei Milt auf Eis lag, tatsächlich das Mädchen aus New York war.

Als Newt sein Büro betrat, war es acht Uhr. Mit finsterer Miene saß er am Schreibtisch, bis um zehn das Telefon klingelte und Milt sich am anderen Ende meldete. Die Identifizierung war positiv.

34

Jimmy stand an die Fahrertür des weißen LeBaron gelehnt. Seine Haare waren mittlerweile ziemlich lang, und sein Gesicht wirkte schmal und kantig. Selbst in seinen besten Momenten konnte man kaum behaupten, daß er wie die Gutmütigkeit in Person wirkte, doch im Augenblick lag ein säuerlicher Ausdruck in seinem Gesicht, als hätte er gerade etwas Schlechtes gegessen.

April wußte genau, woran er so schwer zu schlucken hatte. Es paßte ihm absolut nicht, daß sie ihn nach Manhattan zitiert hatte. Sie hatte ihm hinterhertelefoniert und überall angerufen, wo er vielleicht stecken konnte, bis es ihm schließlich jemand ausgerichtet hatte.

»Was gibt's so Dringendes?« hatte er am Telefon gefragt, als er sie zurückrief.

»Hallo«, hatte sie geantwortet.

»Was?«

»Du hast unsere Verabredung zum Mittagessen platzen lassen. Das Mindeste, was du sagen könntest, wäre ›Hallo, April, wie geht's?‹.«

Sie war zum Wohnheim an der Columbia Universität gefahren und hatte Connie Shagan angetroffen, doch keinerlei Briefe gefunden. Connie war sich ganz sicher, daß Ellen sich mit niemandem eingelassen hatte, seit die Sache mit ihrem Freund in die Brüche gegangen war. Auf keinen Fall war sie mit jemandem zusammen nach Kalifornien geflogen. Connie war absolut sicher, daß sie davon gewußt hätte, wäre dem so gewesen.

»Sie haben sie wohl immer noch nicht gefunden, nehme ich an.« Connie war das Gegenteil von Ellen – sie war fett, und in ihrem Gesicht spiegelte alles andere als schiere Lebensfreude.

April hatte den Kopf geschüttelt. »Nein, ich habe keine Hinweise.«

Sie war ins Revier zurückgefahren, anstatt nach Hause, um dort zu warten, bis Jimmy sie anrief. Ihre Stimmung war mies, und wenn es jemand mitbekam, so war ihr dies auch egal.

»Hör zu, das mit dem Mittagessen tut mir leid. Es ist etwas dazwischengekommen«, sagte Jimmy. Auch er hörte sich nicht so an, als sei er bester Stimmung.

»Du hast dich jetzt schon zwei Wochen nicht mehr gemeldet.« Sie saß an ihrem Schreibtisch. Außer ihr war keiner im Raum. Aus irgendeinem Grund fühlte sie sich stark.

»Ich war mit einem Fall beschäftigt. Außerdem, was soll der Aufstand? Bist du meine Frau, oder was?«

»Du hast mein Auto, Jimmy.«

»Du hast mir dein Auto gegeben und gesagt, ich soll vorsichtig fahren.«

»Und jetzt will ich es wieder.«

»Häh? Ich bin im Augenblick an einem Fall dran, und da rufst du mich deshalb an?«

»Du hast heute frei, Jimmy. Heute war dein freier Tag. Und wir wollten zusammen essen gehen. Du hast mich versetzt.«

»Paß auf, du hast *mich* gebeten. Ich habe dir gesagt, daß es mir nicht sonderlich in den Kram paßt. Und jetzt willst du dein Auto wieder zurückhaben, nur weil ich nicht aufgetaucht bin. Das ist aber nicht sehr freundlich.«

»Jimmy, ich will mein Auto wieder, weil ich es brauche, um von einem Ort zum anderen zu kommen.«

»Ich bin enttäuscht von dir.«

Oh, ja. Wie oft hatte sie sich das schon anhören müssen. Wann immer sie den Mund aufmachte und nicht einer Meinung mit ihm war, nannte er sie entweder ein verrücktes

Weibsstück oder er sagte, er sei enttäuscht von ihr. Gut möglich, daß sie verrückt gewesen war, jetzt hatte sie jedenfalls ihren Verstand wieder beisammen.

»Seit du Uptown bist, hast du dich verändert«, klagte er, als ob sie sich einen Virus eingefangen hätte.

»Wie lange brauchst du, bis du hier bist? Ohne mein Auto gehe ich hier nicht weg. Ich werde überall rumerzählen, daß du es hast.«

Eine Stunde später tauchte er auf und mußte auf der Straße warten, weil er auf keinen Fall hineingehen und nach ihr suchen wollte. Mit grimmiger Miene lehnte er am Wagen, als sie zum Gebäude herausgeschlendert kam und die Straße überquerte.

»Ich hab' dir doch gesagt, daß ich komme. Warum hast du mich hier draußen warten lassen?« knurrte er.

April streckte die Hand aus, damit er ihr die Schlüssel gab.

»Ich habe dich drei Minuten warten lassen. Du hast mich eineinviertel Stunde warten lassen. Du wußtest, wo ich war. Du hättest anrufen können. Jetzt weißt du, was das für ein Gefühl ist.«

Sein Gesicht lief rot an. Einige Beamte in Uniform, die in der Nähe standen, sahen zu, wie er sein Gesicht verlor.

»Jetzt steig schon ein, ich fahre dich nach Hause«, sagte er.

Sie schüttelte den Kopf. »Ich will nicht nach Hause.«

»Dann fahre ich dich dorthin, wo du hinwillst.«

»Ich dachte, du bist an einem Fall dran«, erinnerte ihn April.

»Ich habe Zeit genug, dich dahin zu fahren, wo du hinwillst.« Er bedeutete ihr mit einem Kopfnicken, daß sie endlich einsteigen sollte.

»Äh-äh. Da kannst du mich nicht hinbringen, Jimmy.«

»Warum nicht?«

»Weil wir nirgendwo mehr zusammen hinfahren. Weil wir uns nämlich nicht mehr sehen werden.«

»Was, einfach so?«

Sein schmales Gesicht wurde mittlerweile sehr rot.

»Nein, nicht einfach so. Es geht doch schon seit langem so. Du liebst mich nicht, Jimmy, und ich liebe dich nicht. So ist die Lage, und ich denke, das reicht ja wohl.«

»Woher willst du das wissen, daß ich dich nicht liebe?« Er sprach sehr leise, doch aus seinen Augen schossen Blitze.

Seine zornerfüllten Augen waren ihr unheimlich, sie wollte zusehen, daß sie wegkam, bevor er einen Fluch über sie aussprechen konnte, der für den Rest ihres Lebens an ihr haften würde.

»Weil du dich so benimmst«, erwiderte sie.

»Ich weiß nicht, wovon du redest. Wir sind doch jetzt schon beinahe drei Jahre zusammen.«

»Und das ist auch lange genug.« Es war schon zu lange.

»Paß auf, ich hab' schon gesagt, das mit dem Essen heute mittag tut mir leid.« Er war nun sehr wütend. Seine Stimme klang gepreßt, und seine Augen hatten sich tief in seine Mongolenfalten zurückgezogen.

Sie schaute sich nach jemandem um, den sie kannte. »Gib mir die Schlüssel, Jimmy. Ich muß los.«

Er sah, wie sie jemandem in Uniform zunickte. Es war ein großer, kräftiger Kerl, vermutlich Ire. Er reichte ihr die Schlüssel.

Sie stieg in den Wagen und zog sachte die Tür zu. »Viel Glück noch im weiteren Leben«, sagte sie, darauf bedacht, ihn nicht zu verfluchen.

Es war mehr, als er für sie zu tun bereit war. Ohne ein Wort trottete er schlurfenden Schritts zur U-Bahn.

35

Troland kniete auf dem Boden und hob die Jalousie ein paar Zentimeter, um seitlich zu Mrs. Bartellos Wohnzimmerfenster schauen zu können. Alle paar Minuten wiederholte er dies. Sie schien sich nie dort aufzuhalten. Das war gut. Manchmal glaubte er, sie wäre tot. Aus ihrem Haus drang kein Lebenszeichen.

Als sie das erste Mal zur Tür gekommen war, hatte die alte Dame ein gestärktes schwarzes Kleid getragen und gesagt: »Was wollen Sie? Ich bin in Trauer.«

Das war gut. Er richtete seine Aufmerksamkeit nun auf das vordere Fenster. Draußen auf der Straße staute sich der Verkehr. Ein Düsenflugzeug im Landeanflug auf LaGuardia donnerte über das Dach.

»Ich wollte hier einziehen«, hatte er gesagt und auf das handgeschriebene Schild im Fenster gedeutet – GARAGENAPARTMENT ZU VERMIETEN.

Er hatte das Schild gesehen, als er in der Gegend herumgelaufen war, um das Terrain zu sondieren und herauszufinden, wie man von hier nach Manhattan kam. Schon damals hatte er gewußt, daß dieser Ort wie geschaffen war für seine Zwecke. Er war vom Highway abgefahren auf die Zubringerstraße und hatte vor dem Haus geparkt, als ob er schon sein ganzes Leben lang in dieser Nachbarschaft wohnte. Trotzdem hatte er ein ungutes Gefühl. Er atmete die Luft ein und fühlte, wie sich gefährliche Partikel in seinem Körper breitmachten. Die Luft war grau und feucht. New York sagte ihm nicht sonderlich zu.

»Sie können Mrs. Bartello zu mir sagen.« Sie war klein und schmächtig. Sie musterte ihn und seinen gemieteten Ford Tempo. »Ich nehme an, Sie wollen auch die Garage.«

»Die Garage brauche ich unbedingt«, hatte er geantwortet.

Sie zuckte daraufhin mit den Schultern. Natürlich brauchte er die Garage. Es gab sonst keinen Eingang zu dem Apartment.

»Sie feiern doch keine wilden Parties mit lauter Musik, oder?« hatte sie gefragt und ihn noch einmal gemustert. Er war blond und nicht allzu groß. Er hatte blaue Augen und trug eine Lederjacke, schwarze Jeans und Stiefel.

»Ich mag keine Musik.«

»Was ist mit Drogen?«

Er hatte den Kopf geschüttelt.

»Okay.« Sie hatte die zweihundert Dollar genommen, die er ihr in bar gegeben hatte und sie mit erstaunlicher Geschwindigkeit abgezählt, um gleich darauf die Tür wieder zu schließen.

Das mochte er an ihr. Sie interessierte sich nicht für ihn. Sie ließ ihn alleine, als er sich das Apartment anschaute, weil sie sich dort nicht gerne aufhielt. Es erinnerte sie an ihren verstorbenen Ehemann, sagte sie. Noch Tage, nachdem er das Apartment gemietet hatte, suchte Troland nach einem Haken an der Sache. Doch es gab keinen. Hier hatte er eine perfekte Basis.

Er konnte in die Garage fahren und hinaufgehen, ohne daß ihn jemand von draußen sah. Er hatte zwei Zimmer, das eine mit einem Sofa, Tisch und Stühlen, einer kleinen Küche und dem Telefon; das andere war ein kleines Schlafzimmer mit einem Bett für eine Person und einem Oberlicht. Das Oberlicht gefiel ihm gar nicht. Er sah Gesichter, die von oben hereinschauten. Flugzeuge und Gesichter.

Das Apartment hatte Fenster nach drei Seiten. Troland überprüfte die Fenster an der Seite und nach hinten hinaus. Wann immer er unruhig wurde, fuhr er mit dem Mietwagen nach Manhattan. Bei den ersten Malen hatte er einen Stadtplan dabei. Er probierte verschiedene Strecken aus – es gab mehrere Brücken und dementsprechend mehrere Routen quer durch die Stadt zur West Side. Dann versuchte er es mit der U-Bahn. Das ging zwar schneller, aber einmal zog eine spinnerte alte Dame vor seiner Nase ihre beiden Röcke hoch und pinkelte zwischen zwei Waggons kauernd auf die Gleise, während der Zug mit vollem Tempo dahinschoß, und Troland hatte genug. Leute, die nicht mehr alle Tassen im Schrank hatten, machten ihn rasend.

Er richtete es so ein, daß er am frühen Morgen ankam und den Wagen ein Stück von ihrem Hauseingang entfernt parkte. Dann saß er da, schaute zum Fenster hinauf und wartete darauf, daß sie herauskam. Manchmal parkte er den Wagen auch weiter weg und schlenderte durch die Umgebung, um sich mit der Gegend vertraut zu machen. Er blieb auf der gegenüberliegenden Straßenseite eine Querstraße weiter und versuchte, sich einen Überblick über die Gebäude zu verschaffen.

In west-östlicher Richtung war der halbe Block um eine Art Garten herumgebaut, der zu einem größeren Gebäude auf der anderen Seite gehörte. Manchmal stand das eiserne Tor zu der Gartenanlage offen. Sie wohnte im fünften Stock.

Er hatte sie jetzt schon ungefähr sechsmal gesehen. Beim ersten Mal war es gewesen, als hätte ihn ein kalter Luftzug voll erwischt. Als wäre er auf seiner Maschine ohne Helm mit hundertvierzig den Freeway entlanggebrettert. Kalt, ernüchternd und atemberaubend im wahrsten Sinne des Wortes. So, daß er kaum noch wußte, wo ihm der Kopf stand. Es war ein Schock. Die Schlampe, wegen der er sich all diese Mühe gemacht hatte, sah gar nicht so aus, wie er sie sich vorgestellt hatte. So wie sie aussah, hätte er sie keines Blickes gewürdigt. Er mußte schwer schlucken. Sechzehn Jahre waren vergangen, und sie war jemand ganz anderes.

Sie trug einen beigen Rock und ein weites Tweedjackett über einer irgendwie lilafarbenen Bluse, wodurch sich ihre Figur nicht mal erahnen ließ. Ihr Haar war nicht mehr so blond wie früher, man konnte es kaum noch blond nennen. Jedenfalls nicht mehr gemessen am kalifornischen Standard. Selbst aus der Ferne konnte er erkennen, daß sie ziemlich dünn war, und ihr Gesicht war – anders. Sie sah gar nicht aus wie das Mädchen in dem Film. Mit diesem Typ Frau würde er normalerweise kein Wort wechseln wollen. Sie gefiel ihm kein bißchen. Darüber geriet er ziemlich in Rage. Dann sagte er sich, was soll's? Es war ja auch nicht der Sinn der Sache, daß er sie mochte.

Er sah, daß sie an dem schmiedeeisernen Tor stehenblieb und sich kurz mit dem Portier unterhielt. Der Kerl war so klein, daß er nicht einmal ein Kind daran hätte hindern können, hereinzukommen. Dann kam ein hochgewachsener Mann heraus, der einen Hund dabeihatte. Der Hund sprang an ihr hoch, als ob er sie kannte, und sie beugte sich vor, um ihn zu tätscheln. Es war ein kleines haariges Ding. Sie lächelte. Tja, das war sie. Ihr Lächeln machte ihn richtig sauer.

Den zweiten Tiefschlag bekam er verpaßt, als er eine Pizza lieferte und feststellte, daß sie mit einem Mann zusammenlebte. Einem Doktor.

»Chapman, oder Dr. Frank?« fragte der Portier.

»Hier steht Chapman.« Troland zeigte ihm den Lieferschein, auf den er Emmas Namen und Adresse geschrieben hatte. Er sah, wie der Portier im Apartment 5 C klingelte.

»Das muß ein Irrtum sein. Sie ist außer Haus.«

Natürlich war sie außer Haus. Er hatte ja gesehen, wie sie rausgegangen war. Scheiße, mit einem Mann hatte er nicht gerechnet. Was war das für ein Mann, der zuließ, daß sie so was tat?

»Hören Sie, ich kann Ihnen leider nicht helfen«, sagte der kleine Portier. »Den Doktor darf ich unter keinen Umständen anklingeln, okay? Sie müssen sie wieder mitnehmen.«

»Nöö, behalten Sie's einfach.« Troland drückte ihm die Pizza in die Hand und ging davon.

Was konnte das für ein Doktor sein, daß der Portier ihn unter keinen Umständen stören durfte? Diesen Doktor wollte er sich mal näher ansehen. Er wollte hineingehen und sich umschauen, wo sie wohnte. Aber man brauchte kein Genie zu sein, um festzustellen, daß das Innere des Hauses eine komplizierte Angelegenheit darstellte. Das Gebäude war ziemlich alt. Der vergitterte Fahrstuhl, den man von allen Seiten einblicken konnte, gefiel Troland ebensowenig wie das Treppenhaus in der Mitte des Hauses. Jeder, der das Gebäude betrat oder verließ, brauchte nur hochzuschauen und konnte alle Eingangstüren zu den Apartments sehen.

Der Mann trat ziemlich früh am Morgen heraus auf die Straße, als Troland in einer Windjacke mit einer Baseballmütze auf dem Kopf und einer Zeitung unter dem Arm an dem Gebäude vorbeiging.

»Guten Morgen, Dr. Frank«, hörte er den Nachtportier sagen. Dessen Schicht endete um acht.

»Morgen, Pete.«

Der Doktor sah gar nicht aus wie ein Doktor. Er war mindestens drei Zentimeter größer als Troland und, so wie es aussah, einige Pfund schwerer. Er trug weiße Shorts und ein graues Sweatshirt. Sah nicht schlecht aus, der Kerl. Troland spürte, wie die Erregung in ihm aufstieg.

Er verlangsamte seine Schritte, als er vorbeiging, während der andere sich noch aufwärmte.

»Schöner Tag«, sagte der Doktor zu dem Portier, der vor der Tür stand und ihm dabei zuschaute.

»Könnte nicht besser sein.«

Der Doktor fiel in einen schnellen Trab und eilte an Troland vorbei in Richtung auf den Fußweg entlang des Flusses. Troland folgte ihm in gehörigem Abstand. Etliche Stunden später konnte er sein Glück kaum fassen, als er sah, wie der Doktor mit einem Koffer in der Hand aus dem Haus trat und in ein Taxi einstieg.

36

Nach dem Frühstück kurvte Jason eine ganze Weile in der Gegend herum, bis er schließlich die North High School gefunden hatte, die, wie sich dann zeigte, sowohl südlich von South High als auch von Central High gelegen war. Das dreistöckige mit Kletterpflanzen überwucherte Backsteingebäude machte den Eindruck, als stamme es aus etwa der gleichen Zeit wie die städtischen Verwaltungsgebäude in der unmittelbaren Umgebung. Eine lange Treppe führte von dem riesigen Parkplatz vor dem Gebäude hinauf zum Eingang. Es war eine High-School alten Stils, mit Sportplätzen an der Rückseite der Schule, genauso wie man sie aus Filmen kannte.

Als er auf den Parkplatz fuhr, versuchte er sich vorzustellen, wie es Emma wohl ergangen war, als sie im letzten Schuljahr neu in eine Klasse kam, wo sich alle schon seit Jahren kannten und ihr notgedrungen die Rolle der einsamen Außenseiterin zukam. Doch es gelang ihm nicht, sich darauf zu konzentrieren. Das einzige, was ihm einfiel, waren ihre zahllosen Zusammenkünfte in einem Café, wo er sie zwischen den Sitzungen mit seinen Patienten getroffen hatte, wenn sie gerade nicht arbeiten mußte, um sie für eine Studie über Erwachsene zu interviewen, die als Kinder permanent aus ihrer vertrauten Umgebung herausgerissen worden waren. Sie hatten sich auch dann noch getroffen, nachdem er seine Studie beendet hatte.

Er erinnerte sich daran, wie sie leicht vorgebeugt dagesessen hatte, die Hände in den Schoß gelegt, und ihm davon erzählt hatte, daß die Navy ihre Angehörigen mit Vorliebe an Einsatzorte versetzte, die möglichst weit entfernt von den vorherigen Wohnorten gelegen waren und sie so kreuz und quer durchs ganze Land scheuchte. Aus diesem Grund war Emma in der zweiten und dritten Klasse in Jacksonville, Florida, zur Schule gegangen, hatte die vierte und fünfte Klasse in Seattle absolviert, die sechste und siebte in Norfolk, Virginia. Die achte und neunte auf Hawaii. Die zehnte und elfte in Kodiak, Alaska. San Diego war der letzte Stützpunkt ihres Vaters gewesen.

Es war kurz vor zehn, und der Parkplatz war fast besetzt. In der goldenen Morgensonne, wie sie für Südkalifornien typisch ist, glänzten die hochglanzpolierten Autos, an denen zu erkennen war, daß die allgemeine Rezession in diese Gegend offensichtlich noch nicht vorgedrungen war. Dies war keine Arme-Leute-Gegend. Die Szenerie wurde beherrscht von Mercedes, Corvettes und Mazda Cabrios, lediglich hie und da parkten einige Hondas und Toyotas. Wieder überlegte Jason, ob er sich vielleicht doch einen Wagen zulegen sollte.

Er parkte in der für Besucher reservierten Zone und schritt auf den Eingang zu. Nach dem Aufstehen hatte er eine Weile überlegt, welches wohl die passende Aufmachung für diesen Anlaß war, um dann schließlich doch bei dem zu bleiben, was er schon auf der Reise getragen hatte. Es mochte sein, daß Frauen Khakihosen und Jacketts in Erdtönen nicht sonderlich viel abgewinnen konnten, doch auf Männer übte dieser Kleidungsstil wegen seiner Bequemlichkeit offensichtlich einen unbezwingbaren Reiz aus. Im Vorbeigehen fiel Jason auf, daß auf dem Parkplatz einige Container herumstanden, die als behelfsmäßige Klassenzimmer dienten.

Er brauchte nicht lange, bis er das Büro des Verbindungslehrers gefunden hatte, wo außerdem auch die Bildungs- und Berufsberatung stattfand. An der Wand vor dem Eingang hing eine Liste mit Namen, die Jason einen Augenblick studierte, bevor er das Büro betrat.

»Kann ich Ihnen helfen?«

Eine plumpe Frau mit einer dicken Schicht Rouge auf den Wangen blickte von ihrem Computerbildschirm auf. Ihr Lippenstift war über die Ränder der Lippen hinaus aufgetragen, und ihre toupierten orangefarbenen Haare bildeten einen strengen Kontrast zu ihrer lila Bluse.

Jason hätte beinahe »Wow« gesagt.

Er riß sich zusammen. »Oh, ja. Ich möchte mit Dr. Londry sprechen. Ist das vielleicht möglich?«

»Alles ist möglich.« Wie zum Beweis lächelte sie ihn an und ließ dabei eine Reihe von Zähnen aufblitzen, die weißer als weiß waren. »Besonders jetzt, wo die Schüler alle in der dritten Stunde sind«, fügte sie hinzu. »Er ist da drin.«

Sie deutete auf die geschlossene Tür hinter sich, deren obere Hälfte aus einer blickdichten Milchglasscheibe bestand.

Auf Jasons leises Klopfen erhielt er ein ebenso leises »Herein« als Antwort, und er trat ein.

Dr. Londry saß mit den Füßen auf dem Tisch an seinem Platz und las die Zeitung. Als er bemerkte, daß sein Besucher kein Schüler war, nahm er die Füße vom Tisch und legte die Zeitung weg. Londry hatte langes, graues Haar, das in dünnen Strähnen um eine kreisförmige kahle Stelle herum auf seinem Schädel sprießte. Die Falten unter seinen Augen erschienen durch die Gläser seiner rahmenlosen Brille vergrößert wie unter einer Lupe. Die oberen Knöpfe seines kurzärmeligen karierten Hemdes waren offen.

»Hi«, sagte Jason und streckte ihm die Hand entgegen. »Mein Name ist Frank Miln. Ich arbeite an einem Artikel für das New York Magazine. Es geht dabei um Filmstars aus Kalifornien, die ihren Durchbruch in New York schaffen. Also den umgekehrten Weg gehen wie sonst.«

»Mein Gott«, sagte Londry und blinzelte. »Ja, davon hab' ich schon mal was gehört. Kommen Sie doch rein.«

»Oh, danke«, sagte Jason.

»Die Filmindustrie in New York ist ziemlich groß, hab' ich recht? Ich hab' auch schon davon gehört, daß es jetzt jede Menge Leute nach Florida zieht. Was führt Sie hierher?«

»Nun ja, in dem Artikel geht es auch um Emma Chapman.

Sie ist hier zur Schule gegangen und hat vor dreizehn Jahren hier ihren Abschluß gemacht. Waren Sie damals auch schon hier?«

»Ach so. Es ist gerade mal ein paar Tage her, daß mir jemand davon erzählt hat.« Er kniff die Augen zusammen und schaute Jason an. »Ich war damals auch schon hier, aber ich könnte Ihnen selbst dann nichts sagen, wenn ich eine Akte über sie hätte, was allerdings nicht der Fall ist.«

Jason ließ sich nicht verunsichern. Er lachte. »Die Akte interessiert mich gar nicht. Darin rumzuschnüffeln wäre natürlich ...« Er zögerte einen Moment. »... ein Verstoß gegen das Berufsethos.«

»Nun ja, so was kommt aber vor«, sagte Londry mißbilligend, seine Lippen zu einem schmalen Strich zusammengezogen. »Journalisten sind nicht zimperlich, was Informationen angeht. Sie nehmen alles, was sie kriegen können. Das macht sich manchmal ganz gut in der Zeitung.« Londry kippelte mit seinem Stuhl hin und zurück. »Aber ich habe keine Akte über sie.«

»Nun ja, ich wollte auch gar nicht irgendeine Akte einsehen. Ich bin eigentlich nur deshalb vorbeigekommen, um zu sehen, ob ich einige ihrer Freunde finden kann. Sie hat keinen Kontakt mehr zu ihnen.«

Londry warf einen kurzen Blick auf sein Bücherregal. Jason folgte seinem Blick.

»Ich habe mit ihr gesprochen und natürlich mit ihren Eltern. Sie sagte, es ist ihr egal, mit wem ich rede«, erklärte Jason. »Aber sie konnte sich nicht mehr an die Namen der Leute erinnern, mit denen sie damals zu tun hatte. Das geht Ihnen vermutlich nicht anders. Ich nehme an, Sie haben hier eine Menge Schüler pro Jahrgang.«

»Wenn ich die Gesichter sehe, kann ich mich an sie erinnern.« Er erhob sich von seinem Stuhl und ging zu den Regalen mit den Jahrbüchern. »Achtundsiebzig haben Sie gesagt?«

»Neunundsiebzig. Sie hat einen Jungen besonders erwähnt. Was sollte es auch sonst sein. Er hatte eine Harley Davidson.«

Londry nahm ein Buch aus dem Regal und schlug es auf, in der Hoffnung, auf ein Gesicht zu stoßen, das er mit Emma Chapman in Verbindung bringen konnte. »Stimmt, die Schauspielerin. Genau, ich erinnere mich. Da war doch was.«

»Was?« fragte Jason zu schnell.

»Ach, nichts. Sie hat bei einem Theaterstück mitgespielt. Noel Coward.« Er blätterte das Buch durch. »Ich weiß nicht«, murmelte er kopfschüttelnd. »Schüler mit Motorrädern haben wir natürlich jedes Jahr.«

»Kann sein, daß dieser hier zum Militär gegangen ist oder in der Rüstungsindustrie arbeitet.«

»Okay, dann muß es der sein, den Sie meinen.« Londry deutete auf ein kleines, quadratisches Foto, das leicht unscharf war. »Prima Kerl. Man hätte glatt glauben können, er will eines Tages Präsident werden. Genau, wenden Sie sich an ihn. Er kannte jeden.«

»Wissen Sie, wo ich ihn eventuell finden kann?« fragte Jason, während er sich den Namen notierte.

»Aber sicher doch. Er arbeitet bei General Defense.«

»Wo ist das?«

»Lindberg Field.«

»Ach so.« Übers ganze Gesicht lächelnd vor Dankbarkeit streckte Jason ihm die Hand entgegen. »Danke, vielen Dank noch mal.«

»Keine Ursache.« Londry widmete seine Aufmerksamkeit wieder dem Jahrbuch, das immer noch auf der Seite mit Emmas Porträt aufgeschlagen war. Als Jason hinausging, betrachtete er immer noch die Gesichter auf den Fotos.

Als er wieder im Freien war, wurde Jason von einer inneren Anspannung erfaßt. Er spürte, wie sich seine Nackenmuskulatur verhärtete, während er überlegte, wie er die ganze Angelegenheit am besten anpacken würde. Er würde sich den Kerl vorknöpfen. Zu seiner Arbeitsstelle fahren, in sein Büro reinmarschieren, wo er sich in Sicherheit wähnte, ihn in die Enge treiben, bis er mit dem Rücken zur Wand stand und ihn dort festnageln. Jason gefiel diese Vorstellung.

Vom Meer her wehte eine angenehme Brise, und Jason fiel auf, daß er seinen klaren Verstand wohl in New York gelassen hatte. Er wollte endlich wissen, was vor all diesen Jahren zwischen Emma und dem Kerl vorgefallen war – der Grund, warum sie das einzige Zuhause aufgegeben hatte, das sie und ihre Eltern je hatten. Am liebsten hätte er den Kerl umgebracht dafür, daß er ihr jetzt solche Qualen bereitete. Verdammter Drecksack. Jason steigerte sich so sehr hinein, daß ihm der kalte Schweiß ausbrach.

Er fuhr auf dem Highway zum Lindberg Field. In diesem weitläufigen Industriekomplex wurden Düsentriebwerke, Flugzeuge und Raketen produziert. Jason brauchte eine Weile, bis er sich durchgefragt hatte, doch schließlich wurde er in das Büro von Bill Patterson geleitet.

Er tischte der Sekretärin noch einmal die Geschichte auf, daß er ein Journalist des New York Magazine sei, und bat sie zu fragen, ob Mr. Patterson ihm drei Minuten seiner Zeit widmen könnte.

»Na ja, da ist er, aber reden wird er nicht mit Ihnen.« In ihrem Blick lag eine unbestimmte Abneigung. »Am besten, Sie vergessen das Ganze. Wir haben hier die eiserne Regel, nach der der Presse gegenüber keinerlei Auskünfte erteilt werden. Weder über Verträge mit der Regierung, noch sonst was.«

»Sagen Sie ihm, ich arbeite an einer Story über ein Mädchen, das er aus der Schule kennt«, sagte Jason ungerührt. »Er wird mit mir reden.«

Ein paar Sekunden später bat sie ihn einzutreten, wobei sie aus ihrer Überraschung keinen Hehl machte.

»Hi, was kann ich für Sie tun?« Bill Patterson war ein junger Mann in guter körperlicher Verfassung. Sein Haarschnitt war eher konservativ, und er trug ein Hemd mit Button-down-Kragen und eine gestreifte Krawatte. Auf der Glasplatte seines Schreibtisches lagen einige Papiere, von denen er nun aufblickte, um Jason mit neugierigen Augen zu mustern, doch es lag kein Mißtrauen in seinem Blick.

»Danke, daß Sie sich Zeit nehmen. Mein Name ist Frank Miln. Ich schreibe einen Artikel über Emma Chapman.«

Patterson nickte und kratzte sich am Kinn. In seinem Gesicht war nicht die geringste Veränderung zu erkennen.

Jason schaute sich um. Überall an den Wänden hingen Bilder von Flugzeugen. Der Mann vor ihm war der Prototyp eines Angehörigen des mittleren Managements. Auf seinem Schreibtisch standen Bilder von einem Segelboot, zwei braungebrannten Kindern in Badesachen und einer Frau, die lächelte. Jasons Hoffnungen schwanden.

Patterson verlagerte sein Kratzen seitwärts auf die Schläfe, bis er nach einer kurze Weile fragte: »Wer soll das sein?«

»Sie ist Schauspielerin in New York. Sie war mit Ihnen zusammen in einer Klasse auf der High-School.«

»Oh, Emma Chapman.« Wieder verstummte er, als ob er einen Computer anwerfen würde, der sein Gedächtnis durchforstete. Dann schüttelte er den Kopf. »Ich bin nicht sicher, ob ich sie kenne.«

»Das überrascht mich aber, denn als ich mit ihr geredet habe, hat sie jemanden mit einem Motorrad erwähnt, der bei General Defense arbeitet.«

»Wirklich?«

»Ja, doch, und sie hat mich extra gebeten, ihm einen schönen Gruß auszurichten.«

»Puh, es ist schon Jahre her, seit ich zum letzten Mal auf 'ner Maschine gesessen habe«, erklärte Patterson fast schon wehmütig. Er deutete auf die Fotos von seiner Familie. »Es muß sich dabei um jemand anderen handeln, aber sagen Sie ihr trotzdem einen schönen Gruß unbekannterweise.«

Jason nickte und erhob sich langsam von seinem Stuhl. Er war noch nicht bei der Tür, als Patterson ihn stoppte.

»Hey, warten Sie mal. Es gibt hier jemand, aber der war nicht in unserer Klasse, sondern eine drunter. Der Kerl fährt sogar immer noch Motorrad. Ich sehe ihn manchmal draußen auf dem Gelände.«

Jasons Kehle war plötzlich wie zugeschnürt. »Wie heißt er denn?« fragte er vorsichtig.

Wieder kratzte sich Patterson im Gesicht. »Er hatte einen komischen Namen.« Er griff sich das interne Telefonverzeichnis und blätterte darin herum. »Da ist er. Grebs, Troland.«

Jason beugte sich vor und betrachtete die Seite des Buches. Grebs, Troland arbeitete als technischer Zeichner in Gebäude Nummer 4. Der Kerl zeichnete also. Das klang ganz so, als würde es zusammenpassen. Zum zweiten Mal an diesem Tag spürte Jason, wie ein Adrenalinschub durch seinen Körper rauschte. Er schaute auf seine Uhr. Wenn er sich beeilte, konnte er heute abend schon wieder im Flugzeug sitzen.

37

Sanchez hatte einen Fall von Fahrerflucht auf der Amsterdam Avenue. Ein Lieferwagen war am hellichten Tag über eine rote Ampel gebrettert und hatte dabei eine Frau samt Hund und Kinderwagen überfahren. Der Hund, der an den Kinderwagen angebunden war, hatte dies unverletzt überstanden, doch Mutter und Kind waren platt wie Flunder, wie Sai Woo sich ausdrückte, als April ihr von dem Fall erzählte. Sai hörte sich gern Geschichten dieser Art an. »Was anderen Leuten passiert, ihr nicht passieren können.«

»Ich hatte mal Hund, lange her, in China.« Sie holte aus, um sich bei April für die Geschichte zu revanchieren.

April nickte und ließ sich nicht anmerken, daß sie die Geschichte, die ihr hier als Geschenk präsentiert wurde, schon tausendmal über sich hatte ergehen lassen.

»Eines Tages Hund verschwunden. Ich sehr traurig«, erklärte Sai. »Ich suche und suche. Frage jeden.« Als sie verstummte und ihren Kopf schüttelte, wußte April, daß sie sich nun daran zurückerinnerte, wie alle ihr geantwortet hatten, sie hätten nichts gesehen. Daß sie sich nicht einmal daran erinnern konnten, jemals einen Hund gesehen zu haben. Und auf diese Weise hatte Sai gelernt, daß man niemandem trauen konnte.

»Nachbarn haben Hund gegessen«, sagte sie nun nach einer Kunstpause. »Geschieht Hund ganz recht«, fügte sie hinzu. »Weil rausgehen ohne mich.«

Sie warf April einen verschmitzten Blick zu. Sie saß am Küchentisch und aß Kürbiskerne, deren Schalen sie vorsichtig zwischen den Zähnen knackte. Der Fernseher war eingeschaltet, doch keiner der beiden schaute hin. Manchmal stellte sie einfach nur den Ton ab, damit sie Gesellschaft hatte, während Ja Fa Woo und ihre Tochter bei der Arbeit waren. Im Augenblick war das Gerät nur eingeschaltet, um April zu demonstrieren, daß sie auch allein gut zurechtkam und April nach Hause kommen konnte, wann sie wollte.

»Hund vermutlich schuld. Warum überhaupt an Kinderwagen festgebunden?« wollte sie wissen. Mittlerweile konnte sie Hunde nicht mehr ausstehen. Ihre Nachbarn mochte sie allerdings immer noch nicht. Sie wischte ein Stück Schale von ihrem Schoß.

Sie hatte April eine prima Geschichte geliefert. Sehr gute Geschichte über ihr Leben: Und jetzt April war dran mit Erzählen. Totes Baby und Mutter nicht genug. Sai wollte wissen richtig wichtige Sachen, zum Beispiel, was los mit rote Camaro und warum weiße Baron wieder da, aber kein Jimmy Wong?

April schrieb irgend etwas auf und wollte nichts dazu sagen. Sai beugte sich vor, um zu sehen, was es war, doch ohne ihre Brille konnte sie nichts erkennen. Jimmy Wong hatte sie noch nie leiden können. Nicht so gut wie Doktor oder Zahnarzt. Jimmy Wong trug einen Revolver in einem Schulterhalfter und hatte einen Gang wie ein Gangster. Keine gute Zukunft. *Boo hao.* »*Ni,* hörst du mir zu?« sagte sie.

April nickte, doch sie schaute nicht auf.

»Unschuld verlieren nicht so wichtig – Hauptsache nicht verlieren Hoffnung«, erklärte Sai mit Bestimmtheit.

»Okay, Mama.« April rollte mit den Augen, einerseits, weil sie keine Ahnung hatte, was ihre Mutter ihr damit sagen wollte, und andererseits, weil ihre Mutter sie immer noch mit »du« anredete. Wie beispielsweise gerade eben. Hey, du, hörst du mir zu? Wie konnte man ihr das nur abgewöhnen.

April musterte ihre Mutter von Kopf bis Fuß. Verzweifelt um einen »modernen« Stil bemüht und in dem Bestreben, auf der Höhe der Zeit zu sein, trug Sai Woo stets Blusen von recht eigenwilliger Farbgebung zu farblich abgestimmten Hosen. Ihr Haar war noch immer schwarz wie Lackleder, und obwohl sie Stein und Bein schwor, daß sie nichts dafür konnte, so wußte April doch, daß sie es regelmäßig alle fünf Wochen färbte.

Trotz all dieser Details war sie im Grunde ihres Herzens zutiefst »altmodisch«. Da half alles nicht. Sie aß Kürbiskerne, knackte die Schalen zwischen den Zähnen, klatschte wie ein altes Weib und ließ sich manchmal völlig unvermittelt herabsinken, um auf ihren Absätzen kauernd dazuhocken, wie damals im alten China, wo es kaum Stühle gab. Niemand, der in Amerika geboren war, wäre so etwas auch nur im Traum eingefallen. Abgesehen davon, daß niemand so das Gleichgewicht halten konnte. Außer Cowboys, vielleicht. Aber davon gab es kaum welche in Queens.

»Du solltest Detective werden«, sagte April.

»Nicht so guter Detective, nicht so viel rausfinden«, erwiderte Sai eingeschnappt, und damit war die Diskussion für sie beendet. Wie üblich blieb auch dieses Mal ein schaler Nachgeschmack.

Als Sanchez den Lieferwagen endlich fand, hatte er bereits den Besitzer gewechselt, doch es hatte ihm keine großen Probleme bereitet, die Sache aufzuklären. Der Käufer des Wagens wohnte nur ein paar Blocks von dem Tatverdächtigen entfernt und war noch nicht dazu gekommen, die Stoßstange und den Scheinwerfer reparieren zu lassen. Es war kurz nach vier, als Sanchez von der Anklageerhebung zurückkam.

Wie üblich zwischen vier und halb fünf Uhr nachmittags herrschte im Wachraum kaum Betrieb. Die Beamten der Tagesschicht waren entweder schon weg oder im Gehen begriffen, und die Nachtschicht trudelte langsam ein.

»Ich hatte schon Angst, daß ich Sie verpasse«, sagte er.

April saß an ihrem Schreibtisch und schloß gerade einen Bericht ab, während Sergeant Riley bereits in den Startlöchern stand und sie drängte, endlich den Schreibtisch für ihn freizumachen. Sie hob den Blick und schaute Sanchez an. Keinen Augenblick lang hatte sie daran gedacht, auf ihn zu warten.

»Warum?« fragte sie und senkte gleich darauf wieder den Blick, denn er wirkte müde und abgespannt.

»Warum was?« fragte Sanchez.

»Warum hatten Sie Angst, daß Sie mich verpassen? Gibt's irgendwas Neues?«

»Nein, ich wollte nur wissen, wie's bei Ihnen läuft. Schlimmer Tag, stimmt's.« So wie er dies aussprach, war es eine Feststellung und keine Frage.

»Eine unidentifizierte Leiche auf dem Broadway. Obdachloser. Der arme Kerl hatte fast dreißig Stunden auf einer Bank gesessen, bis den Nachbarn auffiel, daß er sich schon eine ganze Weile nicht bewegt hatte.«

Sie hatten ihn keines Blickes gewürdigt, als er noch am Leben war, doch als er nun eingetütet und abtransportiert wurde, standen sie in Scharen um ihn herum. Aber das war es nicht, was Sanchez wissen wollte.

»Ich habe das Ergebnis der Untersuchungen in San Diego bekommen. Es ist Ellen Roane«, sagte sie schließlich.

»Ich hab' schon davon gehört.«

»Ich habe mit der Mutter gesprochen.«

»War's schlimm?«

»Sehr schlimm.« April schaute weg. Das war das übelste an ihrem Job. Das und sich dann noch mehr Fotos von Ellen geben zu lassen, damit sie sie an Sheriff Regis schicken konnte. Sie hätte die Ermittlungen gern weitergeführt. Wenn es nach ihr gegangen wäre, wäre sie nach San Diego geflogen und hätte Ellens Spuren bis ins Bergland von Potoway Village verfolgt in der Hoffnung, zumindest ein vages Bild von dem Täter erstellen zu können. Nun würde sich Sheriff Regis darum kümmern müssen.

»Wie ich sehe, haben Sie Ihren Wagen wieder«, sagte Sanchez nach einer Weile.

»Ja, seit gestern abend.«

Er stand unten auf dem Parkplatz. April mußte sich jede Menge spitze Bemerkungen deswegen gefallen lassen. Ziemlicher Schlitten für einen Cop.

»Hat das was Besonderes zu bedeuten?« fragte Sanchez.

»Müßt ihr zwei unbedingt hier rumturteln«, bemerkte Sergeant Riley mit einem schiefen Seitenblick. Seine beiden Ehen hatten ihm, wie's schien, in erster Linie graue Haare eingebracht. Mittlerweile war er wieder verlobt und stand kurz davor, zum dritten Mal zu heiraten, obwohl er von Frauen nicht sonderlich viel hielt. »April und Frühlingsgefühle, haha.«

April sah trotz des Schnurrbarts, wie sich die Worte »verpiß dich« auf Sanchez Lippen formten, und wie er es sich verkniff, sie laut auszusprechen, als er sah, daß sie ihn anschaute.

»Hey, Mann, hier geht's ums Geschäft. Hast du'n Problem?«

»Ja, ich will mich endlich setzen.«

»Na gut, geh'n wir.« Sanchez streckte die Hand aus, um Aprils Arm zu nehmen, doch er hielt in der Bewegung inne.

Auch gut. Sie wollte nicht, daß er sie in Verlegenheit brachte. Sie hängte sich ihre Tasche um. Sie war schwer. Darin lagen eine chemische Keule und eine Pistole vom Kaliber .38. Er folgte ihr auf dem Weg nach draußen.

»Also, ähm, was ist denn jetzt mit Ihrem Hinkley-Fall?« fragte er, als sie die Treppe hinuntergingen. »Haben Sie schon was vor? Wir könnten mexikanisch essen gehen und uns darüber unterhalten.« Er warf ihr einen verschmitzten Blick zu.

Also wußte er Bescheid über Jimmy Wong. April erwiderte nichts, bis sie am Ende der Treppe angekommen waren und sich ausgestempelt hatten.

»Da gibt's nichts großes drüber zu reden«, sagte sie. »In San Diego gibt's niemanden, der Briefe dieser Art bekommt. Ich habe probiert, den Ehemann anzurufen, um herauszufinden, ob sie immer noch welche bekommt, aber er ist weggefahren.«

»Was heißt das, weggefahren?«

»Keine Ahnung. Jedenfalls ist er wohl nicht in der Stadt. Ich nehme an, er hält die Sache auch nicht mehr für so wichtig. Auf seinem Anrufbeantworter ist eine Ansage mit dem Namen eines anderen, an den man sich in dringenden Fällen wenden soll.«

April brauchte nicht lange Ausschau zu halten nach dem LeBaron. Er stach sofort ins Auge, auch wenn er ziemlich weit hinten geparkt war. Sanchez' roter Camaro stand direkt daneben. Klar, er war gegen vier gekommen. Vielleicht war gerade jemand rausgefahren, als er ankam. Der rote Camaro machte jedenfalls auch eine Menge her. Selbst ihre Mutter konnte sich genau an ihn erinnern.

»Die Sache ist schon seltsam.« Sie schloß die Fahrertür auf, stieg jedoch noch nicht ein. »Vielleicht ist es ja wie damals. Als ich noch klein war, sind wir mal an einem See gefahren. Irgendwo Upstate. Und mitten in der Nacht kam ein Hubschrauber mit einem großen Suchscheinwerfer angeflogen und ist die ganze Zeit über unserem Blockhaus herumgekreist. Wir sind alle aufgesprungen und hatten eine Heidenangst, daß irgendwo ein Sträfling ausgebrochen war, der da draußen im Wald herumschlich und uns irgendwann umbringen würde.« Sie mußte lachen, als sie an die Situation zurückdachte.

»Und was war's?«

»Na ja, die Polizei konnten wir nicht rufen, weil Chinesen … Na ja, Sie wissen ja, was Chinesen von der Polizei halten.«

»Nein.« Sanchez trat näher an sie heran. »Was halten Chinesen denn von der Polizei?«

Er stand nahe genug bei ihr, daß sie ihn riechen konnte. Sein After-shave duftete nicht mehr so stark, nachdem er den ganzen Tag in einem stickigen Gerichtssaal zugebracht hatte. Aber selbst jetzt roch er nicht nach Schweiß. Eher nach Bügelstärke, von seinem Hemd. Sie fragte sich, ob er seine Hemden wohl zu einer chinesischen Reinigung brachte, oder ob irgendeine Frau sie für ihn bügelte. *Boo hao, ni, ni* schalt sie sich selbst in der Sprache, in der sie zu Hause war wie ein Fisch im Wasser. Nicht gut, du.

»Sie denken, daß die Polizei sich alles unter den Nagel reißt, was die Räuber übriggelassen haben, um dann den Lieblingssohn ins Gefängnis zu werfen«, erklärte sie. »Ich muß jetzt aber los.«

Sanchez machte so ein trauriges Gesicht, daß er ihr richtig leid tat.

»Ich muß zum Unterricht«, fügte sie hinzu.

»Und was hat er da gemacht?« fragte er einen Augenblick später.

»Was?«

»Der Hubschrauber?«

»Ach so, der.« Er brachte sie so durcheinander, daß sie nicht mal mehr wußte, wovon sie redete. »Ein Mann und seine Frau, die beiden waren auf einem Boot. Und dort haben sie sich betrunken. Die Frau springt von Bord, der Mann kriegt einen Schreck und ruft die Polizei. Die haben drei Stunden alles nach ihr abgesucht. Sind mit Wagen ans Ufer gefahren, haben mit den Scheinwerfern auf den See geleuchtet und haben den Hubschrauber kommen lassen. Alles mögliche. Und als sie gerade anfangen wollten, den See mit Netzen durchzukämmen, kommt sie aus dem Gebüsch rausspaziert, wo sie sich die ganze Zeit über versteckt hatte. Und alles mit angesehen hatte. Wissen Sie was? Sie hatte nichts Besseres zu tun, als gleich wieder an Bord zu gehen. Wollte keine Anzeige gegen ihn erstatten und nichts.«

»Sie glauben also, daß es eine Sache zwischen den beiden sein könnte?« fragte Sanchez. »Also zwischen ihr und ihm.«

»Na ja, von ihr habe ich noch gar nichts gehört. Das ist doch schon komisch, was?« Sie neigte den Kopf ein wenig zum Auto, damit er Platz machte.

»Doch«, pflichtete er ihr bei. »Manchmal glaubt man, etwas paßt zusammen, und dann löst sich doch alles in Nichts auf.« Sanchez zuckte mit den Achseln und trat einen Schritt von der Tür zurück.

Wovon redete er? Von Menschen oder von Kriminalfällen?

Ein paar Tage zuvor, auf dem Rückweg von einem Einsatz, hatte Sanchez ihr erzählt, daß sein Vater Koch in einem mexikanischen Restaurant gewesen war, bevor er starb. Er hatte in einem Restaurant in El Paso gearbeitet, und als es pleite gegangen war, hatte ihm jemand einen Job in New York angeboten. Es war an einer roten Ampel im dichten Verkehr gewesen. Sie saßen beide im Auto. April hatte ihre Augen schließen müssen, um den mexikanischen Gast daran zu hindern, in ihre Seele einzudringen. Sanchez' Vater und ihr Vater hatten den gleichen Beruf. Sie hatte keine Lust, sich so was anzuhören. Sanchez hatte seinen Arm auf die Sitzlehne gelegt, so daß seine Hand und ihre nicht weit auseinander waren. Sie wußte, daß er ihr demonstrieren wollte, daß sie beide die selbe Hautfarbe hatten. Aber sie war sich nicht sicher, ob sie auch darunter die gleiche Farbe hatten, also hatte sie nichts gesagt.

»Das Problem ist die Verbindung mit San Diego. Ich habe das Gefühl, die Sache ist noch nicht erledigt.« Plötzlich lächelte April. »Wissen Sie was, Sergeant, ich bin noch nie mexikanisch essen gewesen.« Dann schaute sie auf ihre Uhr und stellte zu ihrem Entsetzen fest, daß sie schon viel zu lange geredet hatte und garantiert zu spät kommen würde.

38

Als Emma von ihrem ausgiebigen Lunch mit Ronnie zurückkam, brannte kein Licht in ihrem Apartment, und auch von Jason war nichts zu sehen. Es gab keinerlei Anzeichen dafür, daß er dagewesen war. Auf dem Anrufbeantworter hatte niemand eine Nachricht hinterlassen. Das war seltsam. Normalerweise waren immer drei oder vier Nachrichten auf dem Gerät. Sie überlegte, ob das Ding wieder mal nicht richtig funktionierte. Manchmal kam es vor, daß es ein oder zwei Tage lang nicht richtig aufnahm, weil irgend etwas klemmte. Sie zog ihre Jacke aus und blätterte mit pochendem Herzen den Stapel Post durch, den sie am Eingang eingesammelt hatte. Sie war sich dessen bewußt, daß sie dies in erster Linie tat, um zu sehen, wie schnell ihr Puls ging. Sie wollte sicher sein, daß sie körperlich in Ordnung war. Seit drei Tagen war kein Brief mehr gekommen, und sie wagte gar nicht zu hoffen, daß es nun vorbei sein sollte.

Sie hatten zwei Postanschriften im gleichen Haus, und deswegen kam es manchmal zu Verwechslungen. Der eine Teil der Post wurde auf dem dafür vorgesehenen Tisch vor der Tür zu Jasons Praxis abgelegt, während die private Post ein paar Schritte weiter auf der Fußmatte vor der Tür zu ihrem Apartment landete. Der dicke Stapel mit der Geschäftspost für Jason – Schecks von seinen Patienten, Bücher, Zeitschriften und Korrespondenz – lag noch immer auf dem Tisch. Wäre Jason nach Hause gekommen, hätte er ihn mit in seine Praxis genommen. In ihrer gemeinsamen Privatpost waren nur Rechnungen, keinerlei persönliche Briefe an Emma. Aus der Praxis nebenan drang kein Geräusch. Trotzdem war ihr nicht ganz wohl zumute.

Emma wurde gepackt von einem Gefühl tiefster Einsamkeit. Die Stille in ihrem Apartment war noch bedrückender als der Lärm, der von der Straße heraufdrang. Daß Jason ihr offensichtlich doch nicht nachspionierte, beruhigte sie nicht im geringsten. Sie fragte sich vielmehr, ob das seltsame Gefühl, das sie draußen empfunden hatte – daß ihr jemand folgte und sie beobachtete –, nicht eher das Resultat ihres eigenen Wunschdenkens war und sie im Grunde ihres Herzens gehofft hatte, daß er wirklich in der Zwischenzeit zurückgekommen war.

Sie schüttelte den Kopf. Tatsache war, daß Jason sich gar nicht die Zeit nehmen würde, um ihr nachzuspionieren. Zeit bedeutete ihm alles. Bei einem Anwalt war es egal, ob er zu Hause arbeitete oder im Büro. Seine Klienten hatten keine Gelegenheit zu überprüfen, wieviel er wirklich arbeitete, und so konnte er Rechnungen schreiben, wie es ihm paßte. Herzchirurgen konnten zehntausend Dollar pro Tag in Rechnung stellen oder nach Gutdünken jedwedes Honorar verlangen, das jemand für sein Leben zu zahlen bereit war. Aber ein Psychiater hatte nur eine begrenzte Anzahl von fünfundvierzigminütigen Perioden am Tag zur Verfügung. Und für jemand wie

Jason, der Vorträge hielt, Artikel schrieb und Forschung betrieb, war jede Stunde, die er mit etwas anderem verbrachte, ein finanzielles Opfer.

Er mußte schon einen guten Grund haben, bevor er sich einmal etwas Zeit nahm. Und für sie nahm er sich in letzter Zeit nicht sonderlich viel. Früher hatte er ihr seine Zeit geschenkt, doch das war nun vorbei. Er war so mit seiner Arbeit beschäftigt, daß er es gar nicht mehr genießen konnte, wenn er die Gelegenheit bekam, einen abendlichen Termin mit einem seiner Patienten abzusagen, um sich eine Aufführung anzusehen, in der sie mitspielte. Als sie einmal eine Vorstellung in Philadelphia hatte und er deswegen auch noch ein paar Nachmittagstermine hatte absagen müssen, hatte er sich am nächsten Tag darüber beklagt. Es hatte sie nicht im geringsten überrascht, daß er gar nicht darauf kam, eine dreitägige Tagung in Toronto abzusagen, um bei der Premiere ihres ersten Films dabeizusein. Wenn sie abends allein in ihrer Wohnung saß, träumte sie oft davon, ein berühmter Filmstar zu werden und ein paar Stunden von Jasons kostbarer Zeit zu kaufen, damit er nicht das Gefühl hatte, es ginge ihm etwas verloren, wenn er mit ihr zusammen war.

Unruhig blätterte sie noch einmal die Briefumschläge durch. Das meiste waren Rechnungen. Dann gab es ein paar Einladungen zu Veranstaltungen, die sie nie im Leben wahrnehmen würden. Nichts Bedrohliches. Vielleicht hatte sie nur gesponnen. Vielleicht war es die Angst vor dem Erfolg und die Angst, daß das Verhältnis zu Jason dadurch nur noch schlechter werden würde, wie Ronnie vermutete.

»Jeder hat mal ’ne Durststrecke in diesem Geschäft, das weißt du doch«, sagte Ronnie.

Emma nickte. In der Ehe war es nicht anders.

»Paß auf. Über eins mußt du dir klar werden. Mit Erfolg umzugehen ist schwerer als mit Mißerfolg. Und irgendwelche Briefe sind das *kleinste* Problem dabei.«

Emma hatte den letzten Briefumschlag in der Hand. Er war vom Naturschutzbund. Vielleicht hatte Ronnie recht und die Sache mit den Briefen hatte sich erledigt. Es kamen ja auch keine mehr. Der Angriff war vorbei. Sie nahm ihre Jacke vom Sessel, auf den sie sie vorher geworfen hatte und machte einen Kontrollgang durch die Wohnung. Es war alles haargenau so, wie sie es zurückgelassen hatte.

Eine Weile fühlte sie sich wieder besser, doch dann wurde sie bei dem Gedanken an Jason unvermittelt von einem Gefühl der Panik erfaßt. Wo war er, und warum hatte er den ganzen Tag nicht angerufen? Das sah ihm gar nicht ähnlich. War er so sauer auf sie, daß er sich schließlich doch mit einer seiner Verehrerinnen eingelassen hatte? Mit irgendeiner Frau, die genauso unendlich verständnisvoll und freundlich war wie er selbst. Eine, die sich für »Problemfälle engagierte«? Eine, die auf seine Bedürfnisse einging und ihn noch darin bestärkte?

Es war immer die gleiche Frage, die ihr gestellt wurde, wenn sie mit jemand von der Sorte zusammentraf. »Kümmern Sie sich auch um ›Problemfälle‹?«

Am liebsten hätte Emma geantwortet: »Nein, Problemfälle sind mir egal«, doch Jason zuliebe hatte sie sich immer wieder beherrscht.

In der Küche fand sie einen Zettel, den Jason ihr hinterlassen hatte. Darauf stand die Telefonnummer seines Hotels in San Diego. Es kam nie vor, daß sie ihn anrief, wenn er unterwegs war. Zwar bereitete er ihr häufig Schuldgefühle, doch wenn sie den Spieß umdrehte und er sich ihretwegen schuldig fühlen mußte, paßte es ihm überhaupt nicht. Eine Minute lang starrte sie auf den Zettel. Dann wählte sie die Nummer.

Die Hotelvermittlung erklärte ihr, daß im Zimmer niemand ans Telefon ging. Verärgert über seine Heimlichtuerei, ließ Emma einen Augenblick lang alle Bedenken fahren, daß sie ihm eventuell Schuldgefühle bereiten könnte und hinterließ eine Nachricht für ihn, daß er sie anrufen sollte.

39

Jason hatte den Türknauf schon in der Hand und wollte gerade gehen, als Bill Patterson ihm anbot, im Zeichenbüro anzurufen und dem Mann zu sagen, daß ein Reporter aus New York ihn sprechen wollte.

»Nein, danke. Sehr nett von Ihnen, aber ich bin sicher, daß ich ihn finden werde«, sagte er so beiläufig wie möglich.

Patterson streckte seine Beine kurz aus und schlug sie dann anders übereinander als zuvor. Wieder kratzte er sich am Kopf. »Keine Chance. Sie kommen nicht mal in die Nähe. Dort drüben sind die Sicherheitsbestimmungen ziemlich streng.«

»Oh.« Jason wußte nicht, was er sagen sollte.

»Die lassen da nicht zu, daß irgendwelche Leute in der Gegend rumspazieren und Fragen stellen.« In diesem Augenblick trat zum ersten Mal so etwas wie Mißtrauen in Pattersons Augen.

Jason schaute auf seine Uhr. Er war schon viel zu lange hier. Dies war ein Rüstungsbetrieb, und es hätte ihm klar sein können, daß es hier Sicherheitskräfte gab. Und daß sie hier keine Journalisten mochten. Er verfluchte sich selbst dafür, daß er sich nicht irgendeine andere Geschichte ausgedacht hatte. Das letzte, wonach ihm jetzt der Sinn stand, war mit der Ausrede anzukommen, daß er seinen Presseausweis zu Hause vergessen hatte.

»Nun, ich muß wieder zurück in die Stadt. Ich bin spät dran. Danke für Ihre Hilfe. Ich werde den Mann – wie hieß er noch mal – später anrufen.«

Er öffnete die Tür, doch Patterson hielt ihn erneut auf.

»Grebs«, sagte er und sorgte so dafür, daß Jason nicht weiterkam.

Jason blieb stehen und nickte. »Genau, Grebs.«

»Ich werd's Ihnen aufschreiben.« Patterson nahm einen

Stift zur Hand und schrieb den Namen samt Telefonnummer fein säuberlich auf einen Notizzettel mit Monogramm, den er anschließend Jason reichte. Er war Rechtshänder.

»Danke«, sagte Jason und ging zu Pattersons Schreibtisch zurück, um den Zettel in Empfang zu nehmen. »Vielen Dank.«

»Sie haben nicht vor, hier herumzuspazieren?« sagte Patterson. »Bei euch Journalisten ...«

»Nein, nein«, versicherte ihm Jason. »In dem Artikel geht's um was ganz anderes.«

»Nun denn, viel Glück.«

Jason fand ein Telefon in einem Restaurant, das ein paar Blocks entfernt lag und rief in seinem Hotel an, um zu hören, ob jemand eine Nachricht für ihn hinterlassen hatte. Emma war die einzige, die für ihn angerufen hatte. Er rief in seiner Praxis an und notierte die Nachrichten, die dort für ihn eingegangen waren. Keine war so dringend, daß er sofort hätte zurückrufen müssen.

Er schaute auf die Uhr, wählte dann seine Nummer zu Hause und wartete. Nach dem fünften Klingeln teilte ihm Emmas Stimme mit, daß sie gerade nicht ans Telefon gehen konnte, sie ihn jedoch zurückrufen würde, wenn er seinen Namen, seine Nummer und das Datum hinterließ.

Sein Hemd war triefend naß vor Schweiß, und allmählich bekam er Kopfschmerzen. Sich als Journalist auszugeben war kein Zuckerlecken. Er überlegte, wann Emma wohl versucht hatte, ihn zu erreichen. Sie wußte, daß er sich alle paar Stunden um eventuelle Anrufe kümmerte. Wenn sie unbedingt mit ihm reden wollte, warum blieb sie dann nicht in der Nähe und wartete, bis er sich meldete?

Er tippte die Zahlenkolonne seiner Telefonkreditkarte ein und wählte dann die Nummer, die Patterson ihm aufgeschrieben hatte. Es dauerte eine ganze Weile, bis jemand den Hörer abhob.

»Zeichenbüro«, sagte eine Frauenstimme.

»Hallo, ich wollte mit Troland sprechen«, sagte Jason.

»Wen?« fragte sie.

»Troland Grebs.«

»Ach so.« Pause. »Der ist nicht da.«

»Überhaupt nicht da? Oder nur kurz was essen?« fragte Jason.

»Gestern war er auch schon nicht da. Und heute ist er noch nicht aufgetaucht.« Die Geräusche am anderen Ende der Leitung klangen plötzlich gedämpft, als sie in die Runde rief: »Hat einer 'ne Ahnung, wo Willy steckt?«

Schließlich meldete sie sich wieder. »Er ist krank«, sagte sie.

»Haben Sie seine Adresse?«

»Machen Sie Witze?« Dann herrschte Stille. »Wer sind Sie überhaupt?«

»Ein Freund von 'nem Freund von ihm«, sagte Jason. »Ich hab' ein Geschenk für ihn.«

»Das wär' ja was ganz Neues. Da kann ich Ihnen nicht helfen.« Sie legte auf.

Jason hatte eigentlich erwartet, daß alle Leute in Kalifornien so freundlich seien. Er versuchte es bei der Auskunft. Unter diesem Namen war niemand in der Gegend von San Diego aufgelistet.

Und das war eine ziemliche Fläche. Mist. Wo konnte Grebs nur sein? Er versuchte es wieder bei Emma in New York. Sie war immer noch nicht da.

Der Kassierer verzog das Gesicht, als Jason ihn um das Telefonbuch bat, also setzte er sich an einen der Tische und bestellte eine Tasse Kaffee und einen Maismuffin, damit der Mann nicht meckern konnte. Während er das Telefonbuch durchblätterte und den Muffin aß, fiel ihm auf, daß er ziemlichen Hunger hatte.

Im Telefonbuch waren nur zwei Teilnehmer unter dem Namen Grebs aufgelistet. Gloria Grebs wohnte ziemlich weit im

Nordwesten, wenn Jason seinem Stadtplan glauben konnte. Die Straße dorthin schien auch nur ein besserer Feldweg zu sein, der an manchen Stellen ganz von der Karte verschwand. Es erschien nicht gerade vernünftig, zuerst dorthin zu fahren, angesichts der Tatsache, daß Esther Grebs mitten in der Stadt auf der achtundzwanzigsten Straße wohnte.

Geistesabwesend nickte Jason auf die Frage, ob er noch mehr Kaffee wollte. Es war erst halb zwei. Er hatte noch den ganzen Nachmittag Zeit. Er schrieb sich die beiden Adressen auf und studierte den Stadtplan, den er im Hotel gekauft hatte. Die achtundzwanzigste Straße lag nicht weit entfernt von Downtown San Diego westlich des Highway, und zwar in der Richtung, in der auch sein Hotel lag. Er zahlte dem Kassierer einen Dollar fünfzig für den Kaffee und den Muffin und ließ zwei Dollar auf seinem Tisch zurück, dafür, daß er das Telefonbuch hatte benutzen dürfen.

Bevor er in den Sonnenschein hinaustrat, versuchte er noch einmal Emma anzurufen. Immer noch niemand daheim. Er zuckte mit den Achseln. Konnte ja nicht so wichtig sein, wenn sie keine Nummer hinterlassen hatte. Er stieg wieder in seinen Wagen im vollen Bewußtsein, daß er wie ein Idiot durch eine fremde Stadt streifte. Und zwar aus Gründen, die nicht ganz klar waren. Und großartig in Erfahrung gebracht hatte er auch noch nichts.

40

Er fuhr in südlicher Richtung, bis er nach ein paar Abfahrten den Highway verließ. Es erstaunte ihn, wie schnell sich das Erscheinungsbild der Gegend gewandelt hatte. Das Viertel südlich des Flughafens und westlich des Highway war derart heruntergekommen, daß man es mit Fug und Recht als Slum bezeichnen konnte. Als er vom Martin Luther King Boulevard abbog, bot sich Jason der Anblick eines riesigen Abwasserrohres, das sich in einen Kanal ergoß. Links und rechts davon erhoben sich Baracken entlang einer Straße, die von so breiten Rissen im Asphalt zerfurcht war, daß kleine Bäume darin wuchsen. Alles war voller Graffitis.

Doch selbst hier war die Luft erfüllt vom typischen Duft Kaliforniens. Bougainvillea und Orangenbäume, allerdings vermischt mit Bohnen und Knoblauch. Er betrachtete die Straßen. Eine Reihe von Lagerhäusern und Containeranhängern, die innerhalb einer umzäunten Zone parkten. An der anderen Ecke kleine Läden mit Autoersatzteilen und Eisenwaren. Dann eine Reihe von kleinen Häusern, die allesamt baufällig waren. Überall sprießte Unkraut. Menschen waren allerdings kaum zu sehen.

Auf der achtundzwanzigsten Straße blieb er vor einem Holzhaus stehen, dessen ursprüngliche Farbe man nur noch erahnen konnte, so verblichen war sie. Andererseits hob es sich insofern von seiner Umgebung ab, als es Giebelfenster im ersten Stock hatte und größer war als die übrigen Häuser in der Nachbarschaft, die nur ein Stockwerk und allerhöchstens drei Zimmer hatten.

Irgendwann einmal war das Haus wohl gelb gewesen, doch davon zeugten nur noch einzelne Stellen an den nunmehr grauen Wänden, von denen die Farbe größtenteils abgeblättert war. Die Veranda vor dem Haus war an der Stelle eingesackt, wo die Treppe aufhörte. Das Geländer machte keinen vertrauenerweckenden Eindruck. Vier Korbstühle standen schnurgerade aufgereiht auf der Veranda, doch auch sie wirkten nicht so, als könnte man gefahrlos in ihnen Platz nehmen. Die Hausnummer an der Tür war 3525, doch an der letzten Ziffer fehlte eine Schraube, so daß sie seitwärts herunterhing.

Jason stieg aus dem Wagen. Einige Jungs in Jeans und Hemden mit abgeschnittenen Ärmeln standen auf der gegenüberliegenden Straßenseite um ein Autowrack herum, das nur noch zwei Räder hatte. Sie rauchten und schauten ihm zu, wie er schwitzte. Er schloß den Wagen ab und ging um den alten Pontiac herum, der in dem Unkrautbeet stand, das früher einmal ein Rasen gewesen war.

Als er die knarrenden Treppenstufen hinaufstieg, erschien eine Frau am Fenster. Auch sie rauchte eine Zigarette und machte ein finsteres Gesicht.

»Ihre Kumpels waren schon hier«, sagte sie, nachdem sie die Tür gerade mal soweit geöffnet hatte, daß ihre Worte nach draußen dringen konnten. »Ich hab' ihnen gesagt, sie sollen sich verziehen und mich in Zukunft in Ruhe lassen.«

»Wer?« fragte Jason, und sein erster Gedanke war, daß er es mit einer Besoffenen oder einer Verrückten zu tun hatte.

»Geben Sie sich keine Mühe. Ich kann das ganze Jesus-Pack nicht ab. Ich lass' keinen von euch rein.«

»Ich hab' mit Jesus nichts zu tun«, sagte Jason. »Ich bin Journalist.«

»Mich legen Sie nicht rein. Sie sehen genauso aus wie der Kerl, der letzte Woche hier war. Ein hübsches Mädchen hatte er auch dabei. Aber Sie sollten sich was schämen, kleine Kinder so auszunutzen.«

Jason überlegte, ob er ihr erzählen sollte, sie hätte eine Reise nach Paris gewonnen oder eine Waschmaschine oder so was, doch er kam zu dem Ergebnis, daß dies keine so gute Idee war. »Sind Sie Esther Grebs?« fragte er.

»Esther Grebs ist tot«, sagte sie unbewegt. »Und zwar schon seit Jahren. Wer will das denn wissen?« Sie linste durch einen Spalt in der Tür.

»Frank Miln. Ich bin Journalist und suche nach einem Mann namens Troland Grebs. Er hat früher mal hier gewohnt.« *Hoffe ich doch.* Jason lächelte hoffnungsvoll.

Die Frau trat einen Schritt zurück und öffnete die Tür. Sie schleppte einiges Gewicht mit sich herum und wirkte etwas wacklig auf den Beinen. »Das ist aber schon eine Ewigkeit her. Wie haben Sie das rausbekommen?«

»Der Name ist ja nicht so häufig.« Jason fiel ein Stein vom Herzen, aber andererseits wollte er auch keine Leistungen für sich reklamieren, die er nicht vollbracht hatte.

»Was hat er angestellt?« fragte sie voller Mißtrauen.

Jason lächelte ihr aufmunternd zu. »Nichts. Ich arbeite an einer Geschichte und sammle noch etwas Hintergrundmaterial.«

»Hintergrundmaterial. Von was?« Sie trat einen Schritt zurück, damit er hereinkommen konnte. Vielleicht lag es an ihrer Neugierde oder ihrer Einsamkeit, oder es war die vertrauenerweckende Art, mit der er Leuten begegnete und ihre Aufmerksamkeit auf sich zog.

Er lächelte ihr aufmunternd zu, als er eintrat. »In meiner Geschichte geht es um die Schüler, die 1980 ihren Abschluß an der North High School gemacht haben. Ich habe einfach ein paar herausgepickt und versuche nachzuzeichnen, wo sie herkamen und was aus ihnen geworden ist.«

»Na, das ist mal 'n Ding.«

»Kennen Sie Troland Grebs?« fragte Jason.

»Natürlich kenne ich ihn. Ich bin seine Tante. Seine Tante Lela. Wie, glauben Sie, ist er wohl an die North High School gekommen?«

»Ich weiß nicht«, sagte Jason.

»Na ja, von hier aus jedenfalls nicht«, blaffte sie, während sie ihn ins Wohnzimmer führte, das vollgestellt war mit überraschend teuren Möbeln, die allerdings alle ziemlich verstaubt waren und wegen ihrer Größe in dem Zimmer deplaziert wirkten. »Von hier aus kommt man nirgendwo hin. Ich hab' ihn zu mir genommen, nachdem sein Bruder in 'Nam gefallen ist.«

Sie blickte sich eine Weile verstört im Zimmer um, bis sie schließlich ihr Glas wiedergefunden hatte. Es war leer. »Möchten Sie einen Drink?«

Jason schüttelte den Kopf. »Nein, danke.«

Sie überlegte einen Moment lang angestrengt und stellte dann ihr Glas wieder ab. Einige Skrupel waren ihr offensichtlich doch noch geblieben. Ihre Aufmachung – ein schäbiges altes Hauskleid und ein Paar ausgelatschte Schlappen – blieb Jason nicht verborgen. Ihre Wangen waren schlaff, ihre Mundwinkel wirkten verbittert, und das ganze Zimmer roch nach einer Mischung aus Zigarettenrauch und Bourbon. Andererseits war sie sorgfältig frisiert und trug Lippenstift, als ob sie jemand zu Besuch erwartete. Sie ließ sich schwerfällig auf das abgewetzte Sofa sinken, das an manchen Stellen ausgebeult war von den Federn und machte sich nicht die Mühe, ihre Beine übereinanderzuschlagen, sondern saß breitbeinig da wie ein Trucker. »Setzen Sie sich. Was wollen Sie wissen?«

Jason nahm auf einem Ohrensessel Platz und setzte sich so hin, daß ihm die Sicht auf die runzligen Fleischwülste ihrer Schenkel versperrt war und er sich keine Mühe geben mußte, daran vorbeizuschauen.

»Nun ja, Troland hat es ja zu was gebracht. Er hat einen guten Job, einen schönen Wagen ...«

»Seit wann denn das?« unterbrach ihn Lela.

»Ach, ich denke, er hat ihn schon eine ganze Weile.«

»Passen Sie auf, Sie Schlaumeier. Er hat kein Auto. Er fährt Motorrad. Wie ein Junge. Hah.«

Jason nahm einen kleinen Notizblock zur Hand. Wann immer ihm etwas wichtig erschien, nahm sein Gesicht einen völlig unbeteiligten Ausdruck an. Wie in diesem Augenblick. »Was für ein Motorrad?«

»Ach Gottchen. Erstmal war da die alte Panhead von Willy. Willy ist in 'Nam gefallen. Er war Tros Bruder. Tro ist eine Ewigkeit damit rumgefahren. Dann hat er sich langsam verbessert. Mir hat er erzählt, an der Maschine, die er jetzt fährt, hat er ein Jahr lang rumgebastelt. Über Fünfzehntausend hat das Ding gekostet. Können Sie sich das vorstellen? Soviel Geld für ein Motorrad?« Sie hielt es nicht mehr aus. Sie stand auf und ging, ihr Glas in der Hand, in das Zimmer nebenan. »Und immer nur Harleys«, rief sie.

»Wie war er als Kind?« fragte Jason.

»Ich weiß nicht, ich hab' ihn kaum gesehen. Mein Mann und ich haben damals in Coral Beach gewohnt.« Sie kehrte zurück. Ihr Glas war nur halbvoll. Sie rückte ihre Frisur zurecht. »Es ist richtig nett da draußen in Coral Beach«, sagte sie mit einem Anflug von Schwermut.

Jason nickte. »Und Troland«, half er ihr auf die Sprünge.

Sie schaute in ihr Glas und nippte ganz damenhaft daran. »Meine Schwester hat sich immer über ihn beschwert. Er war ein ziemlich wildes Kind.« Sie verstummte für einen Moment und dachte nach. »All die Jungs waren wild, aber Troland war der schlimmste. Das kann man ihnen aber nicht zum Vorwurf machen, bei dem Vater.«

»Was war sein Vater für ein Mensch?«

»Na ja, er konnte sich nicht ...« Sie hielt ihr Glas in die Höhe. »Manche Leute können damit umgehen und andere nicht. Bei ihm war es so, daß er ganz vernünftig war, bis er ein paar Drinks intus hatte und dann – mach, daß du wegkommst.« Sie schniefte. »Ich hätte mich ums Verrecken nicht in seine Nähe gewagt.«

»War er gewalttätig?«

»So kann man's wohl ausdrücken. Meine Schwester hat er jedenfalls ziemlich schlimm zugerichtet, aber ich glaube nicht, daß das für Sie von Interesse ist.«

O doch, das war für ihn von großem Interesse. Es war wichtig, daß er einen Eindruck davon bekam, wie zerrüttet die Familienverhältnisse waren. Und welche Schäden Troland Grebs infolgedessen davongetragen hatte.

»Was war mit Tro – war er auch gewalttätig?«

»Gewalttätig?« Lela blickte ihn mißtrauisch an.

»Hatte er oft Ärger? Ist er jemals verhaftet worden?«

Sie nippte wieder an ihrem Glas und dachte über seine Frage nach. »Na ja, als Kind war er schon irgendwie komisch. Nicht komisch im Sinne von lustig. Er war seltsam. Ich dachte immer, er wär ein bißchen ...« Sie tippte sich mit dem Finger an die Schläfe.

»Verrückt vielleicht? Inwiefern verrückt?« Jasons Tonfall war völlig neutral.

Sie schüttelte den Kopf. »Er ist alles andere als dumm, müssen Sie wissen. Er hat was im Kopf, aber irgendwas ist an ihm anders. Wenn er sich was in den Kopf setzt ... mir gefriert jetzt noch das Blut in den Adern. Ach, das interessiert Sie doch alles nicht.«

»Aber sicher doch. Das sind wichtige Hintergrundinformationen, Sie wissen schon. Auf diese Weise wird klar, wie er zu dem wurde, was er ist.« Das war die Wahrheit.

Lela starrte ihn an und nickte schließlich. »Na ja, da war dieses eine Mädchen. Sie war wirklich *hübsch*. Sie hatte Haar, oh, mein Gott, wenn ich nur daran denke. Es ging ihr bis zur Hüfte. Es muß in der dritten Klasse gewesen sein. Sie war Klassensprecherin. Jemand hat ihr mit einer Wasserpistole die Haare naßgespritzt. Allerdings war da kein Wasser drin, sondern Benzin. Und dann waren da noch ein paar Streichhölzer.« Lela saß da, die trüben Augen weit aufgerissen.

»Ihre Haare haben angefangen zu brennen.« Eine ganze Weile sagte sie kein Wort.

»Was ist passiert?« fragte Jason.

»Oh, sie hätte umkommen können, aber es ist ihr nichts weiter passiert. Es gab eine große Untersuchung mit allen Schikanen, aber sie konnten nichts beweisen. Jahre später hat Tro mir einmal erzählt, daß er die Leute dazu bringen konnte, alles zu tun, was er wollte. Er hat den Kindern einfach erzählt, er würde sie umbringen und ihre Eltern ebenfalls und ihre Geschwister. Sie in kleine Stücke schneiden, damit sie niemals jemand finden würde. Die armen Teufel haben ihm tatsächlich geglaubt.«

Es fiel ihr wieder ein, daß sie ein Glas in der Hand hatte, und gierig trank sie einen ordentlichen Schluck. »Er hat immer davon geredet, daß er es irgendwem heimzahlen würde. Und das Problem war, dieses Mädchen hatte ihm gar nichts getan. Es war nicht so, daß sie nichts mit ihm zu tun haben wollte oder ihm sonst was angetan hätte. Er wollte ihr weh tun, weil sich alle nur für sie interessierten.«

Mit zusammengekniffenen Augen schaute sie zum Fenster hinaus auf die mächtige Bougainvillea, die so ausladend war, daß man fast den Eindruck hatte, sie würde das Haus verschlingen. Jason folgte ihrem Blick. Ein so tiefes Violett wie die Blüten des Baumes zeigten, hatte er noch nie gesehen.

»Ich hatte keine Ahnung davon, als ich ihn damals zu mir genommen habe. Ich wußte, daß er manchmal zündelte. Irgendwas hat in ihm ausgesetzt, als sein Bruder gestorben ist. Aber es schien, als sei alles besser, als er zurückkam aus der ... na ja, Sie wissen schon. Und er hat ja auch nie jemand wirklich *verletzt*.

Ich dachte, wenn er erstmal auf eine *gute* Schule kommt und sich mit ein paar netten Leuten anfreundet, kommt alles mit ihm in Ordnung ...«

»Was war dieses Sie-wissen-schon?« fragte Jason.

»Es reicht, wenn ich das weiß. Sehen Sie, ich hatte recht. Er ist auf eine gute Schule gegangen, hat sich von schlechten Einflüssen ferngehalten und hat es zu was gebracht, ganz wie Sie sagten. Schreiben Sie lieber darüber.« Sie deutete mit dem Glas auf sein Notizblock.

»Aber sicher doch«, sagte Jason. »Danke, daß Sie sich die Zeit genommen haben, mit mir zu reden. Sie haben mir sehr geholfen.« Er mußte nun los. »Könnten Sie mir Trolands Adresse geben?«

»Aber sicher doch.« Ohne zu zögern ging sie hinüber zum Telefon, nahm ein Büchlein zur Hand und las ihm die Adresse vor. »Er hat's da viel schöner als hier, aber glauben Sie, er würde mir mal helfen? Obwohl, eigentlich sollte ich das nicht sagen. Letzten Monat hat er mich für drei Tage nach Disneyland geschickt. Ich denke, er wollte sich hier einquartieren. Aber er hat das ganze Haus geputzt. Ich konnte es kaum fassen.« Sie schüttelte den Kopf. Offensichtlich konnte sie es immer noch nicht fassen.

»Na ja, irgendwie wird man nicht schlau aus ihm. Er redet auch kaum über sich.« Plötzlich füllten sich ihre Augen mit Tränen. Sie schwenkte mit der Hand über die staubigen Möbel. »Das hier ist nur ein Zehntel, ach, was sag' ich, nur ein *Hundertstel* von dem, was ich einmal hatte.«

Sie verstummte. Und schaute in Jasons Richtung, den Blick in die Ferne gewandt. »Die ganze Zeit habe ich gedacht, meine *Schwester* hat sich einen Spinner angelacht und ihn geheiratet. Er hat ihr übel mitgespielt, und sie ist an Krebs gestorben. Doch im Grunde genommen sind alle Männer Schweine. Hah, über *mein* Leben könnten Sie ein ganzes Buch schreiben«, murmelte sie.

»Ich würde mir das gerne anhören. Aber ich muß leider los.« Jason schaute auf seine Uhr. Er war wirklich schon spät dran.

»Das sagen sie alle.« Sorgenfalten bildeten sich auf ihrem Gesicht.

Jason steckte seinen Stift wieder in seine Tasche. Seinen Studenten riet er immer wieder, auf die Dinge zu achten, die die Leute nicht aussprachen und darauf, was sie taten. Die arme Frau. Vermutlich hatte sie schon seit dem Morgen getrunken. Sie war nicht einmal dazu in der Lage aufzustehen und ihn zur Tür zu bringen, als er ging.

41

Emma stieg von dem Lauftrainer, nachdem sie der Anzeige zufolge fünf Kilometer gelaufen war und humpelte zum Kühlschrank. Viel war nicht drin und Mineralwasser schon gar nicht. Schweißüberströmt stand sie da und zitterte ein wenig, während sie sich darüber ärgerte, daß sie auf dem Nachhauseweg nicht noch eine Flasche gekauft hatte.

Was sie noch mehr irritierte, war, daß Jason noch nicht angerufen hatte, obwohl, wie sie bei einem Blick auf die Uhr an der Wand feststellte, bereits Stunden vergangen waren, seit sie eine Nachricht für ihn in seinem Hotel hinterlassen hatte. Sie war ganz sicher, daß sie das Klingeln des Telefons gehört hätte. Auf dem Anrufbeantworter war auch keine Nachricht eingegangen. Wenn das Ding nicht funktionierte, würden sich demnächst etliche Leute bei ihr beschweren, weil sie nicht zurückgerufen hatte. Sie hoffte, daß Ronnie nicht versucht hatte, sie zu erreichen.

Sie lief für ihr Leben gern. Schon als Kind. Es war wie ein Rausch ohne Drogen. Sie fühlte immer, wie sie von ungeahnter Energie durchströmt wurde. Heute nachmittag war sie schneller und weiter gelaufen als je zuvor. Sie war völlig fertig.

Wo, zum Teufel, war Jason? Sie trank etwas Leitungswasser. Neuerdings hieß es, es sei bakteriell verseucht, weil die Abwässer aus den Hügellandschaften Upstate in die Trinkwasserreservoirs der Stadt eindrangen.

Es schmeckte zwar nicht gar zu übel, doch Emma war trotzdem nicht wohl dabei, es zu trinken. Ihr Glas in der Hand, ging sie wieder zum Kühlschrank. Sie hatte zwar zu Mittag gegessen, doch sie wußte, daß sie bald wieder Hunger bekommen würde. Das Training. Sie schwitzte immer noch, obwohl sie schon aufgehört hatte. Sie öffnete den Kühlschrank und schaute nach, was er zu bieten hatte. Es war in gewisser Weise ein Abbild ihres Lebens, und das gefiel ihr nicht sonderlich. Es sah darin aus wie bei Leuten, die keine Familie haben. Im Gemüsefach lagen ein welker Salat und ein paar verschrumpelte Möhren. In den einzelnen Fächern standen halbvolle Gläser verschiedenen Inhalts. Diverse ungeöffnete Joghurtbecher mit abgelaufenem Verfallsdatum und Hüttenkäse, den sie immer kaufte, aber nie aß.

Das Problem war, daß sie selten dazu kamen, zusammen zu essen. Und wenn, dann gab es nie etwas, das ihr schmeckte. Jason nörgelte, wenn sie Käse oder andere Milchprodukte einkaufte oder Salami, Mortadella oder Leberkäse und Pastete. Rotes Fleisch war völlig tabu. Ebenso Ente, Hühnchen oder Kalbsleber. Es gab Brot, aber keine Butter. Pasta mit Tomatensauce, aber keine Schalentiere, keinen Tintenfisch, keine Wurst und keine Sardellen.

Des weiteren umfaßte die Liste der verbotenen Speisen Omelettes mit Speck – beziehungsweise Omelettes mit irgendwas – sowie Artischocken mit Sauce hollandaise. Emma mochte es, wenn die Sauce hollandaise so dick war, daß der Löffel darin stehenblieb. Ihr lief das Wasser im Munde zusammen bei dem Gedanken an all die Sachen, die sie mochte und von denen Jason zu glauben schien, daß sie ihn umbringen würden, sobald er ihrer im Inneren seines Kühlschranks auch nur ansichtig würde. Im Verlauf ihrer Kindheit hatte Emma eine Menge ausgefallene Sachen gegessen. Im Gegensatz zu den anderen Frauen, die nichts anderes kauften als Campbell's Tomatensuppe und Kellogg's Frosties, damit es zu Hause genauso schmeckte wie in der Kantine, hatte ihre Mutter die Angewohnheit, die Umgebung nach Märkten abzusuchen, auf denen die Lebensmittel aus der Region angeboten wurden.

Durch das Essen schaffte es ihre Mutter, den Abenden eine zivile Note zu geben. Jeden Abend kam eine Überraschung auf den Tisch. Was das Einkaufen anging, hatte Emma die gleiche Angewohnheit. Sie ging zu den Märkten auf dem Broadway und kaufte immer alles frisch: Rucolasalat, Hühnerbrust, Bananen. Nur gesunde Lebensmittel und gerade soviel, daß es für einen Abend reichte. Wenn sie versuchte, ein Essen mit etwas Außergewöhnlichem aufzupeppen, ließ Jason es auf dem Teller liegen. Er wollte nicht an Arterienverkalkung sterben, bevor er sein Lebenswerk beendet hatte.

Sie nippte an dem Wasser. Nun ja, Jason war ja gerade nicht da. Sie konnte rausgehen und kaufen, wonach ihr der Sinn stand, im Fett schwelgen und die Kalorien morgen abtrainieren. Sie machte die Kühlschranktür zu und ging ins Schlafzimmer. In den Beinen hatte sie noch immer ein wenig Muskelzittern. Vermutlich hatte sie zu abrupt aufgehört. Wenn sie langsam zum Lebensmittelladen ging, war es wahrscheinlich besser, als wenn sie hier herumsaß.

Während sie duschte, dachte sie noch einmal darüber nach. Sollte sie dableiben und darauf warten, daß Jason sie anrief, was unter Umständen noch Stunden dauern konnte, oder noch einmal rausgehen, um Mineralwasser und verbotene Speisen einzukaufen, bevor es dunkel wurde? Sie verteilte die Cremespülung in ihrem Haar und kämmte es durch. Dann rieb sie sich mit Körperlotion ein. Sie zog ein paar verwaschene Jeans und ein Sweatshirt an und beschloß, noch einmal rauszugehen. Sie steckte etwas Geld und ihren Schlüssel ein und ließ ihre Handtasche mit ihren Papieren und Kreditkarten, wo sie war. Vorsichtig zog sie die Tür hinter sich zu, als sie die Wohnung verließ.

Während sie auf den Fahrstuhl wartete, strich sie mit den Fingern durch ihr Haar. Es war immer noch feucht. Sie war zu hungrig gewesen, um sich noch die Zeit zu nehmen, sich zu fönen. Sie schaute nach oben und sah den Fahrstuhl im obersten Stockwerk. Es war eine jener altmodischen Anlagen mit einem vergitterten Schacht, der seit seiner Errichtung vor etlichen Jahrzehnten unverändert geblieben war.

Das Treppenhaus führte im rechten Winkel um den Fahrstuhlschacht herum, so daß jeder auf der Treppe sehen konnte, wer gerade kam oder ging und was er mit sich herumtrug. Von jedem Stockwerk aus konnte man das Oberlichtfenster aus Milchglas sehen, das sich wie ein erstarrtes Kaleidoskop über dem Dach wölbte. Während Emma auf den Fahrstuhl wartete, schaute sie hinauf. Auf diese Weise hatte sie einen ungefähren Eindruck, wie das Wetter war, und manchmal konnte man sogar die Uhrzeit in etwa abschätzen, je nachdem in welchem Winkel die Sonne durch das bunte Glas schien.

Der Portier hielt ihr die schwere schmiedeeiserne Tür auf. »Hallo, Mrs. Frank, gehen Sie 'ne Runde joggen?«

Emma schüttelte den Kopf und lächelte. »Das hab' ich schon hinter mir. Ich gehe nur kurz was einkaufen.«

»Ich passe auf, bis Sie an der Ecke sind.«

»Danke.«

Er sagte das jedes Mal. Zwar hatte er kaum noch Zähne im Mund und war nur knapp einsfünfzig groß, doch er war bei den Marines gewesen, und neben seinem Stuhl hatte er einen Baseballschläger liegen. Emma hatte nicht den geringsten Zweifel, daß er ihn auch benutzen würde, sollte es einmal nötig sein. Im Augenblick war es allerdings ruhig. Kein Sirenengeheul, keine Obdachlosen.

Emma trat hinaus auf die Straße und sog gierig die frische, salzige Luft ein, die vom Fluß herüberwehte. Das Haus lag am Riverside Drive, zwei ziemlich lange Blocks vom Broadway entfernt. Sie machte einige vorsichtige Schritte, um zu sehen, wie sehr ihre Muskeln schmerzten. Es war recht heftig. Kaum vorzustellen, wie Leute es bei einem Marathon schafften, zweiundvierzig Kilometer am Stück zu laufen.

Sie überlegte, wie man sich wohl dabei fühlte, und ob es einem hinterher genauso ging wie ihr jetzt. Sie war zwar nur fünf Kilometer gelaufen, aber sie fühlte sich alles andere als blendend. Im Gehen betrachtete sie die Bäume, die nun ganz grün waren und bemerkte ein paar Autos, die vorbeifuhren. Auf dem Riverside Drive und der West Avenue herrschte kaum Betrieb. Auf dem Broadway dagegen ging es immer hektisch zu. Sie überlegte, was sie einkaufen würde. Irgendwas richtig Gemeines und ein knuspriges Baguette dazu.

An der Ecke zur West End Avenue angelangt, beschloß sie, sich zur Feier des Tages auch noch eine Flasche Wein zu gönnen. Sie kam an einem dicken alten Baum vorbei, der die Sicht auf die Kreuzung teilweise verdeckte. Daneben stand ein Hydrant, vor dem ein Wagen parkte. Die Ampel sprang auf Grün und Emma wollte gerade losgehen, als sich von hinten ein Arm um sie legte.

»Hi, Emma.«

»Wa ...« Sie versuchte sich loszureißen, doch der Arm schloß sich fester um sie und zerrte sie an der Schulter.

»Reg dich nicht auf. Ich werde dir nicht weh tun.« Die Stimme war ganz ruhig und höflich.

»Aua.« Ein harter Gegenstand wurde ihr in den Magen gestoßen und preßte ihr die Luft aus den Lungen.

Sie sah, was es war. Ein Revolver.

»Ah ...« Ihre Knie zuckten unkontrolliert.

»Steig in den Wagen, Emma, oder ich erschieße dich.«

Jetzt sah sie, daß die Wagentür offenstand. Es war ein blauer Wagen. Ihre Knie gaben nach. Sie konnte nicht mehr aufrecht stehen. Sie riß den Mund auf, um zu schreien, doch sie bekam keine Luft.

»Uh, ah ...«

»Ganz ruhig«, sagte er. »Es ist alles ganz prima. Es wird alles gut. Mach dir keine Sorgen.«

Er hievte sie in den Wagen wie einen Sack nasser Wäsche und schlug ihr mit dem Lauf der Pistole über den Schädel. Er schlug fester zu, als er eigentlich vorgehabt hatte, es überraschte ihn selbst, wie laut es knackte, als er sie traf. Sie sackte vornüber auf dem Beifahrersitz zusammen.

Er fühlte ihren Puls, um festzustellen, ob sie noch am Leben war, und deckte sie dann mit einer blaßblauen Decke zu, deren Enden er sorgfältig festklemmte, damit sie nicht herunterfallen konnte. Dann warf er einen schnellen Blick umher, schloß die Tür und stieg auf der Fahrerseite ein.

»Sag auf Wiedersehen, Emma«, murmelte er und tätschelte die blaue Decke, als er davonfuhr.

42

Manchmal hatte April so viel zu tun, daß sie gar keine Zeit hatte, an Sergeant Sanchez zu denken, und manchmal, so wie in diesem Augenblick, stellte sie fest, daß sie dem Klang seiner Stimme lauschte. Er war am Telefon und redete mit seiner Mutter. Offensichtlich fühlte er sich wie ein Fisch im Wasser, denn sie konnte hören, wie er auf spanisch mit ihr sprach.

»*Sí,* Mama.«

Wenn er mit seiner Mutter sprach, hatte Sanchez einen ganz besonderen Tonfall. Bei April rief dies gemischte Gefühle hervor. Sanchez hatte ihr einmal gesagt, daß, wenn April mit ihrer Mutter telefonierte, es sich immer anhörte, als würden sie streiten – egal worüber sie sich unterhielten. Wenn er am Telefon mit seiner Mutter sprach, hörte es sich an, als sei sie der Nabel der Welt für ihn.

Irgendwie gab es zwischen Spaniern und Chinesen gar keine so großen Unterschiede, dachte April. Beide verwöhnen ihre Söhne bis zum Geht-nicht-mehr, gaben ihnen alles, was sie wollten und waren ihnen niemals böse, damit sie, wenn sie einmal heirateten, unweigerlich den Eindruck haben mußten, daß ihre Frauen nichts weiter taten, als herumzumeckern und ihnen auf die Nerven zu fallen. Und daß sie sie niemals so glücklich machen konnten, wie sie es zu Hause waren.

Wieder sagte er: »*Sí*, Mama.«

Und dann noch etwas über *la casa* und etwas, das April überhaupt nicht verstand. Sie hatten heute beide Dienst von vier bis elf, vielleicht erzählte er ihr ja, wann er nach Hause kommen würde.

Mittlerweile verstand April das eine oder andere Wort. Spanisch war nicht so schwierig wie Chinesisch, wo es eine Menge verschiedener Dialekte gab und die Worte je nach Tonhöhe und Aussprache eine ganz andere Bedeutung haben konnten. Sie hatte eine Menge Papierkram zu erledigen und versuchte nicht hinzuhören. Doch bald schon ertappte sie sich dabei, daß sie wieder darüber nachdachte.

Daß Sanchez Achtung vor seiner Mutter hatte, war positiv, doch daß er an ihren Lippen klebte und jedes Wort für bare Münze nahm, war weniger gut. Es dauerte nicht lange, bis sie Überlegungen darüber anstellte, ob spanische Frauen geringer einzuschätzen waren als chinesische. Die Würde eines Chinesen spiegelte sich in seinem Gesicht. Bei Männern wie Frauen gleichermaßen. Beide hatten ihre Würde, denn beide hatten ein Gesicht. Es war so etwas wie ihr Kapital, das man schützen, aufstocken und retten mußte. Es brachte Zinsen, doch man konnte es auch verlieren, wenn man nicht darauf achtgab und vorsichtig damit umging. Jimmy Wong hatte sein Gesicht in dem Augenblick verloren, als seine Freundin ihn absägte und er mit der U-Bahn nach Hause fahren mußte.

Sitz der Würde eines Spaniers war ein anderes Körperteil. Das Gesicht kümmerte sie wenig. Die Würde eines Spaniers ruhte in seinem Penis. Und folglich war es nur etwas für Männer. Man konnte es an der Art sehen, wie sie gingen und sich aufführten. Frauen waren weniger wert, hatten keine Würde. Deswegen liefen sie in Röcken herum, die zu eng waren und wackelten mit dem Hintern, damit die Männer Notiz von ihnen nahmen und sie auf diese Weise etwas von deren Würde abbekamen. Und *dann,* wenn sie sich endlich einen echten Spanier geangelt hatten, mußten sie sich damit herumschlagen, daß er eifersüchtig über ihren großen Wackelarsch wachte, weil er jede Minute nur noch daran dachte, daß ein *anderer* Mann kommen könnte, um ihn ihm wegzunehmen.

Trotzdem – nach dem Scheitern seiner Ehe und dem Tod seines Vaters war Sanchez wieder in sein Elternhaus gezogen, um sich um seine Mutter zu kümmern. Und er schämte sich dessen nicht im geringsten. Das war wiederum eine typisch chinesische Verhaltensweise. Weiße hingegen verließen fluchtartig den heimischen Herd, sobald ihr Hormonhaushalt sich änderte. Andere Menschen machten kein solches Gedöns um ihre sexuellen Aktivitäten, sondern erledigten es außerhalb der eigenen vier Wände, wohin sie nach getaner Tat zurückkehrten.

Sanchez ging April nicht aus dem Kopf. Warum war seine Ehe gescheitert? Warum hießen alle Frauen, die er kannte, Maria? Schwer zu sagen, ob es nun seine Schwestern waren, oder seine Tanten, seine Kusinen oder seine Freundinnen. Was auch immer. Sogar seine Ex-Frau hieß Maria. Das war doch etwas, worin sich die beiden Kulturen unterschieden. Jeder Chinese hatte einen Namen, der völlig einzigartig war. Eltern dachten sich Wortkombinationen aus, wie es ihnen paßte. Frohes Gesicht. Frei von Sorgen. Jade-Glück. Glückliche Zukunft. Chinesen tauften ihre Kinder wie Rundaugen Rennpferde.

Aprils chinesischer Name lautete Fröhliche Gedanken, um damit der Tatsache entgegenzuwirken, daß April kurz nach ihrer Geburt die Nase gerümpft hatte, als hätte sie etwas Schlechtes gerochen, und um dadurch zu vermeiden, daß sie für den Rest ihres Lebens dazu verdammt war, alles in Frage zu stellen. Ihre Mutter erzählte mit Vorliebe immer wieder diese Geschichte, wie sie versucht hatte, die Götter dadurch zu überlisten, daß sie April »Fröhliche Gedanken« nannte.

»Hat nicht geholfen«, klagte Sai. Ihre unglückliche Tochter hatte nach wie vor nichts Besseres zu tun, als Leuten hinterherzuschnüffeln, bis sie die schlechtesten Seiten von ihnen herausgefunden hatte. Außerdem äußerte sie mit Vorliebe die Befürchtung, daß ihre Tochter ein überbordendes *yin* hatte und deswegen keinen Mann finden würde, was April wiederum für einen Widerspruch in sich hielt.

»Man kann doch nicht zu weiblich sein, um eine Frau zu sein«, erklärte April.

»Nicht weiblich wie Mensch«, entgegnete Sai. »Weiblich wie nach unten schauen. Zufrieden mit wenig, wenn du kannst haben Mann und Babies. Nicht Pistole in Handtasche.«

»Umhängetasche.«

Aprils Telefon klingelte just in dem Augenblick, als sie gerade überlegte, welche Maria wohl das Ziel von Sanchez' sexuellen Aktivitäten war, bevor er zu seiner Mutter nach Hause fuhr.

»Detective Woo?«

»Ja, am Apparat«, sagte April. Die Stimme kam ihr bekannt vor, doch sie wußte nicht woher.

»Hier ist Jason Frank.«

»Oh!« Der Doktor, der sich selbst nicht als Doktor bezeichnete.

»Ich rufe aus San Diego an.«

Schon wieder San Diego? »Was machen Sie dort?« fragte sie voller Überraschung. Es war neun Uhr abends. Wie kam er nur auf den Gedanken, daß sie überhaupt im Dienst war?

»Ich mache Ihre Arbeit, Detective. Haben Sie irgendwas Neues?« Ihr sträubten sich die Nackenhaare, als er so mit ihr redete. Andererseits war sie neugierig, was er zu sagen hatte, und so überlegte sie einen Moment, bevor sie ihm antwortete.

»Ich kann in diesem Fall nicht mehr tun, als das, wozu ich befugt bin, Dr. Frank«, sagte sie schärfer, als sie es vorgehabt hatte. Was dachte der Kerl sich dabei, nach San Diego zu fahren? Er mußte den Verstand verloren haben.

»Entschuldigen Sie«, wiegelte er ab. »Ich habe die Polizei im allgemeinen gemeint, nicht Sie persönlich.«

»Okay.« Diese Entschuldigung ließ sie durchgehen. »Aber um auf Ihre Frage zurückzukommen – die Antwort ist nein. Ich habe schon versucht, Sie oder Ihre Frau anzurufen, doch niemand hat zurückgerufen.«

»Sie haben meine Frau angerufen?« Nun war er es, der überrascht klang.

»War das etwa nicht richtig, Doktor? Ich dachte, es wäre vielleicht eine Hilfe, wenn ich mir *ihre* Meinung anhöre, wer diese Briefe vielleicht geschickt haben könnte.«

»Nun ja, ich denke, ich habe da vielleicht eine Spur ...«

»Wie bitte? Was haben Sie?« Die Sache wurde immer verrückter. Wie konnte er eine Spur haben?

»Ich habe einen Namen, aber ich kann nicht herausfinden, wo der Kerl sich aufhält. Haben Sie irgendwelche Vorschläge?«

»Wissen Sie überhaupt, was Sie da tun?« fragte April.

»Ich dachte, ich statte ihm einen Besuch ab. Aber er ist anscheinend nicht zu Hause.«

Ihm einen Besuch abstatten? War er noch recht bei Trost? April krampfte sich das Herz zusammen vor Panik. Das hier war ihr Fall. Sergeant Joyce hatte sie damit beauftragt und sie angewiesen, sich diplomatisch zu verhalten. Sie hatte versagt, und nun trieb sich dieser Doktor in San Diego rum und suchte einen irren Briefeschreiber auf eigene Faust. Was war, wenn er ihn fand, und der Kerl ihm den Schädel einschlug?

»Das können Sie nicht machen«, sagte April laut. »Kommen Sie zurück, nehmen Sie sich einen Anwalt und erwirken Sie eine einstweilige Verfügung gegen ihn. Dr. Frank, bitte hören Sie auf mich. Auf diese Art und Weise können Sie Ihrer Frau nicht helfen.«

»Vielleicht ist an der Sache mehr dran, als Sie denken.«

»Was wollen Sie damit sagen?«

»Er hat unter Umständen ... noch andere Sachen getan.«

April holte tief Luft. »Was hat er noch getan, Doktor?«

»Ich habe mit seiner Tante geredet. Sein Persönlichkeitsprofil deutet mit einiger Sicherheit darauf hin, daß er als Kind schon Probleme hatte. Er hat gezündelt. Er hat andere Kinder bedroht. Es kann sein, daß er eine Zeitlang in einem Heim oder einer Anstalt verbracht hat. Möglich, daß er sich eine Weile unauffällig verhalten hat, so daß bei den offiziellen Stellen nichts über ihn vorliegt. Vielleicht ist das aber doch so.«

»Okay«, sagte April, die ihre Fassung wiedergefunden hatte und nun überlegte, was zu tun war. Der drängende Tonfall in der Stimme des Doktors gefiel ihr ganz und gar nicht. Wenn sich Zivilpersonen in Polizeiangelegenheiten einmischten, ging das mit Regelmäßigkeit schief. »Am besten rufen Sie Sergeant Bob Grove im San Diego Police Department an. Mit dem hatte ich schon zu tun. Bitten Sie ihn, festzustellen, ob es eine Akte zu dem Kerl gibt, ein Vorstrafenregister ... Aber, Dr. Frank, selbst wenn der Kerl *kein* Vorstrafenregister hat, gehen Sie auf keinen Fall zu ihm hin. Besorgen Sie sich einen Anwalt und zerren Sie ihn vor Gericht. Sie können nicht so einfach auf eigene Faust handeln. Es kann Ihnen was passieren.«

»Aha! Sergeant Grove? Wie ist die Telefonnummer?« fragte Dr. Frank.

April schaute in ihren Notizen zum Fall Ellen Roane nach und las sie ihm dann vor. »Ach, Dr. Frank. Wie heißt der Mann? Der, von dem Sie glauben, daß er die Briefe schreibt. Ich versuche mal, was ich von hier aus unternehmen kann. Vielleicht finde ich ja etwas raus.«

Er sagte ihr den Namen. Sie schrieb ihn auf ein neues Blatt Papier. Troland Grebs. Sie legte auf und betrachtete sich den Namen. Wie konnte man so heißen?

Sanchez hatte sein Gespräch mit seiner Mutter schon lange beendet. Er lehnte sich herüber zu Aprils Schreibtisch. »Was ist los?«

»Ist das zu glauben? Dieser verrückte Doktor fliegt nach San Diego«, sagte sie und runzelte sorgenvoll die Nase. Irgend etwas stimmte hier nicht. »Und die Frau hat entweder keine Lust, mit der Polizei zu reden, oder sie ruft aus Prinzip nicht zurück, oder sie ist auch ausgeflogen, darauf könnte ich wetten.« Die ganze Angelegenheit war überaus verworren und ihrer Kontrolle entglitten.

Ein paar Minuten später kam ein Notruf wegen einem Überfall am Central Park West, und Sergeant Joyce schickte April und Sanchez zum Tatort.

43

Jason hängte den Hörer kurz ein und wählte dann die Nummer, die Detective Woo ihm gegeben hatte. Ihr Rat, sich auf keinen Fall selbst auf die Suche nach Troland Grebs zu machen, kam zu spät. Er war bereits bei der Wohnung gewesen, die seine Tante ihm angegeben hatte. Er war die Küste entlanggefahren zum Queen Palm Way, der von der Crown Avenue abbog. Es war alles andere als einfach gewesen, die Adresse zu finden. Zweimal hatte er über eine kleine Brücke fahren müssen, die über einen ausgetrockneten Abwasserkanal führte, bis er Queen Palm Way endlich gefunden hatte. Die Wohnanlage lag versteckt hinter einer kurzen Straße mit völlig unspektakulären Läden und Restaurants in nicht allzu großer Entfernung vom Strand. Als er den Apartmentkomplex gefunden hatte, in dem Grebs wohnte, erzählte ihm der Manager, daß er Grebs schon eine Woche lang nicht mehr zu Gesicht bekommen hätte. In der Wohnung brannte kein

Licht, man hörte kein Wasser laufen. Eine Harley Davidson stand auch nirgendwo herum.

Nun saß Jason in seinem Hotelzimmer und war verwirrt. Er hatte den ganzen Nachmittag über versucht, Emma anzurufen. Mindestens ein dutzendmal hatte er es probiert, und sie war immer noch nicht zu Hause. Das sah ihr gar nicht ähnlich. Es war jetzt schon sechs Stunden her, seit er ihr eine Nachricht hinterlassen hatte, daß sie ihn gleich zurückrufen sollte.

Seine Aufzeichnungen lagen ausgebreitet auf dem Schreibtisch. Im Spiegel konnte er die vor dem Fenster liegende Bucht und die Docks auf der anderen Seite des Wassers sehen. Komische Stadt. Ihre Silhouette war bestimmt von den Marinewerften und von Kriegsschiffen in allen Größen. Er hatte keine Ahnung, was das für Schiffe waren.

Die Tatsache, daß er die Schiffe nicht auseinanderhalten konnte, versetzte ihm einen Stich. Mitleid mit Emma packte ihn. Die ganze Umgebung strahlte eine solche Traurigkeit aus. Ihre ganze Kindheit hatte Emma diese Schiffe betrachtet, Bilder davon gemalt, als sie noch ein kleines Mädchen war und die Tage gezählt, bis sie endlich einmal an Bord eines dieser Schiffe gehen durfte. Und dies war dann der größte Tag in ihrem Leben gewesen. Sie hatte sich immer gewünscht, eines Tages mit einem solchen Schiff davonzufahren und all die engen Orte hinter sich zu lassen, an die es sie verschlagen hatte, ohne daß sie es so gewollt hatte. Jason griff nach dem Telefon.

»Vermißtenzentrale, Sergeant Beasly.«

»Oh, da bin ich wohl in der falschen Abteilung gelandet. Ich wollte Sergeant Grove sprechen«, sagte Jason.

»Wer ist denn da?«

»Mein Name ist Dr. Jason Frank aus New York.« Dann fügte er hinzu: »Detective April Woo von der New Yorker Polizei hat mich an ihn verwiesen.«

»Ich schaue mal nach, ob Grove da ist.«

Vermißtendezernat. Warum hatte sie ihm den Namen von jemand aus dem Vermißtendezernat gegeben? Nervös trommelte Jason mit seinem Stift gegen den Tisch. Wo war Emma? Emma wartete auf ihn. Jedenfalls tat sie das normalerweise, wenn er nicht arbeitete. Sie wartete darauf, daß er nach Hause kam oder zumindest darauf, daß er anrief. Gelegentlich ging sie mit einer Freundin ins Theater, aber daß sie nachts alleine ausging, kam nicht vor.

Am liebsten hätte er sich einen Tritt verpaßt. Im Gegensatz zu Nancy hatte Emma sich nie beschwert, und deswegen hatte er angenommen, daß sie zufrieden war mit dem Leben, das sie führte. Sein Magen krampfte sich zusammen. Zum einen, weil der Muffin das einzige gewesen war, das er den ganzen Tag über zu sich genommen hatte, zum anderen wegen der bitteren Erkenntnis, daß er die Bedürfnisse seiner Frau ignorierte und sich eingeredet hatte, es sei alles in Ordnung, nur weil nach seinen Kriterien alles wie am Schnürchen lief.

Was wäre, wenn Grove gar nicht da war? Was wäre, wenn er sich geirrt hatte und Grebs gar nicht der Mann war, den er suchte? Was wäre, wenn es jemand ganz anderes war, und er nur seine Zeit verschwendete? Was, zum Teufel, machte er hier eigentlich? War er völlig verrückt geworden?

Er schüttelte den Kopf und strich sich hektisch durch die Haare. Es mußte einfach dieser Kerl sein! Aber wo war er?

»Grebs verschwindet manchmal für ein paar Tage«, hatte der Verwalter des Apartmentkomplexes ihm erzählt. Das war nichts Außergewöhnliches.

»Verschwindet? Wohin denn?«

»Ich denke, er fährt runter nach Mexiko.« Der Verwalter war ein kleiner Kerl mit Sommersprossen, einer roten Nase und roten Haaren, die sich bereits an einigen Stellen lichteten.

»Warum?« hatte Jason gefragt.

»Wer weiß?« Der Mann blickte in die Ferne. »Ist nur so ’n Eindruck von mir. Irgendwie seltsam, der Kerl.«

»Inwiefern seltsam?« Jason ließ sich seine Erregung nicht anmerken, obwohl er innerlich vor Aufregung brodelte.

»Na ja, wissen Sie, seine Augen. Pechschwarz. Er hat so einen stechenden Blick, als ob er durch einen durchschaut. Die Miete zahlt er allerdings immer pünktlich. Und als Mechaniker ist er einsame Spitze. Hängt dauernd draußen rum und schraubt an seiner Maschine herum. 'ne richtige Höllenmaschine, oder?«

Sicher. Jason nickte. Er hatte schon von der Höllenmaschine gehört. Er fragte sich nur, wo sie wohl war. Und wo war Grebs, mit seinem stechenden Blick?

»Sergeant Grove.«

»Hallo, hier ist Jason Frank. April Woo hat mir gesagt, ich soll mich an Sie wenden. Ich habe hier den Namen von jemanden, der überprüft werden müßte.«

»Wollen Sie eine Vermißtenanzeige aufgeben?«

Na prima. Noch jemand, der einem auf die kühle Tour kam.

»Ähm, nein. Ich möchte, daß Sie überprüfen, ob dieser Jemand ein Vorstrafenregister hat. Festnahmen, Verurteilungen.« Die ungewohnten Worte kamen Jason nur mit Mühe über die Lippen.

»Wir sind hier kein Informationsdienst. So was machen wir nicht.«

Dies war eine klare, unmißverständliche Ablehnung.

Im Krankenhaus taten die Leute immer, was die Ärzte ihnen sagten. »Ich habe meine Gründe«, sagte Jason, doch große Hoffnung machte er sich nicht.

»Da bin ich mir ganz sicher, aber hier ist das Vermißtendezernat. Wenn Sie Anzeige erstatten möchten, müssen Sie vorbeikommen und mit einem der Detectives reden.«

»Sind Sie Detective?«

»Ja, aber ich bin Detective im Vermißtendezernat. Wenn Sie eine Vermißtenmeldung haben, kommen Sie zu mir. Andernfalls müssen Sie sich an jemand anderen wenden.«

»Nun denn, Sergeant Grove, woher kennen Sie April Woo?«

»Detective-Sergeant Grove«, verbesserte ihn Grove. »April hatte einen Vermißtenfall. Und wir haben sie gefunden.«

»Nun, Detective Woo hat mir gesagt, ich soll mich in dieser Angelegenheit an Sie wenden. Sie sagte, Sie würden mir weiterhelfen.« Jason fragte sich, ob Detective Woo wohl ebenfalls Sergeant war und ob diese vermißte Person wohl lebend aufgefunden worden war.

»Okay. Wenn April das so sagt. Was haben Sie für ein Problem?«

Jason erklärte es ihm in knappen Worten.

»Ach so, dann sind Sie der mit den Briefen von dem Spinner. Ich habe schon von Ihnen gehört, Dr. Frank. Hören Sie, ich hab' mich umgehört. Fehlanzeige. Wie kommen Sie darauf, daß an der ganzen Geschichte wirklich was dran ist?« Die Stimme war nun nicht mehr ganz so frostig.

»Ich habe mich mit der Tante von diesem Kerl unterhalten, und daraus ging hervor, daß er eventuell vorbestraft ist. Wenn das stimmt, stellt er eine Gefahr für das Leben meiner Frau dar. Ich will nur herausfinden, was über ihn bekannt ist.«

»In Ordnung. Ich schaue nach, ob ich in den Akten etwas über ihn finde«, sagte Grove ohne große Begeisterung. »Aber Sie müssen sich schon hierherbemühen.«

»Wann soll ich da sein?«

»Jetzt gleich. Ich habe eigentlich um vier Uhr Dienstschluß.«

Jason schaute auf seine Uhr. Es war schon nach sechs. »Sagen Sie mir, wo es ist, und ich mache mich sofort auf den Weg.«

Nur wenige Minuten später hastete er durch die Lobby des Hotels. In der luxuriös ausgestatteten Hotelhalle war kein Mensch zu sehen, und es herrschte Totenstille. Jason überlegte kurz, daß man sich hier fühlte wie in einem Mausoleum.

Nachdem er ihn zuvor gedrängt hatte, sich zu beeilen, ließ Detective-Sergeant Grove, oder welchen Dienstgrad er auch immer hatte, Jason zwanzig Minuten lang warten. Er saß auf einem Metallstuhl und schaute sich um. Das Polizeirevier unterschied sich nicht wesentlich von dem in New York. Beide wirkten wie Schulgebäude, und auch hier hingen eine Menge Schilder mit Hinweisen auf spanisch an den Wänden. Wenn man es genau betrachtete, schien es, als ob es mehr Schilder in Spanisch gab als in Englisch.

»Dr. Frank?«

Endlich stand Grove vor ihm. Er war ein hochgewachsener Mann mit blonden Haaren. Er trug keine Uniform und machte den Eindruck, als sei er vor etlichen Jahren einmal Surfer gewesen.

»Ja.« Jason war froh darüber, endlich aufstehen zu können. Nicht genug damit, daß der Stuhl hart und unbequem war, er hatte außerdem neben einer Frau mit Kleinkind gesessen, dessen Windel dringend gewechselt werden mußte.

»Entschuldigen Sie, daß es so lange gedauert hat.« Grove führte ihn zu einem Schreibtisch in der Ecke des großen Raumes. An der Wand hing ein Schild mit der Aufschrift »Vermißtenfälle, Sergeant Robert Grove«.

Verglichen mit April Woos Schreibtisch herrschte bei Sergeant Grove ziemliche Unordnung. An beiden Seiten waren dicke Aktenmappen aufgestapelt, und über die freie Fläche in der Mitte verteilt standen ein halbes Dutzend Styroporbecher mit Kaffeeresten inmitten einer Unzahl von Zuckertütchen. Grove ließ sich auf einem alten Drehstuhl nieder, den er offenbar von einem Amtsvorgänger geerbt hatte und bedeutete Jason, auf dem hölzernen Stuhl vor dem Schreibtisch Platz zu nehmen. Dann lehnte er sich zurück.

»Okay, was genau wollen Sie wissen?«

Jason hatte zwar auf dem Hinweg zwei Maalox-Tabletten gekaut, doch angesichts der unverhohlenen Skepsis, die in

Groves Frage mitschwang, kehrten seine Magenschmerzen wieder zurück. Er tastete in seinen Taschen nach der Tablettenschachtel, doch ohne Erfolg. Er hatte sie im Wagen gelassen. Er sah sie förmlich vor sich, wie sie auf dem Armaturenbrett lag. Scheiße. Dann eben nicht.

Er riß sich zusammen. »Ich habe mit der Tante von Troland Grebs geredet. Und ihre Schilderungen der familiären Verhältnisse und Persönlichkeitsprobleme legen den Schluß nahe, daß er in der Vergangenheit Schwierigkeiten mit der Polizei hatte.«

»Welcher Art?« Grove rutschte auf seinem Stuhl herum, damit er nicht auf seinem Revolver sitzen mußte. Es schien, als treffe er Vorkehrungen, um sich gegen unerwünschte Einflüsse von außen abzuschotten. Mit einer Hand griff er in eine Schublade seines Schreibtisches und zog ein Blatt Papier heraus, das er so hielt, daß Jason es nicht lesen konnte.

»Wegen Brandstiftung zum Beispiel.« Jason war sich darüber klar, daß er sein Gegenüber besser nicht provozieren würde, doch am liebsten hätte er ihm das verdammte Papier einfach aus der Hand gerissen.

»Treffer«, sagte Grove, den Blick nach unten gerichtet. »Und zwar nicht zu knapp. Er und seine netten Kumpels sind für eine Weile hinter Gittern gelandet. Da haben sie ihm das Zündeln wohl ausgetrieben. Allerdings ist das auch schon einige Zeit her.« Er klang gelangweilt, als ob die Akte des Mannes ein alter Hut war und nicht das Geringste mit dem zu tun hatte, womit er sich derzeit zu befassen hatte.

»Was steht noch drin?« Jason beugte sich vor. Grove lehnte sich zurück.

»Wie ich schon sagte: Wonach suchen Sie?«

Jason krampfte sich der Magen zusammen. »Warum lassen Sie mich nicht einfach einen Blick in die verdammte Akte werfen?« Er versuchte ruhig zu bleiben. »Ich brauche nur ein oder zwei Minuten, und Sie sind mich wieder los.«

Grove saß reglos da.

»Wozu wollen Sie diese Informationen? Wollen Sie eine Anzeige erstatten? Legen Sie endlich Ihre Karten auf den Tisch.«

Jedes Wort einzeln abwägend sprach Jason ganz langsam: »Ich versuche herauszufinden, ob die Person mit dem Vorstrafenregister, das Sie in Händen halten und mich nicht sehen lassen, ein Mensch ist, der zur Gewalttätigkeit neigt und insofern eventuell dazu fähig ist, meiner Frau physischen Schaden zuzufügen.«

Aus welch anderen Gründen sollte er ein Interesse an diesen Informationen haben? Er mußte seine Frau beschützen. Sonst war ja niemand da, der dies erledigte.

»Werden Sie eine Anzeige erstatten?«

Jason platzte der Kragen. »Das weiß ich jetzt noch nicht, verdammt noch mal. Ist der Kerl ein Psychopath? War er schon mal in einer Nervenklinik? War er wegen Gewaltverbrechen im Gefängnis? Jetzt kommen Sie schon, Sergeant Grove. Wenn meine Frau in Gefahr ist und es sich herausstellt, daß Sie mir Informationen vorenthalten, werde ich dafür sorgen, daß Ihnen der Arsch ...«

»Immer mit der Ruhe«, sagte Grove kalt. »Aber stellen wir vorher mal eines klar. So wie Sie sich das vorstellen, funktioniert das hier nicht, Doktor. Wir erteilen keine Auskünfte über das Vorstrafenregister von Leuten, nur weil jemand anderes *denkt,* daß diese Person vielleicht eine Gefährdung darstellt. Das läuft so nicht.«

»Wollen Sie mir damit sagen, daß Sie nichts weiter tun, als Leichen einzutüten? Funktioniert es vielleicht so?«

»Ich bin zuständig für vermißte Personen. Ich versuche, unidentifizierte Leichen mit als vermißt gemeldeten Personen abzugleichen.«

»Prima.« Jason gelangte zu der Erkenntnis, daß Detective Woo ihm geben würde, was er brauchte. Was sollte er sich mit dem Mist hier noch länger rumschlagen. Er stand auf und machte Anstalten zu gehen.

Grove schaute auf das Blatt Papier hinunter, das er die ganze Zeit über so sorgsam vor Jasons Blicken verborgen hatte.

»Na ja, darüber, daß er einmal in eine Anstalt eingeliefert worden ist, steht hier nichts«, sagte er beiläufig. »Aber das heißt nicht, daß er vielleicht nicht doch mal drin war. Er ist zweimal wegen Körperverletzung verhaftet worden, das liegt allerdings schon geraume Zeit zurück. Und es gab keine Verurteilungen deswegen.«

»Was soll das bedeuten?«

»Das bedeutet, daß Grebs früher bei den Damen vom Gewerbe ein wenig über die Stränge geschlagen hat.«

Jason stand schweigend da. Schließlich fragte er: »Was hat er mit ihnen gemacht?«

Grove schaute ihm ins Gesicht. In Jason keimte die Befürchtung auf, daß es mit Groves Kooperationsbereitschaft endgültig vorbei war. Doch dann senkte er seinen Blick wieder auf das Blatt Papier, als ob ihm endlich ein Licht aufging.

»Allmächtiger Gott«, murmelte er.

»Sagen Sie's mir«, drängte Jason.

Wieder ein Moment des Schweigens. Grove begrub das Blatt unter seiner Hand.

Jason explodierte. »Um Himmels willen!«

»Wollen Sie's wirklich wissen? Also gut, er hat sie mit Zigaretten verbrannt, Doktor.« Grove geriet ein wenig in Bedrängnis. »Aber das ist schon lange her, und die Anklage wurde fallengelassen. Wissen Sie, in manchen Fällen gibt sich so was mit der Zeit.«

Es war offensichtlich, daß Grove selbst nicht glaubte, was er da sagte.

»Ach ja?« sagte Jason. »So was gibt sich mit der Zeit?« Ihm kam die Galle hoch. »Der Kerl hat ein Faible für Feuer – erst Brandstiftung, dann sind es Menschen, die er verbrennt. Prostituierte. Sie haben recht. Manchmal lernen diese Leute, ihre Neigungen zu kontrollieren oder zu verbergen. Mit kranken Leuten kann viel passieren. Manchmal suchen sie sich neue Bereiche, wo sie sich abreagieren können. Manchmal gibt es irgendeinen Anlaß, der zum Ausbruch von Gewalttätigkeit führt. Oder sie sind irgendwelchen Streßsituationen nicht gewachsen – Probleme an der Arbeitsstelle, Verlusterfahrungen – und brechen einfach zusammen. Aber es kommt nicht vor, daß sich so was einfach mit der Zeit gibt. Sergeant, diese Leute sind *krank*. Das ist nicht einfach eine schlechte Angewohnheit.«

Während Grove dasaß und Jason zuhörte, schwand die Sonnenbräune aus seinem Gesicht.

»Das Mädchen aus New York, nach dem April gesucht hat, ist auch verbrannt worden«, sagte er, als Jason geendet hatte. Er wirkte nun alles andere als gelangweilt und desinteressiert.

»Verbrannt? Ist sie ...?« Die Magensäure schäumte Jason den Hals hinauf. Er schluckte.

»O ja. Sie ist tot. Aber sie war keine Hure. Sie war ein Mädchen vom College, das hier Ferien machte.«

Die beiden Männer schauten einander an. Dann reichte Grove Jason das Blatt Papier. Jasons Hand zitterte, als er es ergriff. Nun hatten sie also einen Verdächtigen, der schon als Drittklässler damit angefangen hatte, Leute zu verbrennen, sowie ein totes Mädchen aus New York. Der Mann, den es schleunigst zu finden galt, war technischer Zeichner in einer Rüstungsfirma und fuhr Motorrad. Er kannte Emma von der High-School und war seit einer Woche nicht mehr gesehen worden. Emma brauchte Polizeischutz, und zwar sofort.

»Kann ich Ihr Telefon benutzen?« fragte Jason.

44

Während der gesamten Fahrt nach Queens rührte sich unter der Decke absolut nichts. Troland behielt die Uhr auf dem Armaturenbrett im Auge und zwang sich, nur alle zwei Minuten nach der Decke zu schauen. Sobald er in die Nähe der Brücke kam, staute sich der Verkehr auf der Second Avenue so stark, daß er anfing, vor sich hinzumurmeln. Was wäre, wenn er zu fest zugeschlagen hatte. Wenn sie tot war. Wenn sie tot wäre, hätte sie keine Ahnung, worum es sich drehte. Er könnte die Angelegenheit nicht zurechtbiegen. Nie im Leben. Der Verkehrsstau machte ihn rasend. Tausende von Autos, die sich in eine Spur einzureihen versuchten, nur um über diese verdammte Brücke zu kommen. Und die verdammte Brücke würde einstürzen. Er wollte nicht, daß sie starb, bevor er mit ihr fertig war.

Die beiden inneren Fahrstreifen waren vollständig gesperrt. Es gab nur eine Spur am Rand, die den Eindruck erweckte, als ob sie gar nicht auf, sondern neben der Brücke verlaufen würde. Auf dem Weg nach drüben hing man förmlich in der Luft, denn die Spur hatte noch nicht einmal eine solide Fahrbahn. Als er nach unten schaute, konnte Troland das Wasser des East River sehen. Zu seiner Linken zog die Roosevelt Island Tram an ihm vorbei, deren Fahrdraht hoch in der Luft hing. Sie passierte gerade die Tram in die andere Richtung. Der Autoverkehr kam mit höchstens fünf Stundenkilometern voran, manchmal ging es überhaupt nicht weiter.

Er war so euphorisch gewesen. Doch jetzt, wenn er zum Fenster hinausschaute und die Wagen um sich herum sah oder einen Blick auf das leblose Bündel neben sich auf dem Sitz warf, dessentwegen er so viel auf sich genommen hatte, überkam ihn wieder ein Gefühl der Niedergeschlagenheit. Er schob seine Hand unter die Decke. Berührte ein Stück nackte

Haut. Ein Arm, dachte er. Er streichelte mit seinem Finger darüber und war ganz aufgeregt angesichts der Wärme, die davon ausging.

Es dauerte annähernd eine Stunde, bis er wieder zu Hause war. Aus dem Fenster an der Frontseite des Hauses schimmerte gedämpftes Licht. Vermutlich saß die alte Dame im vorderen Zimmer und schaute mit dem Rücken zum Fenster Fernsehen. Die Vorstellung rief eine unangenehme Erinnerung an seine Großmutter wach, die letzten Monat gestorben war. Er schob den Gedanken von sich und stieg aus, um die Garagentür zu öffnen. Es war keine dieser automatischen Türen, deshalb mußte er sie von Hand hochziehen und wieder schließen. Das Licht schaltete sich allerdings automatisch ein, sobald die Tür geöffnet wurde. Doch niemand sah ihn.

Dennoch hätte er vor Erregung aus der Haut fahren können, als er sie die Treppe an der Rückseite der Garage hinauftrug. Er hatte ordentlich zugeschlagen. Sie war immer noch bewußtlos, und er mußte sich ziemlich abrackern mit ihrem Gewicht. Als er die Tür am Ende der Treppe aufmachen wollte, wäre er beinahe gestolpert.

Schließlich hatte er es geschafft und die Tür hinter sich geschlossen. Er legte sie auf das Sofa im Wohnzimmer. Wie es aussah, war dies das Studio des Alten gewesen, warum sonst hatte dieser Raum ein Oberlicht. Das Oberlicht nervte Troland wegen der Flugzeuge, die im Landeanflug auf den nahen Flughafen über das Haus flogen. In San Diego, wo er arbeitete, war das zwar auch nicht anders, aber dort waren sie seine Freunde. Hier hingegen schien es, als glitten sie genau über das Haus und tauchten es in einen großen Schatten wie ein riesiger, bösartiger Vogel. Es schien, als würden sie ihn beobachten, um irgendwann eine Ladung Bomben auf ihn zu werfen. Doch daran dachte er im Augenblick nicht. Er war wie im Rausch angesichts seiner eigenen Größe.

Ja. Er betrachtete sie, wie sie auf dem Sofa lag. War dies

das Mädchen, das er kannte? Das sanfte Lächeln, die goldenen Haare, all das konnte er nicht entdecken. Er fing an, ihr die Kleider vom Leib zu zerren. Zuerst die Halbstiefel, dann die Jeans. Doch. Es war der gleiche Körper wie im Film. Stirnrunzelnd stand er da und betrachtete ihre Schenkel und den winzigen Slip, den sie trug. Er war weiß, sah aus wie aus Seide und schien neu zu sein. Sie sah gut darin aus.

Ihr das Sweatshirt auszuziehen, war nicht ganz unkompliziert, und er war ein wenig enttäuscht, daß sie nicht aufwachte, während er sich damit abrackerte. Ihr BH war passend zu ihrem Slip. Er zog ihr beides aus und hielt es in der Hand. Sie duftete intensiv nach etwas, von dem er nicht wußte, was es war – irgendeine Blume. Sie hatte einen tollen Körper, wirklich klasse. Gepflegt, sauber. Das gefiel ihm.

Ihre Haare waren nicht blond, aber so schlimm war es auch nicht. Wenigstens waren ihre Brüste größer als die des anderen Mädchens, das er tätowiert hatte. Das gefiel ihm. Und ihr Bauch und ihre Schenkel waren stramm. Kein überschüssiges Gramm Fett. Fette Frauen fand er eklig. Er ließ sich auf die Knie nieder und schnüffelte an ihrer Schulter und dann an ihrer Brust. Hier war der Duft intensiver. Er hätte sie am liebsten ganz abgeschnüffelt, doch es erregte ihn zu sehr. Er mußte das Polaroid des anderen Mädchens aus seiner Tasche ziehen, um sich daran zu erinnern, daß er eine Mission hatte. Er wollte sie nicht ficken, bevor alles mit ihr stimmte. Genau, er hatte einiges zu erledigen.

Er erhob sich und trug ihre Kleider in das andere Zimmer. Er stopfte sie in seinen Koffer und verstaute den Koffer unter dem Bett. Er ging zur Toilette und urinierte ausgiebig. Dann kämmte er sich sorgfältig die Haare. Er wollte gut aussehen für sie. Dann überlegte er sich, daß er wohl besser die Seile schnappte, um sie festzubinden. Er legte die Pistole auf den Tisch für den Fall, daß er ihr angst machen mußte. Er hatte eine ganze Sammlung verschiedener Seile. Sie waren alle aus dünnem Nylon, die sich tief in ihr Fleisch eingraben würden, wenn sie sich zu sehr wehrte. Ursprünglich hatte er vorgehabt, ihr eine Schlinge um den Hals zu legen, doch nun fand er die Idee nicht mehr so gut. Er wollte, daß sie perfekt aussah und hatte keine Lust, seine Arbeit dadurch zu ruinieren, daß sie sich irgendwelche Schrammen zuzog.

Als er sie nun betrachtete, wie sie mit geschlossenen Augen, den einen Arm ausgestreckt, vor ihm lag, kam ihm der Gedanke, daß es ihm nicht genügte, lediglich ihren Torso zu tätowieren wie bei dem anderen Mädchen. Er hatte sie ganz und gar für sich. Er konnte ihre Hände tätowieren, ihre Füße. Er hatte schon Leute gesehen, die die Innenflächen ihrer Lippen tätowiert hatten oder ihre Achselhöhlen. Ihm brach der Schweiß aus bei dem Gedanken, ihr die Möse zu tätowieren. Und wie er es machen würde. Die Vorstellung erregte ihn so sehr, daß er sich immer wieder zur Ordnung rufen mußte, weil er es sonst nie schaffen würde.

Er fesselte sie lose an Händen und Füßen und überlegte, daß er bei ihrem Körper an Stellen arbeiten würde, die noch nie jemand zuvor tätowiert hatte. Dumm war nur, daß er keinen Tisch hatte, auf den er sie legen konnte. Das Sofa war ziemlich niedrig. Niedriger als das Bett. Aber auf das Bett in dem anderen Zimmer wollte er sie nicht legen. Denn hinter der Wand saß der schwarze Vogel. Es konnte sein, daß der etwas mitbekam.

Schließlich war er fertig. Alles in Ordnung. Mit der flachen Hand schlug er sie ein paarmal ins Gesicht.

»Emma, Emma. Wach auf.«

Als sie nicht aufwachte, träufelte er ein paar Tropfen Salmiakgeist auf ein Papiertuch und wedelte damit unter ihrer Nase herum. Sie fing an zu husten.

»Wach auf, Süße.«

Es dauerte eine ganze Weile, bis ihre Augenlider schließlich zu zucken begannen.

»So ist's brav. Komm schon. Schau mich an. Schau mal, wer da ist.« Er betupfte ihr die Stirn mit einem feuchten Handtuch – genauso wie es damals die Krankenschwester bei ihm getan hatte, als er im Krankenhaus war. Er konnte sich noch daran erinnern, was für ein schönes Gefühl das gewesen war.

Er betupfte ihre Wangen mit kaltem Wasser.

Emma stöhnte und schlug die Augen auf.

»Hi, Emma. Rate mal, wer da ist.« Troland beugte sich vor, damit sie sein Gesicht sehen konnte.

Sie schloß die Augen wieder.

»Jetzt komm schon. Dir fehlt nichts.«

»Mein Kopf«, murmelte sie. »Autounfall.«

»Hi, Süße. Sieh mich an. Sag Hallo.« Sie zeigte keine Reaktion, und so stand Troland auf, um noch mehr Wasser zu holen und besprenkelte ihr damit Hals und Stirn.

Sie schlug die Augen auf und versuchte etwas zu erkennen. »Autounfall, zieht mich raus.« Sie schrie und zerrte an den Seilen. Ihre Augen zuckten hin und her. Sie versuchte, die Situation zu erfassen. »Autounfall. Mein Kopf ...«

»Ich bin's, Tro – erinnerst du dich an mich?«

Sie starrte ihn an. Sie versuchte, sich mit der Hand an den Kopf zu fassen, doch ihre Hand ließ sich nicht bewegen. Sie war an irgend etwas festgemacht.

Voller Verwirrung runzelte sie die Stirn. »Krankenhaus?«

Er lachte. »Was für ein Krankenhaus sieht schon so aus?«

Sie stöhnte. »Mein Kopf.« Sie begann zu zittern. »Wo sind meine Kleider?«

»Ich hab' mich wohl ziemlich verändert, seit du mich das letzte Mal gesehen hast.« Er trug seine Lederjacke. Genau die gleiche, die auch der Kerl in dem Film getragen hatte. »Erkennst du mich nicht wieder?«

»Ich kann ... mich nicht bewegen.«

Ein Flugzeug donnerte über das Haus hinweg. Sie schaute hinauf zu dem Oberlichtfenster. »Was ist ...?«

»Vielleicht war ich damals auch noch nicht so 'ne heiße Nummer, aber seitdem hat sich einiges getan.« Ohne ihre Verwirrung zu beachten, ging er neben ihr in die Knie. »Du kennst doch die Patriot Raketen. Die habe ich gebaut. Und die Cruise Missiles. Ich habe eine Menge für dieses Land geleistet. Den ganzen Krieg habe ich gewonnen.«

Emma stöhnte. Wieder runzelte sie die Stirn. »Autounfall ...«

Er schüttelte den Kopf. »Nein, nein. Tro!«

»Mein Kopf.«

Es machte ihn wütend, daß sie ihn nicht erkannte. Voller Enttäuschung erhob er sich und ging ein paar Schritte von ihr weg. Er klappte sein Feuerzeug auf, zündete es an und ließ es dann wieder zuschnappen, um gleich darauf die Prozedur von vorne zu wiederholen. Der Anblick der Flamme, die kurz aufloderte und dann erstarb, hatte eine beruhigende Wirkung.

Emma hob den Kopf und blickte an ihrem nackten Körper hinunter. Ihre Hände und Füße waren gefesselt. Wieder runzelte sie die Stirn. Was hatte das zu bedeuten?

Augenblicklich war er wieder da. »Ich hab' mich total verändert. Klar, früher hatte ich Probleme, weil mein Temperament mit mir durchgegangen ist, aber das habe ich jetzt unter Kontrolle. Ich bin jetzt ein echt prima Kerl.«

Emma schloß die Augen. Sie schluckte. Als sie ihre Augen wieder öffnete, war er noch immer da. Er stand über sie gebeugt.

»Und ein besseres Motorrad habe ich jetzt auch. Weißt du noch, meine alte Maschine?«

»Ein Motorrad hat mich erwischt?«

»Nein, ich denke, ich hatte damals schon die Panhead, stimmt's? Sicher. Na ja, jetzt hab' ich jedenfalls 'ne Maschine für zwanzigtausend Dollar. Alles speziell angefertigt, auch die Lackierung.« Er hatte ganz vergessen, daß er das Motorrad verkauft hatte.

Wieder donnerte ein Flugzeug über das Haus hinweg. Sie schaute nach oben, sah die Lichter des Flugzeugs in der Dunkelheit durch das Oberlicht funkeln.

»Wo bin ich?« fragte sie mit belegter Stimme.

»An einem ganz besonderen Ort.«

»Und wie bin ich hierhergekommen?« murmelte sie.

»Ich hab' dich auf der Straße aufgelesen und hierhergebracht.«

Emma schloß ihre blauen Augen.

»Wach auf«, verlangte Troland.

»Motorradunfall«, murmelte sie. »Motorradunfall?«

»Nein, Süße. Ich habe dich auf der Straße aufgelesen und hierhergebracht. Und zwar aus einem ganz bestimmten Grund.«

»Was? Was für ein Grund?« Ihre Verwirrung war ihr ganz deutlich anzuhören.

»Ein bestimmter Grund. Du wirst schon noch sehen.«

Einen Moment lang herrschte Stille, dann schrie sie los, die Augen fest geschlossen. »Mein Kopf tut weh. Ich will nach Hause.«

»Heul nicht rum«, fuhr er sie an. »Ich kann Geflenne nicht ab.«

Schlagartig schlug sie die Augen auf und starrte ihn voller Verwunderung an.

»Mir geht's nicht gut. Ich muß nach Hause.« Sie hörte sich an, als wäre sie ganz weit weg.

»Nein, Süße. Du gehörst jetzt mir. Du gehst nirgendwo hin.«

»Nach Hause gehen«, sagte sie träge. Es war, als hätte sie einen Topf Leim im Mund und Zement in ihren Beinen.

»Nein, Süße. Du gehörst jetzt mir. Das wirst du dir besser merken. Ganz und gar mir.«

Sie schüttelte den Kopf. Sie wurde am ganzen Körper geschüttelt von einem unkontrollierten Zittern. Sie drehte und wand ihre Hände und Füße, als ob sie feststellen wollte, ob die Seile, mit denen sie gefesselt war, irgendwo festgebunden waren.

»Erinnerst du dich an mich? Ich bin Tro. Ich will von dir nie wieder ein Nein hören. Hast du das kapiert?«

Er beobachtete die Veränderungen in ihrem Gesicht. Sie machte einiges durch – ihre Muskeln erschlafften, sie wurde blaß und dann wieder rot. Einen Augenblick schien es, als würde sie vor Angst ersticken. Das gefiel ihm. Er lächelte ihr aufmunternd zu.

»Gut, jetzt weißt du, wer ich bin«, sagte er voller Zufriedenheit. »Merk's dir gut. Es wird prima werden.«

Er drehte sich um, denn er wollte ihr die Pistole zeigen. So was mochten sie alle. Zu schade, daß sein Motorrad in Kalifornien war und sie es nicht sehen konnte. Aber er hatte ja noch Fotos davon. Die konnte er ihr ja zeigen. Er ging ins Schlafzimmer. Das Klappmesser brauchte er auch. Er wollte ihr unbedingt sein Klappmesser zeigen.

45

Sanchez hielt vor dem Haus von Dr. Frank und parkte vor einem Hydranten. Es war halb Zwölf. Sie hatten seit einer halben Stunde Dienstschluß. Der Anruf aus Kalifornien hatte sie gerade in dem Augenblick erreicht, als sie auf dem Weg zur Tür waren. Sergeant Joyce war bereits gegangen.

April hatte den Anruf entgegengenommen und lange Zeit mit Dr. Frank gesprochen. Er war noch immer bei Sergeant Grove auf dem Polizeirevier in San Diego. Er machte sich allergrößte Sorgen um seine Frau. Seit nahezu vierundzwanzig Stunden hatte er keinen Kontakt mehr zu ihr gehabt. Sie hatte um zwölf Uhr seiner Zeit eine Nachricht hinterlassen, daß er sie gleich zurückrufen sollte, und nun war es neun Stunden später, und er hatte immer noch nichts von ihr gehört. Er hatte sie zu Hause angerufen, es bei ihrer Agentin und ihren Freunden probiert. Niemand wußte, wo sie war. Grove faxte April die Akte von Troland Grebs.

Während sie mit dem Ehemann telefonierte, der am anderen Ende des Kontinents saß, stieg Panik in April auf. Es war möglich, daß sie sich in diesem Fall von Anfang an falsch verhalten hatte. Vielleicht hatte sie zu lange gewartet, bis zu ihrem Versuch, die Frau anzurufen. Wenn sie es schon vorher probiert hätte, wäre sie der Geschichte vielleicht schon eher auf den Grund gekommen. Warum hatte sie es einfach so hingenommen, als der Doktor sie gebeten hatte, seine Frau nicht anzurufen? Und als sie es dann doch getan hatte, und die Frau sie nicht zurückgerufen hatte, warum war sie in dem Moment nicht einfach hingefahren, um sich mit ihr zu unterhalten? Nun war sie, April Woo, diejenige, die schuld daran war, wenn sie die Frau tot in ihrer Wohnung fanden.

April fühlte sich kotzelend. Es ging nicht an, daß Leute auf eigene Faust in der Gegend herumfuhren und selbständig Ermittlungen anstellten. Es gab ein System, nach dem alles abzulaufen hatte. April hielt sich an die Regeln. Sie hielt sich immer an die Regeln. Schließlich gab es sie ja nicht ohne Grund. Im Gegenteil. Damit ein Fall vorlag, mußte erst einmal eine Anzeige erstattet werden, oder es gab keinen Fall. Fälle, die nach elf Uhr eingingen, mußten an die Zentrale weitergeleitet werden. Sie konnte die Angelegenheit bis morgen liegenlassen. Dann wäre der Doktor wieder zurück, und wenn seine Frau dann immer noch nicht wieder aufgetaucht war, konnte er eine Vermißtenmeldung aufgeben, und Sergeant Joyce würde den Fall jemandem zuteilen.

Aber es war ihr Fall. Dieser Doktor war ihr bereits zugeteilt worden, und sie hatte es vermasselt. Sie hätte der Sache auf den Grund gehen sollen. Sie hätte schon lange mit der Frau reden sollen. Was war, wenn sie jetzt tot in ihrer Wohnung lag? In ihrer Ausbildung war April auf solche Sachen vorbereitet worden, man hatte ihr beigebracht, wachsam zu sein und bei allem, was die Leute ihr erzählten, darauf zu achten, was der Kern der Angelegenheit war. Warum hatte sie nicht aufmerksamer zugehört? Warum hatte sie nicht mehr Fragen gestellt? Allem Anschein nach drehte es sich um diese Briefe, aber sie wußte nur zu gut, daß der Schein auch trügen konnte.

Nahezu täglich erinnerte sie sich daran, wie es damals war, als sie als völliger Neuling zu einem Raubüberfall gerufen wurde. Sie war noch so unerfahren, daß sie buchstäblich feucht hinter den Ohren war. Sie fuhr zu der angegebenen Adresse, stieg die Treppe hinauf zum dritten Stock, wo sie sich schließlich einer hysterischen jungen Chinesin gegenübersah, die mit Blutergüssen übersät und nur mit einem Morgenrock bekleidet war. Die junge Frau traktierte sich selbst mit Schlägen und klagte lauthals auf chinesisch: »Meine eigene Schuld, meine eigene Schuld.«

Nachdem sie lange auf die junge Frau eingeredet hatte, konnte April sie schließlich dazu bringen, ihr zu erzählen, was wirklich vorgefallen war. Es stellte sich heraus, daß sie von zwei Männern über einen Zeitraum von drei Stunden vergewaltigt und zum Analverkehr gezwungen worden war. Der jungen Frau war nichts weiter geraubt worden als ihr ganzes Leben. Der Mann, mit dem sie verlobt war, würde sie, nach dem was geschehen war, auf keinen Fall heiraten.

April verschob sonst nie etwas auf den nächsten Tag. Warum war sie nicht schon früher zu dieser Frau Chapman gefahren? Meine Schuld, sagte sie sich. Sie hatte sich von dem Ehemann, dem Doktor, ins Bockshorn jagen lassen. Allein konnte sie jetzt jedenfalls nicht in die Wohnung eindringen, denn es war nicht klar, was sie dort erwarten würde. Bei den Detectives gab es keine Partner im engeren Sinne. Bei bedeutenden Fällen arbeiteten sie alle zusammen, und jeder bemühte sich, seinen Teil zur Aufklärung beizutragen, sei er auch noch so klein. Bei weniger schwerwiegenden Fällen arbeiteten sie meistens allein. Doch es gab nichts, was sie daran hinderte, zusammenzuarbeiten, wenn sie es wollten.

»Mike«, hatte April gesagt, nachdem sie aufgelegt hatte. »Ich brauche Ihre Hilfe.«

Der Wagen hielt an, doch sie hatte es nicht eilig auszusteigen. Sie schaute Mike an.

»Alles klar?« fragte er.

Während der Fahrt hatten sie kaum ein Wort miteinander gewechselt. Sie war müde und überlegte, was sie wohl tun und sagen würde. Doch sie hatten eine stille Übereinkunft. Dies war ihr Fall, und sie mußte sich darum kümmern. Andererseits hatte sie keinen Draht zu diesen Leuten. Sie wußte lediglich, daß der Ehemann ein Doktor war – und zwar ein Psychodoktor, wie er ihr schließlich erzählt hatte. Die Frau war Schauspielerin. Aber was hatte das zu bedeuten? Sie hatte keine Ahnung, was es zu bedeuten hatte, was für ein Leben diese Leute führten. Sie hatte noch nie mit solchen Leuten zu tun gehabt.

Selbst nach all den Monaten, die sie nun schon in diesem Revier Dienst tat, war es für sie noch immer ein schockierender Augenblick, wenn sie eines der Gebäude auf der Upper West Side betrat. Sie versuchte sich zwar daran zu gewöhnen, doch Gebäude mit Portiers an den Toren und Fahrstuhlführern für die Lastenaufzüge, die all den Müll, der von den Drugstores, Lebensmittelläden und Wäschereien ins Haus gebracht wurde, wieder wegkarrten, waren ihr noch immer fremd. Sie kannte keine Leute, die Pelzmäntel trugen und Leute beschäftigten, die ihre winzigen Hunde Gassi führten. Oder die den Winter in der Karibik verbrachten und nur dann durch Queens kamen, wenn sie auf dem Weg zum Flughafen oder zu ihren Häusern in den Hamptons waren.

Sie war noch nie in der Karibik gewesen, ebensowenig in den Hamptons. Sie war in einem Haus geboren, wo sich drei Familien die Toilette auf dem Hausflur teilten. Wo die Badewanne in der Küche stand. Alles was sie wollte, war erwachsen zu werden, ihren Abschluß zu machen und Menschen wie ihrer Mutter und ihrem Vater im Überlebenskampf beizustehen. Sie hatte nicht darum gebeten, nach Uptown versetzt zu werden, in den Spiegel schauen zu müssen und sich dabei zu wünschen, daß ihre Augen und ihr Hintern rund wären. Nicht in tausend Jahren hätte sie so reden, denken und herumlaufen wollen wie gebildete Weiße. Und nun war sie dazu gezwungen. Diese Leute wandten sich an sie, als ob sie eine Ahnung davon hätte, wie ihre Probleme zu lösen wären.

Trotz seiner jahrelangen Ausbildung war der Psychodoktor, als er zu ihr kam, genauso hilflos und von Panik erfaßt gewesen wie jeder x-beliebige Neuankömmling, der gerade von einem Boot aus Asien kam und weder lesen noch schreiben konnte.

Sie warf Sanchez einen kurzen Blick zu und nickte. »Ja. Gehen wir's an.«

»Mein Gott, was für ein Haus«, bemerkte er.

April schaute hoch und betrachtete die merkwürdige Metallkonstruktion des imposanten Vordachs. Sie merkte, daß sie selbst in Gebäuden wie diesem ihre Angst vor dem, was sie eventuell hinter der Tür erwartete, nicht abstellen konnte. Sicher, so was wurde einem während der Ausbildung beigebracht, doch ihre Furcht hatte ihre Wurzeln in einem anderen Leben. Sie hatte schon immer Angst gehabt, eine Tür zu öffnen. Der Gedanke daran, daß es vielleicht einen Grund dafür gab, warum die Frau sie nicht zurückgerufen hatte, ließ April nicht los. Vielleicht weil sie bereits tot war.

Wieder warf sie Sanchez einen Blick zu. Er wartete darauf, daß sie zuerst hineinging. Sie richtete sich auf und hielt die Schultern gerade. Er sollte nicht merken, daß sie Angst hatte.

46

»Hallo, ich bin Detective Woo, und dies ist Sergeant Sanchez. Wir sind von der Polizei.« Normalerweise, wenn sie diesen Spruch aufsagte, klangen die Kombinationen der beiden Namen lustig in ihren Ohren, und sie hätte am liebsten gelacht. Heute abend war das nicht so.

April zog ihre Dienstmarke hervor, und Sanchez tat es ihr nach.

Der Nachtportier drückte seine Zigarette aus und schaute die beiden belemmert an. »Was ist los?«

»Wir sind hier, weil Dr. Frank uns gebeten hat, seine Wohnung zu überprüfen«, sagte sie. Der Name, der auf der Brusttasche des Portiers aufgestickt war, lautete Francis. Vermutlich war es sein Vorname.

»Der ist weggefahren.« Die trüben Augen des Mannes lugten aus den aufgequollenen Lidern und musterten die beiden. »Wollen Sie, daß ich seine Frau anklingle?«

»Ist sie da?« fragte April.

»Kann sein«, erwiderte der Portier.

»Was soll das heißen, *kann sein?*« sagte April.

»Na ja. Sie steht nicht im Buch, und ich hab' sie nicht gesehen, seit ich angefangen habe. Kann sein, daß sie da ist, kann sein, daß sie weg ist.«

»Wann fangen Sie an?«

»Elf Uhr.«

Das war gerade mal 45 Minuten her. Also gab es zwei Möglichkeiten – entweder war Emma Chapman zu Hause, oder sie war irgendwann gestern ausgegangen. April nickte. »Bitte rufen Sie sie an.«

»Ich muß sie im Apartment anklingeln ...« Der Portier deutete auf die altmodische Gegensprechanlage, eines jener Geräte mit einem Steckfeld samt Kabeln und Klingelknöpfen.

Am Steckfeld war zwar keine Bezeichnung für die Apartments, aber auf dem Tisch lag ein dicker Ordner mit Listen, auf denen vermerkt war, aus welchem Apartment sich jemand abgemeldet hatte. April beugte sich vor, um einen Blick darauf zu werfen. Dr. Frank war als verreist eingetragen. Emma Chapman war weder in der Liste des heutigen noch in der der zurückliegenden beiden Tage vermerkt.

»Also los, rufen Sie sie an«, sagte sie.

Sanchez trat einen Schritt zur Seite. Francis stöpselte ein Kabel ein und drückte auf den entsprechenden Knopf. Ein leises Summen ertönte.

Keine Antwort.

»Wo klingelt es?« fragte April.

»In der Küche.«

»Ist die Klingel laut genug, daß man sie auch im Schlafzimmer hört?«

»Kommt drauf an.«

»Versuchen Sie's noch mal.«

Er drückte den Knopf ein zweites Mal.

»Wie funktioniert das hier mit dem Ordner?« fragte Sanchez, während der Mann wieder und wieder auf den Knopf drückte.

»Vorne oder hinten?«

»Sie haben zwei Bücher?« Aprils Blick war auf das Steckfeld geheftet. Nichts. Sie hatte es auch nicht erwartet. O Gott, sie hoffte inständig, daß die Frau bei einer Freundin war.

»Zwei Türen, zwei Fahrstühle. Zwei Bücher. Sieht aus, als wär' sie ausgegangen.« Francis gab es auf zu klingeln und zündete sich eine neue Zigarette an. »Was suchen Sie denn?«

»Wir suchen die Frau«, sagte April. »Emma Chapman. Haben Sie einen Schlüssel zu ihrem Apartment?«

»Nun ja, klar.« Er verzog das Gesicht. »Aber den darf ich niemand geben.«

Warum dauerte immer alles eine Ewigkeit. April atmete tief

durch. Jeder mußte mühsam überredet werden. Ohne einen Hausdurchsuchungsbefehl brauchte der Kerl sie gar nicht hereinzulassen.

»Sie brauchen ihn uns nicht zu geben. Sie können einfach aufschließen und bei uns bleiben«, schlug sie vor und versuchte dabei ganz neutral zu klingen.

»Wir brauchen nur eine Minute«, fügte Sanchez hinzu.

»Ich kann nicht weg von der Tür«, versuchte der Portier sich herauszuwinden.

»Ach, kommen Sie, und wenn Sie mal pinkeln müssen?«

Sanchez war gut darin, Leute dazu zu bringen, das zu tun, was er wollte. April verzog keine Miene, als er die Sache in die Hand nahm. Sie war Detective, und er war Sergeant. Das vergaß sie nie.

Francis musterte die beiden voller Mißtrauen. »Der Doc ist jemand ganz Besonderes. Woher weiß ich, daß Sie wirklich Cops sind?«

Sanchez deutete durch die Glastür auf den blau-weißen Streifenwagen, der vor dem Hydranten parkte. Der Wagen trug die Nummer ihres Reviers.

»Das da ist unser Streifenwagen, Francis. Kommen Sie mit uns nach oben, oder was?«

Mike hatte das Blaulicht angelassen. Das tat der Batterie zwar nicht sonderlich gut, doch im Augenblick erzielte er damit den erwünschten Effekt.

Francis mußte nur einen Moment lang überlegen. Dann verließ er seinen Platz hinter dem Klingelbrett und schloß die Vordertür ab. »Okay, aber nur zwei Minuten. Und daß Sie mir ja nichts anfassen.«

Sanchez hielt die Hände in die Höhe, um ihm zu demonstrieren, daß er nicht die Absicht hatte, irgend etwas anzufassen. Als sie auf den Fahrstuhl zuschritten, schaute April sich um. Zwölf Stockwerke über ihnen war das Oberlicht in die Mitte des Dachs eingelassen. Der Fahrstuhl selbst war ein großer Metallkäfig. Die Treppe führte im rechten Winkel um den Fahrstuhlschacht herum, so daß man auch zu Fuß bis ganz nach oben gelangen konnte, falls es notwendig war. Dieses Haus war ... Sie wußte auch nicht genau, was sie davon halten sollte, doch sie stieß einen leisen Pfiff aus.

Im fünften Stock hielten sie an. April trat einen Schritt zurück, als sich die metallene Ziehharmonikatür wieder schloß. Sie überlegte, wieviel Kinder sich hier wohl schon die Finger eingeklemmt hatten.

Sie gingen über den quadratischen Treppenabsatz. Der Eingang zu jedem Apartment war ein wenig zurückgesetzt, ohne daß man jedoch von einem Vestibül sprechen konnte.

»Das hier ist die Praxis des Doc. Dafür habe ich keinen Schlüssel.« Francis blieb vor einem Eingangsbereich mit zwei Türen stehen. Neben der einen Tür stand ein Tisch, auf dem sich Briefe und Päckchen stapelten.

»Das hier ist das Apartment.«

Sanchez streckte die Hand nach den Schlüsseln aus. Francis reichte sie ihm und schüttelte den Kopf. »Dem Doc wird das gar nicht gefallen.«

»Bitte bleiben Sie zurück und halten Sie sich im Hintergrund, ja.« Sanchez war überaus freundlich, als er dies sagte.

Sanchez klingelte mehrmals, bis er schließlich die beiden Schlüssel zur Hand nahm und das obere Schloß zunächst zu- und dann wieder aufsperrte, während Francis auf dem Treppenabsatz stand und Mißfallensbekundungen murmelte.

Aprils Herz schlug schneller. Sie haßte es, durch Türen zu gehen, von denen sie nicht wußte, was sie dahinter erwartete. Sie schaute hinüber zu Mike und stellte fest, daß auch ihm nicht entgangen war, daß das Schloß nicht zweimal zugesperrt war. Ohne ein Wort ging jeder auf eine Seite der Tür in Deckung, als sie langsam aufschwang.

Das Licht in der Wohnung war an, und Stimmen waren zu hören. Es war jemand zu Hause. Eine ganze Weile rührte sich keiner von beiden von der Stelle. Dann trat April einen Schritt vor.

»Polizei«, rief sie. »Ist jemand zu Hause?«

Keine Antwort. Sie trat in den quadratisch geschnittenen Eingang. An einer der Wände stand ein Tisch mit einer Uhr aus grünem Marmor, auf der ein goldener Amor hockte. Hier lag ein weiterer Stapel Post. Zu ihrer Rechten lag ein dunkles Zimmer, von dem April annahm, daß es das Wohnzimmer war, und geradeaus erstreckte sich der lange cremefarbene Flur mit den Drucken an den Wänden. Sie konnte die Rahmen der Drucke sehen, sie waren dunkelgrün. Die Geräusche kamen aus der Küche zu ihrer Linken. April duckte sich durch die Tür.

Ihr Herz pochte, ihr Mund war ausgetrocknet. Sie konnte sich einfach nicht an die Furcht gewöhnen, was wohl hinter einer unbekannten Tür sein könnte. Sie bewegte sich so schnell, daß sie, als sie durch den Türrahmen trat, kein Ziel abgab. Sie hatte die Hand an ihrer Pistole, obwohl sie absolut sicher war, daß niemand sich in der altmodischen Küche aufhielt. Mit einem kurzen Blick registrierte sie die Glasschränke, die hölzerne Arbeitsfläche und die modern aussehenden Küchengeräte. Der Raum wirkte gepflegt und war groß genug, daß man darin auch essen konnte.

Auf der Arbeitsfläche standen ein halbvolles Glas und eine Cracker-Schachtel. April roch an dem Glas, ohne es anzufassen. Wasser. Am Fenster stand ein kleines Fernsehgerät, auf dem die Börsennachrichten von CNN liefen.

In einer Salatschüssel in der Spüle schwamm ein Salatkopf. Daneben lagen ein Salatbesteck und ein kleiner Krug mit etwas, das aussah wie Essig und Öl. Sie nahm ein Zellstofftuch aus der Schachtel auf der Arbeitsfläche und schaltete den Fernseher aus. Das Ganze machte den Eindruck, als hätte die Frau angefangen, sich etwas zu essen zu machen und wäre dann gegangen.

April drehte sich ruckartig um, als aus dem Zimmer nebenan ein schwaches *dong* ertönte. Sie verließ die Küche, um nachzuschauen. Eine weitere Uhr begann zu schlagen, jedoch mit einem anderen Ton, und dann noch eine. Sie schaltete das Licht ein und schaute sich voller Staunen um. Auf jeder verfügbaren Fläche im Wohnzimmer standen tickende Uhren. Sie wirkten wie lebende Wesen, deren Herzen verschieden schnell schlugen. Außerdem standen überall Bücher herum, die sorgfältig aufgereiht waren. Es waren so viele Bücher, daß April den Gedanken hatte, die Uhren seien wohl ein Trick, mit denen die Weißen den Göttern mehr Zeit abgewannen, damit sie all die Bücher lesen konnten.

Sie ging wieder zur Küche zurück. Etwas weiter hinten im Flur war ein Raum, in dem eine Waschmaschine, ein Trockner und ein Lauftrainer standen. Auch hier war das Licht eingeschaltet. Ein Lämpchen auf der Anzeigefläche des Lauftrainers besagte, daß nach fünf Kilometern eine Pause eingelegt worden war.

Sanchez kam aus dem Schlafzimmer und schüttelte den Kopf, als sie sich im Flur trafen. »Die Badewanne und die Handtücher im Badezimmer sind naß, und ihre Handtasche liegt auf dem Bett. Geldbeutel, Kreditkarte und fünfzig Dollar. Das einzige, das fehlt, sind ihre Schlüssel.«

April folgte ihm ins Schlafzimmer und untersuchte das Bett noch einmal. Es war ein großes Doppelbett mit einem blaßgrünen Überwurf aus Brokat und einer Reihe von Kissen mit pastellfarbenen Satinbezügen. Es sah aus wie das Bett eines Filmstars. Sie blickte Mike aus dem Augenwinkel an, um zu sehen, was er davon hielt. Er bemerkte es und zog eine Augenbraue in die Höhe. Sie wandte sich ab und machte sich daran, die Kleiderschränke unter die Lupe zu nehmen.

Beide Kleiderschränke waren begehbar, und so ging sie hinein und schaute bis in den hintersten Winkel. Der Schrank des Doktors roch ein wenig muffig, aber weder in dem einen noch in dem anderen Schrank gab es etwas, das einmal am Leben gewesen war außer den Schuhen. Die Frau hatte hübsche Schuhe und hübsche Kleider, wenn man Braun- und Beigetöne mochte. Alles war von einem gewissen Understatement geprägt, außer das Bett.

April bekam allmählich ein Gefühl für die Frau. Man konnte nicht die Sachen von jemand durchstöbern, ohne dabei ein Gefühl für den Besitzer zu entwickeln. Um einen Geschmack zu entwickeln wie diese Frau, mußte man mit gewissen Neigungen geboren sein. Alles war weich und schwelgerisch, doch in dezenten Farben gehalten. Sowohl der Mann als auch die Frau waren von einer nahezu peinlichen Ordnungsliebe und Sauberkeit. April überlegte, wie es wohl wäre, in einer solchen Umgebung zu wohnen. Schöne Kleider. Eine schöne Küche. Jeden Abend Knutschen. Auf dem Tisch neben dem Bett standen einige Bilder, auf denen er und sie zusammen zu sehen waren. Beide wirkten wie das Abziehbild gutaussehender Amerikaner.

April nahm eines der Bilder in die Hand. Sie hatte ein flaues Gefühl im Magen. Zum ersten Mal konnte sie sich ein Bild von der Frau machen. Das Foto zeigte eine nordische Schönheit – eine Frau mit langen blonden Haaren und klaren, blauen Augen. Sie war irgendwo am Strand, den Arm um ihren Gatten geschlungen, den Mann, mit dem April bereits zu tun hatte, Jason Frank. Leute dieses Schlages waren anscheinend immer in Ferien und trugen Shorts. Sie hatten lange, sonnengebräunte Beine, die sie noch gefälliger und unbeschwerter wirken ließen. Plötzlich merkte April, daß ihr heiß wurde und sie schwitzte, als ihr die Ähnlichkeit zwischen Emma Chapman und Ellen Roane auffiel.

Sie reichte Mike das Foto. »Fällt Ihnen irgendwas daran auf?« fragte sie.

Er betrachtete es einen Augenblick lang und stellte es wieder an seinen Platz. »Ja, da haben Sie Ihre Verbindung.«

Die zwei Frauen sahen sich ähnlich. Es war gespenstisch, und es schien alles andere als ein Zufall zu sein. April bemerkte das blinkende Lämpchen des Anrufbeantworters. Es waren Nachrichten auf dem Band. Sie drückte die Wiedergabetaste. Francis kam ins Schlafzimmer.

»Beeilen Sie sich. Jemand ist an der Tür, ich muß aufschließen. Ich kann hier nicht die ganze Nacht rumstehen. Die Leute wollen schließlich rein.«

»Einen Moment noch«, sagte Mike. Das Band wurde zurückgespult.

»Ich muß jetzt los«, beharrte Francis.

»Gehen Sie! Wir sind Polizisten, falls Sie sich noch erinnern.«

»Schon gut. Aber wenn Sie in fünf Minuten nicht unten sind, rufe ich Ihre Kollegen. Und vergessen Sie nicht, die Tür zuzuschließen.«

Der Anrufbeantworter klickte und begann mit der Wiedergabe. Es war kein Ton zu hören. April verzog das Gesicht. Es klickte erneut, und die Maschine war wieder betriebsbereit, doch das Lämpchen, das anzeigte, daß Nachrichten auf dem Band waren, blinkte noch immer. April probierte es erneut, doch es passierte das gleiche wie zuvor. Mike fummelte an dem Apparat herum.

»Das Ding nimmt nicht auf«, erklärte er ihr.

Die Lösung stellte sich wie immer als etwas heraus, womit April nicht gerechnet hatte. Die Frau hatte ihre Nachrichten nicht erhalten, weil ihr Anrufbeantworter defekt war. April schüttelte den Kopf. Wie paßte das nun wieder zusammen?

»Nun, sie ist aus irgendeinem Grund noch mal runter«, murmelte Sanchez. »Und zwar irgendwann vor elf Uhr. Sie hat weder das Licht ausgeschaltet, noch hat sie ihren Geldbeutel mitgenommen. Aber sie ist nicht zurückgekommen.«

»Sie hatte aber vor, zurückzukommen.« April deutete mit dem Kopf in Richtung Wäschekammer, wo der Lauftrainer nicht ausgeschaltet war, sondern auf Pause stand. Außerdem war der Fernseher in der Küche eingeschaltet gewesen.

Mike nickte. »Sieht so aus.«

April fühlte sich hundeelend. Die Statistiken besagten zwar, daß die meisten vermißten Personen irgendwann wieder auftauchten, doch die letzten beiden Fälle, die sie zu bearbeiten hatte, waren tot gewesen, als sie wieder auftauchten. Lilly Dong war aus der Schule nach Hause gekommen und hatte einem Nachbarn die Tür geöffnet. Ellen Roane war für einen Kurzurlaub nach Kalifornien gefahren. Und nun Emma Chapman. Was hatte sie getan?

Es entging Aprils Aufmerksamkeit nicht, daß Mike in diesem Augenblick ein Königreich für eine Zigarette gegeben hätte, doch dies war unmöglich, weil er vor zwei Monaten mit dem Rauchen aufgehört hatte.

»Gehen wir«, sagte sie.

Er schaltete das Licht mit dem Ellbogen aus und ging zur Tür. »Gehen wir was essen und reden drüber.«

April nickte, den Blick auf ihre Füße geheftet. Sie wollte ihr Gesicht nicht zeigen. Sie war Polizistin, und als solche hatte man nicht die Nerven zu verlieren, wenn man mit häßlichen Überraschungen konfrontiert wurde. Sie konnte sich im Augenblick nicht vorstellen, auf irgend etwas herumzukauen und es anschließend herunterzuschlucken, oder die Augen zu schließen und noch ein paar Stunden zu schlafen. Andererseits war das oft das einzige, was man vor dem nächsten Tag noch tun konnte. Auf dem Weg nach unten versuchte sie krampfhaft, nicht daran zu denken, wo Emma Chapman wohl sein mochte, sondern sich darauf zu konzentrieren, daß die Batterie ihres Wagens den Geist noch nicht aufgegeben hatte.

47

Die Pistole lag auf dem Tisch. Emma hatte ihre Augen einen winzigen Spalt geöffnet und sah sie liegen. Sie konnte auch seinen Schoß sehen. Er saß neben ihr mit gespreizten Beinen auf einem Stuhl. In der Hand hielt er ein Messer, anscheinend ein Springmesser, die Klinge schnellte heraus und wieder zurück. Sie blitzte jedesmal silbern auf, während er rastlos damit herumspielte.

Sie zitterte am ganzen Leib. Ihr Kopf tat ihr höllisch weh, doch sie konnte die Hand nicht heben, um sich an den Kopf zu fassen. Vor ihrem geistigen Auge sah sie Nägel, die die Nerven in ihrem Schädel durchbohrten.

»Komm schon. Wach auf, Süße. Ich will, daß du weißt, was für ein guter Freund ich war, damals in der North. Einen besseren Freund hast du nie gehabt.«

Sie wurde von blankem Entsetzen gepackt. Der Kerl mit dem Messer redete mit ihr, als ob er sie kannte. Sie hatte Schwierigkeiten, sich zu konzentrieren. Manchmal glaubte sie in einem Film zu sein, doch sie konnte weder ihre Hände noch ihren Kopf bewegen. Wenn sie stöhnte, hörte sich das an, als käme es von irgendwo ganz weit weg.

»Komm schon. Wach auf. Dein bester Freund spricht mit dir.«

Nie einen Freund gehabt. Sie glitt hinüber, und der süße Geruch Virginias umhüllte sie. Salz und Seegras strömten in ihre Nase, wie Sand, der in einen Eimer geschüttet wird. Ein Stein traf sie am Kopf, sie stürzte und glitt über die moosbewachsenen Steine ins Wasser. Sie merkte, wie ihr Mund sich mit Wasser füllte und ihr Kleid sich vollsog und sie weiter hinabzog. »Du mußt aufpassen, was du anziehst, Emma. Pink paßt nicht zu dir.« Ihr bestes Kleid, das grüne, schlang sich um sie, wurde immer schwerer und zog sie hinab, während die Leute riefen: »Zieh sie raus. Da, versuch ihren Arm zu fassen.« Mein Kleid ist zerrissen, Mama. Bitte sei nicht böse. Was ist denn los, ein Kind aus der Navy und kann nicht schwimmen? Hör auf zu schreien. »Du böses Mädchen. Macht so einen Zirkus. Und jetzt weiß es die ganze Navy, bis nach China. Ein neues Kleid bekommst du jedenfalls nicht.« *Oh, nein! Mama. Bitte, hör mir doch zu. Ich bin nicht hingefallen. Er hat einen Stein nach mir geworfen und mich getroffen. Und da bin ich hingefallen. Lügenziege, Lügenziege!* »Was erzählst du da für einen Unsinn, Emma Jane? Sein Daddy ist ein Captain. So was sagt man nicht. Reiß dich mal ein bißchen zusammen.« Von größter Wichtigkeit. Hör dir das an. Hör mir zu. »Navy-Kinder reiten Wellen. Sie machen keinen Zirkus.«

Der Kerl auf dem Stuhl redete auf sie ein, während Emma von einer Ohnmacht zur nächsten fiel. »Wo sind meine Sachen?« jammerte sie. »Ich hab' meinen Hut verloren.«

Der Kerl berührte sie mit der Spitze des Messers am Arm. »Ja, dir geht's gut.«

Sie öffnete die Augen. »Was ist hier los?« Sie hatte keinen Schimmer, wo sie war, und wie sie hierhergekommen war. Ihre eigene Stimme kam ihr ganz fremd vor – so rauh und lallend –, als wäre es gar nicht sie, die sprach.

»Du hast eine ziemlich lange Leitung. Ich hab's dir doch schon gesagt.«

Wieder ließ er das Messer herausschnellen und zurückschnappen, damit sie ihm weiter zuhörte.

Tu das nicht! Sie wollte es ihm schon sagen, doch er fing wieder an zu reden und berührte sie mit der Klinge. Er drückte ihr die Spitze auf die Brustwarze. Angst erfaßte jede Faser ihres Körpers. Von Panik erfüllt stieß sie animalische Laute aus, ohne daß sie etwas dagegen hätte tun können.

Er lächelte. »Ich hab's dir schon gesagt. Ich bin dein alter Freund. Ich habe eine Menge für dich getan. Und jetzt tue ich etwas ganz Besonderes. So was hast du noch nicht erlebt.«

Er wischte sich die Klinge an seinem Knie ab und betrachtete sie durch ein Quadrat, das er mit seinen Fingern formte.

Ein Brechreiz stieg in ihrer Kehle auf. »Das ist ungerecht«, brachte sie mühsam hervor.

»Nein, es ist völlig richtig, Baby. Absolut richtig.«

»Nein! Völlig falsch«, protestierte sie und stieß, ohne es zu wollen, einen Klagelaut aus. *Ich brauche dringend eine Tasse Kaffee.* »Ich muß nach Hause. Mir ist schlecht.«

»Du hast zu mir nicht ›Nein‹ zu sagen.« Er erhob sich, das Messer in der Hand. »Bist du schwer von Begriff, oder was?« Er ging rastlos hin und her und ließ dabei das Messer auf- und zuschnappen. Sie drehte den Kopf, so daß sie ihn sehen konnte. »Ich kann dir auch den Nippel abschneiden. Willst du das?«

»Uh«, grunzte Emma von Panik erfaßt.

»Jetzt sag schon Nein.«

»Nnn.« Sie versuchte mit ihren Lippen das Wort zu formen, doch die Geräusche drangen nur aus ihrem Bauch, nicht aus ihrem Mund.

»NEIN!« Er hörte auf herumzuhetzen und brüllte das Wort heraus. »Ich könnte dich vergewaltigen. Ich könnte dir das Messer in die Möse rammen.«

»Nah.« Sie brachte es nicht heraus.

»Sag's endlich!« schrie er.

»Nn, nein.«

»Okay.« Er machte einen Schritt zurück, die Hand in seiner Hose. »Mach mir keinen Ärger. Nerv mich nicht. Ich hab' einen genauen Zeitplan. Ich bringe alles wieder in Ordnung. Das hab' ich schon mal für dich getan. Du solltest es eigentlich besser wissen. Du hast mich fertiggemacht, das hättest du mal besser bleibenlassen.«

Eine Hand in der Hosentasche und mit der anderen das Messer umklammert, hielt er ihr einen schier endlosen Vortrag, und plötzlich wurde ihr alles klar. Die Erkenntnis brach über sie herein wie eine Welle von der Größe Hawaiis. Er war kein Schauspieler, der nur so tat als ob. Er hatte ihr die Kleider weggenommen. Er hatte sie an Händen und Füßen gefesselt. Sie konnte nicht einfach aufstehen und die Szene verlassen. Herausmarschieren aus der Einstellung, die er mit seinen Händen formte. Dieser Kerl war keine Gestalt aus einem Film. Dieser Kerl da war geisteskrank. Und sie war seine Gefangene.

Der blanke Terror erfaßte sie und äußerte sich in unartikulierten Lauten, die aus ihrem Mund drangen. Sie konnte es kaum glauben, daß sie es war, die diese Geräusche produzierte. Sie mußte sie unterdrücken, genauso wie damals, als ihre Mutter ihr erklärt hatte, daß man sich niemals etwas anmerken lassen durfte. *Nicht weinen, Emma. Laß niemals jemand wissen, daß er dich am Wickel hat.* Nie, nie, nie. Mach einfach deinen Kram und stell keine Fragen.

Er trat gegen das Sofa. Es ruckte ein Stück rückwärts. »Du hast mich fertiggemacht.«

Sie mußte ihre Angst hinunterschlucken und zuhören. Sie hatte im Augenblick keine andere Wahl. Sie mußte sie ganz nach hinten in ihrem Kopf schieben, bevor die Panik sie erfassen konnte. Angst hatte eine ganz eigene Gestalt. Sie machte sich im Mund breit, brannte in der Kehle und erfaßte den ganzen Körper. Mit Angst kannte sie sich aus. Sie war etwas, das sie schon vor langer Zeit zu beherrschen gelernt hatte. *Kraft erwächst aus Furcht* – dies war vom ersten Schultag an ihr Leitspruch gewesen. Nur, daß es diesmal nicht darum ging, daß jemand einen mit Mißachtung strafte oder niedermachte. Diesmal war es etwas anderes. Wenn sie sich nicht konzentrierte und einen Ausweg fand, würde die Angst sie umbringen.

Sie sah, wie er mit dem Griff des Messers über die Wölbung in seiner Hose rieb. Sie sah es ganz deutlich. Ihre Angst machte ihn an.

»Es tut mir leid«, murmelte sie mit belegter Stimme und schloß erneut die Augen. »Mir ist schlecht. Ich kann mich nicht erinnern.«

»Du kannst dich nicht an Andy erinnern?«

»Andy?« Sie rührte sich nicht, doch vor ihrem inneren Auge spulten sich schlagartig Bilder ab. Andy! Woher wußte er von Andy?

»Ja, Andy, das Tier. Der Football Star, der Supermann auf dem Campus?«

Emma biß sich auf die Lippen, um nicht loszuheulen.

»Ja, du erinnerst dich an Andy, das Tier.« Er hetzte hin und her. »Vielleicht weißt du nicht genug über mich. Ich kümmere mich um manche Angelegenheiten. Ich hab' mich um deine Angelegenheit gekümmert.«

Es gibt einfach keinen Grund, die Selbstbeherrschung zu verlieren, Emma Jane. Sie hörte die Stimme ihrer Mutter wie aus großer Entfernung.

Manchmal, wenn ihr auf der Straße jemand zu nahe kam, besonders, wenn er von hinten an sie herantrat, spürte sie Andys Arm in ihrem Nacken. Den Geruch von Bier. Selbst nach all diesen Jahren. Und wie Luftblasen im Wasser stieg dann diese alte Panik wieder in ihr hoch. Er war ein großer, kräftiger Kerl. Es war auf einer Party gewesen. Er war betrunken. Sie kannte ihn überhaupt nicht.

Die Augen zusammengepreßt versuchte sie die Erinnerung daran fortzuschieben, doch es half nichts. Sie hatte es ganz deutlich vor Augen. Das Blut, das auf dem Ball plötzlich an ihr herunterfloß. Wie sie zur Mädchentoilette gerannt war und dort feststellen mußte, daß der Automat leer war. Wie sie aus der Toilette heraustrat und nach oben zu ihrem Spind rannte. Der Flur war lang und lag im Dunkeln. Schneller, schneller, damit niemand sie sehen konnte mit Blut auf ihrem Kleid. Sie hatte nichts gehört, bis er plötzlich da war. Sich über sie hermachte, sein Atem über sie wehte und seine Hände sie überall anfaßten. An ihren Brüsten, unter ihrem Rock. Er war groß und kräftig, verschwitzt und besoffen. Er zerrte sie in ein Klassenzimmer, murmelte etwas davon, was er für ein toller Kerl war, und daß sie froh sein konnte, daß er sie wollte. Hör auf, geh runter von mir, hau ab. Keine Chance. Er hörte nicht auf. Er lag auf ihr drauf und versuchte mit seiner ganzen Masse, ihn ihr in ihrem blutigen Höschen vorbei hineinzuschieben.

»Nein, nein«, wimmerte sie und versuchte selbst jetzt noch, ihn zum Aufhören zu bewegen.

»Ah, jetzt erinnerst du dich.«

Und plötzlich ging der Brandalarm los, es klingelte und alle Lichter gingen an. Überall waren Leute. Sie war voller Blut, und ihr Kleid war zerrissen. Leute, die sie fragten, was passiert war. Sie fühlte sich erniedrigt wegen ihrer Periode. Und schämte sich, weil ihr jemand so etwas angetan hatte. Sag lieber nichts, er ist der Captain der Football-Mannschaft. Es wird dir sowieso niemand glauben.

»Mein Kopf tut weh«, klagte Emma.

»Ich hab' mich um ihn gekümmert«, sagte er ungeduldig. »Und du hast dich nie bei mir bedankt.«

»Wa ...« Sie mußte nachdenken.

»Ich hab's gesehen. Ich hätte auch zulassen können, daß er dich nagelt. Na und?«

Emma versuchte, ihre Hände trotz der Fesseln ein wenig zu bewegen. »Es tut so weh«, klagte sie unter Tränen.

»Na und. Ich hab' mich um ihn gekümmert.«

»Meine Hände. Mein Kopf. Mir ist so schwindlig.«

»Hör mir zu. Ich hab' mich um ihn gekümmert. Ich bin dein bester Freund, verstehst du.«

»Wenn du mein bester Freund bist«, murmelte sie, »dann bring mir ein Aspirin.«

»Scheiß auf das Aspirin.«

»Wenn du mein Freund bist, binde mich los.« Sie wagte nicht, ihn anzuschauen.

»Herrgott noch mal.«

Er überprüfte die Schnüre an ihren Handgelenken. Ihre Hände waren weiß, aber nicht blau. Ihr Gesicht war völlig bleich und um die Lippen ein wenig blau. Wie die Tussi in Kalifornien. Er war beunruhigt. Sie war so abwesend durcheinander, daß er befürchtete, sie würde sterben.

»Oh, Scheiße, daß du mir bloß nicht abkratzt.« Er fingerte an den Knoten herum und lockerte sie eine Spur.

Ein kurzer Schrei entfuhr ihr, als er sie berührte. Er strich mit seinem Finger über ihre Brust und berührte sie dann mit der Spitze seines Klappmessers.

»Halt's Maul!« schrie er.

»Alles ist taub, ich kriege keine Luft.«

Wieder fing er an, hin- und herzuhetzen, eine Hand in der Hose. »Sieh dir mal an, was du hier veranstaltest. Ich hab' einen Zeitplan. Mach mich nicht fertig.«

Ihr Herz pochte so heftig und unkontrolliert, daß sie gar keinen Rhythmus mehr erkennen konnte. Sie spürte, wie sie vor Angst starb. Sie ließ es geschehen. Wenn Fakire in der Lage waren, ihr Herz anzuhalten, so konnte sie das auch.

»Ich hab' das jetzt so langsam satt. Sieh mich an, du blöde Schlampe. Es war kein Unfall. Ich hab' den Kerl erledigt. Es war ganz einfach. Ein bißchen Benzin in einem Kondom. Das Kondom in eine Klopapierrolle gepackt. Paßt in jede Hosentasche. Man muß nicht mal unter den Wagen kriechen. Man braucht sich nur mal kurz auf dem Parkplatz zu bücken und das Ding in den Auspuff reinzuschieben. Weißt du, wie heiß es da drin wird, wenn der Motor erstmal ein paar Minuten läuft? Die Papprolle fängt Feuer und schwuppdiwupp steht alles in Flammen. Und tschüs, Andy.«

Emma klappte die Kinnlade runter. Ihr Kopf kippte zur Seite.

»Sag Dankeschön.« Er schlug sie mit der flachen Hand ins Gesicht. Nichts geschah. Sie war wieder weg. Er hatte keine

Lust, daß sie wie die Koksschlampe die ganze Prozedur über durchpennte. Wieder versetzte er dem Sofa einen Tritt.

»Mist. Ich hab' einen Zeitplan«, murmelte er.

Er hetzte vor ihr hin und her, betrachtete sie durch den Rahmen, den er mit seinen Händen machte und murmelte vor sich hin. Als sie kein Lebenszeichen von sich gab, schnappte er sich ein paar Sachen und knallte die Tür zu.

48

Es gab ein paar entscheidende Lücken und Widersprüchlichkeiten in den Informationen, die Detective April Woo aus New York ihm am Telefon mitteilte. Jason saß auf dem Sessel neben dem Bett und schaute hinaus auf die Lichter der Kriegsschiffe im Hafen von San Diego.

»Dr. Frank, es gibt in Ihrem Apartment keine Anzeichen, die darauf hindeuten, daß Ihrer Frau etwas Unvorhergesehenes zugestoßen ist«, begann sie.

Es entging ihm jedoch nicht, daß sie ihm etwas anderes sagen wollte. »Was meinen Sie damit?« fragte er.

»Also, es gibt keine Anzeichen dafür, daß irgend etwas durcheinandergebracht wurde«, sagte sie.

Es knackte in der Leitung, die Verbindung war nicht sonderlich gut. Wenn alles in Ordnung war, warum hatte sie dann nicht bis zum nächsten Morgen gewartet, um ihn anzurufen? Jason blickte auf seine Uhr. Bei ihr war es schon nach Mitternacht. Er hatte Detective Woo gebeten, seine Wohnung zu überprüfen, doch er hatte nicht damit gerechnet, daß sie dies noch am gleichen Tag erledigen würde.

Er war von dem Augenblick, als er sie zum ersten Mal gesehen und sie die ersten Worte an ihn gerichtet hatte, der Überzeugung gewesen, daß es sich bei ihr um eine Bürokratin reinsten Wassers handelte. Ihr Mund und ihre Augen wirkten angespannt, ihre Körperhaltung steif. Ihre Haare waren wie mit dem Lineal geschnitten und lagen exakt so, wie sie sie haben wollte – und zwar zu jedem Zeitpunkt. Der marineblaue Blazer und die rot-weiß gestreifte Bluse, die sie trug, waren bis obenhin zugeknöpft, so daß auch nicht der geringste Anschein von Lockerheit Anlaß zu Mißverständnissen geben konnte. Alles an ihr deutete darauf hin, daß es sich bei ihr um jemanden handelte, der geradlinig einem vorgezeichneten Weg folgte und dem es ein Greuel war, irgendwelche unkalkulierbaren Risiken einzugehen oder sich auch nur geringfügig über die Vorschriften hinwegzusetzen. Jason war schon einer Menge Bürokraten begegnet. Bürokraten waren Leute, denen Unfälle in Krankenhäusern passieren, Leute, bei denen die geringsten Ursachen die größten Wirkungen zeitigten. Es kam vor, daß Leute starben, nur weil Bürokraten nichts weiter taten als ihre Pflicht. Und deswegen hatte Jason kein Vertrauen in sie.

»Aber sie ist nicht da, und Sie sagen mir, daß das Licht eingeschaltet war und der Fernseher ebenso. Das ist schon mal sehr außergewöhnlich«, sagte er.

»Das hängt von Ihrer Frau ab«, sagte Detective Woo.

Was sollte das heißen? Was steckte hinter dieser Sache? Jason nahm den Telefonhörer an das andere Ohr. Ihm gefiel nicht, was in der Stimme der Kriminalbeamtin mitschwang. Er spürte die Spannung, unter der sie stand. Wenn man Uhren zu stark aufzog und die Federspannung zu groß wurde, kam es vor, daß sie stehenblieben und nicht mehr funktionierten.

»Was haben Sie gesehen, Detective?«

»Im Badezimmer lagen nasse Handtücher«, sagte April. »Im Spülbecken war Salat. Das Licht in der Küche war eingeschaltet. Möglicherweise wollte sie sich etwas zu essen machen, hat es sich dann aber anders überlegt und ist stattdessen eine Freundin besuchen gegangen.«

Als sie einen Augenblick zögerte, bevor sie Jason ihre nächste Frage stellte, wußte dieser, daß die Kriminalbeamtin ihre eigene Geschichte selbst nicht glaubte.

»Halten Sie das für möglich?« fragte sie.

»Nein, das würde sie nicht tun. Sie wollte mit mir sprechen.«

Andererseits, wie ernst war es ihr damit, wenn sie die ganze Zeit über das Telefon nicht abgehoben hatte, als er es versuchte? Nun war es schon spät, und sie war immer noch irgendwo unterwegs. Kaum zu glauben, daß sie um *Mitternacht* noch Vertragsverhandlungen über einen Film führte.

»Nein«, sagte er erneut.

»Vielleicht ist sie mit jemandem aus der Branche unterwegs, den Sie nicht kennen.«

Er spielte in Gedanken die bisher noch nicht berücksichtigte Möglichkeit durch, daß Emma mit einem Produzenten oder Filmstar unterwegs war, und daß es das gewesen war, was sie ihm hatte mitteilen wollen, als sie ihn vor mehr als zwölf Stunden angerufen hatte. Einfach nur, daß sie an diesem Abend mit irgendeinem wunderbaren Menschen ausgehen würde. Er ließ sich den Gedanken eine Minute durch den Kopf gehen. Emma wußte nicht, was er in San Diego machte, was los war. Vielleicht war sie wirklich ausgegangen, ohne sich irgend etwas dabei zu denken. Vielleicht hatte sie schon am Nachmittag das Haus verlassen, um vorher noch zum Friseur zu gehen. Keine der Möglichkeiten erschien ihm schlüssig. Und es war offensichtlich, daß die Kriminalbeamtin ähnlich dachte, weil ihre Stimme sich ansonsten nicht so angespannt angehört hätte.

»Wußten Sie, daß Ihr Anrufbeantworter nicht richtig funktioniert?«

»Was?« entfuhr es Jason. »Nein, das wußte ich nicht.«

»Er nimmt die Anrufe entgegen, aber er nimmt sie nicht auf.«

Also hatte Emma vielleicht gar nicht mitbekommen, daß er sie zurückgerufen hatte.

Wieder gab es ein vielsagendes Zögern am anderen Ende der Leitung in New York. Jason war sich sicher, daß die Kriminalbeamtin ihm noch etwas anderes verschwieg. Was war es?

»Ich komme zurück«, sagte er plötzlich. »Es hat keinen Sinn, so weiterzureden.«

Diesmal kam die Antwort ohne einen Moment des Zögerns. »Das ist vermutlich eine gute Idee, Dr. Frank«, sagte April Woo. »Sie müssen persönlich hierherkommen, um eine Vermißtenanzeige zu erstatten.«

»Was?«

»Ich kann keine Untersuchung einleiten, ohne daß eine Anzeige vorliegt«, sagte sie.

»Also glauben Sie nicht, daß sie einfach nur ausgegangen ist?« Jason hatte es von Anfang an gewußt.

»Nun, sie hat ihre Handtasche samt Geldbeutel auf dem Bett liegen lassen.«

Oh, Mist. Oh, nein. Nein. Ohne ihre Handtasche würde Emma allenfalls für ein paar Minuten vor die Tür gehen. Er kannte ihre Gewohnheiten, wußte, wie sie sich verhielt. Sie war garantiert nur zum Laden um die Ecke gegangen, um irgendwas einzukaufen. Und irgendwas hatte sie daran gehindert, zurückzukommen.

Jason schluckte. »Ich mache mich sofort auf den Weg.«

Er legte auf und fing an, wutentbrannt seine Kleider in den Koffer zu schleudern. Dann sammelte er seine Notizen über Troland Grebs ein und vergegenwärtigte sich erneut, was er über diesen Mann wußte.

In der Akte über ihn gab es keinerlei Einträge neueren Datums. Keinen Hinweis darauf, daß er in einem Krankenhaus gewesen war, also auch keine Möglichkeit, herauszufinden, ob er jemals in psychiatrischer Behandlung gewesen war, ohne jede offene oder geschlossene Anstalt im gesamten Staat anzurufen. In der North High-School gab es keine Akte über Grebs, was nicht zwangsläufig bedeuten mußte, daß er dort keinen Ärger gemacht hatte. Außerdem hatte Jason keinen Schimmer, wie die Schule hieß, die Grebs in der dritten Klasse besucht hatte, als dem kleinen Mädchen die Haare in Brand gesteckt worden waren. Die Tante konnte sich nicht daran erinnern, ebensowenig wie an den Namen der technischen Fachhochschule, die Grebs nach dem Abschluß der High-School besucht hatte.

Andererseits ging aus der Akte hervor, daß Grebs' Obsession für Feuer sich nicht im Briefeschreiben erschöpfte. Es gab eindeutige Hinweise darauf, daß er sein Verlangen, Feuer zu legen, bereits bei den verschiedensten Gelegenheiten ausgelebt hatte. Weiterhin fiel bei der Akte auf, daß es keine Einträge neueren Datums gab. Dies bedeutete, daß Grebs über eine hohe Intelligenz verfügte und aus seinen Fehlern lernte. Er hatte einfach Wege gefunden, zu vermeiden, daß man ihn schnappte. Es war möglich, daß er es war, der das Mädchen in San Diego getötet hatte, indem er sie gebrandmarkt und dann in der Wüste zurückgelassen hatte. Was würde er wohl in New York veranstalten?

Jason hatte nicht den geringsten Zweifel, daß Grebs es war, der Emma die Briefe geschrieben hatte. Ob er das College-Mädchen getötet hatte oder nicht, war eine andere Frage. Seine letzten Briefe an Emma deuteten darauf hin, daß er aus dem Ruder lief. Und je mehr er aus dem Ruder lief, desto unberechenbarer und gefährlicher wurde er.

Feuer. Der Kerl hatte eine Obsession für Feuer. Feuer war etwas Gewaltiges, und der Schaden, den es anrichtete, war irreparabel. Oh, Gott, hilf Emma, betete Jason. Doch dann rüttelte er sich wach. *Laß die Scheißbeterei!* Es gab keinen Gott, der ihr helfen konnte. Er atmete ein paarmal tief durch, um sich wieder zu beruhigen. Worauf es jetzt ankam, war klar zu denken und nicht in Panik zu verfallen, denn sonst würde er Emma nie finden. Vielleicht hatte er ja noch etwas Zeit. Andererseits wußte er genau, wie sehr alles eilte.

Er knallte den kleinen Koffer zu und schaute auf seine Uhr. Es war eine Cartier mit einem braunen Krokoarmband, die Emma ihm zur Hochzeit geschenkt hatte, damit er ihre gemeinsame Zeit hütete wie einen Schatz. Die Uhr sagte ihm, daß er den Zehn-Uhr-Flug mit aller Wahrscheinlichkeit schaffen würde.

49

Troland fand sie widerlich. Sie konnte sich anscheinend an nichts erinnern. Sie machte keine Anstalten aufzuwachen und alles richtig zu machen. Es machte ihn sauer, erinnerte ihn an ein anderes Mädchen – sie war echt jung gewesen –, die auch keinen Mucks von sich gegeben hatte, egal was er auch mit ihr anstellte. Und er hatte eine Menge mit ihr angestellt ... Schließlich hatte er sie satt und mußte sie loswerden. Diese hier regte ihn so sehr auf, daß er es nicht länger in der Wohnung aushielt, obwohl er doch einiges zu erledigen hatte.

Er holte den Wagen aus der Garage und machte sich auf den Weg nach Manhattan. Es war schon das dritte Mal an diesem Tag. Der Verkehr stadteinwärts war nun nicht mehr so dicht, und so dauerte die Fahrt nicht allzu lange. Zwanzig Minuten, wenn man der Uhr auf dem Armaturenbrett glauben durfte. Hinter der Brücke fuhr er Richtung Downtown. Es kam ihm klüger vor, sich von der West Side fernzuhalten, obwohl er dort eine Menge Mädchen gesehen hatte und er sich in diesem Teil der Stadt am besten auskannte. Er war diverse Male in den Bars angesprochen worden, wo er abends noch ein paar Biere getrunken hatte, nachdem er sie beobachtet hatte und wußte, daß sie das Haus nicht mehr verlassen würde. Er mochte es nicht, wenn Mädchen ihn abzuschleppen versuchten. Er war derjenige, der die Wahl traf.

Gemächlich fuhr er die Second Avenue hinunter und dann die First wieder hinauf. An der Ecke zur Vierzehnten stand eine Gruppe Mädchen. Sie sahen spanisch aus. Er fuhr vorbei. Er hatte keine Lust auf eine aus Puerto Rico. An der Zweiundvierzigsten Straße standen ein paar schwarze Mädchen vor einem Café. Sie waren zu groß. Sie trugen perlenverzierte Perücken und hatten große Ärsche. Er mochte es nicht, wenn sie schwerer waren als er.

Oberhalb der Fünfzigsten Straße fand er, wonach er gesucht hatte. Ein einzelnes Mädchen, das immer wieder den gleichen Straßenabschnitt zwischen zwei Kreuzungen auf- und ablief, als würde sie auf jemanden warten, der sich verspätet hatte. Sie trug Strumpfhosen und ein Hemd in Regenbogenfarben, das ihr gerade mal bis knapp über'n Arsch reichte. Sie hatte nicht allzuviel Fleisch auf den Knochen und außerdem jenen furchtlosen Hüftschwung beim Gehen und diese mädchenhaften blonden Haare, die ihn anmachten.

Er kutschierte zwei-, dreimal an ihr vorbei, um ganz sicher zu sein. Fehlgriffe konnte er nicht ab. Schließlich parkte er den Wagen einen Block entfernt und ging wieder zurück, weil er nicht in dem marineblauen Ford Tempo gesehen werden wollte. Es war ihm peinlich. Wenn er seine Maschine dabeigehabt hätte, wäre er einfach zu ihr hingebrettert und hätte ihr gesagt, daß sie aufsteigen soll.

In dem Augenblick, als sie ihn von oben bis unten musterte, um sich dann schließlich umzudrehen und auf ihn zuzugehen, wußte er, daß sie in Ordnung war. Sie war ihm ziemlich ähnlich, es brauchte keine großen Worte. Nur einige Minuten später hatte sie bereitwillig eines der Zellophanpäckchen akzeptiert, die er noch von der anderen Schlampe übrig hatte, und nun ging sie voran zu einer Adresse, die er nicht ganz verstanden hatte.

Es handelte sich um ein heruntergekommenes Backsteingebäude am Ende des Blocks mit einer Schuhmacherwerkstatt im Erdgeschoß und einer gleichfalls schäbigen Schlosserei im ersten Stock.

Er nickte zustimmend. Goldrichtig die Bude. Die Stufen der steilen Treppe waren an manchen Stellen so ausgetreten, daß man in einem Rutsch hinunterschlittern und sich das Genick brechen konnte, ohne daß man auf irgendeinen Widerstand gestoßen wäre. Ihre Zwei-Zimmer-Bruchbude lag im ersten Stock hinter der Schlosserei, die geschlossen war, obwohl das Schild im Fenster die Kunden aufforderte: »Treten Sie ein – egal wann. Wir haben rund um die Uhr geöffnet.«

Die Wohnung war dunkel und dreckig. Das einzige Fenster war mit einem ausgebleichten Stück Stoff zugehängt. Eine nackte Glühbirne, die von der Decke hing, strahlte auf eine durchgesessene Couch in der Mitte des Raums. Das Sofa war dem in seiner Wohnung in Queens nicht unähnlich, obwohl es älter und in wesentlich schlechterem Zustand war, als das, auf dem das wahre Mädchen in Queens jetzt lag.

»Zieh dich aus«, sagte er, sobald sie zur Tür hereingekommen waren. »Ich will dich fesseln.«

Sie zuckte mit den Achseln. »Was immer dich anmacht.« Sie zog das Kokain aus der Tasche ihres regenbogenfarbenen Hemdes und winkte ihm damit zu. »Ich muß mir vorher noch was reinziehen.«

Er schaute sich um. Sein Blick war eiskalt. »Beeil dich. Ich hab' einen Zeitplan.«

50

Es kam alle fünf Minuten. Ein Geräusch, als würde es donnern. Das Dröhnen zerrte Emma wie eine Unterströmung wieder an den Ort, an dem sie nicht sein wollte. Sie kannte dieses Geräusch. Was war es?

Vorsichtig öffnete sie ihre Augen. Wieder dieses Dröhnen. Aber es schien nicht aus ihrem Kopf zu kommen, obwohl der überzuquellen schien. Vor Angst und Schrecken beispielsweise. Und außerdem war er ganz vernebelt. Sie hatte keine Ahnung, was passiert war, und wie lange sie schon hier war. Ihre Kehle war trocken und schmerzte so sehr, daß sie dachte, er mußte wohl versucht haben, sie zu erwürgen. Sie zitterte am ganzen Leib und konnte nichts dagegen tun. Es hörte nicht auf.

Er hatte das Licht angelassen. Nun sah sie das Oberlichtfenster in der Zimmerdecke. Es war mit Mülltüten zugehängt, die sorgfältig an den Ecken festgeklebt waren, damit kein Licht hereindringen konnte. Was konnte sie noch alles sehen? Sie hob den Kopf. Er saß nicht neben ihr. Er hetzte nicht im Zimmer umher mit dem Messer oder der Pistole in der Hand. Er war wohl wirklich nicht da. Es konnte nicht anders sein.

Sein Gesicht war leer und hart, wie das eines Roboters. Sie schauderte. Nichts an ihm kam ihr auch nur ansatzweise bekannt vor. Sie wußte noch immer nicht, wer er war, oder ob sie ihn je gekannt hatte. Ihre Schulzeit an der North High-School war lange her. Ein Jahr in der Hölle, zusammen mit Leuten, die sie aus ihrem Leben gestrichen hatte, wie sie es schon so viele Male getan hatte. Jedesmal, wenn sie zu einem neuen Stützpunkt umzogen, wurde das Leben ausgelöscht, das sie vorher hatten. All ihre Bekannten und die Leute, die sie tagtäglich gesehen hatte, verschwanden, und das gleiche Schema wurde in einer anderen Umgebung wieder aufgebaut.

Emma wuchs in dem Glauben auf, daß die Leute, die zurückblieben, völlig ausradiert wurden und sie allein die Erinnerung an die Dinge, die sich ereigneten, aufrechterhielt.

Ihr Herz raste noch immer. Er würde zurückkommen. Sie hatte solche Angst, daß sie kaum atmen konnte. All diese Jahre hatte sie geglaubt, sie wäre allein, doch es war nicht so. Er war die ganze Zeit über dagewesen, er war ihr in jener Nacht durch den dunklen Flur des Schulgebäudes gefolgt und hatte beobachtet, was dann geschah. Er war der einzige, der Bescheid wußte. Und er hatte Andy umgebracht.

Sie glaubte ihm. Sie hatte nie geglaubt, daß Andys Tod ein paar Tage vor der Verleihung der Abschlußzeugnisse ein Unfall gewesen war. Doch sie hatte immer gemeint, daß sie ihn umgebracht hatte. Sie hatte den Himmel nach Sternschnuppen abgesucht und irgendeine allmächtige Gottheit, an die sie selbst kaum glaubte, gebeten, den Drecksack umzubringen. Sein Leben zu beenden, bevor er ans College kam. Sie haßte ihn so sehr, daß sie, als er starb, keinerlei Zweifel hatte, daß sie allein für seinen Tod verantwortlich war.

Ihr Kopf schmerzte. Bruchstücke und Szenen aus Theaterstücken und Filmen zogen an ihr vorbei und mischten sich mit ihren eigenen Erinnerungen und brachten sie durcheinander. Sie dachte an *Equus,* ein Theaterstück über einen verwirrten Jungen, der Pferde blendet, weil sie ihm dabei zugesehen hatten, wie er mit jemand geschlafen hatte. War es das? Auch darin tauchte ein Psychiater auf.

Es war furchtbar, nackt dazuliegen und es über sich ergehen lassen zu müssen, wie er sie mit der Pistole und der Spitze des Messers berührte. Verzweifelt zerrte sie an den Seilen an ihren Handgelenken. Sie mußte irgendwie hier wegkommen. Was hatte Jason noch mal über Leute gesagt, die wirklich verrückt waren? So verrückt, daß man überhaupt nicht mit ihnen in Kontakt treten konnte.

Als er noch in der Ausbildung war, hatte er eine Patientin

gehabt, die sich auf alle viere niedergelassen und ihn angebellt hatte. Monatelang hatte er es ihr nachgemacht und zurückgebellt. Tag für Tag. Eines Tages war die Frau aufgestanden und hatte sich auf einen Stuhl gesetzt.

»Man muß in ihre Welt eindringen«, erklärte er, »aber man darf sich nicht von ihnen hineinziehen lassen.«

»Nicht von ihnen hineinziehen lassen«, murmelte sie. *Aber er hat mich hier reingezogen.*

»Oh, Gott, hilf mir.« Sie hatte Angst zu schreien.

Als sie noch klein war, waren ihre Knochen so weich, daß sie sich aus allen Fesseln befreien konnte. Aus jedem Schwitzkasten konnte sie sich herauswinden. Die Kinder übten das immer wieder bei ihren Soldatenspielen. »Du bist mein Gefangener, probier mal, ob du fliehen kannst.«

»Du bist ein Kriegsgefangener, aufgehängt an den Handgelenken, und hundertzwanzig Ratten knabbern dir die Zehen an.«

Emma durchforstete ihre Erinnerungen, in der Hoffnung, auf ein Bild zu stoßen, das ihr weiterhelfen konnte. Sie sah sich, wie sie auf dem Boden saß und schluchzte, als die amerikanischen Geiseln eine nach der anderen wieder amerikanischen Boden betraten. Das war es nicht.

Sie wußte nicht, wie sie hierhergekommen war, oder wann. Was hörte sie? Sie hörte Verkehrslärm, das Brummen der Motoren, einen Lastwagen mit einer Fehlzündung. Und sie hörte außerdem, wie eine Garagentür geöffnet wurde und ein Wagen herausfuhr.

Sie mußte in einem Haus sein. Da war es schon wieder, dieses Dröhnen.

Sie schrie. »Hilfe!«

Sie schrie noch einmal.

»Hilfe!«

Stille. Sie mußte es alleine schaffen, hier herauszukommen. Irgendwo ein Telefon finden.

Sie drehte den Kopf. Sie sah Fenster zu beiden Seiten, doch die Jalousien waren heruntergelassen. Es war keine Uhr im Zimmer. Der Herd neben der Spüle war ein älteres Modell, das keine Uhr hatte. Wieviel Zeit war vergangen? Auf dem Tisch lag nichts weiter als ein Schälmesser. Sie konzentrierte sich auf das Schälmesser. Sie mußte hier raus. Wieviel Zeit hatte sie, bis er wieder zurückkam? Fünf Minuten? Zehn?

Tropf, tropf, tropf.

Sie hob den Kopf. Bei dem Geräusch des tropfenden Wasserhahns fiel ihr ein, daß sie Flüssigkeit brauchte. Der Raum drehte sich, als ob sie betrunken war oder in der Wüste kurz vor dem Verdursten stand. Sie schloß ihre Augen. Als sie sie wieder öffnete, hatte sie keine Ahnung, wieviel Zeit verstrichen war und was sie hier tat. Ihre Kehle war ausgedörrt. Sie dachte an Wasser und konzentrierte sich dann auf ihre Fesseln.

Die Seile waren lose, lose, lose. So lose, daß sie sich herauswinden konnte, wenn sie es richtig anstellte. Ihre Handgelenke waren mit Vaseline eingerieben; und sie sah ihre Hände, so klein wie die eines Babys, wie sie aus den Schlingen hinausglitten. Sie sah Billy Budd, wie er mit einer Schlinge um den Hals am Mast baumelte. Sie gingen alle in die gleiche Schule, spielten zusammen, doch die Kinder der Offiziere saßen bei den Filmvorführungen auf reservierten Bänken. Jeden Abend wurden Filme gezeigt, von Kodiak wie in Norfolk und Baber's Point auf Hawaii. Nur die Kinder der Offiziere waren in der Offiziersmesse zugelassen, wo es Silberbesteck gab und gestärkte Servietten. »Nein, nicht sterben, Billy Budd«, hatte sie hinausgeschrien zu der großen Leinwand. Und alle hatten gelacht.

»Zieh dich raus.« Bevor du erstickst. Es ist gar nicht schwer. Sie preßte den Daumen gegen die Handfläche und ihre kleinen Finger zusammen, bis ihre Hand nur noch halb so dick war wie vorher. Ihre Finger waren lang und dünn.

Sie bekam die Hand frei. Sie schluckte die panische Angst herunter, daß er sie dabei erwischen würde.

Besser schnell machen. Bei der anderen Hand war es schwieriger. Die Nylonschnur schnitt sich ins Fleisch ein. Doch sie riß sich zusammen, und schließlich war auch ihre rechte Hand frei. Sie setzte sich auf. Nach all diesen Jahren war Billy Budd endlich frei.

51

Im Schichtplan waren die Dienstzeiten so festgelegt, daß die Frühschicht um acht Uhr morgens begann und um vier Uhr nachmittags endete, während die Spätschicht von vier Uhr nachmittags bis elf Uhr abends dauerte. Die Schichten waren im Verhältnis zwei zu drei über die Woche verteilt, wobei in regelmäßigen Abständen gewechselt wurde, welche Schicht zweimal und welche dreimal zu leisten war. April gähnte in ihre Serviette. Es gab wohl einen Grund für diese Einteilung durch das Department, doch sie kannte ihn nicht.

Es war mittlerweile halb zwei in der Nacht. Das konnte sie auf der Uhr sehen, die zwischen zwei farbenprächtigen Stierkampfplakaten an der Wand hing. In fünfeinhalb Stunden mußte sie wieder an ihrem Schreibtisch sitzen. Ihr Wagen stand ein paar Blocks entfernt auf dem Parkplatz des Reviers. Sie überlegte, daß sie, nachdem sie ihr Auto abgeholt hatte, etwa eine halbe Stunde brauchen würde, um nach Astoria zu kommen, und am Morgen würde es mindestens fünfundvierzig Minuten dauern, bis sie sich durch den Verkehr auf der Brücke und in der Innenstadt gearbeitet hatte. So gesehen blieben ihr noch viereinviertel Stunden Schlaf, wenn sie die Zeit, die sie brauchte, um sich zu duschen und anzuziehen, nicht mitrechnete.

Dennoch machte sie keine Anstalten, ihr Notizbuch zuzuklappen.

»Fertig?« fragte Sanchez mit einem Blick auf ihren Teller. Darauf lagen noch eine Portion gebackene Bohnen, etwas Reis und mehr als die Hälfte einer Enchilada mit Meeresfrüchten und Guacamole, einer Avocadosauce.

April nahm sich einen Zweig Cilandro, wie die Mexikaner ihren Schnittlauch nannten, und kaute darauf herum. Sie nickte.

»Hat's geschmeckt?« fragte er.

Sie saßen in einem kleinen Restaurant in einer Gegend, durch die April schon Hunderte von Malen durchgefahren war. Es war ruhig und dunkel hier, und sie hatte den Eindruck, als ob der Laden in nicht allzu ferner Zukunft wohl schließen würde. Im Fenster an der Frontseite hing ein Perlenvorhang und einige Stöcke, die aussahen wie Speere mit bunten Bändern. Sanchez hatte ihr erklärt, daß man diese in Mexiko dazu benutzte, um die Stiere zu Beginn eines Stierkampfes zu reizen.

»Mir hat's geschmeckt«, sagte April, obwohl sie sich dessen nicht ganz sicher war. Sie hatte einen schweren Nachgeschmack im Mund, der ihr wohl noch eine ganze Weile bleiben würde.

Um ehrlich zu sein, verursachte das mexikanische Essen ein Gefühl, als sie ihr Mund wie zugekleistert und das auch noch mit einem fauligen Geschmack gepaart, was vermutlich daran lag, daß man die Muscheln und Krabben in Sahne und Käse backte, bevor sie in Pfannkuchen eingewickelt wurden. Tortilla. Mit noch mehr Käse obendrauf. Ummpf. Doppelt gebackene Pfannkuchen. In der chinesischen Küche hatte jedes Gericht einen besonderen Namen. Stillschweigend gab April ihrem Gericht den Namen Kleister-Mund-Pfannkuchen.

Aber der käsegetränkte Pfannkuchen war nicht das einzige, was ihr nicht behagt hatte. Die rohen Zwiebeln und die pampige grüne Masse, die er Guacamole genannt hatte, schmeckten wie weiche Seife, versetzt mit kleinen bißfesten Stückchen von stechender Schärfe. April fiel beim besten Willen kein chinesisches Gericht ein, das eine ähnliche Konsistenz hatte.

Die gebackenen Bohnen waren zwar weich, schmeckten aber nach gar nichts. Die Chinesen verwendeten in ihrer Küche fermentierte oder gesüßte Bohnen, doch sie aßen sie niemals pur. Sogar der Reis war anders. Chinesischer Reis wurde in kaltes Wasser geschüttet und nicht gewürzt. Er war weiß und dazu da, mit den verschiedenen Geschmacksrichtungen und der Konsistenz der übrigen Gerichte beim Essen eine Verbindung einzugehen. Mexikanischer Reis wurde mit Gewürzen und Öl gekocht, was ihm eine interessante Note verlieh, doch dadurch verlor er seine Leichtigkeit.

Sie kaute auf dem Cilandro herum in der Hoffnung, daß dies ihren Mund reinigen würde. Sie mußte daran denken, wie sie einmal Ziegenkäse versucht hatte. Es war ihr vorgekommen, als würde sie Erbrochenes essen. Andererseits musterte Sanchez sie mit solcher Eindringlichkeit, daß sie wußte, sie würde nicht darum herumkommen, das Essen zu loben, weil er andernfalls in seinem Nationalstolz verletzt sein würde. Sein Vater hatte Essen dieser Art gekocht. Seine Mutter mußte sehr fett sein. April lächelte bei dem Gedanken an eine watschelnde Frau, die ihren Sohn, den Polizei-Sergeanten, am Telefon zusammenstauchte. *»Hola, Miguel, es Mama.«*

April überlegte, ob sie wohl, wenn sie häufiger Essen dieser Art zu sich nahm, auch einen typisch amerikanischen Hintern bekommen würde – rund und plump. Es fiel ihr auf, daß sie nur deswegen all diese Überlegungen zum Thema Essen anstellte, weil sie es angenehm fand, hier mit Mike zu sitzen und über seine Familie zu reden und die Fälle, mit denen er bisher befaßt war. Außerdem war es besser, mit ihm über all die Sachen zu reden, die sie am Morgen zu erledigen hatte, als nach Hause zu fahren und alleine darüber zu brüten.

»Es hat Ihnen geschmeckt«, sagte er. »Aber was halten Sie wirklich davon?«

April neigte den Kopf. Sie überlegte, wie sie das Thema wohl am besten angehen konnte. »Die Kombination der verschiedenen Geschmäcker ist sehr gut«, sagte sie ernst. »Ich glaube, ihr Fisch hat mir am besten geschmeckt. Was ist diese Beilage, das grüne Zeug, das so ein bißchen scharf schmeckt?«

»Tomatillo. Das ist eine grüne Tomate mit einer Zwiebelhaut. Man muß sie abpellen.«

»Der Fisch war ganz frisch.« Sie nickte anerkennend, was den Red Snapper betraf. »Und die Avocados, glaube ich, schmecken mir ohne alles am besten. So wie bei Ihrem Essen.«

Für kurze Zeit herrschte Schweigen am Tisch, während sie über das Problem Avocado nachdachte. Sie hatten sich schon früher am Abend darüber unterhalten. Noch so etwas, das es in der chinesischen Küche nicht gab. Ebensowenig wie dreißig verschiedene Sorten Chili und Schokoladensaucen.

»Kochen Sie gerne?« fragte Mike.

Niemand da, für den du kochen kannst. April biß sich auf die Zunge. Das Kochen erledigten ihre Mutter oder ihr Vater. »Ich kann kochen«, sagte sie. »Und Sie selbst?«

»Ich koche gerne. Klingt das komisch in Ihren Ohren?«

Der Ober räumte den Tisch ab.

»Nein. Liegt wohl in der Familie.« April griff nach ihrer Handtasche.

»Soll ich Sie nach Hause fahren?« fragte er unvermittelt. Der Tisch war abgeräumt, und die Rechnung lag neben seinem Glas mit Wasser. »Die wollen hier zumachen.«

»Ist ja auch schon spät. Gehen wir.« Sie griff in ihre Tasche und suchte nach dem Geldbeutel. »Wieviel kostet's?«

Er schüttelte den Kopf.

»Das hier ist ein Rendezvous. Lassen Sie mich zahlen.« Sie protestierte mit solcher Leidenschaft, daß er lächeln mußte.

»Natürlich ist das kein Rendezvous. Aber ...« Er nickte mit dem Kopf in Richtung Küche. »Es ist nur eine symbolische Rechnung. Und wenn die sehen, daß ich sie mit jemand teile, verliere ich meinen guten Ruf.«

April verstummte. Es gefiel ihr, daß er nicht die Der-Mann-zahlt-Masche abspulte. Er sagte, es sei wegen der Leute. Sie fragte sich, ob es hier war, wo sein Vater vor seinem Tod als Koch gearbeitet hatte, und deshalb die Rechnung nur symbolischen Charakter hatte. Sie hatte einen Sinn für symbolische Gesten. So konnte jeder sein Gesicht wahren. Andererseits wollte sie ihn in diesem Augenblick auch nicht danach fragen.

»Ich möchte Sie nach Hause fahren«, sagte er, als sie auf der Straße standen.

Es war eine warme, sternenklare Nacht. April betrachtete den zunehmenden Mond. Ihre Mutter hatte sie früher immer mit einer Geschichte über ein Mädchen malträtiert, dessen Eltern sie zur Strafe für ihren Ungehorsam auf den kalten Neumond verbannt hatten. Sie war aufgewachsen in dem Bewußtsein, daß das Symbol für Romantik schlechthin ein Gefängnis war, dessen Wände sich aufeinander zu bewegten, bis es alle dreißig Tage völlig verschwand. Romantik war nichts für sie. Sie lächelte Sanchez an, der sich hier wohl fühlte wie ein Fisch im Wasser. »Vielen Dank, aber dann muß ich morgen mit der U-Bahn zur Arbeit.«

Sie bogen in die Columbus ein und steuerten auf das Revier zu.

»Nicht unbedingt. Ich könnte vorbeikommen und Sie abholen. Wir könnten uns über den Fall unterhalten«, sagte er.

April schüttelte den Kopf. »Das ist ein ziemlicher Umweg von der Bronx zur Zweiundachtzigsten.«

»Ich stehe früh auf«, entgegnete Mike.

»Ich dachte, das hier wäre kein Rendezvous«, sagte sie schärfer als beabsichtigt.

»Wer sagt denn, es wäre ein Rendezvous. Wir arbeiten zusammen an einem Fall. Also fahre ich Sie nach Hause, was ist daran so schlimm?«

Den ganzen Weg zurück zum Parkplatz diskutierten sie darüber, wie schlimm es denn nun wäre, wenn er sie nach Hause fahren würde. Es war ja prima, mit ihm zusammenzuarbeiten. Vielleicht war es auch in Ordnung, mit ihm zusammen mexikanisch essen zu gehen. Aber es kam nicht in Frage, daß er sie in seinem roten Camaro durch die Gegend kutschierte und alle Leute in der Nachbarschaft und jeder auf dem Revier genau das dachten, was April vermeiden wollte, daß sie dachten. Sie fuhr in ihrem eigenen Wagen nach Hause und brütete die ganze Fahrt über den Ärger nach, den sie mit diesem Fall hatte und die Probleme mit Mike, der sich über kurz oder lang doch nicht damit zufriedengeben würde, lediglich mit ihr zusammenzuarbeiten, egal wie nett er sein konnte, wenn er nur wollte.

Es überraschte sie nicht, daß die Lichter in der Wohnung ihrer Eltern noch brannten, als sie um zwei Uhr morgens dort ankam. Ebensowenig war sie darüber erstaunt, daß ihre Mutter die Tür öffnete und lautstark auf chinesisch einige Erklärungen von ihrer gedankenlosen Tochter verlangte. Wie konnte sie nur so lange fortbleiben, ohne ihre besorgte Mutter wissen zu lassen, wo sie war? Und mit wem sie unterwegs war, und überhaupt, was das wohl für eine nichtsnutzige Person war, die sie um diese Zeit alleine nach Hause fahren ließ?

»Mom, ich bin Polizist«, sagte April erschöpft. »Ich arbeite an einem Fall.«

»Um zwei Uhr morgens – was ist das denn für ein Fall? Ich kann mir schon denken, was für ein Fall das ist. *Boo Hoa* Fall.«

»Ich bin bei der Polizei«, protestierte April. »Ich mache nur meine Arbeit.«

»Vielleicht bist du bei der Polizei, aber du bist immer noch eine Frau.« Sai stand da, eine Hand in die schmale Hüfte gestützt und blockierte den Eingang. Es sah ganz so aus, als wäre sie nicht bereit, auch nur einen Zentimeter von der Stelle zu rücken, bis sie eine Antwort auf all ihre Fragen hatte, einschließlich der Frage, was ihre Tochter gegessen hatte, daß sie so schlecht aus dem Mund roch.

52

Lange Minuten saß Emma auf der Kante des Sofas und versuchte, gegen das Schwindelgefühl und den Brechreiz anzukämpfen, der in ihr aufgestiegen war, als sie sich mit letzter Kraft vornübergebeugt hatte, um mit zitternden Fingern die einzelnen Knoten der Fesseln an ihren Füßen zu lösen. Ihr Kopf schmerzte noch immer heftig, und ihre Beine zitterten so sehr, daß sie es nicht schaffte stehenzubleiben. Sie sank wieder auf das harte Sofa zurück.

»Hilfe.« Ihre Stimme klang mitleiderregend schwach.

Sie schaute sich um. Irgendwo mußte es doch ein Telefon geben. Jeder hatte ein Telefon. Wo war das Telefon? Sie sah zum Fenster beim Spülbecken mit dem tropfenden Wasserhahn. Vielleicht schaffte sie es, das Fenster aufzubekommen und um Hilfe zu rufen. Vielleicht konnte sie hinausspringen.

Sie schaffte es, sich soweit zusammenzureißen, daß sie sich auf den Boden niederließ und auf das Fenster zukrabbelte. Wieviel Meter waren es?

»Hilfe ...«

Sie brachte es anscheinend nicht fertig, genügend Krach zu machen.

Das Fenster war genau über der Arbeitsfläche. Sie zog sich zum Küchentresen hoch und versuchte, die Schnur der Jalousie zu fassen. Die ersten beiden Male ohne Erfolg.

Sie sackte gegen das Spülbecken. Nicht umfallen, sagte sie sich. Wieder versuchte sie, die Schnur zu packen, und diesmal gelang es ihr. Als sie daran zog, schoß die Jalousie mit solcher Wucht in die Höhe, daß sie vor Schreck zusammenzuckte. Sie stieß einen Schrei aus und schaute sich um. Sie war sich ganz sicher, die Tür gehört zu haben und daß er wieder zurück war. Alles war genauso wie vorher.

Von Panik erfüllt drehte sie sich zum Fenster. Sie mußte hier raus. Sie stand im ersten Stock, am Fenster. Nackt im Schein einer Lampe. Unten auf der Straße waren zwar Autos zu sehen aber keine Menschen.

Ein Blick zum Himmel genügte ihr, um zu wissen, daß sie nicht in Manhattan war. Hier gab es keine Wolkenkratzer, deren Lichter Schneisen in den Himmel schnitten. Die Skyline war wie ein Stadtplan für jemanden, der die Gebäude kannte.

Es war dunkel, doch es gab eine Menge Straßenlampen. Es schien so, als ging das Fenster hinaus auf eine Reihe von Straßen, die parallel zueinander verliefen. Emma versuchte verzweifelt nachzudenken. Was war es, das sie hier vor sich sah?

Sie trommelte gegen das Fenster, als ein Mann in einem Wagen vorbeifuhr. Er drehte nicht einmal den Kopf.

Der Riegel des Fensters war zu hoch, als daß sie ihn hätte erreichen können, ohne auf den Küchentresen zu klettern. Ihre Arme schmerzten, nachdem sie so lange Zeit über ihren Kopf gestreckt festgebunden waren. Sie schauderte. Wie lange hatte sie dagelegen, während er sie angestarrt hatte? Sie mußte hier weg. Verzweifelt versuchte sie auf den Tresen zu klettern. Schaffte es aber nicht.

Abrupt hielt sie in der Bewegung inne. Ihr Kopf war ganz benebelt, aber da war wieder dieses Dröhnen. Durch das Donnern konnte sie Lichter und eine undeutliche Gestalt am Himmel ausmachen. Sie verzog das Gesicht bei dem Versuch zu benennen, was sie da sah, während sie ihren pochenden Kopf zur Seite neigte.

Aus dieser Perspektive fiel ihr plötzlich auf, daß die Straße, die am nächsten zu ihr gelegen war, eben war, während die dahinter leicht bergauf führte – zu etwas, das aussah wie ein hell erleuchteter Weihnachtsbaum. Lichterketten, die wie Lametta vom Himmel herabhingen. Es ergab keinen Sinn.

Sie glitt zentimeterweise den Tresen entlang. Dort konnte sie die Mauer eines Hauses sehen. In einem Zimmer ihr gegenüber schien Licht, doch es war niemand darin.

In diesem Augenblick sah sie das Telefon. Es war ein weißes Wandtelefon, etwa einen Meter weiter rechts von ihr, das vom Kühlschrank verdeckt wurde. Wenn sie nicht genau daneben gestanden hätte, wäre es ihr wohl nie aufgefallen.

»O Gott.« Sie streckte die Hand nach dem Hörer aus und wäre beinahe zusammengebrochen vor Erleichterung, als sie das Freizeichen hörte.

Als erstes wählte sie ihre eigene Nummer. Aus dem Hörer schrillten ihr drei dissonante Töne ins Ohr.

Diese Nummer ist im Ortsnetz sieben-eins-acht nicht erreichbar.

O Gott, wo war sie? Emma kämpfte gegen ihre Panik an und wählte zwei-eins-zwei und dann erst ihre Nummer. Ein Gefühl der Erleichterung durchströmte sie, als es am anderen Ende klingelte. *Bitte sei daheim, Jason.*

Das Telefon klingelte und klingelte. Hatte sie die falsche Nummer gewählt? Sie probierte es erneut, diesmal mit aller Sorgfalt. Zwei-eins-zwei und dann ihre Nummer. Es klingelte wieder, in ihrem Kopf hallten die Pieptöne wie ein Echo. Was war nur los? Sie war sicher, daß sie ihren Anrufbeantworter eingeschaltet hatte, als sie gegangen war. War er nach Hause gekommen und hatte ihn abgestellt?

»Mein Gott, Jason, jetzt geh schon ran«, schrie sie.

Vielleicht war er in seiner Praxis. Sie wählte wieder die zwei-eins-zwei und dann die Nummer seiner Praxis. Der Anrufbeantworter schaltete sich nach dem zweiten Klingeln ein.

Seine sachliche, beruhigende Stimme teilte ihr mit, daß er im Augenblick leider keine Zeit für sie hatte, doch wenn sie ihren Namen, Datum und Uhrzeit ihres Anrufs hinterließ, würde er sie zurückrufen, sobald er konnte.

Ich habe leider im Augenblick keine Zeit für Sie. Ich habe leider im Augenblick keine Zeit für Sie. Ich habe leider im Augenblick keine Zeit für Sie. Dies waren die schlimmsten Worte, die sie kannte. Ihr Vater hatte keine Zeit für sie, weil er immer irgendwo mitten auf dem Ozean herumkurvte. Ihr Ehemann hatte keine Zeit für sie, weil er nie allein war, nie allein, nie allein. Weil immer jemand Probleme hatte. Die Worte hallten wie durch eine Echokammer hinab in die Tiefen ihrer Seele.

Jason erzählte ihr immer, daß er für sie da wäre, wenn sie ihn brauchte, aber immer war er »nicht allein, nicht allein, nicht allein«, und zwar jedesmal, wenn sie das Gefühl hatte, daß sie ihn brauchte. Keines ihrer Bedürfnisse schien ihm dringend genug, daß er es für notwendig erachtete, sofort Zeit für sie zu haben.

Sie schluchzte, als der Signalton erklang.

»Jason. Bitte komm nach Hause«, stammelte sie schluchzend in den Hörer. »Dieser Mann ... Er ist verrückt. Bitte. Er hat mir die Kleider weggenommen. Er hat eine Pistole, und er hat gesagt, er erschießt mich. Oh, bitte, hilf mir.«

Der Donner dröhnte wieder über sie hinweg. Sie weinte, und sie konnte nicht aufhören. »Mein Kopf tut mir weh. Ich kann nicht klar denken. Ich bin in einem Haus. Ich weiß nicht, wo es ist. Die Häuser sind niedrig, irgendwo in Brooklyn, oder in der Bronx. Ich sehe – Lichter und eine Auffahrt. Ich glaube, es ist eine Brücke. Oh, Gott, Jason, er hat mich gefesselt«, schrie sie hysterisch. »Er wird mich umbringen.«

Piieep.

»O Gott.«

Sie hielt den Hörer umklammert und starrte ihn ungläubig

an. Der Anrufbeantworter hatte geklickt. Die Verbindung war unterbrochen. Sie war allein. Wieder fing sie an zu schluchzen.

Da bewegte sich in dem Fenster gegenüber eine Gestalt.

Jemand stand dort und schaute sie an. Emma riß die Augen weit auf.

»Hilfe«, schrie sie. Sie trommelte gegen das Fenster. »Helfen Sie mir.«

Die Person stand reglos am Fenster und betrachtete sie voller Argwohn. Sie war ganz in Schwarz, vielleicht war es ein Geist.

»O Gott«, schrie Emma.

Eine Nonne oder ein russischer Patriarch.

Ohne zu wissen, was sie tat, wählte sie die 911.

»Polizei, Notrufzentrale.«

Der Mund in dem Fenster gegenüber begann sich zu bewegen.

»Hilfe«, schrie Emma. »Hilfe!«

»In Ordnung, Miss, beruhigen Sie sich. Sind Sie verletzt, oder ist eine verletzte Person bei Ihnen?«

»Ah«, schluckte Emma.

»Versuchen Sie sich zu beruhigen, Miss. Wo befinden Sie sich?«

Der Mund bewegte sich. Die schmale schwarze Gestalt machte Bewegungen mit ihrer Hand. Es war zu verwirrend. Emma fing an zu weinen.

»Hilfe ...«

»Okay, ganz ruhig. Eins nach dem anderen. Können Sie mir Ihren Namen sagen?«

Emma wurde übermannt von einem Gefühl der Übelkeit. Zusammengekrümmt hing sie über dem Spülbecken und würgte. Sie brauchte etwas zu trinken.

»Miss, sind Sie noch dran? Ich brauche weitere Informationen, sonst kann ich Ihnen nicht helfen. Geben Sie mir irgendwas – eine Adresse, eine Telefonnummer.«

Die Worte träufelten aus dem Hörer, den Emma auf den Tresen hatte fallen lassen. »Rufe noch mal an«, stammelte sie und hängte den Hörer auf. Augenblicke später schlug sie mit dem Kopf gegen den Tresen, als ihre Beine unter ihr nachgaben und sie zu Boden sank.

53

Die Toilette, aus der das Mädchen herauskam, war so klein und dreckig, daß Troland sie unter gar keinen Umständen benutzt hätte.

»Jetzt isses schon besser. Wie heißt du?« Sie schleuderte ihr blondes Haar zurück und begann sich das Hemd aufzuknöpfen.

»Willy.« Seine Stimme war tonlos. Er schaute sich in dem Zimmer um.

Da war ein Tisch mit einem Stuhl, eine Kochplatte mit einem Topf, der ganz offensichtlich nicht dazu benutzt wurde, um Essen zuzubereiten. Keine Spüle. Kein Kühlschrank. Ein Sofa mit einem uralten Bezug. Nichts, das auf eine Frau hindeutete, keine Kleider oder Seidenkissen oder irgendwelche anderen weichen Gegenstände. Kein Make-up oder Haarspangen. Troland mahnte sich zur Vorsicht. Anscheinend war dies nicht ihre Wohnung.

»Willy? Wie, Willy Smith?« Sie kicherte. »Bist du ein Kennedy?«

Troland drehte sich um und zog die Nase hoch. »Klar.« Wieder zog er die Nase hoch. Sie war bereits völlig hinüber, wußte gar nicht mehr, was sie redete.

»Wohnst du hier?« fragte er.

Sie schüttelte den Kopf. »Nöö. Das ist die Wohnung von 'nem Freund.« Sie hatte mittlerweile ihr Hemd ausgezogen und schälte sich aus ihren Strumpfhosen. Gerade so, als wäre sie in der Umkleidekabine und würde sich fertigmachen für ein Spiel.

Troland schaute ihr mit mäßigem Interesse zu. Der Druck, der auf ihm gelastet hatte, war merklich weniger geworden, seit er in die Stadt gefahren und mit dem Wagen durch die Gegend gekurvt war. Er fuhr nicht gerne im Auto, außer wenn es unbedingt sein mußte. Im Augenblick fühlte er sich nicht besonders. Er wollte zurück zu der wahren Braut und endlich in die Gänge kommen.

Von einem plötzlichen Ekelgefühl gepackt, setzte er sich an den Tisch. Anfangs hatte es zwar so gewirkt, als sei es das Richtige, doch hier stimmte es hinten und vorne nicht. Es war dreckig. Troland konnte Dreck nicht ab. Er verzog den Mund bei dem Geruch von Leim und altem Leder, der von der Schusterwerkstatt im Erdgeschoß heraufdrang. Vermutlich gehörte dem Besitzer auch die Wohnung. Noch etwas, das Troland nicht gefiel. Gut möglich, daß der Kerl raufkam, wenn er gerade mittendrin war, und Ärger machte.

Er richtete seine Aufmerksamkeit auf den Körper, der nun völlig nackt vor ihm stand. Sie hatte einige Flecken an den Armen und dem Hals, und das dämpfte seine Laune. Ebenso wie die blauen Flecken an ihren Schenkeln. Genau betrachtet war ihr feiner, bleicher Jungmädchenflaum das einzige, was an diesem Körper so gut war, wie derjenige, den er bereits hatte. Als er das bedachte, fühlte er sich gleich besser. Auf ihn wartete ein wirklicher Schatz. Etwas, das gepflegt war und gut roch und keine Krankheiten hatte, wie das hier vermutlich. Er grunzte und tastete einem Instinkt folgend nach den Gegenständen in der Tasche seiner Lederjacke.

»Da drüben steht ein Bett.« Das Mädchen deutete auf eine verschlossene Tür.

»Hast du irgendwen, der demnächst hier aufkreuzt?« fragte Troland.

In seiner Tasche waren vier Stücke Nylonschnur, die er zurechtgeschnitten hatte, sein Messer, sein Zippo-Feuerzeug und diverse Filzstifte mit mittelfeiner Spitze. Als er die vertrauten Gegenstände spürte, gewann er seine Selbstsicherheit zurück. Er ließ das Feuerzeug in seiner Hand rotieren, um seine Erregung zu steigern.

»Erstmal nicht. Was schwebt dir so vor?«

Sie kam zu ihm herüber und setzte sich auf seinen Schoß. Er stieß sie zurück. »Mach's so, wie ich es will«, blaffte er sie an.

»Hey, immer nett bleiben.« Sie zog sich durch die angelehnte Tür in das andere Zimmer zurück.

Troland kam der Gedanke, daß sich darin vielleicht ein Kerl versteckt haben könnte, und daß die ganze Sache eine Falle war. Das machte ihn sauer. Er sprang auf und trat mit voller Wucht gegen die Tür, das Messer in seiner Hand.

»Was ist hier los?« knurrte er. Er konnte es nicht leiden, wenn jemand versuchte, ihn reinzulegen.

Das Mädchen tanzte auf dem Bett. »Nichts«, protestierte sie. »Hey, du stehst ja vielleicht unter Strom.«

»Ich steh' nicht unter Strom. Ich raste nicht aus. Sieh dich doch selber an, du bist diejenige, die völlig hinüber ist.«

Er strich eine Weile durch das Zimmer, schaute nach, ob es irgendwo ein Versteck gab oder einen Spiegel, durch den man von der anderen Seite der Wand hineinschauen konnte.

»Warum entspannst du dich nicht einfach und amüsierst dich?« sagte sie.

»Komm hier raus«, kommandierte er.

»Was ist los?« In ihrer Mädchenstimme mit dem New Yorker Akzent schwang nun Mißmut und Angst mit. Das war gut so.

»Mir gefällt's nicht hier drin.«

»Okay, auch gut.«

Sie stieg von dem Bett. Die Laken waren dreckig. Das ganze

Arrangement gefiel ihm kein bißchen. Als sie nahe genug war, packte er sie am Arm. »Okay, ich sag' dir, was wir machen. Du legst dich da drüben hin. Ich fessele dich. Und du versuchst, dich loszumachen.«

»Okay. Das schaffe ich.«

Sie ging das kurze Stück hinüber zum Sofa und setzte sich.

Troland schnalzte verärgert mit der Zunge. »Du schaffst es eben nicht«, sagte er. »Darum geht's ja.«

Sie zuckte ein wenig mit den Schultern. »Du wirst mir nicht weh tun, oder?«

»Ich tue niemandem weh.«

Sie legte sich rücklings auf das Sofa. »Okay, du fesselst mich, und ich komme nicht raus. Und was dann?«

»Dann male ich ein paar hübsche Bilder auf deine Haut und ficke dich.« Troland nahm eines ihrer Handgelenke und band es an einem Bein des Sofas fest.

Ruckartig richtete das Mädchen sich auf und befreite sich aus seinem Griff. »Echt?« fragte sie voller Interesse. »Was für Bilder?«

Er packte ihren Arm und verdrehte ihn, bis sie ein Quietschen ausstieß. »Mach so was nicht. Das ist kein Spiel.«

»Aua. Ich wollte doch nur wissen was für Bilder«, quengelte sie. »Du darfst mich nicht einsauen.«

»Die Bilder, die ich mache, sind astrein. Jetzt halt endlich still.«

Er band ihr die Arme über dem Kopf zusammen.

Sie kicherte. Dann ging er zum anderen Ende des Sofas und packte einen Fuß. Sie hörte auf zu lachen.

»Hey, nicht die Füße fesseln. Da krieg' ich Angst.«

»Halt die Klappe. Ich hab' hier das Sagen.« So wie sie jetzt dalag, sah sie gar nicht schlecht aus. Allmählich fühlte er sich besser.

Sie trat mit dem freien Fuß nach ihm. »Hey, ich hab' gesagt, nicht die Füße.«

Er zog das Springmesser aus seiner Tasche und ließ es aufschnappen.

Beim Anblick des Messers quollen ihr die Augen aus dem Kopf. »Oh, Mist, du hast gesagt, daß du mir nichts tust.«

»Du bist dazu da, damit ich meinen Spaß habe«, sagte er wütend. Er trat gegen das Sofa. »Also stell dich jetzt nicht an. Benimm dich, als wenn du in einem Film wärst.«

»Dann brauche ich noch was von dem Pulver«, versuchte sie ihn zu überreden.

»Wenn ich fertig bin.« Er packte ihren Fuß und band ihn am Gelenk fest.

Sie schmollte.

Er war zufrieden mit dem Bild, das sie abgab. Das Sofa hier war allerdings nicht so gut wie das andere. Er hatte ihr die Hände über dem Kopf zusammenbinden müssen, aber ihre Beine waren gespreizt. An dem kleinen Büschel Schamhaare konnte er sehen, daß sie wirklich blond war. Er fluchte, weil er vergessen hatte, einen Rasierapparat mitzubringen, um es abzurasieren. Er wußte ganz genau, was er an dieser Stelle malen würde. Er zog den Stuhl heran und legte seine Ausrüstung zurecht: vier Stifte – rot, blau, schwarz und grün –, Gummihandschuhe, das Springmesser, das Zippo und zwei Kondome.

Sie kicherte nervös, als er die Handschuhe anzog, doch er hatte sie schon längst vergessen. Er war mit dem Entwurf der Zeichnung befaßt. Schlangen, die sich an den Innenflächen ihrer Oberschenkel hinaufwanden und ihre Giftzähne in ihre Möse schlugen. Auf dem Rumpf würde er eine Neuerung anbringen, den Stab des Äskulap, denn er war der Doktor des Todes. Die Flammen würden an dem Stab hinaufzüngeln und ihn verschlingen.

Als er sie dann mit der Spitze eines Stiftes am Schenkel berührte, zuckte sie zusammen vor Schreck. Doch als er seine Hose aufknöpfte und sich von ihr lutschen ließ, fing es an, ihr Spaß zu machen. Als er ihr dann seine gummiumhüllten Finger reinsteckte und schließlich seinen doppelt verpackten Penis und dabei in die Bilder biß, die er gemalt hatte, schwebte sie schon ganz weit draußen im All.

54

Es war schon früh am Morgen, als Jason aus dem Taxi stieg und auf seine Haustür zueilte. Als er nach dem Portier klingelte, überfiel ihn erneut jene unbegründete Hoffnung, die er heimlich schon den ganzen Flug über gehegt hatte – die Hoffnung, daß sein Instinkt ihn getrogen hatte. Seine Phantasie ging mit ihm durch. Emma war überhaupt nicht bedroht worden. Sie war einfach aufgebrochen zu neuen Ufern und hatte ihn zurückgelassen. Die Briefe hatten ihm als Ausrede gedient, um ein Szenario zu entwickeln, in dem ein Geisteskranker Vergeltung für die Wandlung seiner Frau von der jugendlichen Unschuld zur Filmstar-Hure übte. In diesem Szenario war er derjenige, der bedroht wurde, und er mußte sich mit dem Schmerz und dem Zorn herumschlagen. Etwas anderes wollte er nicht hinnehmen. Er wünschte sich verzweifelt, daß er derjenige war, der den Verstand verloren hatte, der sich so sehr in eine Wahnvorstellung von Vergeltung hineingesteigert hatte, daß er bis nach San Diego geflogen war, um einen imaginären Serienmörder aufzuspüren.

Francis war nicht an der Tür. Jason mußte zweimal klingeln. Vielleicht war Emma ja nach Hause gekommen, und er würde dastehen wie ein Idiot. Zerknittert und erschöpft, mit Ringen unter den Augen wartete er und dachte darüber nach.

Es gab nicht viele Leute, die ihre Träume wirklich in die Tat umsetzten. Selbst Charles hatte mehrfach darauf hingewiesen, daß zwischen dem bloßen Schreiben von Briefen und dem Ausagieren des Hasses und der Wut, die darin zum Ausdruck kam, ein erheblicher Unterschied bestand.

Francis schlurfte durch die Vorhalle und geriet ganz außer sich, als er Jason erblickte. »Oh, Dr. Frank, Dr. Frank. Gott sei Dank, daß Sie zurück sind. Die Polizei war hier«, rief der Portier, als er die schwere Tür aufschwang.

»Ich weiß«, sagte Jason.

»Was glauben Sie, ist mit Mrs. Frank passiert?« wollte er wissen. »Sie haben mir keine Wahl gelassen. Ich mußte sie reinlassen, sie haben mich dazu gezwungen. Was dachten die, daß sie finden?«

»Ist schon in Ordnung.« Mechanisch spulte Jason seine Sätze ab, um ihn zu beruhigen. Er schien von stoischer Gelassenheit, schließlich war er Arzt. Es gehörte zu seinem Beruf, nicht die Kontrolle zu verlieren, auch wenn alle anderen um ihn herum die Wände hochgingen. Er hatte seine eigene Panik bezwungen, die ihn auf dem Flug hierher immer wieder angefallen hatte, und was er nun tat, war das gleiche wie zuvor. Er brauchte gar nicht darüber nachzudenken, was er tat.

»Die ganze Nacht habe ich mich drüber aufgeregt, ich sag's Ihnen.« Der Mann folgte Jason zum Fahrstuhl. »Ich habe sie keine Minute alleingelassen, ich war die ganze Zeit dabei«, beharrte er.

»Ich danke Ihnen.« Jason betrat den Fahrstuhl. Er wußte kaum, was er da sagte. Wieder begann es in ihm zu nagen, wie Säure, die sich durch seinen Körper fraß. Emma war nicht wie von Geisterhand wieder aufgetaucht. Er zwang sich, nicht an Troland Grebs zu denken.

Oben angekommen, inspizierte er sorgfältig das Apartment. Er sah die Handtücher, die immer noch feucht im Badezimmer herumlagen, ihren Geldbeutel auf dem Bett. Wie es schien, fehlte nichts von ihren Sachen. Kein Mantel, kein Kleid, keine Kreditkarte, keine Haarbürste, keine Zahnbürste oder Lippenstift. Und um nichts in der Welt wäre sie irgendwo hingegangen ohne diese unverzichtbaren Gegenstände.

Er ging in die Küche. Im Spülbecken stand eine Schüssel mit Salat. Der Lauftrainer in der Wäschekammer stand immer noch auf Pause. Er ging ins Schlafzimmer, schaltete den Anrufbeantworter ein und fummelte daran herum. Detective Woo hatte recht gehabt. Laut Anzeige waren mehrere Nachrichten eingegangen, aber das Gerät hatte sie nicht aufgenommen. Das Band war leer. Dies war mit der Maschine schon mal passiert, aber das Ding hatte plötzlich wieder funktioniert, bevor Emma sie in Reparatur bringen konnte.

Ebenso wie die Polizei hatte auch Jason den Eindruck, daß der normale Gang der Dinge in diesem Apartment jäh unterbrochen worden war. Doch er wollte keine voreiligen Schlüsse ziehen. Möglicherweise gab es eine Erklärung für Emmas Verschwinden. Vielleicht war sie kurz einkaufen gegangen und hatte einen Unfall gehabt. Erst vor einem Monat war eine alte Frau auf dem Riverside Drive von einem Lieferwagen angefahren worden, dessen Fahrer eine rote Ampel nicht beachtet hatte. Und vor kurzem war ein Taxi von der Fahrbahn abgekommen und in das Schaufenster der Videothek am Broadway gekracht. Der Fahrer war durch einen Obdachlosen abgelenkt worden, der einen Stock geschwenkt hatte. Und das war nicht alles, was passieren konnte. Andauernd wurden Leute von Fahrradkurieren über den Haufen gefahren, die, ohne daß man sie hörte, in der entgegengesetzten Richtung durch die Einbahnstraßen schossen.

Emma konnte von einem Bus angefahren worden sein oder von einem Auto und nun im Krankenhaus liegen. In New York City konnte einem alles mögliche passieren, die seltsamsten Sachen.

Jason zog seine Jacke aus und ging wieder in die Küche. Er machte sich eine Tasse starken Kaffee und fing an, die Krankenhäuser eins nach dem anderen anzurufen. Weder bei den Notaufnahmen noch in den Leichenschauhäusern war eine Emma Chapman oder eine unidentifizierte Person, auf die ihre Beschreibung zutraf, in dieser Nacht eingeliefert worden.

Als ihm nichts weiter einfiel, das er tun konnte, ging er in seine Praxis und hörte seinen Anrufbeantworter ab.

55

April hatte mit Dr. Frank vereinbart, ihn so bald wie möglich nach acht Uhr morgens zu treffen. Dieser Termin ging ihr nicht aus dem Kopf, während kostbare Minuten damit verstrichen, ihre aufgebrachte Mutter zu besänftigen.

Doch selbst nachdem sie sich endlich von der Dünnen Drachen Mutter losgeeist hatte, ging April nicht sofort schlafen. Noch annähernd eine Stunde war sie damit beschäftigt, ihre Notizen im Fall Chapman auf den neuesten Stand zu bringen. Sie versuchte, die für ihren Fall völlig irrelevanten Begebenheiten außen vor zu lassen, die ihre Mutter ihr aus schierer Rache unbedingt hatte erzählen müssen und die von eifersüchtigen Liebhabern und gehörnten Ehemännern im alten China handelten. April hatte davon nichts hören wollen. Es war schon nach zwei Uhr morgens, und diese Geschichten hatten mit dem Hier und Jetzt nichts zu tun.

»Das denkst du vielleicht«, erklärte Sai beleidigt und blockierte die Treppe. »Leute überall verrückt wie Fuchs.«

Ihre Mutter war beleidigt, doch April brauchte ihren Schlaf. Was sollte sie mit einer Geschichte von einer jungen Adligen anfangen, die entführt und in der Höhle eines Bauern eingesperrt war, weil sie schwanger war und seine Frau unfruchtbar – zumal sich das ganze vor neunzig Jahren abgespielt hatte?

Dennoch ging April, als sie versuchte einzuschlafen, der Gedanke an die junge Frau in der Höhle nicht aus dem Kopf. Welche Bedeutung hatte die Geschichte? Es war unmöglich zu sagen, ob sie überhaupt wahr war, oder ob es sich um eine Legende handelte, die von besorgten Schwiegermüttern ausgeheckt worden war, um so unglückliche junge Ehefrauen daran zu hindern, sich allzuweit von zu Hause zu entfernen. In China hatten Frauen gehorsam zu sein, oder sie mußten furchtbare Konsequenzen tragen.

Erst später, als sie sich unruhig schlafend im Bett herumwälzte, kam April der Gedanke, daß ihre Mutter ihr vielleicht hatte sagen wollen, daß die Schauspielerin sich einfach aus dem Staub gemacht hatte. Es war das gleiche, das April damals auch den Eltern der vermißten Ellen Roane gesagt hatte. Sie hatte vergessen, ihre Mutter darüber aufzuklären, daß in Amerika vermißte Mädchen und Frauen ihre Kreditkarten nicht auf dem Bett zurücklassen. Es mußte eine andere Bedeutung geben.

Es schien ihr, als seien nur fünf Minuten vergangen, als der Wecker klingelte und April sich in aller Eile fertigmachte, um zurück in die Stadt zu fahren. Glücklicherweise war ihre Mutter morgens immer zu sehr mit ihrem Vater beschäftigt, um die Treppe hinaufzukommen und an Aprils Tür zu klopfen.

Ebenfalls glücklicherweise war Sergeant Joyce bereits im Büro, als April ganze zehn Minuten zu früh auf dem Revier erschien. April ging zu ihr hinein, um sie über den Stand der Dinge zu informieren, wobei sie ihr Abendessen mit Sanchez allerdings ausließ. Was das anging, war ihr nicht ganz wohl bei der Angelegenheit.

Sergeant Joyce schaute sehr interessiert drein und verzog grüblerisch das Gesicht, als April sie fragte, ob sie Dr. Frank aufsuchen könne, um die Vermißtenanzeige aufzunehmen. Andererseits lag gerade kein dringendes Problem an, und sie stimmte widerwillig zu.

»Aber wir müssen uns noch mal über den Fall unterhalten, wenn Sie zurück sind«, hatte sie in unheilverkündendem Ton hinzugefügt.

Nun war es an April, das Gesicht zu verziehen. Sie wußte, daß dies vermutlich bedeutete, daß der Fall nicht mehr ihr Fall war. Sergeant Joyce würde ihn an jemand mit mehr Erfahrung delegieren, ihn unter Umständen sogar selbst übernehmen. Und für April blieb wieder nur die übliche Routine, und das auch noch im falschen Teil der Stadt. Sie würde vielleicht sogar Spanisch lernen müssen. Ein schrecklicher Gedanke. Sie blieb kurz an ihrem Schreibtisch stehen. Sanchez war noch nicht da. Hm. Soviel zu seinen Frühaufsteherqualitäten.

Sie nahm eines der farblich gekennzeichneten Formulare für die Aufnahme von Vermißtenanzeigen von einem der Aktenschränke. Dann schaute sie in ihrer Tasche nach ihrem Notizbuch mit der langen Liste von Fragen, die sie in der letzten Nacht vorbereitet hatte. Fragen für eine Untersuchung, die sie unter Umständen nicht würde zu Ende führen dürfen. Schließlich fuhr sie die paar Blocks zum Riverside Drive und parkte vor dem gleichen Hydranten, vor dem sie und Sanchez in der Nacht zuvor geparkt hatten.

Während sie im Inneren des Gebäudes auf den Aufzug wartete, der wie ein Käfig aussah, schaute sie hinauf zu dem Oberlicht aus Milchglas, das im hellen Licht des Morgens in allen Farben leuchtete. Mehr als einmal tastete sie nach dem harten Abdruck ihrer Pistole in ihrer Tasche, um sich des Gefühls zu versichern, daß sie einen Anlaß hatte, warum sie hier war, und daß sie wußte, was sie tat. Ihr Selbstvertrauen fiel in dem Augenblick in sich zusammen, als Dr. Frank die Tür öffnete.

»Sie ist entführt worden! Jemand hat sie in seiner Gewalt!« schrie er außer sich und zog sie in seine Praxis.

»Was?«

Ein Wartezimmer. Mehr oder weniger leer, wenn man von

ein paar Stühlen, einigen Bücherregalen voller Bücher und Zeitschriften absah. Ein brauner Teppich auf dem Fußboden. Zwei Stehlampen, die ein ziemlich grelles Licht spendeten. In seinem Sprechzimmer gab es wesentlich mehr Möbel. Diverse Gegenstände standen herum, der Schreibtisch war übersät mit Papieren und Notizbüchern. Es gab drei Uhren, die vor sich hin tickten. Genau wie jene in seinem Apartment wirkten auch diese hier ziemlich alt.

April versuchte sofort, sich ein Gesamtbild zu verschaffen – so wie sie es in ihrer Ausbildung gelernt hatte. Wie er aussah. Wie der Raum aussah. Was er sagte. Das war das Wichtigste – was er sagte. Sie war sich von dem Augenblick, als sie über die Türschwelle trat, darüber im klaren, daß sie ihren Verstand zusammenhalten mußte, um so der wirklichen Geschichte auf die Spur zu kommen.

»Meine Frau ist gekidnappt worden!« rief er. »Was werden Sie deswegen unternehmen? Es ist schon eine ganze Nacht verstrichen. Wir müssen sofort nach ihr suchen. Wir haben nicht viel Zeit. Vielleicht ist es schon zu spät. Grebs hat gedroht, sie umzubringen. Er wird sie umbringen. Wir müssen uns beeilen.«

Er stand in der Mitte des Raums und redete wie ein Wasserfall, als ob er glaubte, sie dadurch zum Handeln zu bewegen, ohne zuerst die Formalitäten zu erledigen. Sein Erscheinungsbild war erschreckend. Er war groß und blaß und zitterte dermaßen, daß April befürchtete, er würde jeden Moment unter der Belastung zusammenbrechen.

Sie hatte Chinesen gesehen, denen was passiert war. Bevor sie überhaupt anfangen konnte, Fragen zu stellen, waren sie umgekippt. Und dann mußte April ihnen aufhelfen und sie beruhigen. Andererseits brachten Chinesen ihr Entführungsopfer nur sehr selten um. Kidnapping war eine rein geschäftliche Angelegenheit. Und so überlegte sie wohl zum dreißigsten Mal, welcher Irrtum es gewesen war, der sie hierher an die Upper West Side verschlagen hatte, wo die Leute Filmstars und Psychiater waren und nicht Immigranten aus Asien.

»Setzen Sie sich«, sagte sie ruhig und war bemüht, ihre eigene Hysterie im gleichen Maße zu dämpfen wie die seine. Eine Stimme in ihrem Inneren sagte: *Ich schaffe das nicht. Alles, was ich kenne, sind Höhlen und Gebirge.* Sie wußte nicht, was sie tun sollte.

»Beruhigen Sie sich.« Sie legte ihre Hand auf den Arm des Doktors. »Ich weiß, wie das ist. Setzen Sie sich eine Minute hin, Doktor. Was veranlaßt Sie zu glauben, daß sie entführt wurde?«

Sie dachte rasch nach. Hier oben konnte es nicht passiert sein. Es gab keine Möglichkeit, hier herein oder heraus zu kommen, ohne daß man von dem Mann an der Tür gesehen wurde. Vielleicht hatte der Portier, der tagsüber Dienst hatte, ja etwas gesehen, oder er wußte etwas.

»Ich habe alle Krankenhäuser angerufen. Nichts«, sagte er und schaute April auf eine Art und Weise an, als ob er bereits wußte, daß sie ihm auch nichts nützen würde.

»Es hat Stunden gedauert, bis ich hier hereinkam. Ich habe überhaupt nicht daran gedacht, bis eben gerade, als ich hier rüberging, um Sie zu treffen. Ich habe einfach nicht daran gedacht.« Voller Wut schlug er sich mit der flachen Hand gegen die Stirn. »O Gott, ich kann Ihnen gar nicht sagen, wie ernst die Lage ist.«

Wovon redete er? April wünschte, er würde sich zusammenreißen und ihr endlich erzählen, was los war.

»Haben Sie eine Lösegeldforderung erhalten?«

Er schüttelte voller Verzweiflung den Kopf. »Schlimmer als das.«

»Warum setzen Sie sich nicht erstmal, und ich stelle Ihnen ein paar Fragen«, schlug sie vor.

Sie mußte zusehen, daß er wieder klar denken konnte. Genauso wie bei den Chinesen, da gab es keinen Unterschied, außer daß er sich nichts sagen ließ. Er mußte alles auf seine Weise regeln. Auf eigene Faust nach Kalifornien fahren und eigenständig einen Verdächtigen aufspüren. Was war das für ein Mensch, der so etwas tat?

Er zitterte am ganzen Leib. »Hören Sie sich das an«, befahl er. Er ging zu seinem Schreibtisch und drückte die Wiedergabetaste eines Anrufbeantworters.

Die Stimme von Emma Chapman, die um Hilfe flehte, sprang einen förmlich an.

April verzog keine Miene, doch innerlich war sie so aufgewühlt, daß auch sie am liebsten losgeschrien hätte. Er hatte recht. Der Seelenklempner hatte die ganze Zeit über recht gehabt, und sie hatte dem nicht genügend Beachtung geschenkt. Hier war die Stimme der Person, die sie hatte beschützen sollen. Und sie hatte es nicht getan. Sie hätte schon vor einer Woche Kontakt zu Emma Chapman aufnehmen sollen. Egal, ob sie auf ihre Anrufe reagiert hatte oder nicht. Warum so schüchtern? Warum hatte sie sich nicht getraut, herzukommen und der Sache selbst auf den Grund zu gehen? Da sieht man, was dabei herauskommt.

Mein Fehler, sagte sie sich. Sie hatte sich von ihm einschüchtern lassen und hatte die Frau nicht weiter behelligt. Meine Schuld. Bei den anderen war es nicht ihre Schuld gewesen. Mit denen hatte sie erst dann zu tun, als sie bereits verschwunden waren. Sie hatte schon ein paarmal flehende Stimmen am Telefon gehört, und sie alle hatten ihr angst gemacht, doch diese Stimme ging auf ihre Kappe. An manchen Stellen klang sie undeutlich. Die Frau hörte sich an, als sei sie verletzt und darüber hinaus noch in Todesangst. Es war schrecklich. Furchtbar, sich so etwas anhören zu müssen. Er spielte die Aufnahme viermal ab, während sie schweigend dasaßen und konzentriert zuhörten. Schon beim zweiten Mal hatte April angefangen, sich Notizen zu machen.

Schließlich schaltete er das Gerät aus und schaute sie mit

festem Blick an. April wußte, daß er versuchte, in ihr Innerstes zu blicken. Daß er versuchte, festzustellen, was sie unter Umständen wußte. Sie war sich darüber im klaren, daß er von Berufs wegen in die Hirne von Leuten drang. Menschen wie er wußten, was andere Leute dachten, noch bevor diese es aussprechen konnten. Sie hielt ihren Kugelschreiber schreibbereit über ihrem Notizblock. Sie vermied es, ihre Hand vor Angst zittern zu lassen.

Sie war zwar kein Doktor, der in die Hirne der Leute drang, doch auch sie wußte, was er dachte. Sie wußte, er dachte, was kann diese Asiatin ausrichten – nichts. Aber irgendwas konnte sie dennoch für ihn tun. Sie konnte dafür sorgen, daß er nicht länger auf ihre Kosten recht hatte.

Der Zeitansage auf dem Anrufbeantworter in seinem Büro zufolge war der Anruf von seiner Frau kurz vor Mitternacht eingegangen. Etwa um diese Zeit war April in der Wohnung nebenan gewesen, aber eben nicht genau in diesem Augenblick. Wenn die Frau nur ein paar Minuten früher in ihrem Apartment angerufen hätte, wäre April ans Telefon gegangen und hätte mit ihr gesprochen. Vielleicht hätten sie sie dann jetzt schon aufgespürt.

»Um Mitternacht war sie allein«, sagte April.

»Das war vor acht Stunden. Was werden Sie machen?«

Er fragte immer wieder das gleiche. Sie würde ihren Job machen. Was dachte er, daß sie machen würde?

»Sie war in der Lage, hier anzurufen. Sie war an einem Fenster und schaute nach draußen«, sagte April. »Das bedeutet, daß sie in ihrer Bewegungsfähigkeit nicht völlig eingeschränkt war.«

»Worauf wollen Sie hinaus?«

»Es ist möglich, daß sie entkommen konnte.«

Dr. Frank sah sie an, als hätte sie nicht alle Tassen im Schrank. »Dann hätten wir doch von ihr gehört.«

»Vielleicht noch nicht.«

»Sie sagt, der Kerl wird sie umbringen. Was werden Sie unternehmen, um sie zu finden?«

So wie er diese Frage stellte, hörte es sich an, als ob er wirklich glaubte, sie würde sich bei diesem Fall kein Bein ausreißen. April war entschlossen, nicht wütend zu werden.

»Ich werde Ihnen eine Menge Fragen stellen, Dr. Frank. Und wenn ich hier fertig bin, werde ich meinem Vorgesetzten Bericht erstatten. Dann werden hier in der Gegend eine Menge Leute auftauchen und Fragen stellen.«

»Warum in dieser Gegend? Sie sagte, sie sei in der Bronx oder in Brooklyn.«

»Es wird eine Weile dauern. Warum setzen Sie sich also nicht hin«, sagte April bestimmt.

Sie konnte sehen, daß er es auf seine Weise angehen wollte. Er hatte die ganze Zeit über neben dem Anrufbeantworter gestanden. Es schien so, als müßte er zunächst darüber nachdenken, bevor er sich schließlich an seinen Schreibtisch setzte.

»Der Nachtportier hat gestern abend gesagt, daß er sie nicht hat ausgehen sehen. Das bedeutet, sie ist vor elf aus dem Haus gegangen«, sagte April geduldig. »Wir werden mit dem Portier sprechen, der tagsüber Dienst hat. Wir werden versuchen, jemanden zu finden, der gesehen hat, wie sie das Gebäude verließ und den Zeitpunkt feststellen. Wir werden herausfinden, ob sie jemandem begegnet ist oder ob jemand sie auf der Straße angehalten hat. Ob sie in ein Auto eingestiegen ist. Diese Gegend ist sehr belebt. Es muß jemand geben, der sie gesehen hat. Wir werden eine Beschreibung bekommen.«

»Aber ich *weiß*, wer es ist. Und er wird sich nicht mit ihr in der Nähe aufhalten, während Sie damit beschäftigt sind, irgendwelche Zeitpunkte herauszufinden«, sagte Jason verbittert. »Wir reden von meiner Frau und einem Mann mit einer von Gewalttätigkeiten geprägten Biographie. Er wird sie umbringen, oder sie vergewaltigen, oder sie verbrennen.« Er betonte jedes einzelne Wort. »Hören Sie, ich werde sie finden, und wenn ich es selbst tun muß.«

Der Mann war imponierend, das mußte April zugeben. Er liebte seine Frau, und er war ein Profi auf seinem Gebiet. Ebenso wie sie war auch er die ganze Zeit über am Nachdenken. Er hatte sich schon von Anfang an Gedanken gemacht. Im Gegensatz zu allen anderen war er nicht völlig hilflos. Sie beobachtete ihn, wie er sich zusammenriß, um seine Fassung wiederzuerlangen. Es dauerte nur ein paar Sekunden.

»Können Sie ihren Anruf zurückverfolgen?« fragte er nun weniger aggressiv.

»Anhand der Aufzeichnung?« April schüttelte ihren Kopf. »Die Telefongesellschaft hat die technischen Möglichkeiten, die Telefonnummer eines Anrufers auszudrucken, doch die Polizei hat dazu noch keinen Zugang.«

»Er ist in einer Arme-Leute-Gegend aufgewachsen«, sagte Jason plötzlich.

»Inwiefern ist das von Bedeutung, Dr. Frank?«

»Es ist eine allgemeine Neigung von Leuten, daß das Bekannte eine große Anziehungskraft ausübt.«

»Ja«, sagte April, doch sie wußte nicht, was er meinte.

»Ich habe gesehen, woher er kommt. Er neigt zu Zwangshandlungen, das heißt, er wiederholt sich in seinem Handeln.«

April nickte. Inwiefern half ihnen das weiter? Sie zog vorsichtig eine Augenbraue in die Höhe, da sie befürchtete, er würde sie für blöde halten, wenn sie die Frage laut aussprach.

»Mittlerweile leidet er unter Regression. Insofern ist es wahrscheinlich, daß er sich einen Ort sucht, der dem ähnlich sieht, wo er herkommt.«

»Und Sie wissen, um welchen Ort es sich dabei handeln könnte?«

Jason nickte. »Die Bronx oder Brooklyn hören sich gar nicht verkehrt an, die Häuser dort sind klein und stehen dicht zusammen.«

»Kennt Ihre Frau die Bronx oder Brooklyn überhaupt?«

»Nein.«

»Nun denn, dann handelt es sich vermutlich eher um Queens oder vielleicht New Jersey«, sagte sie.

Jason schien fassungslos. »New Jersey? Wie kommen Sie auf die Idee?«

»Wegen der Geräusche auf dem Band. Sie ist in der Nähe von einem Flughafen. Gut möglich, daß sie auf eine Brücke blickt und den Fluglärm von Newark hört. Oder Queens. Jedenfalls ist sie nicht in der Bronx oder Brooklyn.«

»Jesus. Natürlich. Er arbeitet auf einem Flugplatz. Lindberg Field in San Diego. Klar, er ist in der Nähe von einem Flughafen, aber von welchem? Es gibt mindestens drei.«

April seufzte. Er würde sich nicht an ihren Katalog von Fragen halten. Sie beschloß, ihn machen zu lassen.

»Warum erzählen Sie mir nicht, was Sie in San Diego herausgefunden haben, und wir machen von da aus weiter.«

Es dauerte beinahe drei Stunden, bis April wieder mit Sergeant Joyce zusammentraf. Sie hatte das Band und ein Foto von Emma Chapman, das neueren Datums war. Außerdem Aufnahmen aus dem High-School-Jahrbuch und ein Polizeifoto von Troland Grebs. Sie hatte das Vorstrafenregister von Grebs bereits einen Tag zuvor erhalten und wußte, was darin stand: zwei Verurteilungen wegen Brandstiftung und drei Verhaftungen wegen Körperverletzung. In einem Fall handelte es sich um eine Schlägerei in einer Bar, in den anderen beiden Fällen hatte er Prostituierte geschlagen. April überlegte, daß es vielleicht ganz nützlich sein konnte, zu überprüfen, ob irgendwelche Prostituierten in den letzten Tagen zusammengeschlagen worden waren.

56

Der Schlüssel drehte sich im Schloß, doch Emma hörte weder, wie die Tür aufging, noch wie Troland hereinkam. Er war müde. Seine Bewegungen waren mittlerweile langsamer geworden, und er hatte vor, ein paar Stunden zu schlafen und sich nach dem Frühstück mit ihr zu befassen. Er war jemand, der methodisch vorging und Dinge nach einem immer gleichen Schema erledigte. Er duschte gerne, um dann zu frühstücken und sich an die Arbeit zu machen. Es machte ihm nichts aus, bis spät in die Nacht zu arbeiten, aber anfangen mußte er morgens, wenn er frisch war.

Das Mädchen in der Stadt hatte er bereits vergessen. Er dachte darüber nach, wie er alles richtig hinkriegen würde. Während der ganzen Rückfahrt hatte er über das Brandzeichen nachgedacht. Es lag in seinem Rucksack. Es war aus Aluminium und ganz leicht. Das Material, aus dem Flugzeuge hergestellt wurden. Er hatte es von einem der Schweißer in der Fabrik anfertigen lassen. Er war sehr stolz darauf. Er schwelgte in dem Gedanken, wie er es entworfen hatte, wie er die Probleme gelöst hatte, die aufgetreten waren. Er wollte etwas, das sehr heiß wurde und trotzdem leicht war. Sich so was auszudenken und es nachher so hinzubekommen, daß es völlig glatt war, das brachte nicht jeder fertig.

Außerdem war es alles andere als einfach gewesen, sich in New York einzurichten. Seine Ausrüstung war wichtig, doch man konnte sie nicht so ohne weiteres von einem Ort an den anderen schaffen. Er hatte sich überlegt, wie er den Brenner und die Pistole wohl am besten transportieren würde. Er mußte überlegen, ob er den Kompressor in seinen Koffer packen sollte, oder ob es besser war, hier einen neuen zu kaufen. Er hatte die Pistole und den Brenner zurückgelassen und den Kompressor, schwer wie er war, im Koffer transportiert. Es war ein Leichtes gewesen, sich hier eine Pistole und einen kleinen Butanbrenner zu besorgen. Er hatte einen Plan. Er wußte, was er tat.

Er hatte alles in seiner Gesamtheit bedacht und jedes einzelne Detail erwogen. Eine Weile hatte er mit dem Gedanken gespielt, Handschellen zu benutzen. Zu einer professionellen Ausrüstung gehörten Handschellen einfach dazu. Aber er mochte sie nun mal nicht. Nachdem, was ihm als Kind passiert war, hatte er die Nase voll von ihnen und wollte nie wieder welche anrühren. Also abgelehnt. Außerdem, sie sahen vielleicht professionell aus, doch man konnte damit niemanden umbringen, noch konnte man jemanden auf einem Sofa oder einem Bett mit Handschellen richtig fixieren.

Willy stimmte ihm zu – Nylonschnüre waren besser. Troland erzählte Willy, wie sehr er Knoten mochte. Es war, als würde man ein Paket zuschnüren. Er unterhielt sich mit Willy über solche Sachen und debattierte mit ihm darüber, wie man diesen und jenen Aspekt des Plans am besten ausführen konnte. Just in diesem Augenblick sprach er wieder mit Willy und erklärte ihm, daß er nun bereit war, loszulegen. Er brauchte nur noch ein paar Stunden Schlaf.

Er hatte beschlossen, daß er nicht den gesamten Rumpf tätowieren würde, wie er es bei dem anderen Mädchen getan hatte. Denn wenn er das tat, würde es ihm am Ende eventuell leid tun, die Tätowierung durch das Brandzeichen zu zerstören. Folglich war es besser, schon von Anfang an eine Stelle dafür freizulassen. Er beschloß, eine Zeichnung anzufertigen, damit er wußte, wo es hinkam.

Er schaute gar nicht nach dem Mädchen. Er dachte überhaupt nicht an sie. Er war in Gedanken bei seiner Vorlage und wo er die Stelle für das Brandzeichen freilassen würde, damit alles bis ins kleinste Detail stimmte, wenn er sich an die Arbeit machte. Erst als er beinahe über sie gestolpert wäre, fiel ihm auf, daß sie nicht da war, wo er sie zurückgelassen hatte.

»Oh, Scheiße.«

Sie lag auf dem Boden, mit dem Gesicht nach unten, als ob sie schon tot war.

»Verdammter Mist!«

Er war starr vor Schreck. Er konnte es nicht glauben. Hatte er Scheiße gebaut und sie umgebracht, bevor er gegangen war? Er konnte sich nicht daran erinnern, sie umgebracht zu haben. Warum sollte er das tun, wenn er einen Plan hatte? Schließlich wollte er, daß sie wach war, wenn er sie bearbeitete. Er wollte mit ihr reden und ihr alles zeigen. Deswegen mußte er ja alles richtig machen. Sie mußte wissen, wie gut er war.

Sie vorher umzubringen kam nicht in Frage. Vielleicht hatte jemand anderes sie umgebracht. Er ging in die Knie, wütend auf sie, weil sie gestorben war, wütend auf sich, weil er sie zurückgelassen hatte und auf denjenigen, der sie umgebracht hatte, während er weg gewesen war.

Er beugte sich vor und legte seine Hand in ihren Nacken. Ihre Haut war warm. Nun, da er sie genauer betrachtete, stellte er fest, daß sie noch atmete. Er konnte es nicht glauben. Was zum ... Er sah zu den Schnüren. Drei davon lagen auf dem Boden und eines auf dem Sofa. Was für ein Mist war das? Wie hatte sie es geschafft, sich freizumachen, und was war jetzt mit ihr los?

Herrgott! Die Schlampe machte ihm nichts als Ärger. »Du blöde Schlampe«, sagte er. »Was glaubst du, was du hier machst?«

Er drehte sie um, und seine Wut wurde noch schlimmer. Ihre Kinnlade hing schlaff herab. Sie bewegte sich nicht. Sie war nicht tot, aber es machte den Eindruck, als würde sie sterben. Herrgott, so was konnte er absolut nicht gebrauchen, nach all der Mühe, die er sich gemacht hatte. Vielleicht verstellte sie sich ja nur.

»Steh auf, du Schlampe«, befahl er. »Was glaubst du, daß

du hier abziehst? Ich hab' einen Plan. Ich tue dir einen Gefallen. Ich kümmere mich um dich. Du wirst mir hier nicht abkratzen. Damit das klar ist.«

Die ganze Zeit, während er auf sie einredete, inspizierte er sie, ob sie irgendwelche Verletzungen davongetragen hatte. Aufmerksam untersuchte er ihren warmen Körper. Er war ein wenig klamm und duftete nicht mehr wie zuvor. Das brachte ihn erneut in Rage. Er hatte nicht die geringste Lust darauf, daß sie hier starb und sich entleerte, und ihm nichts anderes übrigblieb, als ihre Sauerei aufzuwischen. Das hatte ihm gerade noch gefehlt. Daß sie abkratzen und alles einsauen würde, bevor er die Plastikfolie ausgebreitet hatte. Bevor er bereit war.

Er drehte sie vorsichtig um. Wenn er mit ihr gegen irgendwelche Ecken und Kanten stieß, würde sie blaue Flecken davontragen, und die Tätowierung würde nicht gut aussehen. Das war es, was er an ihr von Anfang an gemocht hatte. Sie war eine schöne Portion frisches, gepflegtes Fleisch. Und jetzt mußte er sie erstmal saubermachen, bevor er mit seiner Arbeit überhaupt anfangen konnte.

Er untersuchte sie am ganzen Körper. Es erregte ihn, sie zu berühren und hin- und herzubewegen. Er wollte etwas mit ihr anstellen, doch dazu mußte sie wach sein. Mist. Er konnte nicht erkennen, was mit ihr nicht stimmte. Außer der Beule an ihrem Kopf und einem kleinen Kratzer auf der Stirn schien ihr nichts zu fehlen.

Er kam zu dem Ergebnis, daß das Sofa für seine Zwecke ungeeignet war. Er mußte sie woanders hinbringen. Er hob sie auf und trug sie ins Bett im anderen Zimmer. Lehnte sie mit dem Kopf gegen das Kissen, so daß es aussah, als würde sie schlafen. Genau, so war es schon viel besser. Daran hatte er vorher gar nicht gedacht. Wenn er sie die ganze Zeit in seiner Nähe behielt, konnte er sie am Leben halten. Er konnte sie berühren, wann immer er wollte. Wieder dachte er daran, ihn ihr reinzurammen und sie zu beißen und zum Schreien zu bringen. Er hätte sie zu gerne aufgeweckt.

Er holte etwas Wasser und schüttete es ihr in den Mund. Nach einer Weile fing sie an zu husten.

»Hallo, Süße«, sagte er, als sie endlich die Augen öffnete. »Wir haben viel zu tun heute. Mach so was bloß nicht wieder.«

57

Sanchez spulte das Band zurück und drehte sich zu April um. Es herrschte eine ganze Weile lang Schweigen. Mittlerweile arbeiteten bereits elf Leute an dem Fall, die die Nachbarschaft mit einem Foto von Emma Chapman und einer eilig angefertigten Phantomzeichnung von Troland Grebs abklapperten. Es würde noch ein wenig dauern, bis die Vergrößerung des Fotos aus dem High-School-Jahrbuch fertig war.

»Wissen Sie, was ich nicht verstehe?« Zwischen ihnen auf Aprils Schreibtisch stand der kleine Kassettenrecorder. Sanchez trug ein blaues Hemd in Kombination mit einer Krawatte in der gleichen Farbe, die jedoch etwas dunkler war und graue Hosen aus einem undefinierbaren Stoff. Außerdem hatte er jene traurige Miene aufgesetzt, die April jedesmal das Gefühl gab, sie hätte etwas falsch gemacht.

Sie hob die Schultern ein wenig, um anzudeuten, daß sie nicht die geringste Ahnung hatte.

»Ich steige bei Ihnen nicht durch«, sagte er. »Den einen Tag arbeiten wir zusammen, stehen eine Situation, die ein bißchen kitzlig ist, gemeinsam durch, und ich denke, na ja vielleicht ergibt sich ja was.«

Sie verzog das Gesicht. Wovon redete er? Es gab nichts, das sich zwischen ihnen ergeben konnte. Und was letzte Nacht betraf, so war das das einzige, das sie mit Sicherheit wußten, daß die Frau nicht da war, wo ihr Gatte sie gerne hätte.

»Ich meine Vertrauen. Teamarbeit.« Sanchez schaute sie eindringlich an. Sein Schnurrbart zitterte, allein daran konnte sie schon sehen, daß er sich aufregte.

Sie zog die Augenbrauen zusammen. Vertrauen war so ein Wort, mit dem sie ihre Probleme hatte. Schon während der Ausbildung hatten ihr die Übungen, bei denen man sich rückwärts fallen lassen mußte, um sich von jemandem auffangen zu lassen, einiges Unbehagen bereitet. Besser aufpassen, daß niemand hinter einem steht, selbst wenn es ein Polizist war.

»Sie kapieren's nicht, stimmt's?« wollte er wissen.

»Was?« Ihr Telefon klingelte.

»Wir fahren zu einem Einsatz«, sagte er. »Wir gehen was essen. Wir reden über die Angelegenheit. Denken gemeinsam darüber nach. Wir beide, verstehen Sie? Und am nächsten Tag komme ich hier rein, und Sie sind schon unterwegs. Keine Nachricht, nichts. Was glauben Sie, wie ich mich da fühle, häh?«

Er sah aus, als wäre er beleidigt. Und wütend.

Sie versuchte ebenfalls wütend auszusehen, doch sie konnte nicht anders, als ihren Blick zu senken. Wütende Blicke zurückwerfen war nicht gerade ihre Stärke. »Fühlen?« Am liebsten hätte sie es ihm gegeben. Als Polizist hat man keine Gefühle. Sie schüttelte den Kopf. »Sie bringen da zwei Sachen durcheinander.« Sie griff nach dem Telefon. »Detective Woo«, sagte sie.

»Hier ist Jason Frank.«

April schaute auf ihre Uhr. Seit seinem letzten Anruf waren gerade mal fünfundzwanzig Minuten verstrichen. »Ja, Dr. Frank.«

»Haben Sie die Fotos schon vervielfältigen lassen?« fragte er.

»Wir sind gerade dabei«, gab sie zur Antwort.

Einen Augenblick herrschte Schweigen.

»Gibt es irgendwas Neues?« fragte er.

Sanchez rutschte ruhelos auf seinem Stuhl herum, während sie versuchte, sich auf ihr Telefonat zu konzentrieren.

»Ich weiß, wie Sie sich fühlen, Dr. Frank«, sagte sie beschwichtigend. »Es ist schrecklich, wenn man nichts weiter tun kann, als herumzusitzen und zu warten, aber ich verspreche Ihnen, daß ich Sie anrufen werde, sobald es irgendwelche neuen Nachrichten gibt.«

»Hören Sie, ich habe nachgedacht. Ist das hier nicht ein Fall, in den das FBI eingeschaltet werden sollte?«

»Glauben Sie, daß Sie mit dem FBI mehr Glück haben als mit dem New York City Police Department?« fragte sie ohne die Spur eines Lächelns.

»Ich habe Ihre Kompetenz nicht in Frage gestellt. Ich habe lediglich daran gedacht, daß Kidnapping einen Verstoß gegen die Bundesgesetze darstellt.«

»Das stimmt. Aber das FBI schaltet sich nicht notwendigerweise in jeden Vermißtenfall ein, selbst wenn der Verdacht auf Entführung besteht. Haben Sie einen Anruf mit einer Lösegeldforderung erhalten?« fragte April unvermittelt.

»Nein.«

»Dann versuchen Sie, uns noch ein wenig Zeit zu geben, Doktor. Wir haben eine Menge Leute, die an dem Fall arbeiten.« Sie blickte zu Sanchez auf, doch just in diesem Augenblick schaute er sie gerade nicht an.

»Ich kann nicht. Ich habe Ihnen gesagt, die Lage ist zu ernst. Wir haben nicht viel Zeit«, sagte Dr. Frank.

»Glauben Sie mir, Doktor. Wir wissen, wie ernst die Lage ist. Wir haben zusätzliches Personal mit dem Fall betraut.« Und zwar eine Menge. Just in diesem Augenblick wimmelte es im Wachraum von blauen Uniformen und Detectives, die entweder von der Fahndung zurückkamen oder gerade auf dem Weg zum Einsatz waren. Überall Kaffeetassen. Man konnte kaum atmen, ganz zu schweigen davon, sich am Telefon zu unterhalten. Der Raum wirkte wie eine Kommandozentrale im Krieg.

»Wir müssen sie bald finden«, drängte Dr. Frank. »Ich würde gern vorbeikommen und Ihnen helfen.«

Das war das letzte, was sie brauchen konnte. »Sie sind uns *schon jetzt* eine Hilfe. Und zwar eine große Hilfe«, sagte April und versuchte, ihre Verärgerung zu unterdrücken. Er konnte nicht einfach hier hereinmarschieren und helfen. So funktionierte das nicht. Und je mehr er sie ablenkte, desto weniger kam sie dazu, sich zu konzentrieren.

»Ich werde mich schon sehr bald wieder mit Ihnen treffen«, versprach sie. »Aber im Augenblick müssen Sie mich meine Arbeit machen lassen.«

»In einer Stunde?« sagte er.

»Ich kann Ihnen keine Zeit sagen. Ich rufe Sie an, wenn ich etwas habe, das ist alles, was ich Ihnen versprechen kann.«

Darauf fiel ihm keine Erwiderung ein. April nutzte die Gelegenheit, um endlich einzuhängen.

Nun schaute Sanchez sie an.

»Was schauen Sie so?« fragte sie genervt.

»Wir waren gerade in einer Unterhaltung.«

»Mike«, sagte sie und senkte ihre Stimme. Genau über ihrem Kopf verteilten zwei uniformierte Streifenpolizisten Phantomzeichnungen von Troland Grebs an Neuankömmlinge. »Sie bringen da zwei Sachen durcheinander.«

Sanchez stieß den kleineren der beiden Uniformierten an. Es war eine ernsthaft wirkende Frau, deren Hosen reichlich knapp saßen. »Hey, warum macht ihr das nicht da drüben.« Er deutete auf die Tür am anderen Ende des Raumes.

»Oh«, sagte sie. »Entschuldigen Sie, Sir.« Dann ging sie fort.

Ohne auch nur Luft zu holen, wandte er sich wieder April zu. »Nein, Lady, Sie bringen zwei Sachen durcheinander.

Wenn man jemand in der einen Richtung vertraut, muß man es auch in der anderen tun. Das ist es, worum's geht, und sonst nichts. Sie können nicht mit mir zusammenarbeiten und im nächsten Moment doch wieder allein handeln.«

April schwieg einen Moment und dachte darüber nach. »Sie waren nicht da«, sagte sie schließlich.

»Wovon reden Sie?«

»Ich bin alleine losgefahren, weil Sie nicht da waren.«

»Nun ja, ich wäre hiergewesen, wenn ich Sie hätte abholen können.« Er stieß mit dem Finger in die Luft. Ha, erwischt.

Wütend blickte sie ihn an, die Augen zu Schlitzen verengt. »Passen Sie auf, bringen Sie da besser nicht verschiedene Sachen durcheinander. Sie haben sich das Band angehört. Das ist es, worüber wir nachdenken sollten. Es geht nur darum, sie zu finden. Und wenn wir sie finden, können wir uns über solche Sachen wie Vertrauen unterhalten.«

Er zuckte mit den Achseln. Okay. »Also, wie gehen Sie's an? Wissen Sie, was das Geräusch im Hintergrund ist?«

»Aber klar doch. Glauben Sie, ich bin blöde?«

»Was ist es?«

Oha, wieder mal Ratespielen. »Ein Flugzeug«, sagte sie gereizt.

»Und? Beim Start oder bei der Landung?« wollte er wissen.

»Woher soll ich das wissen?« sagte April.

»Sie sollten es aber wissen«, meinte er finster. »Wo ist denn Ihre Karte?«

April schaute verdutzt drein. Sergeant Joyce hatte nichts von einer Karte erwähnt.

Er betrachtete sie voller Enttäuschung. »Wir müssen alle Brücken und Flughäfen markieren.«

»Das wollte ich gerade tun«, erwiderte sie schnell und verzog das Gesicht, weil sie sich ein wenig unreif vorkam. Die Frau konnte genausogut in New Jersey oder Connecticut stecken. Auch dort gab es Flugplätze. Aber keine Brücken, die nahe genug waren, als daß man sie hätte sehen können, während man den Lärm der Flugzeuge über seinem Kopf hörte. Also New Jersey und Connecticut wieder streichen.

»Haben Sie einen Spezialisten angefordert, der Ihnen anhand des Geräuschs der Triebwerke sagen kann, ob das Flugzeug startet oder landet?«

April nickte heftig mit dem Kopf. Aber klar doch, sie hatte ja haufenweise Zeit, um an solche Sachen zu denken. Warum hörte sie ihm überhaupt zu? Er machte ihr nur schlechte Laune. »Macht das einen Unterschied, wenn sie hinausschaut auf eine Brücke?« fragte sie, doch sie klang dabei nicht so verärgert wie sie sich fühlte.

Sie wollte das Problem auf ihre eigene Art und Weise angehen, aber da war schon wieder sein anklagender Blick. Sie haßte es, wenn er sauer auf sie war.

Sie gab nach. »Okay«, sagte sie. »Es tut mir leid, daß ich Ihnen keine Nachricht hinterlassen habe. Ich habe einfach nicht daran gedacht.« Nun war es heraus. »Aber Sie hinterlassen mir auch nie eine Nachricht.« Sie schwächte ihre Entschuldigung ab. Wer hinterläßt schon Nachrichten? Niemand. Außerdem, wenn sie ihm Nachrichten hinterließ, würde jedermann sie sehen und denken, sie hätten was miteinander.

»Heute hätte ich es gemacht«, sagte er.

April mußte erneut den Blick sehen. Sie konnte ihm nicht in die Augen sehen. Er meinte heute, nachdem was gestern abend gewesen war. Sie haßte es, wenn sie ihren Blick senkte, um ihre wahren Gedanken zu verbergen. Es war so typisch chinesisch, doch sie konnte anscheinend nicht dagegen an. Vermutlich war es genetisch bedingt.

»Haben Sie eine Liste all ihrer Freunde?« fuhr er fort, und seine elende Hilfsbereitschaft machte sie ganz konfus.

»Ja, warum?«

»Vielleicht hat sie, als er nicht zu Hause war, jemand anderen angerufen.«

Außerdem haßte sie es, wenn er an etwas dachte, bevor sie auf die Idee kam. Und es war häufig so, daß er zuerst mit einer Idee aufwartete. Klar, die Dame konnte noch jemand anderes angerufen haben. Konnte sogar sein, daß sie die Polizei angerufen hatte. Jemand, der garantiert ans Telefon ging.

»Wollen Sie eine Tasse Kaffee?« fragte sie. »Ich wollte mir gerade einen holen.« Dämliches Weibsstück. Deutlicher hätte sie nicht werden können. Er sagte ja, und er begleitete sie sogar.

58

Als die Sonne aufging, zählte Claudia die Minuten, bis der große Polizist, dessen Haarfarbe sie vermuten ließ, daß er irischer Abstammung war, vorbeigefahren kam. Einmal auf ihrer Seite und einmal auf der anderen Straßenseite. Sie wußte, wie lange er herumkurven würde, bis er schließlich vor dem Diner neben dem Laden an der Ecke des Blocks parken würde.

Das war eines von den vielen Dingen, die sich in der Nachbarschaft abspielten und über die Claudia Bartello genau Bescheid wußte, während sich sonst niemand darum kümmerte. Hätte sie sich einen Titel zugelegt, so wäre es »das wachsame Auge der Nacht« gewesen, denn das war es, was sie tat. Sie hielt Wache in der Nacht. Sie hielt ihre Augen auf, wußte, wer um welche Zeit betrunken nach Hause kam, wußte Dinge über die Kinder aus den Häusern in der Nachbarschaft, von denen ihre Eltern keine Ahnung hatten. Schon zu der Zeit, als Arturo noch am Leben war, hatte sie nie sonderlich viel geschlafen und jetzt ging sie kaum noch zu Bett. Sie machte hie und da mal ein Nickerchen, wenn ihr danach war, doch dann legte sie sich meist auf das Sofa oder schlief in dem Sessel am Fenster.

Doch sie war auch »das wachsame Auge am Tag«. Sie durfte den alten Feind nicht aus den Augen lassen. Der ungelöste Konflikt zwischen ihr und ihrem Gatten über das Leben an der Zufahrt zur Triboro Bridge hielt Arturo für sie am Leben.

Sie saß in ihrem Sessel und spulte in Gedanken immer wieder ab, wie sie sich dagegen gewehrt hatte, in der Nähe dieser Brücke zu wohnen. Mochte das Haus, das Arturo gefunden hatte, auch noch so schön sein – es war brandneu, lag in einer netten Nachbarschaft, hatte drei Schlafzimmer und zwei Bäder; sogar einen kleinen Garten hinter dem Haus, wo man Rosen und Tomaten pflanzen konnte. Alles, was man sich wünschen konnte. Wenn da nicht die Brücke gewesen wäre. Man wußte anhand des Verkehrs, der die Auffahrt zur Brücke hinauf- und hinabströmte, immer, welcher Wochentag und welche Uhrzeit es war. Selbst durch die Doppelglasfenster spürte Claudia noch die Vibrationen der Autos draußen.

Sie stritt sich mal wieder mit Arturo über dieses Thema, während sie die halbe Nacht an ihrem Fenster saß und darauf wartete, daß der große irische Polizist auftauchen würde, der jeden Tag vor dem Diner an der Ecke parkte. Er ging hinein und kaufte sich etwas zu essen, um dann zwanzig Minuten lang in seinem Wagen zu sitzen und so zu tun, als erledigte er irgendwelchen Papierkram. Sie allerdings wußte, daß er rein gar nichts tat. Nun würde er etwas zu tun bekommen.

Um halb neun war er da. Am liebsten hätte Claudia Bartello ihn lauthals gerufen, damit er herkam und sie ihn mit der Nase auf das Problem stoßen konnte. Damit er sah, welche Ungeheuerlichkeit sich derartig nah ihren eigenen vier Wänden abspielte.

Aber einerseits hätte er sie sowieso nicht gehört, und vielleicht war es auch keine so gute Idee, Aufsehen zu erregen und jedermann wissen zu lassen, daß ein Polizist in ihr Haus kam. So wie es aussah, hatte sie keine Wahl. Sie mußte die Treppen runtersteigen, auch wenn sie jedesmal auf dem Rückweg das Gefühl hatte, ihr Herz würde nicht mehr mitmachen, so wie bei Arturo. Und dann nachdem sie die Treppen runtergestiegen war, mußte sie sich einen Block weit bis zum Diner schleppen. Das gefiel ihr kein bißchen, aber sie tat es trotzdem. Als sie schließlich am Ziel war und der Polizist, der soviel größer war als sie, von hoch oben auf sie hinabblickte, fühlte sie sich plötzlich sehr alt.

»Ich bin Mrs. Bartello.« Sie linste hinauf zu seinem Namensschild, doch sie konnte die Buchstaben nicht entziffern.

»Guten Morgen, Mrs. Bartello«, erwiderte er freundlich.

»So gut ist der Morgen auch wieder nicht«, sagte sie schnippisch. »Ich habe kein Auge zugemacht.«

»Es tut mir leid, das zu hören.« Sie standen auf der Straße neben seinem Wagen. Er schaute zu ihr hinunter, ein breites, freundliches Lächeln auf dem Gesicht, als wäre sie seine Großmutter, die sich über ihre Hüfte beschwerte. Nun ja, eine Beschwerde hatte sie ja auch vorzubringen, nur betraf sie nicht ihre Gelenke.

»Da ist eine Frau in meinem Garagenapartment, die nackt rumläuft, so daß alle Welt sie sehen kann«, erklärte sie zornig. »Und so was kann ich nicht leiden.«

»Hm, und was macht sie da?« fragte er.

»Das ist eine gute Frage. Er hat gesagt, er würde keine Frauen mitbringen oder Parties feiern.« Claudia war entrüstet.

»Wer ist er?«

»Mein Untermieter.«

»Sie haben einen Untermieter, und er hat ein Mädchen da drinnen. Ist das das Problem?« sagte er und lächelte ein ganz klein wenig.

»Ich bin Mrs. Arturo Bartello«, sagte Claudia. »Das da ist mein Haus. Vierzehnhundertfünfundzwanzig Hoyt Avenue. Und ich will da keine Frauen drinhaben.«

»Haben Sie darüber mit Ihrem Mieter gesprochen?« fragte der Polizist.

»Nein, habe ich nicht. Wie kann ich das, wenn sie immer noch da drin ist?«

»Woher wissen Sie das?«

»Ich habe die Tür beobachtet. Er war weg. Dann ist er zurückgekommen. Aber sie ist nicht weggegangen. Der junge Mann war die halbe Nacht außer Haus, während eine Frau da drin war. Sie hat irgendwas auf der Stirn. Das gefällt mir alles nicht.«

Der Polizist verzog das Gesicht. »Was meinen Sie mit irgendwas?«

»Ich weiß nicht. Sieht aus wie Blut oder so. Vielleicht hat er sie geschlagen.«

»Und das konnten Sie alles sehen?« sagte er, als ob er den Verdacht hatte, daß sie sich das alles nur zusammengereimt hatte.

»Klar konnte ich das sehen. Sie stand genau vor mir, ohne Kleider und hat mir zugewinkt, als hätte sie nicht alle Tassen im Schrank. Vermutlich weil sie Drogen nimmt. So was dulde ich nicht. Ich habe auch meine Rechte.« Sie mußte verschnaufen. »Sie sind Polizist. Kümmern Sie sich darum.«

»Was möchten Sie, daß ich tue? Haben Sie einen Grund zur Annahme, daß er Drogen nimmt? Oder ist es die Frau im Haus, die Sie stört?«

Sie zögerte. Es war beides. Alles störte sie. Er hielt den Kopf zur Seite geneigt, als wartete er auf ihre Antwort. Doch dann tat er es doch nicht.

»Vielleicht sollten Sie einfach abwarten, bis die Frau gegangen ist und dann in Ruhe mit Ihrem Mieter reden. Sagen Sie ihm, wie Sie sich fühlen.«

Claudia hatte es satt herumzustehen und nicht vom Fleck zu kommen.

Er versuchte es nochmals. »Wenn Sie glauben, daß er irgend

etwas Illegales treibt, also beispielsweise Drogen nimmt, dann können Sie eine Anzeige erstatten. Wollen Sie das tun?«

»Ich werde drüber nachdenken«, sagte sie. »Wie ist Ihr Name?«

»Police Officer O'Brien«, sagte er. »Lassen Sie mich wissen, wenn Sie irgendwelche Probleme haben.«

Sie wandte sich um und humpelte zurück. Das hatte ja mal was gebracht. Sie sah, wie er sich eine Notiz machte und dann eine Weile wie immer in seinem Wagen herumsaß und sein Frühstück verdaute, ohne sich auch nur die geringsten Sorgen um die Welt zu machen.

59

Es gab hier keine einzige Uhr. Das machte Emma mindestens ebensoviel angst wie alles andere. Sie hatte so lange Zeit in einer Wohnung mit einer Vielzahl von Uhren zugebracht, daß ihr die totale Abwesenheit von Uhren das Gefühl vermittelte, ihre Zeit sei langsam abgelaufen. Wenn sie wach war, dachte sie immerzu: *Gib mir eine Uhr und ein Maschinengewehr. Bitte, lieber Gott, gib mir ein Messer, und wenn's nur ein kleines ist.* Die Hälfte der Zeit traute sie sich kaum zu atmen, und dann wurde sie wütend. Die Luft war abgestanden und stickig. Der Kerl hatte alle Fenster geschlossen. Jeder Atemzug, zu dem sie sich durchrang, war muffig und faulig. Die braunen Vorhänge waren zurückgezogen, doch die Jalousien waren heruntergelassen. Sie konnte nicht nach draußen sehen, konnte kein Licht sehen.

Was sie statt dessen sehen konnte, war ein Haufen seltsamer Sachen, die der Kerl auf dem Tisch ausgebreitet hatte, den er neben das Bett gestellt hatte. Was ihr am meisten angst machte, war die schwarze Schachtel, die aussah wie eine Autobatterie. Es war heiß in dem Zimmer, doch sie konnte nicht aufhören zu zittern.

Sie mochte ihn nicht ansehen. Er trug eine Motorradjacke und enge schwarze Jeans. Er trat mit seinen Motorradstiefeln gegen die Möbel, und sein Gesicht zuckte dabei vor Wut.

Sie mußte ihre Augen schließen, um ihm zu entkommen. Der Kerl war durchgedreht und beinahe ausgerastet, weil sie sich aus den Fesseln befreit hatte, von denen er geglaubt hatte, daß sie sicher waren. Wenn sie überhaupt eine Überlebenschance gehabt hatte, bevor sie sich aus den Fesseln befreit hatte, so war sie vertan. Ihre Hände waren nun fester angebunden. Er drehte sie voller Zorn hin und her, verdrehte ihr die Arme und kniff sie in die Brüste, um sie zum Weinen zu bringen. Er ließ sein Feuerzeug aufflackern und fuchtelte damit vor ihr herum wie ein Junge, der einen Frosch quälte. Nur mit dem Unterschied, daß sie kein Frosch war. Vor dem Springmesser hatte sie ebenfalls Angst. Es schien sein zweitliebstes Spielzeug zu sein. Er hatte sogar einen Namen dafür, er nannte es Willy. Manchmal steckte er das Feuerzeug in die Tasche seiner engen Jeans und spielte damit herum. Aber das Springmesser war immer draußen. Er stach damit in der Luft herum, wenn er von seinen Frustrationen gepackt wurde.

Was war das Schlimmste, das passieren konnte? Emma stellte die Frage so, als sei sie noch ein Kind, das mit seinen Freunden Krieg spielte. Was war der schlimmste Schmerz, den ein Mensch ertragen konnte? Wie viele Stunden, wie viele Tage konnte Schmerz andauern? Was konnte man tun, damit es aufhörte? Auf den Marinestützpunkten im ganzen Land spielten sie dieses Spiel. Was wäre, wenn Daddy gefangen und in einen Tigerkäfig gesperrt wird? Was würde er tun? Was würde ich tun, wenn ich an seiner Stelle wäre? Was wäre, wenn ich ein gefangener Spion wäre? Was wäre, wenn dein Schiff im Meer versinkt und tausend Haie um unser Rettungsboot herumkreisten? Überleben! Wie schaffte man es zu überleben? Es gab Hunderte von Geschichten, die sich um Helden aus Hunderten von Schlachten drehten, und jede Geschichte war hundertprozentig wahr. Die Kinder der Marineangehörigen kannten sie alle, und in ihren Geschichten gelang es den Helden immer wieder zu entfliehen. Nun war sie eine Gefangene, die ihre Chance zu entkommen gehabt hatte und es nicht geschafft hatte.

Warum war sie nicht entkommen? In Filmen schafften es die Helden immer. Nur die Statisten wurden erwürgt. Oder man schnitt ihnen die Kehlen durch. Wozu diente die Batterie?

Emma mochte die Augen nicht aufmachen. Sie wollte ihren Tod nicht mitbekommen. Sollte er sie doch im Schlaf umbringen. Sie würde ihm zuvorkommen und sich selbst umbringen, wenn sie konnte. Auch etwas, das Helden taten, wenn es keine andere Möglichkeit mehr gab. Am liebsten hätte sie losgeschrien und geheult, weil niemand ihr eine Kapsel Zyanid gegeben hatte. Sie war die Gefangene eines Geisteskranken und hatte keine Zyanidkapsel. Aber sie durfte nicht weinen. Das machte ihn nur geil.

»Warum hast du das gemacht?« wollte er wissen, als sie aufwachte. »Ich kümmere mich doch um dich.«

Er trug seine Lederjacke und roch nach Bier. Sein blondes Haar war ganz zerzaust, seine Augen rot und aufgequollen. Sie sahen aus wie Steine. Sie hatte noch nie so harte Augen gesehen.

Sie hustete so heftig, daß er ihre Fesseln lockern mußte, damit sie sich aufrecht hinsetzen konnte.

»Kotz mich bloß nicht voll«, fuhr er sie an.

Sie schnappte nach Luft.

»Warum hast du das gemacht?« Er ließ nicht locker und stellte ihr immer wieder die gleiche Frage, bis sie ihm endlich antwortete.

»Ich ...«

»Ja? Du und was weiter?«

Sie schluckte. Ihre Kehle schmerzte. »Ich hab' die Spüle gesehen. Ich mußte was trinken.«

»Na ja, das ist ja jetzt passiert.« Er lachte. »Willst du noch mehr?«

Er hatte ihr Wasser die Kehle hinuntergeschüttet, bis es in ihre Lungen gedrungen war und sie geglaubt hatte, sie würde ertrinken. Sie konzentrierte sich darauf zu atmen. Ihre Kehle schmerzte. Ihre Kopfschmerzen waren schlimmer. Er hatte sie woanders hingebracht. Auf ein Bett gelegt. Wie kommt man da raus? Wie kommt man da raus?

»Willst du 'n Orangensaft? Ich hab' dir welchen mitgebracht. Es ist Morgen. Willst du 'n paar Eier?« sagte er. »Siehst du, wenn du nett bist, bin ich auch nett.« Er zwickte sie in die Brustwarze. »Hey, ich rede mit dir.«

Ihr Gesichtsausdruck blieb unverändert. »Eier?« murmelte sie.

»Genau, die Dinger, die bei Hühnern hinten rauskommen. Siehst du, ich bin nett zu dir.«

Emma sagte kein Wort.

»Ich habe gesagt, ich bin nett zu dir.«

»Dann laß mich gehen. Laß mich gehen. Ich zahle dir Geld. Wieviel willst du?«

Er schüttelte den Kopf.

»Ich habe Geld.«

»Ich habe auch Geld. Glaubst du, ich bin irgendso 'n Penner, der dein Geld braucht?« fauchte er sie an.

»Ich weiß nicht.«

»Ich bin dein Freund, weißt du noch? Freunde nehmen kein Geld.«

Was war die richtige Zeile? Verzweifelt durchforstete sie ihr Hirn nach etwas, das zu ihm durchdringen würde, doch er war offensichtlich nicht bei Verstand. Was sollte sie da sagen?

»Freunde fesselt man aber nicht«, sagte sie schließlich.

»Doch, manchmal schon.«

»Warum? Warum machst du das?« Ihre Kehle war ganz rauh. Sie sah das Wasser. Sie wollte es, aber sie hatte Angst, daß er sie wieder damit ersticken würde.

Er saß neben ihr auf der Bettkante, und anstatt auf ihre Frage zu antworten, machte er ein seltsames Geräusch mit seinem Kehlkopf, das nichts Menschliches an sich hatte. Er zupfte den Docht seines Zippo zurecht, damit die Flamme höher schlug, und ließ es ein paarmal aufflammen. Er hielt das Schnappmesser in der anderen Hand.

Emma hatte das schreckliche Gefühl, daß sie diese Szene schon einmal gespielt hatte. Nur daß es beim letzten Mal eine Improvisationsübung an der Schauspielschule gewesen war, ein Stegreif. Dieses Mal mußte sie sich nicht anstrengen, um sich in die Situation hineinzuversetzen. Der ganze Körper tat ihr weh, jeder Muskel, jedes Gelenk. Und das Problem war, daß es nicht reichte, Tapferkeit nur vorzutäuschen. Sie konnte es sich nicht leisten, feige zu sein. Diese Situation war real. Sie mußte überleben.

Sie schloß die Augen, um sich an einen Ort zu versetzen, wo sie darüber nachdenken konnte, wie man es schaffte zu überleben.

»Mach das nicht«, fuhr er sie an.

Sie wartete eine Sekunde, bevor sie die Augen wieder öffnete.

»Verdammt noch mal, du elende Schlampe. Du wirst mir hier nicht abkratzen.« Er schlug mit der flachen Hand auf das Bett. »Hörst du, was ich sage? Du wirst gefälligst nicht sterben.«

Anscheinend glaubte er, daß sie es war, die in dieser Hinsicht irgend etwas zu bestimmen hatte. Wenn er sie mit dem Messer erstach, oder sie mit der Batterie umbrachte, die er auf dem Boden stehen hatte, dann wäre es wohl in Ordnung, wenn sie starb. Aber vielleicht nicht heute. Sie machte die Augen auf.

»Ich nehme den Orangensaft«, sagte sie.

Er ging ihn für sie holen und hielt ihn ihr an die Lippen, damit sie trinken konnte. Das ermutigte sie. Als sie ausgetrunken hatte, kam ihr eine neue Idee.

»Ich muß mal ins Bad.«

»Klar.« Er stellte das Glas ab.

Sie hörte das helle Geräusch, als er es auf den Boden stellte. Dann lehnte er sich vor, um die Knoten an ihren Fesseln zu lösen. Der Geruch von Bier wurde stärker, und es roch nach altem Schweiß. Am liebsten hätte sie den Orangensaft wieder rausgewürgt, doch sie behielt ihn unten.

Als er alle Knoten gelöst hatte, half er ihr auf. Es schauderte sie, als er sie berührte. Seine Hände betatschten sie am ganzen Körper, als er sie hochzog, damit sie auf ihren eigenen Füßen stand. Sie haßte sich selbst dafür, daß sie sich so langsam bewegte. Alles dauerte eine Ewigkeit. Sie hatte gedacht, daß sie, wenn sie erstmal frei war, vielleicht eine Möglichkeit finden würde, ihn zu erledigen. Vielleicht, wenn sie sich das Messer schnappte. Ihr Herz begann schneller zu schlagen. Sie würde es probieren.

Aber noch bevor sie ganz aufgestanden war, drehte er ihr die Arme mit solcher Gewalt auf den Rücken, daß es ihr den Atem raubte. Dann band er ihre Hände zusammen. Er stand hinter ihr. Sie hatte nicht die geringste Chance, ihn zu erwischen. Er führte sie zur Tür, eine Hand um ihren Hals gelegt und drückte dabei so fest zu, daß sie unmißverständlich mitbekam, daß er sie jeden Moment erledigen konnte. Im Badezimmer angekommen, blieb er im Türrahmen stehen und schaute zu, wie sie pinkelte. Obwohl sie einen mächtigen Druck auf der Blase hatte, dauerte es eine lange Zeit, bis sie es endlich schaffte, sich genügend zu entspannen, obwohl er zuschaute. Sie mühte sich ab, um an das Klopapier zu kommen, doch sie schaffte es nicht.

»Dreckige Schlampe«, brüllte er. »Hat dir niemand beigebracht, daß man spült, wenn man auf dem Klo war?« Plötzlich fing er an zu lachen. »Rühr dich nicht vom Fleck.« Er legte das Messer auf den Boden.

Das Fenster war hinter ihr, oberhalb ihres Kopfes. Er ließ Wasser in die Badewanne einlaufen. Das Messer lag neben ihm. Sie starrte darauf. Was jetzt?

»Steig in die Wanne«, kommandierte er.

»Was?« Sie konnte sich nicht bewegen.

»Bist du taub? Ich hab' gesagt, steig in die Wanne.« Er packte sie und stieß sie hinein. Ihre Beine stießen gegen die kalten Kacheln. Er drehte an den Wasserhähnen herum, bis er die richtige Temperatur eingestellt hatte. Nicht zu kalt und nicht zu heiß. Das Wasser ergoß sich in die Wanne. Er klappte den Deckel der Toilette zu und setzte sich drauf, während er zuschaute, wie die Wanne sich füllte.

Emma saß mit weit aufgerissenen Augen da. Plötzlich wurde sie von der Erkenntnis gepackt, daß sie den Tag doch nicht überleben würde. Er würde sie ertränken, sobald genügend Wasser in der Wanne war. Keuchend wand sie sich hin und her.

»Immer mit der Ruhe. Willst du nicht baden?«

Emma wimmerte. Baden?

Er griff nach einem Stück Seife und begann, ihr Brust und Arme mit Seifenschaum einzureiben.

»Nein! Laß mich das selber machen«, schrie sie. »Du tust mir weh.«

»Halt's Maul.« Er bekam einen Ständer. Sie konnte es sehen. Sie gab jeden Widerstand auf und schloß die Augen.

»Scheiße! Komm hoch, ich hab' dir gesagt, laß das bleiben.« Er kniff sie.

Anscheinend mochte er es nicht, wenn sie bewußtlos wurde. Das war gut zu wissen. Sie stöhnte ein wenig.

»Komm hoch«, befahl er.

Sie ließ sich weiter hinabsinken, und das Wasser schwappte

ihr ums Kinn herum. Vielleicht würde er sie ja jetzt ertränken und ihrem Elend ein Ende bereiten.

»Komm raus.«

Sie öffnete die Augen. »Häh?«

»Komm raus hier, verdammt noch mal. Bist du bescheuert?«

Das war's schon? Das war das Bad? Sie bemühte sich, aus der Wanne zu steigen. Es fiel ihr schwer, sich zu bewegen. Ihre Hände waren auf dem Rücken gefesselt. Er mußte ihr helfen und sie in ein Handtuch einwickeln. Sobald sie aus dem warmen Wasser draußen war, fing sie wieder an zu zittern. Sie bewegte sich ganz langsam und wankte, als er sie stützte. Er beschimpfte sie.

»Du taugst zu nix«, sagte er.

»Laß mich gehen«, stammelte sie. »Ich sterbe vielleicht. Was machst du dann?«

»Äh-äh. Du wirst nicht sterben.«

Er legte sie wieder ins Bett, band die Knoten einen nach dem anderen in der umgekehrten Reihenfolge wie zuvor wieder zusammen. Als er damit fertig war, verteilte er einige Handtücher um sie herum und steckte sie unter ihr fest, um sie dann vom Hals bis zu den Knöcheln mit einer Rasiercreme einzusprühen, die nach Menthol roch.

»Hey, was machst du da?« kreischte sie. »Hör auf!«

Er nahm den Rasierapparat zur Hand. Er hörte keinerlei Proteste. Er hatte genug von ihr. Er blendete sie aus seinen Gedanken aus und rasierte sie von oben bis unten, während er sich murmelnd mit Willy unterhielt. Er sah, wie seine Hände größer und größer wurden. Er fühlte sich viel besser, als sie anfing zu schreien.

60

Newt Regis konnte es sich zwar eigentlich nicht leisten, zwei Männer nach San Diego zu schicken, doch er tat es trotzdem. Das Bild seiner eigenen Tochter, die so glücklich war mit ihrem Ehemann und ihrem neu geborenen Baby, ging ihm nicht aus dem Kopf. Er hatte darüber nachgedacht, wie es wäre, Clarissa zu verlieren, während er mit Jennifer Roane sprach, der Mutter des toten Mädchens, die aus New York gekommen war, um ihre Tochter abzuholen.

Ohne Vorwarnung war sie in einem Mietwagen vor Newts Büro in Potoway Village vorgefahren, und Raymond hatte über die Straße spurten müssen, um Newt aus dem Café zu holen, wo er sich ein verspätetes Mittagessen gönnte.

»Ich dachte, ich hätte ihr gesagt, das wäre nicht notwendig.« Newt schüttelte ungläubig seinen Kopf.

Raymond betrachtete den Hamburger in Newts Hand. »Sie wollte sehen, wo es passiert ist«, murmelte er. »Sie meinte, das müßte sein, um damit *abzuschließen.*«

»Abschließen, hm.« Newt legte den Hamburger hin und wischte sich den Mund mit der viel zu kleinen Serviette ab, die auf seinem Schoß lag. Er stand auf und zuckte mit den Achseln. »Ich komme wieder«, rief er der erstaunten Bedienung über die Schulter zu.

Mrs. Roane saß steif auf einem Stuhl vor dem Büro des Sheriffs. Sie trug eine khakifarbene Safarijacke, als ob sie nach Afrika gefahren sei, und ein dazu passendes Hemd mit Knitterfalten sowie eine riesige Sonnenbrille. Sie knetete eine dicke Kugel Papiertaschentücher in ihren Händen.

»Mrs. Roane? Ich bin Sheriff Regis.«

Sie erhob sich und streckte ihm die Hand ohne Taschentücher entgegen. »Sie sind der Mann, der sie gefunden hat?«

Newt ergriff die schlanke Hand und nickte. »Es hat mir niemand gesagt, daß Sie kommen würden.«

»Ich habe es niemandem erzählt. Die Polizistin in New York sagte mir, ich müßte nicht ...«

»Nein«, sagte Newt sanft. »Sie mußten auch nicht.« Er hielt ihre Hand voller Mitgefühl etwa eine Minute lang, um die Situation besser einzuschätzen und ließ sie dann wieder los.

Die Frau trug ihre dunklen Haare zu einem Pferdeschwanz zusammengebunden. Ihre weiße Haut war aufgedunsen. Sie trug keinerlei Make-up und schniefte unter Tränen. Vermutlich heulte sie schon seit Tagen, dachte Newt.

»Möchten Sie eine Tasse Kaffee?« fragte er. Ansonsten gab es nichts, das er ihr hätte anbieten können.

Sie schüttelte den Kopf. »Wo ist sie? Ich will sie sehen.«

»Wir haben – sie war bei uns in guten Händen«, sagte Newt langsam und schob die Frau behutsam ins Innere seines Büros.

»Ich will sie sehen.«

»Das kann ich verstehen.«

Sie schaute sich im Büro um, sah die billigen Möbel, den verschrammten Schreibtisch, das Fenster mit seinen Fensterläden, durch deren Schlitz das Licht der Nachmittagssonne fiel. Er konnte ihre Augen hinter den dunklen Brillengläsern nicht erkennen.

»Was hat Ellen da draußen gemacht?« fragte sie.

Newt ließ ihre Frage unbeantwortet.

»Sagen Sie's mir. Ich habe sie so sehr geliebt ...« Sie gab ihren Widerstand auf und schluchzte.

Newt hatte noch nie zusehen können, wenn Frauen weinten. Er holte tief Luft. Unter seinen Fingerspitzen lag der Ordner mit all den Fotos von dem toten Mädchen, die das Kind dieser Frau war. Bevor ein Geisteskranker, die Wüste und die Geier sich an Ellen Roane zu schaffen gemacht hatten, war sie ein gesundes, gutaussehendes und allseits beliebtes Mädchen gewesen, das aufs College ging. Wenn der Verdächtige jemals gefaßt und vor Gericht gestellt würde, würde Mrs. Roane die Zeugenaussagen hören und die Fotos vorgelegt bekommen, auf denen man sehen konnte, was mit ihrer Tochter geschehen war. Für Newt war es dafür zu früh, egal, wann diese Situation eintrat.

»Mrs. Roane«, sagte er, »wenn es meine Tochter wäre, würde ich mich an diese Liebe klammern. Und zwar so fest ich kann.«

Sie schüttelte heftig den Kopf. »Ich muß sie sehen ... um mich von ihr zu verabschieden.«

»Nein. Tragen Sie sie so in Ihrem Herzen, wie sie war. Belassen Sie es dabei. Nehmen Sie sie mit nach Hause und verabschieden Sie sich von ihr, wenn Sie sie begraben.«

Sie wollte sich nicht darauf einlassen, und Newt brauchte lange Zeit, bis er sie überzeugt hatte. Erst am nächsten Tag kam er dazu, Jesse und Raymond mit den Fotos von Ellen und Troland Grebs nach San Diego zu schicken, die Sergeant Grove ihm hatte zukommen lassen. Sie hatten darüber hinaus noch eine Kopie der Kreditkartenabrechnungen von Ellen Roane dabei, die die Kriminalbeamtin aus New York ihm geschickt hatte. Darauf war keine Rechnung von einem Hotel oder Motel, also ging Newt davon aus, daß sie noch immer irgendwo registriert sein mußte, weil sie nicht ausgezogen war. Er hatte die Akte von Troland Grebs. Anhand der alten Verhaftungen war ihm nicht ganz klar, wieso die Kriminalbeamtin in New York so sicher war, daß es Grebs gewesen sein sollte, doch wenn nur ein Zeuge Grebs und Ellen Roane miteinander in Verbindung brachte, reichte das schon.

»Versucht zuerst rauszufinden, wo sie gewohnt hat«, erklärte er seinen Officers. »Vermutlich stehen ihre Sachen noch in irgendeinem Hotel herum. Vielleicht hat dort jemand gesehen, mit wem sie zusammen war.«

Die beiden Männer machten sich früh auf den Weg. Sie hatten sich vorgenommen, die Gegend abzugrasen, wo Ellen Roane einkaufen gewesen war und gegessen hatte. Es gab keine Rechnung von einer Mietwagenfirma, folglich schien es ziemlich klar, daß Ellen kein Auto gehabt hatte. In der näheren Umgebung der Läden, wo sie mit ihrer Karte bezahlt hatte, gab es zwei Hotels, drei Motels und eine Pension. Der Strand war nur ein paar Blocks von der Einkaufszone entfernt.

Nach einer Stunde hatten sie Ellens Gepäck bei der sechsten Adresse gefunden. Das Coral Reef Bed and Breakfast war eine malerische Pension, in der es kein Telefon im Zimmer gab. Es hatte eine große Veranda im ersten Stock, von der aus man nur über die Straße zu blicken brauchte und man hatte das Meer vor sich. Dort wurde auch das Frühstück serviert, und nachmittags bekam man hier Eistee, Wein, Obst, Käse und Crackers.

Die Besitzerin, eine gertenschlanke, hochgewachsene Frau Mitte Vierzig, deren Haut zuviel Sonne abbekommen hatte, nahm sich reichlich Zeit, um die beiden Deputy Sheriffs zu mustern, die in ihren Khakiuniformen mit ihren Hüten in der Hand vor ihr standen, bis sie sie schließlich einlud, an einem der Tische Platz zu nehmen.

»Möchten Sie ein Glas Eistee?« fragte sie.

Es war ein heißer Tag. Raymond, der von sich glaubte, daß er wußte, wie man mit Frauen umgeht, warf Jesse einen kurzen Blick zu und nickte dann. Jesse, mit beinahe vierzig Jahren der ältere der beiden, wirkte müde und setzte sich.

Einen Augenblick später kam die Frau zusammen mit einer Blondine zurück, die einen Krug Eistee trug. Es war nicht zu übersehen, daß die beiden ein Paar waren.

»Ich bin Gena Howard. Mir gehört die Pension. Und das ist Roberta, sie kocht hier.«

»Hallo.« Roberta schenkte den dunklen Eistee in zwei Gläser voller Eiswürfel und reichte sie ihnen.

»Was können wir für Sie tun?« Gena Howard hatte offensichtlich Erfahrung im Umgang mit Polizisten.

»Vor etwa zwei Wochen, hat da ein junges Mädchen bei Ihnen gewohnt?« fragte Raymond. Der Eistee war kalt und stark und sehr süß.

Roberta nickte. »Debbie«, sagte sie. »Es geht um Debbie, stimmt's? Wo ist sie? Ist ihr was passiert?«

»Debbie?« fragte Raymond.

»Sschh, Bobbie. Laß ihn erstmal seine Fragen stellen.«

Raymond zog das Foto von Ellen hervor, auf dem sie in Shorts zu sehen war, wie sie einen Tennisschläger in der Hand hielt und über das ganze Gesicht lächelte. Die beiden Frauen hielten es gemeinsam fest, ihre Köpfe berührten sich beinahe, als sie sich darüber beugten. Sie erkannten sie sofort wieder, doch sie ließen das Foto nicht los, als ob sie sich nicht davon trennen konnten.

»Debbie«, bestätigte Bobbie.

»Was für ein *nettes* Mädchen«, sagte Gena Howard, die immer noch das Bild betrachtete. »Sie wollte ein Zimmer mit Blick aufs Wasser. Wir haben sie im dritten Stock untergebracht. Sie war ganz verrückt nach dem Meer ... Wissen Sie, ich habe mir wirklich Sorgen gemacht, als sie ausgeblieben ist, ohne ihre Sachen mitzunehmen ... Aber manchmal kommt so was vor, wenn sie ihre Rechnung nicht zahlen wollen ...«

»Sie glauben, daß sie weggeblieben ist, weil sie die Zeche prellen wollte?« fragte Raymond ungläubig.

Gena schaute kurz herüber zu Bobbie und schüttelte dann den Kopf. »In ihrem Fall konnten wir das einfach nicht glauben. Außerdem hatte sie so teure Sachen, die mehr wert waren als ihre Rechnung. Es paßte einfach nicht zu ihr.«

»Wir haben uns Sorgen gemacht, daß ihr was passiert ist«, sagte Bobbie leise. »Aber ...«

»Lesen Sie keine Zeitungen?« wurde sie von Raymond unterbrochen.

Gena legte ihre Hand schützend auf Bobbies Schulter und schüttelte erneut den Kopf. Bobbie starrte auf die Polizisten wie ein Kaninchen auf die Schlange.

»Da stehen doch immer nur Horrormeldungen drin«, erklärte Bobbie.

»Wir sind vollauf damit beschäftigt, den Laden hier am Laufen zu halten«, erklärte Gena, als ob sie sich verteidigen müßte. »Wir haben zehn Zimmer, und wir sind nur zu zweit. Da schlagen wir uns nicht noch mit den Nachrichten rum.« Sie wechselte das Thema. »Wir haben ihr Gepäck aufbewahrt, für den Fall, daß sie sich entschließt zurückzukommen. Wie gesagt, es sind lauter gute Sachen, die mehr wert sind, als ihre Rechnung kosten würde. Wir hatten gehofft, sie kommt zurück.«

»Was ist mit ihr passiert?« Bobbies Gesicht war ganz blaß.

Raymond versuchte es ihr so schonend wie möglich beizubringen. »Jemand hat sie in die Wüste mitgenommen und sie dort zurückgelassen.«

»Oh.« Sie legte die Hand auf den Mund.

Jesse saß da und trank seinen Eistee. Seit sie hierhergekommen waren, hatte er noch keine Miene verzogen. Raymond blickte kurz zu Jesse und fragte sich, ob er es jemals schaffen würde, so cool zu sein wie er.

»Sie war ein hübsches Mädchen«, sagte Gena, die immer noch das Foto betrachtete. »Wirklich hübsch.«

Raymond nickte. »Erzählen Sie uns doch ein wenig von ihr«, schlug er vor.

»Was wollen Sie wissen?« Gena konnte sich endlich von dem Foto trennen. Raymond nahm es wieder an sich und zog seinen Notizblock hervor.

Es dauerte eine ganze Weile, bis sie sich alles angehört hatten, was die beiden Frauen zu erzählen hatten. Sie hatten nie geglaubt, daß Debbie ihr richtiger Name war, erklärte Bobbie. Denn manchmal hatte sie gar nicht darauf reagiert. Sie war eine Einzelgängerin gewesen. Ja, man hatte sie von hier aus am Strand liegen sehen können und manchmal hatte sie es auch getan, fügte Gena hinzu. Aber immer, wenn sie nach ihr schauten, war sie allein gewesen.

Raymond reichte ihnen die beiden alten Fotos von Troland Grebs. Gena legte sie nebeneinander auf den Tisch und betrachtete sie eine ganze Weile. In ihrem Gesicht spiegelten sich Zweifel.

»Die sind vor einer langen Zeit gemacht worden«, versuchte Raymond zu helfen. »Er ist jetzt um einiges älter.«

»Ich weiß nicht«, sagte Gena.

Bobbie hob zaghaft eine Schulter. »Fährt er ein Motorrad? Es gibt einen Kerl, der manchmal am Strand rumhängt und so ähnlich aussieht. Dieselbe Figur, die gleichen blonden Haare.«

»Oh?« sagte Jesse. Es war das erste Wort, das er sagte. Sein Glas mit Eistee war mittlerweile leer bis auf die Eiswürfel, und er strich mit dem Finger durch die kleinen ringförmigen Pfützen, die sich auf der Tischplatte um sein Glas herum gebildet hatten. »Wo haben Sie ihn gesehen?«

»Am Strand. Da hängt er so rum.«

»Bist du sicher, daß er es ist?« fragte Gena. »Der Kerl hier ist so *jung*.«

»Sieh doch nur, es ist derselbe Mund.«

Die beiden Frauen glaubten zu wissen, daß der Kerl, der so aussah wie der auf dem Foto, irgendwo in der Nähe wohnte, weil er häufig abends zum Strand kam und sich den Sonnenuntergang anschaute. Er hatte ein Motorrad. Vermutlich würde er heute abend wieder hier sein.

Die Deputies warteten bis gegen Neun, doch es tauchte niemand auf, der aussah wie Grebs. Sie fragten ein paar Leute, die den Eindruck machten, als seien sie öfter hier, und ein paar von ihnen glaubten, daß der Junge auf dem Foto jemand war, den sie unter dem Namen Willy kannten. Ein etwas in die Tage gekommener Surfer, der auch dann noch kein Hemd anzog, als die Temperaturen unter 15 Grad sanken, erklärte, er hätte gesehen, wie ein Mädchen, das aussah wie Ellen, auf Willys Harley Davidson aufgestiegen und mit ihm weggefahren war. Er war sich nicht sicher, wann das gewesen war, vielleicht vor zwei Wochen oder so. Soweit er sich erinnerte, war Willy seitdem nicht mehr aufgetaucht.

Nachdem er diese Information von Raymond und Jesse erhalten hatte, verließ Newt seinen Posten in den Bergen, um selbst herauszufinden, wo Troland Grebs sich aufhielt. In seinem Apartment war Grebs nicht. Der Hausverwalter erklärte, er habe Grebs schon seit Tagen nicht mehr gesehen. In der Firma hieß es, Grebs sei im Urlaub.

61

»Neun-eins-eins, Notruf, kann ich Ihnen helfen?«

»Ja, hier ist Detective Woo vom Zwo-Null«, sagte April. »Ich möchte, daß Sie überprüfen, ob Sie letzte Nacht einen Notruf bekommen haben von einer Frau namens Emma Chapman.«

»Dafür brauche ich ein offizielles Auskunftsersuchen, Detective ...«

»Woo«, sagte April. »Okay, wo soll ich das hinschicken?«

Eine Viertelstunde später faxte April ein Auskunftsersuchen zur Zentrale Downtown, wo die Notrufe aus allen fünf Stadtbezirken New York Citys aufgezeichnet und bearbeitet wurden. Nach einer Stunde probierte sie es erneut. »Ich versuche einen Notruf von einer Frau zurückzuverfolgen. Ihr Name ist Emma Chapman.«

»Okay, Detective. Ich kann das jetzt überprüfen. Betrifft das Manhattan?«

»Das kann ich nicht mit Bestimmtheit sagen. Wir probieren ihren Aufenthaltsort herauszufinden.«

»Soll ich alle durchgehen?«

»Ja«, sagte April.

»Irgendeinen bestimmten Zeitpunkt?«

»Ja, wir brauchen es sofort.«

»Ich meine, irgendein bestimmter Zeitpunkt letzte Nacht?«

»Oh.« April überlegte eine Minute.

»Um welche Uhrzeit soll ich anfangen, Detective?« Die Telefonistin hörte sich ungeduldig an.

April ließ sich davon nicht aus der Ruhe bringen. Emma hatte ihren Mann kurz vor Mitternacht angerufen. Würde sie wohl zuerst ihren Mann anrufen oder die Polizei?

»Fangen Sie mit elf Uhr dreißig an«, sagte April, um sicherzugehen.

»Alle fünf?«

»Ja.«

»Manhattan auch?«

»Ich will alle«, sagte April. Wie oft mußte sie es noch sagen? Ja, sie wollte alle fünf Bezirke, von elf Uhr dreißig an. Sie lehnte sich in ihrem Drehstuhl zurück.

»Das wird eine Weile dauern.«

»Warum?« fragte April.

»Sie wollen die Anrufe von letzter Nacht. Das ist noch keine vierundzwanzig Stunden her.«

Na und? Was sollte das heißen? Hatten sie keinen Ausdruck? April versuchte sich vorzustellen, wie es da unten am One Police Plaza, wo die Notrufe aus der ganzen Stadt eingingen, wohl aussah. Sie war schon oft genug rausgeschickt worden, um zu wissen, daß die Notrufe immer an das nächstgelegene Revier weitergeleitet wurden.

Doch die Anrufe wurden nach Bezirke geordnet. Hatten die da unten im Keller des Hauptquartiers einen riesigen Raum, wo Dutzende von Telefonisten saßen und Anrufe entgegennahmen? Oder hatten sie eine eigene Einheit für jeden Bezirk? Sie war nie dagewesen. Sie hatte keine Ahnung, wie das alles organisiert war. Vermutlich eine Einheit für jeden Bezirk, überlegte sie.

»Wie lange wird es dauern?« fragte sie, vorsichtig darauf bedacht, sich ihre Ungeduld nicht anmerken zu lassen.

»Eine Weile. Im Moment ist niemand da, der sich darum kümmern könnte.«

April schaute auf ihre Uhr. Vielleicht sollte sie sich auf den Weg machen und sich selbst darum kümmern. Dann schaute sie hoch. Sie sah Sergeant Joyce in einem grün-schwarz karierten Kostüm, das sämtliche Grenzen der Häßlichkeit sprengte, in ein lebhaftes Gespräch mit Bell, Davies und Aspiranti vertieft. Selbst von da, wo sie saß, konnte April erkennen, daß sie über den Fall diskutierten.

Bell hatte den Portier ausfindig gemacht, der nachmittags in dem Gebäude Dienst hatte. Er war zu ihm gefahren und hatte mit ihm geredet. Der Türsteher war in der Lage gewesen, den Zeitpunkt von Emma Chapmans Verschwinden auf etwa sechs Uhr abends festzulegen. Er hatte der Schauspielerin hinterhergeschaut, als sie zur nächsten Straßenecke gegangen war und sie seitdem nicht wieder gesehen. Nun wußten sie auch, was sie getragen hatte: Jeans und ein graues Sweatshirt. In so einem Aufzug würde sie garantiert nicht zum Abendessen ausgehen.

Für einen Moment drehte sich Joyce herum und schaute in Aprils Richtung. April gefiel dieser Blick kein bißchen. »Ich möchte mit Ihrem Vorgesetzten sprechen«, sagte April, um der Stimme am anderen Ende der Leitung Dampf zu machen.

Sie haßte es, wenn Leute so was mit ihr veranstalteten.

»Selbstverständlich. Wie war noch mal Ihr Name?« sagte die Stimme zuckersüß.

»Woo«, sagte April. »Detective Woo vom Zwo-Null. Sie haben meine Dienstnummer bereits vorliegen.«

Ginora winkte ihr zu. »Dr. Frank am Telefon«, rief sie. »Soll er dranbleiben?«

»Sag ihm, ich rufe zurück.«

April seufzte. Dr. Frank rief alle dreißig Minuten an. Er ließ einfach nicht locker. Sie wiederholte dem Leiter der Notrufzentrale ihr Anliegen. Der Leiter sagte, über die Notrufe der vergangenen Nacht lägen noch keine Ausdrucke vor. Das bedeutete, daß sich jemand hinsetzen und die Bänder mit jedem einzelnen Anruf in dem betreffenden zeitlichen Rahmen abhören mußte. Das Problem war, daß er im Augenblick niemand zur Verfügung hatte, der die Bänder einsammeln und abhören konnte.

»Hören Sie, das hier ist ein Notfall ...«, drängte April. »Kann ich vorbeikommen und es selbst machen?«

»Nein – aber ... Ich werde jemand dransetzen. Wie war noch mal Ihr Name?«

»Woo, Detective April Woo. Vielen Dank noch mal.« April legte auf.

Ein paar Meter entfernt von ihr stand Sergeant Joyce am Schreibtisch von Aspiranti und winkte April zu sich, damit sie an dem Gespräch teilnahm.

62

Jason wählte zum zehnten Mal die Nummer von Detective Woo. Zum zehnten Mal sagte ihm eine weibliche Stimme, daß Detective Woo gerade telefonierte. Ob er eine Nachricht hinterlassen wolle? Nein, wollte er nicht. Er hatte zwar etwas zu sagen, doch das ließ sich nicht als Nachricht formulieren. Er wollte die Aufmerksamkeit von Detective Woo, damit er sie so lange bearbeiten konnte, bis sie sich von ihm sagen ließ, was zu tun war.

Er hatte eine Karte von New York studiert und seine Aufzeichnungen durchgearbeitet, doch er brauchte weitere Informationen. Und die Informationen, die er brauchte, konnte er nur von der Polizei bekommen. Außerdem war es nötig, daß ihn jemand in einem Polizeiwagen durch die Gegend fuhr, damit er sehen konnte, wie die verschiedenen Gegenden aussahen. Er war sicher, daß er, wenn er die Möglichkeit hatte, sich umzuschauen, auch die richtige Gegend finden würde.

Es kam ihm gar nicht in den Sinn, daß New York eine sehr große Stadt war und sein Vorhaben vielleicht etwas unrealistisch sein könnte. Das NYPD würde ihm keinen Wagen samt Fahrer zur Verfügung stellen, damit er seine eigenen Nachforschungen anstellen konnte – und selbst wenn, war die Wahrscheinlichkeit, daß er fand, wonach er suchte, nicht sehr groß.

Doch es kümmerte ihn nicht, wie hoch seine Chancen waren. Er rechnete fest damit, daß Detective Woo tun würde, was er sagte, denn die Alternative erschien ihm unerträglich. Er hatte keine Möglichkeit festzustellen, ob sie das Richtige taten, die richtigen Orte aufsuchten und die richtigen Fragen stellten.

Anscheinend saß Woo schon seit Stunden am Schreibtisch und telefonierte. Wie konnte sie Emma finden, wenn sie den ganzen Tag an ihrem Schreibtisch saß? Und was machten all die anderen Detectives? Vermutlich gar nichts.

Er hielt es nicht mehr aus, in seiner Praxis zu sitzen und darauf zu warten, daß sie ihn zurückrief. Er hatte zwar alle Termine mit seinen Patienten abgesagt, doch das Telefon stand nicht still. Er hatte noch immer acht Nachrichten auf seinem Anrufbeantworter, auf die er noch nicht reagiert hatte. Drei davon waren von Charles, der wissen wollte, was los war. Jason hatte schon dreimal mit Ronnie telefoniert, Emmas Agentin. Die Polizei hatte sich bei ihr gemeldet, und nun war sie hysterisch. Sie wollte bei ihm vorbeikommen, wollte das FBI und die Armee einschalten. Sie hatte noch ein paar andere Vorschläge. Der Gedanke, Charles anzurufen und sich noch weitere Ratschläge anzuhören, war zuviel für Jason.

Es gab eine Menge Sachen, die ihn störten. Beispielsweise die Tatsache, daß sein Telefon nicht stillstand, aber keine der Stimmen auf dem Anrufbeantworter die von Emma war, die es erneut bei ihm versuchte. Was hatte das zu bedeuten? Hieß das, daß sie schon tot war, oder daß der Kerl sie dabei erwischt hatte, als sie ihn angerufen hatte, und ... Und was? Was würde Grebs tun?

Jason wußte, was der Auslöser gewesen war, daß Grebs es auf Emma abgesehen hatte, doch er hatte nicht genügend persönliche Daten über ihn, um zu wissen, was er mit ihr vorhatte, sobald sie in seiner Gewalt war. Er hatte gedroht, sie umzubringen, doch zumindest bis Mitternacht letzte Nacht hatte er dies noch nicht in die Tat umgesetzt.

Er verkniff es sich zwar, alle paar Minuten auf die Uhr zu schauen, doch das Ticken ging weiter. All die Uhren hatten keinerlei beruhigende Wirkung auf ihn, im Gegenteil, sie machten ihn verrückt.

Was würde Grebs aller Wahrscheinlichkeit nach tun? Ohne eine detaillierte Krankengeschichte war das unmöglich vorherzusagen. Und es gab keine Möglichkeit, an seine Krankengeschichte heranzukommen. Seine Eltern waren tot. Wenn man seiner Tante glaubte, so war sein Bruder, Willy, in Vietnam gefallen. Der andere Bruder war vor Jahren abgetaucht. Sie konnte sich nicht erinnern, daß Grebs jemals zu einem Therapeuten gegangen war, und auch in seiner Firma gab es keinen Antrag auf Erstattung von Therapiekosten. Soviel hatte Jason jedenfalls bisher in Erfahrung gebracht.

Troland Grebs war in der achtundzwanzigsten Straße in Downtown San Diego aufgewachsen. Nicht weit vom Gas Lamp District entfernt, dem ehemaligen Rotlichtbezirk, wo Grebs früher Prostituierte aufgegabelt hatte. Die achtundzwanzigste Straße lag außerdem in der Nähe des Flughafens. Er arbeitete auf einem Flughafen. Andauernd schwebten einem Flugzeuge über dem Kopf herum. Wo er jetzt wohnte, am Queen Palm Way, unweit von Crown Avenue, mußte er jeden Abend über eine kleine Brücke fahren, um nach Hause zu kommen. Essen tat er vermutlich in dem kleinen Diner im Stil der fünfziger Jahre, das am Ende des Blocks lag. Dies waren die Elemente, nach denen er in New York Ausschau halten mußte, darüber war Jason sich sicher. Die Zahlen, die Namen. Die Art, wie die Häuser angelegt waren. All diese Dinge hatten eine spezielle Bedeutung für Grebs, und er brauchte sie um sich, damit er sich sicher fühlen konnte.

Es mochte sein, daß Grebs nie in Behandlung war. Doch selbst wenn er mehrfach stationär behandelt worden war, würde es zu lange dauern, bis Jason herausgefunden hatte, wo. Anders als bei Straftätern gab es bei Geisteskranken keine umfassende Krankenakte, in der aufgelistet war, wegen welcher Symptome jemand wie häufig Hilfe gesucht hatte. Geisteskrankheit war eine Privatsache. Es gab keine zentrale Stelle, in der Informationen darüber verwahrt wurden. Jemand konnte ein dutzendmal in verschiedenen Anstalten gewesen sein. Jede Anstalt führte ihre eigenen Akten, und es war nicht möglich, daß jemand die Akten der anderen einfach durch Knopfdruck auf den Computer einsehen konnte.

Die Gefahr, die in der Bürokratie lag, erinnerte Jason an Margret. Es war lange her, daß er an Margret gedacht hatte. Margret war bei ihm während der Zeit seines Klinikums am Psychiatric Center in ambulanter Behandlung gewesen. Er hatte ein Jahr lang mit ihr gearbeitet, bis sie jemand anderem zugewiesen wurde, als Jason dem Rotationsprinzip zufolge gehen mußte. Er nahm nur zwei seiner Patienten mit, was zwei mehr waren, als bei den meisten seiner Kollegen, doch Margret gehörte nicht dazu.

Obwohl sie mit niemand anderem zusammenarbeiten wollte, hatte er sie dennoch nicht als Patientin behalten wollen. Es war überraschend, daß sie jemandem zugeteilt wurde, der einfach nicht der Richtige für sie war, jemand, der keine Sympathie für sie hegte, ein Bürokrat, der bei seiner Therapie an Lehrbüchern klebte. Nur bei wenigen Leuten bessert sich der Zustand durch eine Therapie, die sich an Lehrbücher klammert. Das, was eine Besserung bewirkt, kann man nicht in Vorlesungen lernen.

Margret war ein schwieriger Fall – nicht weil sie so krank gewesen wäre, sondern weil sie eine furchtbare Person war. Ihre Gegenwart war einfach unangenehm. Margret war siebenundfünfzig Jahre alt, als Jason ihr zum ersten Mal begegnete. Seit zweiunddreißig Jahren verheiratet, keine Kinder, früher einmal eine wahre Schönheit, doch das Alter setzte ihrem Aussehen ziemlich zu. Ihr Problem war die Unfähigkeit, damit umzugehen, daß sie alt wurde. Ihr Ehemann hatte sie vor kurzem wegen einer anderen Frau verlassen, nachdem er jahrelang ihre Gemeinheiten über sich hatte ergehen lassen und sie ihm unzählige Male gesagt hatte, daß sie ihn nie geliebt hatte.

Margret wurde nicht damit fertig, daß sie nicht mehr so gut aussah wie früher. Sie konnte den Statusverlust und die schwindende Aufmerksamkeit, die damit einherging, nicht verwinden. Wie viele männliche Ärzte gab es schon, die sich in eine Frau hineinversetzen konnten, die unter tiefen Depressionen darüber litt, daß sie ihre einzige Waffe verlor – ihre nicht unbeträchtliche sexuelle Macht, die sie dazu eingesetzt hatte, Kontrolle über die Männer in ihrem Leben auszuüben und sie zu erniedrigen? Mehr als einmal hatte sie Selbstmordversuche unternommen. Es stand alles in ihrer Akte. Jason hatte seinen Nachfolger eingehend informiert. Er warnte ihn, daß Margret, obwohl sie manchmal durchaus stabil wirkte, immer noch unter tiefen Depressionen litt und stark gefährdet war. Doch der junge Mann, der mittlerweile eine Praxis auf der Fifth Avenue hatte, war ein Bürokrat, ein Mann ohne Phantasie. Eines Abends rief Margret ihn gegen fünf Uhr an und hinterließ eine Nachricht, daß sie mit ihm reden mußte. Sie sagte nicht, daß sie verzweifelt war oder Selbstmord begehen wollte, und so interpretierte der junge Arzt ihren Anruf als einen weiteren Versuch, Kontrolle über ihn auszuüben. Er hörte nur, was sie sagte und nahm es nicht weiter ernst. Sie war früh am Tag bei ihm gewesen. Und sie hatte den Eindruck gemacht, als ginge es ihr gut. Er machte also an jenem Abend keinen Kontrollanruf, und sie schlitzte sich die Pulsadern auf und verblutete irgendwann in der Nacht.

Margret ging Jason deswegen nicht aus dem Kopf, weil er wußte, daß der junge Doktor sich zu keinem Zeitpunkt Vorwürfe gemacht hatte. Er war der vollsten Überzeugung, richtig gehandelt zu haben. Er glaubte noch immer, daß er eine makellose Bilanz aufzuweisen hatte. Daß er in Margrets Fall versagt hatte, auf diese Idee wäre er nie gekommen.

Als Margret sich umgebracht hatte, war für Jason endgültig klar, daß er niemals etwas, nicht einmal das kleinste Detail, jemand anderem überlassen konnte. Niemand, der unter seiner direkten Obhut stand, war jemals an etwas anderem als natürlichen Ursachen gestorben. Zwar war zum Zeitpunkt ihres Todes jemand anderes für Margret verantwortlich gewesen. Andererseits sah er überdeutlich die Parallelen zwischen ihr und der Situation, in der er sich mit April Woo und der Polizei befand. Er hatte keine Hoffnung, Emma ohne die Hilfe der Polizei zu finden. Doch Polizisten waren Bürokraten, die sich mit dem Minimum begnügten. Das konnte er nicht zulassen. Emmas Leben hing von sehr schnellem Handeln ab. Jason war es egal, wie oft Detective Woo ihn schon hatte abblitzen lassen. Er würde an ihre Tür trommeln, bis sie ihn reinließ.

In der tiefen Stille seines Büros, wo nichts zu hören war

außer dem Ticken seiner Uhren, beschloß er, daß nun genug Zeit verstrichen war seit seinem letzten Anruf. Er gestattete sich einen Blick zur Uhr. Zwanzig Minuten reichten. Wieder wählte er die Nummer von Detective Woo.

April nahm den Hörer ab. »Detective Woo.«

»Hier ist Jason Frank.«

»Hallo, Dr. Frank«, sagte sie vorsichtig.

»Nennen Sie mich Jason.«

April Woo reagierte nicht auf diese Einladung.

»Ich möchte, daß Sie mich als einen Kollegen betrachten«, sagte Jason mit der wärmsten Stimme, die er auf Lager hatte. »Wir können zusammenarbeiten. Ich kann Ihnen helfen.«

»Sie helfen jetzt schon«, erwiderte April. Auch ihre Stimme klang warm und vertrauenerweckend.

Er kannte diese Stimme. Auch er hatte so eine auf Lager – professionell und dazu geeignet, Distanz zu schaffen. Er war der Arzt. Er ließ sich von seinen Patienten nicht vorschreiben, was zu tun war – außer, wenn sie recht hatten. Er konnte auch nachgeben. Er mußte sie dazu bringen, nachzugeben. Emmas Leben hing davon ab.

»Hören Sie, ich habe über das Band nachgedacht. Ich kann Ihnen helfen, die Stellen zu markieren, wo er sie eventuell hingeschafft hat. Bestimmte örtliche Besonderheiten, nach denen man Ausschau halten muß. Ich habe ein psychologisches Profil von ihm erstellt.«

»Okay«, sagte April. »Ich nehme alles, was Sie haben. Was wollen Sie mir sagen?«

»Bevor ich dazu komme, gibt es irgendwas Neues?«

Wieder schwieg April einen Augenblick, bevor sie antwortete – ganz so, als müßte sie erst überlegen, ob sie es ihm wirklich sagen sollte. Sein Herz überschlug sich. Es gab Neuigkeiten.

»Sie können es mir sagen. So was ist mein Beruf. Was immer es ist, ich kann damit umgehen.«

»Es ist vielleicht gar nichts.«

»Was ist es?«

»Ich habe die Notrufe überprüfen lassen.«

»Emma hat angerufen?«

»Nein, aber es gibt einen unvollständigen Anruf.«

»Was heißt das?« schrie Jason.

»Das heißt, jemand hat angerufen und um Hilfe gebeten, ohne einen Namen oder eine Adresse anzugeben, bevor aufgelegt wurde.«

»Oh, Gott ...«

»Manchmal sind es potentielle Selbstmörder. Manchmal auch nur Spinner, die sich einen Spaß machen. So was kommt häufig vor, müssen Sie wissen. Vielleicht bedeutet es auch nichts.«

»Was unternehmen Sie deswegen?«

»Wir lassen die Stimmen auf den Bändern vergleichen, um festzustellen, ob es sich um Ihre Frau handelt.«

»Wissen Sie, woher der Anruf kam?«

Wieder ein langes Zögern, bis sie es ihm schließlich sagte. »Ja«, erklärte sie mit einem Hauch von Triumph in ihrer Stimme. »Queens.«

Queen Palm Way. Queens. Jasons Herz schlug höher. »Hören Sie, Detective. Ich komme rüber. Ich muß mit Ihnen sprechen, und zwar sofort.« Er legte auf, bevor sie protestieren konnte.

63

Sergeant Joyce studierte die Fotos von den Verbrennungen der beiden toten Mädchen in Kalifornien und betrachtete eingehend eine Vergrößerung der Zeichnung, die am Ende eines jeden der sechzehn Briefe an Emma waren. Die Bilder ließen keine konkreten Schlüsse zu. In einem Fall hatte sich die Haut des Opfers so stark verfärbt, daß Sergeant Joyce es sehr erstaunlich fand, wie der Leichenbeschauer überhaupt zu der Diagnose gekommen war, daß es sich um eine Verbrennung handelte. Im anderen Fall konnte man die Form deutlich erkennen, sie wies auch eine gewisse Ähnlichkeit mit dem ersten Fall auf, doch für Sergeant Joyce war eine Ähnlichkeit mit den Zeichnungen am Ende der Briefe nicht erkennbar.

Joyce warf die Fotos auf den Schreibtisch in ihrem Büro, wo April alle Dokumente und Fotos zusammengestellt hatte, die ihre Untersuchungen gegen Grebs betrafen. Sie schüttelte den Kopf. »Ich weiß nicht. Ich sehe hier nichts, das uns weiterhelfen würde.«

»Ich habe gerade einen Anruf von dem Sheriff in Kalifornien bekommen«, sagte April. »Sie haben einen Zeugen, der sagt, daß er Ellen an dem Nachmittag, als sie verschwunden ist, zusammen mit Grebs gesehen hat.«

»Wir haben immer noch nichts, das uns im Zusammenhang *mit dieser Angelegenheit* weiterhilft«, erwiderte Joyce kalt.

April hatte das Foto von Emma Chapman in dem High-School-Jahrbuch neben das Foto von Ellen Roane in Tennisshorts gelegt. Beide Frauen hatten langes blondes Haar und Gesichtszüge von klassischer Schönheit. Sie hätten Schwestern sein können. April hatte eine Verbindung, was das Aussehen der beiden Frauen anging. Sie hatte eine Verbindung, was die Fixierung des Kerls auf Feuer und Verbrennungen anging. Sie hatte einen Verdächtigen mit einer Akte, die paßte. Und trotzdem weigerte sich Joyce, eine Verbindung zwischen den beiden Fällen zu sehen. April überlege, ob ihre Vorgesetzte einfach nur ihre Arbeit nicht würdigen wollte.

Sie schob die schrecklichen Fotos der Leichen, die in der Wüste gefunden worden waren, zur Seite, so daß die beiden lächelnden Mädchen wieder obenauf lagen. »Sehen Sie hier denn keine Ähnlichkeit?«

Joyce erwiderte nichts.

»Sehen Sie, er *kannte* diese Chapman von der High-School. Und er hat sich abgesetzt.« Was wollte diese Frau denn noch?

»Das bedeutet nicht, daß er *hier* ist.«

April zuckte mit den Schultern. »Aber es *könnte* sein, daß er hier ist.«

»Das ist nicht sein Modus operandi«, sagte Joyce tonlos.

»Vielleicht nicht«, stimmte April zu. »Aber manchmal gehen sie von Fall zu Fall unterschiedlich vor. Und er *kannte* sie. Natürlich könnte es Zufall sein, daß er sie kannte ...«

»Sie wissen, daß es kein Zufall ist.« Joyce schaute hinab auf die beiden süßen Mädchen mit ihren goldenen Haaren. »Aber wir haben hier keine Wüste, wo er sie zurücklassen kann.«

Ging's denn noch phantasieloser? Keine Wüste. April mußte plötzlich wieder an den ersten Fall denken, den sie in diesem Revier zu bearbeiten hatte. Sergeant Joyce hatte sie zu einer Stadtvilla geschickt, dessen Besitzer sich Sorgen machte, daß der chinesische Koch möglicherweise das ebenfalls chinesische Hausmädchen ermordet und ihre Leiche irgendwo im Haus versteckt hatte. Im ganzen Haus stank es so fürchterlich, daß es nicht zum Aushalten war, und das Hausmädchen war einige Tage zuvor unter mysteriösen Umständen verschwunden, ohne ihre Sachen mitzunehmen. Der Hausbesitzer konnte nicht feststellen, woher der Gestank kam. Es machte den Eindruck, als käme er aus dem tiefsten Inneren des Hauses.

Das Haus war riesig, vier Stockwerke hoch, mit einer großen Küche im Untergeschoß und einem Wäscheraum. Das Treppenhaus und die Badezimmer waren aus Marmor, die Wasserhähne vergoldet und hatten die Form von Delphinen. April hatte sich lange mit dem chinesischen Koch unterhalten. Er gestand, daß er das Hausmädchen haßte. Es gab etliche Differenzen zwischen ihnen. Sie hatte sich seinen Avancen verweigert, und das machte ihn verrückt. Sie aß, was vom Essen ihrer Arbeitgeber übrigblieb. Das war nicht gut. Niemand hatte ihr die Erlaubnis gegeben, die Reste zu essen.

Dann wurde sie hungrig, und er ließ sie nicht in die Küche, um sich etwas zu kochen. Es war seine Küche. Also nahm sie ihre Lebensmittel mit in ihr Zimmer, um sie dort zu trocknen wie in China.

»Was für Lebensmittel?« fragte ihn April.

»Fisch«, hatte er voller Abscheu geantwortet.

»Sie hat versucht, Fisch in ihrem Zimmer zu trocknen?«

Genau, das war es. »Nur – hier New York, nicht Hongkong. Fisch nicht trocknet.«

Als er dem Hausmädchen gesagt hatte, sie sollte den Fisch wegwerfen, gerieten sie in Streit und schrien sich an. Sie verlor ihr Gesicht und weigerte sich zurückzukommen. Nicht einmal, um ihre Sachen abzuholen.

»Nicht viele Sachen«, bemerkte der Koch voller Verbitterung in Hinblick auf ihr Eigentum.

April fand das Resultat der Auseinandersetzung zwischen den beiden in einem der Heizgebläse im Keller. Der Geruch von verfaulendem Fleisch wurde durch das ganze Haus geblasen. Sie fand die Frau bei einem Freund in New Jersey. Sie weigerte sich zurückzukommen.

Hier New York, nicht Hongkong. Fisch nicht trocknet. April mußte daran denken, daß Grebs vielleicht etwas anderes mit Emma Chapman vorhatte. Daß er die Absicht hatte, sie umzubringen und irgendwo anders zu verstecken.

»Vielleicht plant er, seinen Modus operandi diesmal zu ändern«, erklärte April ihrer phantasielosen Vorgesetzten.

»Vielleicht.« Joyce hatte ihr Jackett ausgezogen. Sie saß da in ihrer grünen Bluse und schwitzte. April stellte fest, daß die Farbe zu dunkel war und nicht zu ihr paßte. Joyce wirkte bleich, und die Schweißflecken unter ihren Armen verrieten, daß auch sie beunruhigt war. April fühlte sich gleich besser.

»Ich habe ein Dutzend Leute da draußen mit dem Bild von ihm. Sorgen Sie dafür, daß es an alle Reviere in der Stadt verteilt wird«, sagte sie.

April nickte. Jawohl, Sergeant, wird erledigt, Sergeant.

»Haben Sie schon einen Stimmenabgleich mit dem Neuneins-eins in Queens?« Joyce wechselte das Thema.

»Sie arbeiten noch dran.« April trommelte mit den Fingern auf der Schreibtischplatte. Sie hatte es eilig hier herauszukommen.

»Wo ist Sanchez?«

»Er ist ins Labor gefahren, um denen Dampf zu machen.« April stand immer noch vor dem Schreibtisch von Sergeant Joyce. Sie hatte keine Lust hier herumzustehen. »Ich will nochmals mit dem Ehemann sprechen«, sagte sie nach einer Weile.

»Oh, was weiß der denn?«

»Er ist ein Seelenklempner. Er war es, der den Kerl überhaupt aufgespürt hat.«

»Ja, das haben Sie mir gesagt.«

»Er weiß, wo der Kerl arbeitete. Er hat gesehen, wo er wohnt, wo er aufgewachsen ist. Sogar mit seiner Tante hat er geredet. Er kennt den Background von Grebs.«

»So?«

»Er ist ein *Seelenklempner*. Er hat Nachforschungen über Grebs angestellt, ein Profil erarbeitet von seinen Gewohnheiten, das uns vielleicht dabei hilft, ihn zu finden.«

»Dann reden Sie noch mal mit ihm.«

Sergeant Joyces Telefon klingelte. Sie nahm den Hörer ab und fing an zu reden. April stand da. Nach einer Minute hielt Joyce die Sprechmuschel mit ihrer Hand zu.

»Was?« fragte sie.

»Er will in der Gegend herumgefahren werden«, sagte April. Joyce schüttelte ihren Kopf. »Sind Sie verrückt oder was?«

»Werd' ich gleich feststellen.«

April verließ das Büro.

Dr. Frank erwartete sie am Fuß der Treppe.

64

Claudia Bartello fühlte sich unbehaglich. Sie spürte eine Vibration im Haus, und sie war anders als der Berufsverkehr auf der Brücke. Manchmal klang es wie ein Summen. Und manchmal wie ein Jammern. Zweimal dachte sie, daß sie Schreie hörte. Sie strich durch das Haus, suchte beide Etagen nach der Geräuschquelle ab, als würde sie einen Geruch verströmen, den man mit der Nase aufspüren konnte, um ihn anschließend abzuwaschen.

Seit Arturos Tod vor einem Jahr war es schon ein paarmal vorgekommen, daß das Licht verrücktgespielt hatte. Die Lampen knackten und gingen ohne Grund aus und an. Sie stellte gar nicht in Abrede, daß es eventuell ein Geist war, der im Haus umging. Er war genau hier gestorben. Genau vor der Treppe, während sie in der Küche gestanden und das Abendessen zubereitet hatte. Ohne einen Mucks zu machen. Er war einfach umgekippt, als er die Treppen hinaufstieg, und ihr weggestorben. Vielleicht war er noch immer sauer auf sie, daß es ein Nachbar gewesen war, der ihn eine Stunde später gefunden hatte. Sah ihm ähnlich, deswegen sauer zu sein.

Doch die Wahrscheinlichkeit war größer, daß es kein Geist war. Es war der Mann in der Garage mit seiner nackten Freundin. Die Frau war noch nicht gegangen. Dessen war Claudia sich ziemlich sicher. Niemand war außerhalb der Garagentür aufgetaucht. Sie überlegte, ob sie den irischen Polizisten anrufen sollte, um ihm zu sagen, daß sich da drin etwas seltsame Dinge abspielten. Wie hieß er noch mal?

Das Problem war, daß sie nicht wußte, wie man die Polizei ruft, welche Nummer man wählen mußte. Es war nicht die Nummer, die sie im Fernsehen zeigten für Notfälle. Die hatte Arturo schon mal probiert, als ihm jemand ins Auto reingefahren war. Nachdem er gesagt hatte, daß es keine Verletzten gab, hatten sie versprochen, daß sie jemand vorbeischicken würden. Doch es war niemals jemand gekommen.

Wie konnte sie die richtige Nummer herausfinden? Ihre Augen waren nicht mehr so gut, daß sie sich mit dem Telefonbuch abquälen konnte. Sie hatte sowieso keine Ahnung, wo sie nachschauen mußte. Außerdem hatte er nicht den Eindruck gemacht, als ob er sich sonderlich für ihren Fall interessierte. Sie wollte einen anderen Polizisten. Einen Italiener, mit dem sie sich unterhalten konnte, dem sie die Sache mit Arturo und dem Mann in der Garage erklären konnte. Manchmal hörte sich das Summen an wie Stimmen, die miteinander stritten.

Wenn Arturo jetzt dagewesen wäre, hätte Claudia ihm mal mächtig Bescheid gesagt. Wie kam er dazu, ein Apartment auf der Garage zu bauen, in das man nur reinkam, wenn man durch die Garage ging, an deren Rückwand die Treppe nach oben führte? Das war doch glatter Unsinn. Aber Arturo war nie besonders vernünftig gewesen. Er sagte, er wollte es den Leuten nicht so einfach machen, ihm auf die Nerven zu fallen. Nett.

Eines konnte man jedoch nicht von ihr sagen: daß sie schlecht hörte. Sie mochte alt sein, aber sie hatte noch immer Ohren wie eine Fledermaus. So was wie jetzt hatte sie schon mal gehört. Nicht nur um elf, sondern auch um zwölf.

Um ein Uhr beschloß sie, etwas dagegen zu unternehmen. Sie schlurfte zur Haustür und zog sich auf dem Weg dahin ihren Pullover an, denn es war immer noch kühl draußen. Ihre schweren Schuhe anzuziehen, war nicht nötig, denn es war ja nicht weit, und ihre Füße waren geschwollen. In den weichen Schlappen konnte sie besser gehen.

Sie ließ die Haustür unverschlossen, denn sie hatte keine Lust, sich mit dem Schlüssel abzumühen, und außerdem würde sie ja sowieso gleich zurückkommen. Schließlich ergriff sie zum zweiten Mal an diesem Tag das Geländer der Treppe, die Arturo umgebracht hatte. Sie hatte nur drei Stufen, und die waren nicht allzu hoch, doch Claudia hatte Angst hinzufallen, und deswegen mochte sie die Treppe nicht.

Sie schlurfte den Fußweg zum Gehsteig vor dem Haus hinunter. Die Abkürzung über das winzige grasbewachsene Stück Land, das Arturo seinen Rasen nannte, konnte sie nicht nehmen, denn es war zugewuchert. Bald würden die Nachbarn sich wieder beschweren.

Claudia dachte über die Garagentür nach. Eines wußte sie sicher: Sie mochte vielleicht Arthritis in den Fingern haben, aber ihre Arme waren immer noch kräftig. Mit knackenden Knochen beugte sie sich vor und zog die Garagentür hoch. Sie schwang leichter auf, als sie erwartet hatte. Der Kerl, der jetzt da drin wohnte, mußte irgendwas dran gemacht haben, vermutlich hatte er sie geölt.

Als die Tür aufging, schaltete sich das Licht automatisch ein. Claudia ging hinein. Einen Augenblick dachte sie, das Auto sei Arturos Wagen, so als ob die Zeit stehengeblieben wäre und sie ihn auf frischer Tat ertappen würde. Aber dann fiel es ihr wieder ein. Das hier war ein Ford. Sie war hier, um jemand anderem die Hölle heiß zu machen. Sie wäre beinahe über Arturos Rasenmäher gestolpert. Das Ding war so alt, daß es nicht mal einen Motor hatte. Langsam stieg sie die Treppe hoch, ihre Hand fest um das Geländer geschlossen, und als sie oben angekommen war, klopfte sie dreimal an die Tür. Niemand antwortete.

Sie klopfte erneut.

»Hey«, sagte sie. »Ich weiß, daß Sie da drin sind.«

Eine ganze Weile herrschte Stille, und dann kam die Antwort durch die Tür. »Was wollen Sie?«

»Sie haben gesagt, daß Sie hier nichts veranstalten«, zeterte Claudia.

»Ich veranstalte auch gar nichts.«

»Ich *weiß,* was Sie machen. Sie haben eine Frau da drin.«

»Nie im Leben.«

»Doch, da drin ist eine Frau«, beharrte Claudia.

»Wie kommen Sie dadrauf?«

Die Stimme hinter der Tür hörte sich vernünftig an. Dieser vernünftige Tonfall erinnerte sie an Arturo. Es irritierte sie.

»Ich bin nicht dämlich. Ich habe Augen und Ohren. Ich hab' sie gesehen. Und ich dulde es nicht.« Dies war ein alter Streit. »Ich führe kein Bordell. Schaffen Sie sie weg.«

»Wovon reden Sie?« Die Stimme war wütend.

»Ich sagte, nehmen Sie die Frau und schaffen Sie sie raus. Ich dulde keinen Schweinekram in meinem Haus. Sie sollten sich was schämen.«

»Hier drin ist keine Frau, ich versprech's Ihnen.«

»Doch«, schrie Claudia. »Oh, doch! Da ist eine Frau. Ich hab' sie gesehen.«

»Okay, okay. Es ist eine Frau dagewesen, aber jetzt ist sie weg. Es tut mir leid. Es wird nicht wieder vorkommen.«

»Machen Sie die Tür auf. Ich kann so nicht reden.«

»Ich kann nicht. Ich bin nicht angezogen. Ich habe geschlafen.«

»Das ist mein Haus. Wenn sie weg ist, will ich auch sehen, daß sie weg ist.«

»Ich sage Ihnen doch, ich habe geschlafen. Ich habe nichts an.«

»Dann ziehen Sie sich was an.«

Es herrschte Schweigen, und dann war die beschwichtigende Stimme wieder zu hören.

»Gute Frau, ich glaube, Sie regen sich unnötig auf. Und wenn ich hier eine Frau drin hätte: Das hier ist ein freies Land. Ich sage Ihnen, daß sie jetzt weg ist, also vergessen Sie's.«

»Ich will mich davon überzeugen, daß sie weg ist«, beharrte Claudia. »Das ist mein Haus. Wollen Sie, daß ich die Polizei rufe? Ich werde die Polizei rufen. Ich habe einen Freund bei der Polizei. Soll er sich darum kümmern?«

Wieder herrschte eine ganze Weile Schweigen.

»Hören Sie mich?«

»Ja, ich höre Sie.«

Keine Sekunde später wurde die Tür geöffnet, und Claudia schlurfte hinein. Die Tür wurde hinter ihr geschlossen, bevor sie dagegen protestieren konnte.

65

April saß über eine Stunde mit Dr. Frank in dem leeren Verhörraum im Erdgeschoß. Offensichtlich hatte sich der Doktor, als sie ihn um acht Uhr getroffen hatte, seitdem nicht die Zeit genommen, zu duschen oder die Kleider zu wechseln. April vermutete, daß er wohl auch noch nichts gegessen hatte. Jetzt war es drei Uhr. Sie bestellte ihm ein Sandwich.

Als es gebracht wurde, schüttelte er den Kopf. »Danke, ich bin nicht hungrig.«

»Wenn Sie verhungern, hilft uns das auch nicht weiter«, sagte sie. Sie packte das Sandwich aus und legte es auf den Tisch. Thunfisch mit Salat auf weißem Toastbrot. Es roch ganz gut, dachte sie.

»Kaffee?«

»Danke.« Er nahm den Kaffee und trank einen Schluck. Irgendwann fing er auch an, das Sandwich zu essen, doch es schien so, als sei er sich dessen gar nicht bewußt.

Zwischen den Bissen beschrieb er, wo Grebs als Kind gewohnt hatte. An der achtundzwanzigsten Straße in Downtown San Diego. Er beschrieb die Firma, wo Grebs als technischer Zeichner für Strahltriebwerke arbeitete. Sie lag am Lindberg Field, dem Flughafen von San Diego. Er erzählte April, daß Grebs nun in einer Straße namens Queen Palm Way wohnte, die von der Crown Avenue abging.

»Er könnte in Crown Heights sein.«

April schüttelte den Kopf. »Crown Heights liegt in Brooklyn. Zu weit weg von den Flughäfen. Noch mehr Kaffee?«

»Nein, danke.« Er schob die Tasse von sich weg.

April klappte ihr Notizbuch zu. »Nun denn, ich denke, wir haben alles besprochen.« Er hatte ihr alles gegeben, was er hatte. Ein Viertel von seinem Sandwich war noch übrig, aber sie hatte nicht den Eindruck, daß er es noch aufessen würde.

Die Wanduhr zeigte Viertel vor vier. Sanchez war nun schon seit zwei Stunden weg. Warum hatte sie noch nichts von ihm gehört? Sie hatte doch hinterlassen, daß jemand sie holen kommen sollte, falls er anrief.

»Dann also los.« Dr. Frank packte seine Unterlagen zusammen.

»Wo wollen Sie hin?«

»Was ich Ihnen gegeben habe, reicht. Nehmen wir uns ein Auto und suchen sie.«

»Dr. Frank, das klappt so nicht. Verstecke und Schlupfwinkel springen einen nicht auf der Straße an.«

April wohnte in Queens und kannte sich sehr gut dort aus. Sie konnte sich eine Reihe von Dinge, die er ihr beschrieben hatte, bildlich vorstellen. Die Auffahrt zur Triboro Bridge war nur ein paar Blocks von ihrem Haus entfernt. Tag und Nacht flogen Flugzeuge in geringer Höhe über die Häuser. Dennoch mußte man schon einige Anhaltspunkte mehr haben. Es war eine riesige Stadt. Man konnte nicht einfach zu einer Stelle losrennen, von der man dachte, daß sich ein Killer dort aufhielt, ohne zu wissen, was man tun würde, wenn man dort ankam.

Voller Wut stopfte er die Papiere in seinen Aktenkoffer.

»Wollen Sie mir damit sagen, daß Sie einfach nur hier rumsitzen werden? Sie werden sich nicht auf die Suche nach ihr machen?«

Er kapierte es nicht. Hier gab es niemand, der einfach nur herumsaß. Das ganze Revier nahm den Fall sehr ernst. Wenn jemand, der Drohbriefe erhalten hatte, unter verdächtigen Umständen plötzlich verschwand, dann war das Grund genug für eine Untersuchung. Emma Chapmans verzweifelte Stimme auf dem Anrufbeantworter ihres Mannes, die sagte, daß sie von jemandem festgehalten wurde, der vorhatte, sie umzubringen – das war ein Anlaß für eine Großfahndung. Und genau das führten sie im Augenblick durch, eine Großfahndung – in einem Fall, mit dem April Woo betraut war.

Und der einzige Grund, warum keine dreitausend Reporter draußen herumstanden und nach Informationen und Fotos gierten, war, daß darüber bisher absolute Funkstille gewahrt wurde. Es würde nicht lange dauern, bis jemand einen Tip bekam, doch bis jetzt wußte niemand von der Presse, daß eine berühmte Schauspielerin entführt worden war. Und jeder vom Zwo-Null wollte, daß es dabei blieb. Es gab eine Anweisung von ganz oben, daß jeder seine Klappe zu halten hatte. Sie wollten nicht, daß der Kidnapper sie in einem Anfall von Panik umbrachte, nur weil er plötzlich sein Gesicht im Fernsehen sah.

April war sich über den Zeitfaktor im klaren. Andererseits ging es hier um Leben und Tod, und die Situation war schon ernst genug, auch ohne daß die Presse ihre Chancen, die Frau zu retten, noch weiter reduzierte.

»Nein, Dr. Frank, ich habe nicht gesagt, daß ich nicht nach ihr suche.« April erhob sich und warf die Überreste von seinem Lunch in den überquellenden Abfalleimer in der Ecke des Raumes. »Aber es ist sinnlos, aufs Geradewohl in der Gegend rumzukurven, bevor ich meine Herde nicht beisammen habe.«

»Was für eine Herde?« fragte Jason. »Hier zählt jede Sekunde, wenn Sie sie lebend finden wollen.«

»Das weiß ich. Und es sind eine Menge Leute damit befaßt. Wir warten noch auf einige Informationen, bevor wir losschlagen können.«

»Herrgott, was für Informationen?«

»Ich warte auf ein positives Ergebnis des Stimmenabgleichs mit dem Notruf aus Queens. Erinnern Sie sich, Sie haben es selbst angehört und waren nicht in der Lage, mir eine eindeutige Bestätigung zu geben?« Das Band und der Recorder lagen noch immer auf dem Tisch.

»Weshalb dauert das so lange?« Dr. Frank schaute auf seine Uhr.

April wußte es auch nicht. »Warum gehen Sie nicht erstmal nach Hause? Ich rufe Sie an, sobald ich etwas weiß.«

»Ich kann nicht nach Hause«, sagte er voller Verzweiflung.

»Nun ja, Sie können auch hierbleiben, aber wenn ich losfahre, können Sie nicht mitkommen. Hören Sie, sobald ich etwas erfahre, rufe ich Sie an.«

»Ich will dabei sein, wenn Sie sie finden.«

Es war nicht so einfach. Das ging nicht. April starrte ihn an. Es konnte sein, daß sie Emma Chapman bald fanden. Es konnte aber auch noch Tage dauern, ohne daß sie auch nur eine Spur von ihr hatten. Bis dahin würde sich allerdings die Presse einschalten. Dr. Frank würde im Fernsehen auftauchen. Der Leiter des Reviers würde Erklärungen abgeben. Emma Chapman wäre vermutlich tot, und die Presse würde sich austoben. Doch April sprach dies lieber nicht aus.

»Passen Sie auf«, sagte sie. »Sie haben eine Menge getan. Sie haben den Durchbruch in diesem Fall geschafft. Sagen Sie niemandem, daß ich das gesagt habe, aber es ist die Wahrheit. Doch jetzt müssen Sie mich meine Arbeit machen lassen.«

»Bitte, April. Sie braucht mich«, flehte Jason sie an. »Ich muß einfach dabeisein.«

Nun waren sie also schon Freunde. Er redete sie mit ihrem Vornamen an. Sie schüttelte den Kopf. »Ich habe keine andere Wahl. Ich habe Pflichten. Sie können nicht mit mir im Wagen mitkommen. Sie könnten dadurch in Gefahr geraten. Gleiches gilt für mich und Ihre Frau. Sie müssen nach Hause gehen. Sobald ich irgendwas habe, rufe ich Sie an. Sobald wir wissen, wo sie ist, werden auch Sie dort sein. Ich verspreche es.«

»Nein, das reicht nicht.«

»Dr. Frank, ich verstehe, wie Sie sich fühlen. *Glauben Sie mir.* Ich verstehe es. Sie sind ein Fachmann auf Ihrem Gebiet, und Sie glauben, daß außer Ihnen niemand eine Ahnung hat, wie man Dinge angeht. Aber ich bin auch ein Fachmann auf meinem Gebiet. Ich bin für das, was ich tue, ausgebildet worden, und zwar gründlich.«

»Aber das hier ist etwas anderes ...«

»Dr. Frank, würden Sie einen Zivilisten in eine Schlacht schicken?«

»Das hier ist etwas anderes.« Er gab nicht auf.

»Sehen Sie, Sie sind ein Zivilist ohne Ausbildung. Wollen Sie die Untersuchung behindern und Zeit vergeuden?«

»Nein, aber ...«

»Dann gehen Sie nach Hause und nehmen Sie eine Dusche. Rufen Sie mich in einer Stunde wieder an, okay?«

»Rieche ich so schlecht?«

April lächelte nicht. »Sie sehen aus, als würde es Ihnen guttun, Doktor. Sie fühlen sich bestimmt viel besser, wenn Sie eine Weile unter der Dusche gestanden haben.«

»Zwanzig Minuten«, sagte er und schaute wieder auf seine Uhr.

April ging wieder nach oben. Der Wachraum war nahezu leer, und Sanchez war noch nicht zurück. Sie piepste ihn an. Ein paar Minuten später rief er zurück.

»Wie steht's?« fragte sie.

»Ich weiß nicht genau. Entweder haben die hier andere Prioritäten, oder die Maschine für den Stimmenabgleich ist hin, oder der Kerl, der die Maschine bedient, hat früher Schluß gemacht. Ich könnte es woanders probieren«, schlug er vor. »Zu dumm, daß sie nicht noch ein paar Worte mehr gesagt hat, dann könnten wir mit Sicherheit sagen, ob der Anruf aus Queens von Emma Chapman kam und müßten uns nicht hiermit abquälen. Wie war's mit dem Mann – Glück gehabt?«

»Mit dem Stimmenabgleich? Ich hab's ihm fünfmal vorgespielt.«

»Was hat er gesagt?«

»Das einzige verständliche Wort auf dem Band ist ›Hilfe‹. Er sagte, die Frau hört sich an, als ob sie unter Drogen steht. Er war sich nicht sicher, ob es seine Frau ist. Er hat sich ziemlich aufgeregt darüber, daß er sich nicht sicher sein konnte.«

»Soll ich es bei einem anderen Labor versuchen?«

»Hören Sie, der Ehemann bekommt Panik wegen der Zeit. Und mir geht's genauso. Er scheint sich sicher zu sein, daß der Kerl sie nicht mehr lange am Leben läßt. Er glaubt, wenn er sie nicht schon umgebracht hat, wird er es bald tun. Ich schnappe mir die Fotos und fahre raus nach Queens.«

»Sie werden nicht auf die Bestätigung wegen dem Notruf warten?«

»Ich kann hier nicht rumsitzen und warten ... Außerdem, ich denke, mit Queens liegen wir richtig«, sagte April.

»Gibt's dafür einen speziellen Grund?«

April dachte eine Sekunde lang nach. Sie vertraute dem Seelenklempner. Das war der Grund. »Es paßt zu seinem Profil.«

»Okay, ich mache mich dann jetzt auf den Weg und treffe Sie dort. Wo fahren Sie hin?«

Sie sagte es ihm, schnappte sich ihre Tasche und den Stapel Fotos und ging zu Joyce, um ihr Bescheid zu sagen, was Sanchez und sie tun würden.

Joyce bedachte sie mit einem säuerlichen Blick. »Okay, aber halten Sie sich bedeckt. Sie haben gehört, was der Chef gesagt hat – es darf nichts durchsickern.«

Eigentlich hatte April es nicht gehört. Sergeant Joyce hatte weitergegeben, was er gesagt hatte. Der Chef hatte in den neun Monaten, in denen April hier war, noch nie ein Wort mit ihr gewechselt, und vermutlich hatte er nicht die geringste Ahnung, wer sie überhaupt war. Doch April wußte ziemlich genau, was er ihr in diesem Augenblick wohl zu sagen hatte. Detective Woo und Sergeant Sanchez waren auf dem Weg nach Queens, fein. Er hatte nichts dagegen, wenn sie ihre Zuständigkeitsgrenzen überschritten. Aber wenn es sich herausstellen sollte, daß die vermißte Frau tatsächlich in Queens war, dann sollten die beiden Detectives von Zwo-Null in Manhattan gefälligst diejenigen sein, die sie fanden. Und zwar ohne dabei die ganze Welt in Aufruhr zu versetzen.

»Soll ich mich zwischendurch melden?« fragte April.

Joyce blickte April an, als ob sie völlig bescheuert wäre.

»Klar melden Sie sich zwischendurch! Aber bleiben Sie kryptisch. Sie wissen, was kryptisch bedeutet?«

Angesichts dieser Beleidigung stieg April die Zornesröte ins Gesicht, während sie kopfnickend bestätigte, daß ihr das Wort durchaus geläufig war. Sicher, ihre Vorgesetzte hatte eine Menge Leute auf ihren Fall angesetzt, ohne ihn April Woo zu entziehen. Aber das änderte auch nichts an Aprils Haß auf Joyce.

66

»Hey, April Woo. Was, zum Teufel, machst du hier draußen?«

Voller Überraschung starrte April den rotgesichtigen dicken Sergeant am Empfangstresen an. Sie war gerade zur Tür des

Reviers von Astoria hereingekommen, wo sie wohnte. Doch sie hätte nie geglaubt, daß es hier jemanden gab, den sie kannte.

»Ich glaub's ja nicht. Wir gehen zusammen zur Schule und dann auf die Akademie, und du erinnerst dich nicht an mich«, sagte der Sergeant und hielt die Hände in die Höhe. »Jetzt bin ich echt beleidigt.«

Sie dachte einen Moment lang krampfhaft nach und versuchte, die vertraute Stimme und die rundliche Gestalt vor ihr miteinander in Verbindung zu bringen. Der Kerl war fett. Niemand in der Akademie war fett. Niemand, den sie dort gekannt hatte, war fett.

»Komm schon, April, ich bin's ...

»Oh, mein Gott, *Tony,* du bist das.« Sie ging auf ihn zu, um ihm die Hand zu schütteln. »Mein Gott, Tony, du hast aber ein paar Pfund zugelegt.«

»Ja«, gab er zu. »Das kommt vor.«

»Wie kommt's, daß du in Queens am Schreibtisch sitzt? Das letzte Mal, daß ich dich gesehen habe, bist du Streife gegangen in Little Italy.«

»Stimmt, du hast den Absprung von da schneller geschafft als ich. Bist du nicht in Brooklyn Streife gefahren?«

»O Gott, wie lange ist das schon wieder her? Danach war ich viereinhalb Jahre Detective im Fünften«, sagte sie stolz.

»Die alte Nachbarschaft. Hey, das ist ja prima. Ich bin seit drei Jahren hier.« Er zuckte mit den Achseln. »Kann mich nicht beklagen.«

»Besser ist es«, sagte sie lächelnd. »Ich wohne hier in der Nähe.«

»Ach, wirklich? Und da kommst du nicht mal vorbei? Wo arbeitest du jetzt?«

April verzog das Gesicht. »Upper West Side, beim Zwo-Null.«

Er stieß einen Pfiff aus. »Manhattan. Du Glückliche.«

April zog den Kopf ein. Sie hatte gewußt, daß er das sagen würde. Es gab fünfunddreißigtausend Polizisten in New York. Wenn man erstmal ins Hinterland versetzt wurde, war es, als würde man ganz nach hinten in eine Schublade gesteckt und dann vergessen. Wenn man ein paar Jahre in Queens oder der Bronx gewesen war, hatte man kaum noch Aussichten, nach Manhattan zu kommen. Außer man gehörte zu einer Spezialeinheit. April gönnte sich einen kurzen Moment des Mitleids mit Jimmy Wong, der vermutlich für ewig auf Nachtschicht bei der Notrufzentrale in Brooklyn festsaß. Ha! Sie würde Sergeant werden, bevor er es schaffte. Und ihn wieder das Gesicht verlieren lassen. Doppelt dämlicher Jimmy Wong.

Es war nicht zu fassen. Sie stand nun schon seit drei vollen Minuten hier und unterhielt sich mit Tony, ohne daß sie auch nur ein einziges Mal unterbrochen worden waren. Junge, hier ging es wirklich ruhig zu. Sie würde sich vermutlich erschießen, wenn sie hier arbeiten müßte. Ihr Wagen stand in zweiter Reihe geparkt vor der Tür. Es herrschte kaum Verkehr, und vor der Tür des Reviers war auch sonst nicht viel los. Wirklich ruhig hier.

Das Gebäude hatte mehr Ähnlichkeit mit dem 5. Revier als mit dem Zwo-Null. Zwo-Null war ein großes blaues Backsteingebäude, das aussah wie eine Schule. Dies hier war aus Sandstein, der im Laufe der Zeit dunkel geworden war. Es war niedrig und flach, alt und schäbig.

»Also, wenn du keine Ahnung hattest, daß ich hier bin, was verschafft uns dann die Ehre deines Besuchs?« fragte Tony, um Galanterie bemüht.

Vor April tauchte kurz das Bild der entführten Adligen in der Höhle auf, und sie schüttelte ihren Kopf. »Hat es letzte Nacht oder vielleicht heute eine Anzeige oder eine Beschwerde gegeben? Eine Frau, dreiunddreißig, weiß. Name Emma Chapman?«

Er schüttelte den Kopf. »Was ist mit ihr?«

»Sie ist am hellichten Tag von der Straße verschwunden, in Manhattan.«

»Und was bringt dich zu dem Glauben, daß sie hier draußen ist?« Tony wirkte nicht sonderlich beeindruckt.

»Das ist eine lange Geschichte. Es gab einen unvollständigen Notruf aus Queens letzte Nacht. Kann sein, daß sie es war. Es gibt noch eine Reihe weiterer Hinweise.«

»Hör zu, April, du gehst besser nach oben. In ein paar Minuten ist Schichtwechsel. Ich werde rumfragen, wenn die Jungs reinkommen. Vielleicht hat ja einer was gesehen.«

April zog die Bögen mit den Fotos von Emma Chapman und Troland Grebs aus ihrer Tasche und reichte ihm einige davon. Wieder sprang das Gesicht von Emma Chapman sie förmlich an. Hohe Wangenknochen, der gutmütige Mund, die nordischen Augen, blau und strahlend wie der Himmel an einem sonnigen Tag. Die Farben der Frau, die auf den Schwarzweißfotos nicht zu sehen waren, waren Sommerfarben. Sie hatte weiße Haut, und ihr Haar hatte die Farbe von Sand, hellem Sand. Außerdem rote Lippen. April benutzte auch manchmal Lippenstift, doch ihre Farben waren Winterfarben. Sie hatte schwarzes Haar und schwarze Augen, die tief in ihren Mongolenfalten eingegraben waren. Ihre Haut war braun. Die Schönheit, die Emma Chapman ausstrahlte, war unabhängig vom Betrachter. Sie wirkte auf jedermann schön, der sie anschaute. Auf dem Bild trug Emma Chapman einen Ehering am Finger und eine Goldkette um den Hals. April hatte keinen schönen Schmuck außer einem Paar Perlenohrringe und einem Jadering, der ihr Glück bringen sollte. Es war keine besonders gute Jade. Das Grün war zu dunkel, und Glück brachte er auch nicht sonderlich viel.

»Das sind die Leute, nach denen wir suchen«, erklärte sie Tony.

»Wer ist der Kerl?«

»Er wird verdächtigt, sie entführt zu haben.«

Sie wandte sich um und ging die Treppe hinauf zum Wachraum der Detectives. Diese lagen immer im ersten Stock und sahen alle gleich aus. Jede Menge Schreibtische, Aktenschränke, ein Verhörzimmer mit einem großen Tisch, an dem die Detectives manchmal zu Mittag aßen. Dann noch die üblichen Spinde im hinteren Abschnitt. Der einzige Unterschied, den dieser Wachraum aufwies, bestand in einem feuchten Fleck an der Decke, von dem es ständig in einen halbvollen kleinen Eimer am Boden tropfte. Der Raum war leer. Während April zuschaute, wie die Tropfen in den Eimer fielen, ertönte eine Stimme aus dem Nichts.

»Wenn nicht bald jemand kommt und das repariert, fällt uns die ganze Decke auf den Kopf. Ich hoffe, das passiert nach Elf. Ich bin Detective Bergman. Was kann ich für Sie tun?«

April machte zwei Schritte vorwärts, bis sie sah, daß Bergmans Schreibtisch hinter einer Reihe von Aktenschränken versteckt stand. Sehr schlau. Er konnte sie sehen, ohne daß sie ihn zu sehen vermochte.

»Detective April Woo, vom Zwo-Null«, sagte sie und zeigte ihm ihre Marke. Als sie Bergman endlich zu Gesicht bekam, mußte sie sich ziemlich zusammenreißen. Er war ein stämmiger Mann, dessen stechende Augen aus einem wilden Bart hervorzuspringen schienen.

»Wir brauchen Hilfe bei einer Fahndung«, fügte sie hinzu.

»Wen suchen Sie, Detective?«

April zog ihre beiden Kopien der Tonbänder und die Fotos aus ihrer Tasche und ließ sich auf dem harten Metallstuhl an seinem Schreibtisch nieder.

»Haben Sie einen Kassettenrecorder?« fragte sie.

Es sah reichlich eigenartig aus, wie Bergman mit all den Haaren in seinem Gesicht nickte. Klar hatte er einen Kassettenrecorder. Es war kurz nach Vier. April hoffte, daß Sanchez sich beeilte und es über die Brücke schaffte, bevor der Verkehr noch schlimmer wurde.

67

Claudia Bartello schaute voller Überraschung an ihrem Mieter hoch, der in Jeans, einer Lederjacke und Motorradstiefeln vor ihr stand.

»Ich dachte, Sie hätten nichts an«, sagte sie vorwurfsvoll und ließ ihren Blick durch das Zimmer wandern.

Troland betrachtete sie voller Wut. Er konnte es nicht glauben. Ihr Kopf ragte in einem ganz seltsamen Winkel aus ihrem Hals. Das war ihm vorher gar nicht aufgefallen. Irgendwas stimmte nicht mit ihr. Vielleicht hatte sie deswegen die ganze Zeit hinter der Tür gestanden, als er am ersten Tag vorbeigekommen war, und sie ihn nicht hereinlassen wollte. Jetzt wirkte sie auf ihn wie eine Witzfigur. Sie sah aus wie die Meckertante in einem Comic – mit einem labbrigen Körper, geschwollenen Gelenken und einem Mund, der ihm Prügel androhte.

»Wo ist sie?« wollte sie wissen und wandte sich zu der geschlossenen Schlafzimmertür. »Ich will sie sehen.«

Was sollte er machen? Troland hatte keine Lust, den Mund aufzumachen und mit ihr zu reden. Sie war ein häßliches Wesen, das ihm seine Nerven raubte. Er hatte zu arbeiten. Es gab jede Menge Arbeit, die auf ihn wartete, und er hatte die Nacht zuvor nicht geschlafen. Er spürte, wie sich die Muskeln in seinem Nacken verkrampften. Seinen Händen und seinen Schultern ging es auch nicht besser. Er war so in seine Arbeit vertieft gewesen, daß ihm erst jetzt auffiel, wie erschöpft er war.

Am liebsten hätte er ihr aufs Maul gehauen, weil sie ihn unterbrochen hatte. Sein Gesicht war unbewegt, doch seine Hand schloß sich fest um das Feuerzeug in seiner Tasche.

»Warum geben Sie mir keine Antwort? Sie geben mir nie eine Antwort.«

Plötzlich begann die alte Dame eine lautstarke Tirade und überschüttete ihn mit sinnlosen Vorwürfen. Sie veranstaltete ein Gezeter wie die Verrückte, die ihm in der U-Bahn den letzten Nerv geraubt hatte. Er hatte den Wagen verlassen, doch sie war ihm gefolgt, hatte ihren dreckigen Rock gelüpft und zwischen die Wagen gepinkelt, während er ihr zu entkommen versuchte.

»Ich will sie hier raushaben. Sie soll hier *raus.*« Die alte Meckertante stieß ihm den Finger auf die Brust. »Ich dulde keinen Schweinekram in meinem Haus. Das habe ich Ihnen vorher gesagt. Sie haben nicht hören wollen.«

Der Finger hackte immer weiter auf ihn ein. Er ging ein paar Schritte zurück und überlegte, was er tun sollte. Er konnte es einfach nicht glauben. Sie war nicht mal einsvierzig groß, und sie schien nicht zu kapieren, daß es vielleicht keine sonderlich gute Idee war, ihn anzubrüllen. Er konnte es nicht ertragen, wenn jemand anfing, ihn anzuschreien. In ihm staute sich der Druck auf, irgend etwas zu tun.

Er warf einen unruhigen Blick hinüber zum Schlafzimmer. Er hatte seine ganzen Sachen dort liegen. Er hatte keine Lust, die Hexe damit allzu lange allein zu lassen. Sie war gerissen. Manchmal schien sie das Bewußtsein zu verlieren, doch sie tat nur so. Sie verdrückte sich nur irgendwohin und redete nicht mit ihm und stöhnte auch nicht. Sie machte rein gar nichts. Er konnte das nicht ab.

Er hatte das Gefühl, als ob sie Kräfte sammelte, wenn sie ohnmächtig wurde. Als ob sie irgendeine Quelle des Bösen anzapfte, von der er keine Ahnung hatte. Daß er zu ihr gekommen war, war von größerer Bedeutung, als er ursprünglich angenommen hatte. Sie war mehr als ein gefallener Engel, der ihn betrogen hatte. Sie war in Wirklichkeit eine Hexe, und er hatte den Auftrag, sie zu verbrennen. Er durfte sie keine Sekunde allein lassen. Beim letzten Mal, als er sie allein gelassen hatte, hatte sie die Seile aufgeknotet. Niemand, den er je gefesselt hatte, hatte sich losmachen können, das war ja wohl Beweis genug, daß sie eine Hexe war. Er mußte sofort zu ihr zurück.

Er überlegte fieberhaft, wie er alles hinbekommen konnte. Und die Alte hörte nicht auf, ihn anzuschreien, so daß er keinen klaren Gedanken fassen konnte, was die wirklich wichtigen Dinge anging.

»Packen Sie Ihre Sachen und machen Sie, daß Sie wegkommen«, kreischte sie.

»Schhh«, erwiderte er und machte zum ersten Mal den Mund auf.

Es war absolut unmöglich, jetzt auszuziehen. Er war gerade mal mit den Vorarbeiten fertig. Der ganze Körper samt Schenkeln, Schritt, Brüsten und allem war mit den Zeichnungen bedeckt, doch tätowiert hatte er nur den Bereich um den Nabel herum.

Es sah ziemlich gut aus, wenn man außer acht ließ, daß die Haut gerötet und geschwollen war. An manchen Stellen hatte sie ziemliche Beulen bekommen. Möglicherweise war sie gegen die Tinte allergisch, obwohl er die beste Tinte besorgt hatte, die es gab. Diejenige mit den wirklich leuchtenden Farben. Doch ließ er sich von dem Gedanken an eine allergische Reaktion nicht beunruhigen. Was machte es schon für einen Unterschied?

Nun ja, der Unterschied war der, daß er extra hierhergekommen war, um an diesem besonderen Körper etwas Besonderes zu vollbringen, und nun stellte sich heraus, daß sie irgendeine Hexe war, die ihm alles vermasselte. Na ja, wenn sie es vermasseln wollte, auch egal. Er würde sie verbrennen. Er mußte sie vorher nur noch dekorieren.

Sie war mit einem Doktor verheiratet, doch Troland war der Doktor des Todes. Troland hatte beschlossen, den Stab des Äskulap in der Mitte ihres Körpers zu plazieren, und um ihn herum sollten sich die Schlangen winden und die Flammen züngeln. Außer an der Stelle auf ihrer Brust, die er für das Brandzeichen freihielt. Die Harley Davidson-Räder und die Adlerschwingen sollten unterhalb der Schlangenköpfe herausragen und sich über die Seiten ihres Rumpfes ausbreiten, während die Schlangenzähne ihre Brustwarzen auffraßen. Weiter war er bisher noch nicht gekommen. Er war sich noch nicht darüber im klaren, was er mit ihrem Hals und den Wangen machen sollte. Und jetzt erzählte ihm diese alte Schlampe, daß er ausziehen sollte. Das kam überhaupt nicht in Frage.

»Kommen Sie mir nicht mit diesem ›Schh‹«, kreischte sie. »Das hier ist mein Haus, da kann ich sagen, was ich will.«

Es wurde allmählich klar, daß die alte Meckerziege nicht einfach das Feld räumen würde. Sie machte zwei Schritte in Richtung Schlafzimmer. »Ich werde jetzt mal nachsehen, was Sie hier für einen Schweinekram veranstalten …«

Der Druck war übermächtig. Er dachte überhaupt nicht nach, als er sie packte. Er wollte nur noch, daß sie aufhörte. Zuerst packte er sie und schüttelte sie wie einen Sack Wäsche. Aber sie gab keine Ruhe. Ihre Knochen machten knackende Geräusche, als ob sie alle auf einmal brechen würden, und sie krächzte voller Überraschung.

»Halt's Maul!« Selbst jetzt machte sie ihn noch wütend.

Seine Hände schlossen sich um ihre labbrige Kehle. Die Haut hing von ihrem Kinn herunter wie weiches Kreppapier. Er hätte beinahe kotzen müssen vor Ekel. Sie verlor das Gleichgewicht und hing mit ihrem ganzen Gewicht reglos in seinen Händen. Sie umzubringen war kein Problem, aber unbequem war es doch.

Das Bündel gab weiterhin gurgelnde Geräusche von sich, während er ihren Hals umdrehte, damit es endlich aufhörte. Doch als sich ihre Blase entleerte und ihm die Stiefel naß machte, schleuderte er sie von sich.

»Verdammter Mist!« Die Kreaturen des Bösen mußten ihm noch im Tod einen Strich durch die Rechnung machen.

Er hetzte ins Badezimmer, um sich die Hände zu waschen und seine Stiefel zu reinigen. Als seine Hände nach Seife rochen, ging er ins Schlafzimmer, um zu sehen, ob die Hexe noch am Bett festgebunden war. Er war jetzt ruhiger.

Nachdem er die Tür aufgemacht hatte, war er einen Augenblick lang wie erschlagen von seinem eigenen Werk. Es war ein einzigartiger Anblick – die Frau, die bedeckt war von seinen Zeichnungen, deren Farben so lebendig waren, daß sie beinahe wie ein Ölgemälde wirkten. Der einzige Makel auf dem Bild war die Stelle, die er bereits tätowiert hatte, denn sie sah überhaupt nicht so aus, wie sie sollte. Auch egal.

Ihre Hände waren festgebunden. Er hatte ihr den Mund mit Klebeband verschlossen, damit sie ruhig war.

»Wie geht's?« erkundigte er sich freundlich.

Ihre Augen waren weit aufgerissen. Sie starrte voller Verwirrung an ihm vorbei auf das Bündel auf dem Fußboden des anderen Zimmers.

»Oh, mach dir deswegen keine Sorgen. Ich schaffe das schon weg.«

Er schloß die Tür. Seine Bewegungen waren nun langsamer, er hätte gern ein Schläfchen gehalten. Vielleicht würde er das ja auch machen. Er gab sich selbst das Versprechen, daß er eine Pause einlegen würde, sobald er saubergemacht hatte. Genau, das hörte sich gut an. Er nahm ein Stück Plastikfolie, das er eigentlich für die Hexe gedacht hatte und kleidete den Kofferraum des Wagens damit aus. Er wollte nicht, daß die Leiche im Haus herumlag, wo eventuell jemand vorbeikommen würde und sie fand. Er wollte sie auch nicht aufheben. Also schleifte er sie zur Treppe und beförderte sie mit Fußtritten die einzelnen Stufen hinunter. Am Ende der Treppe rutschte er mit dem Fuß von dem Bündel ab, und sein schwerer Motorradstiefel traf den alten Rasenmäher, der gegen die Wand gelehnt war. Mit wirbelnden Klingen rollte der Rasenmäher ein Stück vorwärts über das Ende der Leiche und trennte einen der mürben Zehen ab wie einen dünnen Ast im Gras. Troland hievte das Bündel in die Höhe und warf es in den Kofferraum. Nun mußte er sich darüber keine Gedanken mehr machen.

68

Die Tür war zu. Nachdem die alte Frau aufgehört hatte zu schreien, war es lange Zeit ganz still gewesen. Dann hörte sie, wie Troland zum Kühlschrank ging und sich etwas zu trinken holte. Sie konnte hören, wie eine Dose knackte.

Troland. Sie konnte sich nicht bildlich vorstellen, wie er als Teenager wohl ausgesehen hatte. Er mußte nach außen hin einen ganz normalen Eindruck gemacht haben, denn sonst hätte man ihn nicht an die Schule gelassen, obwohl er all diese Dinge tat, die niemand sich vorstellen konnte. Ihr Herz schien sich immer mehr auszudehnen, als ob es zerplatzen würde.

Sie konnte ihn nebenan hören. Sie zog an ihren Fesseln. Sie waren so fest, daß sie sich nie im Leben daraus befreien konnte. Immer wieder ballte sie ihre Fäuste, um die Blutzirkulation in Gang zu halten.

Zuvor war sie über Stunden hinweg von einem unkontrollierten Zittern geplagt worden. Ihr einziger Wunsch war es, sich aufzuwärmen. Dann hatte er einige Lampen auf sie gerichtet, damit er besser sehen konnte, und mit der Konzentration eines Chirurgen die Arbeit an ihr aufgenommen. Er rasierte sie, bestrich ihren ganzen Körper mit einem Mennen-Deostift und beklebte sie überall mit Transferpapier. In diesem Augenblick, noch bevor er die Farben und die Nadeln, die Gummihandschuhe und die Tätowiermaschine auf dem Tisch ausbreitete, wußte sie, was er vorhatte. Sie wußte, wie es gemacht wurde. Sie wußte, was Transfers waren.

Sie merkte gar nicht, daß sie schrie. Sie hatte völlig die Kontrolle verloren. Sie dachte, die Geräusche spielten sich nur in ihrem Kopf ab. Er würde sich an ihrem makellosen Körper vergreifen, so daß sie *gezeichnet* war für den Rest ihres Lebens. Und es gab nichts, das ihn aufhalten konnte. Er war verrückt. Nichts konnte ihn aufhalten. Er hatte die falsche Tätowierung in ihrem Film gesehen, und nun würde er ihr eine echte verpassen. Aber das hier war nicht so ein kleines Ding auf der Schulter. Das hier war *ihr gesamter Körper.* Er würde sie *am ganzen Leib* tätowieren. Oh, nein. Nein! *Das halte ich nicht aus, ich ertrage es nicht.* Emma konnte nicht aufhören zu schreien.

Er schien sie gar nicht zu hören.

»Nein. Nein, nein! Nein!«

War das das Gefühl, das ihr Vater ihr beschrieben hatte – wenn überall die Bomben runterkamen, deine Kumpel tot herumlagen und deine Beine weggerissen wurden? Du warst am Verbluten in einem sumpfigen Schlammloch, und *trotzdem* gibst du nicht auf.

»Neeiiiin!«

Sie konnte die Stimme ihres Vaters hören, der hinter ihr stand und ihr ins Ohr flüsterte. *Sei ein Soldat, Emma. Beiß die Zähne zusammen!*

»Nein!« schrie sie.

»Halt's Maul, oder ich klebe dir den Mund zu«, sagte er schließlich. »Es reicht jetzt.«

Sie machte den Mund zu. Und trotzdem kamen die Schreie heraus. Sie tastete mit den Fingern nach den Seilen. Sie saßen tief unten an ihren Handgelenken. Zu tief, um das Spiel zu spielen. *Mach die Knoten mit einer Hand auf, Emmie. Zeig mir, wie gut du bist.*

Nicht gut genug.

Als die Nadeln ihre Haut zum ersten Mal berührten, war es wie ein Blitzschlag. Sie war tot. Sie wußte, daß sie dies hier nicht überleben würde. Das Stechen und Brennen, das gleichzeitig auf der empfindlichen Haut auf ihrem Bauch zu spüren war, sagten ihr, daß ihr Leben vorbei war. Doch es ging weiter und weiter, und sie war immer noch am Leben.

Vor Jahren, als sie neu in New York war, hatte Emma ein langes Gerangel mit einem jungen Mann, mit dem sie ausgegangen war, ohne sich große Gedanken zu machen, weil sie keinerlei Gefahr darin gesehen hatte. Er arbeitete als Anwalt in einem Büro an der Wall Street und war am Ende des Abends mitten in einer Unterhaltung über Sparguthaben auf sie losgegangen. Daß sie keine Lust hatte, war ihm egal. Er hatte lediglich einmal eine kurze Pause eingelegt, um sie zu beruhigen und sie anschließend gleich wieder in die Mangel zu nehmen. Sie hatte blaue Flecken am ganzen Leib, bevor sie es endlich schaffte, ihn loszuwerden. Selbst an ihrer Haustür hatte er noch einen letzten Versuch gestartet.

»Hoffnung währet ewiglich«, hatte er gesagt, als er zwei Tage später wieder anrief, um sie zu fragen, ob sie nicht mit ihm ausgehen wolle.

»Ich will nicht sterben«, flüsterte Emma nun.

Wenn sie vorher glaubte zu erfrieren, so hatte sie nun das Gefühl, sie würde verbrennen. Wo er sie tätowierte, schien ihr Bauch in Flammen zu stehen. Sie spürte, wie die Hitze nach außen abstrahlte. Er würde ihren ganzen Körper tätowieren, bis sie am ganzen Leib in Flammen stand. Aber dennoch wollte sie nicht sterben.

Neben dem Bett auf dem Boden stand ein Butangasbrenner. Sie streckte ihre Finger aus und bewegte sie hin und her, um zu sehen, ob sie ihn erreichen konnte. Das Ding funktionierte wie ein großes Feuerzeug. Man drückte den Griff nach unten, und eine Flamme schoß heraus. Soviel wußte sie. Doch wozu brauchte er es? Ich muß pinkeln, dachte sie. Er hatte ihr den Mund zugeklebt, weil sie einfach nicht still sein konnte. Nun brachte sie außer Grunzen nichts heraus.

Sie hörte, wie er auf der anderen Seite der Tür murmelnd Selbstgespräche führte. Dann hörte sie noch andere Geräusche, Pochen und Kratzen. Die Tür eines Autos wurde geöffnet und ein paar Minuten später wieder zugeschlagen. Dann kam er zurück und fummelte an irgend etwas an der Wand. Irgendwann klang es, als ob er mit einem Hammer auf Metall schlug. Was war das? Was machte er da?

Die Angst wütete in ihr wie ein wildes Tier. Ihr Pulsschlag pochte – ebenso laut wie der Hammer auf der anderen Seite der Wand. Was für ein Hammer? Was für Metall?

Dann herrschte Stille. Und zwar lange, lange Zeit. Vielleicht eine Stunde lang. Vielleicht noch länger. Weit oberhalb von ihrer Hand auf dem Tisch lag das Schnappmesser. Doch auch da kam sie nicht ran. Sie wußte, daß er irgendwo auch noch eine Pistole hatte, doch sie konnte sie nicht sehen. Sie war sicher, daß die alte Frau tot war. Vielleicht würde jemand kommen und nach ihr suchen. Emma stieß mit der Zunge gegen das Klebeband über ihrem Mund. Sie schloß die Augen.

69

Als sie an der Ampel vor dem griechischen Diner stand, spürte April, wie die Erregung in ihr hochstieg. Der Anblick, der sich ihr bot, war erstaunlich. Neben sich hatte sie das Schnellrestaurant, das genauso aussah, wie Jason Frank es ihr aus Kalifornien beschrieben hatte. Vor ihr lag die Auffahrt zur Triboro Bridge. In der Ferne sah sie die Brücke, die eher lang war als hoch und sich über den East River spannte. Nur einen Block hinter ihr kreuzte die Achtundzwanzigste Straße die Hoyt Avenue. Die Einfamilienhäuser zu beiden Seiten der breiten Straße standen Wand an Wand. Keines der Häuser war höher als zwei Stockwerke.

Die Rotphase dauerte eine Ewigkeit, und April verbrachte bange Sekunden dazusitzen und mit offenem Mund in die Gegend zu starren. Der Psychiater hatte ihr gesagt, wonach sie Ausschau halten sollte, und hier, genau vor ihrer Nase, lagen all die Orientierungspunkte, von denen er wohl geglaubt hatte, daß sie sie ohne ihn nicht finden würde. Ha, so doof war sie also doch nicht. Wenn Grebs und diese Chapman nicht genau hier waren, würde sie ihre Dienstmarke fressen. Sie umklammerte das Lenkrad mit beiden Händen, damit sie aufhörten zu zittern.

Die Ampel sprang um. Langsam fuhr sie ein Stück vorwärts und blickte gleichzeitig auf ihr Notizbuch, in dem sie die von Officer O'Brien genannte Hausnummer notiert hatte.

Der Besuch beim lokalen Polizeirevier hatte exakt die Resultate gezeitigt, die sie sich erhofft hatte. Der Erfolg einer Untersuchung hing in den meisten Fällen von der Qualität der persönlichen Kontakte ab. Dieses Mal hatte April Glück gehabt. Mit dem wachhabenden Sergeant war April auf der Grundschule an der Lower East Side in einer Klasse gewesen. Er hatte sich die Zeit genommen, jeden einzelnen Streifenpolizisten nach Schichtende zu fragen, ob er von irgendwelchen Vorfällen, Beschwerden oder Ähnlichem gehört hatte, die seiner Kollegin aus Manhattan weiterhelfen konnten. Er hatte die Fotos von Grebs und Emma Chapman herumgezeigt. Zwar konnte niemand mit einer Identifizierung dienen, doch hatte Officer O'Brien von einer alten Dame berichtet, die sich über ihren rüpelhaften Mieter und die nackte Dame in ihrem Apartment beschwert hatte. Vielleicht würde die alte Dame die Personen auf den Fotos ja wiedererkennen.

Bergman war der Ansicht, daß O'Briens Geschichte ausreichte, um April eine Verstärkung zuzuteilen, als sie zum Haus von Claudia Bartello fuhr, um die Angelegenheit zu überprüfen. Sie hatte ihm erzählt, was Grebs mit Frauen anstellte, und Bergman hatte an der Idee Gefallen gefunden, einen möglichen Serienmörder, der seinen Wirkungskreis in einen anderen Staat verlegt hatte, hier auf seinem Terrain festzunageln. Sein Vorschlag war, April drei Männer zur Seite zu stellen – gratis sozusagen. Nur für den Fall, daß Grebs wirklich dort war und sich aus dem Staub zu machen versuchte, bevor Aprils Leute zur Stelle waren, um ihn zu schnappen. Man war sich selbstredend darüber einig, daß es sich um einen Teil des Reviers Zwo-Null handelte, und daß er insofern auch am besten von Zwo-Null erledigt wurde. April war dankbar für Bergmans Verständnis. Und weil sie soviel Unterstützung aus Queens erhielt, setzte April alles auf eine Karte. Sie rief Sergeant Joyce mit der Bitte um Verstärkung an, ohne absolut sicher zu sein, daß sie sie wirklich brauchte. Wenn sie sich irrte, würde Joyce sie umbringen.

April konnte das Haus nun sehen. Es lag einen halben Block entfernt. Doch die Straße war eine Einbahnstraße, und April mußte um den Block herumfahren. In der Straße, die an der Rückseite des Hauses entlangführte, standen die Häuser nicht Wand an Wand, so daß es möglich war, durch eine Einfahrt einen Blick auf den Hinterhof des Hauses zu werfen, das sie interessierte. Zwar wurde der Blick durch wucherndes Gestrüpp weitgehend verdeckt, doch war zumindest zu erkennen, daß die Jalousien des Garagenapartments im ersten Stock zu waren. April blieb an einem Stoppschild stehen, obwohl an der Kreuzung kein Verkehr herrschte. Alles sah ruhig aus. Sie fuhr langsam zum Ende des Blocks und bog um die Ecke.

April fuhr gemächlich in Richtung Hoyt Avenue und blieb etwas entfernt von Mrs. Bartellos Haus stehen. Es war ein rosafarbenes Backsteinhaus, das mit einigen Zierkacheln versehen war, damit es mehr hermachte. Der gesamte Block und dieses Haus im besonderen war April schon tausendmal aufgefallen. Es hatte ein Glyzinienspalier, das nun in voller Blüte stand. Selbst zwei Häuser entfernt konnte man sie noch riechen. April überlegte, ob es dort, wo Grebs wohnte, wohl ebenfalls eine Glyzinie oder eine ähnlich intensiv duftende Pflanze gab. Vermutlich schon. Sie stieg aus dem Zivilfahrzeug, das sie vom Zwo-Null mitgenommen hatte und schloß den Wagen ab. Dann näherte sie sich dem Haus.

Das Haus war umstellt. Ein drahtiger Jungspund war in dem Hinterhof, der an den Hof des Bartello-Hauses grenzte. April sah ihn in der Einfahrt, wie er mit einer großen Heckenschere Löcher in die Luft schnitt. Außerdem rangierte just in diesem Moment ein ziemlich schäbig gekleideter Mann namens Renear, der eine Baseballmütze verkehrt herum auf dem Kopf trug, einen schlammfarbenen Chevy, dem man seine Polizeiausrüstung ebenfalls nicht ansah, in eine Parklücke etwas weiter unten an der Straße. Zwei Minuten später schlenderte ein hünenhafter Mann mit einem Vollbart zu der Telefonzelle an der Ecke.

Wo, zum Teufel, war Sanchez? Sie hatte ihn vor über einer Stunde schon angerufen. April schaute auf ihre Uhr. 16 Uhr 38. Dennoch war es gut zu wissen, daß sie nicht allein auf sich gestellt war. Nach ein paar Minuten fühlte sie sich, was das Haus betraf, das sie und ihre drei Kollegen überwachten, so sicher, daß sie den Vollbart in der Telefonzelle kurz ablöste, um Dr. Frank anzurufen.

70

Jason setzte sich noch einmal an seinen Schreibtisch, um seinen Anrufbeantworter abzuhören – nur für den Fall, daß Emma versucht hatte, ihn zu erreichen. Es waren sieben Nachrichten auf dem Band: drei von besorgten Patienten und jeweils zwei von Ronnie und Charles. Seine Patienten rief er zurück.

Dann verließ er widerstrebend seine Praxis und ging hinüber in sein Apartment. Es behagte ihm nicht, sich dort aufzuhalten, denn das Ticken der Uhren erinnerte ihn nur zu deutlich daran, daß Emmas Zeit ablief. Er schloß die Tür zum Wohnzimmer, um wenigstens einige von ihnen zum Verstummen zu bringen. Dann schritt er den Flur entlang zum Schlafzimmer, wo Emmas Geldbörse noch immer auf dem Bett lag. Er ließ sie liegen, wo sie war, zog sich aus und ging ins Badezimmer.

Er war gerade unter der Dusche, als April Woo anrief. Beim ersten Klingeln sprang er aus der Dusche, ohne sich um ein Handtuch zu kümmern.

»Wo sind Sie?« fragte er und tropfte den Fußboden im Schlafzimmer voll.

»Ich bin in Queens, vor der Auffahrt zur Triboro Bridge. Hoyt Avenue in der Nähe von der Achtundzwanzigsten Straße. Wissen Sie, wo das ist?«

»Echt, Achtundzwanzigste Straße? Haben Sie sie gefunden?« rief Jason.

»Nein«, sagte April. »Noch nicht. Aber ich wollte Ihnen Bescheid sagen. Es ist alles genauso, wie Sie gesagt haben. Sogar ein Diner gibt's an der Ecke.«

»Und was tun Sie jetzt?«

»Ich warte auf meinen Partner.« April staunte über sich selbst. Es war das erste Mal, daß sie Sanchez als ihren Partner bezeichnet hatte. »Hören Sie, vielleicht liegen wir falsch, und es ist eine Fehlanzeige. Aber es paßt einfach alles zusammen, mehr nicht.«

»Sie glauben selbst nicht, daß es eine Fehlanzeige ist, sonst hätten Sie mich nicht angerufen.«

»Ich wollte Sie nur nicht im unklaren lassen.«

»Ich weiß das zu schätzen«, sagte Jason. »Wo kann ich Sie finden? Ich mache mich auf den Weg.«

»Ich sage Ihnen, wenn wir was haben. Ich muß jetzt los.«

»Sagen Sie mir, wo ich Sie treffen kann.«

»Wir haben das Haus umstellt, ohne Aufsehen zu erregen. Wenn Sie auch nur in unsere Nähe kommen, kann's sein, daß Sie alles vermasseln.«

»Ich werde nichts vermasseln«, versprach Jason.

April zögerte und gab ihm schließlich die Adresse am Ende des Blocks. »Bleiben Sie in der Nähe vom Diner«, ermahnte sie ihn. »Wenn Sie auch nur einen Schritt näher kommen, verliere ich meinen Job, ist das klar?«

»Ich hab's kapiert.«

Jason ging zu seinem Schrank und zog sich hastig an, ohne sich vorher abzutrocknen. Achtundzwanzigste Straße in Queens. Jedesmal, wenn er die Abkürzung zum Flughafen nahm, kam er dort vorbei. Er wußte genau, wo es war.

Seine Hände zitterten so sehr, daß er es kaum schaffte, sein Hemd zuzuknöpfen. Wenn Emma überhaupt noch lebte, so würde sie demnächst verbrannt werden. Er versuchte, nicht daran zu denken, als er nach seinem Geldbeutel griff und in seine Schuhe schlüpfte. Alles, worauf es ankam, war, daß er es schaffte, dort zu sein, bevor Grebs sie verbrannte.

Der Fahrstuhl war im obersten Stockwerk. Er konnte sehen, wie sich jemand mit irgendwelchen Paketen abmühte. Zum Teufel damit. Er rannte die Treppe herunter. Die Fahrstuhltür fiel scheppernd zu, und der Aufzug glitt zu ihm hinab. Er lief weiter.

71

April stand in der Telefonzelle an der Straßenecke und legte den Hörer auf. Sie wandte sich an den bärtigen Detective. Er war mindestens einsfünfundneunzig.

»Irgendwas passiert?« fragte er leise. Sein Name war Paccio, doch im Wachraum hatte er sich als Pac vorgestellt.

April schüttelte den Kopf. »Bis jetzt noch nicht.« Sie schaute auf ihre Uhr. Es war kurz vor fünf, und langsam zog sich der Himmel zu.

Wo war Mike? Auf der Queensborough Bridge herrschte starker Verkehr, und genau dort steckte er vermutlich. Aprils Unruhe wuchs von Minute zu Minute. Im Hause Bartello rührte sich nichts. Kein Lebenszeichen. Was, wenn Emma Chapman dort drin war – bereits tot? Was war, wenn Grebs sich schon aus dem Staub gemacht hatte, und sie zu spät kam?

Andererseits – was war, wenn die alte Bartello den Fall übertrieben hatte, wie Officer O'Brien ursprünglich vermutet hatte, und es in dem Apartment über der Garage überhaupt keine Frau mit einem blutigen Kopf gab? O'Brien sagte, Mrs. Bartello sei schon alt und überempfindlich was Sex betraf. Er hatte es nicht sonderlich ernst genommen, als sie ihm erzählte, daß die nackte Frau vielleicht geschlagen worden war. Es war ihm gar nicht in den Sinn gekommen, daß sie vielleicht dort eingesperrt war. Wieder schaute April auf ihre Uhr. Wenn sie mit ihrer Vermutung danebenlag, würde Joyce ihr den Kopf abreißen.

April beschloß, der alten Dame die Fotos zu zeigen und damit nicht zu warten, bis Sanchez auftauchte. Einfach mal sehen, ob sie den Kerl wiedererkannte. Weiter nichts.

»Sagen Sie meinem Partner, daß ich rübergegangen bin, um mal mit der alten Dame zu reden. Er hat einen Schnurrbart und trägt ein graues Jackett, Sie werden ihn bestimmt erkennen.«

»Sie sind der Chef«, sagte Pac und nahm den Hörer von der Gabel.

April ging die Straße hinunter. Es war ziemlich ruhig hier. Irgendwie seltsam. Außer Renear, der mit seiner verkehrt herum sitzenden Baseballmütze unter der Motorhaube des verbeulten und rostigen Chevy steckte, war niemand auf der Straße. Keine Hunde. Keine Kinder auf Dreirädern. Niemand, der mit Tüten voller Lebensmittel vom Einkaufen zurückkam. April passierte das Haus und betrachtete die Fenster über der Garage, wo nach Angaben von Detective O'Brien der Mieter von Mrs. Bartello wohnte. Die Jalousien waren noch immer ganz heruntergelassen. April verzog das Gesicht, als sie festzustellen versuchte, wo sich der Eingang zu dem Apartment befand. Es war nämlich keiner zu sehen.

Die Fensterläden in der oberen Etage des eigentümlichen Hauses waren offen, aber es brannte kein Licht. Nichts deutete darauf hin, daß in einer der beiden Wohnungen überhaupt jemand daheim war, doch das mußte nichts besagen.

Drei niedrige Treppenstufen führten zur Haustür. April ging die Treppe hoch. Der süßliche Duft der Glyzinien war hier noch intensiver, sie konnte sich nicht erinnern, so etwas je gerochen zu haben. Man konnte sich kaum vorstellen, daß in einem Haus, das in einen derartigen Duft eingehüllt war, irgend etwas nicht in Ordnung sein konnte. Doch solche Gedanken hatte sie auch schon bei anderen Gelegenheiten gehabt. Ihre Handtasche war aufgeklappt. Sie griff hinein, umfaßte ihre Pistole, die sie zum privaten Gebrauch mit sich trug. Ihre Dienstpistole steckte in dem Holster an ihrer Hüfte. April drückte die Klingel.

Keine Reaktion. April klingelte erneut. Vielleicht hörte die alte Dame ja nicht mehr richtig. Immer noch kein Lebenszeichen. April klingelte ein drittes Mal und drehte am Türknauf. Die Tür war nicht abgeschlossen. April trat ins Haus. Ihre Hände schwitzten.

Der Flur war leer. Auf der einen Seite sah April das Wohnzimmer. Wow. Reich verzierte schwere Möbelstücke, wie sie sie im Schaufenster des Möbelgeschäftes neben Ferrara's in Little Italy immer bewundert hatte. Der Eßtisch war einfach unglaublich. Die vier Stühle, die drumherum gruppiert waren, sahen aus wie geschnitzte Schwäne. Der Raum, in dem sie stand, roch nach altem Knoblauch, der gebraten worden war, bis er fast verbrannte.

»Hallo, ist jemand zu Hause?«

Keine Antwort. Sie zog ihre Pistole und ging hinein. *Ich suche nur nach der alten Dame,* sagte sie sich. An die Wand gepreßt schob sie sich durch den Flur. *Kein Ziel abgeben.* Scheiße. Sie war durch die geöffnete Tür eingetreten und damit in das Haus eingedrungen. Das war unter Umständen keine sonderlich schlaue Idee.

In der Küche – nichts. Im Wohnzimmer ebenso. Die Tür zum nächsten Zimmer war geschlossen. Sie stellte sich an einer Seite des Türrahmens auf und gab der Tür mit dem Fuß einen Schubs. Niemand, der ihr mit einer Waffe in der Hand entgegengesprungen kam. Das Zimmer wirkte wie ein Aufenthaltsraum. Bücherregale, Lehnstuhl, Liege, Fernsehgerät. Es war leer. April stieg die Treppe hinauf. Vorsichtig durchsuchte sie die beiden Schlafzimmer, auf der Suche nach der alten Dame oder einer Tür zu dem Apartment über der Garage. Sie fand weder das eine noch das andere.

Wo war die Tür? Und was war mit der alten Dame? Schloß sie nie hinter sich ab, wenn sie aus dem Haus ging? April zog die Tür hinter sich zu und ließ die Pistole wieder in ihre Tasche gleiten.

Draußen hatte sich nichts getan, außer daß die Wolken sich zusammengezogen hatten. Für den späteren Abend war Regen vorhergesagt. Auf der Straße war es ruhig, und von Sanchez immer noch keine Spur. April schaute auf ihre Uhr. Zehn Minuten waren vergangen. Was, zum Teufel, war nur los? Er sollte schon längst hier sein. Sie war verärgert. Und wo war die alte Dame? Sie ging zur Garage. Der Eingang zu dem Apartment im ersten Stock mußte innerhalb der Garage sein. Das hieß, es gab auch keinen anderen Weg heraus. Diese Warterei gefiel April kein bißchen.

Sie drehte an dem Griff der Garagentür. Sie schwang auf, ohne daß April sich großartig Mühe gegeben hätte. Das Licht ging an. Sie konnte einen Wagen sehen. Es war ein dunkelblauer Ford Tempo neueren Baujahrs. Ein Mietwagen. In der Garage war es kühl und feucht. April fröstelte. Diverse alte Gartenmöbel standen aufgestapelt an einer Wand. Ein Sonnenschirm. Ein Rasenmäher. April duckte sich und bewegte sich stückweise auf die Treppe zu, immer darauf bedacht, den Wagen als Deckung zu benutzen. Der Zementboden unter ihren Füßen war mit feinen Steinen bedeckt.

An der Rückwand der Garage wäre sie beinahe auf etwas Weiches getreten. Sie blickte nach unten. Es war ein rosafarbener Filzpantoffel, der an den Rändern schon grau und abgewetzt war. Sie beugte sich hinunter, um den Pantoffel näher zu untersuchen. Auf dem Boden waren drei kleine rote Spritzer, und auch an den Klingen des Rasenmähers, der in der Nähe stand, waren bräunliche Flecken. Sie ging in die Hocke. Was, zum Teufel ...? Unter dem Rasenmäher war nichts weiter als eine Menge Staub, Spinnweben und tote Fliegen – und etwas Weißes. Was zur Hölle war das schon wieder? April betrachtete es eingehend. Was war das?

Es hatte einen Zehennagel. Es war ein menschlicher Zeh. Und zwar ein alter, runzliger Zeh mit einem gelben, eingewachsenen Zehennagel. Er hatte große Ähnlichkeit mit den getrockneten Meeresschnecken, die in Chinatown in großen Einmachgläsern angeboten wurden. Unter Chinesen galten sie als eine Delikatesse, die nur zu ganz besonderen Anlässen aufgetischt wurde. Doch dies hier war keine Meeresschnecke. April zählte zwei und zwei zusammen, ihre Gedanken waren geprägt von jahrelanger Erfahrung im Umgang mit unangenehmen Entdeckungen. Sie wußte vom ersten Augenblick an, daß dieser Zeh nicht Emma Chapman gehörte. Emma Chapman war jung und gutaussehend. Und sie hatte einen gepflegten Körper.

Draußen war ein Schritt zu hören. Zum zweiten Mal zog April ihre Pistole aus der Tasche.

72

»Wach auf.« Troland schaute auf Emma herunter. »Willst du eine Suppe, bevor wir uns wieder an die Arbeit machen?«

»Hmpf?« Emma versuchte, etwas zu erkennen. Ihr ganzer Körper fühlte sich taub an, bis auf die brennende Stelle auf ihrem Bauch, wo er sie bearbeitet hatte.

»Suppe. Du mußt etwas essen.«

Nun konnte sie ihn sehen. Immer noch in seiner Lederjacke mit nichts darunter. Und die Jeans. Die Pistole hatte er in seiner Rechten. Sie schüttelte den Kopf. Mit dem Klebeband über dem Mund konnte sie keinen Laut von sich geben.

»Oh.« Jetzt fiel auch ihm das Band auf, und er riß es ab.

»Auu.« Tränen schossen ihr in die Augen.

»Fang erst gar nicht damit an. Ich bin nur nett zu dir«, sagte er.

Sie erwiderte nichts.

»Du bist bestimmt hungrig. Willst du eine Suppe oder nicht? Ich hab' Campbell's Tomatensuppe.«

»Nein, danke.« Sie erkannte ihre eigene Stimme nicht wieder.

»Gut – wenn irgendwer den Ofen anrührt, fliegt der ganze Laden in die Luft.« Er lachte, als hätte er einen tollen Witz gerissen. Die Suppe konnte sie haben, aber den Ofen durfte sie nicht anrühren. Er lachte wieder.

»Häh?« Emma zitterte unkontrolliert.

»Was ist jetzt schon wieder los?« Von einem Moment zum anderen schlug seine Laune um, und er klang wieder verärgert.

»Der Laden fliegt in die Luft?« Emma versuchte das Zucken in ihrem Gesicht zu unterdrücken und ihren zitternden Körper unter Kontrolle zu bringen. Ohne Erfolg. Er versuchte eine neue Maske, um ihr angst zu machen. Das bereitete ihm offenbar Spaß. Sie weigerte sich, ihm zu glauben.

»Klar, die Außenwand ist aus Ziegelsteinen. Na ja, nicht hier oben, das ist eine Aluminiumverkleidung. Aber es funktioniert nicht, wenn man nicht ein bißchen nachhilft.«

Er erklärte ihr, daß er vorhatte, das Haus in die Luft zu jagen. Emma mußte sich konzentrieren. Sie durfte sich nicht auf sein Spiel einlassen.

»Aber reg dich nicht auf«, sagte er, nun wieder freundlich. »Kein Grund zur Sorge. Das ist für später.«

»Meine Handgelenke tun weh«, sagte sie schwach. »Kannst du die Stricke zurechtrücken?«

Er beugte sich vor, um nachzusehen, und rückte sie ein wenig zurecht. »Es kommt schon alles in Ordnung«, erklärte er. »Willst du was von dem Saft?«

»Was ist mit dem Kühlschrank?«

»Was soll damit sein?«

»Fliegt der auch in die Luft?«

»Haha, sehr komisch.« Er setzte sich und streifte die Gummihandschuhe über. An den Saft dachte er gar nicht mehr.

»Ich dachte, du hättest gesagt, ich könnte etwas Saft haben«, beklagte sich Emma. »Ich will einen Schluck Saft.«

»Zu spät. Ich war nett, aber du nicht.«

»Es tut mir leid. Kann ich bitte etwas Saft haben?«

Er ignorierte sie. »Du solltest meine Arbeit mal sehen. Es ist großartig. So was hast du noch nie gesehen.«

Emma holte tief Luft. »Ich würde es gern sehen. Wenn du mich ins Bad läßt, könnte ich es mir ansehen.«

Troland setzte die Maschine in Gang, und das Jaulen erfüllte den Raum. Er tauchte die Nadeln in die Tinte und beugte sich über Emma.

»Ich muß aufs Klo«, beharrte Emma und verzog das Gesicht, als die Nadeln in ihre Haut stachen.

Er hatte sich wieder nach unten vorgearbeitet und machte sich an ihrer Hüfte zu schaffen. Ihre Augen füllten sich mit Tränen, bis sie ihr über die Wangen in den Mund und die Haare liefen. »Bitte.«

Er ignorierte sie.

Sie hatte das Ende des Seils in ihrer linken Hand. Mit der Linken war es schon immer schwieriger gewesen. Sie mühte sich damit ab und versuchte, dabei nicht daran zu denken, daß er das Haus in die Luft jagen würde. Er hatte eine Menge wirres Zeug geredet. Die Hälfte der Zeit wußte er selbst nicht, was er sagte.

Emma schloß die Augen, um nicht mit ansehen zu müssen, wie er die Nadeln in die Tinte tauchte, ihre Haut mit Vaseline betupfte und um das Jaulen der Maschine auszublenden und das quälende Stechen, das rasch überging in ein stetiges Brennen. Sie war ein Soldat, der an seinem zweiten Knoten arbeitete.

Dann plötzlich und ohne jede Vorwarnung zuckte Troland zusammen und schaltete die Maschine ab.

»Was?« fragte sie.

»Schhh«, zischte er. »Ein Laut, und du bist tot.« Innerhalb einer Sekunde war er von seinem Stuhl aufgestanden und im anderen Zimmer verschwunden.

73

Ein Mann tauchte kurz an der Ecke der Garagentür auf. Er hielt sich geduckt und blieb in Deckung. April schluckte ihre Angst herunter. Einen Augenblick lang hatte sie gedacht, daß es vielleicht Grebs sein könnte, der zu Fuß vom Laden an der

Ecke zurückkam oder etwas Ähnliches, doch dann hatte sie an der typisch geduckten Anschleichhaltung erkannt, daß es sich um einen Polizisten handelte. Sie hoffte nur, daß jetzt nicht irgendein Trottel die Szene betrat und alles den Bach runter jagte.

Es war feucht und kühl in der Garage. April kauerte geduckt am Hinterrad des blauen Ford Tempo. Von hier aus sah sie den rosa Filzpantoffel, den sie in ihrer Hast fallengelassen hatte, als sie in Deckung gegangen war. Ihre Tante Mei Ling Lily Chen hatte genau die gleichen. Die meisten älteren chinesischen Frauen trugen schwarze Leinenschuhe aus China, wie sie auch ihre Vorfahren über Jahrhunderte getragen hatten. Doch Mei Ling Lily Chen sagte immer, daß sie Filzpantoffeln bequemer fand, weil sie sich leichter abstreifen ließen.

Besonders wenn man tot war. Der abgetrennte Zeh lag immer noch in der Nähe des Rasenmähers auf dem Zementfußboden. Wenn die Flecken wirklich Blutflecke waren, dann war die betreffende Person schon tot, als ihr Zeh abgetrennt wurde. Oben war alles still.

April dachte an Dr. Frank, der auf der Brücke festsaß, wie der Rest ihrer Mannschaft. Sie wußte, daß es alles andere als üblich war, ihn anzurufen, doch er war es gewesen, der ihren Fall geknackt hatte, und sie fand, daß sie ihm etwas schuldig war. Sie betete, daß seine Frau, Emma Chapman, deren Gesicht so anders und soviel erhabener war als ihr eigenes, nicht schon tot war. Es fröstelte sie, und der Schweiß rann ihr eiskalt an den Armen herunter. Sie fragte sich, wo die Leiche der alten Dame wohl sein mochte.

Plötzlich ging die Deckenlampe aus. April schaute aufgeschreckt nach oben. Die Lampe war mit der Garagentür gekoppelt. Es mußte eins dieser Dinger sein, das die Lampe einschaltete, wenn die Tür geöffnet wurde und das Licht nach zwei Minuten automatisch wieder ausschaltete. Die Nachbarn ihrer Eltern hatten auch so was. Augenblicklich war die Garage in ein düsteres Licht getaucht. Immer noch nichts zu hören – weder von oben, noch von draußen. In dem schummerigen Licht, das nun herrschte, schien der Modergeruch noch intensiver. Aprils Wahrnehmung war so geschärft, daß ihr der Geruch unangenehm streng in die Nase stieg. Die Büsche raschelten. April hielt den Atem an.

Ein Ellbogen schob sich um den Rahmen der Garagentür. April erkannte das Fischgrätenmuster von Sanchez' Jackett.

»April?« Es war gerade mal ein Flüstern.

Erleichtert atmete sie auf und erhob sich, den Finger über die Lippen gelegt. Er machte ihr ein Zeichen, daß sie herauskommen sollte. Sie drückte sich langsam an der Wand entlang, die am weitesten entfernt von der Treppe war, auf ihn zu. Schließlich erreichte sie die Tür und entfernte sich von der Garage, wobei sie darauf achtete, daß sie vom Fenster aus nicht gesehen werden konnten.

Sie wollte etwas sagen, doch Chinesen waren unsentimental und verschlossen. Polizisten ebenfalls.

»Sind Sie in Ordnung?« fragte Sanchez.

»Ja, klar.« Sie fragte ihn nicht, weshalb er so lange gebraucht hatte. Es war eine blöde Frage. Alles dauerte so lange.

»Sieht ruhig aus. Was ist los?« fragte Sanchez.

»Das Auto ist ein Mietwagen.«

»Das hab' ich gesehen.«

»Ich glaube, er ist da oben. Was die Chapman angeht, hab' ich keine Ahnung. Auch nicht, ob sie noch am Leben ist. Krach macht sie jedenfalls nicht ...« April wechselte das Thema. »Es gibt nur einen Eingang, und der führt über die Treppe an der Rückseite der Garage. Durch das Haus kommt man jedenfalls nicht in den Hinterhof. Ich habe jemanden da hinten.«

Sanchez nickte. »Pac hat mich aufgeklärt. Was ist mit der alten Frau?«

April schüttelte den Kopf. »Im Haus ist sie nicht. Sie hat die Haustür aufgelassen. Kann sein, daß sie tot ist: Ich glaube, ich habe einen Zeh von ihr gefunden.«

»Kein Scheiß? Wo?«

»Auf dem Fußboden in der Garage.« Sie wandte ihren Blick ab, weil sie keine Lust hatte, sich anzuhören, wie er sie anmeckerte, daß sie allein hineingegangen war.

»Wir brauchen mehr Leute«, war alles, was er sagte.

»Ich weiß. Ich habe schon angerufen.«

»Ich habe die Ansage der Zentrale gehört.« Nun wandte er den Blick ab. »Gehen Sie nach hinten und sichern Sie die Rückseite. Wir warten, bis Verstärkung kommt.«

April schüttelte den Kopf. »Da kommt er nicht raus, außer er springt aus dem Fenster.«

»Sichern Sie die Rückseite, Detective«, blaffte Sanchez sie an.

»Was? Versuchen Sie hier den Ranghöheren raushängen zu lassen? Sie sind nicht mein Vorgesetzter«, protestierte April voller Zorn. »Ich habe den Fall bis hierher geleitet, und ich werde jetzt nicht hingehen und die Rückseite absichern.«

Einen Augenblick wollte Sanchez etwas entgegnen, doch dann riß er sich zähneknirschend zusammen. »In Ordnung, dann geben Sie mir Deckung.«

»Nein, Sie geben mir Deckung«, beharrte April. Hatte er sie nicht auf dem Schießstand gesehen?

»Hören Sie, wollen wir die Sache angehen oder sollen wir hier rumstehen und uns streiten?«

»Ich dachte, Sie wollten erst auf Verstärkung warten?«

Mit einem Kopfnicken deutete er auf die Garage. »Wir gehen da *rein* und warten dort.«

Auf der Straße krachte es, weil ein Auto eine Fehlzündung hatte. Als Sanchez hinüberging, um nachzusehen, was los war, schlich April sich wieder in die Garage.

74

Emma hörte das Krachen der Fehlzündung. Sie hatte noch einen Knoten vor sich. Sie wandte den Kopf zur Tür. Er hatte den Butangasbrenner mitgenommen, doch die Pistole hatte er dagelassen. Was jetzt?

Es war eine geraume Zeit vergangen, seit er hinausgegangen war. Mit jedem Knoten, den sie aufgeknüpft hatte, war das Nylonseil mehr ausgefasert, und mittlerweile hatte sich ein ziemliches Knäuel gebildet. Faser für Faser arbeitete Emma sich vor. Sie hielt den Atem an, ohne es zu bemerken. Wieviel Zeit blieb ihr noch? Sie mußte sich beeilen, doch ihre Finger waren steif. Ihr Körper war glitschig von dem Mennen-Deostift und der A & D-Salbe. Sie roch am ganzen Leib nach Menthol und Angst. Doch der Raum wurde noch von einem anderen Geruch erfüllt. Es war kein aufdringlicher Geruch, der einen sofort ansprang, sondern er hatte etwas Stetiges, das unter der Oberfläche schmorte und gärte. Sanft wie der Schlag einer Feder in der Luft breitete sich ein schwacher Gasgeruch im Zimmer aus. Emma versuchte, nicht daran zu denken. Das einzige, worum sie sich zu kümmern hatte, war das Seil. Sie konnte keine Gedanken daran verschwenden, was er gerade vorhatte.

Emma mühte sich mit dem letzten Knoten ab, ihren Blick auf die Pistole gerichtet, die zwischen einem halben Dutzend Pappbecher mit Tinte in verschiedenen Farben auf dem Tisch lag. Seit er aus dem Zimmer gegangen war, hatte sie nicht gehört, daß die Wohnungstür geöffnet oder geschlossen worden wäre. Sie war sich ziemlich sicher, daß er noch im Haus war. Dieses Mal durfte sie sich einfach nicht von ihm erwischen lassen.

Die letzte Faser löste sich aus dem Knäuel. Sie richtete sich auf. Am ganzen Leib zitternd rieb sie ihre Arme. Ihre Finger waren steif, ihre Arme taub, und sie hörte nicht auf zu zittern. Einen Augenblick lang war sie wie vor den Kopf geschlagen, als sie ihren nackten Körper sah, der in allen möglichen Farben glänzte. Sie sah aus wie ein achtziger Jahre Poster einer Heavy Metal Band. Zwischen den Brüsten war die Haut weiß, doch ihre Schultern und ihr Bauch, ihre Arme und Beine waren die Ausgeburt der kranken Phantasie eines Irren, in der eine Frau von Tieren und Flammen langsam und qualvoll aufgezehrt wurde. *Reiß dich zusammen. Schnapp dir die Knarre,* sagte sie sich.

Mit steifen Fingern rieb sie ihre Arme. *Beweg dich!* Jetzt konnte sie zwar wieder etwas fühlen, doch es kribbelte. Sie konnte sich nicht bewegen. *Greif dir die Knarre!* Ihre Finger verkrampften sich. Sie knetete die Muskeln in ihren Händen. *GREIF DIR ENDLICH DIE VERDAMMTE KNARRE!* Sie streckte die Hand nach der Waffe aus. Sie war kalt und schwer. Sie schloß ihre Finger um den Griff. Sie hatte schon einmal eine Waffe abgefeuert. Es war in einem Theaterstück an einem Kleintheater gewesen. Wie funktionierte das Ding hier? Sie verschwendete kostbare Sekunden, während derer sie daran herumfummelte und nach einer Sicherung suchte. Sie kam zu dem Ergebnis, daß es wohl keine gab, dann legte sie die Pistole in ihren Schoß, um ihre Beine loszumachen.

Die Pistole kalt auf ihren Schenkeln, beugte sie sich vor, um die Knoten an ihren Füßen aufzubinden. Ihr tat alles weh. Ihr Körper war lange Zeit in einer unnatürlichen Position fixiert gewesen, ohne daß sie ihre Muskeln hatte bewegen können. Sie krümmte ihre Schultern, damit sich die Verkrampfungen lösten. Sie bog den Rücken durch. *Komm schon, komm schon! Mach, daß du in Schwung kommst!*

Die Füße machten ihr keine so große Mühe. Sie konnte sehen, was sie tat. Zwar waren es hier nur drei Knoten, die um jeden Knöchel gewunden waren, doch sie waren komplizierter. Ihr Herz pochte wie wild, während sie sich mit den Knoten abmühte. Wenn er jetzt die Tür aufmachte, hatte sie nur ein paar Sekunden, um zur Waffe zu greifen und ihn wegzupusten.

Es kam ihr zwar vor wie eine Stunde, doch schließlich hatte sie es geschafft und den letzten Knoten gelöst. Emma glitt auf den Boden und kroch zum Fenster. Am ganzen Leib zitternd und abgestumpft vor Angst, nahm sie gar nicht mehr wahr, wie sehr die Tätowierung auf ihrem Bauch brannte. Alles, woran sie dachte, war die Pistole in ihrer Hand, der Irre, der irgendwo steckte und der Geruch von Gas, das irgendwo ins Zimmer strömte.

Leise hob sie die Jalousie ein paar Zentimeter an. Auf der anderen Straßenseite sah sie einen Mann, der am Motor seines Wagens herumschraubte. Neben ihm stand ein weiterer Mann, der ihm zu helfen schien. Sie hob die Jalousie weiter in die Höhe, um Aufmerksamkeit zu erregen, dann hörte sie Schritte. Sie duckte sich hinter das Bett. Die Tür ging auf.

»Da draußen ist jemand«, sagte Troland sanft. »Wir müssen hier weg.«

Emma feuerte die Pistole ab.

75

Die Wolken am Himmel wurden dichter, und die Luft war erfüllt vom Duft der Kirschblüten, als Jason aus dem Haus gehetzt kam, nach rechts abbog und dann dreißig Meter bis zum Riverside Drive spurtete.

»Verdammt.« Kein Taxi weit und breit.

Seine Stirn war voller Schweiß. Um diese Zeit dauerte es etwa eine Dreiviertelstunde bis nach Queens. Er zögerte, wog seine Möglichkeiten gegeneinander ab und sprintete dann über die Achtundzwanzigste Straße zur West End Avenue.

Dort sah er endlich ein zerbeultes Taxi, das Richtung Uptown fuhr. Er hielt es an.

»Hoyt Avenue, in Queens«, keuchte er, als er einstieg und die Tür hinter sich zuknallte.

Das Taxi war so alt, daß sogar schon der Griff an der Innenseite der Tür fehlte. Der Fahrer, ein großer Schwarzer mit Dreadlocks, erwiderte kein Wort, sondern wendete und fuhr in Richtung West End.

»Fahren Sie die Einundachtzigste rüber, das geht am schnellsten.«

»Wollen Sie mir erzählen, wie ich meine Arbeit zu machen habe?«

»Ich hab's eilig.« Jason schnappte nach Luft, doch es wäre ihm beinahe hochgekommen. Gott, dieses Taxi stank vielleicht.

»Erzählen Sie mir nicht, wie ich meinen Job zu machen habe, Mann.« Der Fahrer bog trotzdem an der Einundachtzigsten ab und durchquerte den Park.

Auf der Second Avenue staute sich der Verkehr zur Brücke von der Neunundfünfzigsten Straße bis zur achtundsechzigsten zurück. Jede Grünphase kam das klapprige Taxi einen halben Block voran. Und auch das nur ruckweise. Jason wurde hin- und hergeschüttelt. Er schaute auf die Lizenz des Taxifahrers. Mist. Der Kerl war erst in der Probezeit.

Vorwärtsruck-Stop, Vorwärtsruck-Stop, Vorwärtsruck-Stop. Es war zum Verrücktwerden. Jason blickte aus dem Fenster und hielt verzweifelt Ausschau nach einem anderen Taxi. Doch er konnte keines entdecken in dem Meer von Autos und Lieferwagen, die sich von einer fünfspurigen Straße in die zweispurige Auffahrt zur Brücke an der neunundfünfzigsten einzureihen versuchten.

Der Fahrer schob eine Kassette mit Rastamusik in seinen Ghettoblaster und drückte die Play-Taste. »Get Up, Stand Up«, sang Bob Marley von jenseits seines Grabes.

Voller Wut ballte Jason seine Fäuste immer wieder zusammen, während er den Minutenzeiger der Uhr auf dem Armaturenbrett beobachtete, der synchron zum Rhythmus der Musik und dem rapide steigenden Betrag auf dem Taxameter die ablaufende Zeit anzeigte.

76

April ging in die Garage und stieg die Treppe hoch. Sie hatte noch immer rote Ohren aus Ärger über Sanchez, der versucht hatte, sie herumzukommandieren. Zum Teufel, noch mal, sie würde niemandem Rückendeckung geben. Jedenfalls nicht diesmal. Im hinteren Teil der Garage war es dunkel. Am oberen Ende der Treppe sah sie einen Lichtschalter, doch sie rührte ihn lieber nicht an, für den Fall, daß er mit einer Lampe im Inneren des Apartments verbunden war. Sie preßte ihr Ohr an die Tür.

Draußen war es wieder ruhig. Vielleicht war die Verstärkung endlich eingetroffen und Sanchez klärte sie über die Situation auf. Drinnen konnte April jetzt allerdings Geräusche hören. Es war definitiv jemand da drin. Sie hörte Schritte, die sich von ihr wegbewegten. Dann herrschte wieder Stille, doch nur eine Sekunde lang. Das Krachen eines Pistolenschusses wirkte auf sie wie ein Stromstoß.

Ohne nachzudenken zog April ihre Waffe, trat einen Schritt zurück und schoß das Türschloß auf. Oh, Gott, sie hatte keinerlei Rückendeckung. Warten kam auch nicht in Frage. Sie trat die Tür auf. Bückte sich schußbereit mit gestreckten Armen, die Waffe in beiden Händen haltend, und beschrieb einen Halbkreis, um sich einen Überblick über den Raum zu verschaffen. Niemand da.

Plötzlich schnappte sie nach Luft und ließ die Pistole sinken.

Emma Chapman kam durch das Schlafzimmer gewankt. Sie war nackt und am ganzen Körper bemalt. Eine Pistole baumelte in ihrer Hand.

Um zwei Äskulapstäbe, die der Frau in die Seite getrieben waren, wanden sich grünschwarz geschuppte Schlangen mit roten Augen und menschlichen Zähnen, eingehüllt in Adlerschwingen. Rote und orangefarbene Flammen stiegen von ihren Knöcheln auf und züngelten ihre Arme hinunter. Auf der rechten Wange strömten rote Clownstränen hinab, um eine schwarze Rose zu benetzen, die sich ihren Hals hinaufrankte. Ihre Bauchdecke war flammenbedeckt und angeschwollen, ihre Augen geweitet vor Entsetzen.

April verdrängte den Schock, den dieser Anblick auslöste.

»Polizei«, sagte sie sanft. »Geben Sie mir die Pistole.«

Die Frau kam durch das Zimmer auf sie zugetaumelt. Beinahe wäre sie über die Couch gestolpert. »Ich hab' ihn erschossen«, sagte sie weinend. Die Waffe fiel ihr aus der Hand.

»Vorsicht!« schrie April.

Grebs stürzte durch die Tür, den Butangasbrenner auf sie gerichtet und gab einen Feuerstoß auf sie ab. Eine blaue Flamme erfüllte den Raum mit Tosen und tauchte alles in blendend helles Licht. Der Polstersessel fing Feuer. Hinter Grebs stand bereits das ganze Mobiliar in Flammen.

April hob ihre Waffe, doch sie konnte nicht feuern.

»Gehen Sie aus dem Weg!« schrie sie Emma an, die dreiviertel des Raums durchquert hatte und nun stehengeblieben war und April die Schußlinie verstellte.

»Wohl wahnsinnig, du Schlampe. Verrückte Schlitzaugenschlampe. In der Hölle sollst du brennen.«

Grebs senkte den Brenner, um den Stuhl neben April in Brand zu setzen. Ein blauer Blitz schlug in den Stoff ein.

Verrückte Schlampe! Das ließ April sich nicht bieten. Sie streckte die Hand aus. »Emma, komm schon. Noch drei Schritte, und du bist hier raus.«

Ihr Gesicht brannte in der sengenden Hitze, als Grebs die Flamme auf die braunen Vorhänge am Fenster richtete. Die Flammen verschlangen die Stoffjalousien und züngelten an der Decke. Grebs stand an dem Fenster zum Garten.

Draußen ertönte ein Schuß. Das Feuer erfaßte nun auch den billigen Teppich auf dem Fußboden.

»Emma, komm schon.« April gab ihr Deckung. Sie streckte eine Hand aus. »Komm schon.«

April hörte Sanchez, der von draußen schrie: »Mach, daß du da rauskommst, verdammt noch mal!«

»Komm schon, Emma«, drängte April.

Es schien, als konnte Emma sich nicht von der Stelle rühren. Ein blendendhelles Licht flammte eineinhalb Meter vor ihr auf. Es war zu weit weg, um sie zu verbrennen, doch nahe genug, um zu schmerzen.

»Beeilung.«

Tierische Laute vermischten sich mit dem Fauchen des Brenners.

»Die verfluchte Hexe hat auf mich geschossen. Verdammte *Schlampe ...*«

Grebs brüllte Obszönitäten. Einen Augenblick lang hatte April trotz des immer dichter werdenden Rauchs klare Sicht und konnte ihn sehen. Er blutete, und sie sah, daß er nach einer Fluchtmöglichkeit suchte. Doch es gab keinen Weg nach draußen. Die Flamme erstarb. Er zerschlug das Fenster mit dem schweren Metallzylinder. Wieder knallte ein Schuß. Die Kugel traf den Fensterrahmen, und es machte *plopp*.

»Verfluchte Scheiße ...«

Er wirbelte herum und richtete die Flamme auf das Sofa. Dicker schwarzer Rauch stieg auf und raubte einem den Atem.

Emma kreischte. Der Teppich zu ihren Füßen brannte. April machte einen Schritt vorwärts und packte sie an der Hand. Sie war glitschig, doch sie ließ sie nicht los.

»Bewegung.« April zerrte sie zur Tür. Ihr Gesicht brannte, und nun hustete auch sie. Doch April wollte hier nicht weg, ohne den Bastard umzunieten, der Ellen Roane umgebracht hatte. Wieder spuckte der Brenner eine Flamme in ihre Richtung und zwang sie zurückzuweichen, während Grebs versuchte, zur Küche zu kommen, wo der Ofen stand.

»Er wird das Haus in die Luft jagen!« schrie Emma.

»Was?«

»Er hat irgendwas mit der Gasleitung gemacht. Sie hat ein Loch.«

April schob Emma hinter sich, als Sanchez in den Raum gestürmt kam, um sie zu packen. April hatte nur eine Sekunde. Die heiße graue Wolke hüllte sie ein, um dann durch das Feuer zu entweichen. Sie wollte nicht, daß er das Haus in die Luft jagte, und sie wollte nicht, daß er davonkam. Sie hielt die Luft an, während der Qualm ihr entgegenschlug, hob die Hände und brachte die Waffe in Anschlag und feuerte zum zweiten Mal im Dienst einen Schuß ab. Grebs stieß einen Schrei aus. Sie sah, wie er zu Boden ging, die Haare und seine Jeans in Flammen. Sie hob ihre Pistole, um einen weiteren Schuß abzufeuern, doch Sanchez war da, um sie zu holen. Er packte sie und stieß sie zur Tür hinaus, wobei er sie mit seinem eigenen Körper gegen die lodernden Flammen abschirmte, die sich immer mehr ausbreiteten.

Das letzte, was April sah, war Grebs, der sich brennend am Boden krümmte. Dann krachte es. Es war eine gewaltige Explosion, die die Erde erzittern ließ und die Fenster in der gesamten näheren Umgebung zum Zerplatzen brachte. Das Dach stürzte über ihnen zusammen, und eine lodernde Stichflamme schoß zum Himmel hinauf.

77

Rumms. Schockwellen erschütterten die Straße und ließen die Ampel über der Kreuzung vor Jasons Taxi wild hin- und herschwingen. Das Auto vor ihnen machte einen Bogen, um einem Kind auf einem Fahrrad auszuweichen und geriet ins Schleudern.

»Was, zum ...«

Der Taxifahrer stieg mit beiden Füßen auf die Bremse, und Jason wurde gegen die Trennscheibe aus Plastik geschleudert.

»Was machen Sie da?« schrie Jason. »Weiterfahren.«

Das Taxi drehte sich und blieb quer auf der Kreuzung stehen. Die Ampel über ihnen zeigte noch immer grün und schaukelte hin und her.

»Sind Sie blind, Mann?« brüllte der Fahrer über seine Rastamusik hinweg. Er deutete auf den dichten schwarzen Rauch, der ein paar Blocks weiter in die Höhe stieg.

Um sie herum erhob sich ein wütendes Gehupe. Sie blockierten die Kreuzung.

»Fahr weiter«, sagte Jason. Er war ganz außer sich. Sie hatten noch etwa sechs Blocks. »Fahr weiter.«

»Nee, Mann. Von Feuer bleib' ich lieber weg.«

Feuer. Oh, Scheiße. Es war ein großes Feuer. Grebs legte Feuer. Jason konnte die Flammen sehen, die über die Dächer der zweistöckigen Häuser hinaus loderten. O Gott. Zu spät.

»Fahr weiter«, schrie er. »Wir sind noch nicht da. Fahr weiter.«

»Weiter fahr' ich nich', Mann. Da kommen wir doch nicht weiter.«

»Es sind nur ein paar Blocks. Beeil dich!« Jason kramte in seiner Tasche und zerrte das Bündel Geldscheine hervor, das er noch von seiner Reise nach Kalifornien übrig hatte. »Ich geb' dir fünfhundert Dollar, wenn du mich die sechs Blocks weit fährst. Jetzt komm schon. Es dauert doch nur ein paar Minuten.«

Die Ampel sprang auf Rot. Das Hupkonzert wurde immer lauter. Der Fahrer warf einen Blick auf das Bündel Geldscheine.

»Okay, Mann. Es is' dein Geld.«

Der Wagen machte einen Satz vorwärts in den rollenden Querverkehr hinein, und Sekunden später war die ganze Kreuzung blockiert. Feuerwehrwagen mit heulenden Sirenen kamen angerast und vergrößerten das Chaos noch. Ein wildes Hupkonzert ertönte, während der Himmel über ihnen schwarz wurde. Jason rückte zu der Tür, die noch einen intakten Griff hatte, stieg aus dem Wagen und rannte los.

78

Die vordere Wand des Garagenapartments wurde von der Wucht der Explosion herausgerissen und brachte so das halbe Dach zum Einsturz. Flammen schossen aus dem klaffenden Loch. Ein völlig deformiertes Teil der Aluminiumverkleidung knallte auf der Einfahrt vor der Garagentür nieder. Die Rasenflächen im gesamten Block waren mit Glassplittern übersät.

Der Polizist, der das Haus überwacht hatte, während er so tat, als würde er an seinem Wagen herumschrauben, hatte April und Sanchez in die Garage gehen sehen. Er war ihnen gefolgt, um ihnen nötigenfalls Rückendeckung zu geben. Doch bis zum oberen Ende der Treppe war er nicht gekommen. Das Haus wurde von einem ohrenbetäubenden Knall erschüttert. April, Sanchez und die weibliche Geisel wurden zur Tür hinausgeschleudert und kamen die Treppe heruntergesegelt, bevor der Polizist in Deckung gehen konnte.

Eingehüllt in eine Wolke aus Staub und Qualm rangen sie alle vier nach Luft. Drei von ihnen waren auf dem Zementboden gelandet, wo sie nun ineinander verknäuelt lagen. Emma Chapman lag reglos zusammengekauert auf der Seite. April war auf Emmas Beinen gelandet, und Sanchez lastete mit seinem ganzen Gewicht auf Aprils verknackstem Knöchel. Der Polizist war gegen die Wand geschleudert und von zwei herunterfallenden Gartenstühlen unter sich begraben worden. Von oben drang der durchdringende Geruch von Holzkohle, brennendem Metall und verkohltem Fleisch.

Nichts wie raus hier! April war die erste, die sich bewegte. Ihr Knöchel pochte vor Schmerz. Qualm und Staub brannten ihr in den Augen. Sie konnte nichts sehen. Sie streckte die Hand nach Emma aus. »Sind Sie in Ordnung?« Natürlich war sie nicht in Ordnung. April war überaus hart auf ihr gelandet. Die Frau hatte keine Kleider an. April spürte den Staub und Ruß, der ihre klebrige Haut bedeckte. Emmas Finger berührten die ihren. Sie stöhnte, doch sie sagte nichts.

Sanchez lastete mit seinem ganzen Gewicht auf ihr und regte sich nicht.

»Mike?« schrie April. »Mike …«

»Ah.« Er hielt sich am Heck des von Trümmern bedeckten Wagens fest und versuchte, auf die Füße zu kommen. Die Hitze war enorm. Er hielt April seine Hand hin und zog sie hoch. »Wir müssen hier raus.«

Der Polizist, der das Haus überwacht hatte, befreite sich fluchend von den Gartenstühlen. »Kommt schon«, sagte er. Er machte einen Schritt vorwärts und fiel flach aufs Gesicht. »Scheiße«, murmelte er. »Scheiße.«

»Mrs. Frank.« April beugte sich über sie. »Mrs. Frank, können Sie aufstehen?«

»Ich weiß nicht«, krächzte Emma von Panik erfaßt.

»Ist okay, wir schaffen Sie hier raus.« Sie legte den Arm um Emma und half ihr auf, obwohl sie selbst kaum stehen konnte. Ihr Jackett und ihre Hose waren voller Risse und Brandflecken. Ihre Hände und das Gesicht ebenfalls. Sie hatte das Gefühl, als sei ihr ganzer Körper eine Brandwunde und ein blauer Fleck, doch sie achtete nicht darauf. Emma Chapman mußte sich um einiges schlechter fühlen, vermutete sie. Sanchez stützte sie auf der anderen Seite.

April nickte ihm zu, daß sie jetzt losgehen konnten und sah, daß das Feuer ihm den Schnurrbart und die Augenbrauen versengt hatte. Seine Oberlippe war rot.

Emma schaute von ihr zu ihm. »Er wollte ...« Ihre blauen Augen füllten sich mit Tränen.

»Ja, aber er hat es nicht geschafft.«

Der Ruß verdeckte die Zeichnungen auf Emma Chapmans Gesicht. April hatte Mühe, sie durch den beißenden Rauch überhaupt zu sehen. Emma sah aus, als hätte sie eine Kleiemaske im Gesicht. Schon in Ordnung, vermutlich war die Frau an Schlammpackungen gewöhnt. Ihr Gesicht sah aus, als wäre es noch perfekt wie eh und je, gebrochen schien jedenfalls nichts. April strich ihr mit der Hand über die Haare. Sie waren feucht und dreckig, doch zumindest hatte sie sie noch.

»Ich hab' auf ihn geschossen«, erklärte sie April.

April nickte. »Das hat Ihnen vermutlich das Leben gerettet. Kommen Sie.«

Der andere Polizist hatte sich aufgerappelt. Langsam setzten die vier sich in Bewegung. Seit der Explosion waren nur Minuten vergangen. Drei Feuerwehrleute mit Helmen und Gummimänteln kamen in die Garage, um ihnen zu helfen. Draußen standen bereits Leute, die sich das Ausmaß der Zerstörung genau anschauen wollten und zusahen, wie das Feuer zum Himmel loderte. Die Sirenen der Feuerwehrautos und Polizeiwagen heulten.

Feuerwehr, Polizei und drei Krankenwagen mit eingeschaltetem Blaulicht waren bereits am Ort des Geschehens. Gestützt von einem Feuerwehrmann, der doppelt so groß war wie sie, humpelte April hinaus. Das erste was sie sah, war das Spülbecken, das mitsamt dem halben Unterschrank auf die Motorhaube eines Wagens gekracht war. Der zivile Funkwagen von Zwo-Null war nur noch Schrott.

Die Sonne senkte sich. Im trüben Licht der Dämmerung standen Leute, die es nicht mehr in ihren Häusern hielt und sich nun beklagten, auf das Feuer deuteten oder die Köpfe schüttelten. Eine Frau mit Lockenwicklern kam auf sie zugerannt und kreischte: »Helfen Sie mir. O Gott. Er hat einen Herzanfall. Er liegt im Haus und rührt sich nicht ...« Eine schwarze Feuerwehrfrau kam, um ihr zu helfen.

»Oh, Gott«, murmelte April. Was für ein Chaos. Was würde ihre Mutter jetzt über ihren Job sagen? Ganz zu schweigen von den Brand- und Schnittwunden an ihren Händen und Füßen. Und dem verstauchten Knöchel – wenn sie Glück hatte. Sai Woo würde nur die negativen Seiten sehen. Sie würde nicht sagen, Tochter große Held, weil gerettet adlige Dame, die gefangen in Höhle. Statt dessen würde sie sagen: Tochter stark genug, um ganze Nachbarschaft in Luft jagen. Aber immer noch nicht verheiratet. Pah.

»Mir geht's gut«, wehrte sie die Versuche des Feuerwehrmannes ab, der sie in einen Krankenwagen hieven wollte. Sie würde in keinen Krankenwagen einsteigen. Sie wandte sich wieder zu Emma.

Der Feuerwehrmann hatte ihr seinen Mantel umgelegt und sie hinausgetragen, denn sie hatte keine Schuhe an.

Sanchez berührte sie am Arm. »Geht's?«

April nickte. »Und selber?«

»Prima.« Auch er nickte.

Sie wußte, daß es ihm nicht besonders ging. Sie sah das Blut, das an etlichen Stellen durch die Löcher seiner Kleidung herauskam. Sein Gesicht sah verbrannt aus und eines seiner Ohren wirkte wie ein roher Hamburger. Nun ja, ihr Knöchel schmerzte höllisch und begann allmählich anzuschwellen. Daran war er schuld, weil er auf ihr gelandet war, doch das erwähnte sie in diesem Augenblick lieber nicht. Vielleicht würde sie ihm ja irgendwann mal unter die Nase reiben, daß er einem besser nicht so dicht auf die Pelle rückte.

Im Augenblick sagte sie statt dessen nur: »Danke.«

»Ach, wofür?«

»Für alles.« Sie sah einen Wagen vom Zwo-Null und half mit, die Straße freizumachen für den Krankenwagen, der wegen Emma anrollte.

Der Feuerwehrmann hielt sie immer noch in den Armen. »Könnten Sie mich runterlassen? Ich muß meinen Mann anrufen.« Emma machte noch immer einen verwirrten Eindruck.

»Nein, Sie schneiden sich nur die Füße.« Der Feuerwehrmann nickte dem Fahrer des Krankenwagens zu. Es war ein Kerl mit einem Pferdeschwanz und einem dicken goldenen Ohrring.

Der Krankenwagen hielt an, und ein Sanitäter in einer weißen Jacke sprang zur Beifahrertür hinaus. »Wer kommt zuerst?«

»Sie.« April deutete auf Emma.

»Kann sie stehen?«

»Nein, kann sie nicht. Nicht ohne Schuhe. Beeilen Sie sich bitte. Ich hab' hier noch mehr zu tun.« Der Feuerwehrmann blickte zurück zu den Flammen.

Der Sanitäter machte die Türen am Heck des Wagens auf und faltete einige weiße Baumwolltücher auseinander, um Emma darin einzuwickeln, damit der Feuerwehrmann seinen Mantel zurückbekam.

»Mein Mann ist Arzt. Ich kann nicht ins Krankenhaus. Rufen Sie ihn an. Ich will nach Hause.« Emma sträubte sich, in den Krankenwagen verladen zu werden.

»Steigen Sie bitte ein, meine Dame. Das ist Vorschrift.«

»Machen Sie sich keine Sorgen«, sagte April rasch. »Ich weiß, wo er ist.«

Emma starrte sie an.

»Ich habe ihn angerufen. Er ist auf dem Weg. Er ist derjenige, der uns geholfen hat, Sie aufzuspüren. Er ist wirklich großartig.«

Emma fing wieder an zu weinen.

»Kommen Sie. Es ist schon gut. Und rein mit Ihnen. Ich werde ihn schon finden, und dann schicke ich ihn her.«

April half den beiden Sanitätern, Emma in den Krankenwagen zu verladen. Als sie ihr den Mantel auszogen und sie in die Decken wickelten, verlor keiner auch nur ein Wort über die Zeichnungen auf dem Körper der Frau.

April hörte die Rufe der Polizisten und Feuerwehrleute, die die Neugierigen davon abhielten, die Absperrungen zu überschreiten und sie gleichzeitig davor warnten, jetzt schon wieder zurück in ihre Häuser zu gehen. April stieg aus dem Krankenwagen.

Sanchez stand bei Sergeant Joyce und Aspiranti und erklärte ihnen, was passiert war. Weiter unten an der Straße in der Nähe des Diner diskutierte Jason Frank mit einem Beamten und versuchte ihn dazu zu bewegen, die Straßensperre passieren zu dürfen.

April humpelte die Straße hinunter auf ihn zu. »Sie ist da drüben«, rief sie Jason zu. »Der Mann ist Arzt, laßt ihn durch«, befahl sie, ihre Dienstmarke in der Hand.

Jason schob sich an den Uniformierten vorbei. Sein Gesicht war weiß vor Angst. »Wo ist sie?«

»Im Krankenwagen.« April deutete mit dem Finger. Sie versuchte ihn festzuhalten, um ihm zu erklären, was ihn erwartete, was mit Emma passiert war und wie sie ausschaute, doch er ließ sich nicht aufhalten. Er wollte zu seiner Frau und konnte keine Sekunde länger warten. April stand da, auf einem Bein und schaute ihm nach, bis Sanchez sie holen kam.

DANKSAGUNG

Für technische Beratung und Inspiration besonderen Dank an Dr. Richard C. Friedman, meinen Psychologieprofessor und langjährigen Mentor. Vielen Dank auch all den netten Leuten vom New York Police Department, insbesondere Lieutenant Bob Davies und Detective-Sergeant Joe Ranieri, die der Abteilung für Vermißtenfälle vorstehen; Sergeant Nancy MacLaughlin und Detective Margie Y. Yee. Auf dem Gebiet der Gerichtsmedizin gilt mein Dank Dr. Mark Taff, Gerichtsmediziner, Präsident und Gründer der New York Society of Forensic Sciences am Lehman College, und Dr. Lawrence Kobilinsky, Professor der Gerichtsmedizin, Leiter des Labors für DNA-Fingerabdrücke am John Jay College of Criminal Justice. Für ihre Beratung in bezug auf Motorräder und die Navy vielen Dank an Dr. Jay David Glass, Kent Brown und Dorothy Fier.

Meine Dankbarkeit gilt darüber hinaus meiner Verlegerin Kate Miciak, deren Leidenschaft für Bücher im allgemeinen und Kriminalromane im besonderen ihr endlich nationale Anerkennung eintragen sollte, außerdem Jamie Warren Youll für wesentlich mehr als ihre wunderbaren Buchumschläge, des weiteren meiner Agentin Sarah Jane Freymann, die mir in allen Lebenslagen als Freundin zur Seite steht und Alex, Linsay und Edmund Glass für alles andere.